POR ESO MENTIMOS

POR ESO MENTIMOS

KARIN SLAUGHTER

Traducción de Victoria Horrillo Ledesma

HarperCollins *Español*

A David,
por su paciencia y bondad infinitas

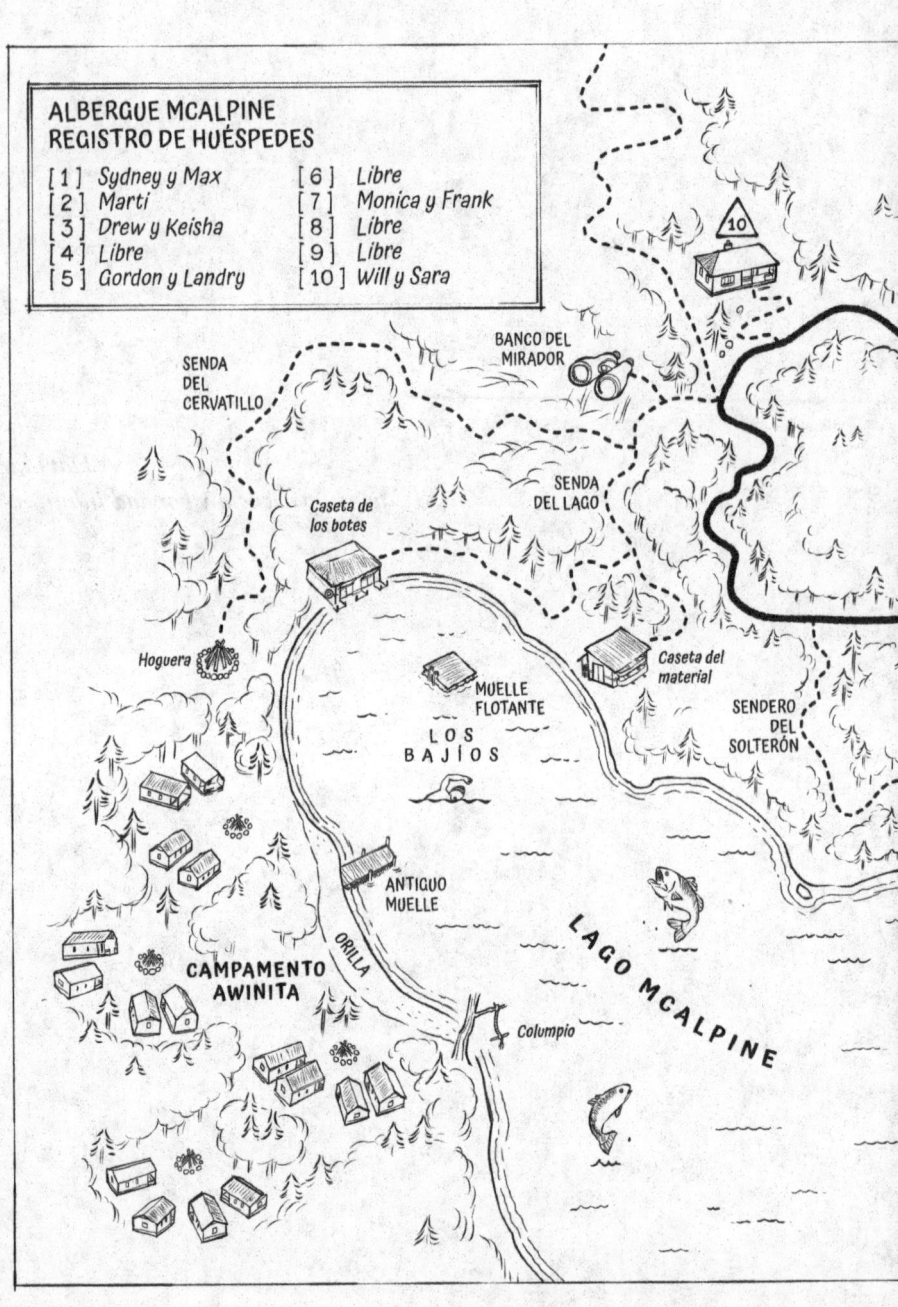

ALBERGUE MCALPINE
REGISTRO DE HUÉSPEDES

[1] Sydney y Max   [6] Libre
[2] Marti   [7] Monica y Frank
[3] Drew y Keisha   [8] Libre
[4] Libre   [9] Libre
[5] Gordon y Landry   [10] Will y Sara

SENDA DEL CERVATILLO

BANCO DEL MIRADOR

SENDA DEL LAGO

Caseta de los botes

Hoguera

Caseta del material

MUELLE FLOTANTE

LOS BAJÍOS

SENDERO DEL SOLTERÓN

ANTIGUO MUELLE

CAMPAMENTO AWINITA

ORILLA

Columpio

LAGO MCALPINE

PRÓLOGO

Will Trent se sentó a la orilla del lago para quitarse las botas de montaña. Los números de su reloj brillaban en la oscuridad. Faltaba una hora para la medianoche. A lo lejos se oía un búho. Una brisa suave susurraba entre los árboles. La luz de la luna —un círculo perfecto en el cielo nocturno— se reflejaba en la figura metida en el agua. Sara Linton nadaba hacia el muelle flotante. Una fría luz azul le bañaba el cuerpo mientras hendía el tenue oleaje. Luego, se dio la vuelta y siguió nadando perezosamente de espaldas, sonriendo a Will.

—¿Vas a meterte?

Él no pudo responder. Sabía que Sara estaba acostumbrada a sus silencios incómodos, aunque esta vez no se trataba de eso. Se quedaba mudo al mirarla y solo acertaba a pensar lo mismo que pensaban los demás al verlos juntos: ¿qué demonios hacía con él? Era tan inteligente, tan divertida y guapa… Y Will ni siquiera podía desatarse los cordones en la oscuridad.

Se sacó la bota a la fuerza mientras Sara se acercaba nadando. El largo pelo rojizo se le pegaba al cráneo. Sus hombros desnudos asomaban entre la negrura del agua. Se había quitado la ropa antes de zambullirse y se había echado a reír cuando él comentó que le parecía mala idea lanzarse a algo que no veías en plena noche y sin que nadie supiera dónde estabas.

Sin embargo, peor idea parecía no obedecer los deseos de una mujer desnuda que te llamaba a su lado.

1

Will se quitó los calcetines y se levantó para desabrocharse los pantalones. Sara soltó un suave silbido de admiración cuando empezó a desvestirse.

—Guau —dijo—. Un poco más despacio, por favor.

Él se rio, aunque no sabía qué hacer con la sensación de levedad que notaba dentro del pecho. Nunca había experimentado una dicha así, tan prolongada. Había conocido arrebatos de felicidad, eso sí: el primer beso, el primer encuentro sexual, el primer encuentro sexual que duró más de tres segundos, su graduación en la universidad, cobrar un verdadero sueldo, el día en que por fin consiguió divorciarse de su odiosa exmujer.

Pero esto era distinto.

Hacía dos días de su boda y la euforia que había sentido durante la ceremonia no había remitido aún. Si acaso, se intensificaba con el paso de las horas. Sara le sonreía o se reía de alguno de sus chistes absurdos, y era como si su corazón se convirtiera en mariposa. Pensarlo no resultaba muy varonil, Will era consciente de ello; aunque había cosas que se pensaban y cosas que se decían en voz alta, y por eso, entre otras muchas razones, prefería los silencios incómodos.

Sara lo vitoreó cuando se quitó teatralmente la camiseta y se metió en el lago. Como no estaba acostumbrado a andar por ahí desnudo, y menos aún a la intemperie, se zambulló con más brusquedad de la que debía. El agua estaba fría, pese a ser pleno verano. Se le erizó la piel. Le desagradó sentir que sus pies se hundían en el fango. Entonces, Sara se abrazó a él y ya no tuvo ninguna queja.

—Hola —dijo.

—Hola. —Ella le acarició el pelo—. ¿Te habías bañado alguna vez en un lago?

—Por voluntad propia, no —reconoció—. ¿Seguro que no es peligroso?

Sara se lo pensó un momento.

—Las cabezas de cobre suelen estar más activas al anochecer. Y seguramente estamos demasiado al norte para que haya mocasines de agua.

Will no había pensado en las serpientes. Se había criado en el centro de Atlanta, rodeado de cemento sucio y jeringuillas usadas. Sara, en cambio, había crecido en una ciudad universitaria del sur de Georgia, rodeada de naturaleza.

Y de serpientes, al parecer.

—Tengo que confesarte una cosa —le pidió ella—. Le he dicho a Mercy que habíamos mentido.

—Ya me lo imaginaba —contestó Will. Esa noche, Mercy y su familia habían tenido una bronca monumental—. ¿Crees que estará bien?

—Seguramente. Jon parece buen chico. —Sara meneó la cabeza, pensaba en la futilidad de todo aquello—. Qué duro es ser adolescente.

Will trató de quitarle hierro al asunto:

—Lo de crecer en un orfanato tiene sus ventajas.

Ella le puso un dedo sobre los labios. Will supuso que era su forma de decirle que no tenía gracia.

—Mira arriba.

Él levantó la vista. Después, dejó caer la cabeza hacia atrás, embargado por el asombro. Nunca había visto estrellas de verdad en el cielo. Al menos, no como aquellas. Brillantes puntitos individuales en el manto aterciopelado y negro de la noche. No eclipsados por la contaminación lumínica ni deslustrados por el humo o la bruma. Respiró hondo. Sintió que el corazón empezaba a latirle más despacio. Solo se oía el canto de los grillos. La única luz artificial era un destello lejano, procedente del porche de la casa grande.

La verdad es que le encantaba estar allí.

Habían caminado ocho kilómetros por terreno rocoso para llegar al albergue McAlpine. El lugar existía desde hacía tanto tiempo que Will ya había oído hablar de él cuando era niño. Soñaba entonces con ir algún día. Canoas, *paddle boarding,* bicis de montaña, senderismo, comer malvaviscos junto a una hoguera. Haber hecho aquel viaje con Sara, felizmente casado y en su luna de miel, le parecía aún más maravilloso que todas las estrellas del firmamento.

3

—En sitios como este —comentó Sara—, en cuanto rascas un poco bajo la superficie, salen a relucir toda clase de cosas feas.

Will sabía que seguía pensando en Mercy. En la brutal discusión con su hijo. En la frialdad con la que habían reaccionado sus padres. En ese pobre diablo de su hermano. En el gilipollas de su exmarido. En su excéntrica tía. Estaban, además, los otros huéspedes, cada cual con sus problemas, amplificados por la ingente cantidad de alcohol consumida durante la cena en el comedor común. Lo que le recordó de nuevo que, cuando de niño soñaba con aquel lugar, no imaginaba que habría también otras personas. Y menos aún que estaría allí cierto tipejo.

—Sé lo que vas a decir —le comentó Sara—. Que por eso mentimos.

No era exactamente lo que iba a decir, pero casi.

Will era agente especial del GBI, la Oficina de Investigación de Georgia, y Sara, aunque se había formado como pediatra, trabajaba también en el GBI como patóloga forense. Su trabajo solía depararles largas conversaciones con desconocidos, no todas ellas gratas; algunas, decididamente desagradables. Ocultar a qué se dedicaban les había parecido lo más conveniente para poder disfrutar de su luna de miel.

Claro que decir que eras una cosa no te impedía ser otra. Ambos eran personas que se preocupan por los demás. Y ahora les preocupaba sobre todo Mercy, quien parecía tener a todo el mundo en contra. Will sabía cuánta fortaleza se necesitaba para seguir adelante con la cabeza erguida cuando a tu alrededor todos intentaban hundirte.

—Oye. —Sara se apretó contra él, rodeándole la cintura con las piernas—. Tengo que confesarte otra cosa.

Will sonrió porque ella sonreía. La mariposa de su pecho empezó a revolotear. Luego, otras cosas se agitaron también al sentir el calor de Sara apretándose contra su cuerpo.

—¿Qué tienes que confesarme? —preguntó.

—Que no me canso de ti. —Ella comenzó a besarle el cuello, mordisqueándole para hacerle reaccionar.

Él volvió a estremecerse. Al notar su aliento en el oído, una oleada de deseo le inundó el cerebro. Despacio, deslizó la mano hacia abajo. Contuvo la respiración al tocar su sexo. Sintió el suave vaivén de sus pechos contra su torso desnudo.

Entonces, un grito agudo hirió el aire nocturno.

—¡Will! —El cuerpo de Sara se tensó—. ¿Qué ha sido eso?

Él no tenía ni idea. No sabía si era humano o animal. Había sido un grito afilado, espeluznante. No era una palabra ni una petición de auxilio, sino un alarido de terror desenfrenado. Uno de esos ruidos que activaban el impulso de luchar o huir en la parte más primitiva del cerebro.

Will no era de los que huían.

Tomó a Sara de la mano mientras avanzaban rápido hacia la orilla. Recogió su ropa y le dio sus cosas a Sara. Miró hacia el agua al tiempo que se ponía la camiseta. Sabía por el plano que el lago se extendía como un muñeco de nieve tumbado. La zona de baño era la cabeza. La orilla desaparecía en la oscuridad, más o menos en la curva de la barriga. Era difícil precisar de dónde venía aquel sonido. Lo lógico era que procediera de donde estaba la gente. Había otras cuatro parejas y un hombre solo alojados en el albergue. La familia McAlpine ocupaba la casa grande. Sin contar a Will y Sara, los huéspedes se alojaban en cinco de las diez cabañas que, espaciadas entre sí, se extendían desde comedor. Había, en total, veintidós personas en el recinto.

Cualquiera de ellas podía haber gritado.

—La pareja que se peleó en la cena. —Sara se estaba abrochando los botones del vestido—. La dentista estaba borracha. Y el informático…

—¿Y el tipo que está solo? —Will se subió los pantalones por las piernas mojadas y resbaladizas—. ¿El que no paraba de fastidiar a Mercy?

—Marti —dijo Sara—. El abogado era odioso. ¿Y cómo ha conseguido la contraseña de la wifi?

—Su mujer, esa obsesa de los caballos, estaba fastidiándonos a todos. —Will metió los pies descalzos en las botas y se guardó los calcetines en el bolsillo—. Y los otros dos, los desarrolladores de aplicaciones, han mentido. Seguro que se traen algo entre manos.

—¿Y qué me dices del Chacal?

Will, que se estaba atando los cordones, levantó la vista.

—Cariño… —Sara se acercó las sandalias con el pie para ponérselas—. ¿Estás…?

Will se dejó los cordones sin atar. No quería hablar del Chacal.

—¿Lista?

Echaron a andar por el camino. Will, que sentía la necesidad imperiosa de avanzar, apretó el paso hasta que Sara empezó a quedarse atrás. Era increíblemente atlética, pero llevaba calzado para caminar, no para correr.

Will se detuvo y se volvió hacia ella:

—¿Te importa que…?

—Ve —contestó—. Te alcanzo enseguida.

Will se apartó del camino y echó a correr por el bosque en línea recta. Guiándose por la luz del porche, avanzó apartando las ramas y las zarzas que se le enganchaban en las mangas. Los pies mojados le resbalaban dentro de las botas. Había sido un error dejarse sin atar los cordones. Pensó en pararse, pero entonces el viento cambió de dirección y le llevó un olor como a monedas de cobre. No sabía si de verdad olía a sangre o si en su cerebro de policía empezaban a agitarse recuerdos sensoriales de escenas de crímenes pasados.

El grito podía ser de un animal.

Ni siquiera Sara estaba segura. En todo caso, estaba claro que aquel sonido procedía de un ser que temía por su vida. Un coyote. Un gato montés. Un oso. Había muchas criaturas en el bosque que podían provocar ese sentimiento en otras.

¿Su reacción estaba siendo exagerada?

Dejó de abrirse paso entre la maleza y se dio la vuelta para localizar el camino. Sabía dónde estaba Sara no por la vista, sino por el ruido que hacían sus zapatos sobre la grava. Estaba a medio camino entre la casa grande y el lago. Su cabaña quedaba al otro lado del recinto. Seguramente Sara estaría intentando idear un plan. ¿Había luces encendidas en las otras cabañas? ¿Debía ponerse a llamar a las puertas? ¿O pensaba lo mismo que él: que estaban sacando las cosas de quicio debido a su trabajo y que esto iba a quedarse en una historia divertida que contarle a su hermana, en una anécdota acerca de cómo salieron corriendo a investigar al oír un animal dar un alarido de muerte, en vez de quedarse follando como locos en el lago?

Will era incapaz de apreciar lo cómico de la situación en ese momento. El sudor le había pegado el pelo a la cabeza. Tenía una ampolla en el talón. Le goteaba sangre de la frente, una zarza le había arañado la piel. Escuchó el silencio del bosque. Ya ni siquiera cantaban los grillos. Se dio un manotazo en el cuello al sentir que le picaba un insecto. Algo se escabulló entre los árboles, allá arriba.

Quizá no le gustara tanto este lugar, a fin de cuentas.

Y lo que era peor aún, muy en el fondo culpaba al Chacal de su malestar. Cuando aquel gilipollas andaba cerca, todo se torcía, desde que eran niños. Aquel sinvergüenza, aquel sádico, siempre había sido como un amuleto andante que atraía la mala suerte.

Se frotó la cara con las manos como si de ese modo pudiera borrar de su cerebro el recuerdo del Chacal. Ya no eran niños. Él era un hombre adulto y estaba en su luna de miel.

Volvió de nuevo hacia Sara. O, al menos, hacia donde calculaba que estaría. Había perdido la noción del tiempo y se había desorientado en la oscuridad. No sabía cuánto tiempo había estado por el bosque como si fuera un concursante de *Ninja Warrior* en plena carrera. Le costaba mucho más abrirse paso entre la maleza, ahora que la adrenalina ya no lo impulsaba a lanzarse de cara entre las enredaderas colgantes. Trazó en silencio un plan. Cuando llegara al camino, se pondría los calcetines y se ataría los cordones de las botas para no pasarse el resto de la semana cojeando. Luego, localizaría a su bella esposa. La llevaría de vuelta a la cabaña y allí continuarían a lo suyo, donde lo habían dejado.

—¡Socorro!

Will se quedó paralizado.

Esta vez no había duda. El grito sonó tan nítido que comprendió que solo podía haber salido de la boca de una mujer.

—¡Por favor! —gritó ella de nuevo.

Will echó a correr hacia el lago, dando la espalda al camino. Los gritos procedían del lado opuesto de la zona de baño, hacia la parte de abajo del muñeco de nieve. Manteniendo la cabeza agachada, movió las piernas a toda velocidad. Oía el bombeo de la sangre en sus oídos, junto al eco de los gritos. El bosque se convirtió rápidamente en una densa selva. Las ramas bajas le laceraban los brazos. Los mosquitos se arremolinaban en torno a su cara. El terreno descendió de forma brusca. Cayó de lado, apoyándose en un pie. Se torció el tobillo.

Ignoró el dolor punzante y se obligó a seguir. Intentaba mantener la adrenalina bajo control. Tenía que aflojar el paso. El complejo estaba más alto que el lago. Había una bajada muy abrupta cerca del comedor. Encontró el final del Sendero del Lazo y siguió otro camino que descendía en zigzag. Su corazón continuaba bombeando. En su cerebro resonaban aún las recriminaciones. Debería haber hecho caso a su instinto desde el principio. Debería haber averiguado qué estaba ocurriendo. Le ponía mal imaginarse lo que iba a encontrar, porque aquella mujer parecía en peligro de muerte y no había depredador más despiadado que el ser humano.

Tosió cuando el aire se espesó, cargado de humo. La luz de la luna penetró entre los árboles justo a tiempo para que viera que el suelo descendía en bancales. Salió tropezando a un claro. Había latas de cerveza vacías y colillas tiradas por el suelo, además de herramientas por todas partes. Volvió la cabeza a un lado y a otro mientras pasaba corriendo entre borriquetas y alargadores y junto a un generador volcado. Había tres cabañas más, todas ellas en construcción. Una tenía el tejado cubierto con una lona. La siguiente tenía las ventanas tapadas con tablones. La última estaba ardiendo. Salían llamas entre los troncos de las paredes. La puerta se hallaba entornada. De una ventana lateral rota salía un penacho de humo. El techo no aguantaría mucho más.

Los gritos de auxilio. El incendio.

Tenía que haber alguien dentro.

Will tomó aire antes de subir corriendo los escalones del porche. Abrió la puerta de una patada. Una ráfaga de calor secó de golpe la humedad de sus ojos. Todas las ventanas, menos una, estaban condenadas. La única luz procedía del fuego. Se agachó y empezó a atravesar el cuarto de estar procurando mantenerse por debajo del humo. Se asomó a la pequeña cocina. Al cuarto de baño, con espacio para una bañera. Al pequeño armario ropero. Empezaban a dolerle los pulmones. Se estaba quedando sin aire. Inhaló una bocanada de humo negro mientras se dirigía al dormitorio. No había puerta. Ni lámparas. Ni armario. El recubrimiento de la pared trasera de la cabaña estaba desmantelado, los montantes estaban al descubierto.

Pero eran demasiado estrechos para que pasara entre ellos.

Oyó un fuerte crujido por encima del rugido del fuego. Volvió corriendo al cuarto de estar. El techo estaba completamente envuelto en llamas. El fuego devoraba las vigas. El tejado iba a derrumbarse. Llovían trozos de madera en llamas. El humo casi le impedía ver.

La puerta de la cabaña estaba demasiado lejos. Corrió hacia la ventana rota y en el último instante dio un salto, lanzándose entre los escombros que caían del techo. Rodó por el suelo. La tos le sacudió el cuerpo. Tenía la piel tirante, como si estuviera a punto de hervir por el calor. Trató de levantarse, pero solo consiguió ponerse a gatas. Después, empezó a toser, escupiendo hollín negro. Le goteaba la nariz. El sudor le corría por la cara. Siguió tosiendo. Le parecía tener cristales rotos en los pulmones. Apoyó la frente en el suelo. El barro se le pegó a las cejas chamuscadas. Respiró hondo por la nariz.

Cobre.

Se incorporó.

Entre los policías, existía la creencia de que se notaba el olor del hierro de la sangre cuando este entraba en contacto con el oxígeno. Pero no era cierto. Para activar el olor hacía falta una reacción química y, en la escena de un crimen, solían ser los compuestos grasos de la piel los que la propiciaban. El olor se amplificaba en presencia de agua.

Will miró hacia el lago. Tenía la vista nublada. Se limpió el barro y el sudor. Ahogó la tos que pugnaba por salir.

A lo lejos, distinguió las suelas de unas Nike.

Unos vaqueros manchados de sangre, bajados hasta las rodillas.

Unos brazos flotando a los lados.

El cuerpo estaba bocarriba, medio dentro del agua, medio fuera.

Aquella imagen lo dejó momentáneamente paralizado, quizá porque la luna teñía la piel de un color azul pálido y ceroso. Tal vez se había acordado al bromear sobre el hecho de haberse criado en un orfanato, o quizá acusaba aún la ausencia de familiares en su lado del pasillo, durante la boda. Fuera como fuese, se descubrió pensando en su madre.

Que él supiera, solo había dos fotografías que documentaran los diecisiete años de vida de su madre. Una era una fotografía policial tomada tras una detención, un año antes de que él naciera. La otra se la había hecho el forense que le practicó la autopsia. Una Polaroid descolorida. El azul ceroso de la piel de su madre era el mismo que el de la mujer que yacía, muerta, a unos seis metros de distancia.

Se levantó y se acercó cojeando al cadáver.

No se hacía ilusiones de ver el rostro de su madre. Sabía instintivamente a quién iba a encontrar. Aun así, al hallarse de pie junto al cuerpo y comprobar que estaba en lo cierto, otra cicatriz se grabó en lo más recóndito de su corazón.

Otra mujer perdida. Otro hijo que crecería sin madre.

Mercy McAlpine yacía en el agua poco profunda. Entre la suave ondulación del agua, parecía que se encogía de hombros levemente. Su cabeza descansaba sobre un amontonamiento de piedras que mantenían su nariz y su boca fuera del agua. Los mechones flotantes de su pelo rubio le daban una apariencia etérea, como de ángel caído o estrella que se desvanece.

La causa de la muerte no era ningún misterio. Will vio que la habían apuñalado repetidas veces. La camisa blanca que llevaba en la cena casi había desaparecido entre la pulpa sanguinolenta del pecho. El agua había limpiado algunas heridas. Alcanzó a ver los horribles tajos del hombro, donde el agresor había girado el cuchillo. Unos cuadrados de color rojo oscuro evidenciaban que lo único que había impedido que la hoja se hundiera más aún era el mango.

A lo largo de su carrera, Will había visto crímenes más horrendos que aquel, pero hacía menos de una hora aquella mujer estaba viva, se paseaba por allí y bromeaba, coqueteaba, discutía con su hijo malhumorado y guerreaba con su tóxica familia. Ahora estaba muerta. Ya nunca podría hacer las paces con su hijo. No lo vería enamorarse. No se sentaría en primera fila para verlo casarse con el amor de su vida. No habría más vacaciones, ni cumpleaños, ni graduaciones, ni momentos de paz juntos.

Y a Jon solo le quedaría el dolor de su ausencia.

Will se permitió unos segundos de tristeza antes de poner en juego sus conocimientos. Escudriñó el bosque por si el asesino seguía por allí. Buscó armas por el suelo. El agresor se había llevado el cuchillo. Observó de nuevo el bosque. Aguzó el oído por si distinguía algún sonido extraño. Se tragó el hollín y la bilis que notaba en la garganta. Se arrodilló junto a Mercy. Le presionó el cuello con los dedos para comprobar si había pulso.

Sintió la rápida sacudida de sus latidos.

Estaba viva.

—Mercy… —Le hizo volver la cabeza con delicadeza. Tenía los ojos abiertos, el blanco le brillaba con el lustre de las canicas. Will habló con voz firme—: ¿Quién te ha hecho esto?

Oyó un silbido, pero no procedía de la nariz o la boca. Sus pulmones intentaban aspirar aire a través de las heridas abiertas en el pecho.

—Mercy. —Le agarró la cara con las manos y repitió con firmeza—: Mercy McAlpine, me llamo Will Trent, soy agente de la Oficina de Investigación de Georgia. Necesito que me mires.

Sus párpados empezaron a aletear.

—Mírame, Mercy —ordenó—. Mírame.

El blanco apareció un instante. Sus pupilas se voltearon. Pasaron unos segundos, puede que un minuto, antes de que lograra enfocar el rostro de Will. Hubo una breve chispa de reconocimiento; después, una ráfaga de temor. Había vuelto a su cuerpo y estaba llena de pánico y de dolor.

—Vas a ponerte bien. —Will hizo amago de levantarse—. Voy a buscar ayuda.

Mercy lo agarró del cuello de la camiseta y tiró de él. Lo miró; lo miró de verdad. Ambos sabían que no iba a ponerse bien. En vez de dejarse arrastrar por el pánico, en vez de soltar a Will, lo mantuvo bien agarrado. Su vida volvía a dibujarse con nitidez. Las últimas palabras que le había dicho a su familia, la pelea con su hijo.

—J-Jon… Dile… Dile que tiene que… que tiene que alejarse de… de…

Will vio que sus párpados volvían a agitarse. No pensaba decirle nada a Jon. Mercy le diría sus últimas palabras a su hijo a la cara. Alzó la voz, gritando:

—¡Sara! ¡Trae a Jon! ¡Deprisa!

—N-no… —Mercy se puso a temblar. Estaba empezando a convulsionar—. J-Jon no puede… Él n-no puede… quedarse… Que se aleje de… de…

—Escúchame, dale a tu hijo la oportunidad de despedirse.

—L-lo quiero… Lo quiero… m-muchísimo.

Will oyó su propia angustia en la voz de Mercy.

—Mercy, por favor, quédate conmigo solo un rato más. Sara va a traer a Jon. Tiene que verte antes de que…

—L-lo siento…

—No lo sientas. Tú quédate conmigo, nada más. Por favor. Piensa en lo último que te dijo Jon. Eso no puede ser el final. Tú sabes que no te odia. No quiere que te mueras. No le dejes así. Por favor.

—Di-dile que… que está p-perdonado… —Tosió, escupiendo sangre—. Perdonado…

—Díselo tú. Jon necesita que se lo digas tú.

Ella le retorció la camiseta, tirando de él.

—Perdonado…

—Mercy, por favor, no… —Se le quebró la voz.

Ella se estaba apagando muy deprisa. De pronto, Will se dio cuenta de lo que vería Jon si Sara lo llevaba allí. No sería una despedida tierna. Ningún hijo debía presenciar la muerte violenta de su madre, tener que vivir con esa imagen grabada en la memoria.

Intentó tragarse su propia pena.

—De acuerdo. Se lo diré a Jon. Te lo prometo.

Mercy se tomó su promesa como un permiso.

Su cuerpo se aflojó. Le soltó el cuello de la camiseta. Will vio descender su mano, vio las ondas que levantó al caer al agua. El temblor había cesado. Tenía la boca abierta. Un suspiro lento y penoso salió de su cuerpo. Will esperó a que tomara aire de nuevo, ásperamente, pero su pecho permaneció inmóvil.

Sintió pánico en medio del silencio. No podía dejarla marchar. Sara era médica. Podía salvarla. Traería a Jon y el chico tendría oportunidad de despedirse.

—¡Sara! —Su voz retumbó en el lago.

Se arrancó la camiseta, cubrió sus heridas. Jon no debía verlas. Vería solo el rostro de su madre. Sabría que ella lo quería. No tendría que vivir el resto de sus días preguntándose cómo habrían sido las cosas si…

—¿Mercy? —Will la sacudió tan fuerte que su cabeza se inclinó hacia un lado—. ¿Mercy?

Le dio una cachetada. Tenía la piel helada. No le quedaba ya ningún color. La sangre había dejado de fluir. No respiraba. Will no le encontró el pulso. Tenía que empezar la maniobra de reanimación. Juntó las manos, las apoyó sobre su pecho, bloqueó los codos, cuadró los hombros y empujó hacia abajo con todo su peso.

Un relámpago de dolor le atravesó la mano. Intentó retirarla, pero la tenía atrapada.

—¡Para! —Sara apareció de pronto a su lado. Lo agarró de las manos y se las sujetó contra el pecho de Mercy—. No te muevas o te cortarás los nervios.

Él tardó un momento en comprender que no era Mercy quien le preocupaba, sino él.

Miró hacia abajo. Su cerebro no encontraba explicación a lo que estaba viendo. Poco a poco, fue entendiendo. Estaba viendo el arma homicida. La agresión había sido frenética, violenta, rabiosa. El asesino no solo había apuñalado a Mercy en el pecho. También la había atacado por la espalda, clavándole el cuchillo con tanta fuerza que el mango se había partido y la hoja seguía incrustada en el pecho.

Había clavado la mano en el cuchillo roto.

13

1

DOCE HORAS ANTES DEL ASESINATO

Mercy McAlpine miraba el techo pensando en la semana que tenía por delante. Las diez parejas se habían marchado del albergue esa mañana. Hoy llegaban otras cinco. El jueves lo harían cinco más, así que tendrían otra vez el albergue lleno para el fin de semana. Tenía que llevar las maletas a las cabañas correspondientes. El transportista había dejado las últimas en el aparcamiento a primera hora. Tenía que pensar qué iba a hacer con el idiota de Marti, el amigo de su hermano, que seguía rondando por allí como un perro callejero. Había que avisar al personal de cocina de que había vuelto, porque era alérgico a los cacahuetes. O a lo mejor no les avisaba y así se quitaba de encima una carga.

Aunque, para carga, la que tenía de verdad encima en ese momento. Dave resoplaba como un tren de vapor que no llegaba nunca al final del túnel. Se le salían los ojos de las órbitas. Tenía las mejillas coloradas. Mercy había tenido un orgasmo, en silencio, hacía cinco minutos. Seguramente debería habérselo dicho, pero odiaba darle esa satisfacción.

Volvió la cabeza, intentando ver el reloj que había junto a la cama. Estaban en el suelo de la cabaña cinco, porque no valía la pena cambiar las sábanas por Dave. Debía de ser casi mediodía. Mercy no podía llegar tarde a la reunión familiar. Los huéspedes empezarían a llegar sobre las dos. Había que hacer varias llamadas. Dos parejas habían pedido masajes. Otra se había apuntado a *rafting* en el último momento. Tenía que confirmar el horario del centro hípico para el

14

día siguiente y volver a mirar el tiempo, por si la tormenta seguía avanzando hacia allí. El proveedor les había llevado nectarinas en vez de melocotones. ¿De verdad creía que no notaba la diferencia?

—Merce… —Dave seguía resoplando, pero Mercy le notó en la voz que se daba por vencido—. Creo que tengo que dejarlo.

Le dio dos palmaditas en el hombro para que se apartara. Su polla cansada le rozó la pierna cuando se dejó caer de espaldas y se quedó mirando el techo. Ella lo miró con atención. Dave acababa de cumplir treinta y cinco años y aparentaba casi ochenta. Tenía los ojos legañosos. La nariz surcada de capilares rotos. Emitía una especie de silbido al respirar. Había empezado a fumar otra vez, porque por lo visto el alcohol y las pastillas no lo estaban matando con bastante rapidez.

—Lo siento —dijo.

No hizo falta que Mercy respondiera: la escena se había repetido tantas veces que sus palabras eran como un eco perpetuo. «A lo mejor si no estuvieras colocado… Si no estuvieras borracho… Si no fueras un puto inútil… Y si tú no fueras una imbécil y no estuvieras tan sola y no siguieras follándote al mierda de tu exmarido en el suelo…».

—¿Quieres que te…? —Dave señaló hacia abajo.

—No, estoy bien.

Dave se rio.

—Eres la única mujer que conozco que finge que no tiene orgasmos.

A Mercy no le apetecía bromear con él. Le reprochaba continuamente a Dave que tomara siempre tan malas decisiones, como si ella fuera mejor, y luego seguía acostándose con él. Se puso los vaqueros. Había engordado unos kilos y le apretaba el botón. No se había quitado nada más, solo el calzado. Las Nike de color lavanda estaban al lado de la caja de herramientas de Dave, lo que le recordó…

—Tienes que arreglar el váter de la tres antes de que lleguen los huéspedes.

—A sus órdenes, jefa. —Dave se puso de lado, preparándose para levantarse. Nunca tenía prisa—. ¿Puedes dejarme algo de dinero?

—Descuéntalo de la pensión del niño.

Él hizo una mueca. Llevaba dieciséis años de retraso en la pensión.

—¿Y lo que te pagó papá por arreglar las cabañas individuales?

—Eso era un adelanto para comprar materiales. —Le chasqueó la rodilla al levantarse.

Mercy dio por sentado que la mayoría de los «materiales» procedían de su camello o su corredor de apuestas.

—Una lona y un generador de segunda mano no cuestan mil dólares.

—Venga ya, Mercy Mac.

Mercy soltó un sonoro suspiro mientras se miraba al espejo. La cicatriz que le cruzaba la cara de arriba abajo se había puesto de un rojo encendido que contrastaba con su piel pálida. Seguía llevando el pelo recogido en una coleta bien tensa. Ni siquiera se le había arrugado la camisa. Tenía cara de haber tenido el orgasmo menos satisfactorio con el hombre más decepcionante del mundo.

—¿Qué te parece ese asunto de los inversores? —preguntó Dave.

—Me parece que papá va a hacer lo que le dé la gana.

—No se lo estoy preguntando a él.

Miró a Dave en el espejo. Su padre les había soltado la noticia de que venían unos inversores ricos mientras estaban desayunando. A ella no se lo había consultado, así que suponía que era su forma de recordarle que allí seguía mandando él. El albergue llevaba siete generaciones en manos de la familia McAlpine. Antes habían recibido pequeños préstamos, casi siempre de huéspedes de toda la vida que querían que el albergue siguiera abierto. Gracias a ello habían podido reparar los tejados o comprar calentadores de agua nuevos, y hasta cambiar el tendido eléctrico desde la carretera. Pero esto parecía mucho más gordo. Papá les había dicho que con el dinero de los inversores tendrían suficiente para construir un anexo al recinto principal.

—Yo creo que es buena idea —dijo Mercy—. Esa parte del antiguo campamento está en la mejor zona de la finca. Podemos construir cabañas más grandes y a lo mejor empezar a publicitarnos para bodas y reuniones familiares.

—¿Sigues queriendo llamarlo Campamento Pedófilo?

Mercy no quería reírse, pero se rio. El Campamento Awinita era una zona de acampada de cuarenta hectáreas con acceso al lago, un riachuelo lleno de truchas y magníficas vistas a las montañas. Había sido, además, su gallina de los huevos de oro hasta hacía quince años, cuando empezaron a surgir escándalos de pederastia en todas las organizaciones que lo alquilaban, desde los *boy scouts* hasta los baptistas sureños. A saber cuántos niños habrían sufrido abusos allí... No habían tenido más remedio que cerrarlo antes de que el estigma se extendiera también al albergue.

—No sé —dijo Dave—. Casi todos esos terrenos están protegidos. No se puede construir más allá de donde el río desemboca en el lago. Además, no me imagino a papá dejando que alguien le diga cómo tiene que gastarse el dinero.

—«Solo hay un apellido en el cartel de la carretera» —dijo Mercy citando a su padre.

—Pero también es el tuyo. Estás llevando muy bien este sitio. Tenías razón con lo de renovar los baños. Fue un fastidio traer todo ese mármol, pero la verdad es que ha quedado impresionante. Los grifos y las bañeras son como de revista. Los huéspedes se gastan más en extras. Y repiten. Si no fuera por lo que has hecho tú, esos inversores no estarían ofreciendo dinero.

Mercy resistió el impulso de jactarse. Su familia no se prodigaba en cumplidos. No le habían dicho ni una palabra sobre las paredes decorativas de las cabañas, las nuevas barras de café y las jardineras rebosantes de flores de las ventanas para que los huéspedes se sintieran como si entraran en un cuento de hadas.

Ella dijo:

—Si invertimos bien ese dinero, la gente pagará el doble o puede que hasta el triple de lo que paga ahora. Sobre todo, si ofrecemos acceso por carretera, en vez de hacerles subir hasta aquí andando. Hasta podríamos comprar unos vehículos UTV para bajar al lago. Esa parte es preciosa.

—Sí que lo es, tienes razón. —Dave se pasaba la mayor parte del día allí, haciendo como que reformaba las tres cabañas antiguas—. ¿Y Pizca? ¿Qué opina de lo del dinero?

Su madre siempre se ponía de parte de su padre, pero aun así Mercy contestó:

—Si no te lo ha dicho a ti, a mí menos.

—Pues no me ha dicho ni pío. —Dave se encogió de hombros. Pizca acabaría por contárselo. Quería a Dave más que a sus propios hijos—. Yo pienso que ampliar no siempre es bueno.

Ampliar era justo lo que quería Mercy. Cuando se le había pasado el susto, después de enterarse de la noticia, había empezado a hacerse a la idea. La entrada de dinero podía animar un poco las cosas. Estaba harta de sentirse estancada, como si intentara avanzar por arenas movedizas.

—Es mucho cambio —comentó Dave.

Ella apoyó la espalda contra la cómoda, mirándolo.

—¿Y tan malo sería que cambiaran las cosas?

Los ojos de ambos se cruzaron. La pregunta tenía mucho peso. Mercy miró más allá de los ojos legañosos y la nariz roja, y vio al chico de dieciocho años que había prometido llevársela lejos de allí. Luego, vio el accidente de coche que le había rajado la cara. La desintoxicación. La desintoxicación, otra vez. La batalla por la custodia de Jon. El peligro de quedarse en la cuneta. Y la decepción, siempre la decepción, constante e implacable.

Su teléfono tintineó en la mesilla de noche. Dave miró la notificación.

—Hay alguien a la entrada del camino.

Mercy desbloqueó la pantalla. La cámara estaba en el aparcamiento, de modo que quedaban unas dos horas para que los primeros huéspedes completaran la subida de ocho kilómetros a pie hasta el albergue. Menos, quizá. A aquellos no parecía que la senda fuera a suponerles mucho esfuerzo. El hombre era alto, larguirucho, con pinta de corredor. La mujer tenía el pelo largo, rizado y rojo y llevaba una mochila que parecía muy usada.

Se besaron apasionadamente antes de emprender el camino. Mercy sintió una punzada de envidia al verlos tomados de la mano. El hombre no apartaba la mirada de la mujer, ni ella de él. Después se rieron, como si se dieran cuenta de lo ridículo que era que se comportaran como tortolitos.

—El tío parece encoñado —comentó Dave.

Los celos de Mercy se intensificaron.

—Pues anda que ella.

—Un BMW —observó Dave—. ¿Son los inversores?

—La gente rica no es tan feliz. Tienen que ser los recién casados, Will y Sara.

Dave escrutó con más atención, aunque la pareja estaba ahora de espaldas a la cámara.

—¿Sabes a qué se dedican?

—Él es mecánico. Y ella, profesora de química.

—¿De dónde son?

—De Atlanta.

—¿De Atlanta Atlanta o de los alrededores?

—No lo sé, Dave. De Atlanta Atlanta.

Él se acercó a la ventana. Mercy notó que miraba hacia la casa, al otro lado del complejo. Sabía que algo le había molestado, pero no tenía ganas de preguntarle qué. Había invertido mucho tiempo en Dave. Había intentado ayudarlo, curarlo. Había procurado quererlo lo suficiente. Ser suficiente. Había intentado una y otra vez no ahogarse en las arenas movedizas de su penosa necesidad.

La gente pensaba que era un tipo campechano y relajado, el alma de la fiesta, en cambio ella sabía que llevaba dentro del pecho una gigantesca bola de angustia. Dave no era drogadicto porque estuviera en paz. Había pasado los primeros once años de su vida en hogares de acogida. Cuando se escapó, nadie se molestó en buscarlo. Estuvo merodeando por el campamento hasta que el padre de Mercy lo encontró durmiendo en una de las cabañas individuales. Su madre le hizo la cena y, desde entonces, Dave empezó a presentarse todas las noches. Luego, se instaló en la casa y los McAlpine lo adoptaron, lo que dio pie a un montón de habladurías cuando Mercy se quedó embarazada de Jon. Tampoco ayudó que en aquel momento él tuviera dieciocho años y ella quince recién cumplidos.

Nunca se habían considerado hermanos. Eran más bien como dos idiotas que se cruzaban de noche. Él la había odiado hasta que la amó. Y ella lo había amado hasta que lo odió.

—Atención. —Dave se apartó de la ventana—. Aquí viene Christopez.

Mercy se estaba guardando el teléfono en el bolsillo de atrás cuando su hermano abrió la puerta. Llevaba a uno de los gatos, una especie de pelele gordinflón que se retorcía entre sus brazos. Christopher vestía como siempre: chaleco de pescar, sombrero de lona adornado con moscas de pesca, pantalones cortos con un montón de bolsillos y chanclas para poder ponerse las botas de goma en cualquier momento y pasarse el día tirando el sedal en medio del río. De ahí el apodo.

—¿Cómo tú por estas aguas, Christopez? —preguntó Dave.

—No sé. —Pez levantó las cejas—. He olfateado un cebo.

Mercy sabía que podían tirarse así horas.

—Pez, ¿le dijiste a Jon que limpiara las canoas?

—Sí, y me mandó a la mierda.

—Ay, Dios. —Mercy le lanzó una mirada a Dave, como si fuera el único responsable del comportamiento de Jon—. ¿Dónde está?

Pez dejó el gato en el porche, al lado del otro.

—Lo he mandado al pueblo a por melocotones.

—¿Por qué? —Ella volvió a mirar el reloj—. Faltan cinco minutos para la reunión. No le pago para que se pase el verano dando tumbos por el pueblo. Tiene que respetar el horario.

—Tenía que irse. —Pez cruzó los brazos como hacía siempre que pensaba que tenía algo importante que decir—. Ha venido Delilah.

Mercy se habría asustado menos si su hermano le hubiera dicho que Lucifer estaba bailando una giga en el porche. Sin pensarlo, agarró a Dave del brazo. El corazón le golpeaba la caja torácica como un gong. Hacía doce años que se había enfrentado a su tía en un juzgado atestado de gente. Delilah había intentado conseguir la custodia permanente de Jon. Mercy aún sentía las profundas heridas que le había dejado su lucha por recuperarlo.

—¿Qué hace aquí esa puta loca? —preguntó Dave—. ¿Qué quiere?

—No lo sé —contestó Pez—. Me adelantó por el camino y luego entró en casa con papá y Pizca. Yo me fui a buscar a Jon y le dije que se fuera antes de que la viera. De nada, por cierto.

Mercy no pudo darle las gracias. Había empezado a sudar. Delilah vivía a una hora de distancia, en su pequeña burbuja. Si sus padres la habían hecho venir, era porque tramaban algo.

—¿Papá y Pizca estaban en el porche, esperándola?

—Siempre están en el porche por la mañana. ¿Cómo voy a saber si estaban esperándola?

—¡Pez! —Mercy dio un pisotón. Su hermano era capaz de distinguir una lubina de boca pequeña de una de ojos rojos a veinte metros de distancia, pero no tenía ni idea de cómo interpretar los gestos de las personas—. ¿Qué cara han puesto cuando ha llegado Delilah? ¿Se han sorprendido? ¿Han dicho algo?

—Creo que no. Delilah salió del coche. Llevaba el bolso así. —Mercy vio que juntaba las manos delante de la tripa—. Luego, subió los escalones y entraron.

—¿Sigue vistiendo como Pippi Calzaslargas? —preguntó Dave.

—¿Quién es Pippi Calzaslargas?

—Callaos —siseó Mercy—. ¿Delilah no ha dicho nada al ver a papá en silla de ruedas?

—No. Ninguno ha dicho nada, ahora que lo pienso. Qué raro, estaban muy callados. —Pez levantó el dedo para indicar que se acordaba de otro detalle—. Pizca se puso a empujar la silla de papá para llevarlo dentro, pero Delilah la hizo quitarse.

—Típico de ella —masculló Dave.

Mercy sintió que apretaba los dientes. Si Delilah no se había sorprendido al ver a su hermano en silla de ruedas, era porque ya sabía lo del accidente. O sea que habían hablado por teléfono. La pregunta era: ¿quién había llamado? ¿La habían invitado a venir o se había presentado por su cuenta?

En ese momento, como a propósito, empezó a sonar su teléfono. Mercy se lo sacó del bolsillo. Miró el identificador de llamadas.

—Pizca.

—Pon el altavoz —dijo Dave.

Mercy tocó la pantalla. Su madre empezaba todas las llamadas de la misma manera, tanto si llamaba ella como si la llamaban.

—Soy Pizca.

—Sí, madre —contestó Mercy.

—¿Venís a la reunión, niños?

Mercy miró el reloj. Llegaban dos minutos tarde.

—He mandado a Jon al pueblo. Pez y yo vamos para allá.

—Trae a Dave.

La mano de Mercy quedó suspendida sobre el teléfono cuando estaba a punto de colgar. De pronto le temblaban los dedos.

—¿Por qué quieres que vaya Dave?

Se oyó un clic cuando su madre colgó.

Mercy miró a Dave, después a Pez. Sintió que una gota de sudor le bajaba por la espalda.

—Delilah va a intentar recuperar a Jon.

—No, qué va. Jon acaba de cumplir años. Ya es prácticamente un adulto. —Por una vez, era Dave quien recurría a la lógica—. Delilah no puede quitártelo. Aunque lo intentara, el juicio no sería hasta dentro de un par de años, por lo menos. Para entonces ya tendría dieciocho.

Mercy se llevó la mano al corazón. Dave tenía razón. Aunque Jon a veces se comportara como un bebé, tenía dieciséis años. Y ella ya no era una piltrafa, una fracasada a la que habían detenido dos veces por conducir bebida, ni intentaba dejar la heroína a base de ansiolíticos. Era una ciudadana responsable. Llevaba el negocio familiar y hacía trece años que no se drogaba.

—Chicos —dijo Pez—, ¿se supone que sabemos que ha venido Delilah o no?

—¿No te ha visto en el camino? —preguntó Dave.

—¿Puede ser? —preguntó Pez, en vez de afirmarlo—. Yo estaba apilando leña junto a la caseta y ella iba muy deprisa. Ya sabéis cómo es. Como si siempre tuviera que cumplir una misión.

A Mercy se le ocurrió una explicación tan espantosa que casi no se atrevió a decirla en voz alta.

—Puede que haya vuelto el cáncer.

Pez se quedó de piedra. Dave se alejó unos pasos y les dio la espalda. A Pizca le habían diagnosticado un melanoma metastásico hacía cuatro años. El cáncer había remitido gracias a un tratamiento muy agresivo, pero que hubiera remitido no significaba que estuviera curada. El oncólogo le había aconsejado que procurara tener sus asuntos en orden.

—Dave, ¿tú has notado algo? —le preguntó Mercy—. ¿La ves distinta?

Lo vio menear la cabeza y limpiarse los ojos con el puño. Siempre había sido el ojito derecho de mamá, y Pizca seguía mimándolo como a un bebé. Pero Mercy no estaba resentida con él por esas muestras de afecto. A fin de cuentas, su madre biológica lo había abandonado en una caja de cartón, delante de un parque de bomberos.

Dave carraspeó varias veces para poder hablar.

—Si el… Si el cáncer hubiera vuelto, me pillaría a solas para decírmelo. No me lo soltaría así, en una reunión familiar.

Mercy sabía que tenía razón. Dave era, de hecho, la primera persona a la que Pizca se lo había contado la vez anterior. Siempre había tenido un vínculo especial con su madre. Era él quien la había apodado Mamá Pizca por lo pequeñita que era. Cuando luchaba contra el cáncer, era Dave quien la llevaba al médico y a las operaciones, y a los tratamientos. También quien le cambiaba los vendajes y quien controlaba su régimen de pastillas, hasta quien le lavaba el pelo.

Papá estaba muy atareado llevando el albergue.

—Estamos pasando por alto lo más obvio —dijo Pez.

Dave se dio la vuelta, limpiándose la nariz con el bajo de la camiseta.

—¿El qué?

—Que papá quiere que hablemos de los inversores.

Mercy se sintió como un idiota por no haberlo pensado antes.

—¿Hay que convocar una reunión de la junta para votar si aceptamos el dinero o no?

—No. —Dave conocía mejor que nadie las cláusulas del fideicomiso de la familia McAlpine. Delilah había intentado echarle porque

23

era adoptado—. Papá es el administrador, así que esas decisiones las toma él. Además, para ganar una votación solo se necesita que haya cuórum. Mercy, tú eres la representante de Jon, así que solo os necesita a ti, a Pez y a Pizca. Yo no tendría por qué estar. Ni Delilah tampoco.

Pez miró la hora con nerviosismo.

—Deberíamos irnos, ¿no? Papá está esperando.

—Sí, para tendernos una emboscada —comentó Dave.

Mercy intuía que eso era lo que se proponía su padre. No se hacía ilusiones de que fueran a compartir un grato momento familiar.

—Vamos allá —dijo.

Se adelantó a ellos mientras cruzaban el recinto. Los dos gatos trotaban a su lado. Luchaba por refrenar su ansiedad natural. Jon estaba a salvo. Ella no estaba indefensa. Era demasiado mayor para que le dieran unos azotes y su padre ya no corría más que ella.

El calor se le agolpó en la cara. Era muy mala hija por pensar eso. Hacía año y medio, su padre iba guiando a un grupo por la ruta de bici de montaña cuando cayó de cara pasando por encima del manillar y se precipitó por un barranco. Una ambulancia aérea lo sacó en camilla mientras los huéspedes observaban la escena horrorizados. Tenía un traumatismo craneal, dos vértebras cervicales fracturadas y la columna rota. No había duda de que acabaría en una silla de ruedas. Tenía dañados los nervios del brazo derecho. Con suerte, podría controlar hasta cierto punto la mano izquierda. Respiraba por sí solo, pero aquellos primeros días los cirujanos hablaban de él como si ya estuviera muerto.

Mercy no había tenido tiempo de llorar. Aún tenían huéspedes en el albergue. Y llegarían aún más durante las semanas siguientes. Había que hacer los horarios, asignar guías, pedir provisiones. Pagar facturas.

Pez era el mayor, pero nunca le había interesado dirigir el negocio. A él lo que le apasionaba era llevar a los huéspedes a pescar. Jon era demasiado joven y, además, odiaba aquello. Dave, no se podía confiar en que apareciera. Delilah estaba descartada. Y Pizca, lógicamente, no quería moverse del lado de papá. La tarea había recaído por defecto en

Mercy. Que se le diera bien tendría que haber sido motivo de orgullo para la familia. Y que los cambios que había introducido les hubieran reportado grandes beneficios el primer año —y que ahora fueran camino de duplicar esos beneficios— debería haber sido motivo de celebración.

En cambio, su padre se había mostrado rabioso desde el momento en que salió de la clínica de rehabilitación. Y no por el accidente ni por haber perdido su capacidad atlética. Ni siquiera por haber perdido libertad. Por alguna razón insondable, toda su rabia, toda su hostilidad iban dirigidas contra Mercy.

Cada día, Pizca paseaba a papá por el recinto principal en la silla de ruedas. Y cada día, él encontraba cosas que criticar en todo lo que hacía Mercy. Las camas no estaban bien hechas. Las toallas estaban mal dobladas. Los huéspedes no estaban bien atendidos. Las comidas no se servían correctamente. Y, claro está, la manera correcta de hacer las cosas era siempre la suya.

Al principio, Mercy se esforzaba por complacerlo, por satisfacer su ego, por fingir que no podía hacer nada sin él, por pedirle consejo y aprobación. Pero no sirvió de nada. Su ira se enconó aún más. Si ella hubiera cagado lingotes de oro, él les habría encontrado algún defecto. Mercy sabía que su padre podía ser exigente y mandón. Lo que no sabía es que, además, fuera tan mezquino como cruel.

—Esperad —dijo Pez en voz baja, como si fueran niños escabulléndose para ir al lago—. ¿Cómo vamos a afrontar esto, chicos?

—Pues como siempre —respondió Dave—. Tú vas a quedarte mirando el suelo sin abrir la boca. Yo voy a cabrear a todo el mundo. Y Mercy va a atrincherarse y a luchar.

Eso al menos le valió una sonrisa. Mercy le apretó el brazo antes de abrir la puerta de la casa.

Como de costumbre, la recibió la oscuridad. Paredes oscuras y desgastadas por el paso del tiempo. Dos ventanas pequeñas y estrechas. Nada de luz natural. El vestíbulo había servido de dormitorio común cuando se abrió el albergue, después de la guerra civil. Entonces, era poco más que una barraca de pescadores. Aún se veían las marcas del hacha en las paredes de madera, hechas con listones sacados de árboles de la propia finca.

Por suerte y por necesidad, la casa se había ido agrandando con el paso de los años. Se añadió otra entrada a un lado del porche para que los excursionistas se encontrasen con un panorama más acogedor al salir del sendero. Se construyeron habitaciones privadas para los huéspedes más adinerados, lo que hizo necesario levantar una escalera para subir al piso de arriba. Se añadieron un salón y un comedor para los émulos de Teddy Roosevelt que iban a explorar el nuevo parque nacional. Se comunicó la cocina con la casa cuando dejaron de usarse fogones de leña. El porche envolvente había sido una concesión al calor aplastante del verano. En un momento dado, había doce hermanos McAlpine hacinados en literas en la planta de arriba. Y como una mitad odiaba a la otra, no quedó más remedio que construir las tres cabañas individuales cerca del lago.

La mayoría se dispersaron al llegar la Gran Depresión y allí quedó un único McAlpine, solitario y resentido, que sobrevivía a duras penas y que había ido guardando las cenizas de los otros en una estantería del sótano a medida que volvían a la finca. Ese bisabuelo de Mercy y Pez era quien había creado el riguroso fideicomiso familiar, cuyos párrafos reflejaban punto por punto el rencor que sentía hacia sus hermanos. Era también el único motivo de que la finca no se hubiera vendido por lotes hacía años. Casi toda la zona de acampada se hallaba sometida a servidumbre de conservación, por lo que no podía edificarse en ella, y la parte restante estaba sujeta a cláusulas que limitaban el uso que podía hacerse de las tierras.

Según los términos del fideicomiso, debía haber consenso para acometer cualquier reforma importante, pero, a lo largo de los años, los McAlpine habían sido una panda de gilipollas que se enfrentaban unos a otros y que, aunque fuera solo por fastidiar, procuraban que nunca se llegara a un acuerdo. El hecho de que su padre fuera el mayor gilipollas de esa larga lista no tendría que haberles sorprendido.

Y, sin embargo, allí estaban.

Mercy enderezó los hombros mientras avanzaba por el largo pasillo hacia el fondo de la casa. Le lagrimearon los ojos cuando le dio la luz del sol que entraba por las ventanas batientes, luego por las ventanas palladianas y, finalmente, por las elegantes puertas plegables que daban a la parte de atrás del porche. Las sucesivas habitaciones eran como los anillos de un árbol. Podía contarse el paso de los años por el enlucido de crin de caballo de las paredes, por los techos de gotelé y los electrodomésticos de color verde aguacate que servían de contrapunto a la cocina Wolf de seis fuegos recién estrenada.

Era allí donde esperaban sus padres. La silla de ruedas de papá estaba arrimada a la mesa redonda de pie central que había construido Dave después del accidente. Pizca estaba sentada a su lado, con la espalda recta, los labios fruncidos y la mano apoyada sobre un montón de horarios. Había algo de intemporal en su aspecto. Apenas tenía arrugas. Siempre había parecido la hermana mayor de Mercy, más que su madre. Excepto por su aire de desaprobación. Como de costumbre, no sonrió hasta que vio a Dave. Entonces, se le iluminó la cara como si Elvis acabara de entrar por la puerta llevando a Jesucristo en brazos.

Mercy apenas se percató de ello. Delilah no estaba por ninguna parte, lo que hizo que su cerebro volviera a dar vueltas como un torbellino. ¿Dónde se había escondido? ¿Qué hacía allí? ¿Qué quería? ¿Se habría encontrado con Jon por la estrecha carretera?

—¿Tanto os cuesta llegar a tiempo? —Papá miró con énfasis el reloj de la cocina. Llevaba un reloj de pulsera, pero le costaba trabajo girar la muñeca izquierda—. Sentaos.

Dave desoyó la orden y se inclinó para besar a Pizca en la mejilla.

—¿Qué tal, Mamá Pizca?

—Bien, cariño. —Pizca levantó la mano y le dio unas palmaditas en la cara—. Anda, siéntate.

Su ligera caricia borró momentáneamente las arrugas de preocupación de la frente de Dave, que le guiñó un ojo a Mercy mientras apartaba una silla. El ojito derecho de mamá. Pez se sentó donde siempre, a la izquierda de Pizca, con los ojos fijos en el suelo y las manos en el regazo. Nada de sorpresas.

Mercy posó la mirada en su padre, cuyo rostro tenía ahora más cicatrices que el suyo. Profundas arrugas se abrían en abanico desde las comisuras de sus ojos y hendían como paréntesis opuestos sus mejillas hundidas. Había cumplido sesenta y ocho años, pero aparentaba noventa. Siempre le había gustado estar al aire libre. Antes del accidente de bici, Mercy solo lo había visto quedarse sentado el tiempo necesario para engullir la comida. Las montañas eran su hogar. Conocía cada palmo de aquellos caminos, el nombre de cada pájaro y cada flor. Los huéspedes lo adoraban. Los hombres querían vivir como él. Las mujeres envidiaban su ímpetu. Decían que era su guía favorito, su animal espiritual, su confidente.

No era su padre, claro.

—Muy bien, niños. —Pizca siempre empezaba las reuniones familiares con aquella coletilla, como si aún fueran niños pequeños. Se inclinó en la silla para repartirles los horarios. Era una mujer muy menuda, de apenas un metro cincuenta, con voz suave y rostro angelical—. Hoy tenemos cinco parejas. Cinco más el jueves.

—Lleno otra vez —comentó Dave—. Buen trabajo, Mercy Mac.

Los dedos de la mano izquierda de papá se crisparon sobre el brazo de la silla.

—Habrá que traer más guías para el fin de semana.

Mercy se tomó un momento para recomponerse. ¿De verdad iban a celebrar la reunión como si Delilah no estuviera acechando entre las sombras? Estaba claro que papá tramaba algo. Pero no había nada que hacer, salvo seguirle la corriente.

Le dijo:

—Ya he avisado a Xavier y Gil. Jedediah está de retén.

—¿De retén? —preguntó él con aspereza—. ¿Cómo que «de retén»?

Mercy se mordió la lengua para no contestarle que, si quería, podía buscarle la expresión en Google. Tenían normas estrictas respecto a la proporción de guías por número de huéspedes, no solo por motivos de seguridad, sino porque contar con guías experimentados se traducía en sustanciosos ingresos.

—Por si acaso algún huésped se apunta a la excursión en el último momento.

—Pues se les dice que es demasiado tarde y punto. Nosotros no dejamos a los guías esperando. Trabajan por dinero, no por promesas.

—A Jed no le importa, papá. Dijo que vendría si podía.

—¿Y si no está disponible?

Mercy sintió que empezaba a rechinar los dientes. Su padre tan pronto decía una cosa como la contraria.

—Pues acompañaré yo misma a los huéspedes.

—¿Y quién va a cuidar de esto mientras tú estás retozando por las montañas?

—Las mismas personas que lo cuidaban cuando lo hacías tú.

A él se le dilataron las aletas de la nariz de rabia. Pizca parecía profundamente decepcionada. Menos de un minuto de reunión y ya habían llegado a un punto muerto. Mercy nunca iba a ganar. Podía moverse más rápido o más lento, pero seguía intentando avanzar entre arenas movedizas.

—Muy bien —dijo papá—. De todos modos vas a hacer lo que quieras.

No estaba cediendo. Quería tener la última palabra y, al mismo tiempo, hacerle saber que estaba equivocada. Mercy se disponía a contestar cuando la pierna de Dave se apretó contra la suya debajo de la mesa, instándola a dejarlo pasar.

De todos modos, papá ya había cambiado de tema. Ahora tenía sus miras puestas en Pez.

—Christopher, tienes que esforzarte al máximo con los inversores. Se llaman Sydney y Max, una mujer y un hombre, pero la que lleva los pantalones es ella. Llévalos a las cataratas, seguro que allí pescarán algo bueno. Y no los aburras hablándoles de ecología.

—Claro. Entendido. —Pez había hecho un máster en Gestión de Recursos Naturales en la Universidad de Georgia, especializado en pesquerías y ciencias acuáticas. Su afición por la pesca cautivaba a la mayoría de los huéspedes—. Estaba pensando que les gustaría el…

—Dave, ¿qué pasa con las cabañas individuales? ¿Te estoy pagando para que no des ni clavo?

Dando muestras de una pasividad agresiva que sorprendió a todos los presentes, Dave no se dio prisa en contestar. Se llevó despacio la mano a la cara, se rascó distraídamente la barbilla y por fin dijo:

—He encontrado podredumbre en la tercera casita. He tenido que sanear la parte de atrás y empezar de cero. Puede que sean los cimientos. Quién sabe.

Las fosas nasales de papá volvieron a dilatarse. No tenía modo de comprobar lo que decía Dave. Ni siquiera atado a un *quad* podría bajar a esa zona de la finca.

—Quiero fotos —dijo—. Documenta los daños. Y acuérdate de guardar todos tus cacharros. Viene tormenta. No pienso pagar otro serrucho porque a ti se te olvide protegerlo de la lluvia.

Dave se estaba sacando la mugre de debajo de las uñas.

—Claro, papá.

Mercy notó que la mano izquierda de su padre se tensaba sobre el brazo de la silla. Dos años antes, se habría abalanzado sobre la mesa. Ahora, tenía que reservar cada ápice de energía solo para rascarse el culo.

Mercy le preguntó:

—¿Cuándo quieres que me reúna con los inversores?

Él resopló al oír la pregunta.

—¿Para qué vas a reunirte tú con ellos?

—Porque soy la gerente. Porque tengo todas las hojas de cálculo y los libros de cuentas. Porque soy una McAlpine. Porque todos tenemos partes iguales del fideicomiso. Y porque tengo derecho a hacerlo.

—Tienes derecho a cerrar la boca o te la cierro yo. —Se volvió hacia Pez—: ¿Por qué ha vuelto Marti? Esto no es un albergue para indigentes.

Mercy cruzó con Dave una mirada que él interpretó como una señal de que era hora de lanzar una bomba en medio de la sala.

—¿Vais a decirnos por qué ha venido Delilah?

Pizca se removió en la silla, incómoda.

Papá empezó a sonreír, con esa sonrisa que suscitaba un miedo especial. Su crueldad siempre dejaba huella.

—¿Por qué crees tú que ha venido?

—Creo... —Dave se puso a tamborilear con los dedos sobre la mesa—. Creo que los inversores no han venido a invertir, sino a comprar.

Pez se quedó boquiabierto.

—¿Cómo?

Mercy sintió que se le vaciaban de golpe los pulmones.

—N-no puedes... El fideicomiso dice...

—Ya está hecho —dijo papá—. Tenemos que deshacernos de este sitio antes de que lo hundas.

—¿Hundirlo, yo? —Mercy no daba crédito a lo que oía—. ¿Estás de coña o qué?

—¡Mercy! —siseó su madre—. Esa boca.

—¡Tenemos toda la temporada llena! —Mercy no pudo evitar ponerse a gritar—: ¡Los beneficios han subido un treinta por ciento respecto al año pasado!

—Y tú los has despilfarrado en baños de mármol y sábanas de lujo.

—Y eso ha dado como resultado más reservas.

—¿Y cuánto tiempo va a durar esa racha?

—¡Durará mientras tú no te metas!

Mercy oyó rebotar por la habitación su grito de rabia. La culpa inundó su cuerpo. Nunca le había hablado así a su padre. Ninguno de ellos le hablaba así.

Le tenían demasiado miedo.

—Mercy —dijo Pizca—, siéntate, hija. Un poco de respeto.

Ella se dejó caer lentamente en la silla. Se le habían saltado las lágrimas. Aquello era una traición pura y dura. Ella era una McAlpine. Se suponía que la suya era la séptima generación. Había renunciado a todo —a todo— para quedarse aquí.

—Mercy —repitió Pizca—, pídele perdón a tu padre.

Notó que negaba con la cabeza. Intentó tragarse las astillas que sentía en la garganta.

—Escúchame, doña Treinta por Ciento. —El tono de su padre era como una navaja que le cortaba la piel—. Cualquier memo puede tener un buen año. Pero no podrás soportar los años de vacas flacas. La presión te aplastará.

Ella se secó los ojos.

—Eso no lo sabes.

Él soltó una carcajada.

—¿Cuántas veces he tenido que pagar la fianza para sacarte de la cárcel? ¿Y pagarte la desintoxicación? ¿Y los abogados? ¿Y la condicional? ¿Y pasarle dinero al *sheriff* para que hiciera la vista gorda? ¿Y cuidar de tu hijo porque tú estabas tan borracha que te meabas encima?

Mercy fijó la mirada en la cocina, por encima del hombro de su padre. Esta era la parte más profunda de las arenas movedizas, el pasado del que nunca podría escapar.

—Delilah ha venido a votar, ¿verdad? —dijo Dave.

Papá no contestó.

Dave añadió:

—El fideicomiso familiar dice que hay que tener el sesenta por ciento de los votos para poder vender la parte comercial de la finca. Me has tenido trabajando en las cabañas para que podamos incluir esas tierras en la parte comercial, ¿verdad?

Mercy apenas oía lo que decía. El fideicomiso familiar era un galimatías. Nunca se había preocupado de estudiar sus matices porque nunca habían tenido importancia. Desde hacía décadas, generación tras generación, la familia o bien despreciaba aquel lugar lo suficiente como para marcharse, o bien trabajaba a regañadientes en él por el bien de todos.

—Somos siete —dijo Dave—. O sea que para vender necesitas cuatro votos.

Mercy soltó una carcajada, sorprendida.

—No los tienes. Yo represento a Jon hasta que cumpla los dieciocho. Y los dos votamos que no. Dave, también. Pez, igual. No tienes votos suficientes. Ni siquiera con Delilah.

—¿Christopher? —Papá clavó su mirada en Pez—. ¿Es eso cierto?

—Pues… —Pez mantuvo la mirada fija en el suelo. Amaba aquellas tierras, conocía cada promontorio y cada vaguada, cada poza y cada remanso. Pero eso no le impedía ser como era—. No quiero meterme en esto. Me abstengo. O voto en blanco, como quieras llamarlo. Yo no me meto.

Mercy hubiera deseado que le sorprendiera su retirada.

—O sea que estamos al cincuenta por ciento —le dijo a su padre—. El cincuenta por ciento no es el sesenta.

—Voy a darte una cifra —respondió él—. Doce millones de dólares.

Mercy oyó tragar saliva a Dave. El dinero siempre lo transformaba. Era la poción del doctor Jekyll que lo convertía en un monstruo.

—Quítale la mitad de impuestos —dijo—. Seis millones divididos entre siete, ¿no? Papá y Pizca reciben partes iguales. Y Pez también se lleva su parte, aunque no vote.

—Igual que Jon —dijo Dave.

—Dave, por favor. —Mercy esperó a que la mirara. Pero estaba ensimismado viendo el signo del dólar e imaginando todas las mierdas que compraría y cómo impresionaría a la gente.

Mercy estaba en una habitación llena de gente, rodeada de su familia, pero, como de costumbre, se sentía completamente sola.

—Pensad en lo que podríais hacer con todo ese dinero —dijo Pizca—. Viajar, montar un negocio. ¿Volver a estudiar, quizá?

Mercy sabía perfectamente lo que harían. Jon no sería capaz de conservar el dinero. Dave se lo gastaría en coca y en alcohol y querría más. Pez lo donaría a alguna asociación de conservación de los ríos. Y ella tendría que vigilar cada centavo porque había dejado los estudios en el instituto para tener un hijo y la habían condenado dos veces por conducir bebida. Sabía Dios si el dinero le duraría hasta la vejez. Si es que llegaba a vieja, claro.

Sus padres, en cambio, estaban en buena situación. Tenían una renta vitalicia, un plan de pensiones. Su póliza de accidentes había cubierto las facturas del hospital y la rehabilitación. Los dos tenían seguro médico, y cobraban su pensión y los dividendos del albergue. No les hacía falta el dinero. Tenían todo lo que necesitaban.

Menos tiempo.

—¿Cuánto tiempo crees que te queda? —le preguntó a su padre.
Él pestañeó. Por un momento, bajó la guardia.

—¿De qué estás hablando?

—No estás yendo a fisioterapia. Te niegas a hacer los ejercicios de respiración. Solo sales de casa para controlarme. —Mercy se encogió de hombros—. Podrías morirte la semana que viene de covid, o de una infección respiratoria o una gripe.

—Merce —masculló Dave—, no seas mala.

Ella se secó las lágrimas. Quería ser mala, peor que mala. Quería hacerles daño, igual que se lo habían hecho a ella.

—¿Y tú, madre? ¿Cuánto falta para que vuelva el cáncer?

—Dios —dijo Dave—, te has pasado.

—¿Y robarme mi herencia no es pasarse?

—Tu herencia —replicó papá—. Valiente imbécil… ¿Quieres saber qué fue de tu herencia? Pues mírate al espejo y verás esa puta cara tan fea.

Mercy notó que una vibración recorría su cuerpo. Una sensación de tensión. Un temor enfermizo.

Su padre no se había movido, pero ella se sentía como si fuera otra vez una adolescente y él la estuviera agarrando por el cuello. La agarraba del pelo cuando intentaba escaparse. Le tiraba del brazo con tanta fuerza que le crujían los tendones. Llegaba otra vez tarde al colegio, o al trabajo, no había hecho los deberes o los había hecho demasiado pronto. Él andaba siempre tras ella, le daba puñetazos en el brazo, le magullaba la pierna, la azotaba con el cinturón o con la cuerda del establo. Le dio una patada en la tripa estando embarazada. Le metió la cara en el plato una vez que estaba tan enferma que no podía comer. Puso un candado en la puerta de su cuarto para que no viera a Dave. Declaró delante de un juez que merecía ir a la cárcel. Le dijo a otro juez que era una enferma mental. Y a otro, que no estaba capacitada para ser madre.

Lo veía ahora con una claridad repentina y sorprendente.

Papá no estaba furioso por lo que había perdido en el accidente de bicicleta.

Estaba furioso por lo que había ganado ella.

—Viejo imbécil. —La voz que salió de su boca parecía poseída—. He malgastado casi toda mi vida en este sitio dejado de la mano de Dios. ¿Te crees que no he oído tus charlas y tus murmullos y tus llamadas telefónicas y tus confesiones nocturnas?

Su padre echó la cabeza hacia atrás.

—No te atrevas a…

—¡Cállate! —le espetó Mercy—. Callaos todos. ¡Todos! Pez, Dave, Pizca… Hasta Delilah, donde esté escondida. Puedo hundiros a todos ahora mismo. Una sola llamada. Una carta. Y por lo menos dos de vosotros, hijos de puta, acabaréis en prisión. Los demás no podríais volver a asomar la cara. No habría dinero suficiente en el mundo para que recuperarais vuestra vida. Estaríais en la ruina.

El miedo de los otros le dio una sensación de poder que no había experimentado nunca. Vio que sopesaban sus amenazas, que calculaban las probabilidades. Sabían que no era un farol. Podía abrasarlos a todos sin prender siquiera una cerilla.

—Mercy… —dijo Dave.

—¿Qué, Dave? ¿Estás diciendo mi nombre o te estás rindiendo, como haces siempre?

Él hundió la barbilla en el pecho.

—Solo digo que tengas cuidado.

—¿Cuidado de qué? Tú sabes mejor que nadie que aguanto bien los golpes. Y yo ya he sacado toda mi mierda. La llevo escrita en esta puta cara tan fea. Está grabada en esa lápida del cementerio de Atlanta. No tengo nada que perder más que este sitio y, si llega el caso, juro por Dios que os arrastraré conmigo.

La amenaza bastó para hacerlos callar un instante. En medio del silencio, Mercy oyó un crujido de neumáticos en el camino de grava. La vieja camioneta necesitaba un silenciador nuevo, pero se alegró de que el ruido la alertara. Jon había vuelto del pueblo.

Les dijo:

—Seguiremos hablando de esto después de la cena. Hay huéspedes que están a punto de llegar. Dave, arregla el váter de la tres. Pez, acaba de limpiar las canoas. Pizca, recuérdale al personal de cocina que Marti es alérgico a los cacahuetes. Y tú, papá… Sé que no puedes hacer gran cosa, pero más te vale que esa cabrona de tu hermana no se acerque a mi hijo.

Mercy salió de la cocina. Dejó atrás las puertas plegables, las ventanas palladianas y las batientes. En el oscuro vestíbulo, agarró el picaporte de la puerta, aunque se detuvo antes de abrirla. Jon estaba intentando aparcar la camioneta marcha atrás. Se oía el rechinar de los engranajes cuando pisaba el embrague.

Respiró hondo y exhaló despacio.

Aquella sala oscura estaba cargada de historia. Sudor, trabajo y tierras que habían pasado de generación en generación durante más de ciento sesenta años. Las paredes estaban cubiertas de fotografías que señalaban hitos importantes: un daguerrotipo de la cabaña de pesca; fotografías en tonos sepia de varios McAlpine trabajando en la finca; la excavación del primer pozo; la instalación del tendido eléctrico gracias a la WPA; la anexión del Campamento Awinita; *boy scouts* cantando alrededor de una hoguera; huéspedes asando malvaviscos junto al lago. La primera foto en color mostraba las nuevas tuberías interiores. Las cabañas individuales. El pantalán flotante. La caseta de los botes. Los retratos de familia. Las sucesivas generaciones de McAlpine; las bodas, los funerales, los bebés y la vida.

Mercy no necesitaba fotografías. Llevaba un registro propio de la historia. Diarios de infancia. Libros de contabilidad que había encontrado escondidos en el despacho y al fondo de un viejo armario de la cocina. Cuadernos que había empezado a llevar por su cuenta. Había secretos que hundirían a Dave. Revelaciones que destrozarían a Pez. Delitos que podían mandar a Pizca a la cárcel. Y todo el mal que había hecho papá para que aquel lugar no escapara de sus manos violentas y codiciosas.

Ninguno de ellos le quitaría el albergue.

Antes tendrían que matarla.

2

DIEZ HORAS ANTES DEL ASESINATO

Will no tardó en darse cuenta de que había una gran diferencia entre correr ocho kilómetros al día por las calles de Atlanta y subir una montaña. Quizá fuera mala idea pasarse casi toda la vida entrenando los músculos de las piernas para una sola cosa. Tampoco ayudaba el hecho de que Sara subiera el puerto como una gacela. Siempre le resultaba placentero verla hacer su rutina de yoga por las mañanas, pero no se había dado cuenta de que, en realidad, se estaba preparando en secreto para una competición de Iron Man.

Sacó la botella de agua de la mochila como excusa para detenerse.

—Hay que hidratarse.

Adivinó por su sonrisa socarrona que Sara le había descubierto. Ella se dio la vuelta y contempló el paisaje.

—Qué bonito es esto. A veces olvido lo agradable que es estar rodeada de árboles.

—En Atlanta también tenemos árboles.

—No como estos.

En eso Will tenía que darle la razón. Las vistas de las montañas eran impresionantes, si no tenías la sensación de que un enjambre de avispones gigantes te acribillaba los gemelos.

—Gracias por traerme aquí. —Sara apoyó las manos en sus hombros—. Es una manera perfecta de empezar nuestra luna de miel.

—Lo de anoche fue fantástico.

—Y lo de esta mañana también. —Le dio un largo beso—. ¿A qué hora tenemos que estar en el aeropuerto?

Will sonrió. Sara se había encargado de la boda. Él se había ocupado de la luna de miel y había hecho todo lo posible por mantener sus planes en secreto. Incluso le había pedido a la hermana de Sara que hiciera el equipaje. Sus maletas ya habían sido enviadas al albergue. Le había dicho a Sara que iban a hacer una excursión de un día, que comerían tranquilamente en el campo y que después volverían a Atlanta para volar a su destino.

—¿A qué hora quieres que estemos en el aeropuerto? —preguntó él.

—¿Es un vuelo nocturno?

—¿Lo es?

—¿Vamos a pasar mucho tiempo sentados? ¿Por eso querías hacer ejercicio antes?

—¿Sí?

—Deja ya de actuar. —Sara le tiró juguetonamente de la oreja—. Tessa me lo ha contado todo.

Will estuvo a punto de picar el anzuelo. Sara y su hermana eran muy amigas, pero era imposible que Tessa lo hubiera delatado.

—Buen intento.

—Necesito saber qué tengo que meter en la maleta —dijo ella. Era una razón válida, también astuta—. ¿Tengo que llevar bañador o un abrigo grueso?

—¿Te refieres a si vamos a ir a la playa o al Ártico?

—¿En serio vas a hacerme esperar hasta esta noche?

Will había estado sopesando cuál sería el momento más oportuno para revelarle su destino. ¿Debía esperar a que llegaran al albergue? ¿O era mejor decírselo antes de llegar? ¿Le gustaría a ella su elección? Había hablado de un vuelo nocturno. ¿Creía que iban a algún lugar romántico, como París? Quizá debería haberla llevado a París. Si donaba suficiente sangre, seguramente podría permitirse pagar un albergue juvenil.

—Mi amor… —Ella le pasó el pulgar por la frente—. Vayamos donde vayamos, seré feliz porque estoy contigo.

Volvió a besarlo y él decidió que aquel era tan buen momento como otro cualquiera. Por lo menos, si se llevaba una decepción, no sería en público.

—Vamos a sentarnos —le dijo.

La ayudó a quitarse la mochila. Cuando cayó al suelo, los cubiertos de hojalata tintinearon al chocar con los platos de plástico. Ya habían parado a comer, con vistas a un prado lleno de caballos pastando. Will había comprado sándwiches *gourmet* en la pastelería francesa de Atlanta, lo que había reforzado su convicción de que los sándwiches *gourmet* no eran lo suyo.

A Sara, en cambio, le habían encantado y eso era lo importante.

Le tomó la mano con delicadeza cuando se sentaron en el suelo, uno frente al otro. El pulgar de Will se dirigió automáticamente al dedo anular de Sara. Se puso a juguetear con la fina alianza que ahora acompañaba al otro anillo, el que había sido de su madre. Pensó en la boda, en esa sensación de euforia que conservaba aún. Faith, su compañera del GBI, había estado a su lado. Will había bailado con su jefa, Amanda, que era como una madre para él —lo que era lógico, si tu madre biológica era el tipo de persona capaz de pegarte un tiro en la pierna para que los malos llegaran a ti primero mientras ella escapaba—.

—Will... —dijo Sara.

Él notó una sonrisa tensa en la boca. De pronto estaba nervioso. No quería decepcionarla. Y tampoco quería presionarla en exceso. El albergue podía haber sido una pésima idea. Quizá Sara acabase odiándolo.

—Cuéntame qué fue lo que más te gustó de la boda —dijo ella.

Will sintió que su sonrisa se destensaba un poco.

—Tu vestido era precioso.

—Qué bonito —respondió ella—. Mi parte favorita fue cuando se marcharon todos y me follaste contra la pared.

La risa de Will sonó como un estallido.

—¿Puedo cambiar mi respuesta?

Ella le acarició la mejilla con los dedos.

—Cuéntame.

Will respiró hondo y se obligó a salir de sí mismo.

—Cuando era pequeño, había un grupo de la iglesia que en verano organizaba actividades con los niños del hogar infantil. Nos llevaban al parque de atracciones o íbamos al Varsity a comer perritos calientes o a ver una película, o lo que fuese.

La sonrisa de Sara se enterneció. Sabía que la vida de Will en el hogar infantil no había sido fácil.

—También patrocinaban campamentos de verano para los niños. Dos semanas en las montañas. Yo nunca pude ir, pero los niños que sí iban se pasaban el resto del año hablando de eso. Canoas, pesca, senderismo, todas esas cosas.

Sara apretó los labios. Estaba haciendo cuentas. Will había pasado dieciocho años en el sistema de acogimiento. Era estadísticamente improbable que no hubiera podido ir al campamento al menos una vez.

—Te daban pasajes de la Biblia para que los memorizaras —explicó Will—. Tenías que recitarlos en la iglesia, delante de todo el mundo. Si lo hacías bien, entonces ibas al campamento. —Vio que ella tragaba saliva—. Joder, lo siento. —Típico de él, hacer llorar a Sara en su luna de miel—. No fue por mi dislexia, sino por decisión propia. Era capaz de memorizar los versículos, pero no quería hablar en público. Supongo que intentaban ayudarnos a salir de nuestro caparazón. Que aprendiéramos a hablar con extraños, a hacer una presentación o…

Ella le apretó la mano.

Will comprendió que tenía que seguir adelante con su relato.

—El caso es que todos los años yo oía contar historias sobre el campamento al final del verano, porque los otros niños no paraban de hablar de él, y he pensado que quizá estuviera bien ir allí. No a acampar, porque sé que lo odias.

—Lo odio, sí.

—Pero hay un albergue ecológico al que se puede subir andando. No se llega en coche. Lo lleva la misma familia desde hace muchos años. Tienen guías que te llevan a hacer ciclismo de montaña, a pescar, a hacer *paddle boarding* y...

Ella lo interrumpió con un beso.

—Me encanta todo.

—¿Estás segura? —preguntó Will—. Porque no es solo para mí. Te he reservado un masaje y hay yoga al amanecer junto al lago. Además, no hay wifi ni televisión ni cobertura de móvil.

—Hala. —Parecía realmente asombrada—. ¿Y qué vas a hacer?

—Voy a follarte contra todas las paredes de la cabaña.

—¿Vamos a tener una cabaña para nosotros solos?

—¡Hola!

Se volvieron al oír el saludo. Había un hombre y una mujer en el sendero, a veinte metros de distancia. Iban vestidos de excursionistas y sus mochilas eran tan nuevas que Will se preguntó si les habrían quitado la etiqueta en el coche.

—¿Vais al albergue? —preguntó el hombre—. Nos hemos perdido.

—No nos hemos perdido —masculló la mujer. Llevaban anillos de casados, pero, por la mirada cortante que le dirigió a su marido, Will tuvo la sensación de que su matrimonio peligraba—. Solo hay un camino de entrada y salida, ¿verdad?

Sara miró a Will. Era él quien estaba haciendo de guía. En realidad solo había un sendero, pero sabía que Will no querría meterse en aquella discusión.

—Soy Sara —le dijo a la pareja—. Este es mi marido, Will.

Will se aclaró la garganta al levantarse. Era la primera vez que Sara se refería a él como su marido.

El hombre lo miró.

—Caray, ¿cuánto mides? ¿Uno noventa? ¿Uno noventa y cinco?

Will no contestó, pero al hombre no pareció importarle.

—Soy Frank. Esta es Monica. ¿Os importa que vayamos juntos?

—Claro que no. —Sara recogió su mochila.

La mirada que le lanzó a Will era un recordatorio nada sutil de que no era lo mismo un silencio incómodo que ser maleducado.

—Bueno… —dijo él—. Hace buen día, ¿verdad? Buen tiempo.

—He oído que podía haber tormenta —comentó Frank.

Monica masculló algo en voz baja.

—Es por aquí, ¿verdad? —Frank echó a andar, adelantándose a Sara.

El sendero era estrecho, de modo que Will no tuvo más remedio que ir detrás de Monica. A juzgar por sus resoplidos, no estaba disfrutando de la caminata. Tampoco iba preparada. Sus deportivas Skechers resbalaban en las rocas.

—… y se me ocurrió venir aquí —iba diciendo Frank—. Me encanta la naturaleza, pero estoy siempre tan liado con el trabajo…

Monica volvió a resoplar. Will miró a Frank por encima de su cabeza. El hombre se había puesto una especie de espray en la calva para disimular el rosa brillante del cuero cabelludo. Con el sudor, el tinte le había chorreado, dejando un cerco oscuro en el cuello de la camiseta.

—… y entonces Monica dijo: «Si prometes dejar de hablar de ese tema, voy». —La voz de Frank había adoptado la cadencia de un martillo neumático—. Así que tuve que tomar unos días libres en el trabajo, lo que no es fácil. Tengo un equipo de ocho tíos a mi cargo.

Will dedujo por su forma de hablar que Frank ganaba menos dinero que su mujer. Y que eso le molestaba. Echó un vistazo al reloj. Según la página web del albergue, los huéspedes solían tardar cerca de dos horas en llegar a pie. Sara y él se habían parado a comer, así que debían de quedarles todavía diez o quince minutos de caminata. O veinte, porque Frank iba más lento.

Sara giró la cabeza y lo miró. No estaba dispuesta a sacrificarse por el equipo. Will iba a tener que esforzarse un poco más en charlar.

—¿Cómo conocisteis este sitio? —le preguntó a Frank.

—Por Google.

—Gracias, Google —refunfuñó Monica.

—¿A qué os dedicáis? —preguntó su marido.

Will notó que Sara enderezaba los hombros. Hacía unas semanas, habían acordado que, fueran donde fuesen, lo más sencillo sería mentir sobre sus respectivos trabajos. Will no quería que le valoraran o le denigraran por llevar una insignia policial. Y ella no tenía ganas de oír extrañas quejas médicas ni peligrosas y absurdas teorías sobre las vacunas.

Antes de que ella se pusiera aún más nerviosa, Will dijo:

—Yo soy mecánico y mi mujer enseña química en un instituto.

Vio que Sara sonreía. Era la primera vez que Will se refería a ella como su mujer.

—Uf, a mí se me daban fatal las ciencias —comentó Frank—. Monica es dentista. ¿Tú estudiaste química, Monica?

Esta gruñó en vez de contestar. Will la entendía muy bien.

—Yo soy informático —añadió Frank—. Trabajo en Afmeten Insurance Group. Tranquilos, nadie conoce la empresa. Trabajamos sobre todo con particulares con alto poder adquisitivo e inversores institucionales.

—Uy, mirad, más excursionistas —dijo Sara.

Will sintió que se le hacía un nudo en el estómago al pensar que iba a haber aún más gente. La otra pareja, un hombre y una mujer, debía de haberles adelantado por el sendero mientras comían. Eran más mayores, unos cincuenta y cinco años, pero parecían más decididos e iban mejor pertrechados para la caminata.

Sonrieron mientras esperaban a que el grupo los alcanzara.

—Seguro que vais al albergue McAlpine —dijo el hombre—. Soy Drew. Esta es mi compañera, Keisha.

Will esperó su turno para estrecharles la mano, tratando de no pensar en los momentos de felicidad que había pasado a solas con Sara. Su cerebro le lanzaba imágenes de la página web del albergue McAlpine. Comidas caseras. Excursiones organizadas. Pesca con mosca. En cada foto había siempre dos o tres parejas divirtiéndose. De pronto cayó en la cuenta de que seguramente esas parejas no se conocían antes de llegar al albergue.

Iba a acabar haciendo *paddle boarding* con Frank.

—Acaba de pasar otra pareja, Landry y Gordon —comentó Keisha—. Nos han adelantado, iban a buen paso. Es la primera vez que vienen. Son desarrolladores de *apps*.

—¿En serio? —dijo Frank—. ¿Han dicho de cuáles?

—Estábamos demasiado extasiados con las vistas para hablar de otra cosa. —Drew apoyó la mano en la cadera de Keisha—. Nosotros nos hemos comprometido a no hablar de trabajo en toda la semana. ¿Os apuntáis?

—Claro que sí —dijo Sara—. ¿Seguimos?

Will nunca la había querido tanto.

Guardaron silencio mientras recorrían el sinuoso sendero montaña arriba. Las copas de los árboles iban espesándose. El sendero se estrechó de nuevo, de modo que tuvieron que avanzar en fila india. Había una pasarela de madera en muy buen estado que cruzaba un riachuelo. Will miró el agua agitada. Se preguntó con qué frecuencia se desbordaría el cauce, pero se olvidó del asunto cuando Frank empezó a debatir consigo mismo en voz alta sobre la diferencia entre un arroyo y un riachuelo. Sara lanzó a Will una sonrisa penosa mientras Frank seguía parloteando, pegado a sus talones como un caniche enano. Will, sin saber muy bien cómo, se había quedado el penúltimo de la fila. Drew iba delante de él. Monica marchaba la última, con la cabeza gacha y los pies resbalando en las rocas. Will esperaba que hubiera metido unas botas de montaña en el equipaje que había mandado al albergue. Él llevaba sus botas tácticas HAIX. Seguramente podría escalar la pared de un edificio. Si no le explotaban los gemelos, claro.

Frank se calló por fin al tener que atravesar una zona rocosa. Por fortuna el silencio se prolongó cuando, al ensancharse el camino, empezaron a avanzar con más facilidad. Sara consiguió colocarse detrás de Frank para poder hablar con Keisha. Al poco rato iban riéndose. A Will le encantaba la simpatía de Sara. Era capaz de encontrar puntos en común casi con cualquier persona. Él, no tanto, aunque era consciente de que iban a pasar los seis días siguientes rodeados de aquella gente. Se acordaba, además, de la mirada que le había lanzado Sara un rato antes. Su mujer necesitaba que se hiciera cargo de parte de la conversación. Pero a él solo se le daba bien charlar cuando estaba sentado delante de un sospechoso.

Pensó en sus cuatro compañeros de ruta y se preguntó qué clase de criminales serían, en un caso hipotético. Teniendo en cuenta lo mucho que costaba el alojamiento, dedujo que al menos tres de ellos serían más proclives a los delitos de guante blanco. Frank, sin duda, se metería en algo relacionado con las criptomonedas. Keisha tenía la mirada astuta y competente de un malversador de fondos. Drew le recordaba a un tipo al que había trincado por montar una estafa piramidal relacionada con suplementos nutricionales. Quedaba Monica, que daba la impresión de querer asesinar de verdad a Frank. Del grupo, era quien parecía tener más probabilidades de salirse con la suya. Tendría una coartada. Y un abogado. Seguro que no se dejaría interrogar.

Y a él le costaría mucho reprocharle su crimen.

—Will —dijo Drew. Así se empezaba una conversación cuando no se estaba elucubrando sobre hipotéticos delincuentes—. ¿Es la primera vez que vienes al albergue?

—Sí. —Habló en voz baja, como había hecho Drew—: ¿Y tú?

—La tercera. Nos encanta esto. —Enganchó los pulgares en las correas de la mochila—. Keisha y yo tenemos un negocio de *catering* en el West Side. Es difícil escaparse y desconectar. La primera vez, Keisha me trajo casi a rastras. No me podía creer que no hubiera teléfono ni internet. Pensaba que me daría un ataque antes de que acabara el día. Pero luego… —Will lo vio estirar los brazos y respirar hondo—. Estar en la naturaleza te resetea por dentro. ¿Me entiendes?

Él asintió, aunque había algunas cosas que le preocupaban.

—Entonces, ¿en el albergue todo se hace en grupo?

—Las comidas, sí. En las actividades, el límite es de cuatro personas por guía.

A Will no le agradó esa cifra.

—¿Cómo se asignan los grupos?

—Puedes pedir que te pongan con una pareja concreta —explicó Drew—. ¿Por qué crees que me he quedado atrás para hablar contigo?

Will supuso que era bastante obvio.

—¿De verdad no hay internet? ¿Ni cobertura?

—Para nosotros, no. —Drew sonrió—. Hay un teléfono fijo para emergencias y el personal tiene acceso a la wifi, pero no pueden darnos la contraseña. Te aseguro que la primera vez intenté sonsacársela, pero papá es muy estricto.

—¿Papá?

—¡Ostras! —gritó Frank.

Will vio que un ciervo cruzaba corriendo el camino. Más adelante, a unos cien metros, había un gran claro. La luz del sol inundaba el espacio despejado. Will vio un arcoíris en el cielo azul. Parecía sacado de una película. Solo faltaba una monja cantando. Sintió que el corazón se le ralentizaba en el pecho. La calma se apoderó de él. Sara volvía a mirarle con una enorme sonrisa en la cara. Will exhaló y entonces se dio cuenta de que había estado conteniendo la respiración.

Ella estaba contenta.

—Toma. —Drew le ofreció un mapa—. Es viejo, pero te ayudará a orientarte.

Era viejo, en efecto. Parecía un mapa de los años setenta, con letras adhesivas y dibujos hechos a mano que indicaban diversos puntos de interés. Una línea irregular rodeaba como un lazo todo el cuadrante superior, con líneas discontinuas que indicaban senderos más pequeños. Will localizó la pasarela por la que habían cruzado el río. La escala debía de estar mal. Habían caminado al menos veinte minutos para llegar hasta aquí. Pero supuso que la precisión no era el principal objetivo de los McAlpine, los propietarios del albergue, cuyo sello figuraba en la parte de abajo.

Observó los símbolos mientras caminaba. La casa que había en la parte inferior del lazo parecía ser el centro de la finca. Dedujo que las casas más pequeñas eran las cabañas. Estaban numeradas del uno al diez. Un edificio octogonal servía de comedor, a juzgar por el plato y los cubiertos que tenía dibujados al lado. Otro sendero llevaba a una cascada con cúmulos de peces saltando por el aire. En otro había una caseta con canoas. Otro camino serpenteaba hasta llegar a otra caseta para botes. El lago tenía la forma de un muñeco de nieve recostado contra una pared. Por lo visto, la cabeza era la zona de baño. Había un muelle flotante. Y en lo que parecía ser un mirador, un banco para admirar las vistas.

Will se fijó en que solo había una carretera de acceso, que terminaba junto a la casa principal. Adivinó que cruzaba el río cerca de la pasarela y que bajaba describiendo curvas hasta el pueblo. La familia no llevaría las provisiones a cuestas. Un establecimiento tan grande necesitaba muchas provisiones y un acceso para el personal, además de agua y electricidad. Supuso que la línea del teléfono fijo estaba soterrada. A nadie le apetecía quedarse encerrado dentro de una novela de Agatha Christie.

—Madre mía. Siempre impresiona —comentó Drew.

Will levantó la vista. Habían salido al claro. La casa principal era un batiburrillo de arquitectura chapucera. La planta de arriba parecía pegada encima de la de abajo, que era de ladrillo por un lado y de listones de madera por el otro. Parecía haber dos entradas principales, una por delante y otra en un lateral. Una escalera estrecha subía por la parte de atrás, junto con una rampa para sillas de ruedas. El espacioso porche envolvente hacía lo que podía por dar cierta cohesión arquitectónica al edificio, pero la disparidad de las ventanas resultaba inexplicable. Algunas eran estrechas rendijas que a Will le recordaron a las celdas de la cárcel del condado de Fulton.

Una mujer de aspecto curtido, con el pelo rubio bien recogido hacia atrás, esperaba al pie de las escaleras del porche lateral. Llevaba pantalones de loneta cortos, camisa blanca y zapatillas Nike de color lavanda. En la mesa que tenía al lado había aperitivos variados, vasos de agua y copas de champán. Will miró hacia atrás para comprobar que Monica seguía allí. Ella parecía haberse animado al ver la mesa. Adelantó a Will en la recta final, agarró una copa de champán y se la bebió de un trago.

—Soy Mercy McAlpine, la directora del albergue McAlpine —les dijo la mujer de aspecto curtido—. Tres generaciones de la familia viven aquí, en la finca. Queremos daros la bienvenida a nuestra casa. Si me prestáis atención un momento, os explico las normas y las medidas de seguridad y luego paso a la parte divertida.

Sara, como era de esperar, se puso delante y escuchó con atención —era, a fin de cuentas, una bellísima empollona—. Frank no se despegó de ella. Keisha y Drew se quedaron atrás con Will, como los chicos malos de la clase. Monica tomó otra copa de champán y se sentó en el peldaño de abajo. Un gato de aspecto musculoso se frotaba contra su pierna. Will vio que otro gato se tiraba al suelo y rodaba sobre el lomo. Supuso que los desarrolladores de *apps*, Landry y Gordon, ya habrían escuchado las indicaciones y se hallaban en ese momento felizmente solos.

—En el caso improbable de que haya una emergencia (un incendio, por ejemplo, o una tormenta peligrosa), nos oiréis tocar esta campana. —Mercy señaló una campana de buen tamaño que colgaba de un poste—. Si oís la campana, debéis acudir al aparcamiento situado al otro lado de la casa.

Will fue alternando entre bocados de *brownie* y patatas fritas mientras Mercy les explicaba el plan de evacuación. Cuando la charla empezó a parecerse demasiado a una reunión informativa de trabajo, silenció su voz y echó un vistazo alrededor. El complejo le recordaba a los campus universitarios que había visto en televisión. Macetas de barro rebosantes de flores, bancos, zonas de césped y caminos de baldosas donde imaginaba a los gatos tendidos al sol.

En torno a la casa principal había ocho cabañas, cada una con su propia zona ajardinada. Supuso que las dos cabañas restantes estarían en la parte de atrás del lazo. O sea que probablemente toda la familia vivía en la casa principal. Calculó, por el tamaño, que en la planta de arriba había como mínimo seis habitaciones. No se imaginaba viviendo por propia voluntad así, en una casa abarrotada de gente. Claro que la hermana de Sara vivía un piso por debajo de Sara, así que quizá estaba pensando más en el Hogar Infantil de Atlanta que en *Los Walton*.

—Ahora, la parte divertida —dijo Mercy.

Empezó a pasarles unas carpetitas. Tres, una por pareja. Sara abrió la suya y la hojeó con interés. Le encantaban los folletos informativos.

Will volvió a prestar atención a Mercy mientras les explicaba cómo funcionaban las actividades, dónde se encontrarían y el equipamiento del que iban a disponer. Su cara no tenía nada de particular, salvo una larga cicatriz que, partiendo de la frente, cruzaba el párpado, bajaba por un lado de la nariz y torcía luego bruscamente hacia la mandíbula.

Will estaba familiarizado con las cicatrices de origen violento. Un puño o un zapato no eran tan precisos. La hoja de un cuchillo no dejaba una marca tan recta. Un bate de béisbol podía causar una herida lineal, pero la cicatriz tendía a ondular en el punto de impacto más profundo. Dedujo que la cicatriz de Mercy la había causado un trozo de metal afilado o un cristal. Es decir, un accidente industrial o de automóvil.

—Asignación de cabañas. —Mercy consultó su portafolios—. Sara y Will están al final del camino, en la número diez. Mi hijo, Jon, os enseñará el camino.

Se volvió hacia la casa y una sonrisa cálida le suavizó el semblante. El chico que bajaba lentamente las escaleras del porche no pareció advertir aquella muestra de cariño. Parecía rondar los dieciséis años y tenía esa dura musculatura que los adolescentes desarrollan solo con existir. Will advirtió la mirada que lanzó a Sara. El chico se echó el pelo rizado hacia atrás y le mostró a Sara unos dientes blancos y rectos.

—Hola. —Jon pasó junto a Frank y concentró todo su encanto en Sara—. ¿Habéis disfrutado de la caminata hasta aquí?

—Sí, gracias. —A Sara siempre se le habían dado bien los niños, pero no se daba cuenta de que aquel chaval no la miraba como uno—. ¿Tú también eres un McAlpine?

—Claro. De la tercera generación que vive en la montaña. —Volvió a pasarse los dedos por el pelo. Quizá necesitara un peine—. Podéis llamarme Jon. Espero que disfrutéis de vuestra estancia en la finca.

—Jon. —Will se puso delante de Frank—. Soy Will, el marido de Sara.

El chico tuvo que estirar el cuello para mirarlo, pero lo importante es que captó el mensaje.

—Por aquí, señor.

Will le devolvió a Drew el mapa dibujado a mano y este inclinó la cabeza en señal de aprobación. La semana no empezaba mal. Will se había casado con una mujer preciosa. Había subido una montaña. Había hecho feliz a Sara. Y había intimidado a un adolescente salido.

Jon los condujo a través del complejo. Caminaba con paso desgarbado, como si aún estuviera aprendiendo a usar el cuerpo. Will recordaba esa sensación, el no saber si al día siguiente te despertarías con bigote o haciendo gallitos. No volvería a esa época ni por todo el oro del mundo.

Tomaron el sendero en forma de lazo entre las cabañas cinco y seis. El suelo estaba recubierto de gravilla. Uno de los gatos se escabulló entre la maleza, seguramente en pos de una ardilla. Will se alegró al ver que había alumbrado de bajo voltaje; así sería más fácil orientarse de noche. La oscuridad del bosque no era igual que la de la ciudad. Las copas de los árboles se apretaban allá arriba. Notó cómo bajaba la temperatura a medida que Jon avanzaba por el camino. El terreno empezó a descender poco a poco. Alguien había podado las enredaderas y las ramas de los bordes del sendero, pero aun así tenía la sensación de estar internándose en el bosque.

—Esto es lo que llaman el Sendero del Lazo. —Sara había abierto su carpetilla por el mapa—. Las dos vueltas son algo más de kilómetro y medio. Nosotros estamos en la mitad de arriba. Podemos explorar la de abajo cuando vayamos a cenar. Seguramente tardaremos diez o quince minutos en llegar al comedor.

A Will le sonaron las tripas.

Ella pasó la página para ver el calendario. Miró a Will, sorprendida.

—Nos has apuntado a los dos a yoga por las mañanas.

—Se me ha ocurrido probar. —Estaba seguro de que haría el ridículo—. Tu hermana dice que te encanta pescar.

—Mi hermana tiene razón. Y no he ido desde que me mudé a Atlanta. —Pasó el dedo por los días de la semana—. *Rafting*, ciclismo de montaña… ¿Y el concurso de «a ver quién la tiene más grande» en el que compites con un adolescente? No veo que te hayas apuntado.

Will reprimió una sonrisa.

—Creo que la primera ronda es gratis.

—Mejor. No me gustaría que tuvieras que pagar por la segunda.

Will encajó la pulla, que Sara suavizó dándole el brazo. Apoyó la cabeza en su hombro mientras caminaban. Se sumieron en un grato silencio. Will notaba el desnivel del sendero sobre todo porque sus gemelos le recordaban que no estaban acostumbrados a aquello. El trayecto no era corto. Le pareció que pasaban cinco minutos antes de que el terreno se volviera más empinado. Los árboles se espaciaron. El cielo se abrió sobre sus cabezas. Vio ondular las montañas a lo lejos como una interminable alfombra mágica. No sabía si era por los cambios de altitud o por la forma en que se movía el sol, pero cada vez que se fijaba en el paisaje le parecía distinto. Los colores eran una explosión de verdes. El aire era tan fresco que notaba temblar sus pulmones.

Jon se había parado. Señaló veinte metros más adelante, hacia una bifurcación del sendero.

—El lago está por ahí. Está prohibido bañarse después de que anochezca. La cabaña diez es la más alejada de la casa, pero, si en la bifurcación giráis a la izquierda, llegáis al comedor.

—Antes había un campamento por esta zona, ¿verdad? —dijo Will.

—El Campamento Awinita.

—¿«Awinita» es una palabra nativa? —preguntó Sara.

—Significa 'cervato' en cheroqui, pero un huésped me dijo hace tiempo que en realidad son dos palabras y que se escribe con d, «ahwi anida».

—¿Sabes dónde está el campamento? —preguntó Will.

—Lo cerraron cuando yo era pequeño. —Jon se encogió de hombros mientras continuaba por el sendero—. Si te interesan esas cosas, puedes preguntarle a mi abuela Pizca. La veréis en la cena. Sabe de este sitio más que nadie.

Will vio desaparecer a Jon por una curva. Dejó que Sara se le adelantara. La vista era aún mejor por atrás. Observó la forma de sus piernas. La curva de su culo. Los músculos tonificados de sus hombros desnudos. Llevaba el pelo recogido en una coleta y su nuca tenía una pátina de sudor, por la caminata. Él también estaba sudado. Quizá tuvieran que darse una larga ducha juntos antes de cenar.

—Guau. —Sara estaba mirando un desvío del sendero.

Will siguió la dirección de su mirada. Jon estaba subiendo por unos escalones de piedra que parecían labrados en la roca por obra de Glorfindel. En sus márgenes se agolpaban los helechos. El musgo cubría las piedras contiguas. Arriba había una casita rústica, con revestimiento de listones. Las jardineras rebosaban flores multicolores. Una hamaca se balanceaba en el porche delantero. Will podría haberse pasado diez años intentando crear algo así de perfecto sin conseguirlo ni de lejos.

—Es como de cuento de hadas. —La voz de Sara tenía un timbre alegre y dulce. Cuando sonreía era cuando estaba más hermosa—. Me encanta.

—Desde esta loma se ven tres estados.

Sara sacó la brújula de la mochila. Abrió la carpeta y buscó el mapa. Señaló a lo lejos.

—Creo que eso debe de ser Tennessee, ¿verdad?

—Sí, señora. —Jon bajó por las escaleras y señaló—. Esa es la ladera este del monte Lookout. En la Senda del Lago hay un banco que llamamos «el banco del mirador» desde donde se ve mejor. Estamos en la meseta de Cumberland.

—O sea que Alabama está por allí. —Sara señaló detrás de Will—. Y Carolina del Norte, por allí.

Will se dio la vuelta. Él solo veía millones y millones de árboles ondular por la sierra. Al girarse, observó cómo el fulgor del sol de la tarde convertía parte del lago en un espejo. Visto desde arriba, el lago se asemejaba menos a un muñeco de nieve y más a una ameba gigante que desaparecía en la curva del horizonte.

—Eso son los Bajíos. El agua baja de lo alto de las montañas, así que todavía está un poco fría en esta época del año.

Sara sostenía la carpetita abierta como un libro. Leyó:

—«El lago McAlpine tiene una extensión de más de ciento sesenta hectáreas y hasta veinte metros de profundidad. En los Bajíos, situados al final de la Senda del Lago, tiene menos de cinco metros de hondo, lo que hace que esta zona sea ideal para el baño. Hay lubina de boca pequeña, lucioperca, agalla azul y perca amarilla. El ochenta por ciento del lago está sujeto a servidumbre de conservación, por lo que no puede edificarse en sus orillas. El recinto del albergue limita al oeste con el Parque Estatal Muscogee, de 300 000 hectáreas, y al este con el Parque Nacional Cherokee, de 323 000 hectáreas».

—Los cheroquis y los muscogees eran dos de las tribus que habitaban en esta zona. El albergue se fundó después de la guerra civil, hace siete generaciones de la familia McAlpine.

Will dio por sentado que la finca era literalmente producto de un robo. Los habitantes originales de aquellas tierras fueron expulsados de su hogar y obligados a marchar hacia el oeste. La mayoría murieron en el viaje.

Sara consultó el mapa.

—¿Y esta parte pegada al río, el Sendero de la Viuda Perdida?

—Está bajando una cuesta muy empinada, por la parte de atrás del lago —contestó Jon—. Se cuenta que al primer Cecil McAlpine, el que fundó esto, le cortaron el cuello unos bandidos. Su esposa creyó que había muerto y desapareció por ese sendero. Él al final no murió, pero ella no lo sabía. Cecil la buscó durante días, pero nunca la encontró.

—Sabes mucho de este sitio —comentó Sara.

—De pequeño, mi abuela me contaba esas historias todos los días. A ella le encanta este sitio. —Jon se encogió de hombros, aunque Will advirtió el rubor de orgullo que cubrió su semblante—. ¿Listos?

No esperó respuesta. Subió los escalones de piedra y abrió la puerta de la cabaña. No había llave. Todas las ventanas estaban ya abiertas para aprovechar la brisa.

Sara sonrió otra vez.

—Es precioso, Will. Gracias.

—Las maletas ya están en la habitación. —Jon dio comienzo a una rutina que sin duda había ensayado muchas veces—. La cafetera está allí. Las cápsulas están en esa caja. Hay tazas colgadas de los ganchos y una nevera pequeña debajo de la encimera con todas las cosas que pedisteis.

Will recorrió la cabaña con la mirada mientras Jon señalaba lo obvio. Había reservado la casita de dos dormitorios porque se suponía que tenía mejores vistas. Teniendo en cuenta lo que le había costado, seguramente tendría que llevarse el almuerzo de casa durante todo un año, pero, en vista de cómo había reaccionado Sara, valía la pena.

Él también estaba bastante satisfecho con su elección. La zona principal de la cabaña tenía espacio suficiente para un sofá y dos sillones. El cuero parecía gastado y cómodo. La alfombra trenzada era suave y mullida. Las lámparas eran de estilo moderno de los años cincuenta. Todo parecía colocado con esmero y tenía un aire de calidad. Will suponía que, si te tomabas la molestia de transportar algo hasta allá arriba, procurabas que fuera duradero.

Siguió a Jon y Sara a la habitación más grande. Las maletas descansaban encima de la cama, que estaba elevada del suelo y cubierta con una manta de terciopelo azul oscuro. La alfombra también era suave. Había lámparas a juego y otro cómodo sillón de cuero en el rincón, junto a una mesita auxiliar.

Al asomarse al cuarto de baño, le sorprendió lo moderno que era. Mármol blanco y accesorios de corte industrial. Había una gran bañera frente a una ventana enorme desde la que se dominaba el valle. Como no se le ocurría ninguna manera novedosa de describir el impresionante paisaje, se imaginó metido en la bañera con Sara y llegó a la conclusión de que valía la pena pasarse un año entero almorzando sándwiches de mantequilla de cacahuete con mermelada.

Jon dijo:

—Uno de nosotros hace la ronda por el sendero a las ocho de la mañana y luego otra vez a las diez de la noche. Si necesitáis algo, dejad una nota en la escalera, debajo de la piedra, o esperad en el porche y nos veréis pasar. Si no, tendréis que ir a pie al albergue. Avisadnos si necesitas cualquier cosa. ¿Queréis que os traiga algo más?

—No, nada, gracias. —Will hizo amago de sacar la cartera.

—Tenemos prohibido aceptar propinas —dijo Jon.

—¿Y si me vendes el vapeador que llevas en el bolsillo de atrás? —preguntó Sara.

Will pareció tan sorprendido como Jon. Como a cualquier pediatra, a Sara le repugnaba el vapeo. Había visto a muchos niños destrozarse los pulmones.

—Por favor, no se lo digas a mi madre. —Aquella súplica desesperada hizo que Jon rejuveneciera cinco años de golpe. Estaba tan nervioso que le salió un gallito—. Lo he comprado hoy en el pueblo.

—Te doy veinte por él.

—¿En serio? —Ya estaba sacando el boli de metal. Era azul brillante, con punta plateada. Debía de costar diez dólares en un 7-Eleven—. Dentro hay un poco de Red Zeppelin. ¿Necesitas más cartuchos?

—No, gracias. —Sara le hizo una seña a Will para que le pagara.

Él se habría sentido más cómodo confiscándole aquel sucedáneo de tabaco a un menor de edad, pero eso no habría sido propio de un mecánico de coches. Le dio el dinero de mala gana.

—Gracias. —El chico dobló cuidadosamente el billete de veinte. Will casi veía girar los engranajes de su cerebro, tratando de averiguar cómo conseguir más—. Lo tenemos prohibido, pero… Bueno, tengo la contraseña de la wifi, si la necesitáis. Aquí no llega, pero en el comedor sí y…

—No, gracias —respondió Sara.

Will abrió la puerta para que el chico saliera. Jon se despidió con un saludo militar. A Will le costó no ir tras él. No estaría mal tener la contraseña de la wifi.

—No estarás pensando en pedirle la contraseña, ¿verdad? —le preguntó Sara.

Will cerró la puerta, fingiendo que no quería saber cómo iba el partido entre el Atlanta United y el FC Cincinnati. Vio que Sara sacaba una bolsa de plástico de la mochila, metía dentro el vapeador y lo guardaba en el bolsillo delantero.

—No quiero que Jon lo saque de la basura —explicó.

—Se va a comprar otro, ya lo sabes.

—Seguramente, pero esta noche no.

A Will le daba igual lo que hiciera Jon.

—¿Te gusta esto?

—Es precioso. Gracias por traerme a un sitio tan especial. —Sara le hizo señas de que la siguiera al dormitorio, pero antes de que pudiera hacerse ilusiones empezó a marcar la combinación de su maleta—. ¿Qué voy a encontrar aquí dentro?

—Le pedí a Tessa que te hiciera el equipaje.

—Qué astuto. —Sara descorrió la cremallera, abrió la maleta y volvió a cerrarla—. ¿Qué hacemos primero? ¿Bajar al lago? ¿Dar un paseo por la finca? ¿Conocer a los otros huéspedes?

—Tendríamos que ducharnos antes de cenar.

Sara echó un vistazo a su reloj.

—Podemos remojarnos un buen rato en la bañera y luego probar la cama.

—Me parece un buen plan.

—¿Te servirán estas almohadas?

Will las palpó. La espuma era tan prieta como el culo de una foca. Él prefería una más fina.

—Antes, cuando no estabas escuchando, Jon ha dicho que tienen almohadas de otros tipos en la casa. —Sara sonrió otra vez—. Puedo deshacer las maletas y empezar a preparar el baño mientras tú vas a buscar una almohada para ti.

Will la besó antes de irse.

Cuando bajó por las escaleras de piedra, la luz del sol se reflejaba en los Bajíos. Levantó la mano para que la luz no lo deslumbrara mientras llegaba al sendero. En lugar de seguir el Sendero del Lazo de vuelta al recinto principal, echó a andar hacia el lago para familiarizarse con el trayecto. El paisaje fue cambiando a medida que se acercaba al agua. La humedad se dejaba sentir en el aire. Oía el suave batir de las olas. El sol descendía en el cielo. Pasó por el banco del mirador, que, tal y como anunciaba su nombre, tenía buenas vistas. Sintió que la paz volvía a embargarlo. Drew tenía razón al decir que la naturaleza te reseteaba por dentro. Y Sara tenía razón en lo de los árboles. Aquí todo parecía distinto. Más pausado. Menos agobiante. Le costaría marcharse al final de la semana.

Miró a lo lejos, concediéndose unos minutos para dejar la mente en blanco y disfrutar del momento. No notó cuánta tensión acumulaba su cuerpo hasta que esta se evaporó. Miró el anillo que llevaba en el dedo. Excepto por el Timex que lucía en la muñeca, no era aficionado a las joyas, pero le gustaba el acabado oscuro de la alianza de titanio que Sara había elegido para él. En realidad, se habían pedido matrimonio el uno al otro al mismo tiempo. Will había leído que se suponía que tenías que gastarte tres meses de tu sueldo en el anillo de boda. Y, con el sueldo de médico de Sara, era él quien había salido ganando.

Seguramente debería estar buscando la manera de agradecérselo en vez de quedarse embobado mirando el paisaje. Volvió sobre sus pasos. Podía ver el avance del sol desde la bañera, con Sara. Evidentemente, ella quería que saliera de la cabaña un rato. Will intentó desconectar su cerebro de detective al pasar junto a las escaleras de piedra. Sara sabía que habría sido más sencillo ir a buscar otra almohada después de la cena. Seguramente quería sorprenderle con algo bonito. Sonrió al pensarlo, mientras doblaba un recodo del sendero.

—Eh, Basurero.

Will levantó la vista. Había un hombre parado a unos seis metros de distancia. Fumaba un cigarrillo, ensuciando el aire limpio. Hacía mucho tiempo que a Will nadie lo llamaba por ese apodo. Se lo pusieron en el hogar infantil. El motivo no era nada ingenioso: la policía lo encontró dentro de un cubo de basura, cuando era un bebé.

—Venga ya, Basurero —añadió el hombre—. ¿No me reconoces?

Will observó al desconocido. Vestía pantalones de pintor y una camiseta blanca manchada. Era más bajo que él. Más redondo. El amarillo de los ojos y la telaraña de capilares rotos eran síntomas de consumo prolongado de drogas. Pero eso no servía para identificarlo. La mayoría de los chicos con los que se había criado Will habían tenido problemas con las drogas. Era difícil no tenerlos.

—¿Te estás quedando conmigo? —El hombre soltó un chorro de humo mientras se acercaba despacio a Will—. ¿De verdad no sabes quién soy?

Will sintió una punzada de angustia. La premeditada lentitud de aquel hombre hizo aflorar un recuerdo. Estaba parado en un sendero de montaña con un extraño y, de pronto, se halló sentado en la sala común del hogar infantil, viendo al chico al que todos llamaban el Chacal bajar despacio las escaleras. Un paso. Luego el siguiente. Arrastraba el dedo por la barandilla como una hoz.

Había una regla no escrita en los círculos de adopción: a los niños mayores de seis años, nadie los quería. Pasada esa edad, estaban perdidos. Demasiado dañados. Will lo había visto decenas de veces en el hogar infantil. Los niños mayores iban a familias de acogida o, en contadas ocasiones, eran adoptados. Los que volvían siempre tenían cierta expresión en la mirada. A veces te contaban su historia. Otras, podías deducir lo que les había ocurrido por las marcas del cuerpo. Quemaduras de cigarrillo. El gancho característico de una percha de alambre. La cicatriz fruncida de un bate de béisbol. Las muñecas vendadas, cuando habían intentado acabar con el sufrimiento por su cuenta.

Todos intentaban restañar sus heridas de diferentes maneras. Atracones y purgas. Terrores nocturnos. Agresiones verbales. Los había que no podían evitar hacerse cortes. O que se abismaban en una pipa o una botella. Algunos eran incapaces de controlar su ira. Y otros se convertían en maestros del silencio incómodo.

Unos pocos aprendían a utilizar su dolor como un arma contra los demás. A esos les ponían apodos como el Chacal, porque eran depredadores taimados y agresivos. No hacían amigos. Forjaban alianzas estratégicas que abandonaban a las primeras de cambio, en cuanto surgía una oportunidad mejor. Te mentían a la cara. Te robaban tus cosas. Difundían rumores repugnantes sobre ti. Entraban a escondidas en la oficina de dirección y leían tu expediente. Averiguaban lo que te había pasado, cosas que ni siquiera tú sabías de ti mismo. Y luego te ponían un apodo. Basurero, por ejemplo. Y ese apodo te perseguía el resto de tus días.

—Eso es —dijo el Chacal—. Ya te acuerdas de mí.

Will sintió que la tensión volvía a inundarle el cuerpo.

—¿Qué quieres, Dave?

3

Mercy señaló la pequeña cocina de la cabaña tres.

—La cafetera está ahí. Las cápsulas están en esa caja. Las tazas…

—Ya nos lo sabemos. —Keisha esbozó una sonrisa cómplice. Llevaba un negocio de *catering* en Atlanta. Sabía lo que era tener que pasar por la misma rutina día tras día—. Gracias, Mercy. Estamos muy contentos de haber vuelto.

—Supercontentos. —Drew se había parado junto a las puertas cristaleras del cuarto de estar, que estaban abiertas. Todas las cabañas de un solo dormitorio daban a Cherokee Ridge—. Ya noto cómo me baja la tensión.

—Pues va usted a seguir tomándose sus pastillas, señor. —Keisha se volvió hacia Mercy—: ¿Cómo está tu padre?

—Va tirando. —Mercy intentó no apretar los dientes. No había visto a nadie de la familia desde que había amenazado con destrozarles la vida—. Es la tercera vez que venís. Nos alegra muchísimo teneros de nuevo aquí.

—Dile a Pizca que seguimos queriendo hablar con ella —dijo Keisha.

Mercy notó un deje cortante en su voz, pero ya tenía suficientes preocupaciones. No quería tener más problemas.

—Vale, se lo diré.

—Parece que esta vez tenéis un buen grupo —comentó Drew—. Salvo algunas excepciones.

Mercy mantuvo la sonrisa en su sitio. Ya había conocido a la dentista y al pesado de su marido. No se había sorprendido cuando Monica le entregó su American Express y le dijo que procurara que no le faltara el alcohol.

—Me ha caído muy bien Sara, la profesora —dijo Keisha—. Nos hemos conocido por el camino.

—El marido parece un buen tipo —repuso Drew—. ¿Te importa ponernos con ellos?

—No, para nada —contestó Mercy en tono despreocupado, aunque tendría que rehacer todos los horarios después de la cena—. Christopez os ha buscado unos sitios estupendos. Creo que acabaréis muy satisfechos.

—Yo ya estoy satisfecho. —Drew miró a Keisha—: ¿Tú estás satisfecha?

—Cariño, yo siempre estoy satisfecha.

Mercy decidió que había llegado el momento de marcharse. Se estaban abrazando cuando cerró la puerta. Debería haberle chocado que, teniendo veinte años más que ella, mantuvieran una vida sexual tan activa, pero lo cierto era que los envidiaba. Y también estaba irritada. Había notado que la cisterna del váter seguía perdiendo agua, lo que significaba que Dave no se había molestado en arreglarla.

Hizo una anotación en su libreta mientras iba hacia la cabaña cinco. Notaba la mirada de censura de su padre siguiéndola desde el porche. Pizca estaba a su lado, tejiendo algo que nadie se pondría jamás. Los gatos estaban tendidos a sus pies. Sus padres se comportaban como si la reunión familiar hubiera transcurrido con normalidad. Delilah seguía sin dar señales de vida. Dave había desaparecido. Pez había buscado refugio en la caseta de las canoas, donde guardaban el material. De todos ellos, era probablemente el único que de verdad estaría haciendo lo que le había encargado. Y seguramente también quien estaba más preocupado.

Debería ir buscar a su hermano para disculparse y decirle que no se preocupara. Seguro que había alguna manera de convencer a Dave de que votara en contra de la venta. Tendría que reunir algún dinero para sobornarlo. Dave siempre prefería cien dólares hoy que quinientos dentro de una semana, aunque luego se pasara la vida lamentándose por los cuatrocientos que había perdido.

—¡Mercy Mac! —gritó Marti desde el otro lado del recinto.

Llevaba, como de costumbre, su gigantesca botella de agua, como si fuera un atleta de élite que necesitaba hidratarse con urgencia. Caminaba como si lanzara un pie delante del otro, por eso Dave había empezado a llamarlo Marti, «el tío lanza los pies como si lanzara un martillo». Mercy ya ni se acordaba de su verdadero nombre. Sabía, en cambio, que estaba colado por ella y que le daba escalofríos.

—Pez te está esperando en la caseta del material —mintió.

—Ah. —Él parpadeó detrás de las gruesas gafas—. Gracias, pero te estaba buscando a ti. Quería asegurarme de que sabes lo de mi…

—Alergia a los cacahuetes —terminó Mercy. Hacía siete años que sabía que era alérgico, pero aun así él siempre se lo recordaba—. Le he dicho a Pizca que avise en cocina. Pregúntale a ella.

—Vale. —Lanzó una mirada a Pizca, pero no se alejó—. ¿Necesitas que te ayude con algo? Soy más fuerte de lo que parezco.

Mercy le vio flexionar un músculo envuelto en grasa. Se mordió el labio para no decirle que por favor, por lo que más quisiera, la dejara en paz. Era el mejor amigo de su hermano. Su único amigo, a decir verdad. Lo menos que podía hacer era soportarle, por más grima que le diera.

—Mejor ve a hablar con Pizca. La ambulancia tardaría por lo menos una hora en llegar. No quiero que te mueras por comer cacahuetes.

Se dio la vuelta para no ver la decepción reflejada en su cara de pan. Su vida entera había estado llena de tipos como Marti. Chicos bien intencionados y bobalicones que tenían un buen empleo y practicaban la higiene básica. Había salido con algunos. Incluso había conocido a sus madres y había ido con ellos a la iglesia. Y luego siempre la cagaba volviendo con Dave.

Quizá su padre no fuera del todo desencaminado cuando decía que su mayor desgracia era ser lo bastante inteligente como para saber lo tonta que era. No había nada en su pasado que indicara lo contrario. Lo único bueno que había hecho había sido recuperar a su hijo. Seguramente Jon estaría de acuerdo con ella, casi siempre. Se preguntó qué pensaría su hijo cuando se enterase de que tenía intención de bloquear la venta. Pero ya saltaría de ese puente cuando llegara a él.

Subió las escaleras de la cabaña cinco. Llamó con más ímpetu del que pretendía.

—¿Sí? —Abrió la puerta Landry Peterson.

Se habían conocido a su llegada, pero ahora solo llevaba una toalla anudada a la cintura. Era un hombre muy atractivo. Tenía un *piercing* en el pezón derecho y un tatuaje sobre el corazón: flores de colores y una mariposa alrededor de un nombre escrito en cursiva: «Gabbie».

Mercy notó un escozor en los ojos al ver el nombre. Sintió que se le resecaba la boca. Haciendo un esfuerzo, apartó los ojos del tatuaje y miró a Landry.

Tenía una sonrisa bastante agradable. Dijo:

—Vaya cicatriz tienes ahí.

—Sí, yo… —Mercy se llevó la mano a la cicatriz de la cara, aunque no podía tapársela entera.

—Perdona mi atrevimiento, es que fui cirujano maxilofacial en otra vida. —Landry ladeó la cabeza y la estudió como si fuera una muestra al microscopio—. Hicieron un buen trabajo. Debieron de darte unos cuantos puntos. ¿Cuántas horas estuviste en el quirófano?

Mercy consiguió por fin tragar saliva. Pulsó dentro de su cabeza el interruptor de los McAlpine, que le permitía aparentar que todo iba bien.

—No estoy segura. Fue hace mucho tiempo. En fin, quería saber qué tal vais. ¿Necesitáis algo?

—Creo que no, de momento. —Landry miró detrás de ella, primero a la izquierda, luego a la derecha—. Tenéis muy bien montado este sitio. Supongo que ganaréis bastante. Como para mantener a toda la familia, ¿no?

Mercy se quedó atónita. Se preguntó si aquel hombre tendría alguna relación con los inversores. Trató de reconducir la conversación hacia terreno conocido:

—Tenéis el horario en la carpeta. La cena es en…

—¡Cariño! —llamó Gordon Wylie desde dentro de la cabaña. Mercy reconoció su hermosa voz de barítono—. ¿Vienes?

Mercy empezó a retroceder.

—Espero que disfrutéis de vuestra estancia.

—Espera —le dijo Landry—. ¿Qué ibas a decir de la cena?

—Que el cóctel es a las seis. La cena se sirve a las seis y media.

Sacó su libreta y fingió anotar algo mientras bajaba las escaleras. No oyó cerrarse la puerta. Landry la estaba observando, lo que añadía otro par de ojos a la rabiosa mirada de desaprobación de su padre. Sintió que le ardía la espalda mientras se dirigía al camino.

¿Landry se comportaba de forma extraña o eran imaginaciones suyas? Gabbie podía ser cualquier cosa: una canción, un lugar, una mujer… Muchos gais experimentaban antes de salir del armario. O quizá Landry fuera bisexual. Tal vez estuviera tonteando ella. Ya le había pasado otras veces. O quizá estaba sacando las cosas de quicio, porque al ver el dichoso tatuaje había tenido la sensación de que su corazón estaba a punto de deslizarse montaña abajo como una avalancha.

Gabbie.

Se tocó con los dedos la cicatriz de la cara. No había mejor representación del antes y el después. Antes, cuando ella solo era una piltrafa decepcionante. Después, cuando destruyó lo único bueno que le había pasado en la vida. No solo lo único bueno, sino su única oportunidad de ser feliz. De vivir en paz. De tener un futuro que no la hiciera desear ansiosamente volver atrás para cambiar el pasado.

Deseó que el interruptor de los McAlpine volviera a accionarse y la llevara al País de Todo Va Bien. Tenía ya suficientes agobios, no necesitaba buscarse más motivos de estrés. Miró su lista de tareas pendientes. Tenía que ir a ver cómo estaban los recién casados. Y pasarse por la cocina, porque seguro que Pizca no había avisado de que Marti era alérgico. Tenía que buscar a Pez para tranquilizarlo. Y arreglar ella misma la cisterna rota. Los inversores llegarían en algún momento. Por lo visto no se dignaban ir a pie, iban a llegar en coche por la carretera de acceso. No había dedicado mucho tiempo a pensar cómo iba a comportarse con ellos. Se debatía entre mostrarse educada pero fría o sacarles los ojos.

Gabbie.

El interruptor le había fallado. Se salió del sendero y buscó un árbol en el que apoyarse. El sudor le corría por la espalda. Tenía el estómago revuelto. Se inclinó y vomitó una arcada de bilis. Las salpicaduras combaron las hojas de un helecho. Mercy se sentía igual, como si algo pesado y repugnante la agobiara permanentemente.

—¿Mercy Mac?

El puto Dave.

—¿Qué haces ahí, escondida entre los árboles? —Se abrió paso entre la maleza. Olía a cerveza barata y tabaco.

—He encontrado cartuchos de vapeo en el cuarto de Jon. Seguro que es cosa tuya.

—¿Qué? —Puso cara de ofendido—. Joder, nena, ¿hoy vas a meterte conmigo cada vez que me veas?

—¿Qué quieres, Dave? Tengo cosas que hacer.

—Pues iba a contarte una cosa graciosa, pero no sé si estás de humor.

Mercy se apoyó en el árbol. Sabía que Dave no iba a dejarla ir.

—¿El qué?

—Con esa actitud, no te lo cuento.

Le dieron ganas de abofetearlo. Hacía tres horas, se había afanado encima de ella resoplando como una ballena. Hacía dos, ella había amenazado con destrozarle la vida. Y ahora quería contarle una historia graciosa.

—Perdona —dijo, ablandándose—. Cuéntame qué es.

—¿Estás segura? —No esperó a que volviera a insistir—. ¿Te acuerdas de ese niño del que te he hablado alguna vez, el del hogar?

Dave le había contado muchas historias sobre niños del hogar infantil.

—¿Cuál?

—El Basurero. Es ese tío tan alto que ha venido hoy, Will Trent. El que va con la pelirroja.

Mercy no pudo contenerse.

—¿Esa es la que te hizo tu primera mamada?

—No, qué va, esa era otra, Angie. Imagino que al final dejó a ese pringado. O que se murió por ahí, en alguna zanja. Nunca pensé que ese memo pudiera terminar con alguien normal.

«Normal» era la palabra que empleaba Dave para referirse a la gente que no estaba traumatizada por haber tenido una infancia de mierda. Mercy no conocía a muchas personas que entraran en esa categoría, pero Sara Linton parecía ser una de las pocas afortunadas. Desprendía esas vibras que solo captaban otras mujeres. Tenía las cosas muy claras y la cabeza bien amueblada.

Mercy se limpió la boca con el dorso de la mano. Ella, en cambio, tenía los trastos de su vida esparcidos por el suelo como piezas de Lego rotas.

—Ha sido muy raro verlo aquí —continuó Dave—. Ya te conté que no leía bien. No era capaz de aprenderse de memoria los versículos de la Biblia. Es un poco patético que aparezca aquí, al lado del campamento, después de tantos años. Ya tuviste tu oportunidad, chaval. A ver si pasas página.

Mercy volvió a apoyarse en el árbol. Seguía sudando. El helecho vomitado estaba a menos de treinta centímetros del pie de Dave. Como de costumbre, él estaba tan ensimismado que no se daba cuenta. Y, como de costumbre, ella tenía que fingir interés. O quizá «fingir» no fuera la palabra adecuada, porque de hecho aquello le interesaba. El Basurero ocupaba un lugar destacado en las historias de Dave sobre su trágica infancia. Aquel niño torpón era el remate de casi todos los chistes.

No sería la primera vez que Dave se equivocaba al juzgar a una persona. Mercy no había cruzado palabra con Will Trent, pero no creía que su mujer fuera de las que podían estar con un payaso. No como ella.

—¿Qué es lo que pasa de verdad? Te noté un poco raro cuando lo viste por la cámara del sendero.

Dave se encogió de hombros.

—Mala sangre. Si fuera por mí, le diría que se fuera por donde ha venido.

Mercy tuvo que reprimir una carcajada al oír aquella fanfarronada absurda.

—¿Qué te hizo?

—Nada. Es lo que él cree que yo le hice a él. —Dave dejó escapar un suspiro exagerado y flemático—. Estaba cabreado conmigo porque creía que era yo quien le había puesto el apodo.

Mercy vio que extendía los brazos y se encogía de hombros, él, que era completamente incapaz de poner apodos ridículos como Mamá Pizca, Mercy Mac, Marti o Christopez.

—Da igual lo que pasara en el hogar infantil —añadió él—. Ahora ya he madurado. Y ese tío era un imbécil.

—¿Has hablado con él?

—Iba por el camino, a arreglar ese váter, y me lo he encontrado.

Mercy se preguntó si de verdad Dave creía que se chupaba el dedo. La cabaña diez estaba al final del Lazo. El váter que goteaba era el de la cabaña tres, que estaba justo detrás de ella.

Aun así, preguntó:

—¿Y?

Él volvió a encogerse de hombros:

—Intenté hacer lo correcto. Lo que le pasó no fue culpa mía, pero pensé que a lo mejor, si me disculpaba, le ayudaría a superar el trauma. Ojalá alguien me hiciera a mí ese favor.

Mercy conocía bien las «disculpas» de Dave. Y no eran precisamente amables.

—¿Qué le has dicho exactamente?

—No sé. Que el pasado, pasado está, o algo así. —Se encogió de hombros de nuevo—. Intenté ser magnánimo.

Mercy se mordió el labio. Esa palabra le venía muy grande a Dave.

—¿Qué te ha contestado?

—Se ha puesto a contar desde diez, para atrás. —Dave enganchó los pulgares en los bolsillos—. ¿Y qué? ¿Se creía que iba a achantarme? Lo que te decía, no es muy listo.

Mercy bajó la mirada para que no le viera la cara. Will Trent le sacaba treinta centímetros a Dave y tenía más músculos que Jon. Habría apostado su parte del albergue a que Dave se había escabullido antes de que Will llegara a cinco. Si no, habrían tenido que sacarlo de aquellas montañas en una bolsa para cadáveres.

—¿Qué has hecho? —preguntó.

—Me he ido andando tranquilamente. ¿Qué iba a hacer? —Se rascó la barriga, otro signo de que estaba mintiendo—. Ese tío es patético, te lo digo yo. Siempre fue muy callado, no sabía hablar con la gente. ¿Y se presenta aquí, en el campamento, después de tantos años? Hay chavales que nunca lo superan. No es culpa mía que siga jodido.

Mercy podía hablar largo y tendido sobre personas que no superaban el pasado.

—En fin —refunfuñó Dave—, eso que dijiste en la reunión familiar… Era solo una pataleta, ¿no?

Mercy sintió que se le envaraba la columna vertebral.

—No, no era solo una pataleta, Dave. No voy a dejar que papá venda este sitio y me lo quite. Ni que se lo quite a Jon.

—¿Y por eso vas a quitarle casi un millón de dólares a tu hijo?

—Yo no voy a quitarle nada. Mira a tu alrededor, Dave. Mira esto. Jon puede vivir del albergue el resto de su vida. Puede dejárselo a sus hijos y a sus nietos. El del cartel de la carretera también es su apellido. Lo único que tiene que hacer es trabajar. Y yo se lo debo.

—Lo que le debes es dejarle elegir. Pregúntale qué quiere. Es prácticamente un hombre. Él también tendría que decidir.

Mercy sintió que empezaba a menear la cabeza antes de que él acabara de hablar.

—No, ni hablar.

—Ya me parecía. —Dave resopló, decepcionado—. No vas a preguntárselo a Jon porque eres una cobarde y te da miedo lo que conteste.

—No voy a preguntárselo a Jon porque todavía es un crío —replicó Mercy—. No voy a cargarle con esa responsabilidad. Jon va a saber que tú quieres vender. Y que yo no quiero. Sería como pedirle que elija entre tú y yo. ¿De verdad quieres hacerle eso?

—Podría ir a la universidad.

Mercy se quedó pasmada. No porque no quisiera que Jon siguiera estudiando, sino porque Dave llevaba años diciéndole machaconamente a su hijo que ir a la universidad era una pérdida de tiempo. Lo mismo le había hecho a ella cuando había empezado a ir a clases nocturnas para sacarse el título de secundaria. No quería que nadie hiciera más de lo que había hecho él.

—Merce, piensa en lo que puedes perder. Llevas queriendo salir de esta montaña desde que te conozco.

—Quería salir de esta montaña contigo, Dave. Y tenía quince años cuando te lo dije. Pero ya no soy una niña. Me gusta llevar este sitio. Y tú mismo has dicho que se me da bien.

—Eso fue solo… —Desdeñó con un ademán el cumplido que la había hecho sentirse tan orgullosa—. Tienes que entrar en razón. Estamos hablando de un dinero que puede cambiarnos la vida.

—Pero no para bien. No voy a decir lo que pienso, pero los dos sabemos lo odioso que te pones con el dinero.

—Ten cuidado.

—No tengo por qué tenerlo. Da igual. Para el caso, lo mismo daría que estuviéramos hablando de cuánto cuesta un globo aerostático. No voy a dejar que me quitéis este sitio, después de como me he volcado en él. Y después de todo lo que he pasado.

—¿Y qué has pasado, si se puede saber? —preguntó él con aspereza—. Sé que no ha sido fácil, pero siempre has tenido un hogar. Siempre has tenido comida en la mesa. No has tenido que dormir en la calle mientras llovía a mares, ni has tenido un pervertido de mierda aplastándote la cara contra el suelo.

Mercy miró más allá de su hombro. La primera vez que Dave le habló de los abusos sexuales que había sufrido de niño, la pena la desgarró por dentro. La segunda vez y la tercera, lloró con él. Después, la cuarta y la quinta, y hasta la centésima, hizo todo lo que él le pidió para ayudarlo a salir de ese pozo, ya fuera cocinar, limpiar o hacer algo en la cama. Algo doloroso. Algo que la hacía sentirse sucia y apocada. Cualquier cosa con tal de que él se sintiera mejor.

Y entonces se dio cuenta de que lo que le había ocurrido a Dave de pequeño no importaba. Lo que importaba era el infierno por el que la hacía pasar ahora, siendo un hombre adulto.

Esa necesidad suya era el agujero sin fondo de las arenas movedizas.

—Esta conversación no va a ninguna parte —dijo ella—. Ya lo he decidido.

—¿En serio? ¿Ni siquiera vamos a hablarlo? ¿Vas a joderle la vida así a tu hijo?

—¡No soy yo quien le va a joder la vida, Dave! —Le daba igual que los huéspedes la oyeran—. El que me preocupa eres tú.

—¿Yo? ¿Y qué cojones voy a hacer yo?

—Quedarte con su dinero.

—Mentira.

—He visto cómo te comportas cuando tienes un poco de dinero en el bolsillo. Los mil dólares que te dio papá no te duraron ni un día.

—¡Te he dicho que compré materiales!

—¿Y ahora quién miente? Tú no te conformarás con un millón de dólares. Te lo gastarás en coches y partidos de fútbol y fiestas, o invitando a rondas en el bar y dándote aires en el pueblo. Y ni por esas cambiarás de vida. No vas a ser mejor persona. Ese dinero no va a borrar lo que te pasó de pequeño. Y luego querrás más porque tú eres así, Dave. Te apoderas de todo y te importa una mierda dejar a los demás sin nada.

—Eso que dices es una maldad. —Él sacudió la cabeza mientras empezaba a alejarse. Luego se dio la vuelta y le espetó—: Dime una sola vez que le haya levantado la mano a ese chico.

—No hace falta que le pegues. Solo le humillas. No puedes evitarlo. Tú eres así. Es lo que intentas hacer otra vez con ese pobre hombre de la cabaña diez. Llevas toda la vida humillando a los demás porque es la única forma que tienes de sentirte importante.

—¡Cállate la puta boca! —Extendió las manos y la agarró del cuello. Mercy chocó de espaldas contra el árbol. Se quedó sin respiración. Eso era lo que pasaba cuando se le agotaba la compasión: Dave recurría a otras mañas para que se preocupara por él.

—Escúchame, zorra.

Mercy había aprendido hacía tiempo a no dejarle marcas en la cara o las manos. Le arañó el pecho, clavándole las uñas en la carne, ansiosa por liberarse.

—¿Me estás escuchando? —Él apretó con más fuerza—. ¿Te crees muy lista? ¿Te crees que me conoces?

Ella empezó a patalear. Veía estrellas, literalmente.

—Piensa en quién votará por Jon si tú te mueres. ¿Cómo vas a evitar la venta desde la tumba?

Empezó a notar espasmos en los pulmones. La cara iracunda e hinchada de Dave flotaba delante de sus ojos. Iba a perder el conocimiento. A morir, quizá. Lo deseó, fugazmente. Sería tan fácil rendirse esta vez… Dejar que Dave se hiciera con el dinero. Que Jon arruinara su vida. Que Pez saliera de la montaña. Para papá y Pizca sería un alivio. Delilah estaría encantada. Nadie echaría de menos a Mercy. Ni siquiera habría una foto descolorida en la pared familiar.

—Zorra de mierda. —Dave aflojó las manos antes de que se desmayara. Su cara de asco lo decía todo. Ya la estaba culpando de haberle llevado a ese extremo—. Yo no robo a las personas a las que quiero. Jamás. Que te den por decir eso.

Mercy se deslizó hasta el suelo mientras él se alejaba por el bosque. Siguió escuchando un rato sus maldiciones. Solo cuando se desvanecieron, se atrevió a moverse. Se tocó debajo de los ojos, pero no notó lágrimas. Apoyó la cabeza contra el árbol. Miró los árboles. El sol centelleaba entre el follaje.

A veces, al principio, Dave se disculpaba por haberle hecho daño. Luego, llegó una fase en la que solo se disculpaba a medias: pronunciaba las palabras, pero se las arreglaba para no asumir las culpas. Ahora, estaba absolutamente convencido de que era ella quien sacaba todo el mal que había en él. Dave, el campechano. Dave, el bonachón.

Dave, el alma de la fiesta. Nadie se daba cuenta de que ese Dave que ellos veían era pura fachada. El verdadero Dave, el auténtico, era el que acababa de intentar estrangularla.

Y la verdadera Mercy era la que había deseado que lo hiciera.

Se tocó el cuello buscando puntos doloridos. Le saldrían moratones, seguro. Por su cerebro desfilaron las excusas. Un accidente al echarle el lazo a un caballo, quizá. O un golpe con el manillar al caerse de la bici. Un resbalón al bajarse de una canoa. Un enganchón con un sedal. Podía alegar mil cosas. Lo único que tenía que hacer era mirarse al espejo al día siguiente y elegir la más adecuada para explicar los cardenales.

Se levantó con esfuerzo. Tosió acercándose la mano a la boca. Se le manchó la palma de sangre. Esta vez, Dave se había aplicado a fondo. Volvió al sendero mientras jugaba a una especie de juego: hacer recuento de todas las veces que él le había hecho daño. Había innumerables bofetadas y puñetazos. Dave era muy rápido, casi siempre. Lanzaba un golpe y se retiraba. Pero a veces, muy de vez en cuando, seguía golpeándola como un boxeador que no oye la campana. Solo en dos ocasiones, con un mes de diferencia, la había estrangulado hasta hacerle perder el conocimiento; las dos veces a causa del divorcio.

Lo había pillado engañándola una vez. Y luego otra. Después, Dave había seguido poniéndole los cuernos, porque así era él: si se salía con la suya una vez, consideraba que tenía permiso para volver a las andadas. Pensándolo bien, Mercy ni siquiera creía que estuviera enamorado de ninguna de esas mujeres. Ni siquiera que se sintiera atraído por ellas. Algunas eran mucho mayores. Otras estaban muy estropeadas o tenían media docena de hijos o eran personas increíblemente desagradables. Una le destrozó la camioneta —la camioneta que había pagado Pizca—. Otra le robó. Y otra le dejó con una bolsa de marihuana en la mano cuando la policía se presentó en su caravana.

Lo que a Dave le gustaba de la infidelidad no era el sexo. Bien sabía Dios que en eso era muy básico: aquí te pillo, aquí te mato. Lo que le gustaba era el acto de engañar. El merodeo. Mandar mensajes a escondidas desde un teléfono desechable. Buscar en aplicaciones de citas. Mentir sobre adónde iba, cuándo volvería y con quién estaba. Saber que Mercy se sentiría humillada. Y que las mujeres a las que engatusaba eran tan tontas como para creer que la dejaría para casarse con ellas. Saber que podía acostarse con unas y otras y que daba igual que todo el mundo se enterase.

Porque aun así ella, Mercy, volvería a aceptarlo.

Siempre le hacía esforzarse, claro, pero eso también era un aliciente para Dave. Fingir que había cambiado. Llorar sus lágrimas de cocodrilo. El drama de las llamadas nocturnas. Los constantes mensajes de texto. Presentarse con flores y una lista de canciones románticas y un poema escrito en el reverso de una servilleta de bar. Rogar y suplicar, arrastrarse y hacer reverencias, cocinar y limpiar, mostrar un repentino interés por la educación de Jon y ponerse empalagoso hasta que ella cedía.

Y luego, al mes, le daba una paliza por hacer demasiado ruido al dejar las llaves en la mesa de la cocina.

El estrangulamiento era una señal de alarma de enormes proporciones. Por lo menos, eso había leído Mercy en internet. Cuando un hombre agarraba del cuello a una mujer, esa mujer tenía seis veces más probabilidades de sufrir lesiones graves o morir asesinada.

La primera vez que la estranguló fue cuando ella le pidió el divorcio por primera vez. Se lo pidió, no se lo comunicó, como si necesitara su permiso. Él se puso hecho una fiera. Le apretó el cuello tan fuerte que ella sintió cómo se movía el cartílago. Se desmayó en la caravana que compartían y cuando despertó estaba empapada en su propia orina.

La segunda vez fue cuando le dijo que había encontrado un piso para Jon y ella en la ciudad. Mercy no recordaba qué pasó después, aparte de que pensó de verdad que iba a morir. Perdió la noción del tiempo. No sabía dónde estaba ni cómo había llegado allí. Entonces, se dio cuenta de que estaba en el pequeño apartamento. Jon sollozaba en la habitación de al lado. Mercy corrió a su cuna. Tenía la cara roja y llena de mocos, y el pañal sucio. Estaba aterrorizado.

A veces, Mercy sentía aún sus bracitos aferrándose a ella con frenesí, su cuerpecillo temblando mientras gemía. Ella lo calmó, lo tuvo abrazado toda la noche, consiguió que se tranquilizara. La indefensión de Jon fue lo que la impulsó a separarse por fin de Dave. A la mañana siguiente solicitó el divorcio. Dejó el piso y volvió al albergue. No lo hizo por ella. No tomó esa determinación por las constantes humillaciones de Dave ni por el miedo a que le rompiera algún hueso o incluso la matara, sino porque al fin comprendió que, si ella moría, Jon se quedaría sin nadie.

Ahora tenía que romper ese círculo vicioso de una vez por todas. Bloquearía la venta. Haría lo que fuera necesario para impedir que Dave hundiera a su hijo. Su padre se moriría algún día. Y seguro que a Pizca no le quedaba mucho tiempo. No iba a condenar a Jon a ahogarse de por vida en arenas movedizas.

En ese momento, como obedeciendo a una señal, se oyeron los pasos desgarbados de Jon en el camino. Llevaba los brazos extendidos como si fueran las alas de un avión y rozaba los arbustos con las manos. Mercy lo observó en silencio. Su hijo solía caminar así cuando era pequeño. Se acordó de lo contento que se ponía cuando la veía en el camino. Corría a abrazarla y ella lo levantaba en el aire. Ahora tenía suerte si la miraba.

Jon bajó los brazos cuando ella salió al camino.

—He bajado a la caseta a ayudar a Pez con las canoas —explicó—, pero me ha dicho que no necesita ayuda. Y ya he acompañado a los de la cabaña diez.

Mercy pensó automáticamente en otra tarea que encargarle, pero se contuvo.

—¿Cómo son?

—Ella es simpática. Él da un poco de miedo.

—A lo mejor, si no tontearas con su mujer…

Jon esbozó una sonrisa tímida.

—Me ha preguntado muchas cosas sobre la finca.

—¿Las has respondido todas?

—Sí. —Jon se cruzó de brazos—. Le he dicho que hable con Pizca en la cena si quiere saber más.

Mercy asintió con la cabeza. Aunque había cambiado muchas cosas desde la época de su padre, no estaba dispuesta a que su hijo pareciera un ignorante si le preguntaban por aquellas tierras.

—¿Algo más? —preguntó él.

Mercy volvió a pensar en Dave. Después de sus peleas, hacía siempre lo mismo: se iba al bar a ahogar su ira en alcohol. Lo que le preocupaba era lo que haría al día siguiente. Seguro que iría en busca de Jon para contarle lo de los inversores. Y sin duda ella sería la mala de la película.

—Vamos al banco del mirador —respondió—. Quiero que te sientes conmigo un rato.

—¿No tienes cosas que hacer?

—Igual que tú —contestó, pero de todos modos echó a andar por el sendero, hacia el banco.

Jon la siguió a cierta distancia. Mercy se tocó el cuello. Confiaba en que su hijo no viera ninguna marca. Odiaba cómo la miraba cuando a Dave le daba uno de sus arrebatos. Con una mezcla de reproche y de lástima. La preocupación había desaparecido hacía tiempo. Mercy suponía que era como ver a alguien lanzarse de cabeza contra una pared, después levantarse y volver a hacer lo mismo.

Y no se equivocaba.

—Bueno… —Se sentó en el banco y dio unas palmaditas en el asiento, a su lado—. Ya estamos aquí.

Jon se dejó caer en el otro extremo del banco, con las manos en los bolsillos de los pantalones cortos. Había cumplido dieciséis años el mes anterior y, casi de la noche a la mañana, la pubertad se había apoderado por fin de él. El repentino subidón hormonal actuaba como un péndulo. Tan pronto se ponía chulito y le daba por ligar con la esposa de un cliente como parecía un niño desamparado. A Mercy le recordó tanto a Dave que se quedó momentáneamente sin palabras.

Luego, el adolescente huraño asomó la cabeza.

—¿Por qué me miras tan raro?

Mercy abrió la boca y volvió a cerrarla. Necesitaba más tiempo. Ahora mismo reinaba entre ellos una paz inestable. En lugar de echa a perder sermoneándole por vapear o por no recoger su habitación o por cualquier otro de los motivos por los que solía regañarle, se quedó mirando el paisaje. La gradación de verdes, la superficie de los Bajíos que la brisa rizaba suavemente. En otoño, si te sentabas allí, veías cómo cambiaban las hojas, cómo iban degradándose los colores desde los picos hacia abajo.

Tenía que conservar este lugar para Jon. Allí no solo tendría asegurado el futuro, sino la vida misma.

—A veces se me olvida lo bonito que es esto —dijo.

Jon no dijo nada. Los dos sabían que sería perfectamente feliz viviendo en la ciudad, en una caja sin ventanas. Tenía la costumbre de Dave de culpar a los demás de su aislamiento. Los dos podían estar en una habitación llena de gente y aun así sentirse solos. Y, si era sincera, ella también se sentía así a menudo.

—Ha venido la tía Delilah —le dijo.

Él la miró, pero no dijo nada.

—Quiero que recuerdes que lo que pasó cuando eras un bebé da igual. Delilah te quiere. Por eso fue a juicio. Quería tenerte consigo.

Jon se quedó mirando a lo lejos. Mercy nunca le hablaba mal de Delilah. Si algo bueno había aprendido de Dave, era que quien se queja todo el tiempo y se porta como un desgraciado pocas veces despierta la compasión de los demás. Por eso Dave solo dejaba ver su lado monstruoso cuando estaba con ella.

—¿El Subaru del aparcamiento es suyo? —preguntó Jon.

Mercy se sintió como una tonta. Evidentemente, Jon había visto el coche de Delilah. Allí no se podía guardar un secreto.

—Creo que papá y Pizca han hablado con ella. Por eso ha venido.

—Yo no quiero vivir con ella. —Jon la miró y volvió a desviar los ojos—. Si ha venido por eso… No pienso irme. Por lo menos, con ella.

Mercy se había quedado sin lágrimas hacía mucho tiempo, pero certeza con que hablaba su hijo le produjo una profunda tristeza. Él ntaba cuidar de su madre. Quizá fuera la última vez que lo hicie-ante una larga temporada. O la última, tal vez.

—¿Qué es lo que quiere? —preguntó Jon.

A Mercy le dolía tanto la garganta que tuvo la sensación de estar tragando clavos.

—Tienes que hablar con el abuelo. Él te contará lo que pasa.

—¿Por qué no me lo dices tú?

—Porque… —Mercy luchó por explicarse.

No era cobardía. Sería muy fácil convencer a Jon de que se pusiera de su parte, pero sabía que, si manipulaba a su hijo, se estaría portando igual de mal que Dave. Podía hacerlo, desde luego. A pesar de sus dieciséis años, Jon seguía siendo muy maleable. Estaba atiborrado de hormonas y era muy crédulo. Si se lo proponía, podía convencerlo de que se tirara por un barranco. Dave le destrozaría la vida por completo.

—Mamá, ¿por qué no me lo dices tú?

—Porque tienes que escuchar la otra versión de uno de los interesados.

Él hizo una mueca.

—Estás hablando raro.

—Avísame cuando quieras oír mi versión, ¿vale? Seré todo lo sincera que pueda contigo. Pero primero tienes que oír las razones del abuelo. ¿De acuerdo?

Esperó a que asintiera. Luego miró sus ojos azules y se sintió como si alguien le metiera las manos dentro del pecho y le partiera el corazón en dos.

El culpable era Dave. Iba a arrebatarle otra parte de su ser, la más preciada, y ya nunca la recuperaría.

Jon la observaba fijamente.

—¿Estás bien?

—Sí —contestó ella—. La mujer de la cabaña siete quiere una botella de *whisky*. ¿Puedes llevársela?

—Claro. —Jon se levantó—. ¿Qué marca quiere?

—La más cara. Y pregúntale si quiere más mañana. —Ella también se levantó—. Después quiero que te tomes el resto de la tarde libre. Yo recogeré después de la cena.

La sonrisa dentuda apareció otra vez y Jon volvió a ser su pequeño.

—¿En serio?

—En serio. —Mercy absorbió su entusiasmo. Quería aferrarse a ese momento mientras pudiera—. Estás trabajando muy bien, cariño. Estoy orgullosa de ti.

La sonrisa de su hijo era mejor que cualquier droga que se hubiera inyectado. Tenía que alabarlo más a menudo, darle más oportunidades de ser un chaval. Estaba a punto de destruir la familia. También tenía que romper el ciclo de crueldad de los McAlpine.

Le dijo:

—Pase lo que pase, recuerda que te quiero, cariño. Nunca lo olvides. Eres lo mejor que me ha pasado y te quiero muchísimo, joder.

—Mamá —gruñó él.

Pero luego la abrazó y Mercy sintió que levitaba.

Esa sensación solo duró dos segundos, hasta que Jon se apartó. Lo vio subir trotando por el sendero y reprimió el impulso de llamarlo para que volviera.

Se dio la vuelta antes de que desapareciera y se concedió unos segundos para serenarse antes de regresar al trabajo. Torció a la izquierda en la bifurcación y siguió la curva del lago. Notó el olor fresco del agua y el tufillo mohoso de la madera.

Los sábados por la noche hacían una hoguera en los Bajíos para despedir a los huéspedes. Había malvaviscos y chocolate caliente y Pez tocaba su mandolina porque, cómo no, Pez era de esas almas sensibles que tocaban la mandolina. A los huéspedes les encantaba. Y a ella también, la verdad. Le gustaba ver sus caras sonrientes y saber que había contribuido en parte a esa felicidad. Era madre de un hijo adolescente, exmujer de un alcohólico maltratador, hija de un cabrón odioso y cruel y de una madre fría y distante; tenía que cazar al vuelo cualquier momento de satisfacción que se le ofreciese.

Contempló el agua. Se preguntó cómo le explicaría papá a Jon lo de los inversores. ¿La criticaría a ella? ¿Se pondría a gritar y la insultaría? ¿Había manipulado ella la situación sin querer, taimadamente? Las malas personas pocas veces suscitan la compasión de los demás. Y Jon querría protegerla, aunque no estuviera de acuerdo con ella.

Ya no podía hacer nada más, salvo esperar a que Jon fuera en su busca.

El tiempo se le pasaría más rápido si se ponía a trabajar. Sacó su libreta. Por el camino, a la subida, se pasaría a ver cómo estaban los recién casados. Arreglaría el váter. Y tenía que hablar con la cocina. Hizo una señal para acordarse de la botella de *whisky* que Jon iba a llevar a la cabaña siete. Tenía la sensación de que la dentista iba a dejarse un montón de pasta allí antes de marcharse el domingo. Si Monica quería comprar con su American Express todas las botellas que tenían en la estantería de arriba, que lo hiciera. Papá era abstemio. Nunca había promovido la venta de alcohol. El aumento de beneficios del año anterior se debía casi exclusivamente a los *whiskies* selectos que Mercy ofertaba a sus clientes.

Volvió a guardarse la libreta en el bolsillo mientras bajaba por el sendero aterrazado. Vio a Pez junto a la caseta donde guardaban el material. Estaba limpiando las canoas. Se le encogió el corazón al ver a su hermano arrodillado. Pez era tan formal, tan auténtico... Aunque era el hijo mayor, papá siempre lo había tratado con desdén. Luego, llegó Dave y Pizca dejó claro a quién consideraba de verdad su hijo. No era de extrañar que Pez hubiera optado prácticamente por desaparecer.

Estaba a punto de llamarlo cuando Marti salió de la caseta. Se había quitado la camisa. Tenía la cara y el pecho tan rojos que parecía que se había quemado. Llevaba un trozo de papel de aluminio alisado en una mano y un mechero en la otra. La llama del mechero se encendió. Salió humo del papel de aluminio. Mientras Mercy miraba, le acercó el papel de aluminio a Pez. Su hermano aventó el humo para acercárselo a la cara y respiró hondo.

—¿Mercy? —dijo Marti.

—Imbéciles —siseó ella dándose la vuelta.

—¡Mercy! —la llamó Pez—. Mercy, por favor, no...

El ruido de sus pasos corriendo por el sendero ahogó lo que dijo Pez. No podía creer que su hermano fuera tan idiota. Eso era justo lo que había querido advertirle durante la reunión familiar. Ya ni siquiera se molestaba en ocultarlo. ¿Y si hubiera sido un huésped, en vez de ella? Jon acababa de estar en la caseta. ¿Y si hubiera subido por el sendero y los hubiera visto? ¿Cómo coño le habrían explicado lo que hacían?

Siguió recto, dejando atrás la bifurcación que llevaba al Lazo. No aflojó el paso hasta que estuvo al otro lado de la caseta de los botes. Se secó el sudor de la cara, preguntándose si el día podría empeorar más. Echó un vistazo al reloj. Quedaba una hora para que tuviera que ir a ayudar con los preparativos de la cena, y aún no había recordado en la cocina que el imbécil de Marti era alérgico a los cacahuetes.

—Dios —murmuró.

Aquello la superaba. En lugar de volver a subir la cuesta, se sentó en las rocas de la orilla. Exhaló un largo suspiro. La naturaleza embargó sus sentidos desde todos los flancos. El susurro de las hojas. Las olas suaves. El olor de la hoguera de la víspera. El calor del sol en lo alto.

Suspiró otra vez.

Aquel era su remanso de paz. Los Bajíos eran como un ancla invisible que la mantenía sujeta a tierra. No podía renunciar a aquello. Nadie amaría tanto como ella aquel lugar.

Observó cómo se mecía el pantalán flotante. También había buscado refugio allí muchas veces. Papá odiaba el agua, se negaba a aprender a nadar. Cuando le daba uno de sus accesos de llanto, Mercy iba nadando hasta el pantalán flotante para alejarse de él. A veces, se quedaba dormida bajo las estrellas. En ocasiones, Pez se reunía con ella. Igual que Dave, más adelante, aunque por otros motivos.

Notó que meneaba la cabeza. No quería pensar en las cosas malas. Su hermano le había enseñado a nadar allí y a Dave lo había enseñado a mantenerse a flote, porque le daba miedo meter la cabeza bajo el agua. Ella había enseñado a Jon cuál era el mejor sitio para zambullirse desde el pantalán, allí donde el agua era más profunda y podías escabullirte discretamente si aparecía algún huésped. Cuando Jon era pequeño, venían aquí los domingos por la mañana. Él le hablaba de la escuela o de chicas, o de las cosas que quería hacer en la vida.

Ya nunca se abría así con ella, claro, pero seguía siendo un buen chico. No destacaba en los estudios ni tenía muchos amigos, pero, comparado con sus padres, le iba de maravilla. Mercy solo quería que fuera feliz.

Era lo que más deseaba en el mundo.

Jon acabaría encontrando a su gente. Tal vez tardara un tiempo, pero la encontraría. Era buena persona. Mercy no tenía ni idea de a quién había salido en eso. Tenía mucho genio, sí, en eso se parecía a Dave. Y solía equivocarse, como ella. Pero adoraba a su abuela y solo se quejaba un poco cuando ella le hacía trabajar. Se aburría allí, claro, como cualquier chaval de su edad. Ella misma no había empezado a beber a escondidas de las botellas de alcohol a los doce años porque su vida fuera la bomba.

—Joder —suspiró. Su cerebro seguía volviendo a los malos recuerdos.

Pulsó de nuevo el interruptor y, con la mente vacía, se quedó mirando el cielo de un azul imposible hasta que el sol se desplazó hacia la sierra. Cerró los párpados para protegerse de su luz ardiente. El punto blanco le dejó una huella en la retina. Vio cómo se oscurecía hasta volverse casi azul marino. Entonces, se transformó en una palabra. Escrita en cursiva enlazada, formando un arco sobre el corazón de Landry Peterson.

«Gabbie».

Los huéspedes de la cabaña cinco habían hecho la reserva bajo el nombre de Gordon Wylie. Había una copia del carné de conducir de Gordon en el archivo de la reserva. Para hacer el depósito y la factura, habían usado la tarjeta de crédito de Gordon. El Lexus que habían dejado al principio del camino estaba matriculado a su nombre y era la dirección de Gordon la que figuraba en la etiqueta de sus maletas.

El nombre de Landry solo aparecía una vez en el registro, como segundo huésped. Trabajaba para la misma empresa que Gordon, Wylie App Co. Pensándolo bien, parecía algo sacado de los *Looney Tunes*. Hasta donde ella sabía, el nombre de Landry podía ser falso. El albergue solo verificaba la identidad de la persona que se hacía cargo de la factura.

Confiaban en que la gente dijera la verdad sobre su trabajos, sus intereses y su experiencia con los caballos, la escalada y el *rafting*.

O sea, que Landry Peterson podía ser cualquiera. Podía ser un amante secreto. Un viejo amigo con derecho a roce. Un compañero de trabajo que buscaba algo más. O podía estar emparentado con la chica a la que Mercy había matado diecisiete años atrás.

Se llamaba Gabriella, pero su familia la llamaba Gabbie.

4

Sara se sentó al borde de la cama y se permitió llorar. Estaba tan desbordada por la emoción que se puso a sollozar. Los preparativos de la boda habían sido tan estresantes... La ceremonia había tenido que posponerse un mes, hasta que le quitaran la escayola de la muñeca rota. Había tenido que cancelar pedidos, variar horarios, compaginar proyectos de trabajo y aplazar casos. Y luego había tenido que hacer malabarismos para mezclar a primos, primas, tíos y tías y asegurarse de que todos tenían su reserva de hotel, y coche y comida que les gustara y lugares a los que ir, porque algunos llegaban en avión cruzando el océano y, como habían decidido quedarse una semana, querían saber qué podían hacer y qué ver, y por lo visto ella se había convertido en su particular guía Lonely Planet.

Su hermana y su madre la habían ayudado, y Will había hecho más de lo que le correspondía, pero aun así nunca se había sentido tan aliviada de que algo terminara.

Miró los dos anillos que llevaba en el dedo. Respiró hondo para tranquilizarse. Se merecía un Óscar por no haber perdido los nervios esa mañana, cuando Will la informó de que empezarían su viaje de novios después de hacer una excursión. A dos horas de distancia y por el monte, cuando el aeropuerto estaba a veinte minutos de su casa.

De la casa de ambos.

Había intentado no agobiarse al cargar las mochilas y montar en el coche. Y cuando salieron de la ciudad y después, cuando aparcaron al principio del sendero. Will se había hecho cargo de la luna de miel y ella tenía que dejarle hacer las cosas a su modo. Sin embargo, entonces se habían parado a comer en un campo y ella había notado que iba pasando el tiempo y se había agobiado al pensar que quizá quisiera sorprenderla con una especie de acampada.

Odiaba acampar. Mejor dicho, lo aborrecía. Solo había aguantado en las *girl scouts* porque aspiraba a conseguir todas las insignias.

En eso podía resumirse su vida, en realidad. Siempre se había exigido al máximo a sí misma. Se graduó un año antes de tiempo en el instituto. Hizo los primeros cursos de carrera a toda pastilla. Fue la mejor de su promoción en la Facultad de Medicina. Se dejó la piel siendo residente. Y luego al ejercer la pediatría y durante el periodo de transición para dedicarse por completo a la patología forense. Siempre había puesto su formación al servicio de los demás. Primero, atendiendo a niños en una zona rural y después en un hospital público. Y ayudando a los familiares de víctimas de delitos violentos a salir de la incertidumbre. Mientras tanto, había cuidado de su hermana pequeña y de sus padres. Había acompañado a su tía Bella. Había apoyado a su primer marido. Había llorado su muerte. Y se había esforzado mucho por construir una relación con Will que valiera la pena. Había sobrevivido a las intromisiones tóxicas de su exmujer. Había conseguido manejarse en la extraña relación que Will mantenía con su jefa. Se había hecho amiga íntima de su compañera de trabajo. Y se había enamorado de su perrita.

Cuando echaba la vista atrás, veía a una mujer que avanzaba sin cesar y que siempre se esforzaba por que los demás estuvieran a gusto.

Hasta ahora.

Miró su maleta abierta. Will había descargado todos sus libros en el iPad. Había actualizado los pódcast en su teléfono. Su hermana había metido en la maleta todo lo que necesitaba, incluidas las cosas de aseo y el cepillo de pelo. Su padre había aportado uno de sus señuelos de pesca artesanos y una lista de chistes malísimos. Su tía había donado un gran sombrero de paja para que protegiera del sol su piel fantasmagóricamente pálida. Su madre le había regalado una minúscula biblia de bolsillo, lo que al principio la fastidió un poco, hasta que se dio cuenta de que había una página marcada. Su madre había subrayado con lápiz claro unos versículos de Rut 1, 16.

«Porque dondequiera que tú fueres, iré yo, y dondequiera que vivieres, viviré. Tu pueblo será mi pueblo. Tu Dios será mi Dios».

Leer el pasaje había hecho que se desbordaran sus emociones. Su madre había plasmado a la perfección lo que sentía por Will. Iría adonde él la llevara. Yacería a su lado donde él quisiera. Trataría a su familia elegida como si fuera la suya. Incluso fingiría que le gustaba acampar si llegaba el caso. Estaba total y absolutamente entregada a él.

Por eso se le habían saltado las lágrimas, por eso había empezado a sollozar, hasta que, al final, no había podido controlar el llanto y se había dejado caer en la cama como una victoriana abrumada por la emoción. No podía evitarlo. Era todo tan perfecto… La maravillosa ceremonia de la boda. Aquel precioso albergue de montaña. Los regalos de su familia. El mimo que Will había puesto en todo. Hasta había pedido que pusieran su yogur favorito en la neverita de la cocina. Nunca se había sentido tan cuidada.

—Para ya —se reprendió a sí misma.

No era momento de llorar. Will no tardaría en volver.

Fue a buscar la caja de pañuelos que había detrás del váter para sonarse la nariz. Había una pequeña selección de sales de baño junto a la bañera. Pensando en Will, eligió las menos perfumadas antes de abrir el grifo. Se miró al espejo. Tenía manchas rojas en la piel. Casi le brillaba la nariz. Tenía los ojos inyectados en sangre. Will iba a encontrarla hecha un desastre cuando regresara de la casa esperando una sesión de sexo apasionado en la bañera.

Se sonó la nariz. Se soltó el pelo porque sabía que a él le gustaba así. Luego, entró en el dormitorio y terminó de sacar la ropa. Su hermana Tessa no había actuado solo por altruismo: había metido en broma un juguete sexual al fondo de la maleta. Sara estaba volviendo a guardarlo en la maleta cuando oyó voces al otro lado de la ventana delantera.

—¡Paul! —gritaba un hombre—. ¿Puedes esperar un momento?

Sara entró en el cuarto de estar. Las ventanas estaban abiertas. Se quedó en la sombra mientras observaba a dos hombres discutir abajo, en el camino. Eran mayores que ella, estaban muy en forma y saltaba a la vista que se habían peleado.

—Gordon, me da igual lo que pienses —respondió Paul—. Es lo correcto.

—¿Lo correcto? —replicó Gordon—. ¿Y desde cuándo te importa a ti lo correcto?

—¡Desde que he visto cómo vive ella, joder! ¡No está bien!

—Cariño... —Gordon lo agarró de los brazos—. Tienes que olvidarte de eso.

Paul se zafó y echó a correr sendero abajo, hacia el lago.

Gordon lo siguió, gritando:

—¡Paul!

Sara corrió los visillos. Qué curioso. Por el camino, mientras subían al albergue, Keisha había dicho que los desarrolladores de *apps* se llamaban Gordon y Landry. ¿Era Paul otro huésped o trabajaba en el albergue? Luego, se obligó a dejar de hacerse preguntas, porque no estaba allí para interesarse por la vida de otras personas. Estaba allí para hacer el amor apasionadamente con su marido en la bañera.

«Su marido...».

Se sintió sonreír mientras volvía al cuarto de baño. Había visto la cara que había puesto Will al oír que se refería a él como su marido por primera vez. Era equiparable al placer absoluto que había sentido ella cuando él la llamó «mi mujer».

Miró por el ventanal de detrás de la bañera. Ni rastro de Gordon y Paul. La cabaña estaba mucho más alta que el camino. Desde allí ni siquiera alcanzaba a ver el lago. Solo se veían árboles y más árboles. Comprobó la temperatura del agua, que era la correcta. La bañera iba a llenarse mucho antes de lo que esperaba. Era hija de un fontanero. Sabía cómo fluía el agua. Y también conocía a su marido. Si la encontraba desnuda y esperando, podría distraerlo para que no notase que había estado llorando. Eso fue justo lo que ocurrió cuando, cinco minutos después, Will entró en el cuarto de baño.

Soltó la almohada que llevaba en las manos.

—¿Pasa algo?

Sara se recostó en la bañera.

—Ven aquí.

Él miró por la ventana. Le daba vergüenza mostrar su cuerpo desnudo. Donde ella veía músculos definidos y tendones, el contorno de sus espléndidos abdominales, sus brazos hermosos y fuertes, Will solo veía las cicatrices que tenía desde pequeño. Las quemaduras de cigarrillo, arrugadas y redondas. El gancho de una percha de alambre. El injerto de piel que tuvieron que hacerle allí donde el tejido desgarrado estaba demasiado dañado para cicatrizar.

Sara notó que volvían a saltársele las lágrimas. Habría querido retroceder en el tiempo y asesinar a todas y cada una de las personas que le habían hecho daño.

—¿Estás bien? —preguntó Will.

Ella asintió:

—Solo estaba disfrutando de las vistas.

Will no se paró a comprobar la temperatura del agua. Se metió en la bañera, frente a ella. Cabían a duras penas. Las rodillas de él sobresalían varios centímetros por encima del borde. Sara se dio la vuelta para apoyar la cabeza en su pecho. Will la rodeó con los brazos. Contemplaron las copas de los árboles. Una bruma se cernía sobre las montañas. A ella le apetecía oír el repiqueteo de la lluvia en el tejado de chapa. Dijo:

—Tengo que confesarte una cosa.

Él apretó los labios contra su coronilla.

—Estoy un poco desbordada por todo esto —añadió Sara.

—¿Desbordada en el mal sentido?

—En el bueno. —Lo miró—. Desbordada de felicidad.

Will asintió. Ella le dio un beso suave y volvió a apoyar la cabeza en su pecho. Había espacio en la conversación para que él hablara. Se daba cuenta de que también estaba un poco abrumado, aunque él probablemente saldría a correr quince kilómetros por la falda de un barranco, en vez de sentarse en la cama a llorar.

—¿Tu hermana metió en la maleta todo lo que necesitas? —preguntó Will.

—Incluido un consolador rosa brillante de veinticinco centímetros.

Will se quedó callado un segundo.

—Supongo que podríamos probarlo, si te apetece algo más pequeño.

Sara se rio mientras él la estrechaba entre sus brazos. Dentro del cuarto de baño de mármol, el silencio era total. Ni siquiera goteaba el grifo. Sara escuchó el ritmo constante de la respiración de Will. Cerró los ojos. Se quedó así, tumbada en sus brazos, hasta que el agua empezó a enfriarse. No había previsto quedarse dormida, pero eso fue lo que ocurrió. Cuando despertó, la niebla había avanzado lentamente por la montaña.

Respiró hondo y soltó un suspiro.

—Deberíamos ir a hacer algo, ¿no?

—Puede. —Will empezó a acariciarle el brazo lentamente. Ella resistió el impulso de ronronear como un gato—. Aunque tengo que confesarte una cosa.

Sara no sabía si estaba bromeando o no.

—¿Qué?

—Hay un tipo aquí, en el albergue, que vivía en el hogar infantil cuando yo estaba allí.

La noticia fue tan inesperada que Sara necesitó un segundo para encajarla. Will rara vez hablaba de la gente del hogar infantil. Lo miró y preguntó:

—¿Quién?

—Se llama Dave. Al principio se portaba bien. Luego, pasó algo. Cambió. Los niños empezaron a llamarlo el Chacal. No sé, puede que el apodo se le ocurriera a él. Siempre le estaba poniendo apodos a la gente.

Sara apoyó la cabeza en su pecho. Escuchó el lento latido de su corazón.

—Fuimos amigos un tiempo —continuó Will—. Íbamos a clase juntos. A clases de apoyo. Yo pensaba que nos llevábamos bastante bien.

Sara sabía que Will había ido a clases de apoyo escolar debido a su dislexia, que no le había sido diagnosticada hasta la universidad. Él todavía se comportaba como si fuera un secreto vergonzoso.

—¿Qué le pasó?

—Lo mandaron a vivir con una familia de acogida horrible, de las que engañaban a la Administración. Se inventaban que Dave tenía todo tipo de cosas para que les dieran más dinero para tratamientos. Y entonces él empezó a tener infecciones, así que…

Sara oyó cómo se le apagaba la voz. Las infecciones de orina recurrentes en niños a menudo eran síntoma de abuso sexual.

—Lo sacaron de aquella casa, pero Dave había cambiado a peor cuando volvió, solo que yo al principio no me di cuenta. Él seguía fingiendo que éramos amigos. Me contaban toda clase de cosas malas sobre él, pero allí todo el mundo hablaba mal de los demás. Estábamos todos jodidos.

Sara notó el sube y baja de su torso.

—Empezó a meterse conmigo, a buscar pelea. Me dieron ganas de pegarle un par de veces, pero no habría sido justo. Era más pequeño y más joven que yo. Podría haberle hecho mucho daño. —Will siguió acariciándole el brazo—. Luego empezó a ir con Angie, lo cual… En fin, no soy idiota. No la forzó a nada. Ella estaba con muchos chicos. Así sentía que tenía cierto control sobre su vida. Supongo que a Dave le pasaba lo mismo. Aun así, me molestó especialmente que Angie se enrollara con él. Yo pensaba que éramos amigos, como te digo, y luego se volvió contra mí. Angie lo sabía y a pesar de eso se lio con él. Fue una situación muy desagradable.

Sara no alcanzaba a entender la retorcida dinámica que había entre Will y su exmujer. Lo único bueno que podía decir de ella era que estaba muerta.

—Dave siguió enrollándose con ella. Procuraba que yo me enterara, me lo restregaba por la cara. Era como si estuviera deseando que le diera una paliza. Como si haciéndome perder el control fuera a demostrar algo. —Se quedó callado un rato—. Fue Dave quien empezó a llamarme Basurero.

Sara sintió que se le encogía el corazón. No podía imaginarse lo que habría supuesto para Will toparse con aquel horrible sujeto justo después de la boda, y que volvieran a aflorar todos los malos recuerdos de su infancia. El apodo, en particular, habría sido como una patada en la boca. Esos últimos días, Will había bromeado a veces con que su lado del pasillo estaba vacío, pero Sara veía la verdad en sus ojos. Añoraba a su madre, cuyo último acto de amor hacia su hijo había sido meterlo en un cubo de basura para que estuviera a salvo. Después, aquel tipejo odioso había convertido ese dato en un instrumento de tortura.

—Dave ha intentado disculparse —añadió Will—. En el sendero, hace un momento.

Ella volvió a mirarlo, sorprendida.

—¿Qué te ha dicho?

—No ha sido una disculpa, en realidad. —Soltó una risa seca, aunque aquella situación no tenía nada de gracioso—. Ha dicho: «Venga ya, Basurero. No me mires así. Te pido disculpas, si eso te ayuda a superarlo».

—Qué cabrón —murmuró Sara—. ¿Qué le has contestado?

—He empezado a contar hacia atrás desde diez. —Se encogió de hombros—. No sé si de verdad le habría pegado, pero se largó a toda prisa cuando llegué a ocho, así que nunca lo sabremos.

Sara meneó la cabeza. En parte deseaba que le hubiera dado una paliza a aquel canalla.

—Siento que haya pasado esto —dijo Will—. Te prometo que no voy a dejar que nos estropee la luna de miel.

—Nada va a estropearla. —A Sara se le ocurrió un añadido al versículo bíblico de su madre: los enemigos de Will eran sus enemigos. Más le valía a Dave no encontrarse con ella esa semana—. ¿Está alojado en el albergue?

—Creo que trabaja aquí. En mantenimiento, por como iba vestido. —Will siguió acariciándole el brazo—. Es curioso, porque se escapó del hogar unos años antes de que yo me fuera al cumplir los dieciocho. La policía nos interrogó a todos y yo les dije que seguramente estaba aquí. A Dave le encantaba el campamento. Intentaba venir todos los años. Yo lo ayudaba con los versículos de la Biblia. Dave los leía en voz alta tantas veces que acababa aprendiéndomelos de memoria. Practicaba conmigo en el autobús, o en educación física, o en la sala de estudio. Si hubiera puesto la mitad de esfuerzo en los estudios, seguro que no habría tenido que quedarse en la clase de los rezagados como yo.

Sara le puso un dedo sobre los labios. Él no era un «rezagado».

Will le tomó la mano y le besó la palma.

—¿Hemos terminado con las confesiones?

—Tengo una más.

Él se rio.

—Vale.

Sara se incorporó para que pudieran mirarse.

—En el mapa hay marcado un camino que se llama Senda del Cervatillo. Lleva al final del lago.

—Jon dijo que «awinita» en cheroqui significa 'cervato', o sea, cervatillo.

—¿Crees que ese sendero lleva al campamento?

—Vamos a averiguarlo.

5

SEIS HORAS ANTES DEL ASESINATO

El personal de cocina se afanaba en preparar la cena con el trasiego habitual cuando entró Mercy. Se apresuró a quitarse de en medio y esquivó por los pelos un montón de platos apilados encima del lavaplatos. Miró a Alejandro, que con un rápido asentimiento le indicó que no se preocupase.

Aun así, le preguntó:

—¿Te han dicho lo de la alergia a los cacahuetes?

Él asintió de nuevo, inclinando esta vez la barbilla para invitarla a marcharse.

Mercy no se ofendió. Se conformaba con dejarle trabajar. El anterior cocinero era un viejo cascarrabias y un sobón adicto a la oxicodina a quien detuvieron por tráfico de drogas a la semana siguiente del accidente de papá. Alejandro era un joven chef portorriqueño recién salido de la Escuela Culinaria de Atlanta. Mercy le había ofrecido carta blanca en la cocina si empezaba al día siguiente. Los huéspedes lo adoraban y los dos chicos del pueblo que trabajaban en la cocina parecían fascinados, pero Mercy no sabía cuánto tiempo más se contentaría él con trabajar en las montañas cocinando platos anodinos y poco especiados que no ofendieran el paladar de los blancos.

Mercy empujó la puerta del comedor. Una repentina oleada de náuseas le revolvió el estómago. Apoyó la mano en la puerta. Aunque su cerebro intentaba sofocar el estrés, su cuerpo no paraba de recordarle que seguía ahí. Abrió la boca para respirar hondo y luego volvió al trabajo.

Recorrió la mesa enderezando una cuchara aquí, un cuchillo allá. Se fijó en un cerco de agua que se veía al trasluz en un vaso. Lo limpió con el faldón de la camisa mientras observaba la sala, cuyo espacio estaba dividido por dos largas mesas. En época de su padre, solo había bancos para sentarse; ella, en cambio, había invertido en sillas de verdad. La gente consumía más bebida si estaba cómodamente sentada. También había invertido en altavoces para poner música suave y en luces regulables para crear ambiente, dos cosas que su padre encontraba detestables, aunque no podía hacer nada al respecto porque era incapaz de manejar los mandos.

Volvió a dejar el vaso encima la mesa, colocó otro tenedor y desplazó un candelabro al centro de la mesa. Contó para sus adentros los cubiertos. Frank y Monica, Sara y Will, Landry y Gordon, Drew y Keisha. Sydney y Max, los inversores, se sentarían con la familia. Marti estaría al lado de Pez, para que pudieran enfurruñarse juntos. A última hora habían decidido colocar a Delilah al final de la mesa, lo que parecía apropiado. Mercy sabía que Jon no iría a cenar, no solo porque seguramente ya habría hablado con su abuelo sobre los inversores, sino porque ella había hecho la tontería de darle la noche libre. Alejandro no fregaba los platos y a los chicos del pueblo les gustaba estar fuera de la montaña a las ocho y media como muy tarde. Le tocaría a ella quedarse en pie hasta medianoche recogiendo la cocina y haciendo los preparativos del desayuno.

Se miró el reloj de pulsera. Pronto empezarían a servir los cócteles. Se acercó a la terraza, otra mejora después del accidente de papá. Le había pedido a Dave que ampliara la terraza construida en voladizo sobre el barranco. Él tuvo que pedir ayuda con los soportes, y sus amigos y él estuvieron bebiendo cerveza colgados con cuerdas sobre el vacío, a quince metros de altura. Como remate final, había puesto sartas de luces en las barandillas. Había bancos y repisas para las bebidas, y la verdad era que había quedado perfecto, obviando el hecho de que Dave había terminado con seis meses de retraso y le había cobrado el triple de lo que le había presupuestado.

En silencio, Mercy paseó la mirada por las botellas de licor de la barra. Sus exóticas etiquetas tenían un aspecto atractivo a la luz del atardecer. En época de papá, el albergue solo ofrecía un vino de la casa que tenía el sabor y la consistencia de una jalea. Ahora vendían *whisky sours* y *gin-tonics* a precios absurdos. Mercy siempre había sospechado que sus clientes estarían dispuestos a pagar por beber Tito's y Macallan, pero aun así le había sorprendido obtener casi tantos ingresos por la venta de alcohol como por los servicios normales del albergue.

Penny, una mujer del pueblo, estaba detrás de la barra preparándolo todo. Era mayor que el resto del personal, una veterana con mucho carácter. Mercy la conocía desde hacía muchos años, desde que Penny empezó a limpiar habitaciones estando aún en el instituto. Las dos habían desbarrado mucho yéndose de fiesta en aquellos tiempos y luego habían tenido que desintoxicarse por las malas. Por suerte, Penny no necesitaba beber para saber qué estaba bueno y qué no. Poseía un conocimiento enciclopédico sobre cócteles raros que entusiasmaba a los clientes y los animaba a pedir más.

—¿Qué tal vas? —le preguntó Mercy.

—Tirando. —Penny, que estaba cortando limas, alzó la vista cuando se oyeron voces en el sendero. Miró la hora y frunció el ceño.

Mercy no se sorprendió al ver que Monica y Frank llegaban pronto a los cócteles. Por lo menos, la dentista aguantaba bien el alcohol. No armaba jaleo ni se ponía desagradable, solo guardaba un silencio inquietante. Mercy había conocido a muchos borrachos y sabía que los callados solían ser los peores, no porque pudieran volverse agresivos o impredecibles, sino porque estaban empeñados en beber hasta matarse. Frank era un plasta, sí, pero Mercy no creía que pudiera llegar a esos extremos.

Claro que lo mismo pensaba la gente de Dave.

—¡Bienvenidos! —Compuso una sonrisa cuando llegaron a la terraza—. ¿Todo bien?

Frank le devolvió la sonrisa.

—Sí, fantástico. Estamos muy contentos de haber venido.

Monica, que se había ido derecha al bar, tocó una botella y le dijo a Penny:

—Doble, solo.

Mercy sintió que se le llenaba la boca de saliva cuando Penny abrió la botella de WhistlePig Estate Oak. Se dijo que aquella ansia repentina se debía a que aún tenía la garganta dolorida, porque Dave la había agarrado por el cuello. Seguro que un sorbito de *whisky* de centeno la aliviaba. Pero eso era exactamente lo que se había dicho a sí misma la última vez que recayó, solo que entonces lo que tomó fue *whisky* de garrafón.

Monica tomó el vaso y se bebió la mitad de un trago. Mercy no podía ni imaginar qué nivel adquisitivo había que tener para emborracharse a razón de veinte dólares la consumición. De todos modos, después de la segunda copa ya ni lo saboreabas.

El crujido que producían las ruedas de la silla al pisar la grava anunció la llegada de papá. Pizca empujaba la silla con el ceño fruncido, como siempre. Un hombre y una mujer flanqueaban la silla de ruedas. Tenían que ser los inversores. Rondaban los sesenta años, seguramente, pero eran ricos de Atlanta: tenían dinero suficiente para aparentar cuarenta y tantos. Él, Max, vestía unos vaqueros y una camiseta negra evidentemente carísimos y que le sentaban como un guante. Ella, Sydney, vestía igual, solo que, en vez de unas HOKAS, como Max, calzaba unas botas de montar de cuero muy usadas. Llevaba el pelo rubio platino recogido en una coleta alta. Tenía los pómulos afilados como esquirlas de cristal, los hombros echados hacia atrás, los pechos erguidos y la barbilla levantada.

Mercy dedujo que era una auténtica amazona. No se conseguía esa postura paseando por el centro comercial. Seguramente tenía una cuadra llena de potros y un entrenador residente en su finca de Buckhead. Si le pagabas a alguien diez mil dólares al mes para que enseñara a unos cuantos ponis de doscientos mil dólares a hacer el cambio de pie, doce millones de dólares por una segunda o tercera residencia te parecían poca cosa.

Pizca intentó llamar la atención de Mercy. La cara hosca de su madre tenía una expresión de intenso reproche. Estaba claro que seguía enfadada por lo ocurrido en la reunión. Le gustaba que las cosas fueran como la seda. Siempre había sido la intermediaria de papá, la que arreglaba sus destrozos; la que, a fuerza de hacerlos sentirse culpables, los obligaba a someterse y, a menudo, a perdonar.

Mercy, que no quería prestar atención a su madre en ese momento, regresó al comedor. Otra vez se le revolvió el estómago. Se permitió sentir un poco de pena. Tenía hasta cierto punto la esperanza de que Jon apareciera detrás de la silla de ruedas de papá. Que le preguntara por sus motivos, que hablaran del asunto y que comprendiera que tenía más futuro allí, en el negocio familiar. Que no la odiara abiertamente, o que al menos estuviera dispuesto a discutir el asunto. Sin embargo, Jon no apareció. Solo apareció la mirada desdeñosa de su madre.

Mercy iba a quedarse sin nadie antes de que acabara la noche. Jon no era como Dave. Su mal genio bullía a fuego lento antes de estallar y, cuando por fin estallaba, tardaba días, o incluso semanas a veces, en volver a la normalidad. O al menos a una nueva normalidad, porque Jon coleccionaba ofensas como si fueran cromos.

Se oyó un suave chasquido. Mercy levantó la vista. Pizca estaba cerrando suavemente la puerta del comedor. Su madre lo hacía todo con cuidadoso sigilo, ya fuera cocinar un huevo o caminar. Podía acercarse a ti tan silenciosamente como un fantasma. O como la muerte, dependiendo de su estado de ánimo.

Esa noche, se inclinaba más por lo segundo. Le dijo a Mercy:

—Papá está aquí con los inversores. Ya sé que estás dolida, pero tienes que poner buena cara.

—¿Te refieres a esta puta cara tan fea? —Mercy vio que daba un respingo, aunque solo estaba citando las palabras de su padre—. ¿Por qué tendría que ponerles buena cara?

—Porque no vas a hacer todo eso que has dicho. No vas a hacerlo y ya está.

Mercy miró a su madre. Pizca tenía las manos cruzadas sobre la estrecha cintura y las mejillas sonrojadas. Con su cara angelical y su complexión menuda, podía parecer una niña disfrazada para una función teatral.

—No es un farol, madre —contestó Mercy—. Si intentáis seguir adelante con la venta, os hundo a todos.

—Desde luego que no. —Dio un pisotón impaciente, que aun así sonó como si arrastrara el pie—. Ya está bien de tonterías.

Mercy estuvo a punto de reírse en su cara, pero de pronto se le ocurrió una pregunta:

—¿Tú quieres vender esto?

—Tu padre te ha dicho…

—Te estoy preguntando qué quieres tú, madre. Sé que no ocurre a menudo, que puedas dar tu opinión. —Esperó, pero su madre no contestó. Repitió la pregunta—: ¿Quieres vender la finca?

Pizca apretó los labios con fuerza.

—Este es nuestro hogar. —Mercy trató de apelar a su sentido de la justicia—. El abuelo decía siempre que no somos propietarios, sino administradores de la tierra. Papá y tú ya habéis tenido vuestro época. No es justo que toméis decisiones que van a afectar a la próxima generación y a vosotros no.

Pizca guardó silencio, aunque la ira se esfumó en parte de sus ojos.

—Nos hemos dejado la piel en este lugar. —Mercy señaló el comedor—. Yo ayudé a clavar estas tablas cuando tenía diez años. Dave construyó la terraza donde está bebiendo esa gente. Jon ha fregado de rodillas la cocina. Pez ha pescado parte de la comida que se está cocinando ahora mismo. Yo he cenado casi todos los días de mi vida en esta montaña. Y Jon también. Y Pez. ¿Quieres quitarnos eso?

—Christopher ha dicho que no le importa.

—Ha dicho que no quería meterse en medio —puntualizó Mercy—. Eso no significa que no le importe. Al contrario, más bien.

—Le has dado un buen disgusto a Jon. Ni siquiera ha venido a cenar.

Mercy se llevó la mano al corazón.

—¿Está bien?

—No, no está bien. Pobrecito. Solo he podido abrazarlo mientras lloraba.

A Mercy se le hizo un nudo en la garganta; al sentir el dolor agudo y repentino causado por las manos de Dave, se armó de valor:

—Soy la madre de Jon. Sé lo que le conviene.

Pizca soltó una risa forzada. Siempre había intentado comportarse más como una amiga que como una abuela con Jon.

—Contigo no habla como conmigo. Tiene ilusiones. Quiere hacer cosas en la vida.

—Yo también quería —replicó Mercy—. Y tú me dijiste que si me iba, que no volviera.

—Estabas embarazada. Tenías quince años. ¿Te das cuenta de la vergüenza que pasamos papá y yo?

—¿Y tú te das cuenta de lo duro que fue para mí?

—Pues no haberte abierto de piernas —le espetó Pizca—. Siempre llevas las cosas demasiado lejos, Mercy. Ya lo dijo Dave. Que te estás pasando de la raya.

—¿Has hablado con Dave?

—Sí, he hablado con Dave. Tenía a Jon llorando en un hombro y a Dave en el otro. Está destrozado por todo esto, Mercy. Necesita ese dinero. Tiene deudas.

—Eso no va a arreglarlo ese dinero. Sencillamente, terminará debiéndole dinero a otras personas.

—Esta vez es distinto. —Pizca llevaba más de una década recitando la misma cantinela—. Dave quiere cambiar. Con ese dinero, tendrá la oportunidad de hacerlo.

Mercy meneó la cabeza. Su madre siempre estaba dispuesta a perdonar a Dave. Él podía tropezar una y mil veces en la misma piedra. Ella, en cambio, había tenido que pasarse un año entero haciéndose análisis de orina mensuales para que su madre le permitiera estar a solas con Jon sin supervisión.

—Dave quiere que compremos una casa abajo, en el pueblo, para vivir todos juntos —añadió Pizca.

Mercy se echó a reír. Ese puto caradura de Dave quería hacerse también con el dinero que les correspondiera a Pizca y a papá en la venta. Le daba un año. Después, empezaría a chupar del fondo de jubilación de ambos.

—Ha dicho que podemos buscar una casa grande, de una sola planta, para que papá no tenga que dormir en el comedor, y con piscina para que Jon traiga a sus amigos. El chico está muy solo aquí arriba —continuó Pizca—. Dave puede cuidar de nosotros y de Jon. Y de ti también, si no fueras tan terca.

Mercy volvió a reírse.

—¿Por qué me sorprende que te pongas de parte de Dave? Soy tan crédula como tú.

—Él sigue siendo mi niño, me da igual lo que pienses con esa cabeza tan retorcida que tienes. Siempre lo he tratado igual que a ti y a Christopher.

—Menos por el cariño y el afecto constantes.

—Deja de compadecerte de ti misma. —Pizca volvió a dar un pisotón silencioso—. Papá iba a decírtelo esta noche, pero, pase lo que pase con los inversores, estás despedida.

Por segunda vez ese día, Mercy se sintió como si le hubieran dado un puñetazo en el estómago.

—No podéis despedirme.

—Vas en contra de los intereses de la familia. ¿Dónde vas a vivir? En mi casa, no, desde luego. No, señora.

—Madre…

—Ni «madre» ni nada. Jon se queda, pero tú tienes que irte antes de que acabe la semana.

—No vas a quedarte con mi hijo.

—¿Y cómo vas a mantenerlo? No tienes ni un céntimo. —Levantó la barbilla con arrogancia—. A ver adónde llegas en el pueblo, con una acusación de asesinato pendiendo sobre tu cabeza.

Mercy se encaró con ella.

—A ver adónde llegas tú cuando estés en la cárcel. —Pizca se echó hacia atrás, anonadada—. ¿Crees que no sé lo que te traes entre manos? —Había algo increíblemente satisfactorio en el miedo que vio asomar a los ojos de su madre. Quería más—. Ponme a prueba, vieja. Puedo llamar a la policía en cualquier momento.

—Escúchame bien, niña. —Pizca le apuntó con el dedo a la cara—. Si sigues con esas amenazas, alguien te va a dar una puñalada por la espalda.

—Creo que eso es lo que acaba de hacer mi madre.

—Yo, cuando voy por alguien, voy de frente. —La miró con ira—. Tienes hasta el domingo.

Giró sobre sus talones y salió. Que se marchara sin hacer ningún ruido fue mucho peor que si hubiera dado un portazo o un pisotón. No habría disculpas ni arrepentimientos. Su madre había hablado muy en serio.

Mercy estaba despedida. Tenía una semana para abandonar la casa.

Darse cuenta fue como un mazazo a la cabeza. Se dejó caer en una silla, mareada. Le temblaban las manos. Su palma dejó un rastro de sudor en la mesa. ¿Podían despedirla? Papá era el administrador, pero casi todo se decidía por votación. Mercy no podía contar con Dave. Pez metería la cabeza en la arena. Ella no tenía cuenta bancaria ni dinero, salvo los veinte dólares que llevaba en el bolsillo, que procedían de la caja para gastos menores.

—¿Un mal día?

No tuvo que volverse para saber quién había formulado la pregunta. La voz de su tía no había cambiado en los últimos trece años. Era lógico, dentro de su crueldad, que Delilah eligiera ese momento para salir de las sombras.

Mercy preguntó:

—¡Coño! ¿Qué quieres?

—¿Coño? —Delilah se sentó frente a ella—. Puede que tenga la profundidad, pero desde luego no tengo la calidez de ese órgano.

Mercy miró fijamente a su tía. La hermana mayor de su padre no había cambiado nada con el paso del tiempo. Seguía pareciendo exactamente lo que era: una vieja *hippie* que fabricaba jabón en su garaje. Se había recogido la larga melena canosa en una trenza que le llegaba hasta el culo. Llevaba un sencillo vestido de algodón que podía estar hecho con un saco de harina. Tenía las manos encallecidas y llenas de marcas de tanto hacer jabón y un corte profundo en el bíceps, cuya cicatriz parecía un trozo de arpillera arrugada.

Seguía teniendo un rostro amable. Eso era lo peor. Mercy no era capaz de reconciliar a la Delilah a la que había querido de pequeña con el monstruo al que después había llegado a odiar. Que era esencialmente lo que sentía en ese momento por toda la gente de su entorno.

Excepto por Jon.

—Es sorprendente pensar en todas las historias épicas sobre este sitio que se han transmitido de generación en generación —comentó Delilah—. Como si toda esta región no hubiera sido el escenario de un genocidio. ¿Sabías que el campamento de pescadores original lo construyó un soldado confederado que se «ausentó sin permiso» después de la batalla de Chickamauga?

Mercy no lo sabía, pero sí sabía que la fundación del albergue databa de después de la guerra civil. Según la historia familiar, el primer Cecil McAlpine era un objetor de conciencia que había huido a las montañas con una criada fugitiva.

—Olvídate del embrollo romántico —añadió Delilah—. Toda esa historia de la viuda perdida no son más que paparruchas. El capitán Cecil se trajo aquí a una mujer esclavizada. El muy idiota pensaba que estaban enamorados. Ella lo veía más bien como un caso de secuestro y violación. Le cortó el cuello en plena noche y huyó llevándose toda la plata de la familia. Él casi se muere. Pero ya sabes que los McAlpine son duros de pelar.

Mercy lo sabía de buena tinta.

—¿Crees que contándome que mis antepasados eran personas despreciables vas a convencerme de que venda? Recuerdas que conozco a mi padre, ¿verdad?

—Oh, sí, desde luego. —Delilah señaló la piel áspera de su bíceps—. Esto no me lo hice montando a caballo. Tu padre me tiró un hacha cuando le dije que quería dirigir el albergue. Me di tal golpe al caer al suelo que me rompí la mandíbula.

Mercy se mordió el labio para no reaccionar. Conocía bien aquella historia. Estaba escondida en el antiguo establo de detrás del prado cuando tuvo lugar aquella agresión. Nunca le había dicho a nadie lo que había presenciado. Ni siquiera a Dave.

—Estuve una semana en el hospital por culpa de Cecil. Perdí parte del músculo del brazo. Tuvieron que cerrarme la mandíbula con alambre. Hartshorne ni siquiera se molestó en tomarme declaración. Estuve dos meses sin poder hablar. —Las palabras de Delilah eran brutales, pero su sonrisa era suave—. Adelante, Mercy, búrlate. Sé que lo estás deseando.

Mercy se tragó el nudo que tenía en la garganta.

—¿A qué viene esto? ¿Intentas decirme que me vaya como hiciste tú, antes de que me hagan daño?

Delilah reconoció la verdad con otra sonrisa.

—Es mucho dinero.

Mercy sintió que el estómago se le llenaba de ácido otra vez. Estaba tan cansada de luchar...

—¿Qué quieres, Dee?

Delilah se tocó un lado de la cara.

—Veo que tu cicatriz ha curado mejor que la mía.

Mercy apartó la mirada. Su cicatriz seguía siendo una herida abierta. La llevaba grabada en el alma, como el nombre que estaba grabado en aquella lápida del cementerio.

«Gabriella».

—¿Por qué crees que tu padre me ha excluido de la reunión familiar? —preguntó su tía.

Mercy estaba demasiado agotada para jugar a las adivinanzas.

—No lo sé.

—Mercy, piensa en lo que te he preguntado. Siempre has sido la más lista de por aquí. Al menos, desde que yo me fui.

El tono cadencioso de su voz empezaba a afectar a Mercy, era tan sedante, tan familiar... Habían estado muy unidas antes de que todo se fuera a la mierda. De niña, pasaba los veranos con Delilah. Su tía le mandaba cartas y postales de sus viajes. Fue la primera persona a la que Mercy le dijo que estaba embarazada. La única que estuvo con ella cuando nació Jon. Ella estaba detenida y la tenían esposada a la cama del hospital. Delilah la ayudó a sujetar a Jon contra su pecho desnudo para darle de mamar.

Y luego, más adelante, intentó quitárselo para siempre.

—Intentaste robarme a mi hijo.

—No voy a disculparme por lo que pasó. Hice lo que creí que era mejor para Jon.

—Alejarlo de su madre.

—No parabas de entrar y salir de la cárcel y de rehabilitación, luego pasó esa cosa horrible con Gabbie. Casi no consiguen reconstruirte la cara. Podrías haberte matado.

—Dave era…

—Un inútil —concluyó Delilah—. Mercy, tesoro, yo nunca he sido tu enemiga.

Mercy resopló, riéndose. Ahora ya solo tenía enemigos.

—Estaba escondida en el cuarto de estar mientras Cecil presidía la reunión. —No hizo falta que Delilah añadiera que las paredes de la casa eran como de papel. Lo habría oído todo, incluidas sus amenazas—. Mi niña, estás jugando con fuego.

—No sé jugar a otra cosa.

—¿De verdad serías capaz de mandarlos a la cárcel? ¿De humillarlos? ¿De destruirlos?

—Mira lo que intentan hacerme ellos a mí.

—Eso es verdad. Nunca se han portado bien contigo. Pizca prefiere a Dave antes que a sus hijos.

—¿Intentas animarme?

—Intento hablarte como a una adulta.

De pronto, Mercy sintió el deseo abrumador de hacer algo infantil. Era su lado estúpido, el que era capaz de incendiar un puente mientras lo cruzaba.

—¿No estás cansada? —preguntó Delilah—. Luchar contra toda esta gente… Gente que nunca va a darte lo que necesitas.

—¿Y qué es lo que necesito?

—Seguridad.

Mercy sintió una opresión en el pecho. Había encajado muchos golpes ese día, pero oír aquella palabra la dejó noqueada. Seguridad era lo único que no había sentido nunca. Siempre estaba el miedo a que papá estallara. A que Pizca hiciera algo mezquino. A que Pez la abandonase. A que Dave… En fin, mejor no entrar ahí, porque Dave era absolutamente incapaz de hacerla sentirse segura. Ni siquiera Jon le producía una sensación de paz. Siempre tenía miedo de que se volviera contra ella igual que los demás. Miedo de perderlo. De quedarse sola para siempre.

Llevaba toda la vida esperando el próximo golpe.

—Cariño… —Sin previo aviso, Delilah estiró el brazo sobre la mesa y la tomó de la mano—. Háblame.

Mercy miró su mano. Allí sí se notaba que Delilah había envejecido. Manchas de sol. Cicatrices de calentar lejía y aceites. Callos de empaquetar y desempaquetar moldes de madera. Delilah era muy lista. Muy inteligente. Con ella, Mercy no estaba metiéndose en arenas movedizas, sino en agua puesta a hervir.

Se cruzó de brazos y se recostó en la silla. Su tía llevaba menos de un día en la finca y ya la estaba haciendo sentirse vulnerable e indefensa.

—¿Por qué te ha excluido papá de la reunión familiar?

—Porque le dije que puedes contar con mi voto. Te apoyaré en lo que decidas.

Mercy volvió a menear la cabeza. Tenía que ser un truco. A ella nadie la apoyaba nunca, y menos Delilah.

—Ahora eres tú la que está jugando.

—No es ningún juego, Mercy. Conforme a las reglas del fideicomiso, me sigue llegando copia de la memoria financiera del albergue. Y, por lo que he visto, has conseguido mantener este sitio a flote a pesar de que corrían tiempos muy difíciles. En lo personal, has conseguido enderezarte. —Delilah se encogió de hombros—. A mi edad, preferiría llevarme el dinero e irme, pero no voy a castigarte por haber dado un vuelco a tu vida. Cuentas con mi apoyo. Votaré en contra de la venta.

La palabra «apoyo» arañó a Mercy como el roce de un lecho de clavos. Delilah no estaba allí para brindarle su apoyo. Siempre tenía motivos ocultos. Mercy estaba demasiado cansada para ver cuáles eran en ese momento. O tal vez solo estaba hasta las narices de lo odiosa y embustera que era su familia.

Dijo lo primero que se le pasó por la cabeza:

—No necesito tu puto apoyo.

—¿En serio? —Delilah pareció divertida, lo que resultaba aún más exasperante.

—Sí, en serio —respondió con aspereza. Le dieron ganas de borrarle la sonrisa de una bofetada—. Por mí puedes metértelo por el culo.

—Veo que no has perdido tu famoso mal genio. —Delilah seguía pareciendo divertida—. ¿Te parece prudente?

—¿Quieres saber lo que me parece prudente? Que no te metas en mis putos asuntos.

—Intento ayudarte, Mercy. ¿Por qué eres así?

—Tú sabrás, Dee. Eres la más lista de por aquí.

Cruzar la habitación le sentó de maravilla, fue el desplante más satisfactorio de su vida. El aire cálido la envolvió cuando abrió las puertas. Miró a la gente. La terraza estaba llena. Marti estaba pegado a Pez, que no la miró cuando ella intentó captar su atención. Papá estaba en el centro de un corrillo, contando una trola sobre cómo se habían querido los McAlpine durante siete generaciones y cómo habían amado aquellas tierras. Jon seguía sin aparecer. Seguramente estaría cenando comida precocinada en su habitación. O pensando en esas promesas vacías que Dave se había sacado de la manga sobre una casa enorme en el pueblo, con piscina, y una gran familia feliz en la que no tenía cabida la zorra de su madre.

Sintió que un repentino malestar se apoderaba de su cuerpo. Se sujetó a la barandilla. La realidad la golpeó en el cráneo como un martillo. ¿Qué coño le pasaba, por qué había salido así del comedor? Si Delilah votaba a su favor, solo tendría que convencer a otra persona más de que se opusiera a su padre. Y allí estaba, saboteándose a sí misma por un momento fugaz de satisfacción. Por eso mismo había seguido volviendo con Dave, porque siempre tomaba decisiones equivocadas. Joder, ¿cuántas veces más tenía que arrojarse contra la pared para comprender que no tenía por qué seguir haciéndose daño a sí misma?

Se palpó la garganta magullada. Tragó la saliva que le había inundado la boca. Hizo caso omiso del sudor que le corría por la espalda. El famoso mal genio de Mercy. Su famosa insensatez, mejor dicho. Intentó controlar el temblor de sus manos. Tenía que desterrar de su mente aquella conversación. Desterrar a Delilah. A Dave. A su familia. Ahora mismo ninguno de ellos importaba. Solo tenía que sobrevivir a la cena.

Seguía siendo la gerente del albergue. Al menos, hasta el domingo. Se fijó en los invitados. Monica estaba sentada a un lado con un vaso en la mano. Frank estaba de pie junto a Sara, que sonreía educadamente mientras escuchaba los embustes de papá acerca de un McAlpine que una vez había luchado con un oso. Keisha le estaba enseñando a Drew un cerco que había en su vaso. Los putos dueños del *catering*... Habría que ver qué harían ellos con el agua dura de allá arriba y con los drogatas del pueblo, que siempre llegaban media hora tarde.

Buscó con la mirada a los demás huéspedes. Le dio un vuelco el estómago cuando vio a Landry y Gordon venir por el sendero. Eran los últimos en llegar. Iban enfrascados hablando de algo privado. Los inversores contemplaban el barranco, seguramente calculando cuántas multipropiedades podrían vender. Ojalá alguien los lanzara de un empujón por encima de la barandilla. Volvió a mirar a la gente, en busca de Will Trent. No lo había visto al principio. Estaba agachado en un rincón, acariciando a uno de los gatos. Seguía pareciendo loco de amor por su mujer, o sea que seguramente ni se acordaba de Dave.

Ojalá.

—Hola, Mercy Mac. —Marti le puso la mano en el brazo—. Si pudiera...

—¡No me toques! —No se dio cuenta de que había gritado hasta que vio que todos la miraban. Sacudió la cabeza mirando a Marti, forzó una carcajada y dijo—: Lo siento. Perdona. Me has asustado, tonto.

Él pareció confundido cuando le acarició el brazo. Mercy nunca lo tocaba. Lo evitaba a toda costa.

—Te estás poniendo fornido, Marti —dijo—. ¿Alguien quiere otra copa? —preguntó a todos en general.

Monica levantó el dedo. Frank le bajó la mano.

—Pues, volviendo al oso —continuó papá—, cuenta la leyenda que acabó regentando una tienda de puros en Carolina del Norte.

Se oyeron algunas risitas educadas que rompieron la tensión. Mercy aprovechó aquel instante para acercarse a la barra. Solo eran cuatro metros de distancia, pero le parecieron quinientos. Giró las botellas para alinear las etiquetas descoloridas y anheló sentir el sabor de alguna o de todas al fondo de la garganta.

—¿Estás bien, cielo? —susurró Penny.

—No, qué va —contestó en voz baja—. Aligérale las copas a esa señora, que se nos va a desmayar en la mesa.

—Si le pongo más agua en el vaso, va a parecer una muestra de orina.

Mercy miró a Monica. Tenía una mirada inexpresiva.

—No se va a dar cuenta.

—¡Mercy! —la llamó papá—. Ven a conocer a esta pareja de Atlanta tan simpática.

Se le erizó la piel al oír su tono jovial. Ese era el papá al que todos adoraban. De pequeña, le encantaba esa faceta de su padre. Hasta que empezó a preguntarse por qué no se mostraba tan alegre y encantador con su propia familia.

El grupo se abrió para dejarle paso. Los inversores seguían junto a la silla de ruedas. Pizca, detrás de papá, se tocó discretamente la comisura de los labios, instándola a sonreír.

Mercy obedeció. Compuso una sonrisa falsa.

—Hola a todos. Bienvenidos a la montaña. Espero que tengáis todo lo que necesitáis. —Exageró su acento rústico.

A su padre se le dilataron las aletas de la nariz al oírla, pero aun así prosiguió con las presentaciones:

—Sydney Flynn, Max Brouwer, esta es Mercy. Se está encargando de la gestión mientras buscamos a alguien más cualificado para el puesto.

Mercy sintió vacilar su sonrisa. Ni siquiera les había dicho que era su hija.

—Así es. Mi papi se dio un buen tortazo en la montaña. Esto puede ser muy peligroso.

—A veces, la naturaleza gana —comentó Sydney.

Mercy debería haber adivinado que una amante de los caballos tendría tendencias suicidas.

—Imagino, por tus botas, que te manejas bien en una cuadra.

Sydney se animó visiblemente.

—¿Tú montas?

—Uf, no, qué va. Mi abuelo decía siempre que los caballos, una de dos: o tienen ganas de matar, o tienen ganas de morir. —Mercy se acordó entonces de que todos los huéspedes se habían apuntado a una ruta a caballo—. A no ser que estén muy bien domados, claro. Nosotros solo usamos caballos de terapia, acostumbrados a trabajar con niños. Max, ¿tú montas?

—No, por Dios. Soy abogado. No monto a caballo. —Levantó la vista de su móvil. Al parecer, la regla de papá (nada de wifi para los huéspedes) tenía excepciones—. Me limito a extender los cheques.

Sydney soltó la risa estridente de una mantenida.

—Mercy, tienes que enseñarme la finca. Me encantaría ver los terrenos protegidos. Tenemos algunas fotos aéreas de los pastos, pero quiero verlos desde aquí abajo. Hundir las manos en el suelo. Ya sabes, la tierra tiene que hablarte.

Mercy se mordió la lengua mientras asentía:

—Creo que mañana por la mañana tenéis reservada pesca con mosca con mi hermano.

—Pesca —dijo Max—, eso me va más. Si te caes de una barca, no puedes romperte el cuello.

—Sí que puedes, de hecho —terció Pez de repente—. Cuando yo estaba en la universidad…

—Bueno, bueno —dijo papá—. Vamos a cenar, amigos. Por el olor, parece que el chef ha preparado otra de sus deliciosas comidas.

Mercy se obligó a relajar la mandíbula para no romperse los dientes. Papá no había hecho más que quejarse de la forma de cocinar de Alejandro desde que el nuevo cocinero había puesto un pie en la cocina.

Esperó mientras los invitados seguían a papá al comedor. Will, que se quedó el último, le dedicó una sonrisa comprensiva. Mercy supuso que sabía lo que se sentía cuando te humillaban en público. Cualquiera sabía qué barbaridades le habría hecho Dave en el hogar infantil. Se alegraba de que al menos una persona hubiera conseguido librarse de su mezquindad.

—Merce. —Pez, que seguía apoyado en la barandilla, miró su vaso, dando vueltas a los restos de un refresco—. ¿A qué ha venido eso?

Se le había pasado el *shock* de enfrentarse a Pizca y a Delilah, y la ansiedad empezaba a apoderarse de ella.

—Me han despedido. Me han dado hasta el domingo para irme.

Su hermano no pareció sorprendido, lo que significaba que ya lo sabía. Y a juzgar por su silencio, y por sus muchos años de convivencia, no habría dicho ni una palabra en su defensa.

—Muchas gracias, hermano.

—Puede que sea lo mejor. ¿No estás harta de este sitio?

—¿Tú sí?

Él se encogió de hombros.

—Max dice que van a darme trabajo.

Mercy cerró los ojos un momento. Ese día, era una traición tras otra. Cuando abrió los ojos, Pez se había agachado para acariciar al gato.

—Para mí es una buena solución, Mercy. —La miró mientras rascaba detrás de las orejas al animal—. Ya sabes que nunca he tenido cabeza para los negocios. Van a cerrar el albergue. Esto va a ser una finca familiar. Piensan construir establos para los caballos. Y yo voy a encargarme de la gestión forestal. Por fin podré usar mi título.

Mercy sintió una tristeza aplastante. Su hermano hablaba como si ya fuera cosa hecha.

—Entonces, ¿te parece bien que un puñado de ricos se apodere de estas tierras? ¿Que privaticen los arroyos y los ríos? ¿Que se queden con los Bajíos?

Pez se encogió de hombros y volvió a mirar al gato.

—Esto ya solo lo disfrutan los ricos, de todos modos.

A Mercy solo se le ocurrió una manera de convencerlo.

—Por favor, Christopher. Necesito que seas fuerte, por Jon.

—Jon va a estar perfectamente.

—¿De verdad lo crees? Sabes de sobra cómo es Dave con el dinero. Es como un tiburón que huele sangre en el agua. Ya está contándole que va a comprar una casa para que vivan papá y Pizca, y Jon también.

Pez le frotó la tripa demasiado fuerte al gato y recibió un zarpazo a cambio. Se levantó, pero no se atrevió a mirar a Mercy a los ojos y le lanzó una mirada de soslayo.

—Puede que eso no sea tan malo. Dave quiere mucho a Pizca. Siempre cuidará de ella. Y Jon también ha tenido siempre un vínculo especial con ella. Tú sabes que Pizca lo adora. Y papá está en silla de ruedas, ya no puede hacerle daño a nadie. Quizá, si viven juntos, puedan empezar de cero. Dave siempre ha querido tener una familia. Por eso vino aquí, para estar en un sitio donde se sentía a gusto.

Mercy se preguntó por qué su hermano no le reconocía ese derecho también a ella.

—Dave no puede controlarse. Mira lo que me ha hecho. No puedo ni tener una cuenta corriente. Los estafará a todos, luego los dejará tirados.

—Se morirán antes de que eso pase.

Viniendo de su hermano, tan amable, la verdad sonó aún más descarnada.

—¿Y Jon?

—Jon es joven —contestó Pez, como si eso lo hiciera todo más fácil—. Y yo tengo que pensar en mí mismo, para variar. Sería agradable limitarme a cumplir con mi trabajo a diario, sin todos estos dramas familiares ni el peso del negocio. Además, así podría empezar a hacer alguna contribución a la sociedad. Montar una asociación, quizá.

Mercy no quería seguir escuchando sus delirios absurdos.

—¿Ya no recuerdas lo que dije en la reunión? No voy a dejar que me roben este sitio. ¿Crees que no testificaré en un juzgado sobre lo que os he visto hacer a Marti y a ti en la caseta? Haré que la policía caiga sobre ti tan rápido que no sabrás lo que está pasando hasta que estés en una celda.

—Tú no vas a hacer eso. —Pez la miró directamente a los ojos. Fue lo más escalofriante que le había pasado ese día. Tenía una mirada inquebrantable, la boca fija. Mercy nunca había visto a su hermano tan seguro—. Dijiste que todos tus trapos sucios ya se sabían. Que no tienes nada que perder. Pero los dos sabemos que hay algo que yo podría quitarte.

—¿Ah, sí? ¿Qué?

—El resto de tu vida.

6

CINCO HORAS ANTES DEL ASESINATO

Sara se recostó en Will cuando él apoyó el brazo en el respaldo de su silla. Le miró la cara, tan guapo que tuvo que hacer un esfuerzo por no derretirse como una adolescente enamorada. Todavía notaba el olor de las sales de baño en su piel. Llevaba una camisa de color azul pizarra con el cuello abierto. Era de manga larga y hacía un poco de calor en la habitación. Vio una gota de sudor en su escotadura supraesternal y lo único que la salvó de ser una auténtica friki por llamar al hueco de su cuello por su nombre científico fue el deseo de explorarlo con la lengua.

Él le acarició el brazo con los dedos. Sara resistió el impulso de cerrar los ojos. El día había sido largo y estaba cansada, y mañana tenían que levantarse al amanecer para hacer yoga, después senderismo y, por último, *paddle boarding*. Todo lo cual sonaba muy divertido, pero también habría sido divertido quedarse todo el día en la cama.

Escuchó lo que le estaba contando Drew a Will sobre la excursión, los almuerzos que les daban para llevar y las vistas panorámicas. Sabía que Will seguía desilusionado con su visita al campamento, aunque, de todos modos, no estaban del todo seguros de haberlo encontrado. Ninguno de los McAlpine a los que habían preguntado durante el cóctel parecía interesado en confirmar o desmentir dónde estaba exactamente el campamento. Christopher había fingido no saberlo. Cecil se había lanzado a contarles otra historia rocambolesca.

Hasta Pizca, que al parecer era la historiadora de la familia, se había apresurado a cambiar de tema.

Al día siguiente por la tarde volverían a probar suerte en la Senda del Cervatillo. Hoy apenas habían tenido tiempo de explorarla, porque habían perdido casi una hora haciendo justamente lo que Sara odiaba de ir de acampada, o sea, sudar abriéndose paso entre la espesura y luego revisarse el uno al otro por si tenían garrapatas. Al final, habían tropezado con un claro cubierto de maleza donde había un gran círculo de piedras. Will había dicho en broma que se habían topado con el lugar de reunión de un aquelarre. Sara dedujo por las latas de cerveza y las colillas que habían descubierto el lugar al que iban los adolescentes a enrollarse.

En realidad era más probable que hubieran encontrado el sitio donde antaño solían hacerse las fogatas, lo que significaba que el campamento tenía que estar cerca. Los niños del hogar infantil hablaban de los barracones y el comedor y de cómo se escondían por las noches detrás de las cabañas de los monitores para espiarlos. Habían pasado muchos años desde que Will oyera esas historias, pero aun así tenían que quedar los cimientos o algún vestigio de los edificios. Por lo general, las cosas que se subían a una montaña no se volvían a bajar.

Sara volvió a sintonizar la conversación cuando Will le preguntó a Drew:

—¿Qué habéis hecho vosotros esta tarde?

—Bueno, ya sabes. Esto y aquello. —Le dio un codazo a Keisha, que miraba con mucho interés las manchas de su vaso de agua. Drew meneó la cabeza con firmeza, instándola a olvidarse del asunto, y le preguntó a Will—: ¿Qué tal va la luna de miel?

—Genial. ¿En qué año os conocisteis?

Sara desdobló su servilleta de tela sobre el regazo y disimuló una sonrisa mientras Drew le decía no solo el año, sino la fecha y el lugar. Will estaba haciendo esfuerzos por socializar, pero, dijera lo que dijera, siempre parecía un poli investigando una coartada.

—La llevé a ver un partido contra Tuskegee —contestó Drew.

—El estadio está en Joseph Lowery Boulevard, ¿no?

—¿Conoces el campus? —Drew parecía impresionado por aquella pregunta abierta, ideada para verificar datos—. Acababan de poner la primera piedra del RAYPAC.

—¿La sala de conciertos? —preguntó Will—. ¿Y cómo era entonces?

Sara desvió su atención hacia Gordon, que estaba sentado a su izquierda. Intentó captar la conversación que mantenía con el hombre que estaba a su lado, pero hablaban muy bajo. De todos los invitados, aquellos dos hombres eran quienes le parecían más misteriosos. En el cóctel se habían presentado como Gordon y Landry, pero ella, que los había visto un rato antes en el camino, había oído claramente a Gordon llamar al otro Paul. No sabía qué se traían entre manos, pero imaginaba que Will llegaría al fondo del asunto en cuanto les preguntara si habían estado en las inmediaciones de la cabaña diez entre las cuatro y las cuatro y media de la tarde.

Volvió a escuchar la conversación de Will con los dueños del *catering*.

—¿Quién más estaba presente? —le preguntó Will a Keisha. Una pregunta perfectamente normal sobre la primera cita de una pareja.

Sara se distrajo de nuevo y miró a Monica, que estaba reclinada al lado de Frank. Sara había dejado de contar las copas a propósito, después de la segunda. Monica estaba casi en estado de estupor. Frank tenía que sostenerla con el brazo. Era un pelmazo, pero parecía preocuparse por su mujer. No podía decirse lo mismo de la última pareja que había llegado al albergue. Sydney y Max estaban sentados cerca de la cabecera de la mesa. El hombre no apartaba la vista de su móvil, lo que era curioso teniendo en cuenta las restricciones de uso de la wifi. Y la mujer no paraba de sacudir la coleta, como un caballo espantando moscas.

—Doce en total —le estaba diciendo a Gordon, al que no parecía interesarle lo más mínimo su conversación—. Cuatro *appaloosas*, un purasangre holandés y los demás son *trakehners*. Son los más jóvenes, pero…

Sara dejó de escucharla. Le gustaban los caballos, pero no tanto como para hacer de ellos su único rasgo de personalidad.

Will le apretó el hombro para llamar su atención. Ella se inclinó y le susurró al oído:

—¿Has encontrado ya al asesino?

Él respondió en voz baja:

—Ha sido Marti en el comedor con el colín.

Sara echó un vistazo a Marti, que estaba devorando un colín. Tenía una botella de agua de cuatro litros sobre la mesa, a su lado, porque ya nadie confiaba en sus riñones. Christopher, el monitor de pesca, estaba a su izquierda. Parecían ambos muy infelices. Marti, seguramente con razón. Mercy casi se había lanzado a su yugular. Había intentado disimular, pero saltaba a la vista que él la incomodaba. Incluso Sara se había dado cuenta de que aquel tipo transmitía malas vibras, y eso que él solo le había dicho hola.

Christopher McAlpine no producía esa impresión, en cambio. Parecía tan tímido como torpe. Estaba sentado junto a su madre, una mujer extrañamente fría, con los labios fruncidos en una mueca de desagrado. Al ver que su hijo hacía amago de alcanzar otro trozo de pan, le dio un manotazo como si aún fuera un niño. Él puso las manos en el regazo y clavó la mirada en la mesa. El único miembro de la familia que parecía estar disfrutando de la cena era el hombre que la presidía. Seguramente había obligado a los demás a asistir. Estaba claro que le encantaba ser el centro de atención. Los huéspedes parecían embelesados con sus anécdotas; sin embargo, Sara tenía la impresión de que era un fantoche y un santurrón capaz de cancelar la fiesta de graduación y declarar ilegal el baile.

Cecil McAlpine tenía el pelo canoso y unas facciones rudas pero atractivas. Casi todo el mundo le llamaba «papá». Sara adivinó por las cicatrices recientes que tenía en la cara y los brazos que había sufrido un accidente catastrófico hacía menos de dos años. Dentro de la gravedad, había tenido suerte. El nervio frénico, que controla el diafragma, está formado por las raíces de los nervios cervicales C3, C4 y C5. Si sufrías daños en esa zona, te pasabas el resto de tu vida conectado a un respirador. Eso si sobrevivías al traumatismo, claro.

Observó que Cecil levantaba el dedo anular de la mano izquierda para indicarle a su mujer que quería un sorbo de agua. A Will y a ella les había dado un fuerte apretón de manos con la derecha al llegar al cóctel, pero estaba claro que ese gesto había agotado sus escasas fuerzas.

Cecil terminó de beber, luego le dijo a Landry/Paul:

—El manantial que alimenta el lago nace en el paso McAlpine. Hay que seguir el Sendero de la Viuda Perdida hasta el lago. El río está a unos quince minutos andando desde allí. Hay que seguirlo cerca de veinte kilómetros. Es una buena caminata cuesta arriba por la falda de la montaña. Se ve el pico desde el banco del mirador, volviendo al lago.

—Keesh —dijo Drew en voz baja, ásperamente—, déjalo ya.

Sara se dio cuenta de que estaban discutiendo por los cercos de agua del vaso. Desvió cortésmente la mirada y prestó atención a la conversación que estaba teniendo lugar en el extremo opuesto de la mesa. La hermana de Cecil, una *hippie* que llevaba un vestido *tie-dye*, le estaba diciendo a Frank:

—La gente piensa que soy lesbiana porque llevo Birkenstock, pero yo siempre digo que soy lesbiana porque me encanta acostarme con mujeres.

—¡Igual que a mí! —Frank soltó una carcajada y levantó su vaso de agua en un brindis.

Sara cruzó una sonrisa con Will. Estaban sentados demasiado lejos. La tía parecía la única persona divertida de la mesa. Sara dedujo por las marcas de sus manos y antebrazos que trabajaba con productos químicos. Tenía una cicatriz mucho más grande en el bíceps, como si un hacha le hubiera arrancado un trozo de carne del brazo. Seguramente trabajaba en una granja con maquinaria pesada. No le costaba imaginársela fumando una pipa de mazorca, rodeada por unos cuantos perros pastores.

—Hola. —Will volvió a bajar la voz—: ¿Qué clase de nombre es Pizca?

—Es un apodo. —Sara sabía que la dislexia le dificultaba la

comprensión de ciertos juegos de palabras—: Seguramente porque es muy menuda. Muy pequeñita.

Él asintió en silencio con la cabeza. Sara se dio cuenta de que su explicación le había hecho pensar en Dave, el adjudicador de apodos. Los dos se alegraban de que aquel sinvergüenza no hubiera aparecido en el cóctel. Sara no quería que su sombra les estropeara la velada. Puso la mano sobre el muslo de Will y sintió que sus músculos se tensaban. Confiaba en que la cena no se alargara mucho. Había cosas mejores que comer.

—¡Allá vamos! —Mercy salió de la cocina con una fuente en cada mano. Dos adolescentes la seguían, cargados también con fuentes y salseras—. Esta noche tenemos de entrante empanadas variadas, papas rellenas y los famosos tostones del chef, hechos según la receta que perfeccionó su madre en Puerto Rico.

Se oyeron numerosas exclamaciones de admiración a medida que los platos iban siendo colocados a lo largo del centro de la mesa. Sara temió que a Will le entrara el pánico. Para él, hasta la mostaza con miel era demasiado exótica. Sin embargo, parecía estar extrañamente tranquilo.

—¿Has probado ya la comida portorriqueña? —le preguntó.

—No, pero miré el menú de degustación en la página web. —Señaló los distintos platos—. Pan frito relleno de carne. Patatas fritas rellenas de carne. Plátanos macho fritos, o sea, plátanos verdes fritos. Técnicamente son una fruta, pero en este caso da igual porque se fríen dos veces.

Sara se rio, satisfecha en el fondo. Era cierto que Will también había elegido aquel lugar por ella.

Mercy recorrió la mesa llenando vasos de agua. Se inclinó entre Marti y su hermano. Sara observó que tensaba la mandíbula cuando Marti murmuró algo y que se le ponía literalmente la piel de gallina. Tenía que haber una historia oculta detrás de aquello.

Sara apartó la mirada, decidida a no meterse en los problemas de los demás.

—Mercy —dijo Keisha—, ¿te importaría cambiarnos los vasos?

Drew pareció molesto.

—No tiene importancia, en realidad.

—Cómo no. —Mercy tensó la mandíbula aún más, pero consiguió torcer la boca en una sonrisa—. Enseguida os los traigo.

El agua salpicó la mesa cuando recogió los dos vasos y volvió a la cocina. Drew y Keisha se miraron. Sara supuso que los dueños de una empresa de *catering* eran tan incapaces de desconectar esa parte quisquillosa de su cerebro que tenía que ver con su profesión como lo eran los detectives de la policía y los médicos forenses. Y las hijas de los fontaneros. Los vasos estaban limpios. Las manchas procedían de los depósitos de cal del agua dura.

—Monica —dijo Frank en voz baja. Le estaba llenando el plato de frituras, intentando que comiera algo—, ¿te acuerdas de los sorullitos que comimos en San Juan, en aquel bar de la azotea con vistas al puerto?

Los ojos de Monica parecieron enfocarse al mirar a su marido.

—Tomamos helado.

—Sí, eso es. —Se llevó su mano a la boca para darle un beso—. Y luego intentamos bailar salsa.

El semblante de Monica se suavizó mientras lo miraba.

—Tú lo intentaste. Yo fracasé.

—Tú nunca has fracasado en nada.

Sara sintió un nudo en la garganta mientras se miraban a los ojos. Había algo tan conmovedor en su relación… Quizá les había juzgado mal. En cualquier caso, le parecía una intrusión observarlos. Miró a Will. Él también se había fijado. También estaba esperando a que ella empezara a comer para ponerse a cenar.

Sara tomó el tenedor. Pinchó una empanada. Le sonaron las tripas y se dio cuenta de que estaba hambrienta. Debía procurar no llenarse demasiado; no quería quedarse dormida con la barriga llena la segunda noche de su luna de miel.

—¡Mamá! —Jon irrumpió de pronto en el comedor—. ¿Dónde estás?

Se volvieron todos al oír sus voces. Jon cruzó la sala tambaleándose, más que andando. Tenía la cara hinchada y sudorosa. Sara dedujo que había bebido casi tanto como Monica.

—¡Mamá! —gritó—. ¡Mamá!

—¿Jon? —Mercy salió a toda prisa de la cocina con un vaso de agua en cada mano. Advirtió el estado de su hijo, pero mantuvo la calma—. Cariño, ven a la cocina.

—¡No! ¡No soy un puto bebé! ¡Dime las razones! ¡Ahora mismo!

Farfullaba tanto al hablar que Sara apenas le entendía. Vio que Will apartaba su silla de la mesa por si acaso Jon perdía el equilibrio.

—Jon… —Mercy sacudió la cabeza en señal de advertencia—. Luego lo hablamos.

—¡Y una mierda! —Se acercó a su madre apuntándola con el dedo—. Quieres echarlo todo a perder. Mi padre lo tiene todo planeado para que estemos todos juntos. Sin ti. No quiero estar contigo. Quiero vivir con Pizca en una casa con piscina.

Sara se sobresaltó al oír que Pizca soltaba un resoplido que sonó casi triunfal.

Mercy también lo oyó. Miró a su madre y luego le dijo al chico:

—Jon, yo…

—¿Por qué lo estropeas todo? —La agarró de los brazos y la zarandeó tan fuerte que uno de los vasos se le resbaló de la mano y se hizo añicos en el suelo de piedra—. ¿Por qué eres siempre tan mala persona?

—¡Eh! —Will se había levantado al ver que Jon agarraba a su madre. Se acercó y le dijo al chico—: Vamos fuera.

Jon se giró bruscamente hacia él.

—¡Tú vete a la mierda, Basurero! —le gritó.

Will se quedó anonadado. Sara sintió lo mismo. ¿Cómo sabía aquel chico lo de ese horrible apodo? ¿Y por qué lo estaba gritando?

—¡He dicho que te vayas a la mierda! —Jon intentó apartarlo de un empujón, pero Will no se movió. Jon lo intentó de nuevo—. ¡Joder!

—Jon. —A Mercy le temblaba tanto la mano que el agua del otro vaso se vertió—. Te quiero y…

—Pues yo a ti te odio —replicó el chico, y el hecho de que no gritara al decirlo resultó mucho más impactante que su arrebato anterior—. Ojalá te mueras.

Salió dando un portazo que sonó como un estampido. Nadie dijo nada. Nadie se movió. Mercy estaba paralizada.

Entonces, Cecil dijo:

—Mira lo que has hecho, Mercy.

Ella se mordió el labio. Parecía tan angustiada que Sara se sintió enrojecer de compasión.

Pizca chasqueó la lengua.

—Mercy, por el amor de Dios, recoge ese vaso antes de que hagas daño a alguien más.

Will se agachó antes que Mercy. Se sacó el pañuelo del bolsillo trasero y lo usó para recoger los trozos de cristal del vaso roto. Mercy se arrodilló a su lado, temblorosa. La vergüenza hacía que prácticamente le brillara la cicatriz de la cara. En el comedor reinaba tal silencio que Sara oía el tintineo de los cristales rotos.

—Lo siento mucho —le dijo Mercy a Will.

—No te preocupes. Yo rompo cosas todo el tiempo.

Mercy intentó reírse, pero tuvo que tragar saliva.

—Es lo que yo digo: de tal palo, tal astilla —dijo de pronto Marti poniendo una voz cómica.

Christopher no dijo nada. Alcanzó otro colín y le dio un ruidoso mordisco. Sara no podía ni imaginar la rabia que sentiría ella si alguien dijera algo, aunque fuera remotamente malo, de su hermana. Aquel hombre, en cambio, se limitó a masticar el colín como un bobo.

De hecho, miraban todos a Mercy como si fuera un espectáculo de feria dentro de una carpa.

—Deberíamos comernos esta deliciosa comida antes de que se enfríe —dijo Sara dirigiéndose a todos.

—Buena idea. —Seguramente Frank estaba acostumbrado a disimular cuando su mujer armaba un espectáculo estando borracha—. Le estaba recordando a Monica un viaje que hicimos a Puerto Rico hace unos años. La salsa de allí es distinta de la samba brasileña.

Sara le siguió el juego:

—¿Ah, sí?

—Mierda —siseó Mercy. Se había cortado el pulgar con un cristal. Cayeron gotas de sangre al suelo.

Incluso de lejos, Sara advirtió que el corte era profundo.

Se levantó automáticamente.

—¿Hay un botiquín de primeros auxilios en la cocina? —preguntó.

—Yo... estoy bien... —Mercy se tapó la boca con la mano ilesa. Iba a vomitar.

—Por amor de Dios —masculló Cecil.

Sara le envolvió a Mercy el dedo con su servilleta para detener la hemorragia. Dejó que Will se encargara del resto de los cristales rotos y la acompañó a la cocina.

Uno de los jóvenes camareros levantó la vista un momento. Luego, siguió preparando los platos. El otro estaba muy atareado cargando el lavavajillas industrial. El cocinero fue el único que pareció preocuparse por Mercy. Levantó la vista de los fogones y la siguió con la mirada. Frunció el ceño, preocupado, pero no dijo nada.

—Estoy bien —le dijo Mercy. Luego le hizo una seña a Sara—. Está aquí detrás.

Sara la siguió hasta un cuarto de baño que parecía servir de pasadizo a un despacho atiborrado de cosas. Había una máquina de escribir eléctrica sobre la mesa metálica y papeles amontonados por el suelo. No había teléfono. La única concesión a la modernidad era un ordenador portátil que descansaba, cerrado, sobre un montón de libros de contabilidad.

—Perdón por el desorden. —Mercy metió la mano debajo de una fila de perchas de las que colgaban chaquetas de invierno—. No quiero estropearte la noche. Puedes abrirme el botiquín y volver a la cena.

Sara no tenía intención de dejar a aquella pobre mujer sangrando en el baño. Estaba echando mano del botiquín cuando oyó que Mercy empezaba a tener arcadas. La tapa del inodoro se levantó. Mercy se arrodilló y vomitó un chorro de bilis. Tuvo un par de arcadas más. Después se puso en cuclillas.

—Joder. —Se limpió la boca con el dorso de la mano buena—. Lo siento.

—¿Puedo verte el pulgar? —preguntó Sara.

—Estoy bien. Por favor, ve a disfrutar de la cena. Puedo hacer esto sola. —Como para demostrárselo, agarró el botiquín y se sentó en el váter.

Sara observó cómo intentaba abrir el estuche con una sola mano. Resultaba evidente que estaba acostumbrada a hacerlo todo por sí misma. Y también que en aquella situación no podía manejarse sola.

—¿Puedo? —Sara esperó a que asintiera de mala gana para tomar el estuche y abrirlo en el suelo.

Encontró el surtido habitual de vendas, líquidos para curas de emergencia, tres paquetes de sutura y dos kits para control de hemorragias: un torniquete, gasas para taponar heridas y apósitos hemostáticos. Había también un frasco de lidocaína. Su presencia en un botiquín de cocina no era estrictamente legal, pero Sara imaginaba que, hallándose tan lejos de la civilización, allí estarían acostumbrados a hacer su propio triaje.

—Déjame verte el pulgar.

Mercy no se movió. Tenía la mirada fija en el botiquín, como si estuviera abstraída recordando algo.

—Antes era mi padre quien daba puntos si alguien los necesitaba.

Sara percibió la tristeza de su voz. Los días en que Cecil McAlpine era capaz de suturar una herida habían terminado. Aun así, costaba compadecerse de él. Sara no se imaginaba a su padre hablándole a ella como Cecil hablaba a Mercy. Sobre todo, delante de extraños. Y su madre le arrancaría el corazón de cuajo a cualquiera que osara decir una palabra en contra de sus hijas.

—Lo siento —le dijo a Mercy.

—No es culpa tuya. —Su voz sonó crispada—. ¿Te importaría abrirme ese rollo de venda? No sé cómo funciona, pero parará la hemorragia.

—Está recubierta de un agente hemostático que absorbe la humedad de la sangre y favorece la coagulación.

—Se me olvidaba que eres profesora de química.

—Respecto a eso… —Sara sintió que volvía a enrojecer. Odiaba quedar como una mentirosa, pero no iba a dejar que Mercy se vendara la mano de cualquiera manera—: Soy médica. Will y yo decidimos mantener en secreto nuestras profesiones.

Su insinceridad no pareció escandalizar a Mercy.

—¿A qué se dedica él? ¿Es jugador de baloncesto? ¿O de fútbol americano?

—No, es agente de la Oficina de Investigación de Georgia. —Sara se lavó las manos en el lavabo mientras Mercy encajaba la noticia—. Siento haberos mentido. No queríamos…

—No te preocupes por eso. Teniendo en cuenta lo que acaba de ocurrir, no soy quién para juzgar a nadie.

Sara ajustó la temperatura del agua. A la luz desabrida del techo, vio tres marcas rojas en el lado izquierdo del cuello de Mercy. Eran recientes, probablemente de hacía un par de horas. Los hematomas serían más visibles al cabo de unos días.

—Vamos a enjuagar la herida por si hay algún cristal.

Mercy metió la mano bajo el grifo. No se inmutó, a pesar de que el dolor debía de ser considerable. Estaba acostumbrada a que le hicieran daño.

Sara aprovechó para observar las marcas rojas de su garganta. Había hematomas a ambos lados. Supuso que, si le rodeaba el cuello con las manos, las marcas coincidirían con sus dedos. Había hecho muchas veces esa comprobación con víctimas, en la mesa de autopsias. El estrangulamiento era una característica muy común en los homicidios relacionados con la violencia machista.

—Mira —dijo Mercy—, antes de que sigas, quiero que sepas que Dave es mi ex. Es el padre de Jon. Y evidentemente es el imbécil que le ha dicho a Jon que a tu marido lo apodaban Basurero hace siglos. Dave hace ese tipo de putaditas todo el tiempo.

Sara se tomó la información con calma.

—¿Fue Dave quien te estranguló?

Mercy cerró despacio el grifo, sin contestar.

—Eso podría explicar los vómitos. ¿Perdiste el conocimiento? —Mercy negó con la cabeza—. ¿Te cuesta respirar? —Otra negativa—. ¿Problemas de visión? ¿Mareos? ¿Dificultad para recordar cosas?

—Ojalá no me acordara de algunas.

—¿Puedo examinarte el cuello?

Mercy volvió a sentarse en el váter y asintió inclinando la barbilla. El cartílago estaba alineado. El hioides, intacto. Las marcas rojas estaban hinchadas y sobresalían al tacto. La presión ejercida sobre las carótidas, junto con la compresión de la tráquea, podría haber conducido fácilmente a la muerte. Solo una llave de estrangulamiento era más peligrosa que aquello.

Sara adivinaba que Mercy era consciente de lo cerca que había estado de morir, también sabía que sermonear a una víctima de violencia machista nunca impedía una futura agresión. Lo único que podía hacer era dejarle claro que no estaba sola.

—Parece que está todo bien —dijo—. Vas a tener algunos moratones bastante feos. Quiero que me avises si en algún momento notas que las cosas empeoran. De día o de noche, ¿de acuerdo? Da igual lo que esté haciendo. Esto podría ser grave.

Mercy parecía escéptica.

—¿Te ha contado tu marido la verdadera historia de Dave?

—Sí, me la ha contado.

—Dave le puso el apodo.

—Lo sé.

—Y seguramente también hizo otras cosas que…

—La verdad es que no me importa —repuso Sara—. Tú no eres tu exmarido.

—No. —Mercy fijó los ojos en el suelo—. Pero soy la tonta que sigue aceptándolo.

Sara le dio un momento para recomponerse. Luego, abrió el kit de sutura. Sacó las gasas, la lidocaína y una jeringuilla. Cuando miró a Mercy, se dio cuenta de que estaba preparada.

—Pon la mano encima del lavabo.

De nuevo, Mercy ni siquiera se estremeció cuando vertió yodo en la herida. El corte era profundo. Mercy había estado manipulando comida. El trozo de cristal estaba en el suelo. Cualquiera de esas cosas podía provocar una infección. Normalmente, le habría recetado antibióticos, por si acaso, pero esta vez tendría que conformarse con una advertencia.

—Si tienes fiebre o ves manchas rojas, o sientes algún dolor raro…

—Lo sé. En el pueblo hay un médico que puede atenderme.

Sara se dio cuenta por su tono de que no tenía intención de acudir al médico del pueblo. De nuevo, le ahorró el sermón. Una cosa que había aprendido trabajando en las urgencias del único hospital público de Atlanta era que se podía tratar la lesión, aunque no se pudiera tratar la enfermedad.

—Acabemos con esto de una vez —dijo Mercy.

Aguardó dócilmente mientras Sara le colocaba unos pañuelos de papel sobre el regazo y ponía encima una gasa del botiquín de primeros auxilios. Volvió a lavarse y a continuación usó el desinfectante de manos.

—Tu marido parece un hombre agradable —comentó Mercy.

Sara sacudió las manos para secárselas.

—Lo es.

—¿Tú…? —Mercy vaciló un instante mientras ordenaba sus pensamientos—. ¿Te sientes segura con él?

—Completamente. —Sara la miró a la cara.

Mercy parecía una mujer a la que le costaba exteriorizar sus emociones, pero en ese momento tenía una expresión de profunda tristeza.

—Me alegro por ti. —Su tono sonó melancólico—. Creo que yo nunca me he sentido segura con nadie en toda mi vida.

Sara no supo qué responder, pero Mercy no parecía esperar respuesta.

—¿Te has casado con tu padre?

Sara casi se echó a reír al oír la pregunta. Sonaba a cháchara neofreudiana, pero no era la primera vez que oía aquel tópico.

—Recuerdo que cuando estaba en la universidad me enfadé muchísimo cuando mi tía me dijo que una chica siempre se casaba con su padre.

—¿Tenía razón?

Sara reflexionó mientras se ponía los guantes de nitrilo. Will y su padre eran altos, aunque su padre ya no era tan delgado como antes. Los dos eran austeros, si por austeros se entendía pasar incontables minutos raspando los últimos restos de mantequilla de cacahuete del tarro. Will no era aficionado a los chistes malos, pero tenía el mismo sentido del humor autocrítico que su padre. Era más probable que arreglara él mismo una silla rota o una pared desconchada a que recurriera a alguien para que lo hiciera. Igual que era más probable que se levantara cuando todos los demás permanecían sentados.

—Sí —reconoció—. Me he casado con mi padre.

—Yo también.

Sara dedujo que no estaba pensando en las virtudes de Cecil McAlpine, pero no se le ocurrió cómo seguir la conversación. Mercy se quedó callada, absorta en sus pensamientos, mientras se miraba el pulgar herido. Sara cargó la jeringuilla con lidocaína. Si Mercy notó el dolor del pinchazo, no dijo nada. Supuso que, si los moratones y el estrangulamiento eran el pan de cada día para ella, que una aguja le perforara la carne debía de ser una molestia insignificante.

Aun así, se dio prisa en cerrar la herida. Le dio cuatro puntos de sutura, muy juntos entre sí. Mercy tenía ya una cicatriz en la cara que seguramente le recordaba un mal momento de su vida. No quería que al mirarse el pulgar recordara otro momento malo.

Le recomendó las precauciones habituales mientras colocaba la gasa.

—Procura mantenerlo seco una semana. Paracetamol para el dolor, si te hace falta. Me gustaría volver a echarle un vistazo antes de que nos marchemos.

—No creo que esté aquí. Mi madre acaba de despedirme. —Mercy soltó una risa repentina, como de sorpresa—. ¿Sabes?, odié este lugar mucho tiempo y ahora, en cambio, me encanta. No me imagino viviendo en otro sitio. Lo llevo en el alma.

Sara tuvo que recordarse que no debía meterse en sus asuntos personales.

—Sé que ahora lo ves todo muy negro, pero las cosas suelen pintar mejor por la mañana.

—No sé si llegaré a mañana. —A pesar de que sonreía, no había nada de cómico en sus palabras—. Ahora mismo, en esta montaña prácticamente no hay nadie que no quiera matarme.

7

UNA HORA ANTES DEL ASESINATO

Al darse la vuelta en la cama, Sara encontró el lado de Will vacío. Buscó el reloj, pero en la mesilla de noche solo estaba su móvil. Lo ocurrido durante la cena les había impresionado tanto que no habían podido hacer nada más entretenido que quedarse dormidos escuchando un pódcast sobre las apariciones de Big Foot en las montañas del norte de Georgia.

—¿Will? —Escuchó con atención, pero no se oía nada. Por el silencio que reinaba en la cabaña, comprendió que Will no estaba allí.

Encontró en el suelo el ligero vestido de algodón que se había puesto para cenar. Al entrar en el cuarto de estar se golpeó la rodilla con la esquina del sofá. Masculló un improperio en la oscuridad. Se acercó a la ventana abierta y se asomó al porche. La hamaca vacía se balanceaba suavemente. Había bajado la temperatura. Se intuía en el aire que iba a haber tormenta. Estiró el cuello para ver el camino que llevaba al lago. Al suave resplandor de la luna, vio a Will sentado en un banco con vistas a la sierra. Tenía los brazos extendidos sobre el respaldo y la mirada perdida a lo lejos.

Se calzó y bajó con cuidado las escaleras de piedra. Seguramente no era buena idea llevar sandalias a esas horas de la noche. Podía pisar algo venenoso o torcerse el tobillo. Aun así, no volvió a la cabaña para ponerse las botas de montaña. Se sentía arrastrada hacia Will. Él había estado muy callado después de la cena, absorto en sus pensamientos. Estaban los dos un poco conmocionados por la escena que habían presenciado entre Mercy y su familia. Sara volvió a recordar lo afortunada que era por tener una familia unida y cariñosa. Había crecido pensando que era lo normal, pero la vida le había enseñado que tenía mucha suerte.

Will levantó la vista cuando la oyó acercarse.

—¿Quieres estar solo? —le preguntó ella.

—No. —La rodeó con el brazo cuando se sentó.

Sara se recostó contra él. Su cuerpo le pareció sólido y tranquilizador. Pensó en lo que le había preguntado Mercy: «¿Te sientes segura con él?». Nunca se había sentido tan segura con un hombre, salvo con su padre. La apenaba que Mercy nunca hubiera tenido esa vivencia. En su opinión, entraba dentro de la categoría de necesidades humanas fundamentales.

—Parece que va a llover —comentó Will.

—¿Y qué vamos a hacer con tanto tiempo libre, encerrados en nuestra cabañita?

Él se rio mientras le acariciaba el brazo, haciéndole cosquillas, aunque se le borró la sonrisa cuando volvió a contemplar la oscuridad.

—Últimamente pienso mucho en mi madre.

Sara se incorporó para mirarlo. Tenía la cara vuelta hacia otro lado, pero notó por cómo apretaba la mandíbula que le costaba hablar de aquello.

—Cuéntame —dijo ella.

Will respiró hondo, como si estuviera a punto de meter la cabeza bajo el agua.

—De pequeño, solía imaginar cómo habría sido mi vida si ella no hubiera muerto. —Sara apoyó la mano en su hombro—. Me imaginaba que habríamos sido felices. Que la vida habría sido más fácil. El colegio habría sido más fácil. Las amistades. Las chicas. Todo. —Volvió a tensar la mandíbula—. Pero ahora, cuando miro atrás y… Ella luchaba con sus adicciones. Tenía sus propios tormentos. Podría haber muerto de una sobredosis o haber acabado en la cárcel. O habría sido una madre soltera con una expareja que la maltrataba. Así que seguramente yo habría terminado bajo la tutela de las autoridades, de todos modos. Pero por lo menos la habría conocido.

Sara sintió una tristeza aplastante porque no hubiera tenido esa oportunidad.

—Fue bonito tener a Amanda y a Faith en la boda —prosiguió él, refiriéndose a su jefa y a su compañera, que eran lo más parecido que tenía a una familia—. Aun así, me queda esa duda.

Sara solo pudo asentir en silencio. Ignoraba por lo que estaba pasando Will, no tenía marco de referencia. Solo podía escucharle y hacerle saber que estaba allí, a su lado.

—Ella lo quiere —dijo Will—. Mercy y Jon. Es obvio que ella lo quiere mucho.

—Sí.

—El puto Chacal…

—¿Nunca supiste qué fue de él después de huir del hogar?

—No, no supe nada. —Will sacudió la cabeza—. Está claro que consiguió llegar aquí y que se las arregló para sobrevivir, que se casó y tuvo un hijo. Eso es lo que no me explico, ¿sabes? Esa vida, ser padre, tener una esposa y un hijo, es lo que siempre quiso. Hasta cuando éramos niños, solía decir que todos sus problemas se resolverían si formaba parte de una familia. Y aquí está, con todo lo que quería. Y lo ha echado a perder. La forma en que trata a Mercy es inconcebible, pero está claro que Jon lo necesita. Es su padre, a pesar de todo.

Sara no conocía a Dave, pero no creía que fuera gran cosa. No sabía si estaba aún en el albergue. En circunstancias normales ella nunca traicionaba la confianza de un paciente, pero Mercy era una víctima de violencia machista, y Will, un agente de policía. El hecho de que Mercy hablara como si intuyera que su vida corría peligro la había hecho pensar que tenía el deber de informar de su situación. Pero no había previsto cómo afectaría esa información a Will. Y estaba claro que la tendencia de Dave a la violencia le estaba quitando el sueño, literalmente.

—Lo que de verdad me cabrea es que… —dijo Will—. Dave lo pasó muy mal. Peor que yo. El terror, el miedo constante, esos recuerdos habitan dentro de tu cuerpo, aunque tu vida cambie a mejor. Y no ha podido romper con eso y le está haciendo exactamente lo mismo a la persona que se supone que ama.

—Es difícil romper ese tipo de patrones.

—Pero él sabe lo que se siente. Estar asustado todo el tiempo, no saber cuándo te van a agredir... No puedes comer. Ni dormir. Vas por ahí con una piedra en el estómago todo el tiempo. Y lo único bueno de que te peguen es que después sabes que tienes por delante unas horas, o incluso unos días, antes de que vuelvan a hacerte daño.

Sara sintió que se le llenaban los ojos de lágrimas.

—¿Te molesta? —preguntó él.

Ella quería saber qué le estaba preguntando en realidad.

—¿El qué?

—Que no tenga familia.

—Mi amor, yo soy tu familia. —Le hizo girar la cabeza para mirarla—. Iré adonde tú vayas. Estaré donde tú estés. Tu gente es mi gente y mi gente es la tuya.

—Tú tienes mucha más gente que yo. —Él forzó una sonrisa incómoda—. Y algunos son muy raros.

Sara también sonrió. Ya lo había visto antes. Will siempre se refugiaba en el humor cuando, muy de tarde en tarde, hablaba de su infancia, como mecanismo de supervivencia.

—¿Quién es raro?

—La señora del sombrero de plumas, por ejemplo.

—La tía Clementine. Tiene una orden de detención pendiente por robar gallinas.

Will se rio.

—Me alegro de que no se lo dijeras a Amanda. Le habría encantado detener a alguien en mi boda.

Sara había visto la emoción reflejada en el semblante de Amanda cuando Will la sacó a bailar. De ningún modo habría estropeado ese momento.

—Ya te he contado que el segundo marido de mi tía Bella se suicidó. Se disparó en la cabeza. Dos veces.

La sonrisa de Will perdió en parte su tensión.

131

—No sé si estás de broma o no.

Sara lo miró a los ojos. La luz de la luna realzaba las vetas grises del azul.

—Tengo que confesarte una cosa.

Él sonrió.

—¿Qué?

—Me apetece muchísimo que nos lo montemos a lo bestia en el lago.

Will se levantó.

—El lago está por aquí.

Se tomaron de la mano y echaron a andar por el sendero, deteniéndose un momento para besarse. Sara se apoyó en su hombro y se amoldó a su paso. En medio del silencio de la montaña, tenía la sensación de que eran las dos únicas personas sobre la faz de la tierra. Antes, cuando pensaba en su luna de miel, era eso lo que imaginaba. La luna llena brillando en el cielo. El aire fresco. La sensación de seguridad que le producía tener a Will a su lado. La perspectiva deliciosa de estar juntos sin prisas ni interrupciones.

Oyó el lago antes de que llegaran a él: el suave golpeteo de las olas en la orilla rocosa. De cerca, los Bajíos tenían algo de cautivador. El agua era de un azul casi neón. Los árboles se curvaban alrededor de la orilla como un muro protector. Sara distinguió un pantalán flotante a unos metros de distancia. Había un trampolín y una plataforma para tomar el sol. Se había criado en un lago y le encantaba estar cerca del agua. Se quitó las sandalias y el vestido.

—Uf —dijo Will—. ¿Sin ropa interior?

—Es difícil montárselo en el lago sin estar desnudo.

Will miró a su alrededor. Era evidente que no le entusiasmaba la idea de desnudarse en un lugar público.

—Me parece mala idea saltar dentro de algo que no puedes ver en plena noche y cuando nadie sabe dónde estás.

—Hay que vivir peligrosamente.

—Quizá deberíamos…

Sara le echó mano a la entrepierna y le dio un beso profundo. Luego se metió en el agua. Reprimió un escalofrío al notar la brusca bajada de temperatura. Aunque era pleno verano, el deshielo había sido tardío en los Apalaches. Mientras nadaba hacia el pantalán, sintió que el frío la reavivaba.

Se dio la vuelta para mirar a Will y preguntó:

—¿Vas a meterte?

Él no contestó, pero se quitó los calcetines. Después, empezó a desabrocharse los pantalones.

—Guau —dijo ella—. Un poco más despacio, por favor.

Él se bajó los pantalones teatralmente y meneó las caderas mientras se desabrochaba la camisa. Sara le vitoreó para animarlo. El agua ya no le parecía tan fría. Adoraba el cuerpo de Will. Sus músculos parecían tallados en una losa de mármol. Tenía las piernas más sexis que podía tener un hombre. Antes de que le diera tiempo a recrearse en aquella imagen, Will la imitó y se metió bruscamente en el agua. Sara notó por cómo apretaba los dientes que la temperatura le había sorprendido. Tendría que ayudarlo a entrar en calor. Tiró de él y apoyó las manos en sus fuertes hombros.

—Hola —dijo Will.

—Hola. —Sara le echó el pelo hacia atrás—. ¿Te habías bañado alguna vez en un lago?

—Por voluntad propia, no. ¿Seguro que no es peligroso?

—Las cabezas de cobre suelen ser más activas al anochecer. —Vio que sus ojos se dilataban, llenos de alarma. Will se había criado en Atlanta, donde las serpientes habitaban en su mayoría bajo la cúpula del capitolio—. Y seguramente estamos demasiado al norte para que haya mocasines de agua.

Él miró alrededor con nerviosismo, como si fuera capaz de ver un mocasín de agua antes de que fuera demasiado tarde.

—Tengo que confesarte una cosa —dijo Sara—. Le he dicho a Mercy que habíamos mentido.

—Ya me lo imaginaba. ¿Crees que estará bien?

—Seguramente. —Seguía preocupándole que se le infectara el pulgar, pero no podía hacer nada más al respecto—. Jon parece buen chico. Qué duro es ser adolescente.

—Lo de crecer en un orfanato tiene sus ventajas.

Ella le puso un dedo sobre los labios y luego trató de distraerlo.

—Mira arriba.

Will levantó la vista. Sara lo miró a él. Se le marcaban los músculos del cuello. Vio su escotadura supraesternal, lo que le hizo pensar de nuevo en la cena. Y, desgraciadamente, en Mercy.

—En sitios como este —dijo—, en cuanto rascas un poco bajo la superficie, salen a relucir toda clase de cosas feas.

Will la miró con atención.

—Sé lo que vas a decir: que por eso mentimos —añadió Sara.

Él enarcó una ceja, pero le ahorró el «te lo dije».

—Oye —dijo ella, porque ya habían dedicado demasiado tiempo esa noche a hablar de los McAlpine—, tengo que confesarte otra cosa.

Will volvió a sonreír.

—¿Qué tienes que confesarme?

—Que no me canso de ti.

Sara le lamió la hendidura del cuello y luego siguió subiendo. Rozó con los dientes su piel. La temperatura del agua dejó de importarles. Will metió la mano entre sus piernas. Al sentir su caricia, Sara gimió. Bajó la mano para devolverle el favor.

Entonces un grito espeluznante resonó sobre el lago.

—¡Will! —Se aferró a él instintivamente—. ¿Qué ha sido eso?

Él la agarró de la mano y escudriñó los alrededores mientras volvían a la orilla.

Ninguno de los dos habló. Will le pasó el vestido. Ella le dio la vuelta, buscando la parte de abajo. Seguía oyendo resonar el grito en su cabeza e intentaba deducir quién lo había proferido. Mercy parecía la candidata más probable, pero no era la única persona que esa noche tenía motivos para estar angustiada.

Hizo recuento de los demás, empezando por los dueños del *catering*.

—La pareja que se peleó en la cena. La dentista estaba borracha. Y el informático...

—¿Y el tipo que está solo? —Will se puso los pantalones—. ¿El que no paraba de incordiar a Mercy?

—Marti. —Sara había visto a aquel tipo tan desagradable mirando a Mercy durante la cena. Parecía disfrutar incomodándola—. El abogado era odioso. ¿Y cómo ha conseguido la contraseña de la wifi?

—Su mujer, esa obsesa de los caballos, estaba fastidiándonos a todos. —Will se calzó las botas—. Y los otros dos, los desarrolladores de aplicaciones, han mentido. Seguro que se traen algo entre manos.

Sara le había contado el extraño cambio de nombre de Landry/Paul.

—¿Y qué me dices del Chacal?

El semblante de Will pareció petrificarse. Sara se puso las sandalias.

—Cariño, ¿estás…?

—¿Lista?

Will no le dio oportunidad de responder. Se adelantó por el sendero. Dejaron atrás la cabaña y torcieron a la izquierda para salir al Sendero del Lazo. Sara notaba que él hacía esfuerzos por no dejarla atrás. Normalmente ella habría echado a correr, pero sus sandalias se lo impedían.

Por fin Will se detuvo y se volvió para mirarla.

—¿Te importa que…?

—Ve. Te alcanzo enseguida.

Lo vio adentrarse corriendo en la espesura del bosque. Esquivó el Lazo y atajó en línea recta hacia la casa principal, lo que era lógico teniendo en cuenta que era allí donde había una luz encendida.

Sara se volvió hacia el lago. Según el mapa, tenía tres secciones, cada una más ancha que la anterior, como un pastel de bodas. Habría jurado que el grito procedía de la capa de abajo, del otro lado de los Bajíos. O quizá no fuera un grito humano. Quizá un búho había atrapado un conejo en el suelo del bosque. O un puma se había enfrentado con un mapache.

—Para ya —se reprendió a sí misma.

Aquello era una locura. Habían salido corriendo sin tener un plan. Y no podía ir por ahí despertando a la gente solo porque había oído un grito. Ya había habido suficientes dramas esa noche. Seguramente el problema eran Will y ella, que no conseguían desconectar del trabajo. Lo único que podía hacer era seguir subiendo hacia la casa principal. Se sentaría en los escalones del porche y esperaría a que Will se reuniera con ella. Quizá algún gato esponjoso fuera a hacerle compañía.

Mientras subía hacia la casa, agradeció que hubiera luces de bajo voltaje a lo largo del camino. No sabía si esta vez el camino se le estaba haciendo más largo o más corto. No había puntos de referencia. No llevaba reloj. El tiempo parecía haberse detenido. Prestó atención a los sonidos del bosque. Cantaban los grillos, se oía un correteo de animalillos. Un soplo de brisa agitaba su vestido. Se intuía en el aire que iba a llover.

Apretó el paso. Hasta pasados unos minutos no vio la luz del porche de la casa. Estaba a unos cincuenta metros cuando vio que alguien bajaba los escalones. La luna se había ocultado tras unas nubes. La oscuridad absoluta se batía en duelo con la débil luz de la bombilla, creando una forma monstruosa. Se enfadó consigo misma por asustarse. Tenía que dejar de escuchar pódcast sobre Big Foot antes de dormir. La figura era un hombre que llevaba una mochila.

Estaba a punto de llamarlo cuando el hombre empezó a cruzar la explanada, se tambaleó, cayó de rodillas y empezó a vomitar.

El aire le llevó un olor agrio a alcohol. Durante una fracción de segundo, Sara pensó en dar media vuelta, ir en busca de Will y seguir con su noche como si nada. Pero no podía mirar hacia otro lado. Sobre todo, porque sospechaba que aquella figura monstruosa era en realidad un adolescente angustiado.

—¿Jon? —probó a llamarlo.

—¿Qué? —farfulló él al tiempo que agarraba su mochila y trataba de ponerse en pie—. Vete.

—¿Estás bien? —Aunque Sara apenas lo veía, era evidente que no se encontraba bien. Se balanceaba a un lado y a otro como una manga de viento—. ¿Qué te parece si nos sentamos en el porche?

—No. —Dio un paso atrás. Y luego otro—. Déjame en paz.

—Vale, pero primero vamos a buscar a tu madre. Seguro que quiere...

—¡Socorro!

Sara sintió que el corazón se le helaba dentro del pecho. Se volvió hacia el lugar de donde procedía el grito. No había duda de que venía del otro extremo del lago.

—¡Por favor!

La puerta de la casa acababa de cerrarse con un portazo cuando se volvió para mirar a Jon. No tenía tiempo de ocuparse de un chaval borracho. Le preocupaba más Will. Sabía que iría derecho hacia la mujer que profería aquellos gritos.

No tuvo más remedio que quitarse las sandalias. Se arremangó el vestido y echó a correr por el recinto mientras intentaba frenéticamente calcular la mejor ruta. Durante el cóctel, Cecil había dicho que el Sendero de la Viuda Perdida llevaba a la parte más baja del lago. Sara recordaba vagamente haberlo visto señalado en el mapa. Siguió el Lazo, dejando atrás el camino que llevaba al comedor. No encontró ninguna señal que indicara el Sendero de la Viuda Perdida. Lo único que podía hacer era adentrarse en el bosque.

Las agujas de pino se le clavaron en la planta de los pies. Las zarzas le tiraban del vestido. Intentó protegerse con los brazos. Aquello no era un esprint. Tenía que dosificar sus fuerzas. Según el mapa, la parte baja del lago estaba bastante lejos del complejo. Aminoró la marcha mientras pensaba en todas las cosas que debería haber hecho primero. Buscar un botiquín de primeros auxilios. Ponerse las botas de montaña. Avisar a la familia, porque Jon estaba borracho y era un crío y seguramente se habría echado a dormir en su cuarto.

Pobre Mercy… Su familia no iba a acudir corriendo a socorrerla. Se habían portado fatal con ella en la cena. Las contestaciones de su madre. La cara de asco de su padre. El silencio patético de su hermano. Tendría que haber hablado más con ella. Tendría que haber indagado sobre ese temor suyo a no llegar al día siguiente.

—¡Sara!

Al oír el grito de Will, sintió que una mano le oprimía el pecho.

—¡Trae a Jon! ¡Deprisa!

Se detuvo, trastabillando. La voz de Will nunca le había sonado tan descarnada. Volvió sobre sus pasos. No sabía cuánto tiempo había pasado desde que había hablado con Jon delante de la casa. Sabía que Will estaba cerca. Y sabía también que cruzar el complejo a todo correr no era lo que le convenía a Jon en ese momento.

Algo terrible le había sucedido a Mercy. Will no estaba pensando con claridad. Mercy no querría que su hijo la viera en peligro. Si Dave la había agredido, si le había causado lesiones graves, Sara no iba a permitir que a Jon se le quedara ese recuerdo grabado a fuego en la memoria.

—¡Sara! —gritó Will otra vez.

La urgencia de su voz la impulsó a ponerse en marcha de nuevo. Corrió con todas sus fuerzas, pegando los brazos al cuerpo. Cuanto más se acercaba, más humo había en el ambiente. El terreno descendía bruscamente. Bajó deslizándose, pero perdió el equilibrio en el último momento y estuvo a punto de caerse. Estaba casi sin aliento cuando al fin vio un claro. Se irguió y echó a correr de nuevo. Vio a la luz de la luna la silueta de un caballete, herramientas esparcidas por el suelo, un generador, una sierra de mesa y, por último, el lago.

El humo ennegrecía el espacio delante de ella. Corrió encorvada por el terreno curvo y pedregoso. Había allí tres cabañas rústicas. La última ardía con tal fuerza que notaba el calor en la piel. El humo se plegó como una bandera cuando el viento cambió de dirección. Sara dio otro paso adelante. El suelo estaba mojado. Notó el olor de la sangre antes de darse cuenta de qué era lo que estaba pisando. Aquel olor a cobre con el que había convivido casi toda su vida adulta.

—Por favor —dijo Will.

Sara se volvió. Un rastro de sangre llevaba al lago. Will estaba de rodillas, inclinado sobre un cuerpo tendido en el agua. Sara reconoció a Mercy por las zapatillas de color lila.

—Mercy —sollozó Will—. No dejes a Jon. No puedes dejarlo.

Sara se acercó a su marido. Nunca lo había visto llorar así. No estaba solo acongojado. Estaba roto de dolor.

Se arrodilló al otro lado del cuerpo. Posó los dedos suavemente en la muñeca de Mercy. No había pulso. El agua le había dejado la piel casi helada. Sara observó su cara. La cicatriz era solo una línea blanca. Los ojos miraban inertes el plantel de estrellas. Will había intentado taparla con su camisa, pero era imposible ocultar los signos de violencia. Había recibido múltiples puñaladas, algunas tan profundas que probablemente habían fracturado algún hueso. Había tanta sangre que el vestido de Sara se tiñó del rojo del agua.

Tuvo que aclararse la garganta antes de hablar.

—Will…

Él no parecía consciente de que estaba allí.

—Por favor —le suplicaba a Mercy—. Por favor.

Entrelazó los dedos y apoyó las palmas sobre el pecho de Mercy. Sara no tuvo valor para detenerlo. Había clasificado a infinidad de pacientes a lo largo de su carrera. Sabía el aspecto que presentaba la muerte. Sabía cuándo un paciente había cruzado ese umbral. Y sabía también que tenía que dejar que Will lo intentase.

Él se inclinó sobre Mercy, apoyando todo el peso sobre su pecho.

Sara observó cómo presionaba con las manos.

Sucedió tan rápido que al principio no entendió lo que estaba viendo. Luego se dio cuenta de que un trozo de metal afilado había atravesado la mano de Will.

—¡Para! —gritó, y agarró sus manos, inmovilizándolas—. No te muevas o te cortarás los nervios.

Will la miró como si mirara a una extraña.

—Will. —Sara le apretó más fuerte las manos—. El cuchillo está dentro del pecho. No puedes mover la mano, ¿de acuerdo?

—¿Va a… va a venir Jon?

—Está en la casa. Está bien.

—Mercy quería que le dijera que lo quiere muchísimo. Y que lo perdona por la pelea. —Will temblaba de pena—. Ha dicho que quería que supiera que no tenía importancia.

—Puedes decirle todo eso luego. —Sara quería secarle las lágrimas, pero temía que él apartara la mano si lo soltaba—. Primero tenemos que ocuparnos de ti, ¿vale? Hay nervios importantes en esta parte de la mano. Ayudan a sentir los objetos por el tacto. Una pelota de baloncesto. O un arma. O a mí.

Poco a poco, él se repuso. Miró la larga hoja que había atravesado su carne entre el pulgar y el índice. No se asustó. Dijo:

—Dime qué tengo que hacer.

Sara soltó un suspiro de alivio.

—Voy a apartar las manos para hacer una valoración, ¿de acuerdo?

Vio que Will tragaba saliva, pero asentía.

Apartó las manos con cuidado. Estudió la herida. Se alegró de que hubiera luna, aunque su luz no bastase. El lugar estaba atravesado de sombras: del humo que pasaba, de los árboles, de Will, del cuchillo. Agarró la punta de la hoja entre el pulgar y el índice, tratando de ver hasta qué punto estaba incrustada en el cuerpo de Mercy. Por la resistencia que ofreció dedujo que el cuchillo se hallaba encajado entre las vértebras o el esternón. Solo podía extraerse por la fuerza.

En cualquier otra situación, habría estabilizado la mano de Will para que un cirujano extrajera la hoja en un quirófano. Pero no podían permitirse ese lujo. Mercy estaba parcialmente sumergida en el agua. La presión que ejercía Will era lo único que impedía que las olas movieran su cadáver. Solo Dios sabía a qué distancia estaban de un hospital o un servicio de urgencias. Incluso con toda la ayuda del mundo, no sería aconsejable intentar trasladar el cadáver de Mercy con la mano de Will clavada a su pecho con un cuchillo. Eso por no hablar del riesgo que suponía que una persona viva estuviera en contacto tan íntimo con un cadáver. Las bacterias de la descomposición podían provocar una infección potencialmente mortal.

Tendría que hacerlo allí mismo.

Will estaba del lado izquierdo de Mercy. El cuchillo sobresalía del lado derecho del cadáver; si no, lo habría tenido clavado en el corazón, lo que habría impedido la reanimación cardiopulmonar. Will seguía con los dedos entrelazados, pero solo tenía herida la mano derecha. La punta angulosa del cuchillo había perforado la membrana entre el pulgar y el índice. Asomaban unos siete centímetros de la hoja dentada. Calculó que tenía aproximadamente un centímetro y medio de ancho. Estaba afilada como una cuchilla de afeitar. El asesino seguro había tomado el cuchillo de la cocina o el comedor.

Sara confiaba en que se hubieran salvado la mayoría de las estructuras importantes de la mano —no había nada de particular interés en la eminencia tenar—, pero no quería correr riesgos.

Repasó en voz alta la anatomía, por ella y por Will.

—El nervio mediano conecta con los músculos tenares, aquí. El nervio radial proporciona sensibilidad al dorso de la mano desde el pulgar hasta el dedo corazón, aquí y aquí. Tengo que asegurarme de que están intactos.

—De acuerdo. —Su expresión se había vuelto estoica. Quería terminar con aquello cuanto antes—. ¿Cómo vas a comprobarlo?

—Voy a palparte los dedos por fuera y tienes que decirme si la sensación es normal o si notas algo raro.

Sara advirtió preocupación en su rostro mientras asentía. Pasó un dedo con delicadeza por el borde exterior del pulgar. Luego, hizo lo mismo con el índice. Will no dijo nada. Su silencio era exasperante.

—¿Will?

—Es normal. Creo.

Sara sintió disminuir un poco su ansiedad.

—No puedo extraer la hoja del cuerpo. Voy a tener que levantarte la mano para sacarla, pero necesito que relajes los músculos del brazo, que no bloquees el codo y que me dejes hacer a mí todo el trabajo. No intentes ayudarme, ¿de acuerdo?

Él asintió:

—De acuerdo.

Sara le sujetó el pulgar e introdujo suavemente la yema de los dedos debajo de su palma. Tan despacio como pudo, empezó a tirar hacia arriba.

Will silbó entre dientes.

Sara siguió tirando hasta que la hoja salió por fin.

Will soltó un largo suspiro. Aunque estaba libre, mantuvo la mano en la misma posición, con los dedos separados, suspendida en el aire sobre el cadáver. Se miró la palma. El *shock* había remitido. Ahora lo sentía todo y era consciente de lo que había ocurrido. Movió el pulgar. Flexionó los dedos. Brotó sangre de la herida: un hilillo, más que un chorro, lo que indicaba que las arterias no estaban dañadas.

—Menos mal —dijo Sara—. Deberíamos ir al hospital para que te vean la mano. Puede que haya daños que nosotros no vemos. Tienes al día la vacuna del tétanos, pero hay que limpiar bien la herida. Podemos pedirle a alguien que nos lleve abajo y volver a Atlanta en coche.

—No —contestó Will—. No tengo tiempo para eso. A Mercy no solo la han apuñalado. Se han ensañado con ella. La persona que ha hecho esto estaba frenética, furiosa, fuera de control. Y solo se odia así a quien se conoce.

—Will, tienes que ir al hospital.

—Tengo que encontrar a Dave.

8

Will siguió a Sara al comedor. Las luces estaban apagadas, pero alguien había dejado la música puesta. Will estiró el brazo para impedir que ella entrara en la cocina. Dave podía estar escondido allí. Y podía tener otro cuchillo.

Se acercó a la puerta. Ojalá Dave tuviera otro cuchillo. Podía vencer a aquel cabrón con una sola mano. Había pasado casi diez años conteniéndose en el hogar infantil, pero ya no eran niños. Abrió la puerta de una patada. Encendió la luz. De un vistazo abarcó toda la sala, hasta el cuarto de baño y el despacho que había más allá.

No había nadie.

Examinó los cuchillos que colgaban de la pared y sobresalían del bloque de madera.

—No parece que falte ninguno.

A Sara no parecía interesarle identificar el arma del crimen. Se dirigió al baño.

—¿Hay teléfono en el despacho? —preguntó Will.

—No. —Ella retiró el botiquín de la pared—. Lávate las manos en el lavabo. Estás cubierto de sangre.

Will bajó la mirada. No se acordaba de que se había quitado la camisa para tapar a Mercy. Tenía el pecho desnudo cubierto de rojo. El agua carmesí del lago había manchado sus pantalones azul marino dejando manchas oscuras, como de dálmata. Abrió el grifo y dijo:

—Tenemos que avisar a la policía local, montar un operativo de busca y captura. Si Dave va a pie, ya podría haber bajado la mitad de la montaña. Estamos perdiendo el tiempo.

—No vamos a hacer nada hasta que detenga esa hemorragia. —Sara abrió el botiquín sobre la encimera de la cocina. Se echó un buen chorro de lavavajillas en las manos y frotó los antebrazos de Will hasta dejarlos bien limpios—. Dime por qué estás tan seguro de que ha sido Dave quien ha matado a Mercy.

A él le parecía tan obvio que Dave era el culpable que la pregunta le sorprendió.

—Me dijiste que ayer intentó estrangular a Mercy.

—Pero Dave no estaba en la cena. No lo hemos visto en ninguna parte, ni en el bosque ni en los senderos. —Agarró un paño de cocina y empezó a limpiarle la sangre del abdomen—. Hace menos de dos horas, Mercy me dijo, palabras textuales: «Ahora mismo, en esta montaña prácticamente no hay nadie que no quiera matarme».

—Pero me has dicho que se retractó. Que hizo como que era una broma.

—Y ahora la han asesinado. Te estás centrando en Dave por motivos obvios, pero puede que haya sido otra persona.

—¿Quién, por ejemplo?

—¿Qué tal el tipo que se presentó como Landry y al que su pareja llama Paul?

—¿Qué vínculo tiene con Mercy?

En lugar de responder, ella añadió:

—Esto te va a doler.

Will apretó los dientes cuando le regó la herida con desinfectante.

—Te va a doler un poco más aún, pero luego remitirá —le advirtió—. ¿Qué me dices de Marti? Está claro que Mercy no lo soportaba. Y él seguía comiéndosela con los ojos, aunque ella prácticamente lo mandó a la mierda.

Will estaba a punto de responder cuando Sara puso un poco de gasa alrededor de la membrana entre el pulgar y el índice y apretó ligeramente. Fue como si acercara una cerilla a un reguero de pólvora.

—¡Dios! ¿Qué es eso?

—QuikClot, un vendaje hemostático —respondió Sara—. Puede causar quemaduras cutáneas, pero parará la hemorragia. Hay que mantener la presión unos minutos. Tienes que aguantar veinticuatro horas para quitártelo. O puedes ir al hospital y que te curen la herida como es debido.

Will adivinó por su tono cortante qué opción prefería ella.

—Sara, sabes que no puedo irme ahora.

—Lo sé. —Y mantuvo la presión sobre el vendaje.

Se quedaron callados, sumidos ambos en sus pensamientos. Sara pensaba seguramente en las infecciones o las lesiones nerviosas que podía sufrir la mano de Will, o en cualquier otro asunto médico que le preocupara. Él, por su parte, pensaba en Dave con tal intensidad que, a pesar de que tenía la sensación de que su mano estaba a punto de implosionar, consiguió distraerse del dolor.

—Un minuto más. —Sara contempló cómo avanzaba el segundero del reloj de la pared.

Will la miró a ella para matar el tiempo. Estaba tan sudorosa y despeinada como él. Le quitó una ramita del pelo. Iba descalza. Su vestido de color salvia, manchado por la sangre de Mercy disuelta en el agua, parecía desteñido a franjas. Al verlo, Will se acordó del traje que llevaba la tía de Mercy en la cena.

Pensar en Delilah le hizo acordarse del resto de la familia. Estaba tan centrado en intentar localizar a Dave que no se había parado a pensar en las cosas más urgentes. De momento, no tenía autoridad en la investigación. En el mejor de los casos, era un testigo; en el peor, un suplente hasta que el *sheriff* local hiciera acto de aparición.

El hombre podía tardar un buen rato en llegar al albergue. Will tendría que notificar la muerte. Habría que informar a Jon de que su madre había sido asesinada y seguramente el chico querría ver el cadáver. No podían dejar a Mercy flotando en el agua. Entre Sara y él habían conseguido trasladarla a la segunda cabaña y habían atrancado la puerta con unos maderos que encontraron tirados por la obra para que no se le acercara ningún animal. De todos modos, la escena del crimen iba a quedar inservible por la lluvia que se avecinaba.

—A Cecil seguramente podemos tacharlo de la lista por su discapacidad. —Sara seguía barajando posibles sospechosos—. Y Jon estaba conmigo.

—¿Por qué estaba contigo?

—Todavía estaba borracho. Creo que intentaba huir. —Sara siguió sosteniendo el vendaje mientras abría un paquete de gasas—. Está claro que había tensión entre Mercy y su hermano. Y su madre. Dios mío, qué mal se portaron todos con ella en la cena.

Will sabía que estaba tratando de ayudar, pero el caso no era complicado.

—El asesino prendió fuego a la cabaña, probablemente para borrar las huellas del crimen. Le bajó los vaqueros, probablemente porque la violó. La arrastró hasta el agua, probablemente para que se ahogara y, de paso, borrar rastros de ADN. Fue una agresión frenética. El asesino estaba furioso, no controlaba su violencia. A veces, las cosas no tienen vuelta de hoja y no hay que buscar más motivos.

—Y a veces un investigador se pone unas anteojeras al comienzo de un caso y acaba siguiendo un rastro equivocado.

—Sé que no estás cuestionando mis capacidades.

—Yo siempre estoy de tu parte —repuso ella—, pero intento darte una visión objetiva de la situación. Es normal que odies a Dave.

—Dime por qué crees que no es el principal sospechoso.

Sara no tenía una respuesta inmediata.

—Fíjate en nosotros. Mira nuestra ropa. La persona que ha matado a Mercy tendría que estar cubierta de sangre.

—Por eso es fundamental no dejar pasar el tiempo. La escena del crimen ha quedado prácticamente inutilizada. Tenemos la hoja del cuchillo, que sigue dentro del pecho de Mercy, pero no sabemos dónde está el mango roto. No quiero darle a Dave ni un segundo más para que destruya las pruebas, pero he de esperar a que llegue el *sheriff*. Tendrá que organizar una partida de búsqueda y abrir formalmente la investigación. Y de todos modos, no sé cómo salir de este sitio. No tengo justificación legal para confiscar un vehículo.

Sara empezó a vendarle la mano con una venda de compresión.

—Tenemos que encontrar un teléfono. O la contraseña de la wifi.

—No hace falta. Con mi teléfono podemos hacer llamadas de emergencia. Solo tenemos que encontrar un sitio donde haya suficiente cobertura. Los satélites mandan un mensaje de texto junto con tu ubicación a los servicios de emergencia y a los contactos que hayas especificado.

—Amanda.

—Ella encontrará la manera de participar en la investigación —dijo Will. El GBI no podía hacerse cargo de un caso automáticamente. Tenían que solicitar su intervención las autoridades locales u ordenarlo el gobernador del estado—. Estamos en el condado de Dillon. Lo más seguro es que el *sheriff* no se haya encargado de un asesinato en toda su carrera. Necesitamos expertos en incendios provocados, pruebas forenses, una autopsia completa… Si el operativo de búsqueda se extiende hasta mañana, tendremos que coordinarnos con los *marshals*, por si Dave ha pasado a otro estado. El *sheriff* no tendrá presupuesto para tanto. Se quitará un peso de encima cuando aparezca Amanda.

—Voy a ir a la cabaña a buscar tu teléfono para mandar el mensaje. —Sara aseguró el vendaje—. Tú ve a tocar la campana de la casa. Así acudirán todos.

—También cabe la posibilidad de que no sea Dave —reconoció Will—. En ese caso, sabremos enseguida si hay otra persona implicada. Esa persona estará cubierta de sangre o no saldrá. O tendrá el mango del cuchillo roto escondido en alguna parte. Habrá que registrar todas las cabañas y la casa principal.

—¿Podéis hacer eso?

—En circunstancias excepcionales, sí. El asesino ha huido del lugar de los hechos. Podría haber otras víctimas. ¿Has acabado?

—Espera un segundo. —Sara volvió al baño y agarró una chaqueta blanca que seguramente era del chef—. Ponte esto. Ahora te traigo algo de la cabaña para que te cambies.

Lo ayudó a ponerse la chaqueta. Le quedaba tan justa de hombros que le costó abrocharle los botones. El grueso tejido quedaba abierto por abajo, pero no se podía hacer nada al respecto. Se agachó y le ató los cordones de las botas. Will recordó entonces que ella estaba descalza. Se sacó sus calcetines del bolsillo y se los dio.

—Gracias. —Sara lo miró a los ojos mientras se los ponía—. Prométeme que vas a tener cuidado.

Will no estaba preocupado por sí mismo. De pronto se le ocurrió que iba a mandar a su mujer a la cabaña más apartada, sola, de noche y habiendo un asesino suelto por los alrededores.

—Quizá debería ir contigo.

—No. Ve a hacer tu trabajo. —Ella apretó los labios contra su mejilla un segundo más de lo habitual—. Seguro que la familia querrá que Mercy no esté sola esta noche. Diles que me quedaré velando el cadáver hasta que lo trasladen.

Will le acarició la cara. Entre otras muchas razones, la amaba por su compasión.

—Vamos —dijo.

Se separaron en el cruce del Sendero de la Cantina con el Lazo. Las nubes se movían, amenazando lluvia y ocultando la luna llena. Will notaba todos sus sentidos en estado de alerta. Estaba tan oscuro que Dave podía estar a tres metros de él y no lo vería. Corrió hacia la casa, haciendo caso omiso de la punzada que notaba en el tobillo. Tenía tantas cosas de las que ocuparse que el dolor ardiente de la mano quedaba muy abajo en su lista de prioridades.

Sara tenía razón al pensar que podía haber otros sospechosos, pero no por la razón que ella aducía. Algún día llamarían a declarar a Will delante de un jurado sobre lo sucedido esa noche. Tenía que ser capaz de decir sin faltar a la verdad que había barajado otros sospechosos. No podía cometer errores en la investigación que sirvieran al abogado de la defensa para impedir una condena. Se lo debía a Mercy.

Y, sobre todo, se lo debía a Jon.

El poste de madera con la campana antigua en lo alto se hallaba a escasos metros de la casa principal. Le pareció que hacía una eternidad que había estado comiendo *brownies* y patatas fritas junto a los escalones del porche. El día desfiló velozmente ante sus ojos, pero en lugar de las cosas que pensaba que recordaría de su luna de miel —la sonrisa de Sara, la caminata hasta la cabaña, estrecharla entre sus brazos mientras se quedaba dormida en la bañera—, repasó todos los conflictos en los que se había visto involucrada Mercy McAlpine el día en que había sido brutalmente asesinada.

Dave la había estrangulado. Marti la había enfurecido. Keisha la había cabreado por el asunto de los vasos de agua. Jon la había humillado delante de un montón de gente. Cecil había sido cruel. Pizca se había mostrado fría con ella. Christopher había reaccionado con cobardía. Era evidente que la loca de los caballos la había molestado al pedirle que le hiciera una visita guiada por las zonas de pastos. El cocinero no había salido de la cocina mientras Jon montaba su escena. Cabía la posibilidad de que los tipos de las *apps* le estuvieran ocultando algo a Mercy. Y quizá la dentista o el informático o la camarera o...

Will no tenía tiempo para suposiciones. Alcanzó la cuerda y tiró de ella. El sonido que hizo la campana se parecía más a una cacerolada que a un tañido. Tiró de la cuerda varias veces más. El ruido era atroz en medio de aquel silencio, pero lo que le había ocurrido a Mercy en el lago era la definición misma del horror.

Se disponía a tirar de nuevo de la cuerda cuando empezaron a encenderse luces. Primero, dentro de la casa principal. En una ventana del piso de arriba se movió una cortina. Will vio a Pizca envuelta en su bata, mirando abajo con el ceño fruncido. Se encendió otra luz en la primera planta, en la esquina de la parte de atrás. Se oyeron chasquidos al encenderse luces en todo el perímetro del recinto. De día Will no se había fijado en los focos colocados en los árboles, pero ahora agradecía que estuvieran allí, porque le permitían ver toda la zona con claridad.

Las ventanas de dos de las cabañas brillaban como si todas las luces estuvieran encendidas. Vio que Gordon salía al porche de su cabaña. Solo llevaba puesto un *slip* negro. Landry/Paul no se dejó ver. Dos cabañas más allá, Marti bajó los escalones tambaleándose, cubierto con un albornoz amarillo con un estampado de patitos de goma. Se ciñó la bata de tela de rizo, no sin que antes Will viera que debajo estaba desnudo.

Se encendió la luz de otra cabaña. Will esperaba ver a Keisha y Drew, en cambio fue Frank quien abrió la puerta, en camiseta blanca y calzoncillos. Se puso las gafas. Se sobresaltó al ver a Will y preguntó:

—¿Ocurre algo?

Will estaba a punto de contestar cuando oyó que la puerta de la casa principal se abría con un chirrido.

—¿Quién está ahí? —Cecil McAlpine salió al porche en su silla de ruedas. No llevaba camisa. Profundas cicatrices le cruzaban el pecho. Eran tajos rectos, como si hubiera caído sobre planchas de metal afiladas—. Pizca, ¿quién ha tocado la campana?

—No tengo ni idea. —Pizca apareció detrás de su marido, con el semblante contraído en un gesto ansioso mientras se ceñía el cinturón de la bata roja oscura—. ¿Se puede saber qué pasa? —le preguntó a Will.

Él levantó la voz al decir:

—Necesito que salgáis todos.

—¿Por qué? —preguntó Cecil ásperamente—. ¿Quién te crees que eres para decirnos lo que tenemos que hacer?

—Soy agente especial de la Oficina de Investigación de Georgia —anunció Will—. Necesito que salgáis todos ahora mismo.

—Conque agente especial, ¿eh? —Gordon miró hacia atrás, hacia el interior de su cabaña. Luego bajó despreocupadamente los escalones del porche.

Landry seguía sin aparecer.

—Lo siento. —Frank se había quedado en el porche—. Monica está profundamente dormida. Ha bebido demasiado y...

—Tráela aquí. —Will echó a andar hacia la cabaña de Gordon—. ¿Dónde está Paul?

—En la ducha. —Gordon no le corrigió al oír que lo llamaba Paul—. ¿Qué vas a...?

Will empujó la puerta. La cabaña era más pequeña que la suya, pero tenía la misma distribución. Oyó cerrarse la ducha.

—¿Paul? —llamó.

Una voz contestó:

—¿Sí?

Aquello le sirvió para constatar que los dos hombres habían mentido sobre el nombre de uno de ellos. Entró en el cuarto de baño. Paul estaba alcanzando una toalla. Miró a Will y luego volvió a mirarlo, sorprendido, seguramente por la apretada chaqueta de cocinero. Esbozó una sonrisa burlona.

—¿Te has aburrido de tu encantadora esposa? —preguntó.

Will miró su reloj. Era la 01:06 de la madrugada. Una hora intempestiva para ducharse. Vio la ropa amontonada en el suelo. Con la punta de la bota, separó las prendas. No vio sangre. Ni el mango de un cuchillo roto.

—¿Puedes explicarme qué haces en mi cuarto de baño vestido como si acabaras de salir de un concierto de Taylor Swift? —Paul empezó a secarse el pelo con la toalla.

Will vio que tenía un tatuaje en el pecho, un diseño floral alrededor de una palabra escrita en cursiva, con letra adornada. Al ver que se fijaba en el tatuaje, Paul se echó la toalla sobre el hombro para taparlo.

—No me suelen gustar los tipos fuertes y callados, pero contigo podría hacer una excepción.

—Vístete y sal.

El mal presentimiento que tenía Will respecto Paul se agudizó. Echó un vistazo al dormitorio y luego al cuarto de estar antes de salir. Tampoco allí vio ropa ensangrentada. Ni el mango de un cuchillo roto.

Fuera se había congregado más gente mientras él estaba en la cabaña. Al cruzar la explanada, vio la silla de Cecil en el porche de la casa principal. Christopher estaba de pie junto a Marti, también con un albornoz amarillo estampado, este con peces. Todos ellos seguían a Will con la mirada, fijándose en las manchas oscuras de sus pantalones y en la ajustada chaqueta de cocinero.

Nadie hizo preguntas. El único sonido procedía de Frank, que chasqueaba la lengua mientras ayudaba a Monica a sentarse en el peldaño de abajo. Ella llevaba puesta una especie de camisola de seda negra y estaba tan borracha que no conseguía mantener la cabeza erguida. Sydney, la de los caballos, estaba con su marido, Max. Seguían vestidos con vaqueros y camiseta a juego, como en la cena, pero ella había cambiado las botas de montar por unas chanclas. De todas las personas reunidas, la adinerada pareja parecía la más alterada. Will no sabía si era un sentimiento de culpa o la conciencia de sus privilegios lo que los ponía tan nerviosos porque los hubieran levantado de la cama en plena noche.

—¿Vas a explicarnos qué pasa? —Gordon estaba apoyado en el poste de la campana, todavía en *slip*.

Paul cruzaba sin prisas la explanada. Se había puesto un bóxer y una camiseta blanca. Ya no sonreía. Parecía preocupado.

Will se volvió al oír pasos en el porche delantero de la casa de la familia. Jon estaba bajando las escaleras, sin la chulería de unas horas antes. Tenía el pelo mojado. Otra ducha intempestiva, seguramente para intentar que se le pasara la borrachera. Iba descalzo, en pijama. Tenía la cara hinchada y los ojos vidriosos.

—¿Dónde están Keisha y Drew? —preguntó Will.

—Están en la tres. —Marti señaló la cabaña que quedaba en línea con la esquina del porche delantero. Tenía las ventanas cerradas y las cortinas corridas. No había luces encendidas.

—¿Hay teléfono fijo en la casa? —le preguntó Will a Marti.

—Sí, en la cocina.

—Entra y llama al *sheriff*. Dile que un agente del GBI te ha pedido que informes de un código uno veintidós y que necesita ayuda inmediata.

No dio más explicaciones. Corrió hacia la cabaña tres. Con cada paso que daba lo asaltaba un sentimiento de zozobra. Pensó de nuevo en su conversación con Sara en la cocina. ¿Se había puesto unas anteojeras? ¿El asesinato de Mercy habría sido aleatorio? El albergue se hallaba en las estribaciones del Sendero de los Apalaches, que se extendía a lo largo de tres mil doscientos kilómetros por la Costa Este, de Georgia a Maine. Se habían producido al menos diez asesinatos en aquella ruta desde que había registros policiales. Las violaciones y otros delitos eran raros, pero no infrecuentes. Que él supiera, al menos dos asesinos en serie habían acechado a sus víctimas en aquella senda. El terrorista de las Olimpiadas de Atlanta había pasado cuatro años escondido en aquellos montes. Era exactamente como había dicho Sara: a poco que rascaras bajo superficie, salían a relucir toda clase de cosas horribles.

Subió los peldaños de la cabaña tres haciendo ruido adrede. Como en las otras cabañas, no había cerradura. Abrió la puerta con tal ímpetu que la estrelló contra la pared.

—¡Santo Dios! —gritó Keisha. Se incorporó en la cama y buscó a su marido a tientas. Se subió el antifaz rosa—. ¡Will! ¿Qué coño…?

Drew gimió. Estaba atrapado bajo una mascarilla para la apnea del sueño que se asemejaba a un pulpo. La máquina emitía un fuerte sonido mecánico que rivalizaba con el ruido de un ventilador colocado junto a la cama. Él se quitó la mascarilla y preguntó:

—¿Qué pasa?

—Necesito que salgáis los dos ahora mismo.

Will salió e hizo recuento de memoria, tratando de ver quién faltaba. El grupo seguía reunido junto a los escalones del porche de la casa principal. Marti estaba dentro llamando a la policía. Sara, con suerte, estaría yendo hacia allí.

—¿Dónde está el personal de cocina? —le preguntó a Christopher.

—Se van a casa por la noche. Suelen salir a las ocho y media.

—¿Los viste marcharse?

—¿Por qué lo preguntas?

Will miró hacia el pequeño aparcamiento. Tres vehículos.

—¿De quién es el…?

—Basta de preguntas —dijo Pizca—. ¿Por qué no nos dijiste que eras policía? En el impreso de registro ponía que eras mecánico. ¿Qué eres de verdad?

Will no le hizo caso. Preguntó a Christopher:

—¿Dónde está Delilah?

—Aquí arriba. —Estaba asomada a una ventana de la primera planta—. ¿De verdad tengo que bajar?

—¿Se puede saber qué pasa aquí? —Drew se acercó con actitud agresiva. Keisha y él llevaban pijamas azules a juego. Su rostro, antes cordial, parecía ahora contraído por una ira apenas reprimida—. No tienes derecho a asustar así a mi mujer.

—Espera —dijo Keisha—. ¿Dónde está Sara? ¿Está bien?

—Está bien, sí —contestó Will—. Ha habido un…

—He llamado al *sheriff*. —Marti bajó trotando los escalones—. Ha dicho que tardaría entre quince y veinte minutos. No he podido darle más datos. Le he contado que eres policía, le he dado el código y le he dicho que se dé prisa.

—¿Eres policía? —El enfado de Drew se intensificó—. Me dijiste que eras mecánico, tío. ¿Qué cojones está pasando?

Will estaba a punto de responder cuando Delilah salió al porche y formuló la única pregunta que importaba en ese momento:

—¿Dónde está Mercy?

Will buscó a Jon con la mirada. Estaba sentado en las escaleras, un par de peldaños por encima de Monica. Pizca estaba de pie a su lado. Era tan baja que el hombro de él le llegaba a la cintura. Le sujetaba la cabeza pegada a su cadera en un abrazo ferozmente protector. Con el pelo rizado echado hacia atrás, Jon parecía muy joven y vulnerable, un niño más que un hombre. Will quería llevárselo aparte para explicarle con delicadeza lo que había ocurrido y asegurarle que iba a encontrar al monstruo que le había arrebatado a su madre.

Pero ¿cómo iba a decirle a aquel chaval que ese monstruo era muy probablemente su propio padre?

—Por favor —dijo Delilah—. ¿Dónde está Mercy?

Will se tragó sus emociones. En ese momento, lo mejor para Jon era que él hiciera su trabajo.

—No hay forma fácil de decir esto.

—Oh, no. —Delilah se llevó la mano a la boca. Ya había adivinado lo que ocurría—. No, no, no.

—¿Qué? —preguntó Cecil—. ¡Por el amor de Dios, dilo de una vez!

—Mercy ha muerto.

Will hizo oídos sordos a las exclamaciones de horror de los huéspedes. Estaba observando cómo encajaba Jon la noticia. El chico parecía paralizado entre el espanto y la incredulidad, pero, en todo caso, no lo había asimilado aún. Quizá dentro de unos años, al recordar aquel momento, se preguntaría por qué se había quedado así, inmóvil, con la cabeza apoyada en el costado de su abuela. Y entonces le asaltarían los remordimientos: debería haber exigido respuestas, debería haber gritado y aullado de dolor.

De momento, Will solo podía ofrecerle unos pocos datos.

—Encontré a Mercy en la orilla del lago. Hay tres edificios…

—Las cabañas individuales. —Christopher se volvió hacia el lago—. ¿Qué es ese olor? ¿Se está quemando algo? ¿Ha muerto en un incendio?

—No. Ha habido un incendio, pero las llamas se apagaron solas.

—¿Se ha ahogado? —El tono de Christopher resultaba difícil de descifrar. Hablaba con un extraño distanciamiento—. Mercy nada muy bien. Le enseñé yo, en los Bajíos, cuando tenía cuatro años.

—No, no se ha ahogado. Ha sufrido múltiples lesiones.

—¿Lesiones? —La voz de Christopher seguía sonando monocorde—. ¿De qué tipo?

—¡Silencio! —ordenó su madre—. Déjale hablar.

Will dudaba sobre cuánta información debía revelar delante de los huéspedes, pero la familia tenía derecho a saber.

—Son heridas de arma blanca. Su muerte va a clasificarse como homicidio.

—¿Apuñalada? —Delilah se agarró a la barandilla para sostenerse en pie—. ¡Ay, Señor, pobre Mercy!

—¿Homicidio? —repitió Marti—. ¿Quieres decir que la han matado?

—Sí, idiota —respondió Cecil—. No te apuñalan varias veces por accidente.

—Pobre bebé. —Pizca no se refería a Mercy. Apretó a Jon contra sí y lo besó en la coronilla. El chico se aferró a ella, acongojado. Aunque tenía la cara escondida en la tela de la bata de su abuela, Will oía sus sollozos ahogados—. Tranquilo, tesoro. Yo estoy aquí.

Will siguió dirigiéndose a la familia:

—Hemos trasladado el cadáver a una de las cabañas. Sara se ha ofrecido a quedarse con ella hasta que se la puedan llevar.

—Esto es horrible. —Keisha había empezado a llorar—. ¿Por qué iba a querer nadie hacerle daño a Mercy?

Drew la abrazó, pero lanzó a Will una mirada de puro desprecio.

Will no se dio por aludido. Le interesaba más la familia. Esperaba ver un sentimiento colectivo de dolor, en cambio al observarlos por separado no vio nada de eso. Aunque estaba cabizbajo, Christopher conservaba ese aire de distanciamiento. La expresión de Cecil era de absoluto fastidio. Delilah estaba de espaldas, de modo que Will no podía adivinar qué estaba pensando. Pizca estaba centrada en Jon, como era lógico, pero no había derramado ni una lágrima por su hija a pesar de que el chico se estremecía de dolor a su lado.

Lo que más le chocó fue que ninguno le hizo preguntas. Will había notificado innumerables fallecimientos. Y las familias siempre querían saber: «¿Quién ha sido? ¿Cómo ocurrió? ¿Sufrió? ¿Cuándo podrían ver su cuerpo? ¿Seguro que era ella? ¿No podía ser un error? ¿Estaba completamente seguro? ¿Había atrapado al asesino? ¿Por qué no estaba buscándolo? ¿Qué iba a pasar a continuación? ¿Cuánto tiempo llevaría? ¿Pedirían la pena de muerte? ¿Cuándo podrían enterrarla? ¿Por qué había sucedido esto? Santo cielo, ¿por qué?».

—Cabrones. —Las zapatillas de Delilah resonaron en los tablones cuando bajó los peldaños. Se dirigía a su familia—. ¿Quién de vosotros ha sido?

Will vio que se paraba delante de Pizca. Su ira se había encendido como un rayo. Le temblaba la barbilla. Tenía los ojos anegados de lágrimas.

—¡Tú! —Señaló con el dedo la cara de Pizca—. ¿Has sido tú? Te oí amenazarla antes de la cena.

Marti soltó una risa nerviosa. Delilah se volvió hacia él:

—Tú cállate la boca, pervertido asqueroso. Todos te hemos visto intentando manosear a Mercy. ¿A qué vino eso? Y tú, calzonazos, incapaz.

Christopher no levantó la vista, pero estaba claro que sabía que Delilah se refería a él.

—No creas que no te tengo calado, Christopez —añadió su tía.

—Maldita sea, Dee —dijo Cecil—, déjate de tonterías. Todos sabemos quién ha sido.

—No te atrevas. —La voz de Pizca sonó suave pero firme—. No lo sabemos en absoluto.

—¡Por Dios santo! —Delilah puso los brazos en jarras y se encaró de nuevo con ella—. ¿Por qué siempre defiendes a ese cabronazo? ¿No has oído lo que acaba de decir este hombre? ¡Han matado a tu hija! ¡La han apuñalado varias veces! ¡Carne de tu carne! ¿Es que no te importa?

—Como si a ti te importara —le espetó Pizca—. Llevas trece años fuera ¿y ahora, de repente, lo sabes todo?

—Lo sé todo sobre ti, maldita…

—¡Ya basta! —Will tuvo que separarlas antes de que se hicieran pedazos la una a la otra—. Volved cada uno a vuestra habitación. Los huéspedes, por favor, a sus cabañas.

—¿Quién te ha puesto a ti al frente de nada? —preguntó Cecil.

—El estado de Georgia. Represento a las autoridades hasta que llegue el *sheriff*. —Will se dirigió al grupo—: Voy a tener que tomaros declaración a todos.

—Y una mierda. —Drew se volvió hacia Pizca y le dijo—: Señora, la acompaño en el sentimiento, pero nosotros nos marchamos en cuanto se haga de día. Puede mandarnos el equipaje a casa. Cárguelo a nuestra tarjeta de crédito. Y olvídese de ese otro asunto. Haga lo que quiera. No nos interesa.

—Drew —dijo Will—, solo necesito tomaros declaración como testigos, nada más.

—Ni hablar. No tengo que responder a tus preguntas. Conozco mis derechos. De hecho, a partir de ahora no nos dirija usted la palabra ni a mí ni a mi mujer, señor agente. ¿Te crees que no he visto estas cosas en la tele? Es la gente como nosotros la que acaba pagando el pato por algo que no ha hecho.

Drew llevó a Keisha a su cabaña casi a rastras antes de que a Will se le ocurriera una razón para impedírselo. El portazo que dio al cerrar sonó como el disparo de una escopeta.

Nadie dijo nada. Will miró hacia el sendero que llevaba a la cabaña diez. Estaba desierto, iluminado por las luces bajas. No debería haber dejado que Sara se fuera sola. Estaba tardando demasiado.

—Agente… —Max, el acaudalado abogado de Buckhead, esperó a que lo mirara—. Aunque Syd y yo somos firmes defensores de la policía, tampoco queremos prestar declaración.

Will tenía que poner coto a aquello.

—Todos vosotros sois testigos. Aún no se ha identificado a ningún sospechoso. Necesito que declaréis sobre lo que pasó en la cena y sobre vuestros movimientos posteriores.

—¿Sobre nuestros «movimientos»? ¿Qué quieres decir con eso? —preguntó Paul, y miró un momento a Gordon—. ¿Nos estás pidiendo una coartada?

Will intentó tranquilizarlos para que no salieran huyendo.

—Jon nos dijo que todos los días alguien hace la ronda por el Lazo a las ocho de la mañana y a las diez de la noche. Puede que esa persona haya visto algo.

—Era Mercy —repuso Christopher—. Esta semana le tocaba a ella hacer la ronda de las diez. A mí me tocaba la de las ocho.

Will recordaba con detalle las explicaciones de Jon, pero quería que siguieran hablando.

—¿Qué hacéis? ¿Llamáis a las puertas?

—No —contestó Christopher—. Si alguien necesita algo, nos llama. O deja una nota en los escalones. Se pone una piedra encima del papel para que no se vuele con el aire.

—Mira. —Monica, que se había espabilado momentáneamente, señaló su cabaña—. Nosotros dejamos una nota debajo de la piedra, en el porche, sobre las nueve. Y ya no está.

Lo que confirmaba que a esa hora Mercy aún estaba viva, pensó Will.

—¿Mercy os trajo lo que le pedíais en la nota?

—No. —Frank miró a Monica.

Will dedujo por su expresión que le habían pedido más alcohol.

—¿Alguien ha visto a Mercy después de las diez?

Nadie contestó.

—¿Habéis oído gritos? ¿A alguien pidiendo socorro?

De nuevo se hizo el silencio.

—Lamento interrumpir otra vez —dijo Max, aunque no estaba interrumpiendo nada—, pero Syd y yo tenemos que volver a casa.

—Hay que dar de comer y beber a los caballos —añadió Sydney.

Will esperaba una excusa mejor, pero era absurdo llevarles la contraria. Legalmente, no podía obligarlos a hablar, y mucho menos a quedarse.

—Cecil, Pizca. —Max se volvió hacia la familia McAlpine—. Sentimos mucho lo de vuestra hija. Ha sido una velada encantadora que esta tragedia indescriptible ha echado a perder. Sabemos que necesitaréis tiempo para superar este golpe.

Cecil no parecía necesitar tiempo para nada.

—Estamos dispuestos a seguir adelante. Ahora más que nunca.

—Claro, claro —dijo Max, aunque no parecía nada seguro.

—Os tendremos presentes en nuestras oraciones —dijo Sydney.

Se alejaron, hombro con hombro. Will se preguntó con qué quería seguir adelante Cecil. La pareja de Buckhead había recibido un trato especial desde el principio. La contraseña de la wifi era lo de menos. Will dedujo que también les habían permitido saltarse la caminata hasta el albergue: había un Mercedes Benz G550 de ciento cincuenta mil dólares aparcado entre un viejo Chevy y un Subaru sucio.

—A la mierda —dijo Gordon—. Necesito un trago. —Echó a andar hacia su cabaña.

Paul lo siguió, no sin antes lanzar una mirada a Will. Aquella mirada puso en guardia a Will. En el cuarto de baño, Paul se había fijado en las manchas de sangre de sus pantalones, pero no parecía haberse inmutado. Ahora estaba visiblemente nervioso. Saltaba a la vista que había cambiado de actitud al saber que Mercy había muerto, aunque Will no podría averiguar el motivo hasta que hubiera precintado la finca.

Había seis cabañas ocupadas, de modo que quedaban cuatro vacías. Dave podía estar escondido en cualquiera de ellas. Will sopesó los pros y los contras de ir a inspeccionarlas. Si lo hacía, estaría dando tiempo a la familia para cerrar filas. Su instinto le decía que no se moviera de allí. Había algo profundamente inquietante en la manera de comportarse de todos ellos. Paul no era el único que actuaba de forma sospechosa. Tal vez Sara tenía razón en lo de las anteojeras.

—Disculpa, Will. —Frank y Monica eran los únicos huéspedes que quedaban—. A nosotros nos da igual que mintieras sobre lo de ser policía. Es una suerte que estés aquí. Y nosotros no tenemos nada que ocultar. ¿Qué quieres saber?

Will no iba a empezar por Frank y Monica.

—¿Podéis volver a vuestra cabaña, por favor? Primero tengo que hablar con la familia. Hay algunos detalles íntimos que debemos tratar.

—Ah, claro. —Frank ayudó a Monica a levantarse. Apenas se sostenía en pie—. Llama a la puerta cuando quieras. Ayudaremos en lo que podamos.

Will observó que ninguno de los McAlpine se había movido. No lo miraban ni le hacían preguntas. Menos Delilah y Jon, ninguno se había mostrado afectado. Se notaba en el ambiente que estaban haciendo cálculos.

—Will...

Por fin había vuelto Sara. Para Will fue un alivio ver que estaba a salvo, pero también poder contar con su ayuda. Corrió hacia ella para que pudieran hablar en privado, lejos de los McAlpine. Se había puesto una camiseta y unos vaqueros y llevaba una camisa de Will bajo el brazo. Le dio su teléfono y luego le pasó la camisa.

—He tardado un poco en encontrar cobertura, pero he enviado el mensaje y he recibido confirmación. Están todos avisados. ¿Qué tal tu mano?

La notaba como si la tuviera atrapada en una trampa para osos.

—Necesito que lleves a la familia adentro y que los vigiles mientras reviso las otras cabañas. No dejes que se pongan de acuerdo. El *sheriff* tardará poco en llegar. Comprueba si falta algún cuchillo en la cocina. Y si puedes, Paul tiene un tatuaje en el pecho. Quiero saber qué dice.

—Entendido. —Sara se acercó a la casa y se dirigió a la familia en tono profesional—: Les doy mi más sincero pésame. Sé que es un momento traumático para todos. Vamos dentro. Tal vez yo pueda responder a algunas de sus preguntas.

Pizca fue la primera en hablar:

—¿También tú eres policía?

—Soy médica y trabajo como patóloga forense en la Oficina de Investigación de Georgia.

—Sois un par de mentirosos, eso es lo que sois. —Pizca parecía aún más molesta que Drew porque fueran agentes de la ley.

Will vio que agarraba a Jon del brazo y lo hacía entrar en la casa. Christopher se encargó de empujar la silla de Cecil. Marti se apresuró a seguirlo. Solo Delilah se quedó atrás. Will necesitaba que entrara. Si Dave estaba escondido en una de las cabañas vacías, podía estar armado con un cuchillo o una pistola. No quería arriesgarse a que Delilah quedara atrapada en el fuego cruzado. O a que Dave la tomara como rehén.

Dejó la camisa en los escalones y se guardó el teléfono en el bolsillo. Se acercó la mano al pecho intentando aliviar el dolor. Delilah lo observaba atentamente. No había entrado con la familia.

—¿Tienes algo que decirme? —preguntó él.

Estaba claro que tenía mucho que decir, pero no se dio prisa en responder. Sacó un pañuelo de papel del bolsillo, se sonó y se secó los ojos. A Will le pareció que no fingía. La muerte de Mercy la había afectado de verdad. Esa pena no podía fingirse, a no ser que fueras Meryl Streep.

Por fin preguntó:

—¿Sufrió?

—Yo llegué justc al final —contestó Will ambiguamente.

—¿Estás seguro ce que…? —Se le entrecortó la voz—. ¿Estás seguro de que ha muerto?

Él asintió con la cabeza.

—Sara certificó su defunción en el lugar de los hechos.

Delilah se secó los ojos con el pañuelo.

—Me he mantenido alejada de este odioso lugar más de una década y, en cuanto vuelvo, me veo otra vez envuelta en sus mierdas.

Will tuvo la sensación de que no se refería solo al asesinato. Hizo doble clic en el botón lateral de su iPhone para poner en marcha la grabadora.

—¿En qué mierdas te has visto envuelta?

—En más de las que pueda soñar tu filosofía, Horacio.

—Dejémonos de Shakespeare —replicó Will—. Soy investigador. Necesito hechos.

—Pues aquí tienes uno: todas y cada de las personas que hay en esa casa van a mentirte. Yo soy la única que va a decirte la verdad.

Will sabía por experiencia que las personas menos sinceras eran las que con más ímpetu proclamaban su franqueza, pero estaba ansioso por oír la versión de la tía.

—Cuéntame, Delilah. ¿Quién tiene motivos?

—¿Y quién no los tiene? —repuso ella—. Esos ricachones de Atlanta han venido a comprar la finca. Para aprobar la venta, la familia tiene que votar en asamblea. Doce millones de dólares divididos entre siete. Mercy tenía dos votos, el suyo y el de Jon, porque él es todavía menor de edad. Le dijo a la familia tajantemente que no iba a permitir la venta.

Will sintió que sus cálculos empezaban a modificarse.

—¿Cuándo fue eso?

—Hoy a mediodía, cuando se reunió la familia. Yo me escondí en el salón a escuchar porque soy una cotilla y me encanta el drama. Por fin va a servir de algo. —Delilah se sacó otro pañuelo del bolsillo para limpiarse la nariz—. Cecil intentó intimidar a Mercy para que votara a favor de la venta, pero ella se encaró con él. Se encaró con todos, de hecho. Dijo que no iba a permitir que le quitaran el albergue.

Ni a ella ni a Jon. Que si era necesario les arruinaría la vida. Que, si perdía este lugar, se los llevaría a todos por delante. Y lo decía en serio. Me di cuenta por su tono.

Will se descubrió recalculando otra vez. Los motivos económicos se hallaban en el origen de la mayoría de los crímenes. Doce millones de dólares eran un móvil de mucho peso.

—¿Amenazó con hacer algo concreto?

—Con revelar sus secretos.

—¿Tú conoces esos secretos?

—Si los conociera, te los contaría todos. Mi hermano es un imbécil y un maltratador, lo reconozco, pero ya no puede hacerle daño a nadie. Al menos, físicamente. —Miró hacia la casa—. Las amenazas de Mercy tenían más calado, no sé si me entiendes. Dijo que algunos podían acabar en la cárcel. Que algunos perderían para siempre su reputación. Ojalá recordara más detalles. A mi edad, tengo suerte de acordarme de cómo volver a casa, pero esas dos cosas se me quedaron grabadas.

Will recordó algo que ella había dicho antes.

—Le has dicho a Pizca que la oíste amenazar a Mercy antes de la cena.

—Lo que hizo fue despedirla. —Delilah meneó la cabeza, enfadada—. Y luego le dijo que, si no votaba a favor de vender la finca, alguien acabaría apuñalándola por la espalda.

Era una coincidencia notable, desde luego. Pero Pizca era muy menuda. No podía haber arrastrado a Mercy hasta el lago. Por lo menos, no sin ayuda.

—¿Qué me dices de Dave?

—Ese cabrón codicioso… —Delilah torció la boca en una mueca de desagrado—. También era partidario de vender.

No era eso lo que le había preguntado, pero ahora quería saber más sobre ese tema.

—¿Por qué tiene voto Dave? —preguntó.

—Porque Cecil y Pizca lo adoptaron legalmente hace veintitantos años. Así que, por desgracia, forma parte del fideicomiso familiar. Y si estás en el fideicomiso, tienes voto.

Will necesitó un momento para asimilar la noticia, por motivos personales. Dave no solo había conseguido una familia. Había conseguido dos.

—¿Cómo es que lo adoptaron?

—Lo encontraron rondando por el campamento como un gato salvaje. Cecil quería entregarlo al *sheriff*, pero Pizca se encariñó con él. Normalmente es muy seca, pero con ese chico tiene una relación malsana. Trata fatal a Mercy y con Christopher se comporta como si fuera su hijastro y le tuviera manía. En cambio, a Dave no le pone ni un pero. Me atrevería a decir que con Jon es igual, seguramente porque es el vivo retrato de su padre. Se comportan todos como si fuera lo más normal del mundo, por cierto.

Will no hizo ningún comentario sobre el hecho de que Dave fuera, por tanto, tío de su propio hijo. Estaba especialmente cualificado para entender las extrañas relaciones que generaba el sistema de acogimiento.

—¿Y Christopher? —preguntó—. Antes lo has llamado de otra manera.

—Christopez. Es un apodo que le puso Dave. Lo he llamado así para fastidiarlo, pero supongo que ya se ha acostumbrado. Así es como funciona Dave. Te va minando la moral, hasta que le dejas hacer lo que quiere.

Will intentó desviar la conversación para que dejara de hablar de Dave:

—¿Christopher sería capaz de hacerle daño a Mercy?

—¿Quién sabe? Siempre ha sido muy introvertido. No introvertido excéntrico, más bien excéntrico como un asesino en serie de esos que coleccionan bragas de mujer. Y Marti... Son tal para cual, merodeando siempre por el bosque, haciendo Dios sabe qué.

—Has dicho que hacía más de una década que no venías. ¿Cómo sabes que merodean por aquí?

—Los vi cuchicheando cerca del montón de leña cuando llegué, esta mañana. Estaban muy juntos y miraban alrededor furtivamente. Cuando vieron mi coche, Marti se escabulló como una ardilla asustada y Christopher agachó la cabeza como si pudiera esconderse detrás de la hierba. Estaban tramando algo, seguro. —Volvió a sonarse—. Luego, después de la reunión, volví a verlos en el mismo sitio, cuchicheando otra vez.

Will añadió el montón de leña a la lista de sitios donde buscar.

—¿Son pareja?

—¿Como esos dos exhibicionistas de la cabaña cinco, quieres decir? —Delilah soltó una risa desganada—. Qué más quisiera Christopher. Ha tenido muy mala suerte con las mujeres. Su novia del instituto se quedó embarazada de otro. Y luego pasó esa cosa horrible con Gabbie.

—¿Quién es Gabbie?

—Otra chica a la que perdió. Fue hace mucho tiempo. Después de eso, no ha vuelto a salir con nadie. Al menos, que yo sepa. Claro que tampoco he estado muy al tanto.

Will sintió que una gota de agua le caía en la cabeza. Estaba empezando a llover, pero aun así se quedó allí, al descubierto, esperando a que ella continuara.

—Escucha —prosiguió Delilah—, seguramente el culpable es Dave. Todos tenían motivos para querer que muriera, pero Dave le daba auténticas palizas. Huesos rotos, moratones... Nadie ha hecho nada por impedirlo. Menos yo, y para lo que sirvió... Nadie escarmienta en cabeza ajena. La gente tiene que aprender por sí misma. Y supongo que... Supongo que ahora Mercy ya nunca podrá hacerlo.

Will vio que tragaba saliva y que otra vez se le saltaban las lágrimas.

—¿Y tú? —le preguntó—. ¿Tenías alguna razón para desearle la muerte a Mercy?

—¿Me estás preguntando si tengo un móvil? —Dejó escapar un profundo suspiro—. Me alegraba de que Mercy por fin hubiera encarrilado su vida. Incluso me ofrecí a ayudarla a bloquear la venta, pero Mercy es orgullosa. Era orgullosa. Dios mío, era tan joven... Ni siquiera sé qué decirle a Jon. Nunca ha tenido un padre y ahora perder a su madre así...

Will puso a prueba su sinceridad.

—¿Qué van a decir los de la casa cuando les pregunte si tienes algún móvil?

—Seguro que me echarán a los leones. —Delilah se guardó el pañuelo doblado en el bolsillo—. Dirán que quería vengarme porque Mercy me quitó a Jon. Yo lo crie desde el día en que nació hasta los tres años, casi hasta los cuatro. Mercy solicitó que le devolvieran la custodia permanente en enero de 2011. Un año después del accidente de coche.

—¿Así es como se hizo la cicatriz en la cara? —aventuró Will.

Delilah asintió con la cabeza.

—Imagino que se llevó un susto tremendo y que eso le hizo replantearse su vida, que decidió madurar un poco. Yo tenía mis dudas. La heroína es un lastre muy grande que llevar a cuestas. Su rehabilitación me parecía muy precaria. La batalla por la custodia fue como una pelea callejera. Duró seis meses. Nos destrozamos mutuamente. Me rompió el corazón que ganara. En la entrada del juzgado le dije que ojalá se muriera. Después me apartó completamente de Jon. Yo le escribía cartas, intentaba llamarle. Pizca siempre me cortaba el paso, pero estoy segura de que Mercy lo sabía. Así que ese es mi móvil. Si crees que he tardado trece años en vengarme, claro.

—¿Dónde estaba Dave mientras tanto?

—Mercy estaba con él. Y luego no. Y luego sí. Después la ingresaron en el hospital y se acabó durante un tiempo. Cuando salió del hospital, volvieron a las andadas. —Delilah hizo una mueca de exasperación—. Dave nunca iba a las visitas supervisadas. Estaba demasiado borracho o drogado, imaginaba yo. O puede que me tuviera miedo. Y con razón. Si el que estuviera muerto en el lago ahora mismo fuera Dave, tendrías que ponerme la primera en la lista de sospechosos.

—¿Qué va a pasar ahora con Jon?

—No tengo ni idea. En realidad ya no me conoce. Creo que seguramente lo mejor es que se quede con Cecil y Pizca. Es el mal menor. Ha perdido a su madre. Y, si se hace justicia, va a quedarse también sin su padre. Necesita seguir teniendo a su familia en la medida de lo posible. Quizá algún día pueda tener relación con él, pero eso es lo que yo quiero. Y ahora mismo lo importante es lo que necesita él.

Will se preguntó si estaba siendo sincera o si solo creía que esa era la respuesta que la haría quedar mejor.

—¿Dónde estabas esta noche entre las diez y las doce?

Ella enarcó una ceja, pero contestó:

—Estuve leyendo en mi habitación hasta las nueve y media o las diez. No tengo coartada. Estaba en la cama, durmiendo, cuando ha sonado la campana. A mi edad, una ya no sabe lo que es la hidratación. Tengo la vejiga como un cepo de acero.

Will oyó un coche. Por fin había llegado el *sheriff*. El coche marrón entró en el aparcamiento justo cuando Sydney y Max llevaban sus maletas al Mercedes. No dieron muestras de reparar en el *sheriff*. Estaban demasiado ansiosos por largarse de allí. A Will le pareció que decía mucho de su talante que no se hubieran ofrecido a llevar a ninguno de los otros huéspedes a la ciudad.

Delilah soltó un gruñido de fastidio cuando el *sheriff* se apeó del coche. Vieron que se inclinaba hacia atrás para agarrar un gran paraguas.

—Tranquilo, nada de agobios, que ha llegado Bizcocho —dijo ella como si recitara una cantinela.

—¿Bizcocho?

—Es un apodo. —Miró a Will—. Agente como te llames, no te conozco de nada, pero yo no me fiaría de ese hombre ni loca. Y estoy bastante chalada.

Will sintió que le caían más gotas de lluvia en la coronilla mientras observaba al *sheriff* atravesar la explanada. Medía un metro setenta, aproximadamente, y estaba un poco regordete bajo el uniforme marrón. Aquel traje no le sentaba bien a nadie, pero el *sheriff* parecía particularmente incómodo con los pantalones ajustados y el cuello rígido de la camisa. No tenía prisa, además. Se detuvo a abrir el paraguas cuando arreció la lluvia. Will recogió su camisa doblada y subió corriendo los escalones. La dejó encima de una mecedora y esperó con Delilah bajo el porche.

El *sheriff* subió despacio los peldaños, se paró al llegar arriba y contempló el recinto mientras sacudía el paraguas. Lo apoyó contra la pared, al lado de la puerta. Miró a Will.

—*Sheriff*. —Will tuvo que alzar la voz para hacerse oír por encima del golpeteo de la lluvia en el tejado metálico—. Soy Will Trent, del GBI.

—Douglas Hartshorne. —En lugar de pedirle que le informara de la situación, torció el gesto al mirar a Delilah—. Apareces aquí después de diez años la noche en que Mercy muere apuñalada. Qué casualidad, ¿no?

Will no dejó que Delilah respondiera:

—¿Cómo sabe que la han apuñalado?

Su sonrisa tenía un matiz arrogante.

—Pizca me ha llamado cuando venía para acá.

—Qué sorpresa —repuso Delilah, y le dijo a Will—: La llaman Pizca por lo menudita que es, pero aun así maneja como quiere a los bobos como este.

El *sheriff* hizo como que no la oía y preguntó a Will:

—¿Dónde está el cadáver?

—Abajo, en las cabañas individuales —contestó ella.

—¿Te he preguntado a ti?

—Por el amor de Dios, Bizcocho, ni que fueras a hacer una investigación de verdad.

—¡No me llames Bizcocho! —gritó él—. Yo que tú, Delilah, tendría la boca bien cerrada. Eres la única de por aquí que tiene antecedentes por apuñalar a gente.

—Era un puñetero tenedor —replicó ella, y añadió mirando a Will—: Fue antes de que naciera Jon. Mercy estaba viviendo en mi garaje. La pillé intentando robarme el coche.

—Eso es lo que tú dices —respondió el *sheriff*.

Will sintió que rechinaba los dientes mientras seguían discutiendo. Aquella gilipollez les estaba haciendo perder un tiempo precioso.

El *sheriff* parecía más interesado en anotarse tantos que en el asesinato que tenía que investigar. Will miró su reloj. Aunque Amanda se despertara y leyera el mensaje de emergencia, tardaría dos horas como mínimo en llegar en coche desde Atlanta.

—Vete a la mierda. —Delilah bajó las escaleras como si no le importara que lloviera a mares—. Yo voy a velar a mi sobrina.

—No toques nada —le gritó el *sheriff*.

Ella le enseñó el dedo corazón para que supiera lo que opinaba de su orden. El *sheriff* le comentó a Will:

—Hay cosas que no mejoran con la edad.

Will necesitaba que aquel hombre se centrara en lo importante.

—¿Debo llamarlo *sheriff* o…?

—Todo el mundo me llama Bizcocho.

Will volvió a apretar los dientes. En aquel sitio nadie se llamaba por su verdadero nombre. Aun así, le resumió lo sucedido durante las dos horas anteriores:

—Alrededor de las doce de esta noche, yo estaba en el lago con mi esposa. Oímos tres gritos. El primero, unos diez minutos antes que los otros dos, que fueron más seguidos. Corrí campo a través y localicé la zona con las tres cabañas individuales. La última estaba en llamas. Mercy se encontraba en la orilla del lago. Tenía el tronco metido en el agua y los pies en tierra. Comprobé que la habían apuñalado varias veces. Había perdido mucha sangre. Hablamos, pero lo único que le preocupaba era Jon, su hijo. No me dio ninguna información sobre su agresor. Intenté hacerle la reanimación cardiopulmonar, pero la hoja del cuchillo seguía incrustada en su pecho y me atravesó la mano. El mango debió de romperse durante la agresión. No lo encontré en el lugar de los hechos. No parece que falte ningún cuchillo en la cocina del albergue. Deberíamos registrar la cocina de la familia y todas las cabañas. En cuanto salga el sol podemos poner en marcha el operativo de búsqueda. Recomiendo empezar por el recinto principal y avanzar desde allí hacia la escena del crimen. ¿Tiene alguna pregunta?

—No, está todo muy claro. Un informe estupendo. El juez de primera instancia querrá oírlo cuando llegue. No creo que tarde más de media hora. —Bizcocho miró su mano vendada—. Me estaba preguntando qué le había pasado en la mano.

A Will le dieron ganas de zarandearlo para que se diera prisa. Mercy había muerto. Y su hijo estaba en la casa, llorándola.

—Puedo llevarle a ver el cadáver.

—Seguirá muerta cuando escampe y salga el sol. —El *sheriff* volvió a mirar hacia el recinto—. Delilah tiene razón, aquí no hay nada que investigar. Mercy tiene un ex, Dave McAlpine. Lo de que se apelliden igual es largo de contar, pero el caso es que llevan zurrándose desde que eran adolescentes. Mi hermana pequeña los veía pegarse a menudo en el instituto. Lo que ha pasado es que esta vez se les ha ido la mano y ella ha acabado muerta.

Will tuvo que respirar hondo antes de responder. Daba la impresión de que el *sheriff* culpaba a Mercy de que la hubieran asesinado.

—Mi jefa…

—¿Wagner? ¿Se llama así? —No esperó confirmación—. Se ha ofrecido a mandar a algún agente para hacerse cargo de la investigación, pero le he dicho que frene y pare el carro. Dave acabará por aparecer.

El carro de Amanda no tenía freno.

—Deberíamos registrar la habitación de Mercy —dijo Will.

—¿Por qué habla en plural, amigo? —Bizcocho sonreía sin sonreír—. Este es mi condado y, por lo tanto, el caso es mío.

Will sabía que tenía razón.

—Me gustaría participar como voluntario en la búsqueda de Dave.

—No pierda el tiempo. Ya le he dicho a mi ayudante que se pasara por su caravana y por todos los bares a los que suele ir. No anda por aquí. Seguramente estará durmiendo la mona en alguna cuneta.

Will giró sobre sus talones.

—Podría estar escondido en alguna de las cabañas vacías. No tengo aquí mi arma, pero puedo ayudarlo con el registro.

—No se moleste —respondió el *sheriff*—. Dave tiene prohibido aparecer por aquí pasadas las seis. Papá le prohibió la entrada hace tiempo. Este último mes ha estado subiendo, pero solo para trabajar en las cabañas individuales.

Will se preguntó si aquel hombre entendía el significado de las palabras que salían de su propia boca. Dave era sospechoso de asesinato. No iba a respetar un horario.

Probó a cambiar de estrategia.

—¿Qué tipo de vehículo conduce? —preguntó.

—No puede conducir. Le retiraron el carné por conducir borracho. Creo que hay una mujer que lo lleva y lo trae. Se le da bien convencer a la gente de que le haga favores.

Will esperó a que sugiriera que hablaran con esa mujer, o que buscaran en otros lugares, o incluso que Dave pudiera estar conduciendo sin carné, pero el *sheriff* pareció contentarse con ver llover.

—En fin… —Se volvió hacia Will—: Seguramente debería ir a ver cómo está Pizca. La pobrecita lleva un par de años muy malos.

Will mantuvo la boca cerrada y se obligó a aceptar lo obvio. El *sheriff* tenía demasiados vínculos con la familia. Le cegaba su mismo desprecio por la vida de Mercy. No le interesaba buscar al principal sospechoso ni recabar pruebas, ni siquiera hablar con los testigos.

Aunque, de todos modos, los posibles testigos no iban a colaborar. Dos de ellos ya se habían marchado en su Mercedes. Otros dos se habían negado a prestar declaración. Dos se comportaban de manera sospechosa y andaban por ahí en ropa interior. Otros dos —los menos importantes— se mostraban deseosos de ayudar. Y otro era un enigma envuelto en un albornoz de patitos. Los familiares de la víctima actuaban como si hubiera muerto una desconocida. A eso había que añadir que faltaba parte del arma homicida. Que el principal sospechoso se hallaba en paradero desconocido. Que el cadáver de la víctima estaba parcialmente sumergido en el agua. Que la cabaña se había quemado hasta los cimientos. Y que la lluvia estaba lavando en esos momentos la escena del crimen.

Quizá Bizcocho tuviera razón y Dave acabaría apareciendo. Evidentemente, el *sheriff* confiaba en que un jurado rural creería a pie juntillas que los policías eran siempre los buenos y que solo detenían a los culpables, pero Dave no era el típico acusado. Sabría cómo manipular al jurado. Se defendería vigorosamente. Will no iba a permitir que se librara de una condena por asesinato por culpa de un individuo llamado Bizcocho. Y tampoco iba a quedarse de brazos cruzados esperando a que ocurriera otra desgracia.

—Will. —Sara había abierto la puerta de la casa—. Jon ha dejado una nota en su cama. Se ha escapado.

16 de enero de 2011

Querido Jon:

Seguramente es una tontería escribirte una carta que ni siquiera sé si vas a leer, pero aquí me tienes, escribiéndola. La gente de Alcohólicos Anónimos dice que es bueno poner tus pensamientos por escrito. Yo empecé a hacerlo cuando tenía doce años, aunque luego lo dejé porque Dave me robó mi diario y se burló de mí. No debí permitir que me quitara eso, pero la gente me ha estado quitando cosas toda la vida. Supongo que lo que ha hecho que vuelva a escribir es que quería tener una especie de registro, por si alguna vez me pasa algo malo. Lo primero que quiero decirte es que hoy he presentado los papeles en el juzgado para recuperarte y poder empezar a ser lo que tendría que haber sido desde el principio. Tu mamá.

Delilah no tiene mucho dinero, pero me dijo a la cara que iba a gastarse hasta el último centavo que tenía en intentar quedarse contigo. Tiene sus motivos y no voy a entrar en ellos. Algún día sabrás la historia de esta cara fea y entenderás por qué me odia tanto. Por qué me odia todo el mundo, supongo. Y aquí te lo pongo por escrito, que nunca he dicho que sea sin motivo.

173

La he cagado todos los días de los dieciocho años que llevo en este planeta, menos uno, el día que te tuve. Por eso intento recuperarte ahora, para dejar de cagarla. Perdona que hable tan mal. Tu abuela Pizca me pondría verde por hablar así, pero te estoy hablando como a un hombre porque cuando leas esto ya no serás un niño.

Te abandoné. Esa es la verdad. Estaba pasando el mono y atada a una cama del hospital porque habían vuelto a detenerme por conducir borracha. Delilah estaba allí y no me cuesta nada reconocer que me alegré de verla. El médico no me daba nada para el dolor porque era una yonqui y el policía era un gilipollas que no quería aflojarme las esposas. Y no es que pudiera escaparme, estaba a punto de parir, pero ese es el mundo en el que naciste.

Supongo que podrías decir que es el mundo que yo misma me creé, y sería verdad. Por eso te entregué a Delilah aquel día. No estaba pensando en ti ni en lo sola que me sentiría. Estaba pensando en cómo conseguir bebida o unas pastillas para aguantar el tirón hasta que pudiera pillar otra vez, esa es la pura verdad. De pequeña, empecé a beber para ahogar mis demonios, pero lo que hice fue crear una prisión en la que me quedé atrapada con los demonios dentro.

Sin embargo, esta vez se ha acabado de verdad. Llevo seis meses sin probar nada, en serio. He dejado de salir de fiesta y hasta estoy yendo a clases nocturnas para sacarme el título de secundaria y así, cuando vayas al colegio, no podrás dejar de estudiar diciendo que yo tampoco terminé. Tu padre me machaca por pasar tanto tiempo estudiando en vez de cuidar de él, pero estoy intentando cambiar de vida. Intento mejorar por ti, porque te lo mereces. Él se dará cuenta algún día. Lo que pasa es que no te conoce como te conozco yo.

A lo mejor parece que estoy siendo muy dura con tu padre. No voy a decir nada malo de él, menos una cosa. Estoy convencida de que va a aceptar dinero de Delilah para volverse contra mí en el juicio de la custodia. Él es así, porque ni todo el oro ni todo el amor del mundo le bastan. Y estoy casi segura de que el resto de mi familia también se volverá contra mí, pero no por dinero, sino porque para ellos es lo más fácil. No es que me odien de verdad. Por lo menos, eso creo. Es solo que tienen la costumbre de esconderse cuando las cosas se complican, como conejos metiéndose en un agujero. Es por supervivencia, no por rencor. Por lo menos eso me digo, porque, si me lo tomara como algo personal, no creo que fuera capaz de levantarme de la cama por las mañanas.

Eso es lo que hago ahora. Salir de la cama cada mañana. Presentarme en el motel de abajo, de la montaña, para limpiar habitaciones. Lo mismo que he hecho en el albergue desde que tengo uso de razón, solo que allí nadie me azota si voy despacio. Ni nadie me dice que mi única recompensa por matarme a trabajar es tener un techo y comida en la mesa.

En el motel no me pagan mucho, pero, si consigo seguir ahorrando, algún día tendré suficiente para que podamos vivir en un apartamento pequeñito. No pienso criarte en la caravana de tu padre en la hondonada, donde todas las noches va un montón de gente de fiesta. Tú y yo vamos a vivir en el pueblo y tú vas a ver el mundo. O por lo menos más mundo del que he visto yo.

Es la primera vez en mi vida que tengo en el bolsillo dinero que es mío. Antes siempre tenía que mendigarles a papá o a Pizca para comprarme un paquete de chicles o ir al cine. Luego tuve que mendigarle a tu padre. Ahora no tengo que mendigarle a nadie. Trabajo en el motel, me pagan y me gano la vida honradamente. Eso ni siquiera tu padre puede quitármelo. Y mira que lo intenta. Si supiera cuánto gano de verdad, no me dejaría ni un centavo.

Como te decía, no digo que tu padre sea mala persona, pero lo que sí te digo es que, aunque no haya nacido en la familia, es un McAlpine, eso seguro. Puede que hasta sea peor,

175

porque tiene distintas pieles en las que se mete dependiendo de lo que quiera sacarles a los demás. Cuando seas mayor, tendrás que decidir por ti mismo si eso te parece mal. Tú también eres un McAlpine, así que ¿quién sabe? Puede que acabes siendo exactamente igual que los demás.

Cariño, si eso pasa, yo te seguiré queriendo. Da igual lo que hagas o que Delilah gane y yo tenga que conformarme con pasar dos horas contigo en el centro cívico cada dos fines de semana, yo siempre estaré ahí. Me da igual que acabes siendo el peor de los McAlpine. Incluso peor que yo, que tengo las manos manchadas de sangre. Yo siempre voy a perdonarte y a defenderte. Nunca seré un conejo escondido en su agujero. Por lo menos, en lo que a ti respecta. La piel que me ves, hasta las partes feas, o sobre todo las partes feas, es siempre la misma, hasta el corazón.

Te quiere siempre,
Mamá

9

Sara leyó en voz alta la breve nota que Jon había dejado encima de su cama.

—«Necesito un poco de tiempo. No me busquéis».

—Bueno… —dijo el *sheriff*—. A lo mejor encuentra a Dave y nos ahorra trabajo.

Sara notó que un lado de la mandíbula de Will sobresalía como una esquirla de cristal. Adivinó que el rato que había pasado en el porche con el *sheriff* había sido tan rocambolesco como el que había pasado ella dentro de la casa con la fría y calculadora familia de Mercy. Ninguno de ellos parecía afectado por su muerte. De lo único de lo que habían hablado, gritado y despotricado era de dinero.

—¿Cree que Jon habrá ido a ver a Mercy? —le preguntó al *sheriff*.

—En la nota no lo dice —contestó este, como si se pudiera confiar en que un chico de dieciséis años fuera a poner por escrito sus verdaderas intenciones—. La vieja camioneta sigue ahí fuera. Si fuera a pie, Jon habría pasado por aquí. El camino que lleva a las cabañas individuales está por ahí abajo.

Sara lo intentó de nuevo:

—¿Tiene novia? ¿Hay alguien en el pueblo a quien pueda…?

—El chico es tan popular como una serpiente dentro de un saco de dormir. Si alguien lo ve por el pueblo, nos enteraremos enseguida. Tardará un par de horas en llegar a pie. Eso, si escampa. Es imposible que con este tiempo se haya montado la bici. Acabaría cayéndose por un barranco como su abuelo.

Nada de lo que decía tranquilizó a Sara, pero tenía la impresión de que era inútil intentar que el *sheriff* se preocupara por un adolescente desaparecido. Tan inútil como gritarle a la lluvia.

—Si ha ido a ver a Mercy —dijo Will—, Delilah estará allí. Quería velar el cadáver.

Sara sintió el escozor de las lágrimas en los ojos. Al menos a alguien le importaba de verdad.

—Por cierto, señora, soy Douglas Hartshorne. —El *sheriff* le tendió la mano—. Pero puede llamarme Bizcocho.

—Sara Linton.

La mano del *sheriff* le pareció débil y húmeda cuando se la estrechó. Miró a Will, que parecía tener ganas de tirar al *sheriff* por la barandilla. Era absurdo que dos agentes de policía estuvieran conversando en el porche mientras Mercy yacía junto al lago brutalmente asesinada. Deberían estar buscando a Dave, tomando declaración a los testigos, organizando el levantamiento del cadáver. Sara notaba por cómo apretaba Will el puño izquierdo que aquella pasividad le causaba más dolor que la herida de la mano derecha.

Ella no podía rendirse. Le preguntó al *sheriff*:

—¿Es posible que Jon intente vengarse de Dave?

Bizcocho se encogió de hombros.

—En la nota no dice nada de vengarse.

Sara volvió a intentarlo:

—Aun así, es un menor que acaba de perder a su madre en un asesinato brutal. Deberíamos buscarlo.

—Yo puedo ayudar en la búsqueda —se ofreció Will.

—No, el chico se ha criado en estos bosques. No va a pasarle nada. Pero gracias por el ofrecimiento. A partir de ahora, me encargo yo. —Bizcocho se acercó a la puerta, pero entonces pareció acordarse de Sara. Se despidió de ella llevándose la mano al sombrero—: Señora.

Will y Sara se quedaron sin habla mientras Bizcocho cerraba suavemente la puerta. Will le indicó a Sara con la cabeza que se acercara a la esquina del porche. Solo acertaron a mirarse fijamente. Ninguno de los dos era capaz de expresar lo que sentía.

Por fin, Will dijo:

—Ven aquí.

Sara hundió la cara en su pecho cuando la abrazó y sintió que se disolvía una parte mínima de la angustia que acarreaba desde que habían salido del lago. Quería llorar por Mercy, gritarle a su familia, buscar a Dave, traer de vuelta a Jon, sentir que de verdad había hecho algo por la mujer que yacía muerta dentro de una vieja cabaña abandonada.

—Lo siento —dijo Will—. Menuda luna de miel estás teniendo.

—Estamos teniendo —repuso ella, porque aquella tenía que ser también una semana especial para él—. ¿Qué podemos hacer ahora? Dime cómo puedo ayudar.

Will parecía reacio a soltarla. Sara se apoyó en uno de los postes. Era ya muy tarde y el cansancio se le vino encima de golpe. Volvieron a mirarse el uno al otro. Solo se oía el ruido de la lluvia, que bajaba del tejado y caía al duro suelo.

—¿Qué ha pasado ahí dentro? —preguntó Will.

—Me he ofrecido a preparar café para poder registrar la cocina. No sabría decir si falta algún cuchillo. Da la impresión de que llevan acumulando cubiertos desde que se inauguró el albergue. Habrá que encontrar el mango roto antes de buscar posibles coincidencias.

—Seguro que Bizcocho se pone enseguida a ello. —Will se llevó la mano herida al pecho. Ahora que la adrenalina había remitido, el dolor se estaba haciendo notar. Preguntó—: ¿Cuándo ha hablado Pizca con el *sheriff*?

Sara notó que ponía cara de sorpresa.

—No la he visto hablar por teléfono. Habrá sido cuando yo estaba en la cocina.

—De todas formas, no habrías podido hacer nada al respecto. —Will levantó la mano como si de ese modo pudiera evitar la quemazón—. Tengo que encontrar a Dave. Puede que aún esté en la finca.

La idea de que él saliera en busca de Dave herido y sin refuerzos hizo estremecerse a Sara.

—Puede que esté armado.

—Si todavía está rondando por aquí, es que quiere que lo atrapen.

—Pero no tienes que ser tú quien lo atrape.

—¿Qué es lo que dices siempre? ¿Que la vida te hace pagar por tu personalidad?

Sara sintió que se le hacía un nudo en la garganta.

—El *sheriff*...

—No va a ayudar —dijo Will—. Me ha dicho que el juez tardaría media hora en llegar. Puede que se tome este asesinato más en serio que el *sheriff*. ¿Has sacado algo en claro observando a la familia?

—Están preocupados por los huéspedes que se van y por los que llegan el jueves. ¿Pueden quedarse con la fianza? ¿Seguirá viniendo gente? ¿Quién va a encargar la comida y a ocuparse del personal y los guías? —Aún le costaba creer que ninguno de ellos hubiera dicho nada sobre Mercy—. Luego se pusieron a hablar de los inversores y se caldearon los ánimos.

—¿Sabes lo de la venta?

—Lo he deducido porque se han puesto a discutir a gritos sobre quién iba a votar por Jon. Sobre todo, si detenían a Dave. —Se cruzó de brazos. Sentía una extraña indefensión en nombre de Mercy—. En algún momento, Jon se fue arriba. Quise ir detrás de él, pero Pizca me dijo que le diera tiempo.

—Eso decía su nota, que necesitaba tiempo.

Sara se acordó de otra cosa.

—Me he conectado a la wifi. Abre tu teléfono para que compartamos la conexión.

Will tecleó el código con el pulgar. Afortunadamente, era zurdo, así que al menos podía manejarse sin problemas. Sara comprobó que estaba conectado a la red; luego agarró su camisa de la mecedora. Empezó a desabrocharle la chaqueta de cocinero, ridículamente ajustada.

—Puedo hacerlo yo, ¿sabes?

—Lo sé.

Lo ayudó a quitarse la chaqueta. Cuando le hizo abrir los brazos para ponerle la camisa, Will dejó claro que solo le estaba siguiendo la

corriente. Ella le abrochó los botones con dedos torpes. Los acontecimientos de la noche la habían dejado temblorosa. Abrochó el último
botón y posó la mano sobre el corazón de Will. Había muchas cosas
que podía decirle para evitar que se fuera, pero sabía que, por encima
de todo, Will quería ponerse manos a la obra.

Y ella también.

Aunque poca gente se había preocupado por Mercy en vida, al
menos había dos personas a las que les importaba, y mucho, que hubiera muerto.

—Necesitarás esto. —Sara se sacó los auriculares del bolsillo de
los pantalones y los metió en el bolsillo de Will. Él podía leer, pero no
rápidamente. Le resultaba más fácil usar la aplicación de texto a voz
del móvil—. Te he mandado los nombres de los empleados de la cocina y sus números de teléfono. Los he sacado de una lista que hay pegada en la puerta de la cocina. Te llegarán cuando se te carguen los
mensajes.

Will estaba mirando hacia el aparcamiento, listo para irse.

—Voy a empezar por las cabañas. Luego quiero echar un vistazo
a ese montón de leña. Delilah me ha dicho que Christopher y Marti
han estado merodeando por allí. Podría haber un escondite.

—Yo puedo hablar con Gordon y Landry, a ver si averiguo qué
significa ese tatuaje.

—Landry respondió al nombre de Paul, así que creo que deberías
llamarle así, a no ser que te dé alguna explicación convincente. —Will
señaló una de las casitas. Las luces estaban encendidas—. Están allí.
Drew y Keisha en esa otra cabaña, pero se niegan a hablar. Aunque,
de todos modos, no creo que tengan mucho que aportar. Dudo que
hayan oído algo. El interior de su cabaña era una especie de túnel de
viento. Están muy enfadados porque hayamos mentido.

Sara lamentó que aquella semana se hubiera estropeado. Sabía que
a Will le había caído bien Drew, y a ella también le apetecía pasar
tiempo con Keisha.

—Antes de irse, Drew le dijo a Pizca una cosa que me extrañó.
«Olvídese de ese otro asunto. Haga lo que quiera», o algo parecido.

—Puede que tuvieran alguna queja de su cabaña.

—Puede ser. —Will prosiguió con su informe—: Monica y Frank están allí. Marti salió de allí. Y Max y Sydney se encontraban allí, pero ya se han ido.

—Genial —dijo Sara. La lluvia había lavado la escena del crimen y los testigos se estaban dispersando—. Vaya mierda. ¿A alguien le importa que Mercy esté muerta?

—A Delilah. Por lo menos, eso creo. —Will miró su teléfono. Estaban empezado a cargarse los mensajes—. Según ella, Christopher ha tenido varias relaciones fallidas. Una chica lo dejó porque se quedó embarazada de otro, y luego «perdió» a otra novia. No sé si con eso se refería a que murió o a que desapareció, ni sé si tiene alguna importancia. Cada cual tiene sus motivos para ocultar cosas.

Sara sintió que se le encendía una bombilla, pero no por la vida amorosa de Christopher.

—La discusión que tuvieron los hombres de las *apps* en el camino, enfrente de nuestra cabaña.

—¿Qué pasa?

—Paul dijo: «Me da igual lo que pienses. Es lo correcto», y Gordon contestó: «¿Y desde cuándo te importa a ti lo correcto?». Entonces, Paul respondió: «Desde que he visto cómo vive ella».

Will pareció intrigado.

—¿Se refería a Mercy?

—Aquí solo viven dos mujeres, y la otra es Pizca.

Él se rascó la mandíbula.

—¿Qué contestó Gordon?

Sara cerró los ojos tratando de recordar. Los dos hombres habían pasado unos quince segundos discutiendo delante de su cabaña antes de alejarse por el sendero.

—Creo que dijo: «Tienes que olvidarte de eso». Luego Paul se fue hacia el lago y ya no oí más.

—¿Por qué tendría que importarle a Paul cómo vivía Mercy?

—Hablaba como si estuviera resentido.

La pantalla del teléfono de Will se iluminó. Bajó la mirada.

—Faith me mandó su ubicación hace media hora. Está en la setenta y cinco, a punto de llegar a la quinientos setenta y cinco.

Sara sintió una desconexión total entre la feliz recién casada que había hecho ese mismo trayecto en coche el día anterior y la mujer que ahora se hallaba inmersa en la investigación de un asesinato.

—Seguramente tardará todavía más de dos horas en llegar.

—Quiero tener detenido a Dave cuando llegue, para que lo interrogue.

—¿Sigues convencido de que es él?

—Podemos hablar de qué otra persona podría ser, o puedo ir a buscarlo y aclararlo de una vez por todas.

Sara tenía la sensación de que Will tenía más cosas que resolver con Dave de las que dejaba traslucir.

—¿Y el *sheriff*? Ha dejado muy claro que no quiere que lo ayudemos.

—Amanda no habría enviado a Faith si no tuviera un plan. —Will se guardó el móvil en el bolsillo—. Necesito que te quedes en la casa mientras inspecciono las cabañas vacías.

Sara no podía volver a aquel lugar deprimente.

—Voy a ir a hablar con Gordon y Paul. Quizá pueda averiguar qué se traen entre manos. ¿Recuerdas algo del tatuaje?

—Muchas flores, una mariposa y una leyenda escrita con letra rizada, una sola palabra. En forma de arco, en el pecho, aquí. —Se llevó la mano al corazón—. Se puso una camiseta antes de salir, no sé si porque no quería que nadie lo viera o porque es lo normal cuando sales de la ducha.

Esa era la parte más frustrante de una investigación. Que la gente mentía. Ocultaba cosas. Guardaba unos secretos y revelaba otros. Y a veces nada de eso tenía que ver con el crimen que intentabas esclarecer.

—Veré qué puedo averiguar —dijo Sara.

Will asintió con la cabeza, pero no se movió. Quería esperar a que ella estuviera a salvo dentro de la cabaña cinco.

Sara tomó prestado el gran paraguas que estaba apoyado en la pared de la casa. Sus botas de montaña eran impermeables, pero la lluvia le salpicaba las piernas. Cuando llegó al pequeño porche, tenía los pantalones empapados de rodilla para abajo, a pesar de que la tela era supuestamente impermeable. Cerró el paraguas y llamó a la puerta.

Con el ruido de fondo de la lluvia, era difícil saber si se oía algo dentro de la casita. Por suerte, Gordon no tardó en abrir. Solo llevaba un *slip* negro y unas pantuflas de felpilla.

En lugar de preguntarle qué hacía allí o qué quería, abrió la puerta de par en par y dijo:

—Las desgracias nunca vienen solas.

—Bienvenida a nuestra triste fiestecita —dijo Paul desde el sofá. Vestía bóxer y camiseta blanca y tenía los pies descalzos apoyados sobre la mesita—. Estábamos aquí sentados, en calzoncillos, emborrachándonos.

Sara trató de seguirle la corriente.

—Me recuerda a la universidad.

Gordon se rio al entrar en la cocina.

—Siéntate donde quieras.

Sara eligió uno de los mullidos sillones. La cabaña era más pequeña que la suya, pero los muebles eran del mismo estilo. Podía ver el dormitorio. No había maletas sobre la cama, lo que interpretó como una señal de que no pensaban marcharse. O quizá tuvieran otras prioridades. En la mesa baja había una botella de *bourbon* abierta y dos vasos vacíos. La botella estaba medio llena.

Gordon puso otro vaso sobre la mesa.

—Vaya mierda de noche. O de madrugada. Joder, falta poco para que salga el sol.

Sara notó que Paul la observaba.

—Conque casada con un poli, ¿eh? —preguntó él.

—Sí. —Sara no iba a mentir más—. Pero yo también trabajo para la Administración. Soy patóloga forense.

—Yo no podría tocar un cadáver. —Gordon levantó la botella de *bourbon* de la mesa—. Esto sabe a aguarrás, aunque nadie lo diría por el precio.

Sara reconoció la etiqueta de lujo. No recordaba la última vez que había bebido algo tan fuerte. Will tenía una aversión al alcohol que se remontaba a su infancia y ella se había vuelto abstemia por defecto.

—Es por la altitud, ¿no? —comentó Paul—. Te cambia las papilas gustativas.

—Cariño, eso es en los aviones. —Gordon sirvió tres *whiskies* dobles—. No podemos estar a treinta mil pies de altura ahora mismo.

—¿A qué altura estamos aquí? —preguntó Paul.

Como hizo la pregunta mirando a Sara, ella respondió:

—A unos setecientos metros sobre el nivel del mar.

—Por lo menos no nos va a arrollar un avión. Sería la guinda de esta mierda de pastel. —Gordon le pasó un vaso—. ¿Qué hace exactamente una patóloga forense? ¿Eres como la de esa serie? ¿Cómo se llamaba?

—¿Qué serie? —preguntó Paul.

—Esa chica, la de la melenaza. La escuchábamos en *Mountain Stage*. Y luego salió en *Madam Secretary*.

Paul chasqueó los dedos.

—*Crossing Jordan*.

—¡Esa! —Gordon se bebió de un trago la mitad de su *whisky*—. Salía también Kathryn Hahn. Nos encanta.

Sara supuso que se habían olvidado de su primera pregunta. Bebió un sorbo de *bourbon* e intentó no ponerse pálida. Decir que era como aguarrás era casi un cumplido.

—¿Verdad que está horrible? —Paul se había fijado en su reacción—. Tienes que mantenerlo en la boca hasta que se te pasan las ganas de vomitar.

El doble sentido de su respuesta hizo resoplar a Gordon.

—Supongo que los recién casados esta noche no van a tener nada de eso.

—¿Qué está haciendo el agente McSexy? —preguntó Paul—. No parece que nadie quiera prestar declaración.

Sara sintió que una oleada de calor recorría su cuerpo al pensar que Will estaba buscando solo a Dave.

—¿Alguno de vosotros vio a Mercy anoche, después de cenar?

—Vaya, preguntas policiales —dijo Gordon—. ¿No deberías informarnos primero de nuestros derechos?

Sara no tenía obligación de informarlos de nada.

—Yo no soy policía. No puedo deteneros. —No les dijo, en cambio, que podía testificar sobre cualquier cosa que le dijeran.

—Paul la vio —contestó Gordon.

Sara dedujo que habían renunciado a su treta de llamar Landry a Paul.

—¿Dónde estaba?

—Delante de nuestra cabaña. Fue sobre las diez y media. Dio la casualidad de que yo estaba mirando por la ventana. —Paul se llevó el vaso a la boca, pero no bebió—. Mercy estuvo dando una vuelta por aquí y luego subió las escaleras de la cabaña de Frank y Monica.

—Seguramente Monica le había pedido más alcohol —comentó Gordon—. Frank ha dicho que dejó una nota en el porche.

—Pues no me explico cómo pudo sostener el bolígrafo con lo borracha que estaba, la tía —añadió Paul.

—¡Por el hígado de Monica! —brindó Gordon.

Sara fingió beber otro trago. Le pareció interesante que Paul supiera adónde había ido Mercy. Desde sus ventanas no se veía la cabaña de Frank y Monica. Para verla había que salir al porche, lo que significaba que había estado siguiendo las evoluciones de Mercy.

—Bueno —dijo Gordon—, ¿cómo estaba?

Sara sacudió la cabeza, desconcertada.

—¿Quién?

—Mercy. La han matado a puñaladas, ¿no?

—Qué espanto —exclamó Paul—. Seguro que estaba aterrorizada.

Sara miró su vaso. Los dos hombres hablaban de aquello como si fuera un *reality show*.

—¿Sabes si la excursión de mañana sigue en pie? —preguntó Paul.

—Cariño —dijo Gordon—, eso ha sonado un poco insensible.

—Pero es una pregunta válida. Hemos pagado una pasta para venir aquí. —Miró a Sara—: ¿Tú lo sabes?

—Tendrás que preguntárselo a la familia. —Sara no pudo seguir fingiendo. Dejó el vaso en la mesa—. Paul, Will me ha dicho que tienes un tatuaje en el pecho.

Su risa sonó forzada.

—No te preocupes, cariño. Eres tú quien le gusta.

Sara no estaba preocupada en absoluto.

—Sé por mi trabajo que todos los tatuajes tienen una historia detrás. ¿Cuál es la del tuyo?

—Una muy tonta. Demasiado tequila. Demasiada melancolía.

Sara miró a Gordon, que se encogió de hombros.

—Yo no soy de tatuajes. Odio las agujas. ¿Y tú? Cuéntanos, ¿tienes alguno?

—No, ninguno. —Probó a abordar la cuestión de otro modo—: ¿Habíais estado antes en el albergue?

—Es la primera vez —respondió Gordon—. Y no creo que repitamos.

—No sé, cariño. Seguramente nos harán una oferta si reservamos ahora. —Paul se levantó del sofá y alcanzó la botella de *bourbon*. Se sirvió otro doble y le preguntó a Sara—: ¿Quieres más?

—Si casi no lo ha probado. —Gordon extendió la mano—. ¿Te importa?

Sara vio que Gordon volcaba su vaso en el suyo.

—¿Y Mercy? —preguntó.

Paul se recostó lentamente en el sofá.

—¿Qué pasa con ella? —preguntó Gordon.

—Parecía que la conocías. O por lo menos que sabías algo de ella —dijo digiriéndose a Paul—. Y que te molestaba ver que vivía bien aquí arriba, en el albergue.

Captó un destello en los ojos de Paul, pero no sabía si era producto de la ira o del temor.

—Era un poco rara, ¿no crees? —comentó Gordon—. Un poco tosca.

—¿Y esa cicatriz que tenía en la cara? —dijo Paul—. Seguro que también tenía su historia.

—Pues no me gustaría oírla —repuso Gordon—. Toda la familia da muy mal rollo, en mi opinión. La madre me recuerda a la chica de esa película, aunque aquella tenía el pelo oscuro, no blanco y tieso como los pelos del pubis de una bruja.

—¿Samara, la de *The Ring*? —preguntó Paul.

—Sí, pero con voz de niña malvada. —Gordon miró a Sara—. ¿Has visto esa peli?

Sara no se dejó distraer.

—Entonces, ¿no conocíais a Mercy antes de venir aquí?

Fue Gordon quien contestó.

—Puedo decir sinceramente que hoy ha sido la primera vez que he visto a esa pobre mujer.

—Bueno, ayer —dijo Paul—. Porque ya hemos cambiado de día.

Sara decidió presionarlos un poco más:

—¿Por qué mentisteis sobre tu nombre?

—Solo queríamos divertirnos un poco —respondió Gordon—. Como Will y tú, ¿no? Vosotros también mentisteis.

Sara no pudo objetar nada. Era una de las muchas razones por las que odiaba mentir.

—Vamos a brindar. —Paul levantó su vaso—. ¡Por los mentirosos de la cima de la montaña! Que no corramos todos la misma suerte.

Sara sabía que era inútil preguntar si incluía a Mercy en su club de los mentirosos. Vio cómo se movía la garganta de Paul cuando se tragó todo el contenido del vaso. Lo dejó de golpe en la mesa. El sonido retumbó en medio el silencio. Nadie dijo nada. Sara oía un goteo fuera. La lluvia había cesado de momento. Confiaba en que Will no se hubiera mojado el vendaje. Y en que no estuviera tirado en el suelo en alguna parte, con un cuchillo clavado en el pecho.

Estaba a punto de marcharse cuando Gordon rompió la tensión con un fuerte bostezo.

—Más vale que me vaya a la cama o acabaré convertido en calabaza —dijo.

Sara se levantó.

—Gracias por la copa.

No hubo despedidas cordiales, solo un denso silencio mientras salía de la cabaña. Miró al cielo. La luna llena se había desplazado hacia el horizonte de la sierra. Quedaban pocas nubes. Dejó el paraguas en el porche y bajó las escaleras. Recorrió el recinto con la mirada, buscando a Will. Los focos seguían encendidos, pero su luz no llegaba muy lejos.

Notó que algo se movía cerca del aparcamiento. Esta vez no era un falso avistamiento de Big Foot. Reconoció a Will por su silueta. Estaba de espaldas a ella. Tenía las manos a los lados. Supuso que tendría el vendaje empapado. No había ni rastro de Dave, lo que no debería haber sido un alivio, aunque lo era. Pensó que Will estaría inspeccionando el montón de leña del que le había hablado Delilah. Entonces, unos faros surcaron la oscuridad.

Levantó la mano para que la luz no la deslumbrara. No era un coche, sino una furgoneta Sprinter de color oscuro. Había llegado el juez de primera instancia del condado, se dijo. Confiaba en que se alegrara de que hubiera ya una patóloga forense del estado en el lugar de los hechos; sin embargo, tras las extrañas reacciones que había presenciado esa noche, no se atrevía a darlo por descontado. Como mínimo, esperaba que el juez conociera los límites de su cometido.

La gente confundía a menudo la función de un forense con la de un juez de primera instancia. Para lo primero, había que ser médico. El juez de primera instancia del condado podía ser cualquier cosa menos eso, y solía serlo, lo que era una pena, porque los jueces de primera instancia condales actuaban, de hecho, como porteros de la muerte. Eran los encargados de supervisar la recogida de pruebas y de dictaminar si una muerte era lo suficientemente sospechosa como para pedir al patólogo forense del estado que efectuara la autopsia.

El estado de Georgia había sido el primero en reconocer el cargo de juez de primera instancia condal, en su constitución de 1777. Era un cargo electivo y para presentarse a él solo hacían falta algunos requisitos. Los candidatos debían tener como mínimo veinticinco años, estar registrados como votantes en el condado por el cual se presentaban, no tener antecedentes penales y estar en posesión del título de bachillerato.

Solo un juez de primera instancia de los ciento cincuenta y nueve condados que tenía el estado de Georgia era médico. Los demás eran directores de funeraria, agricultores, jubilados, párrocos... Incluso había un mecánico de lanchas motoras. Percibían un salario de mil doscientos dólares al año por desempeñar el puesto y estaban de guardia veinticuatro horas al día, siete días a la semana. Pero a veces lo barato salía caro, y un suicidio se clasificaba como homicidio, y un caso de violencia de género, como un resbalón accidental.

Las botas de montaña de Sara chapotearon en el barro cuando se dirigió al aparcamiento. Cuando se abrió la puerta del conductor de la furgoneta, le sorprendió ver salir a una mujer. Y más aún ver que llevaba mono de trabajo y gorra de visera. Por la furgoneta, se esperaba un director de funeraria. Los focos alumbraron el logotipo del portón trasero: Moushey Calefacción y Aire Acondicionado. Sara sintió que el estómago se le cerraba en un puño.

—Sí —le estaba diciendo la mujer a Will—. Ya me ha dicho Bizcocho que estabais intentando meter las narices en esto.

Sara tuvo que morderse el labio para mantener la boca cerrada.

—No os preocupéis. —La mujer se había fijado en su expresión—. Conque múltiples puñaladas, ¿eh? Este va a ser fácil, está claro que ha sido un homicidio. El cadáver acabará en manos de las autoridades del Estado, así que no está mal que estéis ya aquí. Soy Nadine Moushey, jueza de primera instancia del condado de Dillon. ¿Tú eres la doctora Linton?

—Sara. —La mujer le apretó la mano con tanta fuerza que casi le hizo daño—. ¿Qué te han contado?

—Que Mercy ha muerto apuñalada y que seguramente ha sido Dave. Y también que estáis de luna de miel, ¿no?

Sara advirtió la sorpresa de Will. Él no sabía aún cómo funcionaban los pueblos pequeños. A esas horas, seguramente ya se había enterado del asesinato todo el mundo en ochenta kilómetros a la redonda.

—Qué putada para vosotros —comentó Nadine—. Aunque, si pienso en mi luna de miel, seguramente habría sido una suerte que alguien matara a ese cabrón.

—Parece que conoces tanto a la víctima como al principal sospechoso —repuso Will.

—Mi hermano pequeño fue al colegio con Mercy. A Dave lo conozco de verlo en el Tastee Freeze. Siempre ha sido una canalla, y violento, además. Mercy tenía sus cosas, pero era buena gente. No como el resto de la familia. Lo que le perjudicaba, supongo. No conviene vivir en un nido de serpientes si no tienes los colmillos bien afilados.

—¿Hay alguien, aparte de Dave, que pudiera desearle la muerte a Mercy? —preguntó Will.

—He estado dándole vueltas todo el camino, mientras venía para acá —contestó Nadine—. No he coincidido con Mercy desde el accidente de su padre, hace año y medio, y solo la vi un rato en el hospital. No se siente a gusto en el pueblo. Está casi siempre aquí, en la montaña. Esto está muy aislado. Si casi no te dejas caer por el pueblo, la gente tiene poco de lo que cotillear.

—¿Qué hay de la cicatriz que tenía en la cara? —preguntó Sara.

—Un accidente de coche. Conducía borracha. Chocó contra un guardarraíl. La chapa se partió y le cortó un lado de la cara. Hay una historia larga y triste detrás, pero es mejor que os la cuente Bizcocho. Fue su padre, el *sheriff* Hartshorne, quien se encargó del caso, pero Bizcocho también participó en la investigación. Las dos familias siempre han estado muy unidas.

A Sara no le sorprendió que así fuera. Eso explicaba por qué Bizcocho se lo tomaba todo con tanta calma.

—El *sheriff* me ha dicho que a Dave le retiraron el carné por conducir bebido —dijo Will—. Y que una mujer le lleva y le trae al albergue cuando trabaja aquí.

Nadine soltó una carcajada.

—Será Pizca. Todas las mujeres de estos alrededores están hartas de Dave. Ninguna haría el esfuerzo de levantarse de la cama por él. Ni se metería en la cama con él, creo yo. Yo ya he criado a dos hijos, no me interesa cuidar de otro. ¿Qué te ha pasado en la mano, si no te importa que te lo pregunte?

Will se miró la mano vendada.

191

—¿No te han dicho nada del arma homicida?

—Will intentó hacerle la reanimación cardiopulmonar —explicó Sara—. No se dio cuenta de que la hoja del cuchillo se había roto y seguía incrustada en el pecho de Mercy.

—Encontrar el mango del cuchillo debería ser prioritario —añadió Will—. No lo he visto al registrar las cabañas buscando a Dave, pero convendría hacer una búsqueda más exhaustiva.

—Joder, qué horror. Vamos para allá mientras hablamos. —Nadine hurgó en su furgoneta y sacó una linterna y una caja de herramientas—. Faltan dos o tres horas para que amanezca. Volverá a llover a media mañana, pero hasta que no salga el sol no autorizaré el levantamiento del cadáver. Por ahora, vamos a ver qué tenemos.

Se adelantó con la linterna. Apuntaba con la luz hacia el suelo, iluminando solo unos metros a medida que avanzaban. Will esperó a que estuvieran en la parte inferior del Sendero del Lazo para empezar a informarle de lo sucedido esa noche. La discusión durante la cena. Los gritos en plena noche. Cómo había encontrado a Mercy en la orilla del lago, aferrándose a sus últimos segundos de vida.

Oírle contarlo en voz alta retrotrajo a Sara a la escena del crimen. Añadió mentalmente su propia perspectiva. Su carrera por el bosque, ansiosa por encontrar a Will. Cómo lo había visto arrodillado junto a Mercy. Su cara de angustia. Estaba tan abrumado por la pena que ni siquiera había reparado en ella, ni había notado que tenía la hoja del cuchillo clavada en la mano derecha.

Aquel recuerdo la puso de nuevo al borde de las lágrimas. Cuando estaban los dos solos en el porche de los McAlpine, había sido un inmenso alivio sentir que Will la estrechaba entre sus brazos, pero ahora se daba cuenta de que seguramente él también necesitaba consuelo.

Le tomó de la mano izquierda mientras empezaban a bajar por un sendero sinuoso. Había visto el Sendero de la Viuda Perdida marcado en el mapa, pero la lógica le había fallado cuando se adentró en el bosque, descalza y presa del pánico, al oír los gritos de Will pidiendo socorro.

El terreno descendía de forma abrupta. El sendero, menos cuidado que el Lazo, serpenteaba de un lado a otro mientras bajaban en espiral. Nadine maldijo entre dientes cuando la gorra se le enganchó en una rama baja y cayó al suelo. Levantó más la linterna para que no volviera a ocurrir. Avanzaron en fila india zigzagueando por el barranco que quedaba debajo del comedor. Las luces de la barandilla estaban apagadas. Sara supuso que el personal se había marchado poco después de la cena. Intentó no acordarse del rato que había pasado en la terraza panorámica con Will. Parecía que había pasado toda una vida desde entonces.

Él aflojó el paso cuando el camino se ensanchó. Sara también se quedó un poco atrás. Adivinaba que él quería saber qué había pasado con los tipos de las *apps*. Si es que eran eso, porque ambos habían demostrado ser unos embusteros.

Igual que ellos, por otra parte.

Sara le dijo en voz baja:

—Paul vio a Mercy acercarse al porche de Frank y Monica sobre las diez y media.

—¿Y no se le ha ocurrido contarlo antes?

—Hay muchas cosas que no ha contado. No he podido sacarle nada sobre el tatuaje, ni sobre por qué dio un nombre falso. Ni si conocían o no a Mercy, ni de qué iba la discusión que tuvieron en el sendero. No creo que fuera solo por el alcohol. Demuestran los dos una indiferencia alucinante por todo.

—Como todo el mundo aquí. —Will le acarició el codo mientras bajaban por un tramo especialmente empinado—. No encontré nada en el montón de leña. En las cabañas no hay rastro de Dave. No estaba el mango del cuchillo roto ni había ropa manchada de sangre. Ya llevamos tres horas con esto. Seguramente Dave habrá cruzado a otro estado.

—¿Has hablado con Amanda?

—No contestó cuando llamé.

Sara lo miró. Amanda siempre contestaba cuando la llamaba Will.

—¿Y Faith?

—Se ha encontrado con un accidente múltiple en la interestatal. Pasará otra hora, como mínimo, hasta que vuelvan a abrir la carretera y se despeje el atasco.

Sara se mordió el labio con tanta fuerza que notó un sabor a sangre. Ya no había forma de convencer a Will de que esperara a Faith. En cuanto Nadine se hiciera cargo del cadáver de Mercy, conseguiría un coche como fuese y bajaría por las montañas en busca de Dave.

—¡Nadine! —llamó Sara. Aunque no pudiera hacer cambiar de idea a Will, al menos podía hacer su trabajo—. ¿Cuánto tiempo llevas siendo jueza de primera instancia?

—Tres años. Mi padre también fue juez, hasta que empezó con los achaques de la vejez. Insuficiencia cardiaca congestiva, insuficiencia renal, EPOC…

Sara estaba familiarizada con ese trío de comorbilidades.

—Lo siento.

—No pasa nada. Se lo pasó en grande mientras tanto. —Nadine se detuvo para mirarlos—. Seguramente en Atlanta estáis acostumbrados a disfrutar de un poco de anonimato, pero tened en cuenta que aquí arriba todo el mundo sabe la vida de los demás.

No le dijeron que al menos uno de ellos sabía muy bien cómo era vivir en un pueblo pequeño.

—Este sitio es un aburrimiento y, cuando eres joven, te metes en líos. —Nadine apoyó la mano en un árbol. Saltaba a la vista que había estado reflexionando sobre el tema mientras bajaban—. Lo que le pasaba a Mercy es que era más salvaje que todos nosotros juntos. Bebía, tomaba pastillas, se pinchaba… Robaba en la tienda. Rompía lunas de coches. Asaltaba casas. Lanzaba huevos contra la escuela. Estuvo metida en todo tipo de delitos menores.

Sara trató de encajar a la mujer atormentada con la que había hablado en el cuarto de baño de la cocina con la imagen rebelde y caótica que estaba pintando Nadine. No resultaba difícil establecer esa conexión.

—¿Sabéis eso que suelen decir los padres de que sus hijos son buenos, solo que se juntan con malas compañías? Pues eso era Mercy, la mala compañía de todos los chavales del pueblo. —Nadine se encogió de hombros—. Puede que tuvieran razón entonces, pero ahora no era así. Lo que pasa en los pueblos pequeños es que naces como envuelto en pegamento. La fama que tengas de pequeño es la que vas a tener el resto de tu vida. Así que, aunque Mercy se desintoxicó y cambió de vida por Jon, y sacó a flote este sitio cuando su padre se cayó por un barranco, seguía atrapada en ese pegamento. ¿Entendéis lo que quiero decir?

Sara asintió. Sabía perfectamente a qué se refería. A Tessa, su hermana pequeña, que había disfrutado de una vida sexual activa en el instituto, todavía la miraban de reojo a pesar de que se había casado, tenía una hija preciosa y había trabajado como misionera en el extranjero.

—En fin, imagino que os habrá extrañado que la gente no esté más impresionada porque hayan asesinado a Mercy —concluyó Nadine—. Es porque creen que se lo merecía.

—Esa es la impresión que me ha dado el *sheriff*.

—Sí, bueno, cualquiera pensaría que un infeliz al que llaman Bizcocho desde hace casi veinte años entendería que la gente puede cambiar. —Nadine no parecía muy fan del *sheriff*—. El apodo se lo puso Dave en el instituto. Ese pobre zoquete era muy gordinflón en aquel entonces. Dave decía que la barriga le rebosaba por encima de los pantalones como un bizcocho en un molde. —Nadine se volvió y siguió bajando por el sendero.

Sara veía el vaivén de su linterna entre los árboles. Caminaron en silencio otros cinco minutos, hasta llegar a una zona de bancales. Nadine avanzó primero, luego se dio la vuelta para alumbrarles con la linterna.

—Cuidado, el terreno es traicionero —les advirtió ella.

Sara sintió la mano de Will en su espalda mientras bajaba con cuidado. El viento había cambiado y traía el olor a humo de la cabaña quemada. Sara notaba el relente en la piel. La tormenta había hecho bajar la temperatura y el aire fresco arrastraba el vaho de la superficie del lago.

—Tengo entendido que Dave estaba arreglando las cabañas viejas —comentó Nadine—. Con su esmero de siempre, por lo que parece.

Sara vio que la luz de la linterna rebotaba en los caballetes y las herramientas desperdigadas por el suelo, las latas de cerveza vacías y las colillas de porros y cigarrillos. Por lo que había oído contar sobre Dave McAlpine, no le sorprendió que tratara su lugar de trabajo como un estercolero. Los hombres así solo sabían apropiarse de las cosas. Nunca pensaban en lo que dejaban para los demás.

—¿Hola? —gritó una voz tensa—. ¿Quién anda ahí?

—Delilah —dijo Will—, soy el agente Trent. Vengo con la jueza y...

—Nadine. —Delilah estaba sentada en las escaleras de la segunda cabaña. Al verlos acercarse, se levantó y se sacudió la parte de atrás del pantalón del pijama—. Has sustituido a Bubba.

—De todos modos estoy todo el día fuera de casa, arreglando compresores —contestó la jueza—. Siento mucho lo de Mercy.

—Yo también. —Delilah se limpió la nariz con un pañuelo de papel. Le preguntó a Will—: ¿Has encontrado a Dave?

—He registrado las cabañas vacías. No está allí. —Miró a su alrededor—. ¿Has visto a Jon? Se ha escapado.

—Dios —dijo Delilah con un suspiro—. ¿Qué más puede pasar? ¿Por qué se ha escapado? ¿Ha dejado alguna nota?

—Sí —respondió Sara—. Dice que necesita tiempo y que no lo busquemos.

Delilah meneó la cabeza.

—No tengo ni idea de adónde puede haber ido. ¿Dave sigue viviendo en el mismo parque de caravanas?

—Sí —contestó Nadine—. Mi abuela vive justo enfrente. Le he dicho que esté atenta por si lo ve. Seguro que estará sentada junto a la ventana. Mira por la ventana como si fuera uno de sus programas de la tele. Si ve a Jon, me llamará, seguro.

—Gracias. —Delilah se toqueteó el cuello del pijama—. Pensaba que Dave aparecería por aquí. Con mucho gusto lo ahogaría en el lago.

—No se perdería gran cosa, pero no creo que vayas a poder —dijo Nadine—. Es muy habitual que un maltratador mate a su mujer y luego se suicide. ¿Verdad, doctora?

Sara no podía decir que estuviera del todo equivocada.

—Suele ocurrir.

Will no parecía muy conforme con la idea de que Dave se suicidara. Era evidente que quería llevárselo esposado. Quizá tuviera razón. Todo el mundo parecía dar por sentado que era él quien había matado a Mercy.

—En fin —dijo Nadine—. Quizá no sea buena idea comentar delante de un policía que te gustaría matar a una persona que es posible que aparezca muerta. ¿Empezamos?

Will la llevó a la orilla. Sara se quedó atrás con Delilah para no dejar más huellas en la escena del crimen, que ya estaba bastante alterada.

Intentó recordar cómo se encontraba el suelo cuando había llegado la primera vez. La luna estaba en parte cubierta por las nubes; aun así, daba luz suficiente. Había un gran charco de sangre al pie de la escalera de la cabaña y varios más en las marcas de arrastre, que se dirigían en línea recta hacia la orilla. La sangre había teñido de rojo el agua mientras a Mercy se le escapaba la vida. Su asesino le había bajado los vaqueros y las bragas. Era probable que la hubiera agredido sexualmente antes de apuñalarla. Tenía tantas heridas que era difícil contarlas.

Sara se preparó mentalmente para la autopsia. El mismo día de su muerte, Mercy había sufrido un intento de estrangulamiento por parte de Dave. Durante la cena se había cortado accidentalmente en el pulgar con un trozo de cristal. Sara imaginaba que tendría múltiples marcas de lesiones pasadas y presentes. Mercy le había dicho que se había casado con alguien como su padre, de lo que Sara deducía que Dave no era el primer hombre que la había maltratado.

Se volvió para mirar la puerta cerrada de la cabaña. El cuerpo ya había empezado a descomponerse. Se notaba el olor, tan familiar para ella, de las bacterias deshaciendo la carne. La puerta seguía atrancada con el tablón que Will había sacado de un montón de madera de la obra. Habían colocado el cadáver en el centro de la habitación. No había nada para cubrirla, excepto la camisa ensangrentada de Will. Sara había tenido que resistir el impulso de adecentarla un poco: apartarle de la cara el pelo enmarañado y húmedo, cerrarle los párpados, alisarle la ropa, subirle las bragas y los vaqueros rotos. Mercy McAlpine había sido una mujer complicada, problemática y vital. Merecía respeto, aunque solo fuera en la muerte. Sin embargo, cada centímetro de su cuerpo podía dar testimonio de quién era su asesino.

Delilah dijo:

—Debería haberme esforzado más por retomar el contacto con ella.

Sara se volvió para mirarla. Delilah tenía el pañuelo en la mano. Lloraba sin cesar.

—Cuando perdí la custodia de Jon, me dije a mí misma que debía mantenerme alejada porque él necesitaba estabilidad. No quería que se sintiera dividido entre Mercy y yo. —Miró hacia el lago—. En realidad, era orgullo. La batalla por la custodia acabó siendo un asunto profundamente personal. Ya no se trataba de Jon, sino de ganar. Mi ego no aceptaba haber perdido. No por Mercy. Yo la consideraba una yonqui y una inútil. Si le hubiera dado tiempo para demostrar que era mucho más que eso, yo podría haber sido para ella un refugio en medio de la tormenta. Eso era lo que Mercy necesitaba. Lo que siempre necesitó.

—Siento que las cosas acabaran mal —repuso Sara con cuidado. No quería hurgar en una herida aún abierta—. Asumir la crianza del hijo de otra persona es un paso muy importante. Debías de estar muy unida a Mercy cuando nació Jon.

—Fui la primera en tenerlo en brazos. A Mercy la trasladaron a la cárcel al día siguiente de dar a luz. La enfermera me lo puso en brazos y yo... no tenía ni idea de qué hacer.

Sara no advirtió amargura en su risa irónica.

—Tuve que pasar por Walmart de camino a casa. Llevaba un bebé recién nacido en un brazo y empujaba el carrito con la otra mano. Menos mal que una mujer se dio cuenta de que estaba muy perdida y me ayudó a elegir lo que necesitaba. Me pasé la primera noche leyendo mensajes en foros sobre cómo cuidar a un recién nacido. Nunca se me pasó por la cabeza tener un niño. No quería. Jon fue..., es un regalo. Nunca he querido a nadie tanto como quería a ese niño. Como lo quiero todavía. Hace trece años que no lo veo, pero tengo en el corazón un hueco enorme donde encaja él.

Sara se daba cuenta de que Delilah estaba aún muy afectada por haber perdido a Jon, pero seguía teniendo preguntas que hacerle.

—¿Sus abuelos no quisieron hacerse cargo de él?

Delilah soltó una carcajada estridente.

—Pizca me dijo que lo dejara delante del parque de bomberos, lo que es tremendo, teniendo en cuenta que a Dave su madre lo abandonó en un parque de bomberos.

Sara había visto muestras de la frialdad de Pizca para con su hija, aunque decir algo así de un recién nacido le parecía inconcebible.

—Es extraño, ¿verdad? —añadió Delilah—. Se habla mucho de la mística de la maternidad, pero Pizca siempre ha odiado a los bebés. Sobre todo, a los suyos. Dejaba a Mercy y a Christopher con los pañales llenos de mierda y pis horas y horas. Yo intenté intervenir, pero Cecil me dejó muy claro que no lo hiciera.

Sara no creía que fuera posible sentir más rechazo del que ya sentía por la familia de Mercy.

—¿Vivías aquí cuando Christopher y Mercy eran pequeños?

—Hasta que Cecil me echó. Siempre me he arrepentido de no llevarme a Mercy cuando tuve la oportunidad de hacerlo. Pizca me la habría cedido encantada. Es una de esas mujeres que dicen que se llevan mejor con los hombres porque no les gustan las mujeres, pero la verdad es que las demás mujeres no soportan estar cerca de ellas.

Sara conocía bien ese tipo de mujer.

—Pareces convencida de que Dave es culpable.

—¿Qué es lo que dijo Drew? ¿Que ya había visto esto en la tele? Siempre es el marido. O el exmarido. O el novio. Y tratándose de Dave, lo que me sorprende es que haya tardado tanto en llegar a este punto. Siempre ha sido un matón, un tipejo violento y colérico. Culpaba a

Mercy de todo lo malo que le pasaba, cuando en realidad ella era lo único bueno que tenía en la vida. —Dobló el pañuelo antes de volver a limpiarse la nariz—. Además, ¿quién podría ser, si no?

Sara no lo sabía, pero se vio obligada a preguntar:

—¿Alguno de los otros huéspedes te suena de algo?

—No, pero hace mucho que no vengo por aquí. Si quieres saber qué opino de ellos, los dueños del *catering* parecen simpáticos, aunque para mí son un poco estirados. No he hablado mucho con los dos hombres que hacen aplicaciones informáticas. No son mi tipo de gais. Y los inversores… En fin, tampoco me van ese tipo de gilipollas. Monica y Frank, en cambio, me cayeron muy bien. Estuvimos hablando de viajes, de música y vino.

Sara debió de poner cara de sorpresa, porque Delilah se rio.

—No se le puede reprochar a Monica que empine así el codo. Perdieron a un hijo el año pasado.

Sara sintió una punzada de mala conciencia por haberla juzgado con tanta dureza.

—Qué horror.

—Sí, es terrible perder a un hijo. No es lo mismo que cuando yo perdí a Jon, pero que te quiten algo tan preciado…

Sara oyó cómo se le apagaba la voz. Vio que Will y Nadine se acercaban a la cabaña quemada, enfrascados en su conversación. Fue un alivio comprobar que la jueza, al menos, se tomaba en serio el caso.

Delilah retomó el hilo de la conversación:

—Es lo que tiene perder a un hijo, que o destroza a una pareja, o la une aún más. Yo eché por tierra una relación de veintiséis años con una mujer cuando me quitaron a Jon. Era el amor de mi vida. Fue culpa mía, y ojalá pudiera volver atrás y hacer las cosas de otra manera.

—Sara… —Will le hizo señas de que se acercara—. Ven a ver esto.

A Sara no se le ocurrió cómo impedir que Delilah la siguiera, pero la mujer no hizo amago de acercarse. Nadine estaba iluminando con la linterna los restos carbonizados de la tercera cabaña. Una de las paredes seguía en pie, pero el tejado había desaparecido en su mayor parte.

Salía humo de los trozos de madera carbonizada que habían caído a través de lo poco que quedaba del suelo. A pesar de la lluvia, Sara notó el calor que desprendían los restos quemados de la casa.

Will señaló un montón que había al fondo, en el rincón.

—¿Ves eso?

Sara lo veía, sí.

Había varios tipos de mochilas en el mercado, desde las típicas que llevaban los niños al colegio hasta las que usaban los aficionados al senderismo. Estas últimas solían estar específicamente diseñadas para su uso al aire libre. Algunas eran ultraligeras, para hacer excursiones de un día o para escalar. Otras tenían un armazón interno que las dotaba de mayor rigidez, para soportar cargas más pesadas. Y otras estaban provistas de un armazón metálico exterior que podía agrandarse a fin de transportar objetos más grandes, como tiendas de campaña y sacos de dormir.

Todas ellas se fabricaban en nailon, un material cuya densidad se medía en denieres, conforme a la longitud y el peso de la fibra. El equivalente más cercano era el número de hilos de las sábanas. Cuantos más denieres tenía el tejido, más duradero era. A esto había que añadir los diversos recubrimientos que se empleaban para que el material fuera resistente a la intemperie, al agua y, a veces, si en su fabricación se usaba una mezcla de silicona y fibra de vidrio, también al fuego.

Como parecía ser el caso de la mochila que había en el rincón de la cabaña incendiada.

10

Will usó la cámara de su teléfono para dejar constancia documental del estilo de la mochila y su ubicación. Parecía funcional y cara, el tipo de mochila que llevaría un senderista experto. Tenía tres cremalleras, todas ellas cerradas: el compartimento principal, una sección más pequeña en la parte delantera y un bolsillo de la parte de abajo. El material parecía tensado al máximo. Will vio dos esquinas afiladas que se apretaban contra el nailon, lo que indicaba que dentro había una caja o un libro grueso. La lluvia había lavado parte del hollín negro del incendio. El nailon era de color lavanda, casi idéntico al de las Nike de Mercy.

Delilah se acercó.

—Vi esa mochila en la casa, antes.

—¿Dónde estaba? —preguntó Will.

—Arriba. La puerta del cuarto de Mercy estaba abierta. La vi apoyada contra la cómoda. Aunque no parecía tan llena. Tenía todas las cremalleras abiertas.

Will miró a Sara. Ambos sabían lo que había que hacer. La mochila era una prueba material valiosa, pero se hallaba ubicada entre otras pruebas valiosas. El perito de incendios querría tomar fotografías, cribar los escombros, recoger muestras y hacer análisis en busca de acelerantes, pues estaba claro que tenía que haberse utilizado alguna sustancia para que la casa ardiera de aquella forma. Will había estado dentro mientras se quemaba. El fuego no se propagaba así por sí solo.

Nadine le tendió su linterna.

—¿Puedes sostenerme esto?

Él apuntó con la luz hacia abajo mientras Nadine abría la pesada caja de herramientas que había llevado consigo. Sacó un par de guantes. Luego, se sacó del bolsillo trasero del mono unos alicates de largo alcance.

Will siguió sus movimientos con el haz de la linterna. Por suerte, no pisoteó los restos humeantes del incendio. Dio un rodeo para acercarse a la parte de atrás. Estiró el brazo para alcanzar la mochila de color lavanda. Con precisión exquisita, agarró con el alicate el tirador metálico de la cremallera y tiró de él suavemente. La mochila se abrió unos cinco centímetros antes de que los dientes de la cremallera se atascaran.

Will alumbró desde arriba para que Nadine pudiera ver el interior.

—Parece que hay un cuaderno —dijo ella—, algo de ropa y artículos de aseo femeninos. Pensaba irse a alguna parte.

Sara preguntó:

—¿Qué tipo de cuaderno es?

—Uno de esos que llevan los niños al colegio. —Giró la cabeza para mirar desde otro ángulo—. Las tapas parecen de plástico. Se han derretido con el calor. El fondo está lleno de agua. Se habrá colado la lluvia por la cremallera. Las páginas están empapadas y pegadas.

—¿Alcanzas a leer algo? —preguntó Will.

—No. Ni voy a intentarlo. Hace falta alguien mucho más listo que yo para manipular esto sin destrozar las páginas.

No era la primera vez que Will se encontraba con ese tipo de pruebas. El laboratorio tardaría días en analizar el cuaderno. Y por si eso fuera poco, la luz de la linterna había puesto al descubierto una carcasa de plástico y metal quemada junto a la mochila.

Nadine también la vio.

—Parece un iPhone antiguo. Está achicharrado. Alumbra ahí debajo.

Will dirigió la luz hacia donde le indicaba. Vio los restos de una garrafa de gasolina carbonizada. Probablemente Dave la había usado para llenar el depósito del generador, y para destruir la escena del crimen después de asesinar a su mujer.

Sara le preguntó a Delilah:

—¿Sabes si Mercy dijo algo de marcharse?

—Pizca le dio hasta el domingo para marcharse de aquí. No sé adónde podía ir, sobre todo en plena noche. Mercy tiene mucha experiencia en el monte. Y en esta época del año hay osos negros jóvenes marcando territorio. No conviene toparse con uno accidentalmente.

—No te ofendas, Dee —dijo Nadine—, pero Mercy no destacaba precisamente por su sensatez. Cuando se metía en líos, la mitad de las veces era porque reaccionaba sin pensar y hacía alguna estupidez.

—Pero no estaba enfadada después de su pelea con Jon —alegó Sara—. Estaba preocupada. Según Paul, hizo la ronda de las diez, y sobre las diez y media recogió la nota que Monica había dejado en el porche de su cabaña. No ha dicho que actuara de manera extraña. Y de todos modos no creo que Mercy fuera a marcharse de madrugada sin hablar primero con Jon.

—No —dijo Delilah—, yo tampoco lo creo. Pero ¿por qué vino aquí? No hay ni cañerías ni electricidad. Para el caso, podía haberse quedado en la casa. Bien sabe Dios que esa gente está acostumbrada a no hablarse y a fulminarse con la mirada.

Miraron los cuatro la mochila como si pudiera ofrecerles una explicación.

Nadine dijo lo obvio:

—Esto es un hotel, gente. Si Mercy no aguantaba más a su familia, podía haberse quedado en una de las cabañas para huéspedes.

—Algunas camas estaban deshechas cuando registré las cabañas vacías. Supuse que no las habían limpiado después de marcharse los ocupantes anteriores.

—Penny es la limpiadora. También la camarera. Quizá valga la pena preguntárselo. —Nadine miró a Will—. ¿Buscabas a Dave en las cabañas?

—Yo podría haberte dicho que era una pérdida de tiempo —dijo

Delilah—. A Dave le daría miedo quedarse en una cabaña. Mi hermano le habría echado a patadas.

Will no señaló que su hermano ya no podía ni salir de casa sin ayuda.

—Si Dave hubiera querido marcharse rápido sin que lo vieran, no tendría que haber vuelto al recinto principal. Podría haber seguido el arroyo y al final llegaría a la Senda McAlpine, ¿verdad?

—En teoría, sí —respondió Delilah—. Pero el arroyo de la Viuda Perdida es demasiado profundo para cruzarlo en la zona del lago. Hay que pasar la cascada grande y después hay otro tramo complicado. Es mejor seguir adelante otros doscientos metros y cruzar por la pasarela de piedra de la cascada pequeña. Es solo un tramo de aguas bravas, nada que ver con las cataratas del Niágara. Desde allí, se puede bajar en línea recta atajando por el bosque y salir a la Senda McAlpine. Llegas abajo en tres o cuatro horas. A no ser que te encuentres con un oso, claro.

—No sé —dijo Nadine—. No creo que Dave se fuera a pie estando la camioneta de la familia aparcada al lado de la casa. Más de un vehículo ha robado, cuando le ha convenido.

Will había conocido tan bien a Dave de niño que no se le había ocurrido preguntar por sus antecedentes penales de adulto.

—¿Lo han detenido alguna vez?

—Sí, a menudo y desde muy pronto —contestó Nadine—. Ha estado encerrado unas cuantas veces en el centro de detención del condado por conducir bebido, por robar y cosas así, pero que yo sepa nunca ha estado en una cárcel de verdad.

Will creía saber por qué nunca lo habían enviado a una prisión estatal, pero aun así habló con prudencia:

—Los McAlpine conocen bien a la familia del *sheriff* —dijo.

—Bingo —dijo Nadine—. Si quieres saber de qué preocuparte, la especialidad de Dave son las peleas en los bares. Se emborracha y empieza a meterse con la gente, y cuando reaccionan les saca la navaja automática.

Sara se puso alerta.

—¿Una navaja automática? ¿Ha apuñalado a alguien?

—Una vez apuñaló a alguien en una pierna, también ha dado un par de navajazos en los brazos. A un tío le rajó el pecho hasta el hueso —dijo Nadine—. La gente de por aquí ni se inmuta por una pelea en un bar. A Dave le han dado lo suyo. Y él ha repartido lo suyo también. No hubo muertos, nadie presentó denuncia… Lo típico un sábado por la noche.

—Creía que Dave solo se metía con las mujeres —comentó Delilah.

—Tú sigues viéndolo como un perrillo callejero en busca de un hogar —repuso Nadine—, pero Dave ha ido de mal en peor. Todos esos demonios que traía de Atlanta no han hecho más que empeorar con la edad. Si te sirve de consuelo, no sé cómo va a salir de esta. Un asesinato es un asesinato. Es cadena perpetua. Debería ser pena de muerte, pero a Dave se le da de perlas jugar la baza del pobre huerfanito.

—Lo creeré cuando esté entre rejas —dijo Delilah—. Siempre ha sido más escurridizo que una serpiente. Desde que llegó reptando a esta montaña. Cecil debió dejar que se pudriera en ese viejo campamento.

Will sabía que todo lo que decían de Dave era cierto; sin embargo, no pudo evitar ponerse a la defensiva al oírles hablar de abandonar a su suerte a un niño de trece años. Miró a Sara, pero ella estaba observando la mochila.

—¡Dios mío, ahí es donde se esconde! —exclamó Delilah—. En el campamento Awinita. Solía dormir allí cuando las cosas se ponían feas en casa. Seguro que está allí.

Will se sintió como un idiota por no haberlo pensado antes.

—¿Cuánto se tarda en llegar?

—Tú pareces un tipo fuerte. Tardarás cincuenta minutos, puede que una hora. Pasa los Bajíos y ve rodeando el lago hasta la parte central, hasta la zona más alejada. El campamento está más o menos en ángulo de cuarenta y cinco grados respecto a la plataforma flotante.

—Estuvimos en esa zona antes de cenar —dijo Will—. Encontramos un círculo de piedras, como una vieja fogata.

—Es la zona donde hacían hogueras los clubes de chicas. Está a unos cuatrocientos metros del campamento. Como muchos chavales se acercaban allí a escondidas por las noches, lo trasladaron más lejos. Tú sigue en ángulo de cuarenta y cinco grados respecto a la plataforma flotante. Verás unos barracones que llevan en pie desde los años veinte. Seguro que todavía están allí. Dave estará en alguno. —Delilah puso los brazos en jarras—. Si esperas un momento, me cambio y te llevo hasta allí.

Will dijo:

—No, ni hablar.

—Estoy de acuerdo —terció Nadine—. Ya ha muerto una mujer apuñalada.

—Ahora que lo pienso —dijo Delilah—, sería más rápido ir en canoa.

A Will le gustó la idea de acercarse sigilosamente desde el lago.

—Hay un sendero que lleva a la caseta de las canoas, ¿verdad?

—Sí, toma el Sendero del Solterón, pasados esos caballetes. Ve a la izquierda por el Sendero del Lazo y luego, en la bifurcación, baja hacia el lago. La caseta está escondida detrás de unos pinos.

—Voy contigo —se ofreció Sara.

Will estuvo a punto de negarse, pero entonces recordó que solo podía usar una mano.

—Pero te quedas en la canoa —le dijo.

—Entendido.

Nadine les cortó el paso cuando ya se disponían a marcharse.

—Un momento, grandullón. Hasta ahora no me ha importado teneros aquí, pero Bizcocho ha dejado muy claro que no piensa cederos el caso. Podéis quedaros con el cadáver, pero el GBI no está autorizado a perseguir a un sospechoso de asesinato en el condado de Dillon.

—Tienes razón —dijo Will—. Dile al *sheriff* que mi mujer y yo estamos a su disposición en cuanto tenga un rato para tomarnos declaración. De momento, nos volvemos a nuestra cabaña.

Nadine sabía que estaba mintiendo, pero tuvo la sensatez de dejar de interponerse en su camino. Se apartó con un fuerte suspiro.

—Buena suerte —dijo Delilah.

Will siguió a Sara. La luz que daba la luna era cada vez más escasa y se ayudó de la linterna para avanzar. En lugar de seguir las indicaciones de Delilah para llegar al sendero, ella se mantuvo pegada a la orilla del lago, quizá porque era una ruta más directa para llegar a la caseta. Will trató de imaginar cómo iban a apañarse con la canoa. Seguramente podría usar la mano herida como apoyo y tirar hacia atrás con la mano buena, o sea que tendría que hacer la mayor parte del esfuerzo con los bíceps y los hombros. Probó a mover la mano vendada. Podía mover los dedos, si hacía caso omiso del dolor punzante.

—¿Quieres que te dé mi opinión? —preguntó Sara.

Will no había pensado que su opinión pudiera ser distinta de la suya.

—¿Qué pasa?

—Nada —contestó, aunque parecía más bien lo contrario—. Mi opinión, si te interesa, es que deberías esperar a Faith.

Will ya había esperado bastante.

—Ya te he dicho que se ha encontrado con un atasco. Si Dave está en el campamento...

—Estás desarmado. Herido. Y empapado. Tienes el vendaje sucio. Seguramente se te ha infectado. Es evidente que te duele muchísimo. No tienes autorización y no has manejado una canoa en tu vida.

Will eligió el punto más débil de su argumentación.

—Seguro que puedo deducir cómo se maneja una canoa.

Sara usó la linterna para buscar un camino que los llevara más allá de la orilla rocosa. Will vio su expresión decidida. Estaba más enfadada de lo que le había parecido.

—Sara, ¿qué quieres que haga?

Ella meneó la cabeza mientras atravesaba chapoteando el agua poco profunda.

—Nada.

Will no supo qué responder a aquel «nada». Sabía que Sara era increíblemente lógica y coherente. No se enfadaba sin motivo. Repasó mentalmente la conversación que acababan de tener en la escena del crimen. Sara se había quedado callada al decir Nadine que Dave llevaba una navaja automática. Y que la había usado para agredir a varios hombres.

Observó su espalda rígida mientras ella avanzaba con cuidado por una pendiente pedregosa. Se movía a tirones, como si la ansiedad intentara salir a puñetazos de su cuerpo.

—Sara...

—Se necesitan las dos manos para remar en una canoa —dijo—. Tu mano dominante es la mano de control. Va en la parte superior del remo, en la empuñadura. Con la otra mano manejas la pala. Si quieres mantener la canoa recta, tienes que meter el remo en el agua y empujar hacia abajo y hacia atrás, y al mismo tiempo girar la mano de control. ¿Puedes hacer eso con las dos manos? ¿Subir y bajar y girar?

—Me gusta más cuando lo haces tú.

Sara se volvió bruscamente para mirarlo.

—A mí también, cariño. Vámonos ahora mismo a la cabaña a echar un polvo.

Él sonrió.

—¿Es un truco?

Ella masculló un improperio y siguió andando.

A Will no se le daba bien romper los largos silencios. Y tampoco iba a ponerse a discutir con ella. Mantuvo la boca cerrada mientras atravesaban lentamente una densa zona de matorrales. El repentino estallido de Sara no era lo único que hacía incómoda la caminata. Will iba sudando. La ampolla que tenía en el pie le estaba molestando y la mano le palpitaba de dolor con cada latido del corazón. Intentó apretar el vendaje. Chorreó agua de la gasa. Sara le dijo:

—Tienes que escucharme.

—Te escucho, pero no sé qué intentas decirme.

—Lo que digo es que voy a tener que manejar la canoa yo sola hasta la otra orilla del lago para que no nos pasemos la vida entera moviéndonos en círculo.

—Por lo menos estaremos juntos.

Ella se detuvo de nuevo, volviéndose para mirarlo. No había ni un atisbo de sonrisa en sus labios.

—Lleva una navaja automática. Le rajó el pecho a un hombre hasta el hueso. ¿Tengo que recordarte qué órganos hay en el pecho?

Will comprendió que no era momento de bromear.

—No.

—Lo que estás pensando… Que Dave es patético, que es un pobre diablo… Seguramente es cierto. Pero también es un criminal violento. No querrá ir a la cárcel. Según tú y todos los demás, ya lleva un asesinato sobre su conciencia, qué más da otro.

Will notó un miedo descarnado en su voz. Ahora lo entendía. Su primer marido había sido policía. Y debido a que había subestimado a un sospechoso, había terminado muerto. No sabía cómo decirle que él no correría la misma suerte. Porque estaba hecho de otra pasta. Había pasado los primeros dieciocho años de su vida temiendo que la gente hiciera cosas de una violencia brutal, y los años posteriores tratando de impedirlo.

Ella le tomó la mano buena y se la apretó con tanta fuerza que sintió cómo se le movían los huesos.

—Amor mío, sé cómo es tu trabajo, sé que tomas decisiones de vida o muerte casi todos los días, pero tienes que entender que ya no se trata solo de tu vida ni de tu muerte. Se trata también de mi vida. Y mi muerte.

Will pasó el pulgar por su alianza. Tenía que haber una manera de que ambos consiguieran lo que querían.

—Sara…

—No intento cambiarte. Solo digo que tengo miedo.

Él intentó llegar a un acuerdo de compromiso.

—¿Qué tal esto? En cuanto detenga a Dave, iremos al hospital. A uno de por aquí, no a Atlanta. Tú te quedarás tranquila porque me curarán la mano y Faith podrá sacarle una confesión a Dave. Y ya está, se acabó.

—¿Qué tal si hacemos todo eso y luego me ayudas a buscar a Jon?

—Me parece razonable. —Will se apresuró a aceptar el trato. No había olvidado la promesa que le había hecho a Mercy. Había cosas que Jon tenía que oír—. ¿Y ahora qué?

Ella miró hacia el lago. Will siguió su mirada. Estaban cerca de la caseta del material. La luz de la luna bañaba el trampolín del muelle flotante.

—No estoy segura de cuánto tardaré en cruzar. ¿Veinte minutos? ¿Treinta? No manejo una canoa desde que estaba en las *Girl Scouts*.

Will supuso que entonces no había tenido que cargar con el peso muerto de un hombre adulto que no podía manejar un remo. Con suerte, en el viaje de vuelta serían dos hombres adultos, lo que plan- teaba otro problema. Al imaginar su ofensiva acuática, no había pen- sado más allá del momento en que detendría a Dave. Tendría que sacar al asesino del campamento a pie, en lugar de volver a atravesar el lago. De ninguna manera iba a permitir que Sara se montara en una canoa con Dave.

—Quiero echar un vistazo en la caseta, por si hay una cuerda.

Sara no preguntó para qué quería la cuerda. Guardó silencio mientras reanudaban la marcha, lo que en cierto modo era peor que sus gritos. Will intentó pensar en algún argumento que pudiera tran- quilizarla, pero había aprendido por las malas que decirle a una mu- jer que no sintiera una cosa no era la mejor manera de evitar que sintiera esa misma cosa. De hecho, solo tendía a enfurecerla.

Por suerte, el trayecto no duró mucho más. La linterna de Sara alumbró primero las canoas, colocadas del revés en un estante. La ca- seta del material tenía el tamaño aproximado de un garaje para dos co- ches. La puerta de doble hoja estaba provista de una buena cerradura de seguridad para lo aislado que estaba el lugar. El cerrojo con muelle y cadena tenía un pasador de treinta centímetros que había que des- plazar para liberar el pestillo. Otro pestillo de muelle atravesaba el ex- tremo de la barra, fijándola a la aldaba de la puerta.

—Los osos también pueden abrir puertas —dijo Sara a modo de explicación.

Will dejó que ella desenganchara la aldaba y luego se encargó de desplazar la barra metálica. El mecanismo se resistía. Tuvo que ha- cer fuerza con el hombro, pero las puertas se abrieron por fin. Notó un extraño olor a madera quemada y pescado.

Sara tosió y movió la mano delante de la cara al entrar en la caseta. Encontró el interruptor de la luz en la pared. Al encenderse los fluorescentes, vieron un taller ordenado con pulcritud. Las herramientas estaban silueteadas con cinta adhesiva azul en un tablero. Había cañas de pescar colgadas en ganchos, también redes y cestas que cubrían toda una pared. Había una encimera de piedra con una pila y una tabla de cortar muy usada. Dos tijeras y cuatro cuchillos de distinto tamaño colgaban de una barra magnética. Todos los cuchillos, menos uno, eran finos, sin hoja de sierra.

Will sabía de armas de fuego, no de cuchillos. Le preguntó a Sara:

—¿Falta algo?

—Creo que no. Es un juego estándar para limpiar pescado. —Sara fue señalando los cuchillos, del primero al último—. Cuchillo para cebo. Para deshuesar. Para filetear. Para trocear. Tijeras y cortahílos de pesca.

Will no vio ninguna cuerda. Empezó a abrir cajones. Todo estaba ordenado por compartimentos. No había nada suelto. Reconoció algunos tipos de tornillos que él tenía en el garaje, pero supuso que allí no se utilizaban para arreglo de coches. Encontró lo que buscaba en el último cajón. La persona que se encargaba de la caseta era demasiado meticulosa como para no tener lo esencial: un rollo de cinta aislante y bridas de alta resistencia.

Las bridas estaban bien sujetas con una banda elástica. Will no pudo volver a atarlas con una sola mano. Se sintió culpable por dejarlas sueltas en el cajón, pero tenía cosas más importantes de las que preocuparse. Se guardó seis bridas grandes en el bolsillo de atrás y metió el rollo de cinta aislante en el bolsillo más profundo de la pernera de sus pantalones cargo.

Estaba cerrando el cajón cuando se acordó de los cuchillos de la pared. Agarró el más pequeño, el cuchillo para cebo, y se lo metió en el lateral de la bota. No sabía si estaba muy afilado, pero cualquier cosa podía perforar un pulmón si se clavaba con la suficiente fuerza en el pecho de un hombre.

—¿Qué es esto? —preguntó Sara. Había colocado las manos en

torno a los ojos e intentaba ver a través de las rendijas de los listones de la pared del fondo—. Parece algo mecánico. ¿Un generador, quizá?

—Se lo preguntaremos a la familia. —Will encontró un candado debajo de unas cestas metálicas que colgaban de la pared. Tiró de él, pero estaba firmemente cerrado—. ¿Será para los osos?

—Para los huéspedes, seguramente. Aquí no hay internet ni televisión. Imagino que se bebe mucho por la noche. Ayúdame con esto. —Sara había localizado los remos. Estaban muy arriba, cerca del techo, sujetos como escopetas en un estante—. El azul parece del tamaño adecuado.

A Will le sorprendió lo poco que pesaba el remo cuando lo desenganchó.

—Lleva dos, por si uno se nos cae al agua. Yo voy por los chalecos salvavidas.

A Will no le parecía buena idea acercarse al campamento con un chaleco de color naranja chillón, pero no pensaba librar esa batalla.

Fuera de la caseta, ayudó a Sara a bajar una canoa del estante siguiendo sus indicaciones. Después, tuvo que quedarse mirándola mientras metía los remos y los chalecos salvavidas en la pequeña embarcación. Sara le indicó las asas de la borda, le dijo dónde colocarse y cómo levantar la canoa. Se quedó callada otra vez mientras la llevaban al lago. Will intentó no contagiarse de su ansiedad. Tenía que concentrarse en un único propósito: llevar a Dave ante la justicia.

Sara procuró hacer el menor ruido posible al meterse en el agua poco profunda. Will bajó la canoa cuando ella se lo indicó. Sara enderezó la parte de atrás de modo que quedara anclada en el barro. Will estaba a punto de subir cuando Sara lo detuvo.

—Espera. —Lo ayudó a ponerse un chaleco salvavidas y se aseguró de que los cierres estaban bien abrochados. Luego se inclinó y sujetó la canoa para que subiera.

Will pensó que estaba tomando demasiadas precauciones, pero montar en la canoa con una sola mano le resultó más difícil de lo que pensaba. Se sentó en el banco de la parte de atrás. Su peso levantó la proa. El de Sara solo la bajó un poco cuando montó. No se sentó en el otro banco. Se puso de rodillas y usó el remo para desencallar la canoa. Empezó a remar dando paladas poco profundas, hasta que se alejaron un trecho de la orilla.

Para cuando llegaron a aguas abiertas, remaba a ritmo constante. Al salir de los Bajíos y adentrarse en la parte más ancha del lago, cambió de una borda a otra de la canoa para virar. Will trató de no perder de vista dónde quedaba la plataforma flotante mientras la embarcación se deslizaba por el agua. La caseta desapareció de su vista. Después, desapareció la orilla. Al poco rato, solo veía oscuridad y oía el sonido del remo y la respiración de Sara.

La luna se asomó entre las nubes cuando llegaron al centro del lago. Will aprovechó para mirarse el vendaje de la mano. Sara tenía razón: la gasa estaba sucia y seguramente la herida se había infectado. Si alguien le hubiera dicho que tenía un ascua al rojo vivo metida en la carne, entre el índice y el pulgar, se lo habría creído. La quemazón disminuyó ligeramente cuando levantó la mano a la altura del pecho y la apoyó en el chaleco salvavidas.

Se tocó la bota para comprobar que el cuchillo para cebo continuaba allí. El mango era lo bastante grueso como para impedir que la hoja se deslizara hasta el tobillo. Lo sacó para ensayar el gesto. Confiaba en que Dave no estuviera vigilando su avance por el lago. Quería que el cuchillo fuera una sorpresa, si las cosas se torcían. Los chalecos de color naranja neón parecían brillar. Escudriñó el horizonte buscando la orilla. Fue vislumbrándola poco a poco. Primero, unas manchas más claras entre la negrura; luego, rocas, y, por último, lo que parecía ser una playa de arena.

Sara lo miró. No hizo falta que dijera nada. La playa de arena significaba que habían encontrado la zona de acampada. Estaba en mal estado. Will vio los restos de un muelle podrido y una grada sumergida parcialmente. Una cuerda colgaba de un roble enorme, aunque el asiento de madera que la convertía en columpio había caído al agua hacía tiempo. Aquel paraje tenía algo de fantasmagórico. Will no creía en fantasmas, pero siempre confiaba en su instinto, y este le decía que allí habían ocurrido cosas malas.

La canoa avanzaba ahora más despacio. Sara invirtió el sentido de las paladas a medida que se aproximaban a la playa. De cerca, Will distinguió los hierbajos que crecían en la arena. Botellas rotas. Colillas de cigarrillos. El borde de la embarcación chirrió al tocar la orilla. Se desabrochó el chaleco salvavidas y se lo quitó. Pensó de nuevo en el cuchillo para cebo que llevaba en la bota y de pronto se dio cuenta de que iba a dejar a Sara desprotegida. Lo mejor sería mandarla de vuelta a la caseta. Él podía volver caminando al albergue, con Dave o sin él.

—No. —Ella tenía la mala costumbre de leerle el pensamiento—. Te espero a diez metros de la orilla.

Will salió de la canoa antes de que ella le dijera que quería supervisar la búsqueda. Nadie habría calificado de elegante su manera de apearse. Intentó chapotear lo menos posible al enderezarse y pisar tierra firme. Después, sirviéndose de la puntera de acero de su bota, empujó con firmeza la canoa para que Sara volviera a adentrarse en el lago.

Hasta que no vio que ella empezaba a remar no examinó el bosque a su alrededor. Aunque aún no había rayado el alba, el terreno era más visible que cuando habían salido de la caseta. Se volvió de nuevo hacia Sara. Estaba remando hacia atrás, con los ojos fijos en él. Se acordó de cómo había nadado hacia el muelle flotante en los Bajíos, hacía solo unas horas. Nadaba de espaldas, invitándolo a unirse a ella en el agua, y él se sentía tan exultante que el corazón se le había convertido en mariposa.

Mientras tanto, al otro lado del lago, Dave estaba violando y apuñalando a la madre de su hijo.

Dio la espalda a la canoa y avanzó hacia el bosque. Intentó orientarse. Aunque Sara y él habían estado buscando el campamento esa tarde, nada le resultaba familiar. Y no solo por la falta de luz. Antes, se habían acercado desde un extremo de los Bajíos y se habían detenido al llegar al círculo de piedras. Se sacó el teléfono del bolsillo y abrió la brújula mientras se encaminaba hacia la que creía que era la dirección correcta.

El bosque era aún más frondoso y tupido que las arboledas que rodeaban el albergue. Usar la linterna del móvil sería como encender una baliza. Bajó el brillo de la pantalla mientras seguía la indicación de la brújula. Al cabo de un rato se dio cuenta de que no la necesitaba. Un olor mohoso a humo flotaba en el aire. Olía reciente, como a hoguera encendida, pero con un desagradable tufo a tabaco de fondo.

Dave.

Will no avanzó de inmediato hacia el objetivo. Se quedó muy quieto, concentrado en regular su respiración y aquietar su mente. Procuró olvidarse de su preocupación por Sara, del dolor de la mano e incluso de Dave. Solo pensaba en la persona que de verdad importaba en ese momento.

Mercy McAlpine.

Hacía solo unas horas, la había encontrado aferrándose a sus últimos instantes de vida. Ella sabía que era el fin. Se había negado a que Will fuera en busca de auxilio. Él, de rodillas en el agua, le había rogado que le dijera quién la había apuñalado, pero Mercy había sacudido la cabeza como si eso careciera de importancia. Y tenía razón. En esos momentos finales, nada de eso importaba en realidad. La única persona que le importaba era la que había traído al mundo.

Will se repitió en silencio el mensaje que tenía que transmitirle a Jon: «Tu madre quería que te fueras de aquí. Dijo que no podías quedarte. Quería que supieras que no pasaba nada, que te quería muchísimo. Que te perdonaba por la discusión. Te prometo que vas a superar esto».

Siguió avanzando con paso decidido, teniendo cuidado de no pisar ramas caídas o montones de hojarasca para no alertar a Dave de su presencia. Al acercarse, el ritmo suave de *1979*, el tema de los Smashing Pumpkins, rompió el silencio del bosque. Aunque la música sonaba baja, le permitió moverse con más libertad hacia su objetivo.

Cambió de trayectoria para acercarse a Dave desde un lateral. Vio el contorno de unos cuantos barracones, todos ellos de una sola planta y tosca factura. Se alzaban unos sesenta centímetros por encima del suelo, apoyados en lo que parecían ser postes telefónicos. Había cuatro edificaciones agrupadas en semicírculo. Miró por las ventanas, escudriñando el interior para asegurarse de que Dave estaba solo. En el último barracón vio un saco de dormir, varias cajas de cereales, cartones de cigarrillos y latas de cerveza. Dave tenía planeado quedarse allí un tiempo. Will se preguntó si eso serviría para demostrar que había habido premeditación. No era lo mismo un asesinato producto de un arrebato momentáneo que un asesinato en el que se planeaba la huida con antelación.

Se mantuvo agachado mientras se acercaba a su objetivo sigilosamente. El fuego que había encendido Dave no daba mucha llama, pero bastaba para alumbrar su entorno inmediato. Además, Dave le había hecho el favor de llevar consigo un farol Coleman de ochocientos lúmenes, el equivalente aproximado a una bombilla de sesenta vatios.

A Dave siempre le había dado miedo la oscuridad.

El claro, grande y circular, no estaba tan cubierto de maleza como el resto de los terrenos. Asomaban rocas en torno al hoyo de la hoguera. Había toconas colocados alrededor para sentarse y una parrilla junto a la fogata. Will sabía que había más grupos de barracones y más hoyos para hogueras repartidos por el campamento. Estando en el hogar infantil, había oído contar a los otros chicos cómo asaban malvaviscos de noche en las fogatas y se ponían a cantar improvisadamente o a contar historias de miedo. Esos tiempos quedaban ya muy atrás. El círculo tenía algo de espectral, como un lugar más propicio para el sacrificio que para la alegría.

Encontró un sitio donde agazaparse, detrás de un gran roble negro. Dave estaba apoyado en un tronco talado de algo más de un metro de largo y unos cuarenta y cinco centímetros de circunferencia. Will sopesó qué estrategia seguir. ¿Debía sorprender a Dave por la retaguardia? ¿Saltarle encima antes de que le diera tiempo a reaccionar? Necesitaba más información.

Avanzó sin hacer ruido, con las rodillas flexionadas y los músculos tensos por si Dave se volvía. El olor a humo se espesó. La lluvia reciente hacía humear la leña. Al acercarse más, empezó a oír un chasquido metálico que le resultaba familiar: el ruido de un pulgar al girar rápidamente una ruedecilla ideada para provocar una chispa que encendería el gas butano que debía alimentar la llama que prendería la punta de un cigarrillo.

Oyó el chasquido metálico una vez y otra, después otra.

Era muy propio de Dave seguir probando un mechero que evidentemente estaba descargado, seguir girando la ruedecilla con la esperanza de sacar una chispa más.

Por fin se rindió y murmuró:

—Hay que joderse...

Tener un fuego encendido medio metro delante de él no le dio ninguna idea. Ni siquiera cuando tiró el mechero de plástico a la hoguera. El súbito petardeo de las llamas le hizo levantar las manos para protegerse la cara. Will aprovechó ese instante para acortar distancias. Dave se manoteó los antebrazos para sacudirse el plástico derretido, aunque no parecía sentir dolor. No hacía falta ser Sherlock Holmes para descubrir por qué.

El suelo estaba lleno de latas de cerveza aplastadas. Will dejó de contar al llegar a diez. No se molestó en catalogar las colillas de porros y cigarrillos, consumidos hasta el filtro. Había una caña de pescar apoyada en un tocón volcado. La parrilla estaba desplegada por completo. Había trozos de carne chamuscada pegados a la rejilla. Dave había usado la superficie de un tocón para limpiar el pescado. Cabezas cortadas, colas y espinas se pudrían en un charco de sangre oscura. Un cuchillo de deshuesar largo y fino descansaba junto a un paquete de seis cervezas.

Will calculó que el cuchillo, de hoja curva y unos diecisiete centímetros de longitud, quedaba al alcance de Dave. Si oía crujir una rama o un ruido de hojas, o si tenía la corazonada de que alguien se le acercaba por la espalda, solo tendría que alargar el brazo hacia el tocón para hacerse con un arma letal.

La cuestión era: ¿estaba dispuesto Will a enfrentarse a él con su propio cuchillo? Contaba con el elemento sorpresa. Y no estaba borracho ni drogado. En circunstancias normales, podía estar seguro de que conseguiría inmovilizar a Dave antes de que se diera cuenta de lo que ocurría. Pero en circunstancias normales podía usar las dos manos.

1979 se fue apagando y dio paso a la guitarra atronadora de *Tales of a Scorched Earth*. Will aprovechó la ocasión para cambiar de lugar. No iba a acercarse por detrás a Dave y a abalanzarse sobre él. Se acercaría de frente, como si hubiera seguido la senda que bordeaba los Bajíos y hubiera acabado allí. Con un poco de suerte, Dave estaría tan borracho que no se daría cuenta de que aquel no era un encuentro casual.

Había pasado el momento de moverse con sigilo. Buscó una rama caída en el suelo del bosque. Levantó el pie y la pisó con la bota de puntera de acero. Sonó como si un bate de aluminio golpeara una calabaza. De paso, Will soltó una palabrota en voz alta. Luego, tocó el teléfono para encender la linterna.

Cuando volvió a levantar la vista, Dave ya tenía el cuchillo de deshuesar en la mano. Tocó su móvil para parar la canción. Se puso en pie despacio, escrutando el bosque con sus ojillos brillantes.

Will dio unos pasos más haciendo ruido y moviendo el teléfono como si fuera un cavernícola que no entendía cómo funcionaba la luz.

—¿Quién anda ahí?

Dave blandió el cuchillo. Se había cambiado de ropa desde que se habían encontrado en el Sendero del Lazo. Llevaba unos vaqueros desteñidos y rotos y una camiseta amarilla manchada con la huella de una mano ensangrentada.

—¡Sal! —gritó hendiendo el aire con la hoja afilada.

—Mierda —dijo Will en tono cargado de fastidio—. ¿Qué coño haces tú aquí, Dave?

Puso una sonrisa burlona, pero no bajó el cuchillo.

—¿Qué haces tú aquí, Basurero?

—Estaba buscando el campamento. Aunque ¿a ti qué cojones te importa?

Dave soltó una carcajada. Por fin bajó el cuchillo.

—Joder, tío, eres patético.

Will salió al claro para que pudiera verlo.

—Dime cómo salgo de aquí y me voy.

—Vuelve por donde has venido, idiota.

—¿Crees que no lo he intentado ya? —Will siguió acercándose a él—. Llevo más de una hora dando vueltas por este puto bosque.

—Yo que tú no dejaría sola a esa pelirroja tan sexi. —Sus labios húmedos se torcieron en una sonrisa—. ¿Cómo dices que se llama?

—Si alguna vez te oigo decir su nombre, te parto la boca.

—Joder —dijo, pero enseguida pareció darse por vencido—. Solo tienes que ir a la izquierda hasta el círculo de piedras, luego a la derecha bordeando el lago y otra vez a la izquierda hasta que llegues al Lazo.

Will tardó un segundo en comprender que Dave no se había dado por vencido. Decirle a un disléxico que fuera a la izquierda y luego a la derecha equivalía a mandarlo a la mierda.

Dave se echó a reír mientras volvía a ocupar su sitio frente al fuego. Se apoyó en el tronco talado y dejó el cuchillo de deshuesar sobre el tocón. Will se dio cuenta de que creía que eso iba a ser todo. Pero Dave llevaba toda la vida equivocándose. La única cuestión era ¿en qué momento iba a informarle de que era un agente especial del GBI? Técnicamente, nada de lo que admitiera Dave hasta que se lo dijera, incluso si confesaba sin ambages haber matado a Mercy, podría utilizarse en su contra ante un tribunal. Si Will quería hacer las cosas bien, tenía que congraciarse con él y persuadirlo poco a poco de que le contara la verdad.

—¿Te queda cerveza? —preguntó.

Dave enarcó una ceja, sorprendido. El Will que conocía de su infancia no bebía.

—¿Desde cuándo tienes pelos en los huevos?

Will también sabía jugar a aquel juego.

—Desde que me los chupa tu madre.

Dave se rio y echó la mano hacia atrás para sacar una cerveza del paquete.

—Acerca una silla.

Will quería mantener cierta distancia entre ellos. En lugar de sentarse frente al fuego, junto a Dave, apoyó la espalda contra una roca. Dejó el teléfono junto a la mano herida y dobló la rodilla para que el cuchillo para cebo que llevaba en la bota quedara al alcance de su mano buena. Tenía que estar preparado por si Dave decidía atacar.

Sin embargo, Dave no parecía tener ganas de pelea. Estaba muy atareado buscando formas de ridiculizarlo. Podría haberle lanzado la lata de cerveza sin más, pero la hizo girar como si fuera un balón de fútbol americano.

Will la atrapó con una mano. La abrió también con una mano, procurando que el chorro de presión salpicara hacia el fuego.

Dave meneó la cabeza, visiblemente impresionado.

—¿Qué te ha pasado en la mano? ¿Has tenido que ponerte un poco firme con tu señora? Tiene pinta de ser de las que muerden.

Will se refrenó para no responder. Tenía que dejarlo todo de lado. El sentimiento de traición y furia que tenía enquistado desde la infancia. La repugnancia que le inspiraba el tipo de hombre en el que se había convertido Dave. La brutalidad con que había asesinado a su mujer. Y el hecho de que hubiera abandonado a su hijo, dejando que fuera Jon quien pagara los platos rotos.

Levantó la mano vendada y dijo:

—Me corté con un cristal en la cena.

—¿Quién te ha curado? ¿Papi? —Era evidente que se regodeaba en la crueldad de su propia broma. Fijó la mirada en el fuego con una sonrisa burlona. Se metió la mano bajo la camiseta para rascarse la barriga.

Will vio que alguien lo había arañado dejando surcos profundos en la piel. Tenía otro arañazo a un lado del cuello. Todo indicaba que había estado implicado en un altercado violento hacía pocas horas.

Will dejó la lata de cerveza en el suelo, junto a su bota. Apoyó la mano al lado, cerca del cuchillo para cebo. Si todo iba bien, no tendría que sacarlo. Muchos policías pensaban que a la violencia había que responder con violencia. Él no era de esos. No estaba allí para castigar a Dave, sino para hacer algo mucho peor. Quería detenerlo. Mandarlo a la cárcel. Hacerle sufrir el estrés y la impotencia de enfrentarse como acusado a un juicio penal. Que tuviera la inagotable esperanza de salir, quizá, impune. Ver su cara de estupor al darse cuenta de que no sería así. Saber que tendría que luchar con uñas y dientes cada día, el resto de su vida, porque dentro de los muros de una prisión los hombres como él ocupaban siempre el escalón más bajo de la pirámide.

Eso, sin tener en cuenta la pena de muerte.

Dave dejó escapar un suspiro de fastidio para llenar el silencio. Recogió un palo. Avivó el fuego. Miraba de tanto en tanto a Will esperando que dijera algo.

Pero Will no decía nada.

Dave tardó menos de un minuto en soltar otro suspiro de fastidio.

—¿Sigues en contacto con alguien de entonces?

Will negó con la cabeza, aunque sabía que muchos de sus antiguos compañeros del hogar infantil habían terminado en la cárcel o bajo tierra.

—¿Qué fue de Angie?

—No lo sé. —Sintió el impulso de apretar los puños, pero mantuvo ambas manos apoyadas en el suelo—. Estuvimos casados unos años. No funcionó.

—Te puso mucho los cuernos, ¿eh?

Will sabía que ya conocía la respuesta.

—¿Y Mercy y tú? —preguntó.

—Bah. —Dave atizó el fuego hasta que chisporroteó—. Mercy nunca ha andado con otros. En casa tenía de lo mejorcito.

Will soltó una risa forzada.

—Sí, claro.

—Piensa lo que quieras, Basurero. Fui yo quien la dejó. Me harté de sus movidas. No hace más que quejarse de este sitio y luego tiene la oportunidad de irse y…

Will esperó a que dijera algo más, pero Dave soltó el palo y agarró una cerveza. No volvió a hablar hasta que hubo vaciado la lata y la aplastó contra el suelo:

—Tuvieron que cerrar el campamento. Había demasiados orientadores tirándose a críos.

Will no debería haberse sorprendido. No era la primera vez que un depredador sexual mancillaba el entorno idílico que imaginaba de niño.

—¿A qué has venido, Basurero? —preguntó Dave—. Cuando éramos pequeños, nunca quisiste ver el campamento. Y se te daba mejor que a mí memorizar los versículos de la Biblia.

Will se encogió de hombros. No iba a decirle la verdad, pero tenía que inventar una historia creíble. Recordó lo que había dicho Delilah sobre el círculo de piedras.

—Mi mujer venía aquí cuando estaba en las *Girl Scouts*. Quería volver a verlo.

—¿Te has casado con un *Girl Scout*? ¿Todavía tiene el uniforme? —Soltó una carcajada—. Dios, ¿cómo es que el Basurero de los cojones vive en una puta película porno y yo tengo suerte si consigo un coño que no esté más blandengue que una gominola?

Will dirigió la conversación de nuevo hacia Mercy:

—Tu ex te ha dado un hijo. Algo es algo.

Dave abrió otra cerveza. Will añadió:

—Jon parece buen chico. Mercy ha hecho un buen trabajo con él.

—El mérito no es solo suyo. —Dave sorbió la espuma de la lata. No se la bebió de un trago como la anterior. Estaba aflojando el ritmo—. Jon sabe que siempre puede contar conmigo. Algún día será un buen hombre. Y guapo, además. Seguro que se creará muchos enemigos, como su padre a esa edad.

Will ignoró la indirecta, que evidentemente aludía a su asunto con Angie.

—¿Alguna vez pensaste que terminarías casado?

—Joder, no. —La risa de Dave estaba teñida de amargura—. Si te digo verdad, creía que a estas alturas estaría muerto. Fue pura suerte que consiguiera llegar hasta aquí desde Atlanta sin que algún pervertido me recogiera en la carretera y me llevara a Florida para traficar conmigo.

Will sabía que intentaba jactarse de haber huido.

—¿Viniste haciendo autostop?

—Pues claro.

—No es mal sitio para esconderse. —Will miró ostensiblemente a su alrededor—. Cuando desapareciste, les dije que estabas aquí.

—Sí, bueno… —Dave apoyó el codo en el tronco.

Will intentó no reaccionar. Dave había acercado la mano al cuchillo. Aún estaba por ver si era un gesto intencionado o no.

Dave dijo:

—Me di cuenta de que este era mi sitio la primera vez que vine, con el autobús de la iglesia, ¿sabes? Aquí podía pescar, cazar y buscarme la vida. No necesitaba que nadie me cuidara. Yo no estaba hecho para vivir en la ciudad. Allá abajo era una rata. Aquí arriba, en la montaña, soy un puma. Hago lo que quiero. Digo lo que quiero. Fumo lo que quiero. Bebo lo que quiero. Nadie me toca los cojones.

Sonaba genial hasta que entendías que su libertad tenía un precio y que era Mercy quien lo había pagado.

—Tuviste suerte de que los McAlpine te acogieran.

—Hubo sus días buenos y sus días malos —dijo Dave, siempre dispuesto a contar lo mal que lo había pasado—. Pizca es un ángel, pero papá… Joder, es un hijo de puta. Me zurraba de lo lindo con el cinturón de cuero.

A Will no le sorprendió enterarse de que Cecil McAlpine era un maltratador.

—Le daba igual darme con la hebilla. Me salían unos moratones enormes en el culo y las piernas. No podía ponerme pantalones cortos porque no quería que los profes lo vieran. Lo que me faltaba, que me hubieran obligado a volver a Atlanta.

—Podrían haberte buscado otra casa de acogida aquí.

—No quería. Pizca necesitaba el dinero del Estado para poner comida en la mesa. No podía abandonarla, y menos con él.

Will conocía bien la necesidad de los niños maltratados de ayudar a todo el mundo, menos a sí mismos.

—En fin… —Dave se encogió de hombros—. ¿Y tú qué, Basurero? ¿Qué fue de ti cuando te dejé tirado?

—Me hice mayor de edad y pude marcharme. Cuando cumplí dieciocho, me dieron cien dólares y un billete de autobús. Acabé en el Ejército de Salvación.

Dave silbó entre dientes. Seguramente creía saber lo mal que le podían ir las cosas a un adolescente no acompañado que dormía en un albergue para indigentes.

Pero no, no lo sabía.

—¿Y luego qué? —preguntó.

Will eludió la verdad: que había acabado durmiendo en la calle y más tarde en una celda.

—Me las arreglé para ir tirando. Fui a la universidad. Conseguí trabajo.

—¿A la universidad? —Soltó una carcajada—. ¿Cómo, si casi no sabes ni leer?

—Me esforcé —respondió Will—. O nadas o te ahogas, ¿no?

—Ya lo creo. Todas esas cosas tan chungas que nos pasaron de pequeños... Nos convirtieron en supervivientes.

A Will no le gustó su tono de camaradería compartida, pero Dave era sospechoso de asesinato. Podía usar el tono que quisiera con tal de que acabara confesando.

—¿A los McAlpine no les pareció mal que te enrollaras con Mercy? —preguntó.

—Hombre, claro. Cuando se quedó embarazada, papá me pegó con una cadena. Me echó de la montaña. Y a ella también. —Su risa áspera se convirtió en tos—. Pero yo cuidé de Mercy. Procuré que no se metiera nada cuando nació Jon. Ayudé a Delilah a instalarse con el crío. Le daba todo el dinero que podía para echarle una mano.

Will tenía la certeza de que estaba mintiendo.

—¿No querías criarlo tú?

—Joder, ¿qué sabía yo de cuidar a un bebé?

Will pensó que, si eras lo bastante hombre para engendrar un bebé, también tenías que serlo para aprender a cuidarlo.

—¿Tú tienes hijos? —preguntó Dave.

—No. —Sara no podía tenerlos y él sabía las cosas terribles que podían pasarle a un niño—. Da la impresión de que todavía hay mucho rencor entre Mercy y su familia.

—¿Tú crees? —Dave apuró su cerveza. Aplastó la lata y la tiró con las otras—. Vivir aquí arriba, en la montaña, es duro. Estás aislado.

No se puede hacer gran cosa. Vienen ricachonas engreídas y se creen con derecho a que les lamas el culo. Y encima papá te zurra. Te lleva al establo y te infla a hostias porque no has puesto bien las toallas.

Will sabía que Dave no solo se estaba desahogando. Buscaba una medalla de oro en las Olimpiadas de los Niños Maltratados.

—Qué putada.

—Ya te digo. Tú y yo aprendimos por las malas que hay que contar los minutos hasta que se acaba, ¿no? Al final, se cansan.

Will se quedó mirando el fuego. Dave estaba poniendo el dedo en la llaga.

—Por eso mentimos —añadió Dave—. Porque, si le cuentas estas mierdas a una persona normal, no lo soporta.

Will mantuvo los ojos fijos en las llamas. No encontraba palabras para cambiar de tema.

—¿Tú le cuentas a tu mujer todas las cosas chungas que te han pasado?

Will negó con la cabeza, aunque no era del todo cierto. Le había contado algunas cosas a Sara, aunque nunca se las contaría todas.

—¿Cómo es? —Dave esperó a que levantara la vista—. Tu mujer es normal, ¿no? ¿Cómo es eso?

Will no quería meter a Sara en aquella conversación.

—Creo que yo no podría estar con una mujer normal —reconoció Dave—. Mercy ya estaba muy jodida cuando la conocí. Con ella me entendía. Pero, joder, ¿una *Girl Scout*? ¿Una profesora? ¿Cómo os las apañáis?

Will volvió a sacudir la cabeza. En realidad, las cosas con Sara habían sido complicadas al principio. Él esperaba siempre la jugarreta, la manipulación emocional. Le costaba aceptar que ella lo escuchara y tratara de entenderlo, en vez de coleccionar sus secretos como si fueran hojas de afeitar de las que más tarde podría servirse para lastimarlo.

—Está buenísima, lo reconozco. Pero, joder, yo no podría estar con alguien tan perfecto. ¿Se tira pedos, por lo menos?

Will no pudo evitar echarse a reír, pero no contestó.

—Tienes que ser un caballero, ¿eh? —Dave echó mano de la cajetilla de tabaco—. Esa es otra cosa que yo no aguantaría. Necesito que una tía grite cuando la agarro del pelo.

Will fingió beber de su lata de cerveza. Las palabras de Dave lo habían retrotraído a la orilla del lago, junto a las cabañas individuales. El pelo de Mercy extendido en el agua. La sangre arremolinándose como tinte alrededor de su cuerpo. Se había agarrado a su camiseta para que se quedara a su lado en vez de ir a buscar ayuda.

Jon.

Volvió a apoyar las manos en el suelo para anclarse a él.

—¿Por qué saliste a buscarme al camino ayer?

Dave se encogió de hombros mientras se rebuscaba en el bolsillo en busca de otro mechero.

—Y yo qué sé, tío. A veces hago cosas y luego, cuando las pienso, no sé decir por qué.

—Me preguntaste si todavía te guardaba rencor.

—¿Y?

—La verdad es que no volví a acordarme de ti después de que te escaparas.

—Me alegro, Basurero, porque yo tampoco volví a acordarme de ti.

—Si te soy sincero, habría vuelto a olvidarme completamente de ti si no fuera por lo que le has hecho a Mercy —dijo Will tanteando el terreno.

Dave no reaccionó al principio. Agitó el mechero. La llama se encendió. La acercó a la punta del cigarrillo. Lanzó un chorro de humo hacia Will.

—¿Me estabas siguiendo? —preguntó.

Will solo lo había visto una vez antes de la muerte de Mercy. Dave había salido a su encuentro en el Sendero del Lazo y él había contado hasta diez.

—¿Quieres decir si te seguí después de que huyeras con el rabo entre las piernas?

—Yo no hui, idiota. Me fui porque quise.

Will no dijo nada, pero tenía cierta lógica que Dave hubiera ido en busca de Mercy para descargar su ira con ella después de huir de él.

—Joder, sé que me seguiste. Eres patético, tío —dijo—. Porque Mercy no se lo ha dicho a nadie, eso seguro. Será muchas cosas, pero no es una chivata.

Will se dio cuenta de que seguía hablando de ella en presente.

—¿Estás seguro?

—Pues claro que estoy seguro. —Dave seguía fumando. Estaba nervioso—. ¿Qué crees que viste?

Will supuso que le preocupaba el estrangulamiento.

—Te vi agarrarla del cuello.

—No se desmayó —dijo, como si eso pudiera ser una defensa—. Se apoyó contra el árbol y luego plantó el culo en el suelo. No fue culpa mía. Le fallaron las piernas, nada más.

Will le clavó una mirada mordaz.

—Mira, tío, lo que sea que creas que viste es entre ella y yo. —Dave levantó la mano, luego la apoyó en el regazo. Sacudió la ceniza del cigarrillo—. Además, ¿a qué vienen tantas preguntas? Pareces un puto poli.

Will pensó que aquel era tan buen momento como otro cualquiera para darle la noticia.

—La verdad es que lo soy.

—¿El qué?

—Soy agente especial de la Oficina de Investigación de Georgia.

Dave se rio echando el humo por la boca. Después dejó de reírse.

—¿De verdad?

—Sí. Para eso fui a la universidad. Quería ayudar a la gente. A niños como nosotros. Y a mujeres como Mercy.

—Eso es una gilipollez, tío. —Dave le señaló con el cigarrillo—. A los chavales como nosotros no los ha ayudado nunca un poli. Fíjate en lo que estás haciendo, interrogarme por una movida personal que pasó hace un par de horas o tres. Porque Mercy no me ha denunciado, eso seguro. Te estás metiendo en mi vida porque es lo que hacéis siempre los cabrones como tú.

Will deslizó lentamente la mano herida sobre el suelo hasta tocar el borde de su teléfono.

—Tienes razón. Mercy no ha puesto ninguna denuncia. No puedo detenerte por estrangularla.

—Claro que no puedes.

—Pero si quieres reconocer que maltratas a tu mujer, estaré encantado de tomarte declaración.

Dave volvió a reírse.

—Claro, tío, tú inténtalo.

Haciendo un esfuerzo, Will logró pulsar dos veces con el pulgar el botón lateral del móvil para encender la grabadora.

—Dave McAlpine, tienes derecho a permanecer en silencio. Cualquier cosa que digas o hagas podrá utilizarse en tu contra en un tribunal.

Dave volvió a reírse.

—Sí, eso voy a hacer, quedarme callado.

—Tienes derecho a un abogado.

—No puedo permitirme un abogado.

—Si no puedes permitirte un abogado, los tribunales te proporcionarán uno.

—Los tribunales pueden comerme la polla.

—Conociendo estos derechos, ¿estás dispuesto a hablar conmigo voluntariamente?

—Claro, tío, vamos a hablar del tiempo. La lluvia ha pasado enseguida, pero va a volver a llover. Vamos a hablar de nuestros tiempos en el hogar infantil. O de ese chochito que tienes en la cabaña. ¿Qué haces aquí, tocándome a mí los huevos, cuando podrías estar metiéndole la polla en la boca a ese pibón?

—Sé que estrangulaste a Mercy en el sendero esta tarde.

—¿Y qué? A Mercy le gusta que le den caña de vez en cuando. Y no va a denunciarme por eso. —Dave hablaba con bravuconería, muy seguro de sí mismo—. No metas las narices donde no te llaman o te vas a enterar de qué clase de tío soy ahora.

Will no se daba por satisfecho con haber conseguido que reconociera el maltrato. Quería más.

—Cuéntame qué ha pasado esta noche.

—¿El qué?

—¿Dónde has estado?

Dave siguió fumando, pero algo había cambiado. Había hablado con suficientes policías como para saber cuándo se le estaba pidiendo una coartada.

—¿Dónde has estado, Dave?

—¿Por qué? ¿Qué ha pasado?

—Dímelo tú.

—Joder. —Dio una calada al cigarrillo—. Ha pasado algo, ¿no? No es que estuvieras dando vueltas por aquí como un idiota. ¿Qué ha pasado? Un delito estatal, ¿no? ¿Un asunto de drogas que se ha torcido? ¿Andas detrás de algún traficante?

Will no dijo nada.

—Por eso has venido tú y no ese mamón del *sheriff.* —Dave aspiró hasta el filtro—. Qué puta mierda, tío.

Will seguía sin decir nada.

—¿Y ahora qué? —dijo Dave—. ¿Crees que vas a detenerme, cabrón? ¿Con una sola mano y esa chorrada de que me viste estrangular a mi mujer?

—Mercy ya no es tu mujer.

—Claro que es mía, hijo de la gran puta. Mercy me pertenece. Puedo hacer lo que me dé la puta gana con ella.

—¿Qué le has hecho, Dave?

—¿Y a ti qué cojones te importa? Menuda mierda. —Tiró el cigarrillo al fuego.

No arrancó otra cerveza del paquete ni apoyó la mano en el regazo. Volvió a echarse hacia atrás y apoyó el codo en el tronco, con el cuchillo de deshuesar al alcance de la mano.

Esta vez fue un movimiento claramente intencionado.

Will trató de aparentar que no se daba cuenta.

—Lárgate de aquí con tus mierdas —le dijo Dave.

—¿Qué tal si te vienes conmigo?

Dave volvió a resoplar. Se limpió la nariz con el brazo, pero era solo una excusa para acercar la mano al cuchillo.

Will cerró el puño, haciendo caso omiso del dolor abrasador de la mano. Con la buena, se subió un poco la pernera del pantalón para dejar al descubierto el mango del cuchillo para cebo.

Dave no dijo nada. Solo se relamió, ansioso por que empezara el jaleo. Era lo que estaba deseando desde el momento en que había visto a Will en el camino. En realidad, también era lo que deseaba Will.

Se levantaron los dos al mismo tiempo.

El primer error que cometía la gente en una pelea con arma blanca era preocuparse demasiado por el cuchillo. Lo que era natural. Una puñalada dolía horrores. Las heridas en el vientre podían dejarte al borde de la muerte. Y una estocada al corazón podía mandarte directamente a la tumba.

El segundo error era el mismo que cometía en cualquier otro tipo de pelea: dar por sentado que sería una pelea justa. O al menos que la otra persona jugaría limpio.

Dave había participado en muchas peleas a navajazos. Estaba claro que conocía ambos errores. Mantuvo el cuchillo de deshuesar delante de sí al tiempo que echaba mano del bolsillo trasero del pantalón para sacar la navaja automática. Su plan era bastante astuto. Distraer a Will con el cuchillo mientras atacaba con la navaja.

Por suerte, Will tenía un plan igual de astuto. Sabía que lo que más preocupaba a Dave era el cuchillo para cebo. No pensaba en su mano herida. No se había dado cuenta de que había agarrado un puñado de tierra y se llevó una sorpresa mayúscula cuando Will se lo arrojó a la cara.

—¡Joder! —Se echó hacia atrás, tambaleándose. Soltó el cuchillo, pero, por pura memoria muscular, su mano dominante siguió en guardia.

Nadine se había equivocado: Dave no llevaba una navaja automática, de las que se abrían con solo pulsar un botón, sino una navaja mariposa, que servía al mismo tiempo como arma de ataque y como distracción. Dos empuñaduras metálicas plegadas como una concha alrededor de una hoja afilada y estrecha. Abrirla con una mano requería un movimiento rápido de muñeca describiendo un ocho. Se sujetaba el mango seguro con el pulgar y el resto de los dedos al tiempo que se hacía girar el otro mango —el del cierre— pasándolo por encima de los nudillos. Luego, se giraba el mango seguro, se volvía a pasar el mango del cierre sobre los nudillos, se le daba la vuelta y acababas empuñando una navaja de veinticinco centímetros de longitud.

Pero a Will le traía sin cuidado la navaja.

Echó la pierna hacia atrás y hundió la puntera de acero de la bota en la entrepierna de Dave.

Querido Jon:

Hace ya tres años que te tengo otra vez conmigo, lo que significa que a partir de ahora son ya más los años que llevamos juntos que los que estuvimos separados. Sé que hace mucho tiempo que no te escribo una carta, pero quizá sea más fácil si me digo a mí misma que solo va a ser una vez al año, sobre todo porque parece que en el mes de enero mi vida siempre da un vuelco. He elegido el 16 de enero porque para mí es tu día de llegada. La verdad es que esa frase se la he copiado a la tía Delilah, que tiene un montón de perros y, como cualquiera sabe cuándo cumplen años, llama al día que fueron a vivir con ella su día de llegada. Así que hoy hace tres años de tu día de llegada, el día que te traje otra vez a vivir conmigo a lo alto de la montaña para ser tu madre a tiempo completo.

No es que tú seas un perro callejero, claro, pero es que justo estaba pensando en eso esta mañana porque la echaba de menos. Ya sé que es una tontería decirlo, ya que fue Delilah la que te separó de mí y me costó una barbaridad recuperarte, pero ella era siempre a quien yo acudía cuando las cosas se ponían feas. Y ahora mismo las cosas están muy pero que muy feas.

La verdad es que no pasa un día sin que piense en beber y en drogarme, pero luego pienso en ti y en nuestra vida juntos y no lo hago. El caso es que me pasó una cosa con tu padre en las fiestas y antes de que me diera cuenta estaba en la licorería comprando una botella de Jack Daniel's. Ni siquiera esperé a llegar a casa. La abrí en el aparcamiento y casi me la bebo entera en dos tragos. Es curioso, pero pasado un rato ya ni siquiera lo saboreas. Solo notas cómo quema, luego que la cabeza te da vueltas, y no me da vergüenza reconocer que hacía tanto tiempo que no bebía que vomité enseguida.

En otra época las cosas andaban tan mal que seguramente habría vuelto a tragarme todo ese alcohol de una manera o de otra, pero esta vez no. Tiré la botella a la basura. Después, me quedé sentada en el coche un buen rato y estuve pensando en qué era lo que me había llevado hasta allí.

Para decirlo sin rodeos, tu padre casi me mata. Era Nochevieja y se dio una buena fiesta, fumó un montón de cristal, cosa que ya había hecho otras veces, pero esta vez el lote debía de ser muy malo, porque se puso hecho una fiera y yo me asusté muchísimo. Se puso a destrozar la caravana y empecé a gritarle, seguramente no debería haberlo hecho, pero es que estoy tan cansada, cariño…

Tu padre no es mala persona, pero puede hacer cosas malas. En cuanto tiene un poco de dinero en el bolsillo, lo apuesta a cualquier cosa o se va de fiesta toda la semana y se lo funde. Luego me echa a mí la culpa por no impedirle que se lo gaste. Me presiona hasta que le doy todo el dinero que tengo escondido, aunque eso signifique que no podemos comprar comida o tener la luz encendida, y eso no es lo peor, porque encima me ha estado engañando.

Bueno, ya me ha engañado otras veces, pero esta vez ha elegido a una chica que trabaja conmigo y que yo pensaba que era mi amiga. No como Gabbie, pero sí una amiga con la que podía hablar y pasar el rato. Se creían muy listos los dos pensando que me engañaban delante de mis narices, pero yo me daba cuenta de que pasaba algo. No decía nada porque sabía que tu padre solo lo hacía para hacerme daño, ya hemos pasado por esto otras veces, pero no estaba dispuesta a aguantar otra vez lo mismo: que me engañara, que luego me suplicara volver y que después volviera engañarme.

Esta vez lo que ha hecho ha sido tirársela en una de las habitaciones del motel que me tocaba limpiar a mí. Tengo el horario colgado en la nevera y él lo ve cada vez que se toma una cerveza, por eso sé que lo sabía. Ella también lo sabía porque su nombre también está en el horario ese. Y allí estaban, follando como locos en la habitación cuando entré con un montón de toallas y sábanas. Yo sé que tu padre esperaba que me pusiera hecha una furia, pero no lo hice. No me salió decir nada. Nunca le he visto tan pasmado como cuando salí de la habitación y cerré la puerta como si no me importara nada.

Y la verdad es que no me importa.

Como te decía, esto de que me engañe ha pasado ya otras veces, pero ha sido ahora cuando me he dado cuenta de que las cosas han cambiado. Y cuando digo que han cambiado, me refiero a dentro de mí. Cuando seas mayor te darás cuenta de que a veces miras atrás y ves un patrón. Con tu padre, el patrón era: él me engaña, yo lo descubro, tenemos una bronca, me da una paliza y luego se pone suave como un guante por si se me ocurre dejarle. Esta vez nos saltamos la bronca y la paliza, pasamos directamente a que tu padre se puso suave como un guante. Sacaba la basura, recogía su ropa del suelo y hasta arrancaba mi coche por las mañanas para que estuviera caliente para mí. Un día le pillé cantándote y fue muy bonito, pero dejó de hacerlo en cuanto salí de la habitación.

Verás, no reaccioné como él quería, que era tirarme a sus pies y rogarle que se quedara. No sé qué le pasa a tu padre que está tan roto por dentro, y es difícil de explicar, pero lo

que más desea en el mundo es que la gente esté tan desesperada que solo le quede aferrarse a él.

Luego, cuando se aferran, los odia por ello.

Esta vez, lo que me hizo seguir adelante fue que me había
prometido a mí misma que tú y yo estaríamos fuera de esa
mierda de caravana a finales de enero. Pero no pensaba irme
a escondidas. Eso es lo que hace tu padre, hacer las cosas a
escondidas. Lo pensé mucho y tenía claro que lo mejor era decirle que nos íbamos en vez de recoger nuestras cosas y mar-
charnos cuando él no estuviera. De todos modos, no podía ir
muy lejos porque vivimos en el mismo pueblo. Además, estás tú.
Yo ya no soporto estar con él, pero Dave sigue siendo tu papá
y no voy a alejarte de él, aunque se porte fatal conmigo.

En fin, él te dirá que me porté como una zorra por dejarle,
pero quiero que sepas que no era esa mi intención. Yo quería
hacer las cosas civilizadamente. Así que le llevé una cerveza,
lo hice sentarse en el sofá y le dije que me escuchara porque
tenía que decirle una cosa importante.

Se quedó muy callado hasta que le dije lo del piso en el pueblo. Imagino que fue entonces cuando se dio cuenta de que iba
en serio, también, ahora que lo pienso, creo que fue entonces
cuando cayó en que le había ocultado lo del dinero. Me preguntó cuánto era la fianza, si el piso estaba amueblado, dónde iba
a aparcar, si había una habitación para ti y esas cosas. Yo fui
tan tonta que en ese momento pensé que quería asegurarse
de que íbamos a estar bien allí. Le prometí que podría ir a verte cuando quisiera. Le dije un par de veces o tres lo importante que es para ti y que quiero que tengas relación con tu papá.
Y es cierto, porque lo mismo te estoy diciendo en esta carta.

Después me preguntó por la pensión de manutención y
otras cosas que yo, sinceramente, ni me había planteado. No
hay juez en este mundo capaz de sacarle dinero a Dave. Prefiere ir a la cárcel o morirse antes que dar un centavo, aunque sea para alguien a quien quiere. Aunque sea para ti. En fin,

el caso es que estuvo muy tranquilo todo el rato, fumando, diciendo que sí con la cabeza y bebiendo, y aparte de esas preguntas no dijo mucho más. Luego, cuando me quedé callada, me preguntó si había terminado. Le dije que sí. Entonces, apagó el cigarro. Y se puso como loco.

No voy a mentir. Esperaba que me castigara, así que estaba preparada para que me diera una paliza. Tu padre no es muy creativo cuando se trata de hacerme daño, pero hay un par de cosas que nunca había hecho y que hizo esa noche. Una fue sacar la navaja. La otra fue estrangularme.

Ahora que lo leo, suena como si hubiera querido apuñalarme, pero no es verdad. Iba a usar el cuchillo para hacerse daño a sí mismo. Y aunque estoy segurísima de que no quiero seguir casada con él, tampoco quiero que tu padre se muera, y menos aún que se suicide. El Señor me dio la espalda hace mucho tiempo, pero estoy segura de que no perdona a quien se quita la vida y no le deseo el infierno eterno a tu padre.

Por eso estuve a punto de perder los nervios cuando vi que se cortaba en el cuello y se hacía sangre. Me puse de rodillas en el suelo y le supliqué que no lo hiciera. No paraba de decirme que me quería, que yo era la única persona en el mundo con la que se sentía a gusto, que había perdido muchísimas cosas en el hogar infantil y yo era la única que podía compensarle.

No sé si es verdad o no, pero lo que sí sé es que estábamos los dos llorando a lágrima viva cuando por fin dejó la navaja en la mesita. Luego estuvimos abrazados un buen rato. Yo habría dicho cualquier cosa para que no se matara. No paraba de decirle que lo quería, que nunca iba a abandonarlo, que siempre seríamos una familia.

Cuando eso se acabó, nos quedamos sentados en el sofá mirando la pared, agotados de tantas emociones, entonces me dijo: «Me alegro de que no te vayas», y yo no pude soportarlo, porque después de aquel estallido emocional estaba todavía más segura que antes de que tenía que irme. Le dije que siempre iba a poder contar conmigo. Que siempre lo iba a querer y que solo deseaba que fuera feliz.

Creo que el error que cometí fue que debí dejarlo ahí, pero tuve que abrir la bocaza y decirle que yo también quería ser feliz y que era imposible que ninguno de los dos lo fuera si seguíamos juntos.

Nunca he visto a tu padre moverse tan rápido como en ese momento. Me agarró del cuello con las dos manos. Lo más aterrador fue que ni siquiera se puso a gritar. Nunca lo había visto tan callado. Solo me miraba con los ojos saliéndosele de las órbitas mientras me apretaba el cuello. Sentí que quería matarme. Y puede que él pensara que me había matado. No quiero ponerme mística, porque no tengo poderes ni nada por el estilo, pero te juro por lo más sagrado que hasta después de perder el conocimiento yo sabía lo que estaba pasando.

La mejor manera de describirlo que se me ocurre es que estaba flotando pegada al techo, miré hacia abajo y me vi tumbada en esa moqueta verde tan fea que nunca consigo limpiar del todo. Recuerdo que me dio vergüenza tener los pantalones mojados como si me hubiera meado encima, lo que hacía mucho tiempo que no me pasaba, desde que dejé la bebida y las drogas. El caso es que tu padre seguía estrangulándome mientras yo lo veía todo desde el techo. Luego me dio un último empujón y se levantó. En lugar de marcharse, se quedó mirándome.

Me miró y me miró.

Fue la cara que puso lo que más me impresionó, por lo inexpresiva que era. Unos minutos antes estaba llorando angustiado y amenazando con matarse, y después, de pronto, nada. Absolutamente nada. Entonces me di cuenta de que quizá era la primera vez que lo veía de verdad tal y como es. Que el Dave que llora o el que ríe o el que se droga o el que se enfada o incluso el que finge que me quiere no es el Dave de verdad, en absoluto.

El verdadero Dave está vacío por dentro.

No sé qué le quitaron todos esos padres de acogida, o el profesor de educación física que abusó de él, pero cavaron un hoyo tan hondo en su alma que ya no queda nada. Por lo menos, nada para mí. Si te digo la verdad, ni siquiera sé si queda algo para ti.

Voy a serte sincera, verlo así me dejó conmocionada. Más que quedarme sin respiración, que era algo que me daba pánico desde pequeña. Y eso hizo que me preguntara qué más oculta Dave.

Dios sabe que quiere con locura a la abuela Pizca, pero ¿a mí me ha querido alguna vez de verdad? ¿Alguna vez le he importado? A su modo, me ha dado tiempo para averiguarlo. Ahora está en la cárcel por meterse en otra pelea en un bar cuando acabó conmigo esa noche. Es lo que se merece, pero aun así estoy preocupada por él. La cárcel es muy dura para un hombre como tu padre, que tiene la costumbre de tocarle las narices a la gente. Y si te digo la verdad, me da mucho miedo que salga. Me da miedo ese hombre vacío que me miraba como a una mosca a la que acababa de arrancarle las alas.

Por eso me preocupo tanto por ti, cariño. Tú sabes que no hay nada que yo no pueda perdonarte, pero tu padre no es feliz siendo como es. Nadie podría ser feliz así. Está tan vacío por dentro que lo único que lo llena es forzar las emociones de los demás. A veces está bien, como cuando invita a beber y se da aires en el pueblo. Otras veces está mal, como cuando fuma cristal y destroza la caravana. Y a veces es horrible, como cuando me aprieta el cuello tan fuerte que creo que me va a matar. Entonces, lo miro a la cara y veo que lo único que le hace disfrutar en esta vida es trasladarle su infelicidad a los demás.

Dios mío, qué cosas tan feas te estoy contando... Pero puede que tú nunca veas ese lado suyo. Ojalá nunca lo veas, porque es como mirar la boca del infierno. A mí tu padre puede hacerme lo que quiera, pero a ti nunca te levantará la mano, jamás. Y yo tampoco voy a ser de esas mujeres que ponen a sus hijos en contra de su padre. Si acabas pensando que es mala persona, será porque lo veas con tus propios ojos.

Así que voy a terminar esta carta contándote tres cosas buenas de él.

Una es que, aunque sea asqueroso y yo haya dicho desde el principio que no es verdad, tu padre para mí es de la familia. No es como tu tío Pez en el sentido de que sea como un hermano, pero se le acerca, y a ti precisamente no te lo voy a negar.

La segunda es que todavía me hace reír. Puede que no parezca gran cosa, pero no he tenido muchas alegrías en esta vida, por eso me cuesta tanto separarme de él. Dave y yo no empezamos así. Hubo un tiempo en que tu padre lo era todo para mí. Era a él a quien acudía cuando mi padre la tomaba conmigo. Era con él con quien me confesaba. A él a quien quería complacer. Era mucho mayor que yo y había pasado por tantas cosas malas que sentía que me comprendía. En realidad, nunca lo quise de verdad. Solo quería que él me quisiera. Pero no sientas lástima por tu padre. Él sabía lo que había y le parecía bien. Incluso le gustaba. Espero que nunca llegues a sentir eso, que nunca te veas en la situación de preferir que te soporten a que te quieran.

En fin, dejo ya ese tema.

Lo tercero es que tu padre me salvó la vida cuando tuve el accidente de coche. Sé que suena dramático, pero es verdad que me salvó. Iba a verme al hospital. Me agarraba de la mano. Me decía que seguía siendo guapa cuando los dos sabíamos que eso ya nunca iba a ser verdad. Decía que no había sido culpa mía, y los dos sabíamos que tampoco era cierto. Solo lo he visto tratar tan bien a otra persona, a Pizca. La verdad es que creo que desde entonces he estado intentando volver a ver ese lado suyo. En fin, no quiero ahondar mucho en esa desgracia, pero digamos que tu padre estuvo a la altura.

POR ESO MENTIMOS

Así que eso es lo que quiero que sepas de él, sobre todo lo tercero. Y seguramente por eso en parte siempre lo querré, aunque estoy casi segura de que algún día acabará matándome.

Te quiere siempre,
Mamá

11

Faith Mitchell se quedó mirando el reloj de la pared.

Las 05:54 de la mañana.

El agotamiento le había caído encima como un tanque en llamas. La urgencia por llegar la había mantenido alerta mientras trataba de abrirse paso en el horrendo atasco, pero todo eso se había esfumado de golpe en la sala de espera de la oficina del *sheriff* del condado de Dillon.

La puerta del edificio estaba abierta, pero no había nadie en recepción. No había salido nadie cuando tocó en la mampara de cristal cerrada ni cuando llamó al timbre. Tampoco había ningún coche patrulla en el aparcamiento vacío. Nadie contestaba al teléfono.

Miró su reloj por enésima vez. Marcaba veintidós segundos más que el reloj de la pared. Se subió a la silla para adelantar el segundero. Confiaba en que, si alguien la estaba viendo por la cámara de seguridad de la esquina, llamara a la policía.

Pero no hubo suerte.

Douglas Hartshorne, Bizcocho, le había dicho que se reuniera con él en jefatura, pero de eso hacía ya veintitrés minutos. No había respondido a sus múltiples llamadas y mensajes. El móvil de Will no tenía cobertura o se había quedado sin batería, y cuando llamaba a Sara saltaba directamente al buzón de voz. Nadie contestaba al teléfono en el albergue McAlpine. Según su página web, la única forma de llegar allí era subir a pie por la montaña, como un castigo de los que les ponían a los niños de *Sonrisas y lágrimas* antes de que llegara María con su guitarra.

Faith no tenía nada que hacer, salvo pasearse por la sala. De todos modos no estaba muy segura de cuál era su cometido en ese momento. El torrencial aguacero había entrecortado la única conversación telefónica que había mantenido con Will; sin embargo, por lo poco que le había contado su compañero, sabía que había ocurrido algo malo por culpa de un canalla. Faith había escuchado los audios que le había enviado Will durante el interminable trayecto hacia las montañas y, por lo que había podido deducir, parecía que el caso estaba resuelto.

La primera grabación parecía un resumen de un episodio muy malo de *Padres forzosos*. Delilah había descrito sucintamente la mala relación de Mercy McAlpine con su familia: desde su padre maltratador a su gélida madre, pasando por el rarito de su hermano y el amigo de este, que era aún más rarito. Luego, estaba ese rollo entre Dave y Mercy, que daba grima. No es que fuera incesto exactamente, pero tampoco dejaba de serlo. Después, tras la pausa publicitaria, hacía acto de aparición Bizcocho, el *sheriff*, al que, por lo visto, el brutal asesinato de una mujer y la desaparición de su hijo adolescente le importaban poco. La única información pertinente que Faith había sacado en claro del mensaje era el minucioso relato de Will sobre cómo había encontrado el cuerpo de Mercy McAlpine. Y de cómo, de paso, había acabado con un cuchillo clavado en la mano.

El segundo audio era como un episodio de *24* en el que Jack Bauer se veía obligado a cumplir la Constitución que había jurado defender. Empezaba con Will leyéndole sus derechos a Dave McAlpine. Después, Dave admitía haber estrangulado a su mujer ese mismo día, y a continuación había una discusión que desembocaba en una refriega en la que —por lo que adivinaba Faith, que conocía bien a su compañero— Will le había dado a Dave una patada tan fuerte en los huevos que el tipo había vomitado a chorro.

Una advertencia sobre esto último habría sido de agradecer. Faith había oído ese pasaje en sonido envolvente Dolby Digital por los altavoces de su Mini, cuando estaba atrapada en un atasco en medio de la nada, en plena noche y lloviendo a mares, y le habían dado tales arcadas que había tenido que abrir la puerta por si acaso, para vomitar en el asfalto.

Volvió a mirar el reloj.

Las 05:55.

Un minuto menos. Ya no podían quedar muchos más. Buscó en el bolso su surtido de frutos secos. Le dolía la cabeza como si tuviera una leve resaca, pero era lógico teniendo en cuenta que hacía apenas unas horas estaba feliz y relajada, viviendo como una mujer de la que no se esperaba que participara en ninguna actividad adulta.

De hecho, estaba tomándose una cerveza fría en la ducha cuando su teléfono emitió un ruido extraño: un trino triple, como si un pájaro se hubiera posado en el lavabo. Lo primero que pensó fue que su hijo de veintidós años era ya demasiado mayor para ponerse a enredar con sus tonos de llamada. Lo segundo que pensó la hizo ponerse a sudar, a pesar de que estaba bajo el chorro de la ducha: su hija de dos años había aprendido a cambiar la configuración del móvil. Su vida digital nunca volvería a ser segura. Una serie de imágenes bochornosas desfilaron ante sus ojos: los selfis, el *sexting*, las fotopollas solicitadas por ella con toda intención… Casi se le cae la cerveza al salir a toda prisa de detrás de la cortina.

El mensaje le había parecido tan raro que se había quedado mirando la pantalla como si fuera la primera vez que veía palabras escritas.

AVISO DE EMERGENCIA SOS
Delito
INFORMACIÓN ENVIADA
Cuestionario de emergencia
Localización actual

Otra vez lo mismo: lo primero que pensó fue en Jeremy, que estaba haciendo un imprudente viaje a Washington por carretera, si por «imprudente» se entendía que su madre estaba en contra. A continuación pensó en Emma, que estaba pasando la noche por primera vez en casa de una amiguita. De ahí que Faith tuviera el corazón en un puño cuando deslizó el dedo por la pantalla para pasar la respuesta automática del satélite. De todas las cosas que esperaba leer, desde un tiroteo masivo a un accidente catastrófico o un atentado terrorista, lo que leyó le pareció tan inesperado que se preguntó si no sería una estafa telefónica.

«El agente especial del GBI Will Trent solicita ayuda inmediata para la investigación de un asesinato».

Faith se había mirado al espejo para ver si estaba teniendo otro sueño absurdo relacionado con el trabajo. Dos días antes, había bailado como una loca en la boda de Will y Sara. Se suponía que estaban de luna de miel. No debería haber un asesinato, y mucho menos una investigación, e incluso menos un mensaje vía satélite pidiendo refuerzos. Faith se había quedado tan descolocada que dio literalmente un brinco cuando su teléfono empezó a sonar. Luego se asustó al ver en el identificador de llamadas que era su jefa, justo la persona con la que más le apetecía hablar estando desnuda delante del espejo del baño con una cerveza en la mano, a la una y cuarto de la madrugada.

Amanda no se había molestado en decir «Siento interrumpir tu semana libre», como un ser humano normal que se preocupaba por los demás. Se había limitado a darle una orden: «Te quiero saliendo por la puerta dentro de diez minutos».

Faith había abierto la boca para responder, pero Amanda ya había colgado. No había tenido más remedio que aclararse el jabón del cuerpo y buscar frenéticamente algo que ponerse en el monte Everest de ropa sucia que tenía junto a la lavadora.

Y allí estaba, de plantón, cinco horas después.

Volvió a mirar el reloj. Otro minuto menos.

Pensó en todas las cosas que podía haber estado haciendo en ese momento. Lavar la ropa, por ejemplo, porque tenía la camisa hecha un asco. Tomarse otra cerveza en la ducha. Reorganizar el armario de las especias mientras escuchaba a NSYNC a todo volumen. Jugar a *Grand Theft Auto* sin tener que dar explicaciones por sus asesinatos indiscriminados. No preocuparse por si Emma tenía miedo de dormir en otra cama. No preocuparse por si a Emma le encantaba dormir en otra cama. No preocuparse porque Jeremy estuviera de viaje para vi-sitar Quantico con la esperanza de ingresar en el FBI. Ni porque el agente del FBI que lo acompañaba fuera el hombre con el que ella se acostaba y al que, a pesar de que hacía ya ocho meses que estaban en-rollados, seguía refiriéndose como «el hombre con el que se acostaba».

Y esos eran solo sus problemas inmediatos. Porque además tenía pensado aprovechar su semana de vacaciones para darle un descanso a su santa madre, que se encargaba de cuidar a Emma a diario. Y para re-cordarle a su hija que de verdad tenía madre. Había programado su tiempo como si estuviera empollando para un examen. Había reserva-do hora para merendar un día en el Four Seasons, se había apuntado a clases de pintura facial y de pintura de cerámica, había comprado entra-das para el Museo de la Marioneta, se había descargado una audioguía infantil del jardín botánico, había mirado clases de trapecio y buscado…

El teléfono le empezó a sonar.

—¡Aleluya! —gritó en medio de la sala vacía. No era buen mo-mento para estar encerrada con sus pensamientos—. Mitchell.

—¿Qué haces en la oficina del *sheriff*? —preguntó Amanda.

Faith reprimió una maldición. No le hacía nada de gracia que Amanda pudiera rastrear su móvil.

—Había quedado aquí con el *sheriff*.

—Está en el hospital, con el sospechoso. —El tono de voz de Amanda daba a entender que aquello era un hecho bien conocido—. Está justo enfrente. ¿Qué haces ahí, perdiendo el tiempo?

De nuevo, Faith abrió la boca para responder, pero Amanda ha-bía colgado ya.

Agarró el bolso y salió de la estrecha sala de espera. Las nubes te-ñían de rosa el cielo. Por fin estaba amaneciendo. Las farolas empeza-ban a apagarse. Respiró hondo el aire de la mañana mientras cruzaba con cuidado las vías del tren, que atravesaban el pequeño centro del pue-blo. La localidad de Ridgeville no era nada del otro mundo. La zona comercial, formada por chatos edificios de los años cincuenta, ocupa-ba una manzana y estaba repleta de comercios turísticos, como anti-cuarios y tiendas de velas.

El hospital era un edificio de bloques de hormigón y cristal, de dos plantas, el más alto hasta donde alcanzaba la vista. El aparcamiento estaba lleno de coches y camionetas que tenían más años que su hijo. Vio el coche del *sheriff* junto a la entrada principal.

—Faith.

—¡Joder! —Se llevó tal susto que casi se le cae el bolso. Amanda había aparecido de repente.

—Cuida ese lenguaje —la reprendió—. No es nada profesional.

Faith pensó que, a partir de entonces y para el resto de su vida, cada vez que dijera «joder» se acordaría de ese momento.

—¿Por qué has tardado tanto?

—He estado dos horas metida en un atasco. ¿Cómo has conseguido pasar tú?

—¿Cómo es que tú no has pasado?

El teléfono de Amanda empezó a zumbar. Le enseñó la coronilla a Faith al bajar la cabeza para mirar la pantalla. Llevaba el pelo canoso tan perfectamente peinado como siempre, en espiral, formando un casco. Su falda y su americana a juego no tenían ni una arruga. Sus pulgares volaron sobre el teclado cuando respondió a uno de los miles de mensajes que recibiría ese día. Amanda era la subdirectora del GBI, tenía a su cargo a cientos de empleados, quince oficinas regionales, seis grupos antidroga y más de media docena de unidades especializadas repartidas por los ciento cincuenta y nueve condados de Georgia.

Lo que impulsó a Faith a preguntar:

—¿Qué haces aquí? Sabes perfectamente que puedo encargarme de esto yo sola.

Amanda se guardó el teléfono en el bolsillo de la chaqueta.

—El *sheriff* se llama Douglas Hartshorne. Su padre ocupó el puesto cincuenta años, hasta que hace cuatro le dio un derrame cerebral y tuvo que jubilarse. Junior fue el único candidato al puesto. Parece haber heredado la aversión de su padre por el GBI. Me contestó rotundamente que no cuando me ofrecí a llevar el caso.

—Lo llaman Bizcocho —le informó Faith—. Y yo me alegro, porque me dan ganas de llamarlo Douglaz, como el señor Dink, el de Doug.

—¿Tengo cara de entender esa referencia?

Amanda tenía cara de estar entrando en un hospital. Faith la siguió hasta la sala de espera, rebosante de sufrimiento. Todas las sillas estaban ocupadas. La gente se apoyaba en las paredes mientras rezaba en silencio por que la llamaran. Faith se acordó de sus visitas de madrugada a urgencias, con sus hijos. Jeremy era de esos bebés a los que les subía la fiebre de tanto berrear. Afortunadamente, Emma había nacido más o menos cuando Will conoció a Sara. Era una gran suerte tener una amiga íntima que era pediatra.

Lo que le recordó…

—¿Dónde está Sara?

—Pegada a Will, como siempre.

No era exactamente una respuesta, pero Faith no quería echar más leña al fuego. Además, Amanda ya estaba abriendo la puerta del fondo, a pesar del cartel que advertía «SOLO PERSONAL AUTORIZADO».

Allí se encontraron con más padecimientos. Había pacientes aparcados en camillas a lo largo del pasillo, aunque Faith no vio ni enfermeras ni médicos. Seguramente estaban detrás de los espacios delimitados con cortinas que servían como habitaciones. El tableteo de los taconcitos de Amanda en las baldosas laminadas se superpuso al sonido rítmico de los monitores cardiacos y los respiradores. Faith se preguntó para sí por qué Amanda había conducido dos horas a las tantas de la madrugada para ir a un pueblo de mala muerte por un caso de asesinato que ya estaba resuelto y que, además, se hallaba muy por debajo de su categoría salarial. ¡Si hasta estaba por debajo de su mísera categoría salarial! El GBI solo intervenía si una investigación se torcía y hasta en esos casos era necesario solicitar oficialmente su intervención. Encima, Bizcocho había dejado muy claro que no la quería.

Amanda se detuvo frente al mostrador de enfermeras, que estaba desierto, y tocó el timbre. Su sonido apenas se oyó entre los gemidos y el ruido de las máquinas.

—Dime la verdad, ¿por qué has venido? —preguntó Faith.

Amanda volvió a sacar el móvil.

—Will tendría que estar de luna de miel. No voy a permitir que este trabajo le absorba la vida.

Faith se contuvo para no soltar un quejumbroso «¿Y yo qué?». Amanda siempre había tenido un vínculo palpable con Will. Trabajaba como patrullera en la Policía de Atlanta cuando encontró a Will de bebé en un cubo de basura. Hasta hacía poco, él no tenía ni idea de que la mano invisible de Amanda había estado guiándolo toda su vida. Faith se moría de ganas de saber algo más al respecto, pero ninguno de los dos era muy dado a revelar secretos profundos y oscuros, y la lealtad de Sara hacia su marido era un auténtico fastidio.

Amanda levantó la vista del teléfono.

—¿Crees que Dave es el asesino?

A Faith la respuesta le parecía tan obvia que ni siquiera se lo había planteado.

—Admitió haber estrangulado a Mercy. No tiene coartada. La tía de Mercy ha atestiguado un largo historial de violencia machista. Estaba escondido en el monte. Se resistió a la detención, si es que puede llamarse «resistirse» a ponerse gallito diez segundos y luego pasarse treinta vomitando.

—Es extraño lo poco que parece haber afectado esto a la familia.

Faith dedujo que su jefa también había escuchado los audios de Will. Ella había pasado tanto tiempo escuchándolos en el coche que prácticamente había memorizado algunos comentarios de Delilah.

—Según la tía, hay un móvil económico importante. Describió al hermano de Mercy como una especie de recluso del tipo asesino en serie que colecciona bragas. Dijo de su propio hermano que era un maltratador, y de su cuñada, que era una persona muy fría. Y que Pizca amenazó a Mercy con que alguien iba a darle una puñalada por la espalda horas antes de que le clavaran un cuchillo por detrás.

—También comentó algo sobre los exhibicionistas de la cabaña cinco.

Faith también quería saber algo más sobre ese tema, pero solo porque era igual de cotilla que Delilah.

—Creo que sería interesante hablar con Marti. Es muy amigo del hermano. Puede que sepa algún secreto. Y después están esos ricachones gilipollas que querían comprar el albergue.

—Con esos no vamos a poder hablar. Tendrán un montón de abogados —dijo Amanda—. ¿Cuántos huéspedes hay ahora mismo en el albergue?

—No estoy segura. En la página web dice que no admiten más de veinte a la vez. Si te gusta estar al aire libre y sudar, parece un sitio fantástico. No he podido averiguar cuánto cuesta, pero supongo que un pastón. Will debe de haberse gastado el sueldo de un año para venir aquí.

—Razón de más para que no se meta en esto —dijo Amanda—. Quiero que te encargues de interrogar a Dave. Lo han traído en ambulancia. Sara quería descartar una torsión testicular.

Faith sabía que eso no tenía ninguna gracia, pero aun así se la hizo.

—¿Qué código le pongo a eso en el informe? ¿Un ochenta y ocho?

Amanda pasó a su lado al ver a Sara al fondo del pasillo. De nuevo, Faith se descubrió casi dando saltos para alcanzarla. Sara llevaba una camiseta de manga corta y pantalones cargo y el pelo recogido en lo alto de la cabeza. Parecía agotada cuando le apretó el brazo a Faith.

—Faith, siento mucho que hayas tenido que venir. Sé que tenías planes toda la semana con Emma.

—Seguro que a Emma no le importa —comentó Amanda, porque, naturalmente, los niños pequeños se tomaban a las mil maravillas los cambios inesperados—. ¿Dónde está Will?

—En el baño, lavándose. Le he hecho meter la mano en una solución de Betadine antes de que le dieran los puntos. La hoja no ha tocado ningún nervio, pero me preocupan las infecciones.

—¿Y Dave? —preguntó Amanda.

—El golpe ha afectado sobre todo al epidídimo, un conducto en espiral unido a la parte posterior de los testículos por el que viaja el esperma durante el proceso eyaculatorio.

Amanda pareció molesta. Odiaba la jerga médica.

—Doctora Linton, hable en cristiano.

—Tiene magullada la parte de atrás de los huevos. Va a necesitar reposo, elevación y hielo, pero dentro de una semana debería estar recuperado.

Como Faith iba a encargarse de interrogarlo, preguntó:

—¿Está tomando algún analgésico?

—Su médico le ha dado paracetamol. No me tocaba a mí decidir, pero yo le habría recetado tramadol, ibuprofeno para la inflamación y algo para las náuseas. El cordón espermático va desde los testículos al abdomen a través del canal inguinal, luego vuelve por detrás de la vejiga para unirse a la uretra en la glándula prostática y, por último, la uretra sale al pene. En resumen, que Dave ha sufrido un traumatismo horrible. Claro que eso le pasa por amenazar a Will con una navaja —concluyó encogiéndose de hombros.

Faith se olió que allí había otro delito.

—¿Dónde está la navaja?

—Will se la dio al *sheriff*. —Sara sabía lo que estaba pensando—. La hoja tiene menos de treinta centímetros, así que es legal.

—No, si la llevaba oculta con fines delictivos —replicó Amanda.

—Es solo un delito menor —añadió Faith—, aunque si podemos relacionarlo con el asesinato…

—Doctora Linton —la interrumpió Amanda—, ¿dónde está Dave?

—Va a quedarse ingresado esta noche, en observación. El *sheriff* está con él en la habitación. Debo añadir que Dave llevaba puesta una camiseta manchada por delante con la huella de una mano ensangrentada. El *sheriff* iba a recoger su ropa y sus efectos personales y a registrarlos como pruebas. También debería hacer fotos de los arañazos que tiene Dave en el torso y el cuello. La jueza de primera instancia de esta zona se llama Nadine Moushey. Ya ha tramitado la solicitud para que el GBI se encargue de la autopsia. —Sara echó un vistazo a su reloj—. Estará a punto de ordenar el traslado del cadáver. Me dijo que me reuniera con ella abajo, en el depósito, a las ocho.

—Ya he avisado a la agente especial al mando de la región ocho de que supervise el traslado del cadáver.

—¿Quieres decir que no debo intervenir?

—¿Tu aportación es totalmente necesaria?

—¿Te refieres a si es conveniente que una forense titulada que ha visto a la víctima *in situ* ofrezca su opinión experta durante el examen físico preliminar?

—Has desarrollado la costumbre de hacer preguntas en vez de responderlas.

—¿Sí?

Amanda puso una expresión ilegible. Técnicamente era la jefa de Sara, aunque esta siempre la había tratado más bien como si fuera una colega. Ahora, debido a Will, Amanda era en cierto modo su suegra y al mismo tiempo no lo era.

Faith rompió el silencio.

—¿Hay algo más que debamos saber?

—Había una mochila en la escena del crimen. Delilah la identificó, era de Mercy. Afortunadamente, el nailon estaba recubierto por un producto químico resistente al fuego. El contenido podría ser interesante. Mercy llevaba artículos de aseo y ropa, además de un cuaderno.

Faith tuvo una corazonada.

—¿Un cuaderno de qué tipo?

—De redacción, de los que llevan los niños al colegio.

—¿Lo hojeasteis?

—Tenía las hojas empapadas, así que tendrá que pasar por el laboratorio. Me interesa más a dónde iba Mercy. Era plena noche, y unas horas antes se había peleado con su hijo delante de todo el mundo. ¿Por qué se iba? ¿Adónde pensaba ir? ¿Cómo acabó en el lago? Como dijo Nadine, había muchas cabañas vacías, si necesitaba tomarse un descanso de su familia.

—¿Cuántas? —preguntó Faith.

—El número es irrelevante —respondió Amanda—. Céntrate en sacarle una confesión a Dave. Así le daremos carpetazo a esto enseguida. ¿No es así, doctora Linton?

—Por lo menos en lo que respecta a Dave. —Sara volvió a mirar la hora—. Delilah ya debería estar fuera. Vamos a ir a buscar a Jon.

—¿Te parece una buena manera de pasar tu luna de miel? —preguntó Amanda.

—Sí.

Amanda se quedó mirándola un momento. Luego, dio media vuelta y echó a andar.

—¿Faith?

Faith dedujo que aquello era señal de que se iban. Levantó el puño en solidaridad con Sara antes de echar a trotar de nuevo para alcanzar a su jefa.

—Tenías que saber que Sara no iba a permitir que un adolescente que acaba de perder a su madre desaparezca sin más —le comentó a Amanda.

—Jeremy era autosuficiente a los dieciséis años.

Jeremy comía tanto queso a los dieciséis años que Faith se había visto obligada a pedirle a su médico que tomara cartas en el asunto.

—Los adolescentes no son tan resistentes como crees.

Amanda dejó atrás los ascensores y empezó a subir las escaleras. Llevaba los labios apretados. Faith se preguntó si estaría pensando en Will a esa edad, aunque después se recordó a sí misma que era inútil tratar de adivinar lo que pensaba Amanda. Intentó concentrarse en el interrogatorio de Dave.

Durante las dos horas de atasco en la interestatal, había aprovechado para buscar los antecedentes penales de David Harold McAlpine. A su expediente juvenil no tenía acceso, pero en su ficha de adulto figuraban numerosas denuncias, todos ellas por el tipo de delitos que cabía esperar de un drogadicto que pegaba a su mujer. Dave había estado encerrado por diversos delitos, entre ellos reyertas en bares, robo de coches, hurto de leche de fórmula para bebés, conducción bajo los efectos del alcohol o violencia machista. Muy pocas de esas denuncias habían prosperado, lo cual era curioso, pero no sorprendente.

Faith, al igual que su madre y que Amanda, había empezado su carrera policial como patrullera en el Departamento de Policía de Atlanta. Sabía interpretar unos antecedentes leyendo entre líneas. Los repetidos fracasos a la hora de sacar adelante las denuncias por violencia machista tenían una explicación evidente: Mercy se había negado a testificar. Resultaba llamativo que los otros delitos no hubieran tenido mayores consecuencias; aun así, de ello se deducía que Dave estaba siempre dispuesto a delatar a sus compañeros de celda para salir en libertad o bien para evitar que lo enviaran a una cárcel estatal.

Eso era lo menos sorprendente de todo. Muchos hombres que pegaban a sus mujeres eran unos cobardes, además de ser extraordinariamente mezquinos.

Amanda abrió la puerta de lo alto de las escaleras. Faith la alcanzó unos segundos después. Las luces del pasillo estaban atenuadas. No había nadie en el mostrador de enfermería, frente al ascensor. Faith vio en la pared un tablero con los nombres de los pacientes y las enfermeras que tenían asignadas. Había diez habitaciones, todas ellas ocupadas, y una sola enfermera.

—Dave McAlpine —leyó—. Habitación ocho. ¿Qué probabilidades hay…?

Se giraron ambas cuando se abrieron las puertas del ascensor. Will llevaba una camisa de cuadros y unos pantalones de uniforme hospitalario, demasiado cortos para sus largas piernas. Faith le vio los calcetines negros asomando por encima de las botas. Tenía la mano derecha vendada y apoyada en el pecho, también pequeños arañazos en el cuello y la cara.

Amanda lo saludó con su calidez de costumbre:

—¿Por qué vas vestido como un cirujano aficionado al *ska*?

—Dave me vomitó en los pantalones.

—No me extraña. —Faith tenía ganas de chocarle los cinco, pero decidió dejarlo para más tarde—. Sara nos ha dicho que le incrustaste los huevos en la vejiga.

Amanda soltó un pequeño suspiro.

—Voy a informar al *sheriff* de cuánto necesita nuestra ayuda en esta investigación.

—Buena suerte —dijo Will—. Está empeñado en quedarse con el caso.

—Pero seguro que no querrá que inspeccionemos todos los negocios de su jurisdicción en busca de trabajadores indocumentados e infracciones relativas al trabajo infantil.

Faith la vio alejarse, como llevaba haciendo toda la mañana. Le dijo a Will:

—Voy a encargarme del interrogatorio. ¿Algo que deba saber?

—Lo detuve por agresión y resistencia. Bizcocho estuvo de acuerdo en no decirle nada del asesinato, así que, hasta donde yo sé, Dave ignora que hemos encontrado el cadáver. Cree que ayer lo vi estrangular a Mercy en el sendero, eso es lo que más le preocupa.

—¿Y se cree que te quedarías de brazos cruzados mientras estrangula a una mujer? —A Faith le encantaban los sospechosos crédulos—. A lo mejor todavía llego a casa a tiempo de llevar a Emma al taller de circo.

—Yo no contaría con ello. No subestimes a Dave. Se hace el tonto y el palurdo, pero es un manipulador astuto y cruel.

A Faith le estaba costando entender lo que Will intentaba decirle.

—Su historial está lleno de delitos idiotas. La peor sentencia que le ha caído es de dos y años y medio en la cárcel del condado por el robo de un coche. Y el juez le dio el tercer grado.

—Es un soplón.

—Exacto. Los soplones no suelen ser grandes cerebros criminales y, si fuera tan astuto como dices, no lo habrían pillado tantas veces. ¿Qué me estoy perdiendo?

—Que lo conozco. —Will se miró la mano vendada—. Dave y yo estuvimos juntos en el hogar infantil. Se escapó cuando tenía trece años. Vino aquí. Hay un campamento antiguo. Es una larga historia, pero seguramente va a decirte que nos conocemos desde pequeños, así que estate preparada.

Faith sintió que sus cejas iban a fundírsele con el cuero cabelludo. Ahora todo tenía sentido.

—¿Qué más?

—Se metía conmigo. Nada físico, pero era un imbécil. Lo llamábamos el Chacal.

Faith no se imaginaba a nadie metiéndose con Will. Dejando aparte el hecho de que era un gigante, estaba la diferencia de edad.

—Dave tiene cuatro años menos que tú. ¿Cómo es que se metía contigo?

—No tiene cuatro años menos que yo. ¿De dónde has sacado eso?

—De su ficha policial. Su fecha de nacimiento está por todas partes.

Will meneó la cabeza con gesto de repugnancia.

—Es dos años más joven que yo. Los McAlpine debieron de poner en los papeles que era más joven.

—¿Para qué?

—Ahora no es tan fácil porque todo está informatizado, pero en aquel entonces no todos los niños tenían un certificado de nacimiento en regla. Los padres de acogida podían solicitar a los tribunales que se cambiara la edad de un menor. Si era un chaval conflictivo, le aumentaban la edad para que saliera cuanto antes de la tutela del Estado. Si se portaba bien o si recibía alguna prestación, le reducían la edad para que siguiera entrando el dinero.

A Faith se le revolvió el estómago.

—¿A qué tipo de prestaciones te refieres?

—A más problemas, más dinero. A lo mejor el niño tenía problemas emocionales o había sufrido abusos sexuales y necesitaba terapia, o sea que tenías que llevarlo a las citas médicas y puede que diera más guerra en casa. Por eso el Estado te daba más dinero por las molestias.

—Madre mía. —Faith no pudo evitar que se le quebrara la voz. No sabía si a Will le había sucedido algo de aquello, pero se entristecía solo de pensarlo—. ¿O sea que Dave era un chaval problemático?

—Un profesor de Educación Física abusó de él en primaria. La cosa duró unos años. —Will se encogió de hombros, a pesar de que lo que estaba contando era espantoso—. Intentará usarlo para darte lástima. Déjalo hablar, pero ten en cuenta que sabe lo que es estar indefenso, y que al hacerse mayor se ha convertido en el tipo de hombre capaz de maltratar a su mujer durante años, luego acabar violándola y asesinándola.

Faith notó ira en su voz. Will odiaba de verdad a aquel tipo.

—¿Sabe Amanda que conoces a Dave?

Will apretó los dientes, que era su manera de decir que sí. Eso explicaba por qué había conducido Amanda dos horas para presentarse allí. Y por qué quería que Will se alejara lo más posible del caso.

Faith, por su parte, tenía más preguntas.

—Dave es un hombre adulto. ¿Por qué se quedó aquí, con los McAlpine, si se aprovecharon de que era un chaval con problemas para sacar dinero al Estado?

Will volvió a encogerse de hombros.

—Antes de huir, intentó suicidarse y pasó una temporada en un psiquiátrico. Una vez que estás ingresado en un centro, es muy difícil salir. Por una parte, al centro le interesa tener al chico en tratamiento, por cuestiones de dinero. Por otra, el chaval está muy enfadado y tiene ganas de suicidarse por estar encerrado en un psiquiátrico. O sea, la pescadilla que se muerde la cola. Dave estuvo encerrado seis meses. Cuando volvió al hogar, tardó menos de una semana en escaparse. Los McAlpine tenían sus cosas, pero entiendo que Dave sintiera que lo habían salvado. Si no lo hubieran adoptado, seguro que habría tenido que volver a Atlanta.

Faith se guardó todo aquello en el corazón para llorar más tarde.

—Pero un chico de trece años sabe que no tiene once. El juez tuvo que preguntarle.

—Ya te he dicho que es muy astuto. Siempre estaba mintiendo por tonterías. Te robaba cosas o te las rompía porque le daba envidia que tuvieras algo que él no tenía. Era uno de esos chavales que siempre llevan la cuenta de todo. Si a ti te ponen un puñado de patatas fritas de más en la comida, a mí que me lo pongan en la cena, cosas así.

Faith conocía ese tipo de personas. Y sabía también cuánto le costaba a Will hablar de su infancia.

—Qué ricas, las patatas fritas.

—Me muero de hambre.

Faith hurgó en su bolso en busca de una chocolatina.

—Supongo que querrás algo con frutos secos, ¿no?

Will sonrió cuando le dio un Snickers.

—Por cierto, Sara no está segura al cien por cien de que Dave sea el asesino.

Aquello era una novedad.

—Vale, pero ¿tú sí?

—Totalmente, pero cuando Sara tiene una corazonada suele acertar, así que… —Will abrió el envoltorio con los dientes—. Según los testigos, la última vez que se vio a Mercy con vida fue delante de la cabaña siete sobre las diez y media de la noche.

Faith sacó su cuaderno y su boli.

—Háblame de la cronología.

Will ya se había metido la mitad de la chocolatina en la boca. Masticó dos veces, tragó y dijo:

—Sara y yo estábamos en el lago. Miré el reloj antes de meterme en el agua. Eran las once y seis minutos. Calculo que eran sobre las once y media cuando oímos el primer grito.

—¿Era como un aullido?

—Exacto. No sabíamos de qué dirección venía, pero pensamos que seguramente era del recinto. Es donde están la casa y casi todas las cabañas. Sara y yo fuimos juntos un rato, luego nos separamos para que yo fuera por una ruta más directa. Atajé por el bosque. Después me paré porque de pronto pensé que aquello era absurdo. Oímos un aullido en el monte y nos metimos corriendo en el bosque. Decidí volver a buscar a Sara. Fue entonces cuando escuché el segundo grito. Calculo que entre el aullido y el primer grito pasaron unos diez minutos.

Faith volvió a apuntar.

—Mercy gritó una palabra, «socorro».

—Exacto. Luego gritó «por favor». Entre el segundo grito y el tercero pasó mucho menos tiempo, puede que solo un segundo o dos, pero estaba claro que los dos venían de la zona de las cabañas individuales, junto al lago.

—Cabañas individuales. —Faith tomó nota—. ¿Es ahí donde os estabais bañando?

—No, estábamos en el lado opuesto, en una zona que llaman los Bajíos. El lago es muy grande. Tienes que ver el mapa. Los Bajíos están en un extremo y las cabañas individuales en el otro. El complejo queda bastante por encima de esas dos zonas, así que, en resumidas cuentas, subí por un lado de la colina y luego bajé por el otro.

Sí, estaba claro que Faith necesitaba ver ese mapa.

—¿Cuánto tiempo tardaste en encontrar a Mercy después del tercer grito?

Will sacudió la cabeza y se encogió de hombros.

—No sabría decirte. Estaba alterado, rodeado de árboles y a oscuras, intentando no caerme de boca. No presté atención al tiempo. Puede que otros diez minutos.

—¿Cuánto se tarda en llegar desde el complejo a las cabañas individuales?

—Bajamos por un sendero con la jueza de primera instancia para enseñarle el lugar de los hechos. Tardamos unos veinte minutos, pero íbamos en grupo, sin salirnos del camino. —Volvió a encogerse de hombros—. Diez minutos, quizá.

—¿Vas a contestar a todo que diez minutos?

Will se encogió de hombros por tercera vez, pero respondió:

—Sara miró mi reloj cuando declaró fallecida a Mercy. Era exactamente medianoche.

Faith también tomó nota de esto.

—O sea que, más o menos, pasaron unos veinte minutos entre el aullido que parecía venir del recinto y el momento en que encontraste a Mercy en el agua, pero Mercy necesitó diez minutos para llegar desde el punto del aullido hasta el punto del grito, donde murió.

—Diez minutos es tiempo de sobra para matar a una mujer y prender fuego a una cabaña. Sobre todo, si lo tenías todo planeado de antemano —dijo Will—. Después, te vas al antiguo campamento bordeando el lago y esperas a que el *sheriff* haga una de sus chapuzas.

—¿Estás seguro de que quien aulló y quien gritó eran la misma persona?

Will se lo pensó.

—Sí. Era el mismo tono de voz. Además, ¿quién podría ser, si no?

—Vamos a acabar corriendo por toda esa finca cronómetro en mano, ¿verdad?

—Exacto.

A él parecía molestarle mucho menos que a ella esa perspectiva.

—Entonces, ¿por qué piensa Sara que Dave no es el culpable?

—La última vez que vi a Dave fue alrededor de las tres de la tarde. Sara habló con Mercy unas cuatro horas después. Vio que tenía magulladuras en el cuello. Mercy le dijo que Dave la había estrangulado, pero parecía más preocupada porque su familia fuera a por ella, supongo que porque quería impedir la venta del albergue. A Mercy no le preocupaba Dave. De hecho, dijo que todos en la montaña querían que muriera.

—¿Incluidos los huéspedes?

Will se encogió de hombros.

—Lo digo porque... —Faith trató de refrenar su emoción. Siempre había querido trabajar en un caso real de asesinato en habitación cerrada—. Tenemos un número limitado de sospechosos atrapados en un lugar remoto. Es muy de *Scooby-Doo*.

—Había seis miembros de la familia presentes en la cena: el abuelo y Pizca, Mercy y Christopher, Delilah, y supongo que también podemos contar a Marti. Jon apareció antes de que sirvieran el primer plato, borracho como una cuba, y se puso a gritarle a Mercy. Después estaban los huéspedes: Sara y yo, Landry y Gordon, Drew y Keisha, Frank y Monica. Y los inversores, Sydney y Max. Estábamos todos sentados alrededor de una mesa larga.

Faith levantó la vista del cuaderno.

—¿Había candelabros en la mesa?

Él asintió.

—Y un chef, una camarera y dos camareros.

—*Diez negritos*.

Will se metió el último trozo de Snickers en la boca.

—Atención.

Amanda volvía hacia ellos seguida por el *sheriff*. Bizcocho era idéntico a como se lo había imaginado Faith al oír su voz en la grabación.

Un poco rechoncho, una década mayor que ella como mínimo y con varios puntos menos de coeficiente intelectual. Por la expresión de su cara cerosa, se dio cuenta de que había alcanzado ya la tercera fase de relación con Amanda: se había saltado la ira y la aceptación y había pasado directamente al enfurruñamiento.

—Agente especial Faith Mitchell —los presentó Amanda—. Este es el *sheriff* Douglas Hartshorne, que ha tenido la amabilidad de cedernos la investigación.

Bizcocho no tenía cara de amabilidad, sino de cabreo.

—Voy a estar en la habitación cuando interrogue a Dave —le dijo a Faith.

Ella prefería que no estuviera, pero dedujo por el silencio de Amanda que no tenía elección.

—*Sheriff*, ¿ha dicho algo el sospechoso acerca del crimen?

Bizcocho negó con la cabeza.

—No ha hablado.

—¿Ha pedido un abogado?

—No, y no va a decirle nada a usted, ni falta que nos hace. Tenemos pruebas suficientes para encerrarlo. Una camiseta manchada de sangre, marcas de arañazos, antecedentes violentos… A Dave le gustan las navajas. Siempre lleva una en el bolsillo de atrás.

—¿Suele llevar alguna otra arma, aparte de la navaja mariposa? —preguntó Faith.

Fue evidente que a Bizcocho no le gustó la pregunta.

—Esto es un asunto local y tendríamos que ocuparnos nosotros.

Faith sonrió.

—¿Me acompaña a la habitación ocho?

Bizcocho hizo un amplio ademán con el brazo, «después de usted». Siguió a Faith por el pasillo, tan cerca que ella notaba su olor a sudor y loción de afeitar.

—Mira, bonita —le dijo el *sheriff*—, ya sé que tú solo cumples órdenes, pero tienes que entender una cosa.

Faith se detuvo y se volvió hacia él:

—¿Cuál?

—Vosotros, los agentes del GBI, pasáis del aula a la sala de reuniones. No tenéis ni idea de lo que es ser un policía de a pie. Para los policías de verdad, este tipo de asesinatos son el pan de cada día. Hace veinte años que podría haberte dicho que uno de esos dos iba a acabar muerto y el otro metido en un coche patrulla.

Faith fingió que no había pasado diez años patrullando antes de conseguir un puesto en la brigada de homicidios de Atlanta.

—Ilumíneme.

—Los McAlpine son buena gente, pero Mercy siempre ha tenido un carácter difícil. Andaba siempre metida en líos. Bebía y se drogaba, se acostaba con cualquiera… A los quince años ya estaba embarazada.

Faith, que también se había quedado embarazada a los quince años, contestó:

—Caramba.

—Pues sí. Aquello le destrozó la vida a Dave —prosiguió Bizcocho—. El pobre nunca consiguió enderezarse después de que naciera Jon. Entraba y salía de la cárcel. Siempre metido en follones. Ya tenía muchos problemas antes de que Mercy se quedara preñada. Lo pasó mal de pequeño, cuando estaba en acogida. Un profesor abusó de él. Es un puñetero milagro que no se haya volado la tapa de los sesos.

—Eso parece —repuso Faith—. ¿Qué tal si vamos a hablar con él del asesinato?

No esperó respuesta. Empujó la puerta de la habitación, que daba a un estrecho recibidor. El cuarto de baño, a la derecha. El lavabo y el armario, a la izquierda. Había muy poca luz. Se oía el runrún suave de un televisor. El aire estaba impregnado del olor acre de un fumador habitual. Había un montón de ropa en el lavabo. Sobre la encimera, Faith vio una bolsa de papel vacía en la que ponía PRUEBAS. El *sheriff* había llegado a sacar un par de guantes, pero no había embolsado ni etiquetado los efectos personales del sospechoso: un paquete de tabaco, una abultada cartera de velcro, una barra de protector labial y un teléfono Android.

Dave McAlpine quitó el volumen al televisor cuando Faith encendió la luz. No parecía preocupado por estar detenido ni porque hubiera dos policías en su habitación del hospital. Estaba tumbado en la cama, con un brazo sobre la cabeza. Tenía la muñeca izquierda esposada a la barandilla de la cama. La bata de hospital le había resbalado por el hombro. La mitad inferior de su cuerpo se hallaba tapada con una sábana, pero debía de estar apoyado sobre una almohada porque tenía la pelvis levantada, como Magic Mike en el centro del escenario.

Si Bizcocho era exactamente igual a como se lo había imaginado Faith por los audios de Will, Dave McAlpine era todo lo contrario. Por la razón que fuese, se lo había representado como alguien a medio camino entre el Moriarty de *Sherlock Holmes* y el Coyote de los *Looney Tunes*. En persona era guapo, pero tenía un aire desastrado, como de rey del baile de graduación venido a menos. Seguramente se había acostado con la mitad de las mujeres del pueblo y tenía un equipo de *gamer* de veinte mil dólares en la caravana alquilada donde vivía. O sea, el tipo exacto de Faith.

—¿Quién es esta? —le preguntó a Bizcocho.

—Agente especial Faith Mitchell. —Ella abrió su cartera para enseñarle la identificación—. De la Oficina de Investigación de Georgia. Estoy aquí para...

—Es más guapa en persona. —Dave señaló con la cabeza la foto de Faith—. Le queda mejor el pelo más largo.

—Tiene razón. —Bizcocho había estirado el cuello para mirar la foto.

Faith cerró la cartera. De pronto, tenía ganas de raparse la cabeza.

—Señor McAlpine, sé que mi compañero ya le ha leído sus derechos...

—Joder, ¿te ha dicho el Basurero que nos conocemos desde pequeños?

Ella se mordió la punta de la lengua. Había oído a alguien llamar así a Will antes, y el rechazo que le producía aquel apodo no disminuía por más que lo oyera.

—El agente especial Trent me ha informado de que estuvieron juntos en el hogar infantil.

Dave torció la boca mientras la observaba.

—¿Qué pinta el GBI en esto, por cierto?

Faith le devolvió la pregunta.

—¿Qué es esto, según usted?

Él soltó una risa ronca, de fumador.

—¿Ha hablado ya con Mercy? Porque seguro que ella no me ha denunciado.

Faith dejó que él marcara el rumbo de la conversación.

—Usted ha reconocido haberla estrangulado.

—Eso tendrán que demostrarlo. El Basurero es muy mal testigo. Siempre me la ha tenido jurada. Ya verá cuando mi abogado lo llame a declarar.

Faith se apoyó en la pared y cruzó los brazos.

—Hábleme de Mercy.

—¿Qué quiere saber?

—Tenía quince años cuando se quedó embarazada. ¿Qué edad tenía usted?

Dave miró a Bizcocho, luego volvió a mirarla a ella.

—Dieciocho. Puede mirar mi partida de nacimiento.

—¿Cuál? —preguntó Faith, porque las cuentas no le cuadraban. Dave tenía veinte años cuando dejó embarazada a una chica de quince, lo que significaba que había cometido un delito de estupro—. Sabe usted que ahora todo está digitalizado, ¿verdad? Todos los registros antiguos están en la nube.

Dave se rascó el torso, nervioso. La bata le resbaló más por el hombro. Faith vio profundos surcos en su piel, marcas de arañazos.

—Bizcocho —dijo Dave—, ve a buscar a la enfermera. Dile que necesito algo para el dolor. Me arden los huevos.

El *sheriff* pareció desconcertado.

—Creía que querías que me quedara.

—Pues ya no quiero.

Bizcocho resopló, molesto, antes de marcharse. Faith esperó a que se cerrara la puerta.

—Debe de ser agradable tener al *sheriff* local de su parte.

—Pues sí, lo es. —Dave metió la mano debajo de la sábana. Siseó entre dientes al sacar una bolsa de hielo y dejarla caer sobre la mesilla—. ¿Qué es lo que buscas, guapa?

—Dígamelo usted.

—No tengo ni idea de qué pasó anoche. —Se subió el hombro de la bata—. Si me dejáis salir de aquí, puedo preguntar por ahí. Conozco a mucha gente. No sé lo que ha pasado, pero tiene que ser algo gordo si le interesa al GBI. Y creo que eso debe valer algo.

—¿Qué, por ejemplo?

—Bueno, para empezar, que me quiten las putas esposas. —Hizo resonar la cadena contra la barandilla de la cama—. Y segundo, que me deis algo de dinero. He pensado en mil, para empezar. Más, si os consigo una detención importante.

—¿Y Mercy? —preguntó Faith.

—Joder, Mercy no se entera de nada de lo que pasa fuera del albergue y de todas formas no querrá hablar con vosotros.

Faith notó que su pronunciación se había vuelto más cuidadosa. El paleto estulto había desaparecido.

—Es difícil que una mujer hable cuando la estrangulan.

—¿De eso va todo esto? —preguntó él—. ¿Mercy está en el hospital?

—¿Por qué iba a estar en el hospital?

Él se pasó la lengua por los dientes.

—¿Por eso está aquí? ¿Porque el Basurero me vio en el camino y se puso nervioso? Porque la verdad es que yo dejé a Mercy tal y como estaba. Eso fue sobre las tres de la tarde. Hable con el Basurero. Él puede confirmarlo.

—¿Qué pasó después de que estrangulara a Mercy?

—Nada. Ella estaba bien. Hasta me mandó a la mierda. Así es como me habla. Siempre buscándome las cosquillas. Pero la dejé en paz. No volví. Así que lo que le pasara después es cosa suya.

—¿Qué cree que le pasó?

—Y yo qué sé. A lo mejor se cayó cuando volvía por el camino. Ya le pasó una vez. Se tropezó y se cayó de boca en el bosque. Se dio tan fuerte en el cuello con un tronco que se hizo daño en el esófago. Tardó unas horas en hinchársele, pero al final se fue en coche a urgencias porque decía que no podía respirar. Pregúnteles a los médicos. Tendrán su historia por ahí.

A Faith solo le sorprendió que no se le ocurriera una historia mejor.

—¿Cuándo fue eso?

—Hace tiempo. Jon era pequeño. Fue justo antes de que me divorciara de ella. Mercy misma le dirá que estaba exagerando. Respiraba bien, solo que le entró el pánico. Los médicos dijeron que tenía la garganta un poco inflamada. Ya le digo, se dio un buen golpe con el tronco. Fue un accidente. Yo no tuve nada que ver. —Dave se encogió de hombros—. Si ha vuelto a pasar lo mismo, la culpa la tiene ella. Pregúntele. Seguro que le dirá lo mismo.

Faith no sabía qué pensar. Will le había advertido que no subestimara a Dave, aunque aquello no era ni astuto ni inteligente.

—Dígame adónde fue cuando dejó a Mercy en el sendero.

—Pizca no tenía tiempo de llevarme al pueblo, así que me fui andando al campamento y me puse a beber.

Ella sopesó sus opciones. Aquello no llevaba a ninguna parte. Tenía que cambiar de táctica:

—Mercy ha muerto.

—Sí, ya. —Dave se rio—. Claro.

—Le estoy diciendo la verdad —le aseguró Faith—. Ha muerto.

Él le sostuvo la mirada un buen rato; después, apartó la vista. Faith vio que se le llenaban los ojos de lágrimas. Se llevó la mano a la boca.

—Dave…

—¿Qu…? —La voz se le estranguló en la garganta—. ¿Cuándo?

—En torno a la medianoche de ayer.

—¿Se…? —Tragó saliva—. ¿Se asfixió?

Faith observó su perfil. Ahora sí podía estar fingiendo. Y se le daba bien.

—¿Se enteró? —preguntó Dave—. ¿De que se estaba muriendo?

—Sí. ¿Qué le hiciste, Dave?

—Yo... —Se le entrecortó la voz—. La estrangulé. Fue culpa mía. Apreté demasiado. Iba a desmayarse y pensé que la había soltado a tiempo, pero... Dios mío. Ay, Dios mío...

Faith sacó unos pañuelos de la caja y se los dio. Dave se sonó la nariz.

—¿Su-sufrió?

Faith se cruzó de brazos.

—Sabía lo que estaba pasando.

—¡Joder! ¡Joder! ¿Qué me pasa? —Apoyó la cabeza en la mano. Las esposas resonaron al chocar con la barandilla mientras lloraba—. Mercy Mac... ¿Qué te he hecho? Le daba pánico asfixiarse. Desde que éramos pequeños, siempre soñaba que no podía respirar.

Faith intentó decidir cómo seguir a partir de ahí. Estaba acostumbrada a largas negociaciones con sospechosos que dividían la verdad en porciones. A veces se situaban cerca de la escena del crimen y no en ella, o admitían una parte del crimen, pero no otra.

Esto era totalmente distinto.

—Jon... —Dave miró a Faith—. ¿Sabe lo que he hecho?

Faith asintió.

—¡Joder! No me lo va a perdonar nunca. —Volvió a apoyar la cabeza en la mano—. Mercy intentó hablar conmigo por teléfono. No vi la llamada porque no tenía cobertura allá arriba. Podría haberla salvado. ¿Lo sabe Pizca? Necesito ver a Pizca. Tengo que explicarle...

—Espere. Vuelva atrás. ¿Cuándo lo llamó Mercy?

—No lo sé. Vi los mensajes cuando Bizcocho me quitó el teléfono. Debieron de cargarse cuando bajamos.

Faith encontró el Android de Dave en el lavabo, junto a la puerta. Tocó la pantalla con el borde del cuaderno para que se encendiera. Había como mínimo media docena de notificaciones, todas con su hora. Todas, menos una, con el mismo mensaje:

LLAMADA PERDIDA 22:47 - Mercy Mac
LLAMADA PERDIDA 23:10 - Mercy Mac
LLAMADA PERDIDA 23:12 - Mercy Mac

LLAMADA PERDIDA 23:14 - Mercy Mac
LLAMADA PERDIDA 23:19 - Mercy Mac
LLAMADA PERDIDA 23:22 - Mercy Mac

Fue pasando las notificaciones hasta llegar a la última.

MENSAJE DE VOZ 23:28 - Mercy Mac

Abrió el cuaderno. Echó un vistazo a la cronología del caso.

Según calculaba Will, Mercy había gritado por primera vez a las 23:30, dos minutos después de dejarle un mensaje de voz a Dave. Faith volvió a meterse el cuaderno en el bolsillo. Se puso los guantes del *sheriff*, recogió el teléfono de Dave y volvió junto a la cama.

Le preguntó:

—¿Cómo es que usted no tenía cobertura, pero Mercy sí?

—Hay wifi en los alrededores de la casa y en el comedor, pero no hay cobertura móvil hasta que bajas a la mitad de la montaña. —Se secó los ojos—. ¿Puedo escuchar el mensaje? Quiero oír su voz.

Faith había dado por sentado que tendría que pedir una orden judicial para acceder al contenido del teléfono.

—¿Cuál es la contraseña?

—Mi día de llegada. Cero, ocho, cero, cuatro, nueve, dos.

Faith marcó los números. El teléfono se desbloqueó. Sintió un estremecimiento involuntario al acercar el dedo al icono del buzón de voz. Antes de tocarlo, sacó su móvil para grabar lo que decía el mensaje. Le sudaba la mano dentro del guante cuando por fin pulsó el *play*.

«¡Dave! —gritaba Mercy, casi histérica—. ¡Dave! Dios mío, ¿dónde estás? Por favor, por favor, llámame. No puedo creer... Ay, Dios, no puedo... Por favor, llámame. Por favor. Te necesito. Ya sé que nunca he podido contar contigo, pero ahora te necesito de verdad. Necesito que me ayudes, cariño. Por favor, lla-llámame...».

Se oía un ruido apagado, como si se hubiera apretado el teléfono contra el pecho. Su voz era desgarradora. Faith sintió un nudo en la garganta. Parecía tan desesperadamente sola...

—Le fallé —murmuró Dave—. Me necesitaba y le fallé.

Faith miró la barra de progreso que aparecía debajo del mensaje. Quedaban siete segundos más. Escuchó los gemidos sofocados de Mercy mientras la barra iba reduciéndose.

«¿Qué haces aquí?».

La voz de Mercy sonaba distinta: enfadada, asustada.

«¡No! —gritaba—. Dave está a punto de llegar. Le he contado lo que ha pasado. Está de…».

Luego no se oía nada más. La barra había llegado al final.

—¿Qué pasó? —preguntó Dave—. ¿Mercy dijo qué pasó? ¿Hay más mensajes? ¿Algún mensaje de texto?

Faith miró el teléfono. No había más mensajes de voz ni de texto. Solo estaban las notificaciones, con su hora, y las últimas palabras grabadas de Mercy.

—Por favor —le suplicó Dave—, dígame qué significa esto.

Faith pensó en lo que Delilah le había dicho a Will. El móvil económico. El gilipollas de su hermano. Su odiosa cuñada. El hermano de Mercy, con sus vibras de asesino en serie. El rarito de su amigo. Los huéspedes. El cocinero. La camarera. Los dos camareros. El misterio de habitación cerrada.

Le dijo a Dave:

—Significa que no la mató usted.

12

De pie al borde del muelle de carga, en las entrañas del hospital, Sara miraba caer la lluvia. La búsqueda de Jon no había dado resultados. Lo habían buscado en su instituto, en el parque de caravanas donde vivía Dave y en algunas zonas que recordaba Delilah de su adolescencia donde solían reunirse los jóvenes. Se disponían a subir de nuevo a la montaña para volver a mirar en el albergue y registrar los barracones viejos cuando empezaron a acumularse los nubarrones. Sara confiaba en que el chico hubiera encontrado un lugar abrigado y seco donde cobijarse antes de que estallara la tormenta. Delilah y ella estaban decididas a seguir buscando a pesar del mal tiempo, pero luego, cuando disminuyó la visibilidad y los truenos sacudieron el aire, acordaron regresar al pueblo porque a Jon no le serviría de nada que alguna de ellas o las dos murieran fulminadas por un rayo.

Según la *app* meteorológica del teléfono de Sara, la lluvia tardaría aún dos horas en amainar. Era un aguacero incesante que desbordaba los arroyos y las alcantarillas y convertía en un río la avenida del centro del pueblo. Delilah se había ido a casa a dar de comer a sus animales, pero no había forma de saber si después podría volver al pueblo.

Sara miró su reloj. Pronto tendría a Mercy en sus manos. El técnico de rayos del hospital les había dicho que aún tardaría una hora, como mínimo, en acabar de atender a los pacientes vivos. Nadine había recibido un aviso de avería de un aparato de aire acondicionado y se había marchado, y Bizcocho se había quedado custodiando el cadáver. Sara se había alegrado cuando el *sheriff* rechazó su ofrecimiento de relevarlo. Necesitaba tiempo para prepararse mentalmente para el examen del cadáver. La idea de ver a Mercy McAlpine tendida sobre una mesa le producía un desasosiego que conocía bien.

En su vida anterior, había sido jueza de primera instancia de su pueblo. El depósito de cadáveres estaba en el sótano del hospital local, como en el condado de Dillon. En esos tiempos, todas las víctimas le resultaban familiares, aunque no las conociera en persona. Así era en los pueblos pequeños, donde todo el mundo se conocía entre sí o a través de otros. El trabajo de juez de primera instancia conllevaba una tremenda responsabilidad, a menudo también una enorme tristeza. Desde que trabajaba para el Estado, Sara había perdido de vista lo que se sentía al conocer personalmente a una víctima.

Hacía apenas unas horas, había suturado la herida del pulgar de Mercy en el aseo de la cocina. Mercy le había parecido agotada y abatida. Estaba preocupada por la discusión con su hijo e inquieta por lo que estaba ocurriendo en su familia. No pensaba en su exmarido y era lógico, teniendo en cuenta lo que había descubierto Faith. Sara se preguntó qué habría pensado al saber que uno de sus últimos actos en vida había sido procurarle una coartada a su maltratador.

—Tenías razón.

—Sí. —Sara se volvió para mirar a Will. Comprendió por su expresión que ya se estaba fustigando por su error. Pero ella no pensaba contribuir a su sentimiento de culpa—. No habría cambiado nada. Tenías que buscar a Dave. Era el sospechoso más obvio. Cumplía todos los requisitos para serlo.

—Amanda no se lo ha tomado tan bien como tú. El camino de acceso al albergue se ha inundado. No se puede ni entrar ni salir en coche hasta que el arroyo vuelva a su cauce. Necesitamos un vehículo todoterreno para atravesar el barro.

Sara notó su tono irritado. Will odiaba estar de brazos cruzados. Vio sobresalir su mandíbula cuando apretó los dientes. Él se llevó la mano recién vendada al pecho. Si la levantaba por encima del corazón dejaba de palpitarle, pero el dolor no cesaba, pues se negaba a tomar nada más fuerte que paracetamol.

—¿Qué tal la mano? —preguntó Sara.

—Mejor —contestó él, aunque la rigidez de sus hombros decía lo contrario—. Faith me dio un Snickers.

Sara enlazó su brazo. Rozó con la mano el arma que él llevaba debajo de la camisa. Estaba claro que Will había vuelto al trabajo. Sara sabía lo que venía a continuación.

—¿Cómo vas a volver al albergue?

—Estamos esperando a que nos traigan unos vehículos UTV de la oficina regional. Es la única manera de subir.

Sara procuró no pensar en los muchos pacientes que había visto con lesiones cerebrales traumáticas producidas porque un UTV había volcado.

—¿Siguen funcionando los teléfonos e internet en el albergue?

—Por ahora sí, pero van a traernos teléfonos por satélite, por si acaso. De todos modos, es una suerte que sigan todos atrapados allá arriba. Nadie sabe que Dave tiene coartada. Quien haya matado a Mercy cree que se ha salido con la suya.

—¿Quién sigue en el albergue?

—Frank, para empezar. No sé muy bien por qué, pero ha asumido la tarea de contestar el teléfono fijo de la cocina. Drew y Keisha no consiguieron salir antes de que estallara la tormenta. Por lo visto no están muy contentos. Los de las *apps* no parecen tener interés en marcharse. Al parecer, Monica está durmiendo la mona. Marti y la familia continúan allí. Menos Delilah. El cocinero y los dos camareros llegaron a las cinco de la mañana, como todos los días. La camarera que atiende la barra no llega hasta mediodía. También es la limpiadora, así que quiero hablar con ella sobre las camas deshechas de las cabañas vacías. Faith ha ido a buscarla mientras esperamos los UTV. Vive a las afueras del pueblo.

A Sara no le sorprendió que Faith se hubiera escabullido. Detestaba las autopsias.

—¿Cómo es que no has ido con ella?

—Amanda me ha dicho que me quedara y fuera mirando los antecedentes.

—¿Y cómo te ha sentado?

—Más o menos como te sentaría a ti. —Se encogió de hombros, aunque saltaba a la vista que estaba molesto. No era de los que se quedaban quietos mientras los demás hacían cosas—. ¿Se sabe algo de las pruebas forenses de Dave?

—Según el análisis preliminar, la sangre de la mancha de la camiseta no es humana. Supongo por el olor que Dave usó la camiseta para limpiarse la mano al destripar el pescado. Los arañazos del pecho podrían ser de su agresión anterior a Mercy. Ha reconocido haberla estrangulado. Ella seguramente se defendió. Afirma que la herida del cuello se la hizo él. Por una picadura de mosquito. No hay forma de saber si miente, así que habrá que dar por válido lo de la picadura. ¿Vas a poder retenerlo por algo?

—Podría denunciarlo por resistencia a la detención y por amenazarme con una navaja, pero él podría acusarme de uso excesivo de la fuerza y de ir por él por nuestro pasado. Destrucción mutua asegurada. Puede irse cuando quiera. —Will hizo un gesto de indiferencia, pero Sara sabía que no le agradaba la situación—. Otra vez se las ha arreglado para esquivar un montón de mierda.

—Si te sirve de consuelo, ahora mismo le resulta muy difícil andar.

Aquello no pareció consolarlo. Se quedó mirando la lluvia. Sara no tuvo que esperar mucho para que le dijera lo que de verdad le preocupaba.

—A Amanda no le hace ninguna gracia que estemos metidos en esto.

—A mí tampoco —reconoció Sara—. Pero no hemos tenido muchas opciones.

—Podríamos irnos a casa.

Sara sintió que él observaba su cara buscando algún asomo de duda.

—Jon sigue desaparecido —dijo—; además, le prometiste a Mercy que le dirías a su hijo que lo perdonaba.

—Sí, pero lo más probable es que Jon acabe apareciendo, y Faith ya le ha hincado el diente al caso.

—Siempre ha querido resolver un misterio de habitación cerrada.

Will asintió, pero no dijo nada más. Estaba esperando que ella tomara una decisión.

Sara tuvo la sensación de aquel era un momento decisivo en su matrimonio. Su marido estaba depositando un enorme poder en sus manos. Sin embargo, ella no iba a ser el tipo de esposa que abusaba de ese poder.

—Vamos a esperar a ver cómo va el día y luego decidiremos juntos qué hacemos mañana.

Él asintió con un gesto. Luego preguntó:

—Dime por qué pensabas que no era Dave.

Sara no estaba segura de que se debiera a un solo factor.

—En vista de cómo trató su familia a Mercy en la cena… No sé. Si lo piensas bien, da la sensación de que todos estaban rabiosos con ella. Desde luego, no parecían muy apenados porque la hubieran asesinado. Y después está eso que dijo Mercy de que algunos huéspedes también podían tener algo contra ella.

—¿A qué huéspedes crees que se refería?

—Es raro que Landry diera un nombre falso, pero quién sabe si fue por algún motivo siniestro. Tú y yo mentimos sobre nuestra profesión. A veces la gente miente porque quiere mentir.

—No sabrás cómo se apellida Marti, ¿verdad?

Sara negó con la cabeza. Había evitado todo lo posible hablar con Marti.

—Hay una cosa que dijo Drew antes de que Keisha y él se negaran a prestar declaración —añadió Will—. Estaba hablando con Pizca y Cecil, y dijo algo así como: «Olvídate de ese otro asunto. Haz lo que quieras aquí».

—¿Qué otro asunto?

—Ni idea, y Drew ha dejado claro que no va a hablar conmigo.

Sara no se imaginaba a Keisha ni a Drew matando a nadie, pero era lo que tenían los asesinos: que no solían anunciarse.

—A Mercy no la apuñalaron una sola vez. Tenía múltiples lesiones. Su cadáver es un ejemplo típico de ensañamiento. El atacante debía de conocerla muy bien.

—Drew y Keisha habían estado en el albergue dos veces antes. —Will se encogió de hombros—. Y Keisha cabreó a Mercy en la cena cuando le pidió un vaso limpio.

—Ese no es motivo para matar a nadie. Aunque, por otro lado, hay múltiples documentales de crímenes sobre mujeres que de repente estallan por una tontería.

—Me lo tomaré como una advertencia —bromeó Will, pero enseguida se puso serio—: Dave era el sospechoso lógico. Tuvo que haber algo concreto que te hizo pensar que no era él.

—No puedo describirlo más que como una sensación instintiva. Según mi experiencia, alguien que ha sufrido malos tratos durante algún tiempo sabe cuándo corre más peligro su vida. Y cuando hablé con Mercy, no parecía muy preocupada por lo que pudiera hacer Dave.

—Los registros bancarios de Dave no han sido ninguna sorpresa. Tiene un descubierto de sesenta dólares en la cuenta corriente, dos tarjetas de crédito con deudas impagadas, le embargaron la camioneta y está hasta las cejas de deudas médicas.

—Estoy segura de que aquí todo el mundo tiene deudas médicas.

—Mercy no. Hasta donde he podido averiguar, nunca ha tenido tarjeta de crédito ni cuenta bancaria, ni siquiera ha pedido un préstamo para un coche. Al parecer, nunca ha hecho declaraciones de impuestos. No tiene carné de conducir. Nunca ha votado. No tiene contrato de teléfono móvil ni ningún número de teléfono a su nombre. Tampoco tiene cuentas en Facebook, Insta, TikTok ni en ninguna otra red social. Ni siquiera aparece en la página web del albergue. No es la primera vez que me encuentro con cosas raras al revisar antecedentes, pero nunca había visto nada igual. Mercy es un fantasma digital.

—Delilah dijo que tuvo un accidente de coche grave. Así es como se hizo la cicatriz.

—No tiene antecedentes policiales. Supongo que, si el *sheriff* local es amigo de tu familia, eso ayuda —repuso Will—. Lo que nos lleva a los padres de Mercy: Cecil e Imogene McAlpine. Tras el accidente de Cecil, la compañía de seguros les pagó una buena indemnización. Los dos cobran pensión del Estado. Tienen alrededor de un millón de dólares en un fondo de pensiones privado, otro medio millón invertido en bolsa y unos doscientos cincuenta mil en fondos indexados. Pagan todos los meses las cuotas de sus tarjetas de crédito. No tienen deudas pendientes. El hermano también está en buena situación. Christopher acabó de pagar sus préstamos universitarios hace un año. Tiene licencia de pesca, permiso de conducir, dos tarjetas de crédito y una cuenta bancaria con más de doscientos mil dólares.

—Madre mía. Solo tiene unos años más que Mercy.

—Supongo que es fácil ahorrar cuando no tienes que pagar casa ni comida, pero Mercy estaba en la misma situación. ¿Por qué ella no tiene nada?

—Parece algo premeditado. Puede que utilizaran el dinero para controlarla. —Sara no quería pensar en lo indefensa que se habría sentido Mercy—. ¿Llevaba dinero en la mochila?

—Solo ropa y el cuaderno. El perito de incendios está recogiendo pruebas para mandarlas al laboratorio. Las tapas de plástico del cuaderno se derritieron y las páginas están empapadas por la lluvia. Si no tienen cuidado, podría echarse todo a perder. Habrá que esperar, pero estoy deseando saber qué escribió Mercy.

Sara compartía la impaciencia de Will. Si Mercy había metido el cuaderno en la mochila, era por algo.

—¿Y su teléfono?

—Quedó destruido en el incendio, pero hemos localizado el número mediante el identificador de llamadas de Dave. Utilizaba un proveedor de VoIP. Estamos esperando la orden judicial para tener acceso a la cuenta. Seguramente usaba una tarjeta de prepago para abonar el teléfono. Si conseguimos el número de la tarjeta, puede que averigüemos si la usaba también para otras cosas.

La ansiedad de Sara aumentaba con cada nuevo detalle que conocía sobre la claustrofóbica vida de Mercy.

—¿Has averiguado algo sobre Delilah?

—La casa en la que vive es de su propiedad, pero parece que su principal fuente de ingresos es un negocio *online* de fabricación de velas, además de lo que saca del fideicomiso familiar. Su puntuación crediticia es pasable. Tiene el coche casi pagado y unos treinta mil dólares en una cuenta de ahorros. No le va mal, pero no está forrada como el resto de la familia.

—Mercy estaba en peor situación que ella.

—Sí. —Will se rascó la mandíbula mientras observaba cómo un coche cruzaba lentamente un charco de cinco centímetros de profundidad. Su cuerpo estaba en tensión, como un resorte. Si el UTV no llegaba pronto, probablemente volvería a subir a la montaña a pie por el sendero, él solo—. El cocinero tampoco tiene antecedentes. Y los camareros son adolescentes.

—¿Cuál es el plan? —preguntó Sara.

—Tenemos que encontrar el mango roto del cuchillo, pero es como buscar una aguja en un pajar. O en un bosque. Quiero interrogar a todos los hombres que estaban en el albergue anoche. A Mercy la violaron antes de asesinarla.

—No lo sabemos con certeza. Es posible que se le bajaran los pantalones durante el forcejeo. —Sara también tenía que cumplir con su trabajo, y solo se fiaba de la ciencia—. Anotaré cualquier indicio de agresión sexual y haré los frotis, y estoy segura de que quien se encargue de la necropsia examinará minuciosamente la cavidad vaginal, pero ya sabes que las agresiones sexuales no siempre se detectan *post mortem*.

—No le digas eso a Amanda. Odia que hables como un médico.

—¿Por qué crees que lo hago? —Sara sabía que eso le haría sonreír.

Por desgracia, esta vez su sonrisa tampoco duró mucho.

—¿Dónde se ha metido? —Will se miró el reloj—. Tengo que volver al albergue y empezar a interrogar a los huéspedes. Ya han tenido demasiado tiempo para ponerse de acuerdo entre sí. Necesito que Faith me ayude a separarlos. Y tengo que encontrar el libro de registro de huéspedes para chequear los nombres.

—¿Crees que los McAlpine te harán pedir una orden?

Will sonrió con sorna.

—Le dije a Frank como de pasada que estaría bien que echase un vistazo a la oficina.

—Querrá que le des una placa de policía honorífico antes de que esto termine —comentó Sara—. Pobre Mercy. Era prácticamente una prisionera allá arriba. Sin coche. Sin dinero. Sin apoyo. Completamente sola.

—Para mí, el cocinero está el primero de la lista. Parecía que Mercy y él se llevaban bien.

Sara se había fijado en cómo había seguido el cocinero a Mercy con la mirada cuando cruzó la cocina.

—¿Crees que a lo mejor no estaba tan sola?

—Puede ser —dijo Will—. Voy a hablar primero con los camareros, por si notaron algo raro. La camarera tiene cuatro denuncias por conducir bebida, pero son de los años noventa. ¿Qué les pasa por aquí con el alcohol?

—Es un pueblo pequeño. No hay mucho que hacer, aparte de emborracharse y meterse en líos.

—Tú creciste en un pueblo pequeño.

—Por eso lo digo.

Will volvió a mirar hacia el aparcamiento. Esta vez, pareció aliviado.

Se oía el rugido del motor diésel de una camioneta F-350 entre el ruido del aguacero. La camioneta remolcaba dos vehículos Kawasaki Mule *side by side* con neumáticos todoterreno y distintivos del GBI. A Sara se le encogió el estómago al pensar que Will iba a volver a subir a la montaña. Alguien del albergue había asesinado brutalmente a Mercy McAlpine. Seguramente, esa persona se sentía a salvo de momento. Pero eso estaba a punto de cambiar, gracias a Will.

Sara necesitaba hacer algo, aparte de preocuparse. Se puso de puntillas y lo besó en la mejilla.

—Me voy dentro. Nadine me estará esperando.

—Llámame si surge algo.

Sara vio que bajaba de un salto del muelle de carga y corría hacia la camioneta. Entre la lluvia. Con la mano herida colgando hacia abajo. Otra vez se le mojaría el vendaje.

Al entrar en el edificio, tomó nota mental de que debía buscar unos antibióticos. La pesada puerta de metal dejó fuera la tormenta al cerrarse. El silencio repentino hizo que le pitaran los oídos. Echó a andar por el largo pasillo que conducía al depósito de cadáveres. Las luces del techo parpadeaban. El agua se había filtrado bajo las baldosas del suelo laminado. El equipamiento del ala de maternidad, cerrada recientemente, estaba arrumbado junto a las paredes.

Supuso que el hospital era uno de los muchos centros de salud rurales que cerrarían antes de que acabase el año. El personal era muy escaso. Solo había un médico y dos enfermeras en el turno de urgencias. Y aunque hubieran sido el doble, no habrían dado abasto. Después de estudiar Medicina, Sara se había sentido tremendamente orgullosa de trabajar en una localidad pequeña. Ahora, los hospitales rurales no encontraban personal ni lograban conservar el que tenían. Los sanitarios se marchaban en masa, hartos del exceso de política y la falta de sentido común.

—Doctora Linton. —Amanda la estaba esperando delante de la puerta cerrada del depósito. Tenía el teléfono en la mano y el ceño fruncido—. Tenemos que hablar.

Sara se preparó para otra batalla.

—Si buscas un aliado que te ayude a apartar a Will del caso, pierdes el tiempo.

—Ser una persona equilibrada no significa llevar el peso del rencor bien repartido entre los hombros.

Sara dejó que su silencio respondiera por ella.

—Muy bien —dijo Amanda—. Háblame de la víctima.

Sara se tomó un momento para volver a centrarse en el caso.

—Mercy McAlpine, mujer caucásica de treinta y dos años, hallada en la finca de su familia con múltiples heridas de arma blanca en pecho, espalda, brazos y cuello. Tenía los pantalones bajados, lo que podría indicar que hubo agresión sexual. El arma homicida estaba rota y alojada en la parte superior del torso. La víctima estaba aún con vida cuando la encontraron, pero no dio ninguna información que permita identificar a su asesino. Falleció aproximadamente a medianoche.

—¿Llevaba la misma ropa con que la viste en la cena?

Sara no lo había pensado hasta ahora.

—Sí —contestó.

—¿Y los demás? ¿Cómo iban vestidos cuando los viste, después de encontrar a Mercy?

Sara se sintió lenta de reflejos. Era evidente que Amanda la estaba interrogando como testigo.

—Cecil iba sin camisa, en calzoncillos. Pizca llevaba una bata de felpilla azul oscura y Christopher un albornoz con peces. Marti llevaba algo parecido, pero con patitos de goma. Delilah llevaba un pijama verde, de pantalón y camisa. Frank estaba en calzoncillos y camiseta interior. Monica llevaba un camisón de encaje negro hasta la rodilla. No vi a Drew ni a Keisha, tampoco a Sydney y Max. Los de las *apps* iban en ropa interior. Will pilló a Paul saliendo de la ducha.

—¿Paul es el que estaba en la ducha a la una de la madrugada?

—Sí —respondió Sara—. Por si sirve de algo, no creo que sean de los que se acuestan temprano.

—¿Nada te pareció sospechoso? ¿Nadie te llamó la atención?

—No, aunque yo diría que la reacción de la familia no fue normal.

—Descríbemela.

—«Gélida» es el adjetivo que se me viene a la cabeza, aunque la verdad es que tampoco me habían causado buena impresión antes de enterarse de que Mercy había muerto. —Sara trató de recordar la cena—: La madre es muy menudita y parece plegarse en todo a su marido. Cuando humillaron públicamente a su hija, echó más leña al fuego. El hermano es raro, como no pueden evitar serlo algunos hombres. Está claro que el padre estaba haciendo teatro para los invitados, pero imagino que me habría tratado de manera muy distinta si hubiera sabido que soy médica y no profe de química en un instituto. Da la impresión de que solo le gustan las mujeres con roles tradicionales del siglo pasado.

—Mi padre era así —comentó Amanda—. Estaba muy orgulloso de mí cuando ingresé en la policía, pero, en cuanto lo superé en rango, se dedicó a comerme la moral.

Sara no habría visto el destello de tristeza si no hubiera estado mirando a Amanda a la cara en ese instante.

—Lo siento. Debió de ser duro.

—Bueno, ahora está muerto —repuso Amanda—. Necesito todas tus observaciones por escrito. Mándamelas por correo electrónico. ¿Cómo vas a proceder con el cadáver?

—Pues… —Sara estaba acostumbrada a esos bruscos cambios de tema con Will, pero Amanda podía dar una clase magistral en ese aspecto—. Nadine va a ayudarme con el examen físico. Vamos a recoger muestras del material acumulado bajo las uñas, fibras y pelos, sangre, orina, semen… Las mandaremos al laboratorio para que las analicen inmediatamente. La necropsia completa será en el cuartel general mañana por la tarde. Adelantaron la hora cuando les notifiqué que ya no hay ningún sospechoso detenido.

—Encuéntrame pruebas para ponerle remedio a eso, doctora Linton.

Amanda abrió la puerta. La luz de los fluorescentes hizo que a Sara le escocieran los ojos. El depósito se parecía a todas las morgues de hospital rural construidas después de la Segunda Guerra Mundial. Techos bajos. Azulejos amarillos y marrones en el suelo y las paredes. Cajas de luz en la pared. Focos regulables sobre la mesa de autopsias de porcelana. Pila de acero inoxidable con una larga encimera adosada. Un ordenador y un teclado sobre un pupitre de madera. Un taburete giratorio y una bandeja con ruedas llena de instrumental. Una cámara mortuoria frigorífica con doce compartimentos refrigerados, cuatro a lo ancho y tres en altura. Sara comprobó que tenía todo lo necesario para el examen físico: equipo de protección individual, cámara de fotos, envases para conservación de muestras, bolsas de recogida de pruebas, rascadores de uñas, pinzas, tijeras, bisturíes, portaobjetos, kit de violación.

Amanda preguntó:

—¿No ha habido suerte buscando al hijo?

Sara negó con la cabeza.

—Seguramente tendrá resaca y estará durmiendo la mona. Volveré a salir a buscarlo con la tía después de hacer el examen.

—Dile que tendrá que prestar declaración en algún momento. Puede que nos ayude a aclarar la cronología del caso y a averiguar quién fue la última persona que vio a Mercy con vida. Jon estaba contigo cuando oíste el segundo y el tercer grito, ¿no?

—Sí. Lo vi salir de la casa con una mochila. Imagino que pensaba huir. La pelea con Mercy en la cena fue bastante intensa.

—A ver qué puedes sacarle a la tía mientras lo buscáis. Delilah sabe algo.

—¿Sobre el asesinato?

—Sobre la familia —dijo Amanda—. Tú no eres la única del equipo que tiene corazonadas.

Antes de que Sara pudiera preguntarle algo más al respecto, los engranajes del montacargas comenzaron a chirriar con un ruido siniestro. Salió agua por la rendija de debajo de las puertas correderas.

—Ahora mismo —dijo Amanda—, ¿quién dirías que es el principal sospechoso?

Sara no necesitó tiempo para pensarlo:

—Alguien de la familia. Mercy intentaba impedir la venta de la finca.

—Pareces Will. Le encantan los móviles económicos.

—Y con razón. Fuera de la familia, yo diría que es Marti. Es un individuo muy inquietante. Pero el hermano también lo es.

Amanda asintió antes de fijar la mirada en el móvil.

Sara se dio cuenta de que otra vez había estado corta de reflejos. Acababa de ocurrírsele que era muy extraño que la subdirectora del GBI asistiera al examen preliminar de un cadáver. La necropsia completa, en la que se abriría el cuerpo para examinarlo, tendría lugar en la sede del GBI y se encargaría de ella otra persona del equipo. Probablemente Sara no encontraría nada probatorio durante el examen externo. Solo iba a hacerlo para adelantar la recogida de muestras de sangre, orina y otros rastros físicos y mandarlos al laboratorio para su análisis. El cadáver de Mercy había sido hallado sumergido parcialmente en agua. Las probabilidades de que encontrara alguna prueba que requiriera una actuación inmediata eran casi nulas.

Así pues, ¿qué hacía allí su jefa?

Las puertas del ascensor se abrieron antes de que tuviera tiempo de formular la pregunta. Salió más agua. Nadine estaba a un lado de la camilla. Bizcocho, al otro. Sara fijó la mirada en la bolsa mortuoria. Vinilo blanco, bordes termosellados, cremallera reforzada con gruesos dientes de plástico. El contorno del cuerpo de Mercy era muy leve, como si, ya muerta, hubiera conseguido volverse invisible, lo que al parecer habían intentado hacer con ella los demás toda su vida.

Sara procuró olvidarse del resto de las cosas. Pensó en la última vez que había visto a Mercy con vida. Parecía avergonzada, también orgullosa. Estaba acostumbrada a hacerlo todo ella sola y aun así había dejado que Sara le curara el pulgar herido. Ahora, Sara cuidaría de su cuerpo sin vida.

—*Sheriff* Hartshorne, gracias por acompañarnos —dijo Amanda. Su tono de seudoamabilidad no consiguió congraciarla con el *sheriff*.

—Tengo derecho a estar aquí.

—Y nosotros no le ponemos ningún impedimento para que ejerza ese derecho.

Sara ignoró la mirada estupefacta del *sheriff*. Sujetó el borde de la camilla y ayudó a Nadine a introducir el cadáver en el depósito. En silencio, colocaron la bolsa mortuoria sobre la mesa de porcelana y apartaron la camilla. A continuación, se pertrecharon con un traje de protección individual, una mascarilla, protectores faciales, gafas de seguridad y guantes de examen. Sara no iba a hacer una autopsia completa, pero Mercy había pasado varias horas expuesta al calor y la humedad. Su cadáver se había convertido en una amalgama tóxica de patógenos.

—Quizá deberíamos ponernos también máscaras antigás —comentó Bizcocho—. Por aquí arriba abunda el fentanilo. Y Mercy tenía un largo historial de drogadicción. Podríamos morirnos por respirar los vapores.

Sara lo miró.

—El fentanilo no funciona así.

Él entrecerró los ojos.

—Lo he visto tumbar a hombres hechos y derechos.

—Y yo he visto a enfermeras vertérselo sin querer en las manos y reírse. —Sara miró a Nadine—. ¿Lista?

Esta asintió antes de empezar a abrir la cremallera.

Durante los primeros años que Sara había trabajado como juez condal de primera instancia, las bolsas para cadáveres tenían un diseño similar a los sacos de dormir, con un refuerzo en la parte de abajo. Siempre eran de plástico negro con cremallera metálica. Ahora eran blancas y de distintos materiales y formas, dependiendo de su uso. A diferencia de lo que ocurría con las antiguas, las cremalleras industriales sellaban por completo la bolsa. Las mejoras en su diseño justificaban su mayor coste. El color blanco ayudaba a la identificación visual de las pruebas. El acabado impermeable impedía la salida de fluidos. Ambas cosas eran necesarias en el caso del cadáver de Mercy McAlpine, que había recibido múltiples puñaladas. Tenía el intestino perforado. Algunos de sus órganos huecos estaban abiertos. El cuerpo se hallaba ya en fase de putrefacción y los fluidos habían comenzado a filtrarse por cada abertura.

—¡Joder! —Bizcocho se tapó la nariz y la boca con las manos para protegerse del olor—. ¡Dios!

Sara ayudó a Nadine a retirar la mitad superior de la bolsa. Bizcocho abrió la puerta y se quedó en el umbral. Amanda no se había movido, pero se puso a teclear en el móvil.

Sara se preparó mentalmente antes de centrar su atención en el cadáver.

Habían dejado a Mercy dentro de la bolsa y completamente vestida para hacer las radiografías. Manipular un cadáver podía ser peligroso. La ropa podía ocultar armas, agujas y otros objetos punzantes. O, en el caso de Mercy, un cuchillo alojado dentro del pecho.

La camiseta de Will aún le cubría la parte superior del torso. La tela estaba arrugada alrededor de la punta rota del cuchillo, que sobresalía del pecho como una aleta de tiburón. La sangre y los tendones se habían secado formando rugosidades alrededor del filo dentado. Sara imaginaba que la radiografía mostraría la hoja inclinada entre el esternón y la escápula. El asesino era probablemente diestro. Con suerte, encontrarían huellas dactilares en el mango desaparecido.

Recorrió el cuerpo con la mirada. Mercy tenía los ojos entreabiertos y las pupilas veladas. La boca estaba abierta. Su piel pálida se hallaba salpicada de sangre seca y suciedad. Varias puñaladas superficiales habían desgarrado la carne del cuello. Se veía el blanco del hueso de la clavícula derecha allí donde la hoja había hendido la piel. Las heridas de la parte baja de la espalda y la parte superior de los muslos supuraban en la bolsa mortuoria. Cada centímetro de piel expuesta evidenciaba la brutalidad de su muerte.

—Dios bendiga su alma —murmuró Nadine—. Nadie se merece esto.

—No, nadie. —Sara no iba a dejarse vencer por la impotencia. Le preguntó a Nadine—: ¿Prefieres grabar o transcribir?

—Siempre me siento rara hablando con una grabadora. Suelo tomar notas.

Sara solía grabar, pero era consciente de que estaban en terreno de Nadine.

—¿Puedes ir apuntando?

—Claro.

Nadine tomó cuaderno y bolígrafo. No esperó a que Sara le diera instrucciones para empezar a escribir. Sara leyó del revés su letra mayúscula. Nadine anotó la fecha, la hora y el lugar, luego añadió el nombre de Sara, el de Hartshorne y el suyo propio. Le preguntó a Amanda:

—Perdona, cariño, ¿me recuerdas tu nombre?

Sara apenas oyó la respuesta de Amanda mientras observaba el cuerpo destrozado de Mercy. Tenía aún los vaqueros en los tobillos, pero las braguitas de color morado oscuro, tipo bikini, le ceñían las caderas. La cinturilla estaba llena de tierra. Por las piernas bajaban franjas de suciedad que se extendían por los vaqueros. Había un cúmulo de cicatrices redondas en la parte superior del muslo izquierdo. Sara las reconoció: eran quemaduras de cigarrillo. Will tenía cicatrices parecidas en el pecho.

Sintió un nudo en la garganta al pensar en su marido. En su cerebro brilló como un fogonazo el recuerdo de cómo había frotado la cara contra el hombro de Will en el banco del mirador. En ese momento había pensado que lo peor que iba a pasar en su luna de miel era verlo atormentado por el recuerdo de su madre desaparecida.

Mercy también era una madre desaparecida. Tenía un hijo de dieciséis años que merecía saber quién se la había arrebatado.

—Muy bien. —Nadine pasó a una página en blanco del cuaderno—. Ya estoy lista.

Sara prosiguió con el examen externo, refiriendo en voz alta sus hallazgos. El cadáver de Mercy había superado la fase álgida del *rigor mortis*, pero sus miembros seguían agarrotados. Por la contracción de los músculos de la cara, daba la impresión de estar sufriendo un dolor agudo. La parte superior del cuerpo no había pasado mucho tiempo sumergida en el lago, pero la piel de la nuca y los hombros estaba flácida y moteada por efecto del agua. Tenía el pelo enmarañado. Su piel pálida había adquirido un tono rosado debido a la sangre arremolinada en el agua.

Brilló un *flash*. Nadine había empezado a hacer fotografías. Sara la ayudó a alinear las reglas para reflejar la escala. Mercy tenía suciedad debajo de las uñas. Un largo arañazo recorría la parte posterior de su brazo derecho. Su pulgar derecho, el que Sara le había suturado tras cortarse con el vaso roto, seguía vendado. Las manchas oscuras de sangre indicaban que los puntos se habían soltado, probablemente en el transcurso de la agresión. Las marcas rojas de estrangulamiento que Sara había visto en su cuello mientras estaban en el cuarto de baño eran más pronunciadas, pero no había transcurrido tiempo suficiente antes del deceso para que aparecieran hematomas.

Sara giró el brazo derecho de Mercy para examinar su parte

posterior. Luego examinó el izquierdo. Tenía los dedos contraídos, aunque Sara podía ver las palmas de las manos. No había marcas de cuchillo ni edema. Ni un solo corte.

—No parece tener heridas defensivas.

—Será solo que no aparecen —dijo Nadine—. Mercy era una luchadora. Es imposible que se quedara quieta, que no se defendiera.

Sara no quiso desengañarla. Lo cierto era que nadie sabía cómo reaccionaría a una agresión hasta que la agresión se producía.

—Su calzado da algunas pistas de lo que sucedió. Estuvo de pie durante parte del ataque. El chorro es de sangre arterial. Las salpicaduras pudo producirlas el cuchillo al entrar y salir. Hay tierra encostrada alrededor de la punta de los zapatos. Vimos marcas de arrastre que iban de la cabaña al lago. Mercy estaba bocabajo en ese momento. También hay rastros de tierra en la cinturilla de las bragas, en las rodillas y en los pliegues de los vaqueros.

—La tierra parece del mismo tipo que la de la orilla del lago —comentó Nadine—. Luego me pasaré por allí y juntaré unas muestras para compararlas.

Sara asintió mientras Nadine seguía haciendo fotos. Durante unos minutos, lo único que oyó por encima del zumbido del compresor de la cámara frigorífica fue el chasquido del *flash* y el ruido que hacía Amanda al teclear en el móvil.

Cuando Nadine terminó, Sara la ayudó a extender papel blanco bajo la mesa. Después tomó la lupa de la bandeja. Trabajaron en tándem examinando cada centímetro de la ropa de Mercy en busca de pruebas materiales. Sara encontró cabellos y rastros de tierra y suciedad que fueron a parar a bolsas de plástico sellables. Nadine trabajaba en silencio, pero con eficacia, etiquetando cada prueba y anotando en el registro dónde había sido hallada.

El siguiente paso fue infinitamente más difícil que los anteriores. Tenían que desnudar a Mercy. Nadine colocó papel limpio en el suelo. A continuación, puso más papel sobre la encimera que había junto a la pila para que pudieran volver a examinar la ropa una vez retirada.

Desvestir un cadáver era un proceso lento y tedioso, sobre todo si el cuerpo conservaba aún el *rigor mortis*. Normalmente, un ser humano tenía más o menos la misma cantidad de bacterias que de células en el cuerpo. La mayor parte de las bacterias se hallaban en el intestino, donde servían para procesar los nutrientes. En vida, el sistema inmunitario mantenía a raya su crecimiento. Tras el fallecimiento, las bacterias campaban a sus anchas, alimentándose de los tejidos y liberando metano y amoniaco. Los gases hinchaban el cadáver, lo que a su vez hacía que la piel se dilatara.

La tela de la camiseta de Mercy estaba tan tirante que no tuvieron más remedio que cortarla. Hubo que desincrustar de la caja torácica el aro del sujetador, que dejó una marca de más de medio centímetro de profundidad bajo los pechos. Sara retiró las bragas cortándolas por las costuras. La goma había dejado una marca. Hubo que arrancar con cuidado la fina tela, y con ella se desprendieron trozos de piel. Sara fue colocando con cuidado cada tira sobre el papel blanco como si fueran piezas de un rompecabezas.

No podían retirar los vaqueros sin quitar primero el calzado. Nadine desató los cordones de las zapatillas de deporte. Sara la ayudó a retirarlas. Las gomas de los calcetines deportivos de algodón estaban dadas de sí, lo que les facilitó la tarea. El tejido dejó profundas marcas trenzadas en la piel. Retirar los vaqueros fue mucho más complicado. La tela era gruesa y estaba tiesa por la sangre y otros fluidos resecos. Sara cortó con cuidado primero un lado y luego el otro para retirarlos como las valvas de una almeja. Nadine llevó los pantalones a la encimera y envolvió las dos mitades en papel para evitar la contaminación cruzada.

Guardaron silencio mientras Nadine trabajaba. Nadie miraba el cadáver. Sara se fijó en la expresión sombría de Amanda, que seguía mirando su móvil. Bizcocho estaba aún en la puerta, pero tenía la cabeza vuelta como si hubiera oído algo al fondo del pasillo.

Sara sintió una opresión en la garganta al estudiar el cadáver. Contó al menos veinte puñaladas visibles. La mayor parte de ellas afectaban al torso, había también un tajo en el muslo izquierdo y otro en la parte exterior del brazo derecho. Allí donde la hoja se había hundido hasta la empuñadura, el contorno del mango desaparecido había quedado impreso en la piel.

Las heridas recientes no eran el único indicio de violencia.

El cuerpo de Mercy revelaba toda una vida de malos tratos. La cicatriz de la cara había perdido color, pero aun así no podía rivalizar con las otras cicatrices que presentaba su piel. Unas marcas profundas y oscuras rodeaban su vientre, allí donde la habían azotado con algún objeto grueso y rugoso, probablemente una soga. A Sara no le costó reconocer la huella de la hebilla de un cinturón impresa en la cadera. El muslo izquierdo presentaba una marca de quemadura de una plancha, y había múltiples quemaduras de cigarrillo alrededor del pezón derecho, además de un corte fino y recto en la muñeca izquierda.

—¿Sabes de algún intento de suicidio? —le preguntó a Nadine.

—De más de uno —contestó Bizcocho—. Tuvo un par de sobredosis. Esa cicatriz que está mirando es de cuando estaba en el instituto. Se peleó con Dave y se cortó las venas en el almacén de material del gimnasio. Porque la encontró el entrenador, que, si no, se habría desangrado.

Sara miró a Nadine en busca de confirmación. La jueza, que tenía lágrimas en los ojos, asintió en silencio y volvió a tomar la cámara para documentar las lesiones.

De nuevo, Sara alineó la regla para dejar constancia de la escala. Se preguntó cuánto tiempo se tardaría en apuñalar tantas veces a una mujer. ¿Veinte segundos? ¿Treinta? Había más puñaladas en la espalda y las piernas. Era indudable que quien había atacado a Mercy McAlpine tenía intención de matarla.

Que no lo hubiera conseguido del todo, que ella siguiera con vida después de que se iniciara el fuego en la cabaña y de que Will la encontrara tras atravesar el bosque a todo correr, era buena prueba de la resistencia y la determinación de Mercy.

Nadine dejó por fin la cámara. Respiró hondo para prepararse. Sabía lo que venía a continuación.

El kit de violación.

Nadine abrió la caja de cartón sellada que contenía todo lo necesario para recoger pruebas materiales de una agresión sexual: recipientes estériles, torundas, jeringuillas, portaobjetos, sobres con autocierre, limpiaúñas, etiquetas, agua esterilizada y suero fisiológico, un espéculo de plástico y un peine. Sara vio que le temblaban las manos mientras colocaba los objetos en la bandeja. Nadine se secó las lágrimas con el dorso del brazo por debajo de las gafas protectoras. A Sara le dio lástima. Había estado en su misma situación muchas veces.

—¿Nos tomamos un descanso? —preguntó.

Nadine negó con la cabeza.

—No voy a fallarle esta vez.

Sara también se sentía culpable por lo que le había ocurrido a Mercy. Su cerebro seguía reviviendo una y otra vez aquel momento en el aseo de la cocina. Mercy le había dicho que casi todo el mundo en la montaña quería matarla y ella había tratado de sonsacarle algo más, pero, cuando Mercy se cerró en banda, desistió enseguida.

—Vamos a empezar —le dijo a Nadine.

Debido al *rigor mortis* tuvieron que separarle los muslos por la fuerza. Sara agarró una pierna y Nadine la otra. Tiraron hasta que las articulaciones de la cadera cedieron con un chasquido espeluznante.

Bizcocho carraspeó en la puerta.

Sara sostuvo un cuadrado de cartulina blanca bajo el pubis de Mercy. Usó primero el peine, pasando con cuidado las púas por el vello púbico. Pelos sueltos, tierra y otros restos cayeron a la cartulina. Sara se alegró al ver que algunos de los pelos tenían raíz. O sea, ADN.

Le pasó la cartulina y el peine a Nadine para que los guardara en una bolsa de pruebas. A continuación, utilizó torundas de diferentes longitudes para comprobar si había semen en la cara interna de los muslos. En el recto. Y en los labios. Nadine la ayudó a abrirle la boca a la fuerza. De nuevo, se oyó un fuerte chasquido al romperse la articulación. Sara ajustó el foco de arriba. No vio contusiones dentro de la boca. Pasó una torunda por el interior de los carrillos, la lengua y el fondo de la garganta.

El espéculo de plástico estaba dentro de un envoltorio sellado. Nadine separó los bordes y le ofreció el utensilio a Sara. De nuevo, Sara ajustó el foco. Tuvo que introducir a la fuerza el espéculo en el canal. Nadine le fue pasando las torundas.

—Parece que hay restos de líquido seminal —comentó Sara.

Bizcocho volvió a carraspear.

—O sea que la violaron.

—El semen es señal de que hubo coito. No veo indicios de edema ni contusiones.

Sara le pasó a Nadine la última torunda para que la guardara y etiquetara. Mientras esperaba, se puso unos guantes nuevos. Estaba pensando en los hombres que había en el albergue la noche anterior. El cocinero. Los dos jóvenes camareros. Marti. Frank. Drew. Gordon y Paul. Max, el inversor. Incluso Christopher, el hermano de Mercy. Había estado sentada a la mesa con ellos. Cualquiera de ellos podía ser el asesino.

Nadine regresó a la mesa. Sara extrajo sangre del corazón con una jeringa de gran tamaño. Usó una aguja de calibre veinticinco para extraer orina de la vejiga. Le dio las jeringas a Nadine para que las etiquetara. Luego, sostuvo un trocito de cartulina blanca bajo los dedos de Mercy y utilizó el limpiaúñas de madera para sacar los restos de debajo de las uñas.

—Esto podría ser piel —dijo—. Es posible que arañara a su agresor.

—Muy bien hecho, Merce. —Nadine parecía aliviada—. Ojalá le hicieras sangre.

Sí, ojalá, pensó Sara. Así habría más posibilidades de aislar el ADN.

Estaba a punto de pedir ayuda a Nadine para dar la vuelta al cadáver cuando empezó a vibrar un teléfono.

—Es el mío —dijo Nadine—. Seguramente ya han cargado las radiografías.

Sara pensó que todos necesitaban un descanso.

—Vamos a verlas.

Nadine pareció aliviada. Se bajó la mascarilla y se quitó los guantes mientras se acercaba al escritorio. Sara esperó a que entrara en el sistema informático para colocarse detrás de ella. Tras unos pocos clics, las radiografías de Mercy aparecieron en la pantalla. Aunque eran de tamaño pequeño, el historial de malos tratos de Mercy era, de nuevo, muy evidente.

A Sara no le sorprendieron las fracturas antiguas, aunque su número era considerable. Mercy se había roto el fémur derecho por dos sitios, pero no al mismo tiempo. Algunos huesos de la mano izquierda parecían partidos en dos a propósito. Había tornillos y placas en distintos sitios. La parte superior del cráneo y los huesos occipitales habían sufrido roturas, igual que la nariz y la pelvis. Incluso el hueso hioides mostraba indicios de una antigua lesión.

Nadine reparó en esto último. Amplió la imagen.

—La rotura de hioides es señal de estrangulamiento. No sabía que se podía vivir con él roto.

—Es una lesión potencialmente mortal —dijo Sara. El hueso, unido a la laringe, intervenía en numerosas funciones de las vías respiratorias, como producir sonidos, toser o respirar—. Parece una fractura aislada del cuerno mayor. Es posible que la intubaran o que tuviera que estar en cama, dependiendo del pronóstico.

—Cuando Faith estaba interrogando a Dave —comentó Amanda—, él le contó que Mercy se fue al hospital después de un episodio de estrangulamiento. Tenía dificultades para respirar y la dejaron ingresada.

—Yo hice ese atestado —dijo Bizcocho desde la puerta—. Fue hace por lo menos diez años. Mercy no dijo nada de que la hubieran estrangulado. Me contó que había tropezado con un tronco y que se dio un golpe en el cuello.

Amanda le lanzó una mirada mordaz.

—Entonces, ¿por qué lo llamaron del hospital para que hiciera un atestado?

El *sheriff* no contestó.

Sara volvió a mirar las radiografías y preguntó:

—¿Puedes enseñarme esta fractura?

Nadine seleccionó la imagen del fémur.

—Habría que ver qué opina un radiólogo forense, pero parece de hace décadas. —Señaló la tenue línea que dividía en dos la mitad inferior del hueso—. Una fractura adulta suele presentar bordes afilados, pero, si es más antigua, digamos de la infancia, el hueso se remodela y los bordes quedan redondeados.

—¿Es poco frecuente? —preguntó Amanda.

—Las fracturas de fémur en niños suelen ser fracturas diafisarias. El fémur es el hueso más recio del cuerpo, de ahí que se precise un golpe muy fuerte para que se rompa. —Sara señaló la placa—. Mercy sufrió una fractura metafisaria distal. Ha habido mucho debate sobre si este tipo de fractura es indicativa o no de maltrato, y las investigaciones recientes no son concluyentes.

—¿Qué significa eso? —preguntó Bizcocho.

—Que Cecil le rompió la pierna cuando era un bebé —respondió Nadine.

—Eh, oye, que ella no ha dicho quién ha sido —replicó el *sheriff*—. No sueltes cosas que no puedes demostrar.

Nadine dejó escapar un largo suspiro mientras abría dos imágenes más.

—Esta placa de metal en el brazo es del accidente de coche del que te hablé. Y esta otra, ¿ves aquí, donde tuvieron que reconstruirle la pelvis? Menos mal que ya había tenido a Jon.

Sara observó la radiografía abdominal. Los huesos de la pelvis de Mercy destacaban, blancos, sobre el fondo negro, las vértebras escalonándose hasta el interior de la caja torácica. Los órganos aparecían sombreados. El tenue contorno de los intestinos delgado y grueso. El hígado. El bazo. El estómago. La mancha espectral de una pequeña masa de unos cinco centímetros de largo que mostraba los primeros signos de osificación.

Sara tuvo que aclararse la garganta para poder hablar:

—Nadine, ¿me ayudas a terminar el examen abdominal antes de darle la vuelta?

Nadine pareció extrañada, pero agarró otro par de guantes y se reunió con Sara junto a la mesa.

—¿Qué quieres que haga?

Sara no necesitaba que hiciera nada, salvo volver a su silencio reconfortante. Había un ecógrafo en el pasillo, pero Sara no iba a usar la máquina estando Bizcocho en la sala. Nadine les había dado una breve charla en el Sendero del Solterón acerca del pegamento que fijaba la vida en un pueblo pequeño, pero había olvidado incluir en ella una lección muy importante: que allí no había secretos.

Sara tendría que recurrir a un examen pélvico para confirmar lo que había visto en la radiografía.

Mercy estaba embarazada.

13

—¡Joder, joder, joder! —Faith intentó no darse de cabezazos contra el volante de su Mini.

La tormenta había pasado por fin; aun así, el camino de grava se había convertido en un lodazal de pesadilla. Las piedras golpeaban a cada rato los paneles laterales. Faith notaba que la dirección resbalaba. Miró el cielo. El sol pegaba brutalmente, como si quisiera absorber toda el agua posible para devolverla a las nubes.

Ofrecerse a entrevistar a Penny Danvers, la limpiadora y camarera del albergue, había sido como pegarse un tiro en el pie, pero Faith odiaba las autopsias. Asistía a ellas porque era su trabajo, aunque cada paso del proceso la asqueaba. Nunca había podido acostumbrarse a estar rodeada de cadáveres. Por eso ahora estaba conduciendo por carreteras secundarias en aquel rincón perdido del norte de Georgia, en vez de recibir una ovación por su excelente labor en el interrogatorio de Dave McAlpine.

Se reprendió para sus adentros. Habría sido mejor resultado conseguir una confesión o una pista decisiva que señalara al asesino para que Jon pudiera al menos tener cierta paz. Aquello no era un juego de buenos y malos. Mercy era madre. Y no una madre cualquiera, sino una madre como Faith. Ambas habían tenido a sus hijos siendo apenas unas niñas. Faith había tenido la suerte de contar con el apoyo de su familia. Sin su fortaleza, podría haber acabado fácilmente como Mercy McAlpine. O quizá incluso atrapada con un maltratador repugnante como Dave. Los canallas de ese tipo eran como la menstruación:

después de tener la primera, te pasabas la vida entre el agobio y el pánico de cuándo volvería a aparecer.

Miró el cuaderno abierto en el asiento del copiloto. Antes de salir del hospital, había revisado con Will la cronología del caso para integrar las llamadas que Mercy le había hecho a Dave y las horas en que Will había oído los gritos procedentes de uno y otro lado. Así habían conseguido hacer una estimación seguramente bastante aproximada de la última hora y media de la vida de Mercy McAlpine:

22:30: Es vista haciendo la ronda (testigo: Paul)
22:47; 23:10; 23:12; 23:14, 23:19, 23:22: Llamadas perdidas a Dave
23:28: Mensaje de voz a Dave
23:30: primer grito, procedente del complejo (aullido)
23:40: segundo grito, procedente de las cabañas individuales («socorro»)
23:40: tercer grito, procedente de las cabañas individuales («por favor»)
23:50: hallazgo del cadáver
24:00: declaración del fallecimiento (Sara)

Seguía sin convencerla que hubiera tantos múltiplos de diez. Tenía que subir a la finca y buscar el mapa. Su primer objetivo sería localizar las zonas donde había wifi para averiguar dónde se encontraba Mercy en el momento de llamar a Dave. A partir de ahí, trazaría las distintas rutas que podía haber seguido para llegar a las cabañas individuales. Will podía haberse equivocado hasta en cinco minutos arriba o abajo. No parecía mucho tiempo; sin embargo, en la instrucción de un caso de asesinato cada minuto contaba.

Al menos, Mercy les había hecho el favor de hacer unas cuantas llamadas. Ya habían enviado el mensaje de voz al laboratorio para analizar el sonido, pero los resultados tardarían al menos una semana.

Faith agarró el teléfono del portavasos del coche. Pulsó la grabación que había hecho del último mensaje de Mercy a Dave. Su voz resonó, desesperada, dentro del Mini: «¡Dave! ¡Dave! Dios mío, ¿dónde estás? Por favor, por favor, llámame. No puedo creer... Ay, Dios, no puedo... Por favor, llámame. Por favor. Te necesito. Ya sé que nunca he podido contar contigo, pero ahora te necesito de verdad. Necesito que me ayudes, cariño. Por favor, lla-llámame...».

No se había dado cuenta antes, pero Mercy empezaba a sollozar al tapar el teléfono. En el coche, contó en silencio los siete segundos que duraban sus sollozos sofocados.

«¿Qué haces aquí? ¡No! Dave está a punto de llegar. Le he contado lo que ha pasado. Está de...».

Miró su cronología. Treinta y dos minutos después de aquello, Mercy fue declarada muerta.

—¿Qué te pasó, Mercy? —le preguntó al coche vacío—. ¿Qué era lo que no podías creer?

Había visto u oído algo que la aterrorizó hasta el punto de impulsarla a meter un poco de ropa y un cuaderno en la mochila y huir. No se había llevado a Jon, de lo que cabía deducir que lo que ocurría solo era un peligro para ella. Un peligro lo bastante temible como para recurrir a Dave a pesar de que él llevaba años dejándola en la estacada. Lo bastante temible como para no recurrir a su familia en busca de ayuda.

Faith calculaba que lo que asustó a Mercy había sucedido durante el intervalo de trece minutos entre su primera llamada a Dave y las frenéticas cinco llamadas perdidas posteriores, que comenzaban a las once y diez. Había tenido que entrar en la casa en algún momento para hacer la mochila. Faith no estaba segura de qué se llevaría ella si de pronto tuviera que abandonar su casa para siempre, pero lo primero que agarraría sería la carta que le escribió su padre antes de morir de cáncer de páncreas. Era imposible que Mercy se hubiera llevado el cuaderno si este no tuviera un enorme valor para ella.

Como era imposible que el laboratorio terminara de analizarlo en menos de una semana.

«Dave está a punto de llegar. Le he contado lo que ha pasado».

Faith pensó en todas las veces que ella le había dicho a un hombre que otro estaba a punto de llegar. Normalmente ocurría cuando salía sola porque le apetecía. Siempre había algún tipo que se le acercaba con intención de ligar y la única forma de librarse de él era dejarle claro que otro ya había meado en la boca de incendios que él estaba olisqueando.

Lo que la devolvió al misterio de habitación cerrada que era todo aquello. Uno de los principios del género era que la persona que no creías que había cometido el crimen era en realidad el culpable. Dave era un sospechoso tan obvio que prácticamente tenía una flecha de neón apuntando a su cabeza. El momento más peligroso para una superviviente de violencia machista era cuando dejaba a su maltratador. El estrangulamiento era un síntoma de manual de que la violencia iba en aumento. Pero ser un cabrón repugnante no te convertía en un asesino. Y Faith seguía pensando en el mensaje de voz. Mercy no le estaba diciendo a Dave que Dave estaba a punto de llegar. Y solo había un puñado de hombres en el albergue que podían impulsarla a invocar su nombre.

Marti. Frank. Drew. Max, el inversor. Alejandro, el cocinero. Gregg y Ezra, los dos camareros del pueblo. Gordon y Paul, porque nunca se sabía. Y Christopher, porque Mercy y él se habían criado prácticamente dentro de una novela de V. C. Andrews, en las montañas del norte de Georgia.

Faith soltó un fuerte suspiro. Necesitaba más información. Ojalá Penny Danvers, la camarera y limpiadora del albergue, fuera tan perspicaz y comunicativa como lo había sido Delilah con Will. Las limpiadoras de hotel solían ver el lado más ingrato de una persona, y bien sabía Dios que Faith les había soltado unas cuantas revelaciones bomba a camareros desprevenidos cuando era joven. Pero ese era un jardín en el que seguramente no le convenía meterse en ese momento. Optó por concentrarse en el interminable camino de grava. Miró por el retrovisor. Luego volvió a mirar el camino. Y, por último, echó un vistazo por las ventanillas laterales. Todo le parecía igual.

—No me jodas. —Estaba total y absolutamente perdida.

Redujo la velocidad para buscar algún indicio de civilización. Lo único que había visto durante los últimos quince minutos eran campos, vacas y algún que otro pájaro volando bajo. El GPS le había dicho que girara a la izquierda en la bifurcación, pero empezaba a pensar que la había engañado. Miró el teléfono. No tenía cobertura. Dio media vuelta y regresó por donde había venido.

De algún modo, los campos, las vacas y los pájaros le parecieron distintos en el camino de vuelta. Bajó las ventanillas y prestó atención por si oía algún coche, un tractor o alguna señal de que no era la última persona viva sobre la faz de la tierra. Solo oyó el graznido de algún pájaro tonto. Giró el botón de la radio esperando oír voces alienígenas o algún programa sobre agricultura, pero tuvo la suerte de encontrarse con Dolly Parton cantando *Purple Rain*.

—Gracias a Dios —murmuró.

Al menos seguía habiendo algo bueno en el mundo.

El viento se coló dentro del coche y le secó parte del sudor de la espalda. Oyó el gorjeo de su teléfono. Miró la pantalla. Había cobertura. Tenía dos mensajes de texto.

Marcó su código y se dijo a sí misma que no pasaba nada por enviar mensajes y conducir al mismo tiempo, porque allí solo podía matarse a sí misma. Cosa que estuvo a punto de hacer cuando vio el mensaje de su hijo.

Jeremy ya estaba en Quantico. Y le estaba encantando.

Faith había tenido la esperanza de que le pareciera horrible. No quería que su hijo fuera policía. No quería que fuera agente del FBI. Ni del GBI. Quería que usara su flamante título por el Instituto de Tecnología de Georgia y que trabajara en una oficina, llevara traje y ganara un montón de dinero para que, cuando su madre se estrellara con el coche en un cuneta por conducir mirando el móvil, pudiera ingresarla en una buena residencia.

El otro mensaje era solo un poco mejor. Su madre le mandaba una foto de Emma con la cara pintada como Pennywise, el payaso de *It*. Faith dejó para más adelante averiguar si era un homenaje intencionado. Respondió con unos cuantos corazones y volvió a dejar el teléfono en el portavasos.

—¡Joder! —gritó.

299

Un pájaro había estado a punto de estrellarse contra el parabrisas. Faith dio un volantazo y acabó dando botes por el arcén. Giró en exceso el volante. El coche empezó a derrapar. Todo se ralentizó. Sabía que se derrapaba sobre hielo, pero ¿pasaba lo mismo con el barro? ¿Había que girar el volante en dirección contraria o acabaría volcando en una zanja si lo hacía?

La respuesta no tardó en llegar. El Mini, transformado en la patinadora Kristi Yamaguchi, efectuó un giro de trescientos sesenta grados, se puso a dos ruedas y se deslizó por el camino hasta aterrizar en la cuneta opuesta. Se sacudió violentamente al posarse en tierra. Faith se había quedado sin respiración y no pudo soltar ninguna palabrota, pero se prometió a sí misma que lo haría en cuanto dejara de tener el culo apretado. El día ya no podía ponerse peor.

Entonces, salió del coche y vio que tenía la rueda trasera hundida en cinco centímetros de barro.

—Me cago en… —Se llevó el puño a la boca.

Podía solucionar aquello. Había trabajado de patrullera. Había tenido que ayudar a muchos idiotas a sacar sus vehículos de la cuneta. Buscó en el maletero su kit de emergencia, que contenía mantas, comida, agua, una radio de emergencia, una linterna y una pala plegable.

Purple Rain había alcanzado su *crescendo*. Seguro que Dolly Parton apreciaría el que una mujer exasperada, madre de dos hijos, se pusiera a cavar para salir de un barrizal en medio de la nada mientras escuchaba su versión del tema de Prince. Empezaron a dolerle las manos mientras cavaba. Soportó toda una canción de Nickelback mientras abría un surco. Por si no bastaba con eso, tuvo que agarrar puñados de grava para meterlos debajo del neumático. Cuando terminó, estaba cubierta de barro. Se limpió las manos en los pantalones y volvió a subir al coche.

Pisó el acelerador, rezando por que la rueda agarrara. El coche avanzó ligeramente y luego retrocedió. Siguió así, avanzando y retrocediendo lentamente, hasta que las ruedas se afianzaron en la grava.

—¡Eres una puta reina! —se dijo a sí misma.

—Ya lo creo que sí.

—¡Joder! —Dio un brinco, sobresaltada, y se golpeó la cabeza contra el techo solar.

Había una mujer al otro lado de la cuneta. Tenía la cara demacrada, castigada por el sol implacable y por una vida igual de implacable. A su lado había un perro de caza, un *Bluetick hound*. Llevaba una escopeta colgada de través en la espalda, como un espantapájaros peligroso. Las manos le colgaban a ambos lados.

—Pensaba que no ibas a poder —comentó—. Vosotros, los de ciudad, no sois capaces ni de romper una bolsa de papel mojada de un puñetazo.

Faith apagó la radio y aprovechó ese instante para recuperarse del susto. Se preguntó cuánto tiempo llevaría allí aquella mirona. El suficiente para haber visto la matrícula del condado de Fulton que la identificaba como residente en Atlanta.

Le dijo a la mujer:

—Trabajo para el…

—GBI. Como ese tío tan alto. Will, ¿no? El marido de Sara.

Faith pensó que aquella mujer era bruja.

—No me he quedado con tu nombre.

—Porque no te lo he dicho. —Levantó la barbilla con aire desafiante—. ¿A quién buscas?

—A ti —supuso Faith—. A Penny Danvers.

La mujer asintió con la cabeza.

—Eres más lista de lo que pareces.

Faith se pasó la lengua por detrás de los dientes..

—¿Quieres que te lleve a tu casa?

—¿Al perro también?

Faith, que no creía que su coche pudiera estar más sucio de lo que ya estaba, estiró el brazo y abrió la puerta.

—Espero que le gusten los Cheerios. A mi hija le encanta tirármelos a la cabeza.

El perro esperó a que Penny chasqueara la lengua para saltar por entre los dos asientos delanteros con las patas llenas de barro. Enseguida se puso a aspirar el suelo, lo único bueno que había pasado ese día. Penny subió delante. Cerró de un portazo y apoyó la escopeta entre las piernas, con el cañón apuntando al techo. Otra cosa buena. Podría haber apuntado a Faith.

—Vivo a tres kilómetros de aquí, a la izquierda. Hay muchos baches, así que agárrate —dijo la mujer con la escopeta cargada, sin abrocharse el cinturón de seguridad—. Se ve el granero antes que la casa.

Faith arrancó. Las dos ventanillas seguían bajadas. Mantuvo el coche a treinta para que el polvo del camino no las asfixiara dentro del coche. Y también porque el perro olía a perro.

—Entonces —dijo—, ¿has salido a cazar o…?

—Un coyote se ha llevado una de mis gallinas. —Penny señaló la radio con la cabeza—. ¿Has oído su versión de *Stairway to Heaven*?

Dolly Parton. La rompehielos universal. Y una señal segura de que Penny llevaba junto a la cuneta mucho más tiempo del que pensaba Faith. Intentó no parecer inquieta al preguntar:

—¿La de *Halos and Horns* o la de *Rockstar*?

Penny se rio entre dientes.

—¿Cuál crees tú?

Faith no tenía ni idea y Penny no parecía interesada en decírselo. Se había sacado del bolsillo un poco de beicon y se lo estaba dando al perro. Al ver que Faith la miraba, le ofreció un poco a ella.

—No, gracias.

—Tú misma. —Penny le dio un mordisco al beicon y se quedó mirando el camino mientras masticaba.

Faith se esforzó por recordar datos aleatorios sobre Dolly Parton para trabar conversación, pero luego se recordó a sí misma que a veces era mejor quedarse callada. Dejó pasar los campos vacíos. Las vacas. Los pájaros asesinos que de vez en cuando pasaban volando bajo.

Como le había advertido Penny, el camino se volvió accidentado. Tuvo que forcejear con el volante para no volver a meterse en la cuneta. Baches había en la ciudad; aquello eran más bien socavones. Dio gracias cuando por fin divisó el granero a lo lejos. Era enorme, de color rojo brillante y seguramente nuevo, porque no lo había visto en Google Earth. En el lateral que daba al camino había pintada una bandera americana. Dos caballos levantaron la cabeza para ver pasar el Mini.

—Aquí somos patriotas —comentó Penny—. Mi padre estuvo en Vietnam.

Faith tenía un hermano que estaba en las Fuerzas Aéreas, pero aun así contestó:

—Eso es muy de agradecer.

—No nos gusta que la gente de Atlanta se meta en nuestros asuntos —continuó Penny—. Aquí hacemos las cosas a nuestra manera. Si no os metéis en nuestra vida, nosotros no nos metemos en la vuestra.

Faith sabía que la estaba poniendo a prueba. Sabía también que, si no contara con los ingresos fiscales del área metropolitana de Atlanta, Georgia sería Misisipi. Todo el mundo idealizaba la vida en el campo hasta que necesitaba internet y asistencia médica.

—Es ahí arriba. —Penny señaló el único desvío que había en cincuenta kilómetros a la redonda como si fuera fácil pasarlo por alto—. A la izquierda.

Faith frenó para tomar el largo camino de entrada. Al ver el nombre del buzón, entendió el tribalismo de Penny.

—D. Hartshorne. ¿No será el *sheriff*?

—Lo era antes —contestó—. Es mi padre. Vive ahí detrás, en el remolque. Lo trasladamos allí cuando le dio el ictus porque no puede subir escaleras. Bizcocho es mi hermano.

Faith fue con cuidado:

—¿Tenéis una relación muy estrecha?

—¿Lo preguntas por si me ha dicho que no fue Dave quien mató a Mercy?

Faith supuso que ya tenía su respuesta.

—Por si te lo estás preguntando, Bizcocho llamó al albergue para avisarlos, pero no pudo hablar con ellos. No funcionan ni el teléfono ni internet. —Le lanzó una mirada cargada de intención—. Ha ido a ayudar a la patrulla de carreteras a retirar un camión de pollos que ha volcado en Ellijay. Me ha pedido que los avise cuando vaya a trabajar.

—¿Y vas a hacerlo?

—No lo sé.

Faith no podía controlar lo que hiciera Penny, pero sí podía intentar sacarle toda la información posible.

—Bizcocho le dijo a mi compañero que solías ver a Mercy y Dave pegándose en el instituto.

—No eran peleas muy justas. —Penny tenía la mandíbula tan apretada que apenas movía los labios al hablar—. Pero Mercy sabía encajar los golpes, eso tengo que reconocerlo.

—Hasta que ya no pudo más.

Penny apretó la escopeta con las manos, pero no porque tuviera intención de usarla. Bajó la barbilla mientras se acercaban a la casa. Por primera vez desde que había aparecido en el camino, parecía vulnerable.

Faith deseó con todas sus fuerzas que Will estuviera allí. Su compañero era capaz de aguantar el silencio mejor que nadie que ella conociera. Tuvo que morderse el labio para no preguntar cualquier cosa. Casi habían llegado a la casa cuando su esfuerzo dio fruto.

Penny dijo:

—Mercy era buena persona. A veces eso se olvida, pero es la verdad.

Faith paró junto a una camioneta Chevy oxidada. La casa estaba tan ajada como Penny. La pintura se desprendía de la madera blanqueada, el porche delantero estaba podrido y el tejado estaba combado y le faltaban tejas. Había otro caballo al lado de la casa, atado a un poste. Hundía la cabeza en el abrevadero, pero sus ojos no se apartaban del coche. Faith reprimió un escalofrío. Le daban pánico los caballos.

—Lo que tienes que saber —dijo Penny— es que aquí arriba a las chicas se les inculca desde muy pequeñas que lo que te toque en la vida es lo que te mereces.

Faith no creía que esa enseñanza se limitara a una región concreta.

—Se armó un buen escándalo cuando Mercy se quedó embarazada en el instituto. Hubo montones de llamadas y reuniones. El pastor metió baza. No es que Mercy fuera buena estudiante, ojo, pero tenía derecho a seguir estudiando y no se lo permitieron. Decían que daba mal ejemplo. Y puede que sí, que lo diera, pero aun así no estuvo bien cómo la trataron.

Faith se mordió el labio. A ella no le impidieron entrar en noveno curso después de tener a Jeremy, pero en su instituto todos dejaron claro que no la querían allí. Tenía que comer en la biblioteca.

—Mercy siempre fue una cabeza loca, aunque estuvo muy mal que esa tía suya le robara a su niño. Es lesbiana, ¿te has enterado?

—Sí, lo sé.

—Delilah es una arpía. Y no lo digo por lo que haga en la cama. Es que es mala. —Penny volvió a sujetar con fuerza la escopeta—. Se las hizo pasar moradas a Mercy para dejarle que viera al niño. Eso estuvo muy mal. Y nadie dio la cara por Mercy. Todo el mundo pensaba que iba a fallar, pero consiguió dejar el alcohol y la heroína y recuperar a Jon. Hay que echarle mucho valor para conseguirlo. Es de admirar que consiguiera sobreponerse a eso. Sobre todo, porque nadie le echó una mano.

—¿Y Dave?

—Ese es un mierda —murmuró Penny—. En aquel entonces trabajaba en la fábrica de vaqueros. Era un buen trabajo, hasta que se lo llevaron todo a México. Ganaba mucha pasta, invitaba a copas en el bar, se lo pasaba en grande.

—¿Qué hacía Mercy?

—Chupar pollas en una esquina para poder pagar a un abogado y conseguir la custodia de Jon. —Penny observó detenidamente a Faith, atenta a su reacción.

Faith no se inmutó. No había nada que ella no fuera capaz de hacer por sus hijos.

—Mercy solo encontró trabajo en el motel y fue porque el dueño quería tocarle las narices a su padre. Nadie más quiso contratarla. Aquí abajo era una apestada. Papá se aseguró de ello.

—¿Te refieres a Cecil?

—Sí, su papaíto de los cojones. No hizo más que castigarla toda su puta vida. Lo vi con mis propios ojos. Llevo limpiando habitaciones en el albergue desde que tenía dieciséis años. Y una cosa te digo.

—Penny la señaló con el dedo como si aquella parte fuera muy importante—. Mercy se hizo cargo del albergue después del accidente de bici de papá, ¿vale? Yo lo único que sé es que antes de que mandara Mercy, tenían lo justo para pagar las nóminas. Ahora que manda ella, contratan a un chef de lujo de Atlanta y a un par de camareros del pueblo, y Mercy me dice que puedo trabajar a jornada completa porque necesitan a alguien que atienda la barra, para los cócteles de antes de la cena. ¿Qué te parece?

—Dímelo tú.

—Papá nunca ha entendido que la gente quiere beber cuando está de vacaciones. Les servía una sola copa de ese vino de moras de mala muerte y, si querían más, tenían que pagar cinco dólares a tocateja. —Soltó una risa ronca—. Mercy trajo alcohol del bueno, empezó a anunciar cócteles especiales y a dejar que la gente pagara después, y con tarjeta. En los retiros de empresas, hay algunos que pagan en efectivo porque no quieren que sus jefes se enteren de que son prácticamente alcohólicos. Pero haz la cuenta. Con el albergue lleno, son veinte adultos pidiendo alcohol todas las noches, así que lo normal era que contrataran a alguien para atender la barra.

A Faith se le daban muy bien las matemáticas. Los restaurantes solían duplicar el precio de venta de los licores, que compraban al por mayor. Dos cócteles por noche multiplicados por veinte personas podían generar entre cuatrocientos y seiscientos dólares de beneficio al día. Y eso sin contar el consumo de vino y lo que los huéspedes se llevaran a las cabañas.

—Mercy subió la tarifa un veinte por ciento y los clientes ni pestañearon. Arregló los baños para que no te salieran hongos por usar la ducha. Atraía a gente con pasta de Atlanta. Y papá no lo soportaba. —Penny miró hacia la casa—. Cualquier otro padre habría estado orgulloso, en cambio él no, él la odiaba por eso.

Faith se preguntó si Penny le estaba sugiriendo otro sospechoso.

—Cecil quedó malherido por el accidente de bici, ¿no?

—Sí, ahora está impedido, pero sigue pudiendo usar esa boca odiosa que tiene. —La ira de Penny se había nivelado. Apoyó la escopeta en el salpicadero—. Voy a serte sincera, sobre todo porque seguramente ya has visto mis antecedentes. Me retiraron el carné permanentemente.

Faith sabía lo que Penny le estaba diciendo en realidad. La habían denunciado tantas veces por conducir bebida que un juez le había prohibido conducir de por vida.

—Sé lo que estás pensando. Que es normal que una vieja borracha como yo sea camarera. Pero llevo sobria doce años, para que te enteres.

—No estaba pensando eso —contestó Faith—. Tu padre todavía era *sheriff* hace doce años. Tenía mucho poder. Debió de ser duro para él no mover los hilos para sacarte del apuro.

—Sí, eso pensaría cualquiera, ¿verdad? Pero a él le encantó. Así se aseguró de que no pudiera ir a ningún sitio sin su permiso. Tenía que suplicarle que me llevara al trabajo. A la tienda. O al médico. Pero, bueno, debería agradecérselo. Así aprendí a montar a caballo.

Faith volvió a leer entre líneas.

—Solo conseguiste trabajo en el albergue.

—Exacto. Mi padre me colocó allí para tenerme controlada.

—¿Es amigo de Cecil?

—Esos dos cabrones están hechos de la misma pasta. —Su tono se había vuelto amargo—. A Cecil y a él lo único que les importaba era ser los que mandaran, los muy cabrones. Todo el mundo piensa que son estupendos. Pilares de la comunidad. Pero es lo que yo te digo, que te controlan y…

Faith esperó a que terminara la frase.

—Si ven a una mujer animada porque le gusta tomarse una copa o porque a lo mejor quiere divertirse un poco, la tiran por tierra y la machacan. Mi padre machacó tanto a mi madre que murió muy joven. También intentó hundirme a mí. Y a lo mejor lo consiguió. Porque aquí sigo. Viviendo en este agujero. Haciéndole la cena. Limpiándole el culo.

Faith se fijó en su expresión atormentada mientras Penny contemplaba la casa. El perro se revolvió en el asiento trasero. Apoyó el hocico entre los dos asientos. Penny lo acarició distraídamente mientras añadía:

—¿Quieres saber por qué los viejos de este pueblo están tan rabiosos? Es porque antes lo controlaban todo. Quién tenía que abrirse de piernas y quién no. Quién se quedaba con los buenos trabajos y quién no podía ganarse la vida honradamente. Quién tenía que vivir en la zona buena del pueblo y quién se quedaba para siempre en la mala. Quién podía pegar a su mujer. Quién iba a la cárcel por conducir bebido y quién acababa siendo alcalde.

—¿Y ahora?

Soltó una risa ahogada.

—Ahora solo tienen la tele y los pañales para adultos.

Faith le miró el rostro demacrado. Despojada de su pose, parecía tan derrotada que resultaba deprimente.

—Qué mierda —murmuró—. Hiciera lo que hiciese, iba a acabar así. Lo mismo que Mercy. Su padre escribió la primera página de su vida antes de que ella tuviera oportunidad de descubrir su propia historia.

Faith dejó que siguiera desahogándose. Normalmente siempre disfrutaba decir barbaridades de los hombres, pero tenía que encontrar la manera de volver a centrar la conversación en el caso. Una vez descartado Dave, solo había unos pocos sospechosos en el albergue que podían haber violado y asesinado a Mercy.

Esperó a que Penny se tranquilizara antes de preguntar:

—¿Mercy se veía con alguien?

—Casi no salía de la montaña. Ni me acuerdo de cuándo fue la última vez que bajó al pueblo. No conducía. Ni le gustaba aparecer por aquí, sobre todo después de lo que tuvo que hacer para recuperar a Jon. Esa vieja que lleva la tienda de velas le escupió a la cara una vez y la llamó puta. La gente de por aquí tiene mucha memoria.

—¿Mercy no se acostaba con nadie del pueblo?

—Qué va. Habría salido en el periódico, en portada. Aquí no puedes tener secretos. Todo el mundo se mete en todo. Es mejor ser un *happy meal:* siempre con tu juguetito a cuestas.

—¿Y el personal del albergue? ¿Mercy se veía con alguien de allí?

—No se come donde se caga. Alejandro es un estirado y los dos camareros no tienen ni un pelo púbico entre los dos. —Penny se encogió de hombros—. Aunque es posible que le tirara la caña a algún huésped de vez en cuando.

Faith no pudo ocultar su sorpresa.

Penny se rio.

—Muchas de esas parejas se creen que porque se aíslen en un hotel de lujo van a arreglar su matrimonio. Pero entonces los hombres echan una miradita, hacen algún comentario y te das cuenta de que tienen ganas de marcha.

Faith pensó en Frank y Drew. De los dos, Frank parecía el más indicado para echar un polvo en el monte.

—¿Adónde van?

—Adonde puedan estar solos cinco minutos. —Volvieron a temblarle los labios—. Diez minutos, con suerte. Luego vuelven a la cama con su mujer.

Faith dedujo que hablaba por experiencia.

—¿Mercy ha tenido algo con Marti?

—Qué va. El pobrecito lleva loco por ella desde que Pez lo trajo de la universidad unas Navidades. A Christopher lo llaman Christopez porque está obsesionado con los peces. Marti y él fueron juntos a la Universidad de Georgia. Son tal para cual. Superfrikis, los dos. No tienen mucha suerte con las mujeres.

—Me han dicho que Mercy le gritó anoche, en el cóctel.

—Estaba nerviosa, nada más. Merce no me dijo qué le pasaba, pero me di cuenta de que estaba más tensa que de costumbre por las movidas de su familia. Marti estaba donde no debía y en mal momento. Que es su especialidad, por otra parte. Siempre está acechando a la gente, sobre todo a las mujeres. —Penny respondió a la pregunta obvia—. Si Marti fuera un violador, habría violado a Mercy hace mucho tiempo. Y ella le habría rajado el cuello, te lo garantizo.

Faith había trabajado en muchos casos de violación y nadie sabía cómo reaccionaría en un momento así. Ella opinaba que cualquier cosa que una víctima hiciera para sobrevivir era exactamente lo que tenía que hacer para sobrevivir.

—Voy a decirte quién le preocupaba a Mercy —añadió Penny—.

Esa clienta, Monica, ya iba pedo cuando se presentó en el cóctel. La tía me dio veinte dólares de propina en efectivo con la primera copa. Me dijo que siguiera sirviéndole, pero voy a serte sincera, le agüé la bebida. Luego Mercy me dijo que se la aguara todavía más.

—¿Qué estaba bebiendo?

—Old Fashioneds con *whisky* Uncle Nearest. A veintidós dólares la copa.

—Madre mía. —Faith recalculó las ganancias por la venta de alcohol. El albergue podía rozar los mil dólares de beneficios algunas noches—. ¿Había alguien más bebiendo?

—Solo lo normal. Aunque el marido no probó ni gota.

—Frank —dijo Faith—. ¿Tenía alguna relación con Mercy?

—No, que yo sepa. Te aseguro que, con lo que terminó pasando, se lo hubiera dicho a Bizcocho si hubiera visto a algún tío intentando algo.

No quedaba nada más que preguntar sobre la atmósfera de novela de V. C. Andrews que envolvía todo aquello. Faith intentó abordar el tema con cuidado:

—¿Pez se ha enrollado alguna vez con alguien del albergue?

Penny soltó una carcajada.

—A Pez solo le van las truchas.

Faith se acordó de un detalle de la grabación de Will.

—¿Qué me dices de ese asunto tan feo entre Christopher y Gabbie?

—¿Gabbie? Uf, ya casi ni me acordaba. De eso hace un siglo. Yo aún bebía cuando murió. También Mercy, que en paz descanse.

Faith sintió que se le erizaba el vello de la nuca. Delilah había dado a entender que aquella era otra relación fallida de Christopher.

—¿Te acuerdas de cómo se apellidaba Gabbie?

—Fue hace unos cuantos años. —Penny movió los labios, pensativa—. No me acuerdo, pero es un buen ejemplo de lo que te decía antes. Gabbie vino de Atlanta para trabajar en el albergue en verano. Era guapísima, llena de vida. Todos los hombres en la cima de esa montaña estaban enamorados de ella.

—¿Christopher también?

—Él más que ninguno. —Sacudió la cabeza—. Se quedó hecho polvo cuando murió. Todavía no sé si lo ha superado. Estuvo semanas metido en la cama. No comía. No podía dormir.

Faith estaba ansiosa por acribillarla a preguntas, pero se contuvo.

—El problema fue que Gabbie le hizo caso —continuó Penny—. Pez, con esa vida que lleva, es casi invisible. Sobre todo para las mujeres. Y entonces llega Gabbie sonriendo y fingiendo interés por la gestión de los ríos o por cualquier rollo de los que contaba él en la mesa. En fin, no es culpa de Christopher no entender a la gente. Gabbie solo estaba siendo amable. Y ya sabes que algunos hombres confunden la amabilidad con el interés.

Faith lo sabía, sí.

—Con quien de verdad Gabbie tenía mucha relación era con Mercy. Eran casi de la misma edad. Se hicieron superamigas al instante, creo yo. Al día siguiente de conocerse ya parecían siamesas. Reconozco que a mí me daba envidia. Nunca había tenido una amiga así, tan cercana, para hablar. Y tenían un montón de planes para cuando acabara el verano. El padre de Gabbie tenía un restaurante en Buckhead. Mercy iba a mudarse a Atlanta y a trabajar de camarera, pensaban alquilar un piso juntas, ganar mucho dinero y vivir a lo grande.

Faith aún notaba un dejo de envidia en su voz.

—Se escapaban del albergue casi todas las noches, las dos juntas. Entonces, aún se hacían fiestas en la cantera vieja. El sitio más absurdo del condado para emborracharse. La carretera de salida está más retorcida que el coño de una monja. Hay barrancos a ambos lados y no hay guardarraíl hasta que llegas a la curva. Al último kilómetro y medio lo llaman la Curva del Diablo porque bajas una cuesta muy empinada y de pronto te metes en una curva, como en una montaña rusa. Yo a veces me iba de fiesta con ellas, pero algo me decía que acabaríamos palmándola si seguíamos así. Así fue como empecé a dejar la bebida. Sobre todo, después de lo que pasó.

—¿Qué pasó?

Penny exhaló un largo suspiro entre dientes.

—Mercy se salió de la carretera justo en la Curva del Diablo. Se fue directa al barranco. Salió despedida por la luna delantera, se cortó media cara y se rompió la mitad de los huesos. Gabbie quedó aplastada. Mi padre me contó que tenía los pies encima del salpicadero cuando pasó. El juez le dijo que los huesos de las piernas debían de haberle pulverizado el cráneo. Tuvieron que usar registros dentales para identificarla en la autopsia. Parecía como si alguien le hubieran dado con un mazo en la cara.

Faith sintió que se le revolvía el estómago. Había visto accidentes de ese tipo.

—Se puede decir lo que se quiera de Cecil, pero la verdad es que gracias a él Mercy no fue a prisión. Tendrían que haberla acusado de homicidio involuntario, por lo menos. Los análisis de sangre demostraron que estaba muy drogada cuando pasó. Aún no se le había pasado el colocón cuando Bizcocho la acompañó al hospital en la ambulancia. El personal de la ambulancia tuvo que atarla. Bizcocho me dijo que tenía media cara colgando del cráneo y que se reía como una hiena.

—¿Se reía?

—Sí, se reía —respondió Penny—. Pensaba que Bizcocho le estaba gastando una broma. Creía que seguía en el albergue. Que le había dado una sobredosis y que estaban aparcados delante de la casa. El personal de la ambulancia también la oyó reírse, así que se corrió la voz enseguida. No había nadie en el pueblo que no la hubiera considerado culpable si hubiera sido jurado en el juicio. Pero no hubo juicio. Mercy salió libre, así, sin más. Otra razón por la que la gente del pueblo la odia. Dicen que cometió un asesinato sin sufrir las consecuencias.

Faith no entendía cómo podía haber sucedido algo así.

—¿Se declaró culpable y llegó a un acuerdo con la fiscalía?

—No me estás escuchando. No hubo ningún acuerdo. A Mercy no la acusaron de nada. Ni siquiera le pusieron una multa. Ella renunció voluntariamente al permiso de conducir. No volvió a manejar un choche, que yo sepa, pero fue porque ella quiso, no porque un juez le quitara el carné. —Penny asintió con la cabeza, como si entendiera la cara de pasmo de Faith—. ¿Preguntabas por abusos de poder? Pues de eso se valió mi padre para que Cecil tuviera a Mercy controlada el resto de su vida.

Faith estaba estupefacta.

—¿La soltaron sin más? ¿Sin consecuencias?

—Bueno, lo de su cara era una consecuencia. Ella decía que, cada vez que se miraba al espejo, la cicatriz le recordaba lo mala persona que era. La atormentaba. Nunca se lo perdonó. Y con razón, a lo mejor.

Faith no se explicaba cómo podía haber sucedido aquello. Tenían que haberse movido muchos hilos para que Mercy no hubiera sido imputada por homicidio imprudente. Y no solo dentro de la policía. El condado tenía una fiscalía. Un juzgado de lo penal. Un alcalde. Un consistorio.

Faith pensó que la diatriba de Penny contra los hombres coléricos que antes mandaban en el pueblo había sido útil, a fin de cuentas. Mercy no había recibido un castigo porque esos hombres se habían reunido y habían decidido que no fuera castigada.

—Creo que lo único bueno que salió de aquello es que fue entonces cuando Mercy empezó a intentar desintoxicarse. Le costó unos cuantos intentos, pero, en cuanto tuvo la cabeza despejada, solo pensaba en Jon. Me dijo que, sin él, se habría metido en el lago y no habría vuelto a salir.

Faith no entendía cómo lo había logrado Mercy. El peso de la culpa por la muerte de su mejor amiga debía de ser aplastante.

—Si te digo la verdad, a veces creo que habría sido mejor para ella cumplir condena. La forma en que la trataban Cecil y Pizca era peor que cualquier cosa que pudiera pasarle en la cárcel. Es horrible que un extraño te machaque todos los días de tu vida, pero si son tus padres quienes lo hacen...

A Faith le sorprendió la pena que sentía por Mercy McAlpine. No dejaba de recordar algo que había dicho Penny: «Su padre escribió la primera página de su vida antes de que ella tuviera oportunidad de descubrir su propia historia». No era del todo cierto. Cecil podía haber empezado ese relato de abusos y maltrato, pero Dave lo había continuado y otro hombre le había puesto punto final. Faith no creía en el destino, pero daba la impresión de que aquella mujer no había tenido ninguna oportunidad.

Su teléfono empezó a sonar. En la pantalla se leía GBI SAT.

Le dijo a Penny:

—Tengo que contestar.

Ella asintió, pero no salió del coche. Faith abrió la puerta. La suela de su bota se hundió en el barro. Tocó el teléfono.

—Mitchell.

—Faith. —La voz de Will sonaba débil a través de la conexión por satélite—. ¿Puedes hablar?

—Espera. —Faith avanzó entre el barro para alejarse del coche.

Penny la observaba sin disimulo. El caballo levantó la cabeza cuando Faith pasó a su lado. La siguió con los ojos como un asesino en serie. Se alejó unos metros más y le dijo a Will:

—Ya está.

—Mercy estaba embarazada.

Faith sintió que se le encogía el corazón al oír la noticia. Solo podía pensar en Mercy, en esa pobre mujer que no había tenido tregua. Luego, su cerebro de detective se impuso. Aquello lo cambiaba todo. El momento más peligroso para una mujer era el embarazo. El homicidio era la principal causa de muerte materna en los Estados Unidos.

—¿Faith?

Oyó cerrarse de golpe la puerta del coche. Penny se había bajado. El perro estaba sentado a sus pies.

Faith preguntó en voz baja:

—¿De cuánto tiempo?

—De doce semanas, calcula Sara.

Faith escuchó el chisporroteo de la línea en medio del silencio. Dio la espalda al coche.

—¿Ella lo sabía?

—No está claro. Por si sirve de algo, no se lo mencionó a Sara.

—Penny me ha dicho que Mercy se enrollaba a veces con algún huésped.

Will dejó que el silencio se prolongara un momento más.

—El camino está completamente inundado. Hemos dejado otro UTV para ti en el hospital. Busca a Sara y tráetela. A lo mejor consigue hablar con Drew y Keisha.

—¿Crees que Drew…?

—Han estado en el albergue dos veces antes —le recordó él—. Y Drew le dijo algo raro a Pizca esta mañana. Sara puede contártelo.

—Ahora vuelvo al hospital. —Faith cortó la llamada.

El caballo la miró resoplando, aunque ella procuró no acercarse. Penny tenía otra vez la escopeta colgada de los hombros. Estaba mirando el suelo.

Faith siguió su mirada. La rueda trasera derecha del Mini estaba pinchada.

—¡Joder!

—¿Tienes una de repuesto? —preguntó Penny.

—Sí, en el garaje. Mi hijo la sacó del maletero cuando tuvo que llevar el equipo de su grupo de música. —Faith confiaba en que en el FBI se dieran cuenta de que Jeremy era un cabeza de chorlito. Señaló con la cabeza la camioneta Chevy—. ¿Alguien puede llevarme al hospital? Mi compañero me necesita en el albergue.

—Yo no conduzco y esa camioneta no funciona, pero Golfo tiene combustible de sobra.

—¿Golfo?

Penny señaló al caballo.

14

Will escudriñaba el bosque mientras subía por el Sendero del Lazo hacia la casa grande del albergue. Apoyaba la mano herida sobre el pecho en permanente juramento de lealtad y aun así le dolía. El vendaje se había vuelto a mojar. Se había lavado con una manguera y se había puesto unos pantalones limpios mientras Kevin Rayman, el agente de la oficina regional del GBI en el norte de Georgia, recogía y cataloga las pruebas de la habitación de Mercy.

No es que hubiera mucho que catalogar. Mercy tenía tan pocos efectos personales como bienes económicos. Su pequeño armario estaba lleno de ropa cómoda. Nada colgado en perchas, solo camisetas, vaqueros y ropa de montaña, todo doblado. Tenía dos pares de deportivas gastadas y unas botas de montaña caras pero viejas. Una sensación familiar asaltó a Will. Todas las prendas que había tenido de niño eran de segunda mano. La ropa de Mercy estaba descolorida y usada y era de tallas dispares. Will habría apostado a que no la había comprado nueva.

De hecho, nada parecía nuevo. Había algunos pósteres descoloridos de O-Town, New Kids on the Block y Jonas Brothers en las paredes y, pegados junto a la puerta, varios dibujos de cuando Jon era pequeño. Fotografías que documentaban sus dieciséis años de vida. Fotos del colegio y algunas instantáneas: Jon desenvolviendo una jirafa de peluche en Navidad; Jon y Dave de pie junto a un remolque; Jon tumbado en el sofá donde se había quedado dormido con el teléfono apoyado en la barbilla.

La estantería de libros de la habitación parecía ser la única que había en la casa. Mercy tenía una bola de nieve de Gatlinburg, Tennessee, y al menos cincuenta novelas románticas muy ajadas. Todo estaba ordenado y limpio de polvo, lo que de algún modo hacía que sus escasas pertenencias resultaran aún más conmovedoras. No había papeles secretos escondidos bajo el colchón. El cajón de la mesilla de noche contenía lo que cabía esperar de una mujer. No había cuarto de baño que comunicara con su habitación. Mercy compartía el que había al final del pasillo con el resto de la familia. No había metido su iPad al hacer la mochila. La pantalla estaba bloqueada. Tendrían que enviarlo al laboratorio para descifrar la contraseña.

Según Sara, Mercy no llevaba DIU. No había forma de saber si sabía que estaba embarazada. Si tomaba anticonceptivos, seguramente las pastillas estarían en la mochila. No parecía probable que una mujer que tenía prisa por irse agarrara preservativos. Quedaban las grandes preguntas: ¿qué la había impulsado a marcharse? ¿Adónde pensaba ir? ¿Por qué había llamado a Dave?

Will se paró en el camino y se sacó el iPhone del bolsillo. Tocó la pantalla con los dedos de la mano herida para abrir el mensaje de voz de Mercy. Había una parte a la que no dejaba de darle vueltas.

«No puedo creer... Ay, Dios, no puedo... Por favor, llámame. Por favor. Te necesito».

Había una mezcla de esperanza y desesperación en su voz al decir «te necesito», como si estuviera rezando para que, por una vez, Dave no la dejara en la estacada.

Volvió a guardarse el teléfono en el bolsillo y continuó camino arriba. Seguía dándole vueltas al mensaje. No entendía cómo había llegado Dave allí. Los dos habían tenido una infancia de mierda, no por voluntad propia, pero ambos habían decidido qué clase de hombre querían ser después. Will no juzgaba a Dave por luchar con sus conflictos interiores. Era lógico hasta cierto punto que recurriera al alcohol y las drogas. Aun así, pegar a su mujer, estrangularla, aterrorizarla, fallarle continuamente, eso era una opción elegida.

Era responsabilidad suya.

Will se reprochaba íntimamente el haberse centrado en la persona equivocada. Tenía que olvidarse de su enfado con Dave. El despreciable exmarido de Mercy había quedado relegado a la periferia de la investigación. Identificar al asesino y localizar a Jon eran las dos únicas cosas que debían preocuparle ahora.

El sol le bañó la cara cuando entró en el recinto principal del albergue. Se recolocó el pesado teléfono por satélite que llevaba enganchado en la parte de atrás del cinturón. Al lado llevaba una pistolera. Amanda le había prestado su arma de repuesto, una Smith & Wesson corta, de cinco proyectiles, más vieja que Will. Se sentía como un forajido atravesando el pueblo en un viejo *spaghetti western*. En la cabaña de Drew y Keisha se movió una cortina. Cecil lo miró con cara de pocos amigos desde su silla de ruedas en el porche. Los dos gatos lo observaban, sentados en la escalera. Paul estaba tumbado en la hamaca de la entrada de su cabaña. Tenía un libro apoyado en el pecho y una botella de alcohol sobre la mesa. Al ver a Will, esbozó una sonrisa. Alcanzó la botella y le dio un trago.

Will iba a hacerle esperar un rato más. Tenía que hablar con él, pero no era el primero de la lista. Por lo general, los interrogatorios se dividían en dos categorías: informativos o de confrontación. Los dos camareros, Gregg y Ezra, eran adolescentes. Seguramente serían una buena fuente de información. Will no estaba seguro de en qué categoría encajaba Alejandro. Mercy estaba embarazada de doce semanas. Los huéspedes del albergue iban y venían. Will tenía que centrarse primero en los hombres con los que Mercy tenía relación cotidiana.

Lo que no quería decir que a los demás no fuera a llegarles su turno. Los McAlpine habían suspendido todas las actividades previstas, pero Marti se había ido a pescar con Christopher nada más pasar la tormenta. Drew estaba encerrado en la cabaña tres con Keisha. Gordon parecía contentarse con pasar el día bebiendo con Paul. Y Frank jugaba a ser algo a medio camino entre el detective Colombo y los hermanos Hardy.

Will estaba esperando a que llegara Amanda con la orden judicial para registrar la finca en busca de ropa ensangrentada y el mango del cuchillo desaparecido. El UTV llevaba una impresora térmica en el maletero. Con un poco de suerte, funcionaría con el teléfono por satélite y podría imprimir la orden para entregarla en mano. Los McAlpine les habían permitido a Kevin y a él acceder a la habitación de Mercy, aunque Will tenía la sensación de que se negarían a que entraran en el resto de la casa, sobre todo teniendo en cuenta que seguían intentando que los huéspedes no se marcharan.

Pizca le había dicho tajantemente que su marido y ella se hallaban demasiado abrumados por la pena para responder a sus preguntas. Lo cual era justo, si no fuera porque no daba la impresión de sentir pena, sino ira. Sara ya había buscado el mango roto del cuchillo en la cocina, de modo que la casa no estaba entre sus prioridades. En algún momento habría que dragar el lago, pero esa decisión no le correspondía tomarla a él. De momento, la mejor manera de invertir el tiempo era hablar con la gente e intentar averiguar quién tenía motivos para asesinar a Mercy.

Observó los árboles tratando de decidir qué camino tomar. La noche anterior Sara y él habían ido a la cena siguiendo la mitad inferior del Lazo. Sara lo había llevado por otro sendero para llegar al comedor, pero a decir verdad él había estado más pendiente de ella que de la ruta.

Por el rabillo del ojo vio que la puerta de la cabaña de Frank se abría ligeramente. Apareció una mano y le hizo señas de que se acercara. Vio a Frank escondido entre las sombras, lo que habría sido gracioso en cualquier otra circunstancia. Will estaba a plena vista. Cualquiera podía verlo cruzar el recinto y acercarse a la cabaña siete. Se dijo que de todos modos aquel era buen momento para interrogar a Frank. La noche anterior, Monica estaba completamente borracha. Frank podía haberse escabullido con facilidad para echar una canita al aire. E igual de fácil podía haberse duchado para quitarse la sangre de Mercy y haber vuelto a acostarse sin que su mujer se diera cuenta.

Frank mantuvo su actitud de secretismo mientras Will subía las escaleras. Abrió la puerta un poco más. Los ojos de Will tardaron un momento en acostumbrarse a la oscuridad cuando entró en la cabaña. Las cortinas de la ventanas y de las puertas cristaleras del fondo estaban echadas. La puerta del dormitorio, cerrada. Un tufo a vómito impregnaba el aire.

—Tengo los nombres que me pediste. —Frank le entregó una hoja de papel doblada—. Encontré el registro de huéspedes en un despacho, al fondo de la cocina.

Will desdobló la hoja. Por suerte, Frank había escrito en mayúsculas, lo que le facilitaba la lectura. Se metió la nota en el bolsillo de la camisa para leerla más tarde. Ahora tenía que centrarse en Frank.

—Gracias por la ayuda. ¿Cómo conseguiste que no te viera el personal?

—Monté un pollo y exigí usar el teléfono. Nadie me avisó de que no funcionaba. —Parecía emocionado—. ¿Quieres que haga algo más, jefe?

—Sí. —Will se dispuso a cortarle las alas—. ¿Oíste algo anoche?

—Nada, y es raro, porque tengo muy buen oído. Además, tampoco es que haya dormido mucho. He estado arriba y abajo con Mónica toda la noche. Si alguien hubiera gritado por aquí cerca, lo habría oído.

Un ruido de arcadas al otro lado de la puerta cerrada de la habitación interrumpió a Will cuando estaba a punto de hacer otra pregunta. Frank se puso tenso mientras ambos escuchaban. Las arcadas cesaron. Se oyó el ruido de la cisterna. Volvió el silencio.

—No pasa nada, está bien. —La voz de Frank tenía la cadencia ensayada de un hombre acostumbrado a excusar a su esposa alcohólica—. Siéntate.

Will se alegró de que le facilitara las cosas. Los muebles eran del mismo estilo que el sofá y los sillones de su cabaña, pero parecían más desgastados. Había una mancha en la alfombra cubierta con un trozo de papel de cocina para que absorbiera el líquido oscuro. De ahí procedía el olor. Will ocupó el sillón más alejado.

—Vaya día. —Frank se frotó la cara al dejarse caer en el sofá. Parecía avergonzado. Y exhausto. Estaba sin afeitar y despeinado. Saltaba a la vista que había tenido una noche complicada ya antes de que Will despertara a todo el albergue—. ¿Qué tal tu mano?

A Will le palpitaba la mano con cada latido del corazón.

—Mejor, gracias.

—No dejo de pensar en Mercy anoche, en la cena. Ojalá la hubiera ayudado, pero no sé qué podría haber hecho.

—Ninguno podíamos hacer gran cosa.

—Bueno, quizá sí. Podría haber hecho lo que hiciste tú, ayudarla a recoger los cristales rotos. Pero en vez de eso me puse a hablar de la comida. Ojalá no lo hubiera hecho. Creo que fue como si diera permiso a los demás para desentenderse de lo que acababa de pasar.

Su voz había perdido esa cadencia ensayada, pero Will dedujo que su necesidad de suavizar siempre las cosas era un dilema recurrente en él.

—Ahora quiero hacer algo —añadió—. Mercy ha muerto y no parece que a nadie le importe. Tendrías que haberlos visto en el desayuno. Gordon y Paul no paraban de hacer chistes de mal gusto. Drew y Keisha casi no han abierto la boca. Christopher y Marti como si estuvieran metidos en una caja de plástico transparente. Intenté hablar con Pizca y Cecil, pero... ¿A ti no te dan mala espina?

Will no iba a decirle lo que le daba mala espina. Frank ocupaba uno de los últimos puestos en su lista de sospechosos, pero aun así estaba en la lista.

—¿Me dijiste que habíais estado aquí antes?

—No, fueron Drew y Keisha. Es la tercera vez que vienen, ¿te lo puedes creer? Aunque dudo que vayan a volver.

—Monica y tú viajáis mucho. ¿Cuál ha sido vuestro último viaje?

—Uf, creo que fue Italia. Fuimos a Florencia hace tres meses. Estuvimos dos semanas. Había mucho vino. Puede que fuera un error por mi parte, pero hay que vivir, ¿no?

—Sí, claro. —Will tomó nota mentalmente de que debía confirmar aquel dato. Si era correcto, exoneraba a Frank del embarazo de Mercy, aunque no de su asesinato—. ¿Qué impresión tenías de Mercy?

Frank dio un fuerte suspiro al recostarse en el sofá. Pareció reflexionar un momento.

—Mis padres eran alcohólicos. No sé por qué, pero cuando alguien tiene problemas enseguida lo percibo. Es como un sexto sentido.

Will lo entendía. Había crecido rodeado de adictos. Su primera mujer tenía pasión por los opiáceos. Cuando alguien mostraba ese mismo patrón de comportamiento, era hiperconsciente de ello.

—El caso es que mi sentido arácnido me dijo que Mercy tenía problemas.

Monica se puso a toser en el dormitorio. Frank giró la cabeza, a la escucha. A Will le dio lástima. Era muy estresante vivir así. Él todavía se angustiaba sin razón cada vez que los labios de Sara tocaban una copa de vino.

—Quizá por eso procuré evitarla —continuó Frank—. A Mercy, quiero decir. No quería verme envuelto en sus dramas. Bastante tengo con los míos, supongo. ¿Sabes?, Monica no era así cuando vivía nuestro hijo. Era divertida y tranquila y me soportaba, y ya es decir. Sé que es difícil aguantarme. Nicholas era nuestra alegría. Luego nos lo quitó la leucemia y… Nuestro terapeuta dice que cada cual sobrelleva el duelo a su manera. Pensaba de verdad que venir aquí nos permitiría recomponernos, ¿sabes? Lo creas o no, antes de que muriera Nicholas, Monica casi nunca bebía. Se tomaba una margarita de vez en cuando, pero como sabía lo de mis padres no…

Will sabía que lo mejor era dejarle hablar, aunque solo fuera por compasión. Era evidente que Frank estaba solo y acorralado por la adicción de su esposa. Pero aquello era una investigación de asesinato, no una sesión de terapia. Le había encomendado a Frank alguna pequeña tarea, pero no por eso dejaba de estar entre los sospechosos.

—Lo siento. —El sentido arácnido de Frank captó la impaciencia de Will. Se levantó del sofá—. Sé que hablo demasiado. Gracias por escucharme. Avísame si puedo…

Monica volvió a toser en la otra habitación. Will notó que Frank parecía preocupado. No era la primera vez que veía una resaca, evidentemente, pero Will tenía la sensación de que había algo distinto.

—¿Qué le pasa, Frank? —preguntó.

Frank lanzó una mirada a la puerta del dormitorio y dijo en voz baja:

—Aunque te cueste creerlo, lo de anoche no fue para tanto. Bebió mucho, pero no tanto como otras veces.

—¿Y?

—No creo que sea una emergencia, pero… —Se encogió de hombros—. No para de vomitar. Se ha acabado toda la Coca-Cola de la nevera. He traído tostadas de la cocina. No retiene nada.

Will lamentó que aquella conversación no hubiera tenido lugar veinte minutos antes. Sara ya había salido del hospital en el segundo UTV.

—Mi mujer es médica. Me aseguraré de que vea a Monica en cuanto llegue.

—Te lo agradecería. —Frank estaba tan aliviado que no preguntó cómo había pasado Sara de ser profesora de química a médica—. Como te decía, no creo que sea una emergencia.

Will se sintió conmovido de que tratara de quitarle importancia al asunto. Puso la mano en el hombro de Frank.

—Estará bien atendida, Frank. Te lo prometo.

—Gracias. —Esbozó una sonrisa torpe—. Sé que es una locura, pero quizá tú lo entiendas. Creo que lo entiendes. ¿Sabes?, veros a Sara y a ti juntos me ha recordado… Vale la pena luchar por ella. Quiero mucho a mi mujer, muchísimo.

Will vio que se le llenaban los ojos de lágrimas. Trató de encontrar algo que decirle, pero Monica lo sacó del apuro poniéndose a toser otra vez. Sus pasos resonaron en el suelo cuando corrió al cuarto de baño.

—Disculpa. —Frank entró en el dormitorio.

Will no se marchó. Miró a su alrededor. El sofá y los sillones. La mesa de centro. Frank había recogido la cabaña. Todo parecía en su sitio. Will hizo un registro rápido. Miró debajo de los cojines y rebuscó en los estantes y en los cajones de la pequeña cocina, porque Frank parecía buen tipo, pero también era un marido solitario y agobiado por la pena que intentaba salvar su matrimonio. Probablemente, el tipo de huésped con el que Mercy podía haberse enrollado.

Frank había dejado la puerta del dormitorio entreabierta. Will la empujó con la punta de la bota hasta abrirla del todo. La habitación estaba vacía. Frank estaba en el baño con Monica. Will entró. La ropa de ambos seguía doblada en las maletas. Vio una pila de libros, la mayoría de suspense, y los dispositivos digitales habituales. La cama se hallaba deshecha. La sábana bajera parecía empapada de sudor. Junto a la cama, en el suelo, había un cubo de basura.

No había ropa ensangrentada. Ni ningún cuchillo con la hoja rota.

Will salió de la habitación. Miró la hora. No se quedaría tranquilo hasta que viera a Sara, aunque seguro que, como mínimo, lo miraría como si fuera idiota por no estar tomando analgésicos para la mano. Una mirada que a él le valía, pero que no cambiaría la situación.

Cecil seguía teniendo cara de pocos amigos cuando salió de la cabaña. Vio un letrero con un plato y unos cubiertos pintados junto a una flecha. Aquel debía de ser el Sendero de la Cantina. Will reconoció su forma en zigzag, de la noche anterior. La gravilla estaba aplanada en dos surcos paralelos por las ruedas de la silla de Cecil.

Se alejó de la casa y esperó a doblar el primer recodo para mirar la lista de huéspedes que le había dado Frank. No le costó distinguir algunos nombres, pero solo porque ya los conocía. Otra cosa eran los apellidos. Encontró un tocón donde sentarse. Se apoyó el papel en el regazo y se puso los auriculares. Escaneó los nombres con la cámara del móvil y, a continuación, los cargó en su aplicación de texto a voz.

Frank y Monica Johnson
Drew Conklin y Keisha Murray
Gordon Wylie y Landry Peterson
Sydney Flynn y Max Brouwer

Se conectó a internet con el teléfono por satélite y mandó la lista a Amanda para que buscara antecedentes policiales. Tardó casi un minuto en cargarse. Esperó a que ella le contestara confirmando que había recibido la información. Luego, siguió esperando por si le mandaba algún otro mensaje. En parte se alegró al ver desaparecer los tres puntitos danzarines.

Amanda estaba muy enfadada con él. Más que de costumbre; o sea, mucho. Había intentado apartarlo del caso y él le había dicho que de todos modos seguiría investigando. Se había convertido en algo personal. Ya solo le quedaba esperar el momento, no muy lejano, en que Amanda le clavaría sus garras afiladas en el cuello y le sacaría los intestinos.

Pero de momento tenía que entrevistar a un cocinero y dos camareros. Dobló la lista y se la volvió a guardar en el bolsillo de la camisa. Se metió el teléfono y los auriculares en el bolsillo del pantalón. Se enganchó el teléfono por satélite al cinturón y, llevándose la mano herida al pecho, reanudó la marcha.

El Sendero de la Cantina describía otra curva gradual antes de volver en zigzag hacia el comedor. Era un diseño lógico teniendo en cuenta que la silla de Cecil no soportaría bajar por una cuesta muy empinada, pero Will tendría que decirle a Faith que corrigiera la cronología. Mercy no se habría molestado en seguir las curvas si huía para salvar su vida.

Esperó hasta llegar a la terraza panorámica para mirar hacia atrás, sendero arriba. Le pareció ver el tejado de la casa principal. Se acercó al borde de la terraza, desde la que se dominaba el lago. Las copas de los árboles ocultaban la orilla, pero las cabañas individuales estaban ahí abajo, en alguna parte. Se inclinó sobre la barandilla y miró hacia abajo. La ladera era muy abrupta, pero supuso que una persona que se hubiera criado en la finca podría bajarla rápidamente. Tenía la sensación de sería él quien acabara deslizándose por aquella pendiente mientras Faith sostenía el cronómetro.

Dio la vuelta al edificio para llegar a la cocina y al pasar junto a la ventana echó un vistazo dentro. El cocinero estaba usando una batidora profesional. Los dos camareros estaban sacando grandes bolsas de basura de plástico negro por la puerta de atrás.

Se disponía a entrar cuando el teléfono por satélite que llevaba enganchado al cinturón empezó a vibrar. Se alejó unos pasos del edificio antes de contestar.

—Trent.

—¿Sigues empeñado en no dejar este asunto? —preguntó Amanda.

Will advirtió una clara advertencia en su tono crispado.

—Sí, señora.

—Muy bien. He estado tratando de comunicarme con algún juez de esta circunscripción que tenga línea telefónica. Por lo visto, la tormenta ha averiado los principales transformadores que dan servicio a la parte noroeste del estado, pero voy a conseguirte la orden. El equipo de buzos está buscando un cadáver en el lago Rayburn. Vamos a reservarnos esa opción como último recurso. Como sabes, dragar un lago es muy costoso, y más si es tan profundo como ese, así que necesito que encuentres el mango del cuchillo rápidamente y en tierra firme.

—Entendido.

—He localizado el certificado de matrimonio de Gordon Wylie. Está casado con un tal Paul Ponticello.

—¿Tienen antecedentes?

—No, ninguno de los dos. Wylie tiene una empresa que ha desarrollado una *app* de inversión en bolsa. Ponticello es cirujano plástico y tiene consulta en Buckhead.

Will dedujo que no les faltaba el dinero.

—¿Y los demás?

—A Monica Johnson la denunciaron por conducir bebida hace seis meses.

—Eso es normal. ¿Y Frank?

—He encontrado el certificado de defunción de su hijo, de veinte años. Leucemia. Los dos están en buena situación económica. Igual que los demás. Profesionales ricos y con estudios en su mayoría. Drew Conklin es la única excepción. Hace quince años lo denunciaron por agresión con agravantes.

La noticia sorprendió a Will.

—¿Tienes más datos?

—Estoy buscando el atestado de la detención para conocer los detalles concretos. Conklin no cumplió condena, o sea que se declaró culpable y llegó a un acuerdo con la fiscalía.

—¿Sabes si usó algún arma?

—No sería un arma de fuego, en todo caso —respondió Amanda—. Si no, habría tenido que cumplir pena de prisión.

—Puede que fuera un cuchillo.

—¿Sospechas de él?

Will intentó dejar de lado sus sentimientos personales, pero le costaba hacerlo. Necesitaba saber de qué asunto había querido hablar Drew con Pizca.

—Evidentemente, acaba de escalar a los primeros puestos de mi lista, pero no sé.

—Kevin Rayman es un agente condecorado y con mucha experiencia.

Amanda se refería al agente de la delegación de zona del GBI.

—Lo está haciendo estupendamente.

—Y Faith es una investigadora tenaz.

—Eso no suena a cumplido.

—Wilbur, se supone que estás de luna de miel. Siempre va a haber casos de asesinato. No puedes encargarte de todos. No voy a permitir que este trabajo absorba toda tu vida.

Estaba cansado de oír la misma cantinela.

—A nadie le importa que Mercy esté muerta, Amanda. Todos la abandonaron. Sus padres no han hecho ni una sola pregunta. Su hermano se ha ido a pescar, literalmente.

—Mercy tenía un hijo que la quería.

—También lo tenía mi madre.

Amanda, cosa rara en ella, no supo qué contestar.

En medio del silencio, Will observó que uno de los camareros llevaba una carretilla cargada de bolsas de basura por otro sendero. Supuso que era un atajo para llegar a la casa. Decididamente, Faith iba a necesitar el mapa. Y unas zapatillas de correr. La zancada de Will era el doble de larga que la de Mercy. Tendría que ser ella quien corriera por el bosque.

—Muy bien —dijo Amanda por fin—. Hay que darle carpetazo a esto lo antes posible, Wilbur. Y no esperes que se te compensen estos días más adelante. Has dejado muy claro que es así como quieres pasar tus vacaciones.

—Sí, señora. —Will colgó y volvió a engancharse el teléfono en el cinturón.

Miró por la ventana de la cocina. El cocinero estaba ahora delante del fogón. Will rodeó el octógono para llegar a la parte de atrás del edificio. El sendero que conducía a la casa bajaba también hacia el arroyo que desembocaba en el lago. Faith iba a estar de muy mal humor cuando acabara el día.

Al otro lado del sendero, debajo de un cobertizo abierto, había un congelador. La puerta de la cocina se hallaba cerrada. El segundo camarero seguía fuera. Estaba metiendo latas en una bolsa de papel. El pelo le caía sobre los ojos. Parecía más joven que Jon, no tendría más de catorce años.

—¡Mierda! —Al ver a Will, se le cayó la bolsa. Las latas rodaron en todas direcciones. Se apresuró a recogerlas, lanzando a Will miradas furtivas, como un ladrón pillado infraganti, lo que en efecto era—. Señor, yo no...

—No pasa nada. —Will lo ayudó con las latas.

El chico no había llevado gran cosa. Judías verdes, leche condensada, maíz, alubias. Will sabía lo que era estar desesperado y hambriento. Nunca impediría a nadie que robara comida.

—¿Va a detenerme? —preguntó el chico.

Will se preguntó quién le habría dicho que era policía. Todo el mundo, seguramente.

—No, no voy a detenerte.

El chico no parecía muy seguro mientras volvía a meter las latas en la bolsa.

—Llevas cosas ricas.

—La leche es para mi hermana pequeña. Es muy golosa.

—¿Eres Ezra o Gregg?

—Soy Gregg, señor.

—Gregg. —Will le dio la última lata—. ¿Has visto a Jon?

—No, señor. He oído que se ha escapado. Delilah ya me preguntó si sabía dónde podía estar. Hablé con Ezra y no sabemos adónde puede haberse escapado. Se lo diría si lo supiera, eso seguro. Jon es un buen tío. Debe de estar hecho polvo por lo de su madre.

Will vio que abrazaba la bolsa de la compra contra el pecho. Le preocupaba más perder la comida que hablar con un policía.

—Quédatela —dijo—. No voy a decírselo a nadie.

Una oleada de alivio inundó la cara del chico. Rodeó el congelador y se agachó para guardar la bolsa en el que evidentemente era su escondite habitual. Will vio que una mancha oscura de aceite se había extendido por la madera del suelo. No parecía haber un contenedor de reciclaje, lo que significaba que el aceite se tiraba al desagüe y pasaba a la fosa séptica, desde donde podía filtrarse a la capa freática, lo cual estaba muy mal visto por la Agencia de Protección Ambiental. Will se guardó la información en la recámara por si más adelante tenía que presionar a Pizca y Cecil.

—Gracias, señor. —Gregg se limpió las manos en el delantal al incorporarse—. Tengo que volver al trabajo.

—Tómate un minuto de descanso.

Gregg pareció asustado otra vez. Miró la comida escondida.

—No estás metido en un lío. Solo intento hacerme una idea de cómo era la vida de Mercy antes de morir. ¿Puedes decirme algo de ella?

—¿El qué?

—Lo que se te ocurra. Cualquier cosa.

—Era justa —dijo en tono vacilante, tanteando el terreno—. Bueno, a veces se enfadaba y te echaba la bronca, pero no sin motivo. Con ella sabías a qué atenerte. No como con los otros.

—¿Cómo son los otros?

—Cecil es una víbora. En cuanto te mira, ya sabes que estás en un lío. Ahora no puede moverse, pero antes del accidente daba miedo. —Gregg se apoyó en el congelador—. Pez no habla mucho. Supongo que es simpático, pero es raro. Pizca me tiene manía. Al principio se hizo la simpática conmigo. Luego me pidió una cosa, tardé un poco en hacerla y la tomó conmigo.

—¿En qué sentido?

—Pasó de mí. A veces nos ayuda a Ezra y a mí. Si te portas bien con ella, te da a escondidas un billete de diez o veinte dólares. Ahora, paso a su lado y ni me mira. Si le digo la verdad, ahora que Mercy no está, voy a buscarme otro trabajo en el pueblo. Ya nos han avisado de que nos van a bajar el sueldo porque no saben qué va a pasar.

Eso concordaba con lo que Will había averiguado sobre la relación de los McAlpine con el dinero.

—¿Alguna vez has visto a Mercy hablando con algún huésped? ¿Con un hombre?

Gregg resopló.

—Qué pregunta tan rara.

—¿Qué crees que te estoy preguntando?

El chico se puso rojo.

—No pasa nada —añadió Will—. Aquí solo estamos tú y yo. ¿Viste a Mercy con algún huésped?

—Si algún huésped hablaba con ella, era para pedirle algo o para quejarse. —Se encogió de hombros—. Nosotros estamos aquí a las seis de la mañana y nos vamos a las nueve. Hay muchas cosas que hacer entre las comidas. Fregar platos, preparar la comida, limpiar… No nos queda mucho tiempo para fijarnos en lo que hace la gente.

Will no le preguntó cuándo sacaba tiempo para estudiar. Seguramente el chico contribuía al sustento de su familia.

—¿Cuándo fue la última vez que viste a Mercy?

—Anoche, creo que sobre las ocho y media. Nos dejó irnos temprano. Dijo que acabaría de recoger ella.

—¿Había alguien en la cocina cuando os fuisteis?

—No, señor. Estaba sola.

—¿Y el cocinero?

—Alejandro se fue cuando nosotros.

Will no había visto otro coche en el aparcamiento.

—¿Qué coche tiene?

—Venimos todos en caballo. Hay un prado pasado el aparcamiento. Ezra y yo vamos juntos, en su caballo. Alejandro se fue por otro camino porque vive al otro lado de la montaña.

Will tendría que echar un vistazo al prado.

—¿Qué opinas de Alejandro?

—Es simpático. Se toma muy en serio su trabajo. No es muy bromista. —Volvió a encogerse de hombros—. Es mejor que el que había antes. Siempre nos miraba raro.

—¿Alejandro pasaba tiempo con Mercy?

—Claro, tenían que repasar cosas juntos un par de veces al día porque los huéspedes son muy quisquillosos con la comida.

—¿Hablaban delante de ti?

Gregg levantó las cejas como si acabara de atar cabos.

—Iban al despacho de Mercy y cerraban la puerta. Nunca pensé que estuvieran juntos. Lo digo porque, bueno, Mercy era un poco vieja.

Will supuso que treinta y dos años eran muchos para un chaval de catorce.

—Perdone, señor, pero ¿hemos terminado ya? Tengo que poner el lavaplatos o me va a caer una buena.

—Sí, hemos terminado. Gracias.

Will esperó a que se cerrara la puerta para acercarse al congelador. La cerradura estaba abierta. Echó un vistazo dentro. Solo había carne. Se acercó a la parte de atrás y vio el alijo de Gregg arrimado a la pared del cobertizo. Los cubos de basura estaban vacíos. La zona estaba limpia.

No había ropa ensangrentada. Ni un mango de cuchillo con la hoja rota.

Se puso de rodillas y usó la linterna del móvil para mirar debajo del congelador.

Oyó voces procedentes del bosque. Se quedó agachado detrás del congelador, oculto por la pared de tablones del cobertizo. Christopher y Marti estaban en la parte baja del sendero, cerca del comedor. Llevaban cañas de pescar y cajas de aparejos. Marti llevaba además la misma botella de agua que la noche anterior en la cena. Bebió con tanta ansia del recipiente de plástico transparente que Will oyó sus tragos a veinte metros de distancia.

—Mierda —dijo Christopher—. Me he dejado el bichero.

Marti se limpió la boca con la manga de la camisa.

—Lo apoyaste contra un árbol.

—Joder. —Christopher miró su reloj—. Tenemos una reunión familiar. ¿Puedes...?

—¿Una reunión familiar sobre qué?

—Y yo qué sé. Sobre la venta, seguramente.

—¿Crees que los inversores siguen interesados?

—Dame tus cosas. —Christopher sacó la caja de aparejos y la caña de Marti—. Aunque no estén interesados, se acabó. No quiero seguir con este negocio. Nunca he querido, desde el principio. Y sin Mercy no va a funcionar. La necesitábamos.

—Pez, no digas eso. Podemos resolverlo. No podemos renunciar a esto. —Marti extendió los brazos, señalando su entorno—. Venga, tío. Tenemos algo bueno entre manos. Mucha gente confía en nosotros.

—Pues que se busquen a otros. —Christopher se dio la vuelta y enfiló de nuevo el sendero—. Ya está decidido.

—¡Pez!

Will se agachó para que Christopher no lo viera al pasar.

—¡Christopez McAlpine, vuelve aquí! No puedes dejarme tirado. —Marti se quedó callado un buen rato antes de darse cuenta de que Christopher no iba a volver—. ¡Maldita sea!

Will asomó la cabeza por detrás del congelador. Vio a Christopher dirigirse hacia la casa. Marti bajaba hacia el río.

Tenía que tomar una decisión.

Probablemente Alejandro pasaría todo el día en la cocina. A diferencia del resto de los hombres del albergue, Marti era un completo misterio. No sabían su apellido. No habían podido comprobar sus antecedentes. Y lo que era más significativo, Mercy lo había avergonzado en público. Cerca del ochenta por ciento de los asesinatos que investigaba Will los perpetraban hombres enfurecidos por su incapacidad para controlar a las mujeres.

Will bajó por el sendero. Si es que podía llamarse así. La estrecha franja de tierra que bajaba hacia el arroyo no estaba cubierta de gravilla como las demás. Will comprendió que no estuviera destinada a los huéspedes. Un sendero tan empinado era peligroso y podía dar lugar a demandas. Hubo de concentrarse en dónde pisaba en los tramos en peor estado. Marti avanzaba con más facilidad. Balanceaba la botella de agua mientras atravesaba el bosque. Tenía una extraña forma de caminar, como si fuera pateando balones imaginarios con los pies, que torcía hacia dentro. Recordaba un poco a Mr. Bean. Su espalda se bamboleaba. Llevaba sombrero y chaleco de pescador y unos pantalones cortos marrones que le llegaban por debajo de las rodillas. Los calcetines negros, dados de sí, se le enrollaban alrededor de las botas de montaña amarillas.

El sendero se volvió aún más empinado. Will se sujetó a una rama para no resbalar, luego a una cuerda atada a un árbol a modo de pasamanos. Oyó el rumor del agua antes de ver el riachuelo. Era un sonido suave, como un ruido blanco. Aquella debía de ser la zona que Delilah había descrito como una cascada que en realidad no era tal. En un espacio de apenas doce metros, había unos tres de desnivel. En el arranque de la minúscula cascada se habían colocado varias piedras planas para formar una pasarela.

Will recordaba haber visto una fotografía de aquella zona en la página web del albergue. Aparecía Christopher McAlpine de pie en medio el riachuelo, lanzando un sedal. El agua le llegaba a la cintura. Will supuso que la lluvia había doblado la profundidad del arroyo. La orilla del otro lado estaba casi sumergida. El follaje de los árboles era allí más espeso. Podía ver con claridad, aunque no tanto como le habría gustado.

Marti también estaba contemplando el paisaje, solo que desde más abajo. Se masajeaba la espalda con el puño mientras miraba al otro lado del riachuelo. Will intentó calcular de cuántas formas podía herirle Marti si había un forcejeo. Los anzuelos y los señuelos que llevaba en el chaleco podían hacer mucho daño, pero por suerte Will solo tenía una mano descubierta. No estaba seguro de qué era un bichero, pero se había dado cuenta de que la mayoría de los útiles de pesca podían convertirse fácilmente en un arma. Y aunque la botella de plástico estaba medio llena, actuaría como un martillo si Marti la blandía con suficiente fuerza.

Sin acercarse, dijo:

—¿Marti?

Este se giró, sobresaltado. Se le había empañado el borde de las gafas, pero vio enseguida el revólver en la cadera de Will.

—Eres Will, ¿verdad? —preguntó.

—Sí. —Will bajó con cuidado el último tramo del sendero.

—Hoy hay una humedad horrible. —Marti se limpió las gafas con el faldón de la camisa—. Nos hemos librado por los pelos de otra tormenta.

Will se mantuvo a unos tres metros de distancia.

—Siento que no tuviéramos oportunidad de hablar anoche en la cena.

Marti volvió a ponerse las gafas.

—Te garantizo que si yo estuviera casado con una tía buena, como tú, tampoco hablaría con nadie.

—Gracias. —Will se obligó a sonreír—. No recuerdo cómo te llamabas.

—Bryce Weller. —Hizo amago de tenderle la mano, pero al ver el vendaje lo saludó con un gesto—. Me llaman Marti.

Will procuró que su respuesta sonara neutra.

—Qué diminutivo tan curioso.

—Sí, tendrás que preguntarle a Dave cómo se le ocurrió. Ya nadie se acuerda. —Marti sonreía, pero no parecía contento—. Hace trece años, subí a esta montaña llamándome Bryce y cuando bajé me llamaba Marti.

A Will le extrañó que de repente hablara con acento, pero no preguntó al respecto.

—Debo advertirte de que estoy aquí por trabajo. Quería saber si tienes inconveniente en hablarme de Dave.

—¿No ha confesado?

Will negó con la cabeza, contento de que aún no se hubiera corrido la voz.

—No me sorprende, inspector —dijo Marti de nuevo con acento extraño—. Es una sabandija. No dejéis que se salga con la suya. Debería acabar en la silla eléctrica.

Will no le dijo que el método de ejecución era la inyección letal.

—¿Qué puedes decirme de él?

Marti no contestó de inmediato. Destapó la botella y se bebió la mitad del agua que quedaba. Chasqueó los labios mientras volvía a cerrarla. Luego, soltó un eructo tan maloliente que Will casi lo saboreó a tres metros de distancia.

—Dave es el típico ligón. —Su tono jovial había desaparecido—. No me preguntes por qué, pero las mujeres no pueden resistírsele. Cuanto peor se porta, más lo quieren. No tiene un trabajo de verdad. Se las apaña con las chapuzas que le da Pizca. Fuma como un carretero. Se droga. Miente, engaña y roba. Vive en un remolque. No tiene coche. O sea, una auténtica joya. Y, mientras tanto, a los tíos que de verdad son simpáticos se los relega a simples amigos.

A Will no le sorprendió que Marti fuera un *incel;* sí que hablara de ello tan abiertamente.

—¿Eso te dijo Mercy, que solo podíais ser amigos?

—Me di cuenta yo solo, chaval. —Parecía creerlo de verdad—. La dejé llorar en mi hombro unas cuantas veces y luego me di cuenta de que las cosas no iban a cambiar nunca. Daba igual cuánto daño le hiciera Dave, siempre volvía con él.

—¿Sabías que la maltrataba?

—Lo sabía todo el mundo. —Se quitó el sombrero y se secó el sudor de la frente—. Dave no hacía nada por ocultarlo. A veces le pegaba delante de nosotros. Una bofetada con la mano abierta, nunca un puñetazo, pero todos lo veíamos.

Will tuvo que contenerse para no decir lo que pensaba.

—Debía de ser duro verlo.

—Yo protestaba al principio, pero Pizca habló conmigo y me dejó muy claro que un señor no se mete en el matrimonio de otro. —Aquel tonillo estúpido había vuelto a aparecer. Marti se inclinó hacia él como si fuera a hacerle una confidencia—. Y ni el mayor de los sinvergüenzas puede decirle que no a una criatura tan menuda y delicada como ella.

Will comprendió por fin a qué se refería Sara al decir que Marti era raro.

—Mercy se divorció de él hace más de una década. ¿Por qué estaba aquí Dave?

—Pizca.

En lugar de explicarse, decidió dar otro trago a la botella. Will empezaba a preguntarse si solo contenía agua. Marti se bebió todo el líquido. Al tragar, su garganta sonaba como un váter medio atascado. Volvió a eructar antes de continuar.

—A todos los efectos, Pizca es la madre de Dave. Tiene derecho a verla. Y, por supuesto, Pizca tiene derecho a invitarlo a todas las celebraciones. Navidad, Acción de Gracias, el Cuatro de Julio, el Día de la Madre, Kwanzaa... Da igual la ocasión, Dave siempre está aquí. Pizca solo tiene que chasquear los dedos para que acuda.

Will pensó que eso significaba que Marti también estaba siempre allí.

—¿Qué opinaba Mercy de que Dave estuviera presente en todos los acontecimientos familiares?

Marti balanceó la botella vacía.

—A veces se alegraba. Y a veces no. Creo que intentaba facilitarle las cosas a Jon.

—¿Era una buena madre?

—Sí. —Asintió bruscamente con la cabeza—. Era una buena madre.

Dio la impresión de que le costaba un poco reconocerlo. Volvió a quitarse el sombrero. Lo tiró al suelo, al lado de una vara negra de fibra de vidrio que estaba apoyada en un árbol. Así fue como descubrió Will que un bichero es básicamente un palo de metro y medio de largo con un gancho grande y afilado en un extremo.

—La finca es enorme —añadió Marti—. Mercy podía evitar a Dave. Podía esconderse en su habitación. No cruzarse con él. Pero nunca lo hizo. Se sentaba a la mesa en todas las comidas. Iba a todas las reuniones familiares. Y Dave y ella siempre acababan a gritos o a golpes, invariablemente. La verdad es que, después de un tiempo, se volvía aburrido.

—Ya me imagino —repuso Will.

Marti dejó la botella vacía junto al sombrero. Will tuvo una sensación de *déjà vu*: el gesto le recordó a Dave y el cuchillo de deshuesar. ¿Marti estaba cansado de cargar con cosas o quería tener las manos libres?

—Lo peor era ver cómo afectaba todo eso a Christopez. —Marti volvió a masajearse la espalda—. No soportaba cómo trataba Dave a Mercy. Siempre decía que iba a hacer algo al respecto. Cortarle el cable de los frenos del coche o tirarlo a los Bajíos. Dave nada muy mal. Es un milagro que no se haya ahogado. Pero al final Pez no hacía nada y ahora Mercy está muerta. Es evidente que se siente muy culpable.

A Will no le parecía en absoluto evidente.

—Christopher es un hombre muy reservado.

—Está destrozado. Quería mucho a Mercy. De verdad.

Will pensó que tenía una forma muy extraña de demostrarlo.

—¿Volviste a tu cabaña anoche después de la cena?

—Pez y yo nos tomamos una última copa y luego me fui a mi cabaña a leer un rato.

—¿Oíste algo entre las diez y las doce?

—Me quedé dormido leyendo. Por eso tengo una contractura en la espalda. Me siento como si me hubieran dado un puñetazo en los riñones.

—¿No oíste un grito, un aullido o algo parecido?

Marti negó con la cabeza.

—¿Cuándo fue la última vez que viste a Mercy con vida?

—En la cena —contestó con un asomo de irritación—. Tú viste lo que pasó en el cóctel. Es un buen ejemplo de cómo me trataba Mercy. Yo solo quería saber si estaba bien y ella se puso a gritar como si la estuviera violando.

Will vio que le cambiaba la cara, como si se arrepintiera de haber hecho referencia a la violación. Antes de que pudiera preguntarle algo más, se inclinó para recoger el sombrero y soltó el aire entre los dientes con un siseo.

—Dios, mi espalda. —Dejó el sombrero en el suelo y se enderezó lentamente—. El cuerpo te dice cuándo necesitas tomarte un descanso, ¿verdad?

—Cierto. —Will estaba pensando en el hecho de que Mercy no tuviera heridas defensivas. Tal vez había conseguido asestarle algunos puñetazos a su agresor antes de que la sometiera con el cuchillo—. ¿Quieres que le eche un vistazo?

—¿A mi espalda? —Pareció alarmado—. ¿Y qué vas a ver?

Moretones. Marcas de mordiscos. Arañazos.

—Trabajé como fisioterapeuta en la universidad —mintió—. Podría…

—No, gracias. Siento no poder ser de más ayuda. No puedo decirte nada más.

Will notaba que Marti quería que se fuera, lo que hizo que no quisiera irse.

—Si te acuerdas de algo más…

—Serás el primero en saberlo. —Marti señaló colina arriba—. Por este sendero se llega a la casa. Dejas el comedor a la izquierda y sigues adelante.

—Gracias. —Will no se fue. No había terminado de incomodar a Marti—. Mi compañera hablará contigo después.

—¿Por qué?

—Eres uno de los testigos. Tenemos que tomarte declaración. —Will hizo una pausa—. ¿Hay algún motivo por el que no debamos hacerlo?

—No. Ninguno en absoluto. Estoy encantado de ayudar. Aunque no haya visto ni oído nada.

—Gracias. —Will señaló el sendero—. ¿Vas a la casa?

—Creo que voy a quedarme aquí un rato. —Hizo ademán de frotarse la espalda otra vez, luego se lo pensó mejor—: Necesito tiempo para reflexionar. Aunque parezca que me lo tomo a broma, de repente me he dado cuenta de lo mucho que me ha afectado a mí también la muerte de Mercy.

Will se preguntó si el cerebro de Marti había informado de ello a su cara. No parecía necesitar tiempo para reflexionar. Sudaba profusamente. Tenía la piel pálida.

—¿Seguro que no quieres que me quede? —le preguntó—. Se me da bien escuchar.

Marti tragó saliva visiblemente. Aunque el sudor se le metía en los ojos, no se lo secaba.

—No, gracias.

—Vale. Te agradezco que hayas hablado conmigo.

Marti tenía la mandíbula apretada. Will esperó un momento más.

—Voy a estar en la casa, si necesitas algo.

No contestó, pero todos sus gestos indicaban que estaba ansioso por que Will se marchara.

Will no tuvo más remedio que ceder. Empezó a subir por el sendero. Avanzó al principio con dificultad, no porque resbalara, sino porque estaba calculando qué distancia alcanzaba el bichero. Luego, aguzó el oído por si oía correr a Marti. Después, se preguntó si no se estaría poniendo paranoico, lo cual era probable, estadísticamente, pero las imprudencias no se corregían con datos estadísticos.

Mantuvo la mano ilesa junto al costado, cerca de la pistola que llevaba en la cadera. Vio un tronco caído veinte metros más adelante. El otro tramo del pasamanos de cuerda estaba atado a un cáncamo de gran tamaño. Se dijo que se giraría para mirar a Marti cuando llegara al tronco. Le picaban los oídos mientras trataba de captar algún sonido, aparte del rumor del agua que corría sobre las rocas. Subir por el sendero no era tan fácil como bajar. Se le resbaló el pie. Maldijo al agarrarse con la mano herida. Se impulsó hacia arriba. Cuando alcanzó el tronco, pensó que Marti ya se habría ido.

Se equivocaba.

Estaba tumbado bocabajo en medio del riachuelo.

—¡Marti! —Echó a correr sendero abajo—. ¡Marti!

Tenía una mano atrapada entre dos rocas. El agua corría en torno a su cuerpo. No intentaba levantar la cabeza. Ni siquiera se movía. Sin dejar de correr, Will sacó la pistola y el teléfono por satélite y se vació los bolsillos, sabedor de que iba a tener que meterse en el agua. Las botas le resbalaban en el barro. Consiguió bajar de culo, pero llegó tarde por un segundo.

La fuerza de la corriente liberó la mano de Marti de entre las piedras. Su cuerpo rodó corriente abajo. Will no tuvo más remedio que lanzarse tras él. Se zambulló y salió a la superficie dando brazadas. El agua estaba tan fría que sintió que se movía entre hielo. Se esforzó por avanzar, pero apenas conseguía mantenerse al ritmo de la corriente. Se impulsó con más fuerza. Marti estaba a cinco metros, luego a tres. Después, Will intentó agarrarlo del brazo.

Falló.

La corriente se hizo más fuerte. El agua espumeaba, turbulenta, al arremolinarse en un recodo del cauce. Chocó contra el cuerpo de Marti, cuya cabeza se movió bruscamente hacia atrás. Intentó agarrarlo, pero de pronto los rápidos los atraparon a ambos, zarandeándolos. Giraba tan deprisa que no conseguía ver la orilla. Intentó en vano hacer pie. Oyó un fuerte rugido. Se debatió, intentando fijar la vista en el horizonte. Su cabeza continuaba hundiéndose. Se impulsó hacia arriba y lo que vio lo dejó momentáneamente paralizado. Cincuenta metros más adelante, las turbulencias cesaban y la superficie del agua se confundía con el cielo.

Mierda.

Aquella era la verdadera cascada de la que le había hablado Delilah.

Cuarenta metros.

Treinta.

Hizo un último y frenético intento de alcanzar a Marti y consiguió agarrarlo por el chaleco. Pataleó tratando de encontrar algo en lo que apoyarse. La corriente le rodeaba las piernas como un calamar gigante, tirando de él río abajo y sumergiéndole la cabeza. Tendría que soltar a Marti. Trató de liberar una mano, aunque la tenía enganchada en el chaleco. Le dolían los pulmones, faltos de aire. Luchó por retroceder, pataleando.

Sus pies chocaron contra algo sólido.

Haciendo acopio de fuerzas, se impulsó y manoteó contracorriente, a ciegas. Sus dedos tocaron algo duro. Una superficie áspera y rígida. Consiguió agarrarse a una roca. Tuvo que intentarlo tres veces, hasta que por fin consiguió encaramarse a ella. Apoyó las caderas en el borde para darse tiempo a respirar. Le ardían los ojos. Notaba un temblor en los pulmones. Tosió echando un torrente de bilis y agua.

Marti seguía sujeto a su mano por el chaleco de pescador, pero ya no lo arrastraba hacia la cascada. Flotaba de espaldas en una poza poco profunda. Tenía los brazos y las piernas estirados, casi perpendiculares al cuerpo. Will le miró la cara. Sus ojos estaban abiertos de par en par. El agua corría por su boca abierta. Estaba muerto, no había duda.

Will se subió del todo a la roca. Puso la cabeza entre las rodillas. Esperó a que se le aclarara la vista. A que el estómago dejara de darle vueltas. Pasaron unos minutos hasta que por fin pudo evaluar los daños. El chaleco colgaba del hombro de Marti. El otro extremo estaba enredado alrededor de su muñeca y su mano. La misma mano que se había herido doce horas antes y que ahora latía como si una bomba hiciera tictac en su interior.

No tenía más remedio que hacer algo. Retiró despacio la tela mojada, desenrollándola poco a poco, como si resolviera un rompecabezas. Tardó un rato. Los anzuelos se habían enganchado en la tela. Los había de todas las formas y tamaños, con extremos multicolores en forma de insectos. Le pareció que pasaba una eternidad hasta que por fin vio su piel.

Se quedó observándola con incredulidad.

El vendaje le había salvado. Seis anzuelos se habían clavado en la gruesa venda. Uno de ellos le rodeaba la parte inferior del índice como un anillo. Sangró un poco cuando retiró el anzuelo, pero parecía un corte hecho con un papel, nada grave. El último anzuelo se había clavado en el puño de la camisa. No quiso arriesgarse a tocar el gancho. Se lo arrancó, desgarrando la tela. Levantó la mano y se la miró para asegurarse de que estaba ileso. No había sangre ni huesos a la vista.

Había tenido suerte, pero la sensación de alivio duró poco.

Al empezar el día tenía una sola víctima. Ahora eran dos.

Querido Jon:

Me he sentado a escribir la carta de tu día de llegada y me he quedado un buen rato mirando la hoja en blanco, pensando que no tenía mucho que contarte. Las cosas han estado muy tranquilas últimamente, y yo lo agradezco. Nuestra rutina está muy bien. Te despierto y te ayudo a prepararte para ir al cole, Pez te lleva en coche al pueblo, después nos ponemos a trabajar atendiendo a los huéspedes.

Sé que tu tío Pez preferiría empezar el día en el río, pero él es así: no le importa sacrificar sus mañanas por un niño. Hasta Pizca está echando una mano. Va a recogerte al cole por las tardes. Creo que solo necesitaba que crecieras un poco. Nunca le han gustado los bebés. Os estáis haciendo muy amigos. Te deja entrar en la cocina cuando hace galletas para los huéspedes y, a veces, hasta te deja sentarte a su lado mientras hace punto en el sofá. Y a mí me parece bien, por ahora. Solo quiero que recuerdes lo que te dije sobre su carácter. Porque, si la toma contigo, ya nunca vuelves a ver su lado bueno. Yo lo sé muy bien, porque hace tanto tiempo que no veo ese lado suyo que ya no sé ni cómo era.

En fin, estaba pensando en este último año y en qué podía contarte, además creo que eso es lo principal: que desde hace un tiempo todo está siendo bastante fácil. La vida aquí arriba, en la montaña, no es gran cosa, pero tampoco está mal. Cuando ando por la finca, te imagino dirigiéndola algún día y eso me pone bastante contenta.

Me estoy acordando de una cosa que pasó en primavera del año pasado. A lo mejor tú te acuerdas de una parte, porque me puse hecha una fiera contigo. Era la primera vez que me ponía así contigo y nunca volveré a hacerlo. Sé que a veces puedo ser muy arisca, y tu padre será el primero en decirte que he heredado la frialdad de Pizca hasta cierto punto, pero hasta ese día nunca la había pagado contigo, así que creo que debo contarte por qué estaba tan enfadada.

Quiero decirte de entrada que tu tío Pez es buena persona. No es culpa suya que el abuelo lo haya machacado toda su vida. Ya sé que, como es el mayor y además es un chico, se supone que tiene que defenderme, pero la vida ha hecho que fuera al revés. Y a mí no me importa, de verdad. Quiero mucho a mi hermano y ya está.

Lo que voy a contarte ahora tienes que guardarlo siempre en secreto, porque es algo que me afecta a mí, no a ti. Lo que pasó fue que tú estabas leyendo en la cama y no te querías dormir. Te dije que apagaras la luz, luego regresé a mi cuarto y me eché en la cama. Pensaba esperar un minuto y después volver a ver qué hacías, aunque debí de quedarme dormida porque de pronto me desperté y Marti estaba encima de mí.

Ya sé que tú y yo nos reímos de Marti; aun así, es un hombre y es fuerte. Creo que siempre le he gustado. He procurado no darle alas, pero puede que lo haya hecho sin querer. Me alegraba que Pez tuviera un amigo. Tu pobre tío está muy solo aquí arriba. Si te digo la verdad, creo que Pez se tiraría por la catarata grande si no estuviera aquí Marti para hacerle compañía.

Todo esto se me pasó por la cabeza en ese momento, aunque no te lo creas. Mi parte cerebral se puso a calcular si a Pez le afectaría mucho que me pusiera a gritar y despertara a toda la casa. Mi parte corporal había desaparecido. Eso aprendí a hacerlo hace mucho tiempo y espero que nunca sepas por qué. Solo quiero que sepas que yo no iba a romperle el corazón a mi hermano.

Pero al final dio igual, porque Pez entró en la habitación. Te aseguro que en todos los años de mi vida nunca había entrado así, sin más, en mi cuarto. Siempre llama primero a la puerta, luego suele quedarse el pasillo. Es así de respetuoso. Puede que me oyera forcejear, porque su habitación está justo al lado de la mía. No sé por qué entró, y desde luego no voy a preguntárselo, porque no hemos vuelto a hablar del asunto, ni hablaremos nunca, si de mí depende. Pero la verdad es que creo que es la única vez que le he oído gritar. Aunque nunca levanta la voz, en ese momento gritó: «¡PARA!».

Marti se quedó parado y se apartó de mí tan deprisa que fue como si nunca hubiera pasado. Salió corriendo de la habitación. Entonces, Pez se quedó mirándome. Pensé que iba a llamarme puta, pero lo que dijo fue: «¿Quieres que le diga que se vaya?».

Es una pregunta importante, porque hizo que me diera cuenta de que Pez sabía que yo no lo había buscado. Si te soy sincera, eso era lo que más me importaba. La gente siempre piensa mal de mí, pero Pez sabía que a mí nunca me ha interesado Marti en ese sentido. Y estaba dispuesto a renunciar a su único amigo para demostrarlo.

Total, que le dije que, mientras no volviera a ocurrir, Marti podía quedarse. Pez dijo que sí con la cabeza y se fue. Ahora Marti se comporta como si no hubiera pasado nada, lo que para mí es un alivio, te lo aseguro. Hacemos todos como si nada. Pero aquello tuvo consecuencias, por eso te lo cuento. Yo estaba temblando cuando Pez cerró la puerta de mi cuarto. Tenía parte de la ropa rota. Y como no me sobra el dinero, no puedo ir al pueblo a comprarme algo nuevo. Todo lo que tengo aquí arriba es ropa donada.

Cuando me levanté, me fallaron las piernas y me caí al suelo. Me enfadé mucho conmigo misma. ¿Por qué estaba tan alterada? En realidad, no había pasado nada. Solo había estado a punto de pasar. Entonces, vi que tu luz seguía encendida.

Llevo toda la vida pagando por lo que hacen otros. El abuelo se enfada y la paga con Pizca, después Pizca la paga conmigo. O al revés. El caso es que siempre me la cargo yo. Esa noche, yo la pagué contigo y lo siento muchísimo. No es una excusa, es solo una explicación. A lo mejor solo quiero escribir esto para que alguien sepa lo que pasó. Porque sé por experiencia que los hombres como Marti, si se salen con la suya una vez, lo vuelven a intentar. Con tu padre me ha pasado tantas veces que he perdido la cuenta.

En fin, voy a dejarlo así.

Te quiero con todo mi corazón y siento mucho haberte gritado,

Mamá

345

15

Penny no mentía al decir que Golfo tenía combustible de sobra. El caballo prácticamente había subido la montaña flotando en una nube de flatulencias. Por desgracia, Faith iba en su extremo, muy cerca de la fuente de emisión de los gases. Se había sentado detrás de Penny y se había aferrado a su cintura como si le fuera la vida en ello. Le daba tanto miedo caerse y acabar pisoteada que se había sumido en una especie de disociación histérica. Se había descubierto haciéndose preguntas existenciales como qué planeta heredarían sus hijos y cómo es que Scooby-Doo, siendo un perro, no distinguía por el olor a un fantasma de un ser humano.

Penny chasqueó la lengua. Faith había escondido la cara en su hombro. Levantó la vista y estuvo a punto de llorar de alivio. Había una señal en el camino. Albergue McAlpine. Vio una pequeña zona de aparcamiento con una camioneta oxidada y un UTV del GBI.

—Espera —dijo Penny al sentir que los brazos de Faith se aflojaban alrededor de sus abdominales sorprendentemente musculosos—. Solo un segundo más.

El segundo se alargó medio minuto, o sea, demasiado tiempo. Penny hizo detenerse a Golfo junto a la camioneta. Faith apoyó el pie en el resalte de encima de la rueda de atrás, se dejó caer de lado y aterrizó en la trasera de la camioneta, encima de su Glock. El metal se le clavó en el hueso de la cadera.

—¡Joder! —gritó.

Penny la miró decepcionada y volvió a chasquear la lengua. Golfo se apartó.

Faith miró los árboles. Estaba sudorosa, llena de picaduras de bichos y harta de la naturaleza. Cambió de postura para dejar de clavarse la pistola. Se bajó de la camioneta. Se colgó el bolso del hombro. Se acercó al UTV. Apoyó la mano en el plástico que cubría el motor. Estaba frío, lo que significaba que el vehículo llevaba aparcado un buen rato. El maletero estaba cerrado con llave. Con suerte, eso significaría que habían conseguido alguna prueba. Echó un vistazo al asiento trasero. Había una nevera Yeti azul, un botiquín de primeros auxilios y una mochila con el emblema del GBI. Abrió la cremallera. Encontró un teléfono por satélite.

Pulsó el botón lateral para encender el *walkie-talkie* de corto alcance.

—¿Will? —Soltó el botón. Esperó, pero solo oyó un chisporroteo. Lo intentó de nuevo—: Aquí la agente especial Faith Mitchell, del GBI. Respondan. —Soltó el botón.

Otra vez aquel chisporroteo.

Lo intentó varias veces más, con el mismo resultado. Guardó el teléfono en el bolso y se acercó al centro del recinto. Luego, giró sobre sí misma. No había ni un alma a la vista. Hasta Penny y Golfo habían desaparecido. Intentó hacerse una idea aproximada del complejo. Ocho cabañas distribuidas en semicírculo desde una casa grande y desastrada. Había árboles por todas partes. No se podía tirar una piedra sin dar a uno. El suelo estaba salpicado de charcos. El sol era como un martillo que golpeaba la parte superior de su cráneo. Vio el arranque de varios senderos. No podía saber adónde llevaban porque no tenía mapa.

Tenía que localizar a Will.

Volvió a girar sobre sí misma mirando las cabañas. Se le erizó el vello de la nuca. Se sentía observada. ¿Por qué no salía nadie? A fin de cuentas, no había entrado a hurtadillas en el recinto. El caballo había resoplado y hecho ruido y ella había caído dentro de la camioneta con tanto estruendo como si golpeara un gong con un mazo. Llevaba puesto su uniforme: pantalones cargo de color marrón y camisa azul marino con las siglas GBI en enormes letras amarillas en la espalda.

—¿Hola? —dijo alzando la voz.

Al otro lado del complejo se abrió la puerta de una cabaña. Faith vio que un hombre calvo y sin afeitar, vestido con una camiseta arrugada y un pantalón de chándal holgado, se acercaba a ella al trote. Estaba casi sin aliento cuando por fin estuvo lo bastante cerca para hablarle.

—Hola, ¿estás con Will? ¿Has venido con Sara? ¿Es la del caballo? No parecía ella. Will me ha dicho que es médica.

Faith adivinó quién era.

—¿Frank?

—Sí, perdona. Frank Johnson. Mi mujer es Monica. Somos amigos de Will y Sara.

Faith lo dudaba mucho.

—¿Has visto a Will?

—Hace un buen rato que no, pero ¿puedes decirle que Monica ya está mejor?

El cerebro de policía de Faith se activó al instante.

—¿Qué le pasaba?

—Anoche bebió más de la cuenta. Ya se encuentra mejor, pero ha pasado un rato muy malo. —Su risa sonó aguda. Saltaba a la vista que estaba muy aliviado—. Por fin ha conseguido retener un poco de *ginger ale*. Creo que estaba deshidratada. Aun así, estaría bien que Sara le echara un vistazo, ¿no? Más vale prevenir que curar. ¿Crees que le importará?

—Claro que no. Tardará poco en llegar. —Faith tenía que alejarse de aquel charlatán—. ¿Will está en casa de la familia?

—No lo sé, lo siento. No he visto adónde iba. Puedo ayudarte a buscarlo si...

—Creo que es mejor que te quedes con tu mujer.

—Sí, claro. Quizá podría...

—Gracias.

Faith se volvió hacia la casa principal para dejarle claro que la conversación había terminado. Oyó sus pasos mientras regresaba por donde había venido. De nuevo la asaltó aquella extraña sensación al cruzar la explanada. Era una zona bonita, con sus flores, sus bancos y sus adoquines, pero también había sido el escenario de una muerte violenta, y la inquietaba un poco que no hubiera nadie a la vista.

¿Dónde se había metido Will? ¿Y dónde estaba Kevin Rayman? El agente se hallaba al mando de la oficina regional del norte de Georgia mientras su jefe asistía a una conferencia. Faith se dijo que Kevin no era ningún novato. Sabía defenderse. Igual que Will. Hasta con una sola mano. Así que ¿por qué había empezado a notar un sudor frío?

Aquel lugar le estaba crispando los nervios. Era como ese relato de Shirley Jackson justo antes de que se cantaran los números de la lotería. Se obligó a respirar hondo y a exhalar despacio. Seguramente Will y Kevin estarían en el comedor. Siempre era conveniente aislar a la gente cuando se la interrogaba. Y, conociendo a Will, ya habría dado con el asesino de Mercy.

Al subir los escalones del porche, vio en medio un gato atigrado, cortándole el paso. Estaba bocarriba, con el lomo retorcido y las patas estiradas en direcciones opuestas, mientras un rayo de sol le acariciaba la panza. Se inclinó para hacerle unas caricias. Al instante sintió que su nivel de estrés bajaba un poco. En silencio, compuso una lista de las cosas que tenía que hacer. Lo primero era encontrar un mapa. Tenía que averiguar de dónde provenían los gritos de Mercy y afinar la cronología del caso. A continuación, necesitaba averiguar cuál era la mejor ruta que podía haber tomado Mercy para bajar a las cabañas individuales. Quizá tuviera suerte y encontrara el mango del cuchillo roto por el camino.

La puerta de la casa se abrió. Una mujer mayor, con el pelo largo, canoso y áspero, salió al porche. Era muy menuda, casi como una muñeca. Faith dedujo que era la madre de Mercy.

Pizca la miró desde lo alto de la escalera.

—¿Es usted policía?

—Agente especial Faith Mitchell. Estaba aquí, consultando con Hercule Miaumiau.

—Aquí no les ponemos nombre a los gatos. Los tenemos para controlar a los roedores.

Faith procuró no hacer una mueca. La mujer tenía una voz muy aguda, como de niña pequeña.

—¿Mi compañero está dentro? Will Trent.

—No sé dónde está, pero le aseguro que no me ha gustado nada que su mujer y él mintieran al registrarse en el hotel.

Faith no iba a entrar en eso.

—Siento mucho lo de su hija, señora McAlpine. ¿Tiene alguna pregunta que hacerme?

—Sí, la tengo —contestó con aspereza—. ¿Cuándo voy a poder hablar con Dave?

Faith analizaría más tarde las prioridades de Pizca. Por ahora, tenía que andar con pies de plomo. No sabía si se habían restablecido las comunicaciones en el albergue. Penny había prometido mantener en secreto que Dave estaba libre, pero, por otra parte, no había tenido ningún reparo en sacar a relucir los trapos sucios de los McAlpine.

—Dave sigue en el hospital —le dijo a Pizca—. Puede llamar a su habitación, si quiere.

—El teléfono no funciona. Internet tampoco. —Apoyó las manos en sus estrechas caderas—. Jamás creeré que Dave ha tenido algo que ver con esto. Ese chico tiene sus cosas, pero no le haría daño a Mercy. Así, no.

—¿Quién más podría tener un móvil? —preguntó Faith.

—¿Un móvil? —Pizca pareció horrorizada—. Ni siquiera sé qué significa eso. Esto es un negocio familiar. Nuestros huéspedes son personas educadas y ricas. Nadie tiene ningún móvil. Habrá sido alguien del pueblo. ¿Se le ha ocurrido pensarlo?

Faith lo había pensado, sí, pero le parecía muy improbable. Mercy frecuentaba poco el pueblo. Le había dicho a Sara que sus enemigos estaban en el albergue. Y, además, había muerto en la finca.

Aun así, preguntó:

—¿Quién del pueblo podía querer asesinarla?

—Ha cabreado a tanta gente que a saber. Además, últimamente

han llegado un montón de extranjeros al pueblo. La mayoría tienen antecedentes penales en México o Guatemala. Seguro que alguno de ellos es un asesino loco.

Faith procuró alejar la conversación del racismo:

—¿Puedo preguntarle qué pasó anoche?

Pizca empezó a menear la cabeza como si aquello fuera un detalle sin importancia.

—Tuvimos una pequeña discusión. Nada fuera de lo normal. Discutimos continuamente. Mercy es una persona muy infeliz, no tiene remedio. No puede querer a nadie porque no se quiere a sí misma.

Faith dedujo que allí también se veía *El show del doctor Phil.*

—¿Vio u oyó algo sospechoso?

—Por supuesto que no. Vaya pregunta. Ayudé a mi marido a acostarse. Me fui a dormir. No pasó nada fuera de lo corriente.

—¿No oyó el aullido de un animal?

—Aquí se oyen aullidos todo el tiempo. Estamos en las montañas.

—¿Qué me dice de la zona que ustedes llaman las cabañas individuales? ¿Llega el sonido desde allí?

—¿Cómo quiere que lo sepa?

Faith comprendió que había llegado a un callejón sin salida. Miró hacia la casa. Era grande; tendría cinco o seis habitaciones, como mínimo. Quería saber dónde dormía cada cual.

—¿Esa es la habitación de Mercy?

Pizca miró hacia arriba.

—Es la de Christopher. La de Mercy está en el centro, y la de Jon, al otro lado, al fondo.

Cerca, aun así.

—¿Oyó usted a Christopher cuando llegó anoche?

—Me tomé una pastilla para dormir. Aunque cueste creerlo, no me gusta discutir. Estaba muy disgustada por cómo se comportaba Mercy últimamente. Solo pensaba en sí misma. Nunca tenía en cuenta lo que era mejor para el resto de la familia.

Aunque Will la había puesto sobre aviso, la apatía de la familia resultaba triste y alarmante a partes iguales. Ella estaría rota de dolor si hubieran matado a uno de sus hijos.

Pizca pareció percibir su desagrado.

—¿Tiene usted hijos?

Faith siempre tenía cuidado con la información personal que daba.

—Tengo una hija.

—Pues lo siento por usted. Los chicos son mucho más fáciles. —Pizca bajó por fin las escaleras. De cerca era aún más pequeña—. Christopher nunca se quejaba. Nunca tenía rabietas ni ponía mala cara si no se salía con la suya. Dave era un ángel. Allí en Atlanta dejaron que se desmadrara, pero, desde que puso un pie en mi casa, se portó de maravilla. Ese chico es un tesoro. Cuando él está cerca, nunca me falta de nada. Me cuidó cuando estuve enferma. Hasta me lavaba el pelo. Y aún, a día de hoy, no me deja ni mover un dedo.

Faith concluyó que Dave sabía cómo congraciarse con ella.

—¿Mercy no era así?

—Era terrible. Cuando entró en el instituto, el director me mandaba llamar cada dos semanas porque Mercy se metía en líos con las otras chicas. Cotilleaba, se peleaba y hacía tonterías. Se abría de piernas en cuanto alguno la miraba. ¿Cuántos años tiene su hija?

Faith mintió para que siguiera hablando.

—Trece.

—Pues entonces ya sabe que es a esa edad cuando empiezan. Llega la pubertad y ya solo existen los chicos. Y luego está todo ese dramatismo sobre sus sentimientos. Voy a decirle quién tenía derecho a quejarse de verdad: Dave. Las cosas que le pasaron en Atlanta son indescriptibles. No fueron muy delicados con él, por decirlo suavemente. Pero nunca se ha aprovechado de ello. Los chicos no se quejan de sus sentimientos.

El hijo de Faith sí se quejaba, pero solo porque su madre se había esforzado mucho para hacerle sentir seguro.

—¿Cómo estaba Mercy últimamente?

—¿Que cómo estaba? Pues como siempre. Cabreada, amargada y enfadada con el mundo.

Faith no sabía cómo abordar el tema del embarazo. Algo le decía que se contuviera, de momento. Dudaba que Mercy hubiera confiado en su madre alguna vez.

—¿Dave tenía trece años cuando su marido y usted lo adoptaron?

—No, tenía solo once.

Faith había observado atentamente el rostro de la mujer mientras contestaba. Tenía que reconocer que Pizca era una mentirosa de primera clase.

—¿Cómo se tomaron Mercy y Christopher tener de pronto un hermano de once años?

—Estaban encantados. ¿Cómo no iban a estarlo? Christopher tenía un nuevo amigo y Dave trataba a Mercy como a una muñequita. La habría llevado en volandas todo el tiempo si hubiera podido. Cómo sería que sus pies nunca tocaban el suelo.

—Debió de ser sorprendente que acabaran juntos.

Pizca levantó la barbilla con aire desafiante.

—Gracias a eso tengo a Jon. Eso es todo lo que voy a decir al respecto.

—¿Jon ha vuelto a casa?

—No, y no lo estamos buscando. Vamos a darle tiempo, como ha pedido. —Se llevó los dedos al pecho—. Jon es un chico muy atento. Amable y considerado, exactamente igual que su padre. Y va a ser un rompecorazones, como Dave. Tendría que ver lo guapo que es. Las huéspedes se vuelven locas cuando lo ven. Las observo por la ventana cuando Jon baja las escaleras. Le gusta hacer una entrada espectacular. Esa Sara parecía que se lo quería comer.

Faith supuso que Sara le había preguntado qué asignaturas del instituto le gustaban más.

—Mis pobres niños... —Pizca volvió a llevarse los dedos al pecho—. Hice todo lo posible por mantener a Dave alejado de Mercy. Sabía que lo arrastraría con ella, y mire lo que ha pasado.

Faith se esforzó por controlar su tono de voz.

—Le doy mi más sentido pésame.

—Bueno, no crea que no voy a recuperarlo. Ya me he puesto en contacto con un abogado de Atlanta, así que, si quieren meterlo en la cárcel, les va a hacer falta suerte. —Parecía muy segura de que el sistema legal le daría la razón—. ¿Eso es todo?

—¿Podría dejarme un plano de la finca?

—Esos planos son para los huéspedes. —Giró la cabeza hacia el aparcamiento—. Por Dios, ¿y ahora quién viene?

Faith oyó el ruido de un motor. Había llegado otro UTV. Lo conducía Sara.

—Otra embustera que viene aquí a mentir —comentó Pizca para zanjar la conversación. Subió las escaleras, entró en la casa y cerró la puerta.

—Madre mía. —Faith se colgó el bolso del hombro y se acercó al aparcamiento. Aquello no era *La lotería*. Era *Los chicos del maíz*.

—Hola. —Sara estaba sacando una pesada bolsa de lona del UTV. Sonrió a Faith—. ¿Te has caído?

Faith había olvidado que estaba cubierta de barro y pedos de caballo.

—Un pájaro atacó mi coche y acabé en una zanja.

—Lo siento. —Sara no parecía sentirlo—. Te he visto hablando con Pizca. ¿Qué opinas?

—Opino que está más preocupada por Dave que porque hayan asesinado a su hija. —Todavía no le entraba en la cabeza—. ¿Qué les pasa a estas madres obsesionadas con sus varoncitos? Parece una exnovia psicópata de Dave. Y respecto a Jon... No me hagas hablar. Odio que las mujeres adultas hablen con vocecita de niña. Es como si Holly Hobbie se follara al diablo.

Sara se rio.

—¿Algún avance?

—Por mi parte, no. Estaba a punto de bajar al comedor a buscar a Will. —Faith miró alrededor para asegurarse de que estaban solas—. ¿Crees que Mercy sabía que estaba embarazada?

Sara se encogió de hombros.

—Es difícil saberlo. Anoche tenía náuseas, pero pensé que eran secuelas del estrangulamiento. Mercy no me dijo lo contrario, aunque no tenía por qué darle esa información a una desconocida.

—Yo tengo un periodo tan irregular que nunca sé cuándo me toca. —Faith se estaba preguntando si Mercy utilizaría una aplicación del móvil o si marcaba la fecha en un calendario—. ¿A quién se lo has dicho?

—Solo a Amanda y a Will. Creo que Nadine, la jueza, se dio cuenta cuando hice el examen manual para evaluar el estado del útero, pero no dijo nada. Sabe que Bizcocho es amigo de la familia. Seguramente no quería que se corriera la voz.

—¿Bizcocho no vio las radiografías?

—Tienes que saber lo que estás buscando —respondió Sara—. Normalmente, nunca se le hacen radiografías a una embarazada. El riesgo de la exposición a la radiación es mayor que su valor diagnóstico. Además, a las doce semanas no hay mucho que ver. El feto mide unos cinco centímetros de largo, o sea, más o menos lo que una pila doble A. Los huesos no se han calcificado lo suficiente como para aparecer en la imagen. Yo supe lo que estaba viendo porque ya lo había visto otras veces.

Faith no quería pensar en por qué lo había visto otras veces.

—Ya no me acuerdo de cómo es estar de doce semanas.

—Sensación de hinchazón, náuseas, cambios bruscos de humor, dolores de cabeza… Algunas mujeres lo confunden con el síndrome premenstrual. Las hay que abortan espontáneamente y piensan que es un trastorno del periodo. Ocho de cada diez abortos espontáneos se producen antes de las doce semanas. —Sara apoyó la bolsa de lona en el UTV—. Cuando investigues con quién estaba Mercy en la época en que se quedó embarazada, ten en cuenta que son doce semanas a partir de la última regla, no a partir del coito. La ovulación se produce dos semanas después de la regla, lo que sitúa el momento de la concepción en torno a las diez semanas, así que estaríamos hablando de hace dos meses o dos meses y medio, si queremos afinar más.

—Tenemos que afinar todo lo posible, desde luego. —Faith llegó a la parte difícil—: ¿Qué hay de la violación?

—Encontré rastros de líquido seminal, pero eso solo indica que tuvo contacto sexual con un hombre cuarenta y ocho horas antes del fallecimiento. No puedo descartar que hubiera agresión sexual, tampoco puedo afirmarlo.

Faith podía imaginarse lo que opinaría Amanda de aquella ambigüedad.

—Pero ¿entre tú y yo?...

—Entre tú y yo, sinceramente, no lo sé. No tenía heridas defensivas. Puede que decidiera que era mejor no defenderse. Hay evidencias claras de que Mercy había sufrido maltrato físico grave y prolongado. Huesos rotos, quemaduras de cigarrillo... Doy por sentado que casi siempre a manos de Dave, pero parte de las lesiones se remontan a su infancia. Si le quedaban fuerzas para resistirse, las utilizó juiciosamente.

Faith sintió una profunda tristeza al pensar en la torturada vida de Mercy McAlpine. Penny tenía razón. No había tenido ninguna oportunidad.

—¿Algo sobre el arma homicida?

—En eso sí puedo ayudarte —contestó Sara—. Ya sabes que, en el diseño de un cuchillo, si es de espiga completa, el metal se extiende desde la punta de la hoja hasta el extremo del mango.

Faith no lo sabía, pero asintió:

—La hoja que Mercy tenía incrustada en el pecho era de media espiga, de doce centímetros y medio de largo; es decir, un diseño más barato y menos duradero que se utiliza en cuchillos para carne. En los cuchillos de media espiga, lo que hay dentro del mango es solo un esqueleto, básicamente una pieza de metal fino en forma de herradura que ayuda a mantener el mango unido a la hoja. ¿Me explico?

—Media espiga, esqueleto dentro del mango. Entendido.

—El asesino hundió la hoja hasta la empuñadura. Vi por las marcas que quedaron en la piel que el cuchillo no tenía virola, ese remate metálico que se coloca en la transición entre la hoja y el mango. Encontré esquirlas de plástico alrededor de algunas de las heridas más profundas. Vistas al microscopio, el color tiraba a rojo.

Faith volvió a asentir con la cabeza, pero esta vez porque lo entendía.

—O sea, que buscamos el mango de color rojo de un cuchillo de carne barato, con una tira fina de metal dentro.

—Exacto. Todas las cabañas tienen cocina, pero en la nuestra no había ningún cuchillo. Y en la cocina de la familia no recuerdo haber visto ningún cuchillo de mango rojo. Valdría la pena volver a buscar, con esta nueva información. Yo diría que mide unos diez centímetros de longitud y unos seis milímetros de grosor.

—Vale, tengo que hablar con Will para ver cómo vamos a proceder. Ya le darás tú los datos del cuchillo. —Faith hizo amago de irse, pero se detuvo—. Me he encontrado con Frank. Está preocupado por su mujer. Por lo visto, tiene más resaca que de costumbre.

—Ahora me paso a verla. —Sara dio unas palmadas en la bolsa de lona—. He traído suministros del hospital, por si los necesitamos. Cecil va en silla de ruedas, pero no he visto ninguna furgoneta.

Faith no se había dado cuenta de ese detalle.

—¿Cómo lo suben a la camioneta?

—Seguro que hay mucha gente por aquí para echar una mano —contestó Sara—. ¿Nos vemos en el comedor cuando terminéis?

—Perfecto.

Faith siguió la indicación del letrero de madera con el plato y los cubiertos. Mantuvo los ojos fijos en el suelo. El camino estaba despejado, pero a ambos lados había mucha maleza en la que podían esconderse serpientes y ardillas rabiosas. O pájaros. Miró hacia arriba. Las ramas se extendían como dedos. El viento frío agitaba las hojas. Estaba segura de que un búho se precipitaría en cualquier momento sobre su pelo con intención de atacarla. Sintió alivio al ver que el sendero describía una curva, pero más allá solo había más sendero.

—La puta naturaleza.

Continuó el descenso, mirando alternativamente al cielo y al suelo, atenta a posibles peligros. El sendero describía otra curva. Allí los árboles eran menos agobiantes. Sintió el olor de la cocina antes de verla. El padre de Emma era un mexicano-estadounidense de segunda generación, a cuya madre, una mujer rencorosa, le gustaba la cocina tanto como odiaba a Faith. O sea, mucho. Cilantro. Comino. Albahaca. Más cilantro. Le sonaban las tripas cuando llegó al edificio octogonal. Rodeó la terraza panorámica, una plataforma suspendida peligrosamente sobre el barranco, y cruzó la puerta.

No había nadie allí.

Las luces estaban apagadas. Había dos mesas largas, una de ellas ya dispuesta para la comida. Por los enormes ventanales del fondo se veían más árboles. Cuando se marchara de aquel lugar, iba a aborrecer el color verde.

—¿Will? —llamó—. ¿Estás aquí? —Esperó, pero no hubo respuesta.

Solo oyó ruidos de cacharros detrás de la puerta basculante de la cocina.

—¿Will?

Nada.

Volvió a sacar el teléfono por satélite. Pulsó el botón del *walkie*.

—Aquí la agente especial Faith Mitchell, de la Oficina de Investigación de Georgia. ¿Alguien me escucha?

Contó hasta diez en silencio. Luego, hasta veinte. Entonces, sintió que empezaba a preocuparse.

Volvió a guardar el teléfono en el bolso y entró en la cocina. La luz repentina casi la cegó. Había dos chicos junto a la larga mesa de acero inoxidable que ocupaba el centro de la sala. Uno estaba cortando verduras. El otro, mezclando masa a mano en un bol grande. El chef se hallaba de espaldas, cocinando en el fogón. En la radio sonaba Bad Bunny. Probablemente por eso no la habían oído.

—¿Quería algo, señora? —preguntó uno de los chicos.

Faith sintió que se le encogía el corazón al verlo. Era solo un crío.

—¿Qué necesita, agente? —El cocinero se había dado la vuelta. Tenía que ser Alejandro. Era increíblemente guapo y parecía increíblemente molesto por verla allí, lo que también le recordó al padre de Emma—. Siento ser brusco, pero estamos preparando la comida.

Lo que Faith necesitaba era encontrar a su compañero.

—¿Saben dónde está el agente Trent?

Uno de los chicos contestó:

—Se fue por el Sendero de Christopez.

Faith soltó un suspiro de alivio.

—¿Hace cuánto?

El chico se encogió de hombros exageradamente, porque era un crío y no tenía noción del tiempo.

—Lo vi por la ventana hará una hora, creo —añadió Alejandro—. Luego, como media hora después, pasó otro hombre vestido como usted. El sendero está detrás del edificio. Se lo enseño.

Faith sintió disminuir su tensión al tener noticias de Will y Kevin. Siguió a Alejandro a la parte de atrás y, de paso, echó una ojeada al resto de la cocina. Los cuchillos parecían caros y profesionales. Nada de mangos de plástico rojo. Vio un cuarto de baño que comunicaba con un despacho. Quería revisar esos papeles, ver si podía acceder al portátil.

—La comida empieza dentro de media hora. —Alejandro abrió la puerta y le cedió el paso—. Normalmente lo engullen todo en veinte minutos. Podemos hablar después.

Faith sintió que su atención volvía a centrarse de pronto en el cocinero, con el chasquido de una goma elástica.

—¿Por qué cree que quiero hablar con usted?

—Porque me acostaba con Mercy. —Al darse cuenta de que la conversación ya estaba teniendo lugar, Alejandro cerró la puerta a su espalda—. Procurábamos ser discretos, pero obviamente alguien se lo ha dicho.

—Obviamente —respondió Faith—. ¿Y?

—No era nada serio. Mercy no estaba enamorada de mí ni yo de ella. Pero era muy atractiva. Esto es muy solitario. Y al cuerpo hay que darle lo que te pide.

—¿Desde cuándo tenían relaciones?

—Desde que llegué. —Él se encogió de hombros—. Pero no ocurría a menudo, sobre todo últimamente. No sé por qué, pero así eran las cosas entre nosotros, iban y venían. Mercy tenía mucha presión, por su padre. Es un hombre muy duro.

—¿Lo sabía Dave?

—No tengo ni idea. He hablado poco con él. Hasta cuando estaba ampliando la terraza procuré mantener las distancias. Sospechaba que maltrataba a Mercy.

—¿Por qué?

—No te haces esos moratones por caerte. —Se limpió las manos en el delantal—. Digamos que, si el que hubiera muerto asesinado fuera Dave, ahora mismo estaría usted hablando conmigo por motivos muy diferentes.

Mucha gente decía lo mismo, pero nadie había movido un dedo por Mercy cuando estaba viva.

—¿Quiere decir que habría matado por ella, a pesar de no estar enamorado?

Alejandro enseñó todos los dientes al sonreír.

—Se le da muy bien esto, agente, pero no. Es mi sentido del deber.

—¿Qué explicación le daba Mercy cuando usted veía los moratones?

Se le borró la sonrisa.

—Le pregunté una vez y me dijo que podíamos hablar de ello y no volver a acostarnos, o seguir acostándonos.

—Perdóneme, pero no parece que esa elección le causara ningún conflicto.

Alejandro volvió a encogerse de hombros.

—Aquí arriba es distinto. La forma en que tratan a la gente… La usan y la tiran. Puede que yo hiciera lo mismo con Mercy. No es algo de lo que me sienta orgulloso.

—¿Se veía ella con alguien más?

—Es posible. ¿Creen que Dave se puso celoso y que por eso la mató?

—Tal vez —mintió Faith—. ¿Qué le hace pensar que Mercy podía estar viéndose con otra persona?

—Muchas cosas, en realidad. Como le decía, lo nuestro iba y venía. Además… —Se encogió de hombros—. ¿Quién soy yo para juzgarla? Era una madre soltera con un trabajo agobiante, un jefe difícil y muy pocas oportunidades de pasarlo bien.

Faith nunca se había sentido tan retratada.

—¿Mencionó a alguien en concreto?

—No me hablaba de ello, ni yo se lo pregunté. Ya le he dicho que solo follábamos. No nos contábamos nuestras cosas.

Faith también había disfrutado de algunas relaciones de ese tipo.

—Pero si tuviera que aventurar una respuesta…

Él soltó una corta bocanada de aire.

—Bueno, tendría que ser algún huésped, ¿no? El carnicero es más viejo que mi abuelo. Y Mercy odiaba al de las verduras porque es del pueblo y conocía su pasado.

—¿Qué tiene de particular su pasado?

—Fue muy sincera conmigo al principio. Se prostituyó una temporada, cuando tenía veintipocos años.

—¿Se prostituía con usted?

Alejandro se rio.

—No, yo no le pagaba. Le habría pagado, si me lo hubiera pedido. Pero se le daba muy bien mantener las cosas separadas. El trabajo era trabajo, y el sexo, sexo.

Faith comprendía que eso bien valía un desembolso.

—¿Cómo la notó ayer?

—Estresada. Aquí atendemos a huéspedes muy exigentes. La mayoría de las conversaciones que tuvimos ayer fueron del tipo «no te olvides de que a Keisha no le gusta la cebolla cruda, que Sydney no toma lácteos y Marti es alérgico a los cacahuetes».

Faith vio que ponía cara de fastidio.

—¿Qué opinión le merece Marti?

—Viene una vez al mes, como mínimo. A veces más. Al principio pensé que era un familiar.

—¿A Mercy le caía bien?

—Lo soportaba —contestó Alejandro—. Es muy cargante, pero también lo es Christopher.

—¿Christopher y Marti están juntos?

—¿Como pareja? —Negó con la cabeza—. No, no creo por cómo miran a las mujeres.

—¿Cómo las miran?

—Con desesperación. —Pareció esforzarse por encontrar una descripción más precisa, luego meneó la cabeza—: Es difícil, porque el problema es que los dos son muy torpes, en general. Yo de vez en cuando me tomo una cerveza con Christopher, y es un tipo simpático, pero su cerebro funciona de otra manera. En cuanto aparece una mujer, se queda paralizado. Marti tiene el problema contrario. En cuanto está a tres metros de una mujer, se pone a recitar diálogos de los Monty Python, hasta que ella sale huyendo.

Desafortunadamente, Faith conocía bien ese tipo de hombre.

—Tengo entendido que Mercy se peleó con Jon.

Alejandro hizo una mueca.

—Es muy buen chaval, pero muy inmaduro. Casi no tiene amigos en el pueblo. Saben quién es su madre. Y su padre. El estigma sigue ahí, por desgracia.

—¿Lo había visto así de borracho alguna vez?

—No, nunca. Y la verdad es que pensé: «No, por favor, que este chico no vaya por el camino de la adicción». Lo lleva en la sangre. Por ambos lados. Y es muy triste.

Faith le dio la razón para sus adentros. El de la adicción era un camino muy solitario que recorrer.

—¿A qué hora se fue usted anoche?

—Sobre las ocho u ocho y media. La última conversación que tuve con Mercy fue sobre la limpieza. Como le dio la noche libre a Jon, iba a recoger ella sola. No me ofrecí a ayudarla. Estaba cansado. Había sido un día muy largo. Así que ensillé a Pepe y me fui a casa, a unos cuarenta minutos de aquí, al otro lado de la montaña. Estuve allí toda la noche. Abrí una botella de vino y vi una serie policiaca en Hulu.

—¿Qué serie?

—La del detective del perrito. Seguramente puede comprobar esas cosas, ¿no?

—Sí, puedo. —A Faith le interesaba más el hecho de que se hubiera anticipado a todas sus preguntas. Casi como si hubiera empollado para un examen—. ¿Hay algo más que quiera decirme sobre Mercy y su familia?

—No, pero la avisaré si se me ocurre algo. —Señaló una cuesta abajo muy empinada—. Ese es el Sendero de Christopez. Está muy embarrado, así que vaya con cuidado.

Ya había abierto la puerta, pero Faith lo detuvo al preguntar:

—¿Se puede llegar a las cabañas individuales desde el Sendero de Christopez?

Pareció sorprendido, como si hubiera deducido por qué se lo preguntaba.

—Sí, si se sigue el riachuelo, pasadas las cascadas, y luego se bordea el lago. Aunque la ruta más rápida es Sendero de las Cuerdas, que rodea el barranco por un lado. Lo llaman así porque hay una serie de cuerdas a las que puedes agarrarte si no quieres resbalar y partirte el cuello. Solo lo usa el personal. No viene señalado en el mapa. Yo solo he bajado una vez, porque me da miedo. No me gustan las alturas.

—¿Cuánto se tarda?

—Cinco minutos —calculó él—. Lo siento, tengo que volver al trabajo.

—Gracias. Después voy a necesitar su declaración por escrito.

—Ya sabe dónde estoy. —Alejandro entró en la cocina antes de que ella pudiera decir nada más.

Faith se quedó mirando la puerta cerrada, intentando evaluar cómo había ido la conversación. Según su experiencia, los sospechosos afrontaban de cuatro maneras distintas el interrogatorio. Podían ponerse a la defensiva. Mostrarse beligerantes. Faltos de interés. O serviciales.

El cocinero encajaba aproximadamente entre esas dos últimas categorías. Tendría que pedirle su opinión a Will. A veces los sospechosos mostraban desinterés porque de verdad no les interesaba el asunto. Y a veces se mostraban serviciales porque querían que pensaras que eran inocentes.

Empezó a bajar por el sendero. Alejandro tenía razón: estaba lleno de barro. Tanto que parecía un tobogán. Había mucha pendiente.

Vio huellas de pisadas, grandes y profundas: hombres subiendo por el sendero y hombres bajando.

Se arriesgó y gritó:

—¿Will?

Solo le respondieron los pájaros, que se pusieron a piar, seguramente debatiendo un plan de ataque.

Suspiró mientras continuaba el descenso. Unos segundos después, una bota se le hundió en el barro y le costó sacarla. Por eso se había inventado el cemento. Las personas no estaban hechas para vivir así, al aire libre. Sacudió los brazos mientras bajaba con cuidado por la empinada cuesta. Estaba convencida de que en cualquier momento se caería de culo; aun así, se enfadó cuando ocurrió. Tras levantarse, el camino seguía siendo igual de empinado. Tuvo que meterse un poco en el bosque para sortear un tramo que parecía especialmente resbaladizo.

—¡Joder!

Dio un salto para apartarse de una serpiente. Después, soltó otra palabrota, porque no era una serpiente. Había una cuerda en el suelo. Un extremo estaba sujeto a una roca con un gancho. El otro desaparecía sendero abajo. Seguramente no le habría prestado atención si Alejandro no le hubiera hablado del Sendero de las Cuerdas. Soltó unas cuantas palabrotas más al agarrarse a la cuerda y seguir bajando. Iba sudando a chorros cuando oyó el ruido del agua sobre las rocas. Por suerte, la temperatura había bajado a medida que descendía en altitud. Ahuyentó de un manotazo un mosquito que volaba alrededor de su cabeza. Quería aire acondicionado y cobertura telefónica; sobre todo, quería encontrar a su compañero.

Lo intentó otra vez:

—¿Will? —Su voz no resonaba, sino que competía con los ruidos del bosque. Insectos, pájaros y serpientes venenosas—. ¿Will?

Se agarró a una rama para no resbalar al dar un paso, bajando hacia la orilla. Entonces, le resbaló el otro pie y volvió a resbalarse.

—Mierda —masculló. No tenía ni un respiro. Recogió del suelo el teléfono por satélite. Pulsó el botón del *walkie*—: Aquí la agen…

Soltó el botón cuando un horrible pitido casi le rompió los tímpanos. Sacudió el teléfono y volvió a pulsar el botón. Volvió a oírse el pitido. Procedía de su bolso. Lo abrió. Vio el teléfono por satélite.

Miró el dispositivo que tenía en la mano, luego el que llevaba en el bolso.

¿Cómo es que tenía dos teléfonos?

Se levantó. Bajó unos metros. Ahora veía el riachuelo. El agua se arremolinaba alrededor de grandes rocas. Dio un paso más. La punta de su bota chocó con algo pesado. Era una pistolera con una Smith & Wesson de cinco balas. Qué extraño, parecía la de Amanda. Rebuscó en el suelo. Unos auriculares metidos en su estuche. Y, un poco más allá, un iPhone. Faith lo tocó para activarlo. Al iluminarse la pantalla, vio una foto de Sara con la perrita de Will en brazos.

—No, no, no, no…

Sacó la Glock antes de que su cerebro asimilara por completo lo que acababa de ver. Giró en redondo y escudriñó el bosque, frenética; temía encontrar el cadáver de Will. No vio nada raro, salvo una botella grande de agua vacía y una especie de vara con un gancho de apariencia letal en un extremo. Corrió a la orilla del río y miró a derecha e izquierda. Se le paró el corazón hasta que estuvo segura de que el cadáver de Will no estaba en el agua.

—¡Will!

Echó a correr por la orilla del riachuelo. El terreno descendía. La corriente era allí más rápida. Cincuenta metros más allá, el cauce torcía bruscamente a la izquierda, bordeando unos árboles. Vio rocas, más agua turbulenta. Allí la corriente podía arrastrar cualquier cosa. A su compañero, por ejemplo. Echó a correr hacia el recodo.

—¡Will! —gritó—. ¡Will!

—¿Faith? —Su voz sonaba débil.

Ella no lo veía por ningún sitio. Enfundó la Glock y se metió de un salto en el agua para cruzar al otro lado. El riachuelo era más profundo de lo que había calculado. Se le doblaron las rodillas y hundió la cabeza bajo la superficie. El agua se arremolinó alrededor de su cara. Se impulsó hacia arriba, boqueando. Lo único que impidió que la arrastrara la corriente fue la suerte y una gigantesca raíz de árbol que sobresalía de la orilla.

—¿Estás bien?

Will estaba de pie a su lado, con la mano vendada apoyada en el pecho. Tenía la ropa empapada. Detrás de él se encontraba Kevin Rayman. Llevaba el cuerpo de un hombre cargado al hombro, como un bombero. Faith vio unas piernas peludas, unos calcetines negros y unas botas de montaña amarillas.

No se atrevió a hablar. Agarrándose a la raíz, salió del agua. Will le tendió la mano y prácticamente la levantó en vilo y la depositó en la orilla. Faith no quería soltarlo. Estaba sin aliento. Sentía tanto alivio que notaba náuseas. Por un momento se había convencido de que su compañero yacía muerto en alguna parte.

—¿Qué ha pasado? ¿Quién es ese?

—Bryce Weller. —Will ayudó a Kevin a depositar el cadáver en el suelo. Cayó de espaldas. Tenía la piel pálida, los labios azules y la boca abierta—. También conocido como Marti.

—Pesa una barbaridad —añadió Kevin.

Faith se volvió hacia Will.

—¿Cómo coño se te ocurre bajar aquí sin avisarme?

—No estaba…

—¡Cierra la boca cuando me hables!

—No creo que eso sea…

—¿Qué hacían la pistola de Amanda y tus teléfonos tirados en el suelo? ¿Sabes el susto que me he llevado? Creía que te habían asesinado. Por Dios, Kevin.

Kevin levantó las manos.

—Guau.

—Faith —dijo Will—, estoy bien.

—Pues yo no. —Su corazón resonaba como un cencerro—. Madre de Dios.

—Estaba hablando con Marti —explicó Will—. Sudaba y estaba pálido, pero no le di importancia, solo pensé que quizá se sentía culpable. Volví a subir por el sendero. Avancé unos seis metros. Cuando me giré, estaba en el agua. Tiré la pistola y los dispositivos electrónicos porque sabía que iba a tener que meterme en el río.

Faith odiaba su tono tranquilo y razonable.

—La corriente nos arrastró a los dos —prosiguió él—. Fui detrás de él. Estuvimos a punto de caer por una cascada, pero de algún modo conseguí llegar a la orilla con él. No podía dejar allí su cadáver, así que cargué con él y eché a andar hacia el albergue.

—Entonces aparecí yo —dijo Kevin—. Vine buscando a Will. Evidentemente, he cargado con el cadáver más tiempo que él.

—No creo que eso sea cierto.

—Si tú lo dices…

—Yo lo he llevado en el agua.

Faith no estaba para bromas de machotes. Intentó concentrarse otra vez en el caso y no en el hecho de que estaba empapada, en medio del bosque y temblorosa aún porque por un momento había creído que su compañero estaba muerto.

Miró el cadáver. Bryce Weller tenía los labios azul oscuro y los ojos como canicas de cristal. La corriente le había revuelto la ropa. Tenía la camisa abierta. Se le había soltado el cinturón. Pero lo importante era que había muerto otra persona. Quizá el asesino al que buscaban tuviera dos móviles, en vez de uno. O Marti podía haber asesinado a Mercy y luego haberse suicidado.

Le preguntó a Will:

—¿Qué te dijo Marti cuando hablaste con él?

—Usó terminología *incel*. Se mostró cauteloso. Actuaba como si no le gustara Mercy, cuando era evidente que estaba colado por ella. Cuando terminamos de hablar, yo ya le consideraba uno de los principales sospechosos. Parecía obsesionado con Dave. Era evidente que estaba celoso porque Mercy no se hubiera librado de él. No paraba de frotarse la espalda. Pensé que a lo mejor Mercy le había dado algún puñetazo.

—Podemos darle la vuelta para comprobarlo dentro de un momento —propuso Kevin—. Necesito recuperar el aliento.

—Marti describió de manera extraña su altercado con Mercy antes de la cena —le dijo Will a Faith—. Dijo que se puso a gritar como si la hubiera violado. Y me di cuenta de que se arrepentió al instante de haber usado el verbo «violar».

—¿Por eso estaba sudando? —preguntó Faith—. ¿Porque estaba nervioso?

—No creo. Era una especie de sudor frío. Le chorreaba por el cráneo. Tenía el pelo pegado a la cabeza. Pensándolo ahora, creo que no se encontraba bien. Eructaba como si se fuera a salírsele el estómago por la boca.

—¿Un suicidio? —preguntó ella.

—Si se ahogó, fue muy rápido. No forcejeó ni chapoteó. Tardé como un minuto en subir un tramo de cuesta. Cuando me di la vuelta, su cuerpo ya estaba flotando en mitad del arroyo.

Faith miró la cara de Marti. Había asistido a más autopsias de las que hubiera querido y nunca había visto un cadáver con los labios tan azules.

—¿Comió algo antes de meterse en el agua?

—Bebió agua de una botella —contestó Will—. Estaba medio llena cuando empezamos a hablar. Se bebió el resto mientras hablábamos. ¿Por qué? ¿Tienes alguna idea?

—Alejandro me ha dicho que era alérgico a los cacahuetes. Puede que alguien le pusiera cacahuete molido en el agua.

—No —dijo Sara.

Se volvieron los tres. Sara estaba al otro lado del riachuelo.

—No eran cacahuetes —explicó—. Lo han envenenado.

16

A Sara no le gustó la cara de culpa que puso Will cuando la miró desde el otro lado del riachuelo. Era la misma cara que ponía cuando Amanda iba a echarle una bronca.

Pero ella no era su jefa.

—Vale —dijo Faith—. ¿Cómo sabes que lo han envenenado?

Sara se ocuparía de Will más tarde. Marti no le caía muy bien, pero aun así estaba muerto y merecía un poco de respeto.

—La anafilaxia es una reacción alérgica repentina y grave que hace que el sistema inmunológico libere sustancias químicas que provocan un estado de *shock*. No es una muerte rápida. Estamos hablando de entre quince y veinte minutos. Marti habría tenido dolor y opresión en el pecho, tos, mareo, enrojecimiento de la cara, erupción cutánea, náuseas o vómitos y, sobre todo, dificultad para respirar. Will, ¿notaste que tuviera alguno de esos síntomas?

Él negó con la cabeza.

—Respiraba bien. Solo noté que estaba sudoroso y pálido.

—Fijaos en lo azules que tiene las uñas y los labios. —Sara señaló el cadáver—. Eso lo causa la cianosis, o sea, la falta de oxígeno en sangre, que en este caso es indicio de envenenamiento químico. Marti bebió agua antes de morir, así que podemos dar por sentado que ese es el origen del envenenamiento. Tiene que haber sido una sustancia incolora, inodora e insípida. Las personas con alergias graves notan enseguida cuándo están teniendo una reacción alérgica. Marti no pidió auxilio. No se alteró. No tenía dificultades para respirar ni se arañaba el cuello. Tengo que inspeccionar la zona donde cayó al agua, pero mi teoría es que perdió el conocimiento y rodó hasta el arroyo.

—¿No puede haber sido un ataque al corazón? —preguntó Faith.

—En ese caso no tendría los labios y las uñas tan azules. No todos los infartos producen un paro cardiaco. La muerte súbita cardiaca es un fallo eléctrico. El corazón late de forma irregular o simplemente se para, la sangre no llega al cerebro y la persona pierde el conocimiento. En un entorno tranquilo como este, incluso con el ruido del agua, Will habría oído algo antes de que Marti perdiera el conocimiento. Habría gritado, se habría agarrado el brazo por el dolor, los síntomas típicos. Como mínimo, habría hecho bastante ruido al caer al agua.

—Yo estaba atento, para asegurarme de que no venía detrás de mí y me pillaba desprevenido —dijo Will—. Cuando me di la vuelta, ya estaba flotando en el agua.

—¿Qué veneno pone las uñas y los labios así de azules? —preguntó Faith.

Sara tenía algunas ideas al respecto, pero no quería plantearlas estando a diez metros de distancia del cadáver.

—Solo toxicología puede confirmarlo, pero puedo daros algunas alternativas cuando lo vea de cerca.

—Vamos nosotros para allá —dijo Will—. Tenemos que pasarlo a la otra orilla. Hay una pasarela de piedra un poco más arriba, en la minicascada. ¿Podéis apañároslas sin mí?

No esperó a que Kevin o Faith contestasen. Saltó de nuevo al agua para cruzar el riachuelo. No parecía preocuparle la corriente. Subió por el talud y se plantó delante de Sara con cara de resignación.

Ella le dio su iPhone y sus auriculares y le preguntó:

—¿Qué tal está el agua?

—Fría.

Sara se preguntó si su respuesta iba con segundas.

—Mi amor, no voy a sermonearte por haber intentado salvarle la vida a un hombre.

Él la miró con curiosidad.

—¿No estás enfadada?

—Estaba preocupada —contestó, pero no le dijo que se le había parado el corazón al oír a Faith llamándolo aterrorizada. Casi no había podido respirar hasta comprobar que estaba bien—. Tendría que cambiarte el vendaje de la mano. Está empapado.

Will se miró la mano.

—Aunque no te lo creas, me ha salvado la vida.

Sara no sabía si quería conocer los detalles en ese momento.

—¿Cuánta agua has tragado?

—Entre poca y mucha, pero la he expulsado toda.

—Hay riesgo leve de embolia pulmonar. —Le retiró de la cara el pelo mojado—. Quiero que me avises inmediatamente si notas que te cuesta respirar.

—Es difícil saberlo. A veces, miro a mi mujer y me quedo sin aliento.

Sara sintió que se le dibujaba una sonrisa en los labios, aunque era consciente de que había cosas más importantes que requerían su atención. Faith y Kevin ya estaban llevando a Marti hacia el vado del río.

Echó a andar por la orilla.

—¿Te ha contado Faith lo del cuchillo? —le preguntó a Will.

Él negó con la cabeza.

—Mango de plástico rojo. Un cuchillo de carne, supongo. El color rojo no es muy común. Por lo general, incluso si el mango es de plástico, imita el veteado de la madera.

—Amanda tendrá pronto la orden de registro. Quiero poner este sitio patas arriba. Espero que el mango no esté en el fondo del lago.

—¿Tienes idea de si Mercy sabía que estaba embarazada?

Will volvió a negar con la cabeza.

—Y no hay a quien preguntárselo. Ella no confiaba en nadie aquí arriba.

—No me extraña. —Sara empezó a pensar en los próximos pasos que debían dar—. Estando la carretera inundada, tenemos que encontrar un sitio donde guardar el cadáver hasta que Nadine pueda trasladarlo.

—Hay un arcón congelador detrás de la cocina. No está muy lleno. Tienen otra nevera dentro, seguramente podrán trasladar las cosas allí. —Will se había puesto la mano sobre el corazón. Evidentemente, el agua fría y la adrenalina habían dejado de amortiguar el dolor—. Eso me recuerda que le dije a Frank que le echarías un vistazo a Monica.

—Ya la he visto. Le he dado suero para que se hidrate, pero me quedaría más tranquila si estuviera cerca de un centro médico. Tendrá que volver a beber o empezará a tener síndrome de abstinencia. Por los síntomas que presenta, anoche estuvo al borde de la intoxicación etílica aguda.

—Frank me dijo que le extrañaba que se hubiera puesto tan mal con lo que bebió.

—No sé si Frank es muy de fiar. Me ha dicho que te había mentido.

Will se detuvo.

—Anoche, Monica pidió por escrito otra botella de alcohol. Frank salió al porche para dejarle la nota a Mercy, pero, en vez de hacerlo, se la guardó en el bolsillo.

—Y luego me dijo que Mercy se la había llevado, y a partir de ese dato hemos establecido la cronología que estamos manejando. —Will pareció molesto, como era lógico—. ¿Por qué narices mintió sobre eso?

—Seguramente miente mucho para ocultar el alcoholismo de su mujer. Paul dijo que vio a Mercy sobre las diez y media —le recordó Sara.

—Me fío de Paul menos que de Frank. —Will miró su reloj—. La comida ya ha terminado. Quizá tú puedas hablar con Drew y Keisha. Amanda ha comprobado los antecedentes de todos los huéspedes. A Drew lo denunciaron por agresión hace doce años.

Sara sintió que entreabría los labios, sorprendida.

—A mí también me ha sorprendido, pero puede que esté relacionado con lo que le dijo a Pizca, eso de que se olvidara de ese otro asunto.

—¿Qué asunto? —preguntó Faith.

Habían llegado a la minicascada. Faith estaba cruzando la pasarela de piedra con los brazos extendidos para mantener el equilibrio. Will la esperó al borde del agua. Sara no prestó atención a su conversación. Ninguno de los dos parecía interesado en ayudar a Kevin. Sara pensó en echarle una mano, pero él ya estaba cruzando el riachuelo con Marti cargado al hombro. Will también lo observaba, con más envidia que preocupación. Le habría gustado ser capaz de cargar noventa kilos al hombro mientras cruzaba aquel vado, que era prácticamente una carrera de obstáculos.

—¿Es posible que Monica también haya sido envenenada? —preguntó Faith.

Sara se dio cuenta de que la pregunta iba dirigida a ella.

—Si es así, el veneno sería distinto y se habría administrado por otra vía. Puedo pedirle permiso a Monica para extraerle sangre, pero habrá que…

—Esperar a los resultados de toxicología —concluyó Faith—. ¿Y un suicidio?

—¿Te refieres a Marti? —Sara se encogió de hombros—. A menos que haya dejado una nota, no lo sé.

—Excepto por los sudores, no se comportaba como si se sintiera culpable —dijo Will—. Parecía muy convencido de que Dave era el asesino.

—Yo también estaría convencida sin todas las pruebas que indican lo contrario —afirmó Faith.

—¿Marti no llevaba gafas? —preguntó Sara.

—La corriente es muy fuerte —contestó Will—. Seguramente se las ha llevado el río.

—Gracias, chicos. —Kevin había logrado cruzar el riachuelo. Hincó una rodilla en tierra, tiró a Marti al suelo y se sentó para recuperar el aliento.

—Procurad no pisar esta zona de la orilla. —Sara indicó el punto donde creía que Marti había entrado en el arroyo—. Hay que embolsar el bichero y la botella de agua y hacer un inventario de todo lo que lleve en los bolsillos.

—Voy por el material. —Kevin se levantó—. Necesito beber agua, de todos modos.

—Asegúrate de que sea de una botella sellada. —Faith había encontrado su bolso en el suelo. Sacó su kit para diabéticos—. ¿Podéis empezar sin mí? Tengo que pincharme la insulina.

Sara miró a Will mientras Faith se alejaba unos metros por el sendero y se sentaba en un tronco caído. Faith era muy buena en su oficio, pero seguía incomodándola estar cerca de un cadáver.

—¿Listo? —le preguntó Sara a Will.

Él se sacó el teléfono del bolsillo.

—El arroyo estaba desbordado cuando llegué. Deberíamos grabar la zona por la que entró Marti en el agua antes de que desaparezca.

—Vale. —Sara esperó a que empezara a grabar, luego dijo en voz alta la fecha, la hora y el lugar—. Soy la doctora Sara Linton. Se encuentran conmigo los agentes especiales Faith Mitchell y Will Trent. Este vídeo es para documentar el lugar en el que creemos que la víctima, Bryce Weller, también llamado Marti, accedió al arroyo de la Viuda Perdida y falleció.

Esperó a que Will grabara despacio la zona, empezando por el arranque del sendero y haciendo un amplio barrido de la orilla del arroyo. Aprovechó esos momentos para elaborar una teoría sobre lo ocurrido. Había tres pares de huellas de calzado distintas, unas de ellas de unas zapatillas deportivas. Miró las botas de montaña de Marti. Las suelas estaban desgastadas por fuera, por donde torcía los pies. Ya sabía cómo eran las inconfundibles suelas de las HAIX de Will. Los elementos habían jugado en su contra a la hora de preservar el lugar donde había sido asesinada Mercy. Aquí, en cambio, el barro les había hecho un favor. Era como si los últimos momentos de Marti estuvieran grabados en piedra.

—De acuerdo —dijo Will—. Cuando quieras.

Sara dijo:

—Las suelas de las botas de la víctima coinciden con este dibujo en forma de W que hay impreso en el barro. Aquí puede apreciarse cómo el peso de la víctima se desplazó a los dedos de los pies, de frente al agua. La huella del talón es más superficial que la de la puntera. Estas dos huellas indican el lugar donde la víctima se arrodilló. No son profundas ni tienen forma irregular, lo que indica que fue un movimiento controlado, no una caída repentina. Hay dos huellas de manos a cada lado, aquí y aquí, de modo que al final estaba a gatas.

—Debió de ser muy rápido —comentó Will—. Solo dejé de mirarlo un minuto. No le oí pedir socorro ni toser, ni nada.

—Marti debió de concentrar todas sus energías en mantenerse consciente, no en pedir socorro —comentó Sara—. Mi teoría es que sufrió una brusca bajada de tensión, lo que le hizo caer de rodillas y le obligó a apoyar las manos para mantener el equilibrio. La huella de la mano derecha es más profunda que la de la izquierda. Esta forma ovalada y larga que se aprecia aquí se debe probablemente a que se le dobló el codo derecho, cayó sobre el hombro y, a continuación, se desplomó sobre ese costado. A partir de ahí, calculo que rodó hasta quedar tendido de espaldas al borde de la orilla. La gravedad hizo el resto y acabó cayendo al agua. La corriente lo empujó hacia las rocas.

—Tenía la mano atrapada cuando lo vi. Cuando me metí en el agua, la corriente ya se lo estaba llevando río abajo.

—¿Viste que se retorciera o que hiciera algún gesto voluntario?

—No. Solo flotaba. Tenía los brazos y las piernas extendidos. No oponía resistencia.

—Debía de estar inconsciente o incluso muerto. Puede que me equivoque, pero creo que sus pulmones demostrarán que ha muerto ahogado. —Sara escudriñó el agua. Vio, atrapadas en el lecho del arroyo, un par de gafas que creía conocer—. Son idénticas a las que llevaba Marti.

Will sorteó las huellas y se inclinó sobre el agua con el teléfono en la mano para grabar el lugar donde estaban las gafas.

Sara se volvió hacia el cadáver. Marti estaba bocarriba. La noche anterior apenas lo había mirado. Ahora se fijó en sus rasgos. Era un hombre anodino, pero no del todo carente de atractivo. Tenía el pelo negro y ondulado, largo hasta los hombros, la piel morena y los ojos castaños oscuros.

—Cuando hablaste con él, ¿te fijaste en si tenía las pupilas dilatadas?

Will negó con la cabeza.

—No hay mucha luz aquí abajo, con tantos árboles. Me preocupaba más que agarrara ese garfio y viniera a por mí.

—¿No puedes saberlo tú? —Faith seguía un poco más arriba, en el sendero, manteniendo las distancias, pero aun así los oía claramente—. ¿No seguiría teniéndolas dilatadas?

—El iris es un músculo —respondió Sara—. Y los músculos se relajan al morir.

Faith pareció mareada.

—Tengo unos guantes en el bolso.

Sara los encontró y se los puso mientras Will grababa el cadáver desde la parte superior de la cabeza a las suelas de las botas de montaña. El *flash* estaba encendido. A su luz brillante, Sara comprobó que el tinte azulado no se limitaba a los labios y las uñas. Su cara tenía también un matiz azulado, sobre todo en la zona periocular.

—Enfoca los párpados y las cejas —le pidió a Will.

Esperó a que él terminara para arrodillarse junto al cadáver. Marti llevaba una camiseta de manga corta. No vio marcas de arañazos ni heridas defensivas en los brazos ni el cuello. Le desabrochó la camisa. Tenía el torso y el vientre peludos, pero no presentaba ninguna marca. Observó las uñas. Examinó la cara. Trató de recordar qué aspecto tenía la noche anterior. Aunque, por razones obvias, su atención se había centrado en Will.

—¿Le notaste algo extraño anoche?

Will sacudió la cabeza.

—La verdad es que no me fijé en él durante el cóctel, hasta que agarró del brazo a Mercy y ella le gritó. Luego entramos a cenar y había poca luz. Sinceramente, no recuerdo haber vuelto a mirarle.

—Yo tampoco. —Sara no había tenido mucho tiempo para Marti—. Tenemos que hablar con todos los que estuvieron en la cena. Quiero saber si alguien notó que tuviera la piel azulada anoche, o incluso antes.

—¿Crees que lo estaban envenenando antes de que llegáramos al albergue?

—Es difícil decirlo, sin los recursos adecuados. Antes, cuando estuvo hablando contigo, ¿cuánta agua bebió de la botella?

—Estaba medio llena cuando empezamos a hablar. Se la terminó toda mientras hablábamos. Cerca de dos litros en unos ocho minutos.

—¿No se puede morir de eso? —preguntó Faith—. ¿Por beber mucha agua?

—Es posible, si bebes lo suficiente como para diluir el sodio de la sangre, pero para eso no basta con dos litros de agua. Un hombre de unos noventa kilos necesita unos tres litros de agua al día. Esa botella es de cuatro litros. Beber dos litros de agua tan deprisa puede hacerte vomitar, como mucho.

—Parece que aún queda algo de agua en el fondo de la botella —comentó Will.

Sara quería ver el análisis de su contenido, pero eso llevaría semanas.

—¿Tenía el cinturón desabrochado cuando hablaste con él? —preguntó.

—No. Supuse que se le había soltado en el agua.

Sara retiró el cinturón para captar con la cámara que el botón superior y parte de la cremallera de los pantalones cortos de Marti estaban desabrochados. Se inclinó para oler su ropa.

—¿Cómo estaba al final de la conversación?

—Muy sudoroso —contestó Will—. Y muy ansioso por que me fuera.

—Es posible que le preocupara tener diarrea. Puede que estuviera tratando de bajarse los pantalones cuando se declararon los otros síntomas.

—Eso explicaría por qué no gritó pidiendo ayuda —dijo Faith—. Si te da un apretón, no quieres que nadie lo vea.

—¿Ves alguna herida defensiva? —preguntó Will.

—Ninguna, pero quiero examinarle la espalda. Voy a revisarle los bolsillos delanteros antes de darle la vuelta. —Sara palpó la tela con cuidado por si dentro había algo afilado y a continuación metió los dedos en los bolsillos superior e inferior de los pantalones. Fue describiendo lo que encontraba—: Un tubo de bálsamo labial Carmex. Un bote de quince mililitros de colirio Eads Clear. Una herramienta plegable para manejo del sedal. Una multiherramienta de pesca, también plegable. Un extensible retráctil. Una navaja de bolsillo.

—¿Todo eso es normal para pescar? —preguntó Faith.

—Casi todo. —Sara había pasado mucho tiempo con su padre en el lago. Él llevaba los utensilios en el cinturón, pero cada pescador tenía sus costumbres—. ¿Listos para que le dé la vuelta?

Will retrocedió unos pasos y asintió con la cabeza.

Sara apoyó las manos en el hombro y la cadera de Marti y, empujándolo, lo puso de lado.

Will soltó un gruñido. Se llevó la mano herida a la nariz. Sara lo interpretó como una confirmación del estado de los intestinos de Marti. Se alegró de que Faith no estuviera de cara al viento.

Sara solo pudo respirar por la boca mientras sacaba la cartera de Marti del bolsillo trasero derecho y la abría en el suelo. Era de cuero negro pulido. Sacó una tarjeta Visa, una American Express, un carné de conducir y una tarjeta de una compañía de seguros, todo ello a nombre de Bryce Bradley Weller. No había dinero en efectivo en el compartimento interior, solo un preservativo con el envoltorio dorado descolorido. Magnum XL lubricado y estriado. Sara dio la vuelta a la cartera. Por la marca de desgaste circular, dedujo que el preservativo llevaba bastante tiempo allí guardado. Algo le decía que Marti no usaba uno cada noche y lo reemplazaba.

—El líquido seminal que encontraste en el cadáver de Mercy, ¿podría ser lubricante?

—No. Vi restos de espermatozoides al microscopio. Y ten en cuenta que eso no es prueba de agresión, solo de coito. —Levantó la parte de atrás de la camisa de Marti. No había marcas de arañazos ni signos de traumatismo reciente. El único hallazgo sorprendente era un tatuaje—. Tiene un tatuaje grande en el omóplato izquierdo, de unos diez centímetros por siete. Parece representar un vaso cuadrado de *whisky* con líquido de color ámbar salpicando por el borde. En lugar de hielo, hay un cráneo humano.

—Caray —dijo Faith—. ¿Le gustaba mucho el *whisky*?

—No tengo ni idea. —Sara había evitado deliberadamente mantener cualquier conversación con Marti, aunque fuera una trivial—. ¿Will?

Él se encogió de hombros.

—En toda la noche, solo lo vi beber agua.

—Si yo quisiera envenenarlo —dijo Faith—, le habría puesto el veneno en la botella, eso está claro.

Sara tumbó de espaldas el cadáver, con delicadeza.

—Esos son todos los hallazgos preliminares. Habrá que esperar a la autopsia y el análisis toxicológico para tener una idea más clara de cómo sucedieron las cosas.

Will paró la grabación.

—¿Cuál es tu teoría? —le preguntó a Sara.

Ella le hizo una seña para que la siguiera, alejándose del cadáver. No le gustaba hablar de las víctimas como si fueran problemas que resolver en vez de seres humanos.

Esperó a que Faith se les uniera, entonces dijo:

—Teniendo en cuenta el entorno, primero pensé en algún agente natural, como la atropina o la solanina, que se encuentran en la belladona. No sería la primera vez que lo veo. La solanina es increíblemente venenosa incluso en cantidades pequeñas. Por aquí también hay ortiga de caballo, hierba carmín, cerezo negro y laurel cerezo.

—Madre mía, la naturaleza es un peligro —comentó Faith—. ¿Y ahora qué piensas?

—Me extraña ese colirio. Tiene un componente llamado tetrahidrozolina, o THZ, un receptor alfa-1 que se usa para disminuir el enrojecimiento mediante la constricción de los vasos sanguíneos. Por ingestión oral, atraviesa rápido el tracto intestinal y llega al torrente sanguíneo, también al sistema nervioso central. En concentraciones altas, puede causar vómitos, diarrea, bajadas de tensión, disminución del ritmo cardiaco y pérdida de conciencia.

—¿Y se puede comprar sin receta? —preguntó Faith.

—El veneno está en la dosis. Si se trata de THZ, estaríamos hablando de varios botes.

—Toda la basura se lleva arriba —dijo Will—. Podemos buscar botes vacíos en las bolsas, pero habrá que mandar todo lo que encontremos al laboratorio para que lo analicen y tomen las huellas dactilares.

—Espera —pidió Faith—. Hubo un caso parecido en Carolina, ¿verdad? Una mujer que le echaba al marido gotas para los ojos en el agua. Pero tardó un tiempo en morir.

Sara también había leído acerca de ese caso.

—La THZ podría haber contribuido a la muerte de Marti, pero la causa inmediata pudo ser el ahogamiento.

—Habría que descartar el suicidio, probablemente —dijo Will—. No parece algo que uno usaría para suicidarse.

—A no ser que quieras morir de cagalera —añadió Faith—. ¿No hay una película en la que un tío le daba eso a otro para conseguir a la chica?

—*De boda en boda* —contestó Will—. ¿Buscamos a una persona o a dos? ¿Quién tendría motivos para matar a Mercy y también a Marti?

—¿Qué sabemos de Marti? —preguntó Faith—. Que era raro. Que le gustaba el *whisky* hasta el punto de hacerse un tatuaje. Que pescaba. Y que llevaba siempre una botella grande de agua.

—También sabemos que era el mejor amigo de Christopher —añadió Will—. Que estaba obsesionado con Mercy, aunque ella no le correspondía. Y que era un *incel* o casi.

—Llevaba un condón en la cartera, así que no había perdido del todo la esperanza. —Faith dejó escapar un profundo suspiro—. ¿Quién tenía acceso a la botella de agua?

Sara miró a Will.

—¿Todo el mundo?

Will asintió.

—Marti no tuvo especial cuidado con ella en la terraza durante el cóctel. La dejó en la barandilla varias veces y se alejó.

—Pesa mucho para cargar todo el tiempo con ella —comentó Sara—. Cuatro litros de agua son cuatro kilos de peso.

—Emma pesaba casi cuatro kilos cuando nació —dijo Faith—. Era como llevar encima una X-Box.

—O una garrafa de leche —repuso Will.

—O sea que todo el mundo sigue siendo sospechoso —resumió Faith—. Además de cualquiera que tuviera acceso al colirio, que se vende en cualquier farmacia.

—Y es un veneno bastante conocido —añadió Sara.

—Si sacamos a Mercy de la ecuación —dijo Faith—, ¿quién tendría motivos para matar a Marti? Él no tenía nada que ver con la venta de la finca. Si alguien hubiera querido matarlo porque era un pesado y un rarito, podría haberlo hecho hace mucho tiempo.

—Antes de seguirlo hasta aquí —dijo Will—, lo oí hablar de los inversores con Christopher. Estaban detrás de la cocina, en el sendero. Christopher dijo que iba a llegar tarde a una reunión familiar que seguramente tenía que ver con la venta. Marti preguntó si los inversores seguían interesados. Christopher contestó que no lo sabía, pero que quería dejar el negocio. Que nunca le había interesado y que sin Mercy no iba a funcionar. Dijo que la necesitaban.

—Qué raro —comentó Sara—. ¿Se refería al negocio del albergue o a otro negocio?

—Mercy dirigía la finca desde que su padre tuvo el accidente de bici —explicó Faith—. Según Penny, lo estaba haciendo muy bien. Sacaba muchos beneficios y los reinvertía en la finca.

Will no parecía convencido.

—Una de las últimas cosas que Marti le dijo a Christopher fue algo así como: «Tenemos algo bueno entre manos. Mucha gente confía en nosotros».

—¿Es posible que Marti tuviera alguna participación en el albergue? —preguntó Faith—. ¿Como socio en la sombra?

—No parecían estar hablando del albergue —contestó Will.

Miraron hacia el sendero al oír pasos. Kevin había vuelto con bolsas para pruebas y el maletín de recogida.

—El agente multiusos ha vuelto —comentó Faith.

A Kevin no pareció agradarle la broma, seguramente porque había dado en el clavo. Les dijo:

—Me he pasado por el comedor. Le he pedido al cocinero que vacíe el arcón congelador, pero no le he contado por qué.

—¿No lo ha deducido cuando le has dicho que deje hueco para que quepa un hombre?

—Le he dicho que necesitábamos guardar unas pruebas y que no queríamos que se contaminara la comida.

—Vale —dijo Faith, más conciliadora—. Muy inteligente.

—¿Qué hacemos con Marti? —preguntó Kevin—. ¿Se lo decimos a la gente? ¿Lo mantenemos en secreto?

—Tengo que notificarle el fallecimiento a Nadine —respondió Sara—, pero no podrá trasladar el cuerpo hasta que la carretera esté transitable. Confío en que no diga nada.

—El cocinero y los camareros van a vernos meter el cadáver en el congelador —dijo Will—. Pero si se quedan en el comedor y no baja nadie de la casa, nadie más se enterará dentro del recinto.

—Si se mantiene el horario habitual del albergue, los huéspedes no bajarán a tomar el cóctel hasta las seis.

—¿Y lo de que Dave no es el asesino? —preguntó Kevin—. ¿También vamos a guardarlo en secreto?

—Creo que tenemos que hacerlo —dijo Faith—. De todos modos, la familia no nos está pidiendo a gritos el nombre del asesino.

—¿Y qué pasa con Jon? —preguntó Sara—. En algún momento aparecerá. Ahora mismo cree que su padre ha asesinado a su madre. ¿Vamos a dejar que siga creyéndolo?

—Esa es una conversación complicada —dijo Will—. No puedes pedirle que lo mantenga en secreto, y podría dar pistas al verdadero asesino. Todavía tenemos que encontrar el mango del cuchillo desaparecido. Puede que el asesino se descuide si cree que se ha salido con la suya.

—Yo voto por que lo mantengamos todo en secreto —dijo Kevin—, tanto lo de Marti como lo de Dave.

—Estoy de acuerdo —comentaron Will y Faith al unísono, de modo que el voto de Sara dejó de tener importancia.

—Tenemos que trazar un plan —dijo Faith—. Podemos usar una de las cabañas vacías para los interrogatorios, así nadie estará en su terreno. Empezaremos por Monica y Frank, a ver en qué más han mentido. Tenemos que aclarar la cronología. Luego, los chicos de la *app*. Quiero saber por qué mintieron sobre el nombre de Paul Peterson.

—Es Ponticello —dijo Will—. Amanda ha encontrado su certificado de matrimonio. Paul Ponticello está casado con Gordon Wylie.

—¿Qué sentido tiene mentir, si están casados? —preguntó Faith.

—Esa es una de las primeras preguntas de la lista —respondió Will—. No estoy seguro de cómo manejar a Christopher.

—¿Porque fue la última persona que vio a Marti y tenía acceso a la botella de agua? —Faith resopló—. Venga ya. Es el sospechoso número uno.

—¿Cuál es su móvil?

—Ni puta idea. —Faith soltó un largo y profundo suspiro—. Estamos moviéndonos en círculos. Vamos a dejarnos de charla y a ponernos en acción.

—Tienes razón —dijo Will—. Kevin, te ayudo a llevar a Marti al congelador. Echaré un vistazo al montón de las basuras mientras tú acabas aquí abajo. Faith, ve a pedir permiso para usar una cabaña vacía. Si puedes, sondea un poco a Christopher, a ver si pregunta dónde está Marti. Sara, hay otro teléfono satelital en el UTV para que llames a Nadine. Llévalo encima, por si te necesito. Amanda me dijo que llamaría cuando nos mandara la orden, pero de todos modos échale un vistazo al fax. ¿Y puedes ver si Drew y Keisha están dispuestos a hablar?

—Puedo intentarlo. —Le preocupaban más los puntos de la mano de Will. Había traído antibióticos, por si acaso—. He dejado una bolsa con suministros médicos en nuestra cabaña. Quiero cambiarte el vendaje.

—Será mejor esperar a que termine de revisar la basura.

—De acuerdo.

Sara no insistió en el asunto de la infección; no iba a librar esa batalla ahora, y menos delante de otras personas. No le quedó más remedio que empezar a subir de nuevo por el sendero. La conversación con Nadine sería fácil, pero no estaba segura de cómo abordar a Drew y Keisha. Parecían personas muy agradables. Tenían todo el derecho a negarse a contestar a sus preguntas, pero se estaría mintiendo a sí misma si se dijera que la denuncia de Drew por agresión no era una señal de alarma de enormes proporciones. Había estado en el albergue dos veces anteriormente, y quizá la última hubiera sido apenas diez semanas antes.

—Sara... —Estaba claro que Will había hecho los mismos cálculos—. Faith va a acompañarte. Necesita el mapa de la finca.

Sara puso una sonrisa solo para él.

—Puedo traérselo cuando acabe de hablar con Drew y Keisha.

Will también sonrió.

—O Faith puede acompañarte mientras hablas con ellos.

—Hay que joderse. —Faith se echó el bolso al hombro como si fuera un morral y empezó a subir por el sendero.

Sara la adelantó por el camino. Faith solo habló para quejarse del barro, los árboles, la maleza y la naturaleza en general. El sendero era estrecho y costaba avanzar por el barro. En lugar de preocuparse por la mano de Will, Sara se centró en los temas en los que podía ser más eficaz. Quizá Nadine tuviera información sobre Marti. En los pueblos pequeños se desconfiaba de los forasteros. Aparte de eso, un hombre como Marti habría llamado la atención. Seguro que en el pueblo se contaban historias sobre él.

—¡Señor! —exclamó Faith como si rezara cuando por fin llegaron al Sendero del Lazo—. No entiendo por qué estaba Will tan emocionado con este sitio. Estoy cubierta de sudor, barro y mierda de caballo. Un bicho me ha picado en el cuello. Noto todo el cuerpo pegajoso. Y hay pájaros por todas partes.

Sara sabía que Faith odiaba los pájaros.

—Puedo prestarte ropa para que te cambies.

—No sé si lo has notado, pero mi cuerpo es más bien del tipo adolescente fortachón que del tipo supermodelo alta y esbelta como un junco.

Sara se rio. Era alta, pero lo de «esbelta como un junco» era una exageración.

—Seguro que algo encontramos.

Faith refunfuñó en voz baja mientras seguían avanzando por el Lazo.

—¿Has hablado con Amanda?

—Sobre lo que ella quiere hablar, no.

—No sé, tiene razón en que Will mete las narices en todo. Está de luna de miel y acaba metido en una cabaña en llamas y con un cuchillo clavado en la mano, y ahora casi se cae por una cascada.

Sara tuvo que tragar saliva antes de hablar. El de la cascada era un detalle que desconocía.

—No me he casado con él para cambiarlo.

—Que tengáis una relación tan sana puede ser muy irritante a veces.

Sara volvió a reírse.

—¿Qué tal está Jeremy?

—Pues, ya sabes, listo para convertirse en agente del FBI y lanzarse sobre una bomba sucia.

Sara la miró extrañada. En general, era fácil adivinar lo que estaba pensando Faith, sobre todo porque siempre soltaba lo que se le pasaba por la cabeza, pero respecto a sus hijos solía ser muy reservada.

—¿Y?

—Y —contestó— que no sé qué hacer. Hasta ahora, lo más chocante que me había dicho era que los Estados Unidos tiene un millón y medio de toneladas de queso almacenadas en una cueva de Misuri.

Sara sonrió. Le encantaban los datos aleatorios de Jeremy.

—¿Has intentado hablar con él?

—Voy a seguir gritando un poco más, a ver si funciona, luego puede que pruebe a retirarle la palabra. Después estaré un tiempo enfurruñada y lo usaré como excusa para atiborrarme de helado. —Faith se cruzó de brazos mientras miraba al cielo—. Qué raro es esto, ¿verdad?

—¿Te refieres a los pájaros?

—Sí, pero no paro de pensar en la madre de Mercy. La forma en que habla de su hija…

Sara compartía su desagrado.

—No alcanzo a imaginar qué clase de persona hay que ser para odiar a tu propia hija. Qué ser humano tan miserable.

—Los hijos pueden enseñarte cómo eres —dijo Faith—. Con Jeremy, me esforcé mucho por ser perfecta. Quería demostrarles a mis padres que era lo bastante adulta como para cuidar de él sola. Hacía horarios y hojas de cálculo y procuraba tener siempre toda la ropa limpia; luego, una mañana, me di cuenta de que no pasa nada por comerte algo que se te ha caído al suelo, si está más cerca de tu boca que del cubo de la basura.

Sara sonrió. Había visto a su hermana hacerse esos mismos cálculos.

—Emma me está enseñando lo buena madre que es mi madre. Ojalá le hubiera hecho más caso. No es que vaya a empezar a hacerle caso ahora, pero la intención es lo que cuenta. —La sonrisa de Faith no duró mucho—. Mientras hablaba con Pizca, no paraba de pensar que ella no había aprendido nada. Tenía a esa niña preciosa y podría haber hecho del mundo un lugar maravilloso para ella, pero no lo hizo. Y lo que es peor, prefirió a Dave antes que a Mercy y Christopher. Y ahora que Mercy ha muerto, tampoco ha aprendido nada. Se sigue cagando en su propia hija. Ya sé que dije en broma que se comporta como la exnovia psicópata y celosa de Dave, pero es que parece patológico.

—No creo que lo haya hecho mucho mejor con Christopher —observó Sara—. En el cóctel, prácticamente se comportó como si no estuviera allí. Y la vi apartarle la mano de un manotazo cuando fue a alcanzar más pan.

—¿Y Cecil?

—Anoche Mercy me dijo una cosa que no he podido quitarme de la cabeza en todo el día —respondió Sara—. Me preguntó si me había casado con mi padre.

Faith la miró.

—¿Qué le dijiste?

—Que sí. Will se parece mucho a mi padre. Tienen la misma brújula moral.

—Mi padre era un santo. Ningún hombre estará nunca a su altura, así que ¿para qué voy a molestarme? —Faith se encogió de hombros, aunque en realidad no se había dado por vencida—. ¿Por qué te preguntó eso?

—Me estaba diciendo que Dave es como su padre, y es lógico que lo pensara, después de ver sus radiografías. La maltrataron mucho durante su infancia. —Sara se preguntó cuánto le había contado Will a Faith sobre Dave. No quería pasarse de la raya—. Por lo que he oído, Dave tiene dos caras. Puede ser el alma de la fiesta, como Cecil. Y luego está su otra faceta, la que es capaz de maltratar a la madre de su hijo.

—La mayoría de los maltratadores son así. Seducen a sus víctimas, no se muestran tal como son desde el principio. Pero no te olvides de Pizca —dijo Faith—. Es posible que también maltratara a sus hijos.

—No me sorprendería. Aunque sé por experiencia que ese tipo de mujeres obtienen más placer de la tortura psicológica.

—Sé que encontrar a Mercy fue muy duro para Will, pero me alegro de que no estuviera sola cuando murió.

—Estaba angustiada por Jon —dijo Sara—. Le dijo a Will que se asegurara de que el chico sabía que no le guardaba ningún rencor por lo que pasó en la cena. Sus últimas palabras, sus últimos pensamientos, fueron para su hijo.

Faith se frotó los brazos como si tuviera frío.

—A mí me mataría pensar que Jeremy tiene que cargar con esa culpa el resto de su vida.

—Jeremy tiene mucha gente que cuidaría él. Tú te has asegurado de que la tenga.

Estaba claro que Faith no quería emocionarse. Miró sendero arriba.

—Joder, ¿esa es vuestra cabaña?

Sara sintió una punzada de añoranza al ver las preciosas jardineras y la hamaca. Se habían quedado sin su semana perfecta.

—Es bonita, ¿verdad?

—¿Lo dices en serio? —Faith parecía extasiada—. Es como la casa de Bilbo Bolsón.

Sara se quedó atrás y la vio correr hacia las escaleras. Había en el aire un olor dulzón que no lograba identificar.

—¿Hueles eso?

—Seguramente soy yo. No puedes imaginarte lo que salió de ese caballo. —Faith se dio una palmada en el cuello—. Otro mosquito.

Oye, ¿te importa que me dé una ducha rápida? No sabes lo asquerosa que me siento.

—Entra. Hay ropa en la cómoda. Yo te espero aquí. Hace un día demasiado bonito para estar dentro.

Faith no hizo preguntas. Subió corriendo las escaleras.

—¡Faith! —De pronto a Sara le dio un vuelco el corazón—. No abras mi maleta, ¿vale?

Faith le lanzó una mirada y dijo:

—Vale.

Sara la vio entrar. Rezó para que, por una vez, Faith no se pusiera a fisgonear. Will dejaría su trabajo y se mudaría a una isla desierta si su compañera encontraba el enorme consolador rosa que Tessa le había metido en la maleta.

Esperó a que se cerrara la puerta para volverse a contemplar las vistas. Le temblaba el cuerpo de cansancio. Ni ella ni Will habían dormido la noche anterior. Y no por los motivos por los que no suele dormirse en la luna de miel. Respiró hondo. El olor dulzón persistía.

Dejándose llevar por una corazonada, siguió andando por el Sendero del Lazo. A la mayoría de los huéspedes se les habían asignado cabañas próximas a la casa principal, pero recordaba por el mapa que la cabaña número nueve estaba más apartada, entre la suya y el resto del complejo.

Solo había recorrido la parte superior del sendero dos veces, una con Will y Jon y la otra en la oscuridad. Ninguna de las dos veces había visto la novena cabaña. Empezaba a preguntarse si no sería un empeño inútil cuando por fin localizó una senda que subía por otra loma. El olor dulzón se hizo más fuerte a medida que avanzaba. Sara sabía por Jon que aquel olor procedía de un cartucho de Red Zeppelin. Sabía también que él había mentido al decir que solo tenía un vapeador. El que tenía ahora en la boca era de color plata.

Estaba sentado en el balancín del porche, mirando el bosque. Tenía la cara hinchada y los ojos enrojecidos de tanto llorar por la muerte de su madre. Estaba tan sumido en sus pensamientos que no vio a

Sara hasta que apareció en el porche. No se sobresaltó. Se limitó a mirarla. La pesadez de sus párpados y su mirada vidriosa evidenciaban que no solo había fumado Red Zeppelin.

—Bonito sitio para esconderse —comentó ella.

Jon se llevó el vapeador a la boca y aprovechó el gesto para limpiarse rápidamente las lágrimas.

—¿Tienes suficiente comida? —preguntó Sara.

El chico asintió mientras soltaba el humo.

—No voy a decirte que vayas a casa, pero quiero asegurarme de que estás bien.

—Sí, señora, estoy... —Él carraspeó—. Estoy bien.

Sara notó cuánto le había costado decir aquello. Su madre estaba muerta. Hasta donde él sabía, su padre era el asesino. Tenía que sentirse completamente solo.

—¿Has estado en el camino, junto a mi cabaña, hace un momento? —preguntó Sara.

Jon volvió a carraspear.

—En el banco del mirador fue la última vez que... Bueno, no la última vez, pero sí el último sitio...

Sara vio que una lágrima resbalaba por su cara. No iba a acribillarle a preguntas, pero intuía que necesitaba que alguien le escuchara.

—¿Estuviste sentado con tu madre en el banco?

Aquel recuerdo le hizo contraer el gesto en una mueca de dolor.

—Ella quería hablar. Solíamos hablar mucho cuando yo era pequeño. Pensé que iba a echarme la bronca, pero no estaba enfadada. Estaba muy triste.

Sara se apoyó en la barandilla.

—¿Por qué estaba triste?

—Me dijo que había venido la tía Delilah. —Jon dejó el vapeador en el balancín, a su lado—. Y que le preguntara a mi abuelo qué pasaba. Por lo de la venta. Quería que me enterara por el abuelo, no por ella. Pero no porque fuera una cobarde.

Sara sintió una punzada en el corazón al percibir su tono protector.

—Pero yo me enfadé con ella. Después de hablar con mi abuelo, quiero decir. Porque… ¿Por qué quería quedarse aquí? ¿Qué sentido tenía? Podíamos tener una casa en el pueblo y ella podía dedicarse a sus cosas y yo podía… no sé. Hacer amigos. Salir con…

Sara oyó cómo volvía a apagarse su voz.

—Este sitio es precioso. Y lleva generaciones en el seno de tu familia.

—Es aburrido de cojones. —Jon hundió la barbilla en el pecho—. Con perdón.

—Imagino que no hay mucho que hacer aquí arriba.

—Trabajo es lo único que hay. —Jon se limpió la nariz con el bajo de la camiseta—. Por lo menos Pizca empezó a pagarme algo hace unos años. El abuelo nunca nos daba ni un centavo. Ni siquiera tuve teléfono hasta que Pizca me dio uno a escondidas. El abuelo decía que toda la gente con la que tenía que hablar estaba aquí, en la montaña.

Sara vio que empezaba a juguetear con el vapeador, dándole vueltas.

—Cuando estuviste hablando con tu madre en el banco, ¿te dijo algo más?

—Sí, me dio la noche libre. Luego me dijo que le llevara una botella de licor a la señora de la cabaña siete. Solo que se me olvidó.

Sara se preguntó si de verdad se le había olvidado.

—¿Te la bebiste tú?

Supo la verdad por la cara que puso Jon.

—Siento mucho que tu madre haya muerto —añadió—. Parecía buena persona.

Jon clavó los ojos en ella. Sara comprendió que no sabía si se estaba burlando. Evidentemente, no estaba acostumbrado a que la gente alabara a Mercy.

—No pasé mucho tiempo con ella —prosiguió Sara—, pero hablamos un poco. Lo que me quedó claro es que te quería muchísimo. No estaba enfadada por la discusión. Creo que, como cualquier madre, solo quería que fueras feliz.

Jon se aclaró la garganta.

—Le dije cosas horribles.

—Es lo que hacen los hijos. —Sara se encogió de hombros cuando la miró—. Todas esas emociones que sentías anoche son absolutamente normales. Mercy lo entendía. Te prometo que no te reprochaba que te hubieras enfadado con ella. Te quería.

Las lágrimas de Jon volvieron a brotar con fuerza. Se acercó el vapeador a la boca, pero cambió de idea.

—Ella no quería que vapeara.

Sara no iba a sermonearle en ese momento.

—Cuando te sientas preparado, quiero que hables con Will. Tiene que decirte una cosa.

Jon se secó los ojos.

—¿No está enfadado conmigo por llamarlo Basurero?

Sara casi había olvidado aquella conversación.

—En absoluto. Se alegrará mucho de hablar contigo.

—¿Dónde está mi...? —Se le entrecortó la voz—. ¿Dónde está Dave?

—En el hospital. —Sara escogió sus palabras con cuidado. Sabía que no podía decirle la verdad en ese momento, pero tampoco iba a mentirle—. Tu padre está bien, pero resultó herido cuando lo detuvieron.

—Me alegro. Ojalá sufra como la hacía sufrir a ella.

Sara notó su tono de amargura. Jon había apretado el puño en el que sostenía el vapeador.

—Hace tiempo, Dave me dijo que seguramente acabaría muriendo en la cárcel. Quería que me compadeciera de él, pero supongo que tenía razón. Al final tenía que pasar.

—Vamos a hablar de otra cosa —dijo Sara, tanto por su propio bien como por el de Jon—. ¿Tienes alguna pregunta sobre lo que va a pasar ahora con tu madre?

—El abuelo dijo que íbamos a incinerarla, pero... —Empezó a temblarle el labio. Volvió la cabeza hacia el bosque—. ¿Cómo es eso?

—¿La incineración? —Sara se pensó la respuesta. Nunca hablaba a los niños con condescendencia, pero Jon estaba en una situación muy delicada—. Tu madre está siendo trasladada a la sede del GBI.

Una vez terminada la autopsia, la llevarán a un crematorio. Hay una cámara diseñada con ese propósito en la que, mediante el calor y la evaporación, el cuerpo queda reducido a cenizas.

—¿Como un horno?

—Más bien como una pira funeraria. ¿Sabes lo que es eso?

—Sí, señora. Pizca me dejaba ver *Vikingos* en su iPad. —Jon se inclinó hacia delante y apoyó los codos en las rodillas—. No hace falta hacer la autopsia si ya se sabe quién lo hizo, ¿verdad?

—Aun así hay que hacerla. Forma parte del procedimiento. Tenemos que reunir pruebas para esclarecer la manera en que murió.

Jon pareció sorprendido.

—¿No fue porque la apuñalaron?

—En última instancia, sí. —Sara prefirió no explicarle la diferencia entre causa, manera y mecanismo de la muerte—. Recuerda lo que te he dicho. Esto forma parte de un procedimiento legal. Hay que documentarlo todo. Hay que recoger pruebas y catalogarlas. Es un proceso largo. Puedo explicártelo con detalle, si quieres. Aún estamos muy al principio.

—Pero si mi padre confiesa que la asesinó, ¿entonces no tendréis que hacer nada de eso?

Sara empezó a sentirse culpable por ocultarle que Dave era inocente. Aun así, se mantuvo estrictamente fiel a la verdad.

—Jon, lo siento. No es así como funciona. Hay que hacer la autopsia.

—No digas que lo sientes. —Había empezado a llorar en serio—. ¿Y si yo no quiero? Soy su hijo. Diles que no quiero.

—Es obligatorio, por ley.

—¿Lo dices en serio? —gritó—. ¿La han matado a puñaladas y ahora van a cortarla otra vez?

—Jon…

—¿Te parece justo? —Se levantó del balancín—. Has dicho que te caía bien, pero eres igual que los demás. ¿Es que no le han hecho ya bastante daño?

No esperó respuesta. Entró en la cabaña y cerró de un portazo.

Sara sintió el impulso de seguirle. Tenía derecho a saber lo de Dave. Pero también era un chaval de dieciséis años que estaba enfadado y sufría. Con el tiempo, saber quién era el responsable de la muerte de su madre le daría cierta paz. Por ahora, ella solo podía asegurarse de las cosas mínimas, de que tenía refugio, comida y agua, y estaba a salvo. Todo lo demás escapaba a su control.

En lugar de volver a su cabaña, decidió ir a buscar el teléfono al UTV. Tenía el deber de informar de la muerte de Marti a Nadine. Esa tarea, al menos, podía cumplirla. Procuró olvidarse del dolor de Jon. Repasó mentalmente los datos de la escena del crimen para que su informe fuera sucinto. Analizar el contenido de la botella de agua era fundamental. El móvil también sería un factor importante en la instrucción del caso. Si su teoría era correcta, el colirio figuraría como causa de la muerte, pero el mecanismo sería el ahogamiento, y la manera, el homicidio. Los atenuantes los decidiría el jurado.

Respiró hondo para despejarse los pulmones. La cabaña seis apareció ante su vista. Un trecho más allá se encontró dentro del complejo, delante de las otras cabañas. Al principio, cuando había llegado con Will, aquel claro le había parecido idílico, casi como una estampa sacada de un libro de cuentos. Ahora sintió un gran peso sobre los hombros al acercarse a la casa principal. Cecil estaba sentado en el porche, con Pizca a su lado. Tenían cara de enfado. Con razón Jon no quería volver a casa.

—¿Sara? —Keisha estaba de pie en la puerta abierta de su cabaña. Tenía los brazos cruzados—. ¿Sé puede saber qué está pasando? Tienes que sacarnos de esta montaña.

Sara se acercó, intentando controlar su aprensión. Drew era un sospechoso probable. Tenía que mantener la mentira un poco más.

—Siento no poder ayudaros. Lo haría si pudiera.

—Allí hay dos vehículos todoterreno de cuatro plazas cada uno. Podríais prestarnos uno. Monica y Frank pueden venir con nosotros. Ellos también quieren irse.

—Eso no es decisión mía.

—¿Y de quién es, entonces? —preguntó Keisha—. Nos da miedo salir de excursión, por los deslizamientos de tierra. A saber cómo estará el camino. No podemos llamar a un Uber. No hay internet ni teléfono. Estamos atrapados aquí arriba.

—Técnicamente, no. Podéis iros cuando queráis. Solo estáis optando por no iros por motivos legítimos.

—Madre mía, ¿siempre has hablado como si estuvieras casada con un policía o es solo que yo acabo de darme cuenta?

Sara respiró hondo.

—Soy forense de la Oficina de Investigación de Georgia.

Keisha pareció sorprendida y luego impresionada.

—¿En serio?

—En serio. ¿Puedes decirme algo sobre la familia de Mercy?

Keisha entornó los ojos.

—¿Como qué?

—Esta es la tercera vez que vienes. Drew y tú conocéis a los McAlpine mejor que nosotros. Han reaccionado con mucha reserva a la muerte de Mercy.

Keisha cruzó los brazos y se apoyó en la jamba de la puerta.

—¿Por qué tendría que confiar en ti?

Sara se encogió de hombros.

—No tienes por qué hacerlo, pero creo que apreciabas a Mercy. La causa contra su asesino tiene que ser muy sólida. Mercy merece justicia.

—A quien no se merecía era a Dave, desde luego.

Sara se tragó su sentimiento de culpa. Había perdido la votación y, además, no era agente del GBI. Resolver el caso no era tarea suya.

—¿Conoces bien a Dave?

—Lo suficiente para despreciarlo. Me recuerda a mi exmarido, que era un vago de mierda. —Keisha posó la mirada en la casa principal. Pizca y Cecil las estaban observando, pero desde esa distancia no podía oír su conversación—. La familia siempre ha sido muy reservada, pero tienes razón. Todos actúan de manera extraña. Los McAlpine tienen muchos secretos. Imagino que no quieren que salgan a la luz.

—¿Secretos sobre qué?

Keisha volvió a entornar los ojos.

—Si eres forense... ¿Significa eso que también eres policía? No sé cómo funciona.

Sara optó de nuevo por decir la verdad.

—Puedo testificar sobre cualquier cosa que me digas.

Keisha soltó un gruñido.

—Drew no quiere que me meta en esto.

—¿Dónde está?

—Ha ido a buscar a Christopez a la caseta del material para que nos arregle el puñetero váter. Funciona mal desde que llegamos, y Drew no distingue entre un grifo y su propio trasero.

—¿Qué le pasa al váter?

—Hace un ruido como de goteo.

Sara vio una manera de ganarse de nuevo su confianza.

—Mi padre es fontanero. Yo le ayudaba todos los veranos. ¿Quieres que le eche un vistazo?

Keisha volvió a mirar a la casa y luego fijó los ojos en Sara.

—Drew dice que la policía no puede registrar nada sin una orden judicial.

—Eso no es del todo cierto. Los McAlpine son los propietarios de la finca. Ellos pueden dar permiso, en última instancia. Y, si veo tirado en tu casa algo que parezca un arma homicida, evidentemente se lo diré a Will.

—Evidentemente. —Keisha se lo pensó un segundo. Luego dejó escapar un gruñido y abrió la puerta—. No puedo estar encerrada aquí con ese ruido de goteo. Perdona el desorden.

Sara dedujo que se refería a los dos vasos y el paquete de galletas a medio comer que había sobre la mesa baja. La cabaña tres era más pequeña que la diez, pero el mobiliario era muy parecido. Las puertas cristaleras del salón ofrecían unas vistas espectaculares. Sara miró por la puerta abierta del dormitorio. La cama estaba hecha, a diferencia de la suya, como sin duda vería Faith. Había dos maletas esperando junto a la puerta principal. Las mochilas, hechas a toda prisa, parecían atiborradas. Comprobó con alivio que no había botes vacíos de colirio en el cubo de la basura.

—Por aquí. —Keisha la llevó al cuarto de baño. Había dos juegos de artículos de tocador alineados junto al lavabo, pero ningún colirio—. ¿Has tomado alcohol aquí arriba?

—No. —Sara se moría de ganas de probarlo después de las últimas doce horas, pero aun así contestó—: Will y yo no bebemos.

—Mejor. Monica ha pasado muy mala noche. —Keisha bajó la voz a pesar de que estaban solas—. Vi a Mercy hablando con la camarera. Estoy segura de que le aguaron la bebida. Eso es peligroso. Si alguien se pone enfermo de verdad aquí arriba, hay que trasladarlo en helicóptero a Atlanta, y el seguro no paga si el que sirve eres tú.

Sara supuso que estaba informada sobre los seguros de responsabilidad civil por su negocio de *catering*.

—¿Oíste algo anoche? ¿Un ruido o un grito?

—No oí ni el maldito goteo del váter. —Keisha parecía exasperada—. Se suponía que esto iba a ser una escapada romántica, pero estamos en esa fase tan sexi de nuestro matrimonio en la que yo duermo con el ventilador encendido para no oír la máquina CPAP de Drew.

Sara se rio, intentando mantener el tono ligero de la conversación.

—¿Cuándo fue la última vez que vinisteis?

—Cuando estaban empezando a salir las hojas. Creo que fue hace dos meses y medio, más o menos. Esto está precioso en esa época del año. Está todo en flor. Me da mucha pena que no vayamos a volver.

—A mí también. —Sara no pudo evitar hacer cuentas. Las fechas coincidían con el embarazo de Mercy—. ¿Habéis pasado tiempo con Mercy?

—Ese último viaje, no mucho, porque esto estaba lleno, pero la primera vez que vinimos nos tomamos una copa con ella después de la cena, puede que tres o cuatro veces. Ella solo bebía agua con gas, pero era muy divertida cuando no estaba agobiada por el trabajo. Yo sé lo que es eso. Cuando te dedicas a la hostelería, la gente siempre te está exigiendo cosas. Siempre hay mil cosas de las que ocuparse.

Mercy lo entendía muy bien. Con nosotros se soltaba la melena. Me alegro de haberle podido ofrecer eso.

—Seguro que ella lo valoraba —dijo Sara—. No me puedo imaginar lo solitario que debe de ser esto.

—¿Verdad? Solo tenía a su hermano y al rarito de su amigo. Marti Marciano, lo llama Drew.

—¿Notaste que hubiera algo entre Mercy y él?

—Solo lo que viste anoche —dijo Keisha—. Marti estaba aquí la primera vez que vinimos. Supongo que la segunda vez todas las cabañas estaban ocupadas y durmió en la casa. A Cecil no le hacía ninguna gracia, creo yo. Ni a Mercy tampoco, ahora que lo pienso. Dijo algo así como que tendría que atrancar su puerta con una silla.

—Qué raro.

—Ahora sí lo parece, pero ya sabes cómo se bromea con esas cosas.

Sara lo sabía, en efecto. Muchas mujeres usaban el humor negro como talismán para restar importancia al miedo a las agresiones sexuales.

—¿Por qué a Cecil no le cae bien Marti?

—Tendrías que preguntárselo a él, pero no creo que sea por un solo motivo —dijo Keisha—. Si te soy sincera, Cecil no es de medias tintas. O te ama o te odia. No hay término medio. No me gustaría nada que la tomara conmigo. Es un hombre duro.

—¿Alguna vez has tenido oportunidad de hablar con Marti?

—¿Y de qué iba a hablar con él?

Sara había sentido lo mismo.

—¿Y con Christopher?

—Es muy agradable, aunque cueste creerlo. Cuando supera su timidez, tiene muy buen carácter. Para tomar una copa, no, pero como guía es un hacha. A ese chico le encanta pescar. Te lo cuenta todo sobre los ríos, los peces, los aparejos, la ciencia, el ecosistema… Yo me aburro como una ostra, pero a Drew le encantan esas cosas. Le viene bien salir de sí mismo de vez en cuando. Por eso me da tanta pena que tengamos que prescindir de este sitio. Dudo que puedan mantenerlo sin Mercy.

—¿Christopher no puede llevar el negocio?

—¿Has visto la caseta donde guarda el material? —Esperó a que Sara asintiera—. Drew la llama el Pez-Palacio. Todo perfectamente ordenado y en su sitio, y eso está muy bien, porque así Pez es feliz, pero no puedes dirigir un negocio de esa manera, a no ser que seas el único empleado. La gente es impredecible. Quiere ir a lo suyo. Las cosas se descontrolan de un momento a otro. Tienes que hacer malabarismos con unas cosas y otras, te angustias pensando en si vas a poder pagar las nóminas, tienes que lidiar con clientes que no paran de hacerte exigencias, y luego, encima, se te avería la furgoneta o el retrete empieza a gotear. O aguantas el tirón o lo dejas.

Sara conocía bien esa presión. Había tenido una consulta de pediatría en su vida anterior.

—Voy a contarte una cosa. Una vez, Drew fue a la caseta del material a dejar una caña de pescar en el estante, por ayudar y ser amable, ¿sabes? Y Christopez entró corriendo, muy alterado, porque quería comprobar que la había colocado correctamente. —Sacudió la cabeza al recordarlo—. El único negocio para el que sirve Christopher es para salir a pescar por la mañana y beber *whisky* por la noche.

Sara se acordó del tatuaje de Marti.

—¿Le gusta el *whisky*?

—No sé lo que les gusta, ni me importa. En cuanto salgamos de esta montaña, no pienso volver a acordarme de ellos.

A Sara le pareció interesante que, aunque la pregunta se refería a Christopher, Keisha hubiera incluido también a Marti.

—¿Qué le pasa al váter? —preguntó Keisha—. ¿Has descubierto ya por qué gotea?

Sara había descubierto que Keisha sabía más de lo que aparentaba.

—Seguramente será la junta de goma de la válvula de descarga. Con el tiempo la goma se desgasta y deja pasar el agua. Si no tienen una de repuesto, podríais cambiaros a alguna cabaña que esté vacía.

—Ya le dije a Drew que deberíamos cambiarnos a otra, pero no me hizo caso. Dijo que íbamos a quedarnos aquí, en la misma cabaña de siempre. Ya sabes cómo son los hombres.

—Sí, lo sé. —Sara levantó la tapa de la cisterna. De pronto se sintió como si le dieran una patada en la garganta. Tenía razón sobre la causa del goteo, pero se equivocaba al suponer que la junta estaba desgastada.

Un trozo de metal dentado impedía que la junta quedara bien sellada. Estaba unido a un trozo de plástico rojo de unos diez centímetros de largo y aproximadamente medio centímetro de grosor.

Había encontrado el mango del cuchillo roto.

17

Will observó cómo el papel térmico salía centímetro a centímetro del fax portátil, como un caracol pasando por una máquina de hacer pasta. Por fin había llegado la orden de registro.

—Vale. —Se acercó el teléfono por satélite a la oreja y le dijo a Amanda—: Se está imprimiendo.

—Bien. Quiero que le des carpetazo a este asunto en menos de una hora.

Will se habría reído si no fuera porque Amanda podía hacer de su vida laboral un infierno.

—Faith todavía está con Sara, pero volverán pronto. Le he pedido a Penny, la limpiadora, que prepare la cabaña cuatro para que hagamos los interrogatorios. Kevin está guardando el cuerpo en el congelador. El personal de cocina seguramente ha visto lo que hacíamos, pero están muy atareados preparando comida. Creo que podremos mantener la muerte de Marti en secreto al menos hasta la hora de la cena.

—Sigo intentando localizar el expediente de la denuncia por agresión de Drew Conklin —dijo Amanda—. ¿Qué me dices de la familia?

—Ya les llegará su turno. —Will echó a andar hacia el montón de leña. Quería inspeccionarlo a la luz del día—. He procurado evitar a los padres hasta que llegara la orden. No sé dónde está Christopher.

Enviaré a Kevin a buscarlo en cuanto regrese. Jon sigue desaparecido. Creo que Sara volverá a salir a buscarlo. El Subaru de la tía está en el aparcamiento, así que debe de estar en la casa.

—La tía sabe algo más.

—Estoy de acuerdo. —Will se paró delante de la enorme pila de leña. Había allí roble suficiente para pasar el invierno—. Eché un vistazo a la cabaña de Marti. Está hecha un desastre, pero no había nada interesante. No encontré ropa ensangrentada ni ningún cuchillo roto. Ni siquiera un colirio. Pero no me sorprende. Estuve en todas las cabañas después del asesinato de Mercy, buscando a Dave. Si no vi nada entonces, dudo que vaya a encontrar algo ahora.

—¿Te sorprendería saber que el señor Weller tiene doscientos mil dólares en una cuenta del mercado monetario?

—Santo Dios. —Él había tenido que echar mano de su reserva de emergencia para pagar la luna de miel—. Entendería hasta cierto punto que Christopher tuviera algo de dinero ahorrado. No tiene que pagar facturas. Pero ¿Marti?… ¿Cuál es su historia?

—Muy parecida a la de Christopher. Acabó de pagar sus préstamos estudiantiles hace un año, casi la misma semana que Christopher. Tiene licencia de pesca, carné de conducir y dos tarjetas de crédito cuyas cuotas paga puntualmente. No he podido localizar a ningún pariente cercano. Y como en el caso de Christopher, parece haberse hecho con una suma importante de dinero recientemente. Me he remontado diez años atrás. Hasta hace un año, los dos estaban endeudados hasta el cuello.

—Necesitamos ver sus declaraciones de impuestos.

—Dame un motivo y te daré una citación.

—¿Bolsa de valores? ¿Un premio de la lotería?

—Ya lo he mirado y no.

—La procedencia del dinero tiene que ser legal. No lo meterían en el banco si no hubieran pagado los correspondientes impuestos. —Will pasó por delante de los montones de madera. Uno parecía distinto de los demás—. ¿A qué se dedicaba Marti?

—No he encontrado ninguna referencia. Por sus redes sociales, parece que se pasaba la vida en clubes de estriptis, pagando bailes eróticos.

Will sujetó el teléfono con el hombro para dejar la mano libre.

—¿No figura ningún empleo en ninguna parte?

—No, nada. Tiene un piso alquilado en Buckhead. Vamos a ejecutar una orden de registro. Puede que allí encontremos información sobre algún pariente cercano o papeles relacionados con su vida laboral.

—Buscad colirio Eads Clear.

—El asesino pudo usar otra marca. Lo he dejado abierto en la orden de registro.

—Perfecto. —Will recogió un trozo de castaño. El grano era muy prieto. Una madera muy cara para quemarla—. Ya he registrado todas las bolsas de basura. No he encontrado nada.

—¿Cómo te las has arreglado con una mano?

Will se había sentido como un niño pequeño al pedirle a Kevin que lo ayudara a ponerse el guante.

—Me las he arreglado.

—¿Cuántos botes de colirio estás buscando?

—No lo sé. —Will pasó los dedos por un trozo de arce con vetas onduladas. Otra madera cara—. Tengo que hablar con Sara, pero creo recordar un caso en el que un tipo usaba colirios como droga para violar a mujeres con las que se citaba.

—Si el señor Weller los usaba con mujeres, ¿por qué iba a usarlos consigo mismo?

—Ahora mismo no tengo respuesta para eso. —Will golpeó un trozo de acacia. Estaba reblandecida y húmeda por la intemperie. No era el tipo de leña que convenía echar a la chimenea—. ¿Sabes algo de madera?

—Más de lo que me gustaría. Hace tiempo trabajé en un caso de agresión sexual en el que el imputado era carpintero.

Will no pidió detalles.

—Me da la sensación de que Christopher y Marti tenían un negocio paralelo. Mercy era importante para que la operación funcionara.

La tía me dijo que Christopher y Marti estaban rondando por el montón de leña cuando ella llegó.

—Averigua por qué —ordenó Amanda—. El tiempo vuela.

Se cortó la llamada. Will tenía que reconocerlo: Amanda sabía zanjar una conversación.

Se enganchó el teléfono a la parte de atrás de los pantalones. Se agachó frente a la leña apilada. Todo era roble, menos esa parte. ¿Por qué almacenaban madera cara a la intemperie? ¿Con qué clase de negocio podían ganar doscientos mil dólares Christopher y Marti? ¿Y por qué no le daban una parte a Mercy?

—Will… —La voz de Sara sonaba tensa.

Se levantó. Faith no estaba a la vista.

—¿Qué pasa?

—He encontrado el mango del cuchillo en la cisterna del váter de Keisha y Drew.

Will se quedó mirándola.

—¿Qué?

—Keisha me dijo que su váter perdía agua, así que miré y…

—¿Sabe ella que lo has visto?

—No. He vuelto a poner la tapa de la cisterna y le he dicho que hablara con Christopher.

—¿Dónde está Drew?

—Ha ido a la caseta del material a buscar a Christopher.

—¿Lo has visto? ¿Dónde coño estaba Faith? —Lo único que se le ocurría hacer era interponerse físicamente entre Sara y la cabaña de Drew—. ¿Qué hacías entrando ahí sola?

—Will, mírame. Estoy bien. Podemos hablar de eso más tarde.

—¡Joder! —Will agarró el teléfono. Pulsó el botón del *walkie*—. Faith, ¿vienes?

Se oyó un chisporroteo, luego Faith dijo:

—Estoy yendo hacia la casa principal. ¿Dónde está Sara?

—Conmigo. Date prisa. —Volvió a pulsar el botón—. Kevin, ¿vienes?

—Estoy aquí mismo. —Kevin caminaba hacia ellos. Estaba

cubierto de barro y suciedad, de subir el cuerpo de Marti por el sendero—. ¿Qué pasa?

—Necesito que localices a Drew. Se supone que está en la caseta del material con Christopher. Vigílalo. No te acerques. Puede que esté armado.

—Entendido. —Kevin se puso en marcha a paso ligero.

—Will —dijo Sara—, Keisha me ha dicho que la última vez que estuvieron aquí fue hace dos meses y medio.

Él no necesitó que le recordara a qué se refería.

—Más o menos cuando Mercy se quedó embarazada.

—¿Qué pasa? —Faith se había cruzado con Kevin mientras iba hacia allí. Llevaba su Glock y unos pantalones negros holgados—. Sara, ¿dónde te habías metido? Quería ver el mapa.

—Tenemos que asegurar la cabaña tres —le dijo Will—. El mango del cuchillo roto está dentro de la cisterna de Keisha y Drew.

Faith no hizo preguntas. Echó a correr hacia la cabaña, con la Glock junto al costado.

Will la alcanzó.

—Hay unas puertas cristaleras en la parte de atrás.

—De acuerdo. —Faith se alejó a toda prisa.

Will escudriñó la zona, comprobando puertas y ventanas para asegurarse de que nadie los pillaba desprevenidos. Sabía que la puerta delantera no estaba cerrada con llave. Entró sin llamar.

—¡Joder! —Keisha saltó del sofá—. Will, ¿qué cojones…?

Fue la misma reacción que había tenido antes, pero esta vez Will sabía exactamente lo que estaba buscando.

—Quédate aquí.

—¿Cómo que me quede aquí? —Keisha trató de seguirlo a la parte de atrás, pero Faith la detuvo—. ¿Quién coño es usted?

—Soy la agente especial Faith Mitchell.

Will se sacó un guante del bolsillo mientras se acercaba al váter. Usó el nitrilo como barrera entre sus dedos y la porcelana al retirar la tapa de la cisterna.

El mango del cuchillo roto estaba donde había dicho Sara. Una fina lámina de metal impedía que la arandela de sellado cumpliera su función. Lo cual era ilógico. Si Drew había metido el mango en la cisterna, ¿por qué había ido a buscar Christopher para que arreglara la fuga?

¿O acaso le preocupaba que registraran las cabañas y había manipulado hábilmente la cisterna para que pareciera que no era él quien había escondido el mango del cuchillo? Will no estaba seguro de nada, salvo de que al asesino le gustaba el agua. A Mercy la había dejado en el lago. Marti había muerto en el riachuelo.

—¡Will! —gritó Keisha—. Dime qué coño está pasando.

Él dejó con cuidado la tapa de la cisterna sobre la alfombrilla, junto a la bañera. Cuando volvió al cuarto de estar, Faith estaba bloqueando físicamente a Keisha. Le dijo:

—Asegura las pruebas.

—¿Qué pruebas? —preguntó Keisha—. ¿A qué viene esto?

—Necesito que vengas conmigo a la cabaña de al lado.

—No voy a ir a ninguna parte. ¿Dónde está mi marido?

—Keisha, o vienes conmigo voluntariamente o te llevo a la fuerza.

Ella palideció.

—No voy a hablar contigo.

—Lo entiendo, pero necesito que vayas a la otra cabaña para que registremos vuestras cosas.

Keisha tenía los dientes apretados. Parecía enfadada y aterrorizada, pero afortunadamente salió al porche.

Sara estaba esperando en medio de la explanada. Will sabía por qué estaba allí. Quería enfrentarse a Keisha, darle la oportunidad de gritarle a ella, a la persona que había causado aquello. Pero a Will no le importaba que Keisha se sintiera traicionada. Quería a Sara fuera de aquella montaña lo antes posible.

—Por aquí. —Condujo a Keisha hacia la cabaña cuatro. Ella miró a Sara antes de subir las escaleras. Abrió la puerta. La cabaña cuatro era idéntica a la tres. La misma distribución. Los mismos muebles. Las mismas puertas y ventanas—. Siéntate en el sofá, por favor.

Keisha se sentó con las manos entre las rodillas. Su ira se había disipado. Estaba visiblemente conmocionada.

—¿Dónde está Drew?

—Mi compañero lo está buscando.

—No ha hecho nada, ¿vale? Está cooperando. Los dos estamos cooperando y obedeciendo órdenes. Estamos cumpliendo con nuestro deber. ¿De acuerdo? Sara, ¿has oído eso? Estamos cumpliendo con nuestro deber.

Will sintió que se le hacía un nudo en el estómago al ver a Sara.

—Sí, lo he oído —le dijo Sara a Keisha—. Voy a quedarme contigo mientras resolvemos esto.

—Sí, bueno, ya cometí el error de confiar en ti y mira lo que ha pasado. —Keisha se llevó el puño a la boca. Se le saltaron las lágrimas—. ¿Qué coño ha pasado? Vinimos aquí para huir de esta mierda.

Will vio que Sara se sentaba en un sillón. Lo miraba como si le pidiera alguna indicación, pero él ya le había indicado que se quedara fuera.

Se oyó una ráfaga de chisporroteos, luego:

—Will, ¿me recibes?

Will volvió a tomar el teléfono. No tuvo más remedio que salir al porche. Dejó la puerta abierta para no perder de vista a Keisha.

—¿Qué pasa?

—Los sospechosos están pescando en una canoa en el lago —le informó Kevin—. No me han visto.

Will se llevó el teléfono a la barbilla. Pensó en las herramientas a las que Drew tendría acceso en la embarcación, cuchillos incluidos.

—No te acerques, vigílalos y avísame si algo cambia.

—¿Will? —Faith subió al porche. Llevaba el mango del cuchillo roto dentro de una bolsa de pruebas—. No he encontrado nada en las maletas ni en las mochilas. La cabaña estaba limpia. ¿Quieres que guarde esto en el UTV?

—Tráelo dentro.

Keisha estaba sentada en el sofá cuando volvió a entrar en la habitación. Miró el arma de Will y luego la de Faith. Le temblaban las manos. Era evidente que estaba aterrorizada pensando que la habían llevado a aquella cabaña, donde nadie los veía, para hacerle daño.

Will tomó la bolsa de pruebas y le indicó a Faith que saliera. Ella dejó la puerta entornada para poder escuchar desde el porche. Will se sentó en el otro sillón. Habría preferido otro asiento, pero Sara había ocupado el más cercano a Keisha. Dejó la bolsa de plástico sobre la mesa.

Keisha se quedó mirando el mango del cuchillo.

—¿Qué es eso?

—Estaba dentro de la cisterna de vuestro váter.

—¿Es un juguete o...? —Se inclinó hacia delante—. No sé qué es.

Will miró el mango de plástico rojo, de cuyo extremo roto sobresalía una fina lámina de metal curvado. Si no supiera lo que estaba viendo, podría haberlo confundido con un utensilio de cocina o un juguete antiguo.

Le preguntó:

—¿Qué crees que es?

—¡No lo sé! —gritó, desesperada—. ¿Por qué me lo preguntas a mí? Tienes al asesino. Todos sabemos que habéis detenido a Dave.

Will se dijo que aquel era tan buen momento como otro cualquiera para revelar la verdad.

—Dave no mató a Mercy. Tiene coartada.

Keisha se llevó la mano a la boca. Parecía que iba a vomitar.

—Keisha...

—Dios mío —murmuró—. Drew me dijo que no hablara con vosotros.

—Puedes optar por no hablar —dijo Will—. Estás en tu derecho.

—Nos vais a inculpar de todos modos, ¿verdad? ¡Maldita sea! No me puedo creer que esto esté pasando. Sara, ¿qué coño...?

—Keisha... —Will no quería que hablara con Sara—. Tenemos que intentar aclarar esto.

—¡Vete a la mierda! —gritó ella—. ¿Sabes cuántos idiotas se están pudriendo en la cárcel porque la policía les dijo que tenían que aclarar un asunto?

Will no dijo nada. Afortunadamente, Sara tampoco.

—Dios mío. —Ella volvió a llevarse la mano a la boca. Miró la bolsa, encima de la mesa. Por fin había atado cabos. Sabía que era un fragmento del arma homicida—. Es la primera vez que veo eso, ¿vale? Y Drew, igual. No lo hemos visto nunca. Dime cómo podemos salir de esto, ¿de acuerdo? Nosotros no hemos sido. No tenemos nada que ver con este asunto.

—¿Cuándo te diste cuenta de que la cisterna perdía agua? —preguntó Will.

—Ayer. Estábamos deshaciendo las maletas y oímos que goteaba, así que Drew fue a buscar a Mercy. Ella se enfadó porque se suponía que Dave tenía que arreglar la cisterna antes de que llegáramos.

Will la oyó tragar aire. Estaba aterrorizada.

—Mercy nos dijo que fuéramos a dar un paseo mientras se ocupaba de ello, así que subimos por el Sendero del Juez Cecil para ver el valle desde allí. Cuando volvimos, la cisterna estaba arreglada.

—¿Seguía Mercy aquí?

—No. No volvimos a verla hasta la hora del cóctel.

—¿Cuándo volvisteis a notar que la cisterna goteaba?

—Esta mañana. Fuimos a desayunar y… Fue entonces cuando ocurrió, ¿no? Alguien metió esa cosa en nuestra cisterna. Están tratando de incriminarnos.

—¿Quién más estaba en el desayuno?

—Pues… —Se llevó las manos a la cabeza, intentando recordar—. Frank y Monica ya estaban desayunando cuando llegamos, pero se fueron antes que nosotros. Y esos chicos, los de las aplicaciones… ¿Sabíais que se llama Paul?

—Sí.

—No aparecieron hasta que nosotros ya nos íbamos. Siempre llegan tarde. Anoche también llegaron tarde al cóctel. ¿Os acordáis?

—¿Y la familia?

—Nunca bajan a desayunar. Por lo menos, yo nunca los he visto. —Se volvió hacia Sara—: Por favor, escúchame. Las puertas siempre están abiertas. Tú sabes que nosotros no tenemos nada que ver con esto. ¿Qué móvil podríamos tener?

—Mercy estaba embarazada de doce semanas —dijo Will.

Keisha se quedó boquiabierta.

—¿Quién era…?

Will oyó el chasquido de sus dientes cuando cerró la boca. Keisha clavó en Sara una mirada llena de rencor.

—Me engañaste.

—Sí —dijo Sara.

—Keisha. —Will procuró que volviera a fijar su atención en él—. Drew fue condenado por agresión.

—Eso fue hace doce años. Mi ex, Vick, no paraba de acosarme, se presentaba en mi trabajo, me mandaba mensajes… Le dije que parara y se presentó borracho en nuestra casa. Intentó agarrarme del brazo. Drew lo empujó y Vick se cayó por las escaleras. Se dio un golpe en la cabeza. No le pasó nada, pero aun así se fue al hospital, montó un escándalo. Eso fue todo lo que pasó. Podéis comprobarlo.

Will se frotó la mandíbula. Su historia sonaba verosímil, pero Keisha estaba deseosa de que la creyeran.

—¿Drew estuvo en algún momento a solas con Mercy?

—Quieres que diga que sí, ¿verdad? —La desesperación hizo que su voz se volviera áspera—. ¿Y si te digo que vi a Dave anoche? Iba caminando por el sendero, ¿vale? Estoy dispuesta a jurarlo sobre un montón de biblias.

Will no la creyó, pero dijo:

—De acuerdo.

—Dave maltrataba a Mercy. Los dos lo sabéis. La coartada que tenga se puede desmontar, ¿no? Yo lo vi en el camino antes de que a ella la asesinaran…

Keisha se puso de pie y Will hizo lo mismo.

—Por Dios, solo necesito moverme —dijo ella—. ¿Adónde voy a ir?

Will la observó pasearse por la pequeña sala hasta que Sara llamó su atención. Se dio cuenta de que se sentía dividida. Y también de que su presencia lo distraía. Keisha estaba furiosa y angustiada. Él no necesitaba preocuparse por Sara. Tenía que centrar toda su atención en Keisha; podía ser cómplice de asesinato.

—Decidme qué tengo que decir —suplicó ella—. Decídmelo y lo diré.

—Keisha. —Will esperó a que lo mirara—. Cuando os hice salir a todos para informaros de que Mercy había muerto, ¿recuerdas lo que pasó?

—¿Qué? —Pareció perpleja—. Claro que recuerdo lo que pasó. ¿A qué viene esa pregunta?

—Drew le dijo algo a Pizca.

Clavó la mirada en él, pero no dijo nada.

—Le dijo: «Olvídese de ese otro asunto. Haga lo que quiera. No nos interesa».

Keisha se cruzó de brazos. Era un ejemplo de manual de una persona que ocultaba algo.

—¿A qué se refería Drew? —insistió Will—. ¿Cuál era ese otro asunto?

Ella no respondió. Estaba buscando una salida.

—Podemos hacer un trato, ¿verdad? ¿No es así como funciona?

—¿Cómo funciona el qué?

—Necesitáis a alguien a quien cargarle el muerto. ¿Por qué no a Marti? —Se lo estaba preguntando sinceramente—. ¿O a uno de los chicos de las *apps*? ¿O a Frank? Dejad en paz a Drew.

—Keisha, yo no trabajo así.

—Eso es lo que dicen siempre los policías corruptos.

—Solo quiero saber quién mató a Mercy.

—Marti tiene motivos. Ya viste cómo se puso Mercy con él. Todos lo vimos. ¿Quieres saber quién estaba aquí hace dos meses y medio? Marti. Siempre está aquí. Y es rarito de cojones. Sara, tú sabes a lo que me refiero. Tiene pinta de violador. Las mujeres notamos esas cosas. Pregúntale a tu compañera. O, mejor, déjala en una habitación a solas con él cinco minutos y se dará cuenta enseguida.

Will procuró desviar la conversación hacia otros asuntos.

—¿A cambio de qué quieres un trato?

—A cambio de información —contestó ella—. Sobre el móvil. Sobre el móvil de Marti.

Will no iba a contarle lo que le había ocurrido a Marti, pero hacía tiempo que había aprendido que a la gente le gustaba resolver enigmas, incluso si la solución no les favorecía.

—Tanto Marti como Christopher tenían doscientos mil dólares en el banco.

—¿Lo dices en serio? —Keisha parecía atónita—. Claro, cómo no, esos dos están metidos en algo.

—¿En qué están metidos?

—No. —Empezó a sacudir la cabeza—. No voy a decir ni una palabra más hasta que vea aquí a Drew, sano y salvo. ¿Entendido?

—Keisha…

—No, señor. Ni una palabra más.

Se sentó en el sofá, se cruzó de brazos y fijó los ojos en la puerta como si rezara para que su marido la atravesara.

Will volvió a intentarlo:

—Keisha…

—Si pido un abogado, si hago esa petición, tienes que dejar de hacerme preguntas, ¿verdad?

—Correcto.

—Entonces no me obligues a pedir un abogado.

Will cedió.

—Mi compañera va a venir a quedarse contigo.

—No. ¿Adónde voy a ir, hombre? Ya me habría ido de esta montaña si pudiera. No necesito que me pongáis una puta niñera.

—Si quieres hacer un trato —contestó Will—, tienes que guardar en secreto lo que te he dicho sobre el embarazo de Mercy.

—Y tú tienes que dejarme en paz.

Will abrió la puerta. Faith seguía en el porche. Ambos vieron a Keisha entrar en su cabaña. Faith le preguntó a Will:

—¿Qué opinas?

Él sacudió la cabeza. No sabía qué pensar.

—Christopher y Marti se traían algo entre manos con ayuda de Mercy. Drew lo sabía. Y ahora Marti y Mercy están muertos.

—Entonces, ¿vamos a hablar con Christopher y Drew?

Will asintió.

—Kevin ya está en el lago. ¿Quieres venir?

—Quiero aclararme con el mapa. Hay algo en la cronología que no me cuadra.

Will sabía lo que podía hacer Faith con una cronología.

—Te avisaré si te necesito.

Sostuvo la puerta para que pasara Sara. Ella salió al porche. Will rechinó los dientes mientras la seguía hacia el Sendero del Lazo. Tardarían unos diez minutos en llegar andando a la cabaña. Aprovecharía ese tiempo para explicarle por qué tenía que mantenerse al margen. Su presencia lo había distraído mientras interrogaba a Keisha. No podía permitir que eso volviera a ocurrir.

Sara no era consciente de lo que se avecinaba. Al salir al sendero, hizo un gesto con la cabeza, hacia la cabaña cinco. Paul y Gordon estaban cada uno en un extremo de la hamaca del porche. Gordon los saludó con la mano. Paul estaba bebiendo a morro de una botella de alcohol.

La puerta de la cabaña número siete crujió al abrirse. Monica salió y guiñó los ojos, deslumbrada por el sol. Llevaba puesto un camisón negro y sostenía un vaso, probablemente de licor. Al parecer, Sara tenía razón al decir que lo único que se podía hacer allí era beber.

Sara cambió de trayectoria. Se acercó a Monica y le preguntó:

—¿Cómo te encuentras?

—Mejor, gracias. —Miró el vaso que tenía en la mano—. Tenías razón. Esto me ha calmado.

—¿Te importa que lo pruebe?

Monica se sorprendió tanto como Will, pero de todos modos le dio el vaso. Él la observó dar un sorbo. Sara hizo una mueca.

—Quema.

—Al final te acostumbras. —Monica soltó una risa triste—. Pero no sigas mis consejos sobre la bebida. Tengo que pediros disculpas a los dos por mi comportamiento de anoche. Y de esta mañana. Por todo, en realidad.

—No tienes por qué sentirte culpable. —Sara le devolvió el vaso—. Al menos, no en lo que a nosotros respecta.

Will no estaba seguro de eso. Le dijo a Monica:

—Tengo que preguntarte por anoche, justo antes de las doce.

—¿Quieres saber si oí algo? Estaba desmayada en la bañera cuando empezó a sonar la campana. Pensé que era la alarma de incendios. No encontraba a Frank.

Will apretó los dientes.

—¿Dónde estaba?

—Supongo que sentado en el porche trasero, descansando de mis payasadas. Entró por la puerta de atrás, asustado. —Monica sacudió la cabeza, apesadumbrada—. La verdad es que no sé por qué sigue conmigo.

A Will le preocupaba más la coartada de Frank. Era la segunda vez que mentía.

—¿Dónde está Frank?

—Ha ido al comedor a buscar *ginger ale*. Sigo mal del estómago.

Will supuso que Frank volvería con la noticia de que Marti había muerto, lo que causaría problemas.

—Dile que necesito hablar con él.

Monica asintió y le dijo a Sara:

—Gracias por tu ayuda. Te lo agradezco de veras.

Sara le apretó la mano.

—Avísame si necesitas algo.

Will la siguió de vuelta al Sendero del Lazo. Se alegró de que esta vez caminara más deprisa. No iban de paseo. Will aprovechó para trazar un plan. Dejaría a Sara en su cabaña y bajaría al lago. Hablaría con Kevin y pensaría en cómo abordar el interrogatorio de Drew y Christopher, porque, pese a lo que dijera Keisha, Drew seguía siendo sospechoso. Era evidente que estaba al corriente del negocio. Habían encontrado el mango del cuchillo en su cuarto de baño. Se había acogido de inmediato a sus derechos, lo que técnicamente era legítimo, pero Will también estaba en su derecho de sospechar.

Lo mejor que podían hacer era interrogar a Christopher y Drew por separado. Kevin podía llevar a Drew a la caseta de los botes. Seguramente volvería a invocar sus derechos. Él podía llevarse a Christopher a la caseta del material. El hermano de Mercy no era tan astuto como Drew. Estaría aterrorizado pensando que Drew iba a irse de la lengua. Will le insinuaría que quien primero hablara saldría beneficiado. Con un poco de suerte, a Christopher le entraría el pánico y no se daría cuenta de que debería haber mantenido la boca cerrada hasta que fuera ya demasiado tarde.

Will se metió la mano en el bolsillo. Miró a Sara, que caminaba delante de él. Tenía que asegurarse de que se quedaba en la cabaña, lo que significaba que tendrían que mantener una conversación muy incómoda antes de llegar allí.

—No deberías haber estado presente cuando he hablado con Keisha —dijo—. Estaba interrogándola y me has distraído.

Sara lo miró.

—Lo siento. No lo he pensado. Tienes razón. Podemos hablarlo en la cabaña.

Will no esperaba que aquello fuera fácil, pero aceptó su propuesta.

—Tienes que hacer la maleta. Te quiero fuera de esta montaña antes de que anochezca.

—Y yo quiero que no se te infecte la mano y aquí estamos.

Aquello se parecía más a lo que esperaba Will.

—Sara…

—Tengo antibióticos en la cabaña. Podemos hablar de…

—Mi mano está bien. —Su mano lo estaba matando—. No se trata solo de que estuvieras en la habitación. Te dije que te quedaras con Faith y te fuiste por ahí, sola. ¿Qué hacías hablando con Keisha? ¿Y si hubiera aparecido Drew? Olvídate de Mercy y de Marti. Tiene antecedentes por agresión.

Ella se paró en medio del camino. Lo miró.

—¿Algo más?

—Sí, ¿cómo es que ahora bebes en pleno día? ¿Vas a tomarlo por costumbre?

—Madre mía —susurró ella.

—Eso digo yo, madre mía. —Will percibió un ligero olor a alcohol en su aliento—. Hueles a líquido para mecheros.

Sara apretó los labios. Esperó. En vista de que él no decía nada, preguntó:

—¿Has terminado?

Will se encogió de hombros.

—¿Qué más hay que decir?

—Cuando «me fui por ahí yo sola», encontré a Jon. Está en la cabaña nueve, ahí detrás. No quiero que oiga lo que tengo que decir.

Will miró por encima de su cabeza. Distinguió entre los árboles el tejado a dos aguas de la cabaña.

—Registré esa cabaña esta mañana cuando estaba buscando Dave. Jon habrá entrado después de que me fuera.

Sara no hizo ningún comentario. Siguió bajando por el sendero. Will la siguió. Se preguntaba si Jon seguiría en la cabaña y, de ser así, qué habría oído. Él solo había levantado la voz al hablar del alcohol. Sabía que era muy estricto con la bebida, pero le había extrañado que Sara bebiera un sorbo del vaso de Monica. Lo que le hizo empezar a preguntarse por qué había dicho Sara que no quería que Jon oyera lo que tenía que decir.

No tuvo que esperar mucho más. Sara se detuvo a pocos metros de su cabaña y lo miró.

—El negocio paralelo en el que estaban metidos Mercy, Christopher y Marti… ¿Cuál es tu hipótesis?

Will no lo tenía claro aún.

—La finca está protegida por la normativa forestal, tanto estatal como nacional. ¿Tala ilegal de madera, quizá?

—¿Tala de madera?

—En el montón de leña hay algunas variedades caras: castaño, arce, acacia…

—Vale, eso cuadra —Sara asintió con la cabeza—. Los chicos de las *apps* me comentaron que el *bourbon* sabía a aguarrás. Monica está bebiendo supuestamente *whisky* del caro, pero sabe y huele a líquido para mecheros. Anoche estuvo al borde de la intoxicación etílica grave y tanto ella como Frank estaban extrañados, porque normalmente soporta mejor el alcohol. Y hace veinte minutos, Keisha me preguntó si habíamos probado el alcohol. Me advirtió que no lo probara y luego soltó un discurso sobre el seguro de responsabilidad civil si un huésped tiene que ser evacuado en helicóptero.

Will se sintió como un estúpido por no haber atado hilos antes.

—Crees que el negocio paralelo de Marti y Christopher es vender licor de contrabando.

—Keisha y Drew tienen una empresa de *catering*. Si pasa algo raro con el alcohol, seguro que se han dado cuenta. Puede que se lo comentaran a Cecil y Pizca. Algunas marcas caras tienen un sabor ahumado. A roble, a mezquite.

—¿A castaño, arce, acacia…?

—Sí.

Will volvió a recordar la conversación que había oído en el sendero, detrás del comedor.

—Marti le dijo a Christopher que mucha gente dependía de ellos. Amanda me dijo que, por lo que había visto en sus redes sociales, Marti frecuentaba muchos clubes de estriptis.

—Donde normalmente el consumo mínimo es de dos copas.

—¿Crees que Drew habló con Pizca porque querían una parte del negocio? —preguntó Drew.

—No creo. Puede que esté dándoles el beneficio de la duda sin que se lo merezcan, pero a Keisha y Drew les encantaba venir aquí. Me parece más probable que estuvieran tratando de poner fin al asunto. Keisha puso mucho énfasis en el tema de la responsabilidad civil. Me advirtió que no bebiera nada. No la veo metiéndose en eso, sabiendo que podría morir gente. Además, piensa en lo que dijo sobre intercambiar información. No traicionaría a Drew. O sea, que de lo que quería hablarnos era del contrabando de alcohol.

—Su informe crediticio no tiene nada de sospechoso. No están forrados. —Will se rascó la mandíbula. Todavía le faltaba una pieza del rompecabezas—. Lo que no cuadra es… ¿Para qué matar a Mercy y Marti, si podías matar a Drew?

—Tú eres el que suele inclinarse por los móviles económicos —respondió Sara—. Con Mercy y Marti muertos, Christopher se queda con las ganancias y con el negocio para él solo. Y luego implica a Drew con una acusación de asesinato.

Will sacó su teléfono y pulsó el *walkie*.

—Kevin, ¿alguna novedad?

—Solo un par de tíos sentados junto al lago, bebiendo cerveza.

Will advirtió la expresión preocupada de Sara. Alguien había adulterado el agua de la botella de Marti con algún tipo de veneno y ahora la persona que tenía más relación con Marti le había ofrecido una cerveza a Drew.

—Kevin, intenta que no beban nada, pero procura que no se den cuenta de lo que estás haciendo.

—De acuerdo.

Will se puso en marcha, pero entonces se acordó de Sara.

—Vete —le dijo ella—. Yo me quedo aquí.

Will se enganchó el teléfono al cinturón y echó a correr hacia el lago. Dejó atrás la bifurcación y el banco del mirador. No sabía mucho de licores, pero se sabía al dedillo la normativa estatal y federal que prohibía la fabricación, el transporte, la distribución y la venta de alcohol sin licencia. La cuestión que tenía que aclarar ante todo era cómo lo hacían. Analizar las botellas de alcohol que había en la finca les llevaría semanas. ¿Sustituían el alcohol caro por otro más barato, por lo que perderían su licencia de venta de alcohol y tendrían que pagar una multa cuantiosa? ¿O fabricaban el licor ellos mismos, infringiendo toda clase de leyes estatales y federales?

Dobló la curva del camino que llevaba a la caseta. Vio el lago más adelante y dos sillas de jardín vacías, cada una con una lata de cerveza en el portavasos de plástico. Kevin estaba tumbado en el suelo, sujetándose la pierna. Christopher y Drew estaban a su lado, de pie. Will tuvo la sensación de que una manguera de vacío succionaba su corazón, pero entonces se dio cuenta de que aquella era la manera que se le había ocurrido a Kevin de impedir que los dos hombres bebieran.

Kevin aceptó la mano que le tendió para ayudarlo a levantarse.

—Lo siento, chicos, me dan unos calambres terribles en las piernas.

Drew parecía escéptico.

—Pez, yo me vuelvo a la cabaña. Gracias por la cerveza.

Christopher lo saludó llevándose la mano al sombrero y Drew echó a andar hacia el camino. Will le indicó a Kevin con un gesto que fuera tras él. Drew no se pondría muy contento cuando Keisha le dijera que había hablado con él.

—Bueno —dijo Christopher—. ¿Qué pasa? ¿Dave ha confesado?

Will supuso que la noticia ya se habría difundido.

—Dave no mató a tu hermana.

—Vaya. —El semblante de Christopher no se alteró—. Sabía que al final se las arreglaría para librarse de esta. ¿Pizca le ha dado una coartada?

—No, se la dio Mercy. —Will esperaba que al menos se mostrara sorprendido, pero no se inmutó—. Tu hermana llamó a Dave antes de morir. Su buzón de voz lo descarta como sospechoso.

Christopher miró hacia el lago.

—Eso sí que es una sorpresa. ¿Qué le dijo Mercy?

—Que necesitaba su ayuda.

—Otra sorpresa. Dave nunca ayudó a Mercy cuando estaba viva.

—¿La ayudaste tú?

No respondió. Cruzó los brazos sin dejar de mirar el agua.

Will no dijo nada. Sabía por experiencia que la gente no toleraba el silencio.

Pero, evidentemente, Christopher era inmune a esa estratagema. Mantuvo los brazos cruzados, los ojos fijos en el lago y la boca cerrada.

Will tenía que encontrar otra manera de ponerlo nervioso.

Volvió la vista hacia la caseta del material. Las puertas estaban abiertas de par en par. Los cuchillos estaban en el mismo lugar que antes, pero a la luz del día parecían más afilados. No eran lo único que preocupaba a Will, aun así. Un palazo a la cabeza o un puñetazo en el estómago con el mango de madera de una red podían hacer mucho daño. Eso por no hablar de que Christopher llevaba seguramente en los bolsillos los mismos útiles de pesca que Marti. Una herramienta plegable para el sedal. Otra herramienta multiusos. Un extensible retráctil. Y una navaja de bolsillo.

Will solo tenía una mano. La otra la notaba caliente y palpitante porque Sara tenía razón: se estaba infectando. Claro que, por otra parte, tenía al alcance de la mano sana un revólver Smith & Wesson.

Entró en la caseta. Empezó a abrir armarios y cajones, haciendo ruido. Christopher se apresuró a entrar, visiblemente nervioso.

—¿Qué haces? Sal de aquí.

—Tengo una orden de registro de la finca. —Will abrió otro cajón—. Si quieres leerla, puedes volver al albergue y pedirle a mi compañera que te la enseñe.

—¡Espera! —Christopher parecía angustiado. Empezó a cerrar los cajones—. Espera, ¿qué estás buscando? Puedo decirte dónde está lo que sea.

—¿Qué puedo estar buscando?

—No lo sé, pero esta es mi caseta. Todo lo que hay aquí lo he puesto yo en su sitio.

Pareció darse cuenta demasiado tarde de que acababa de responsabilizarse de cualquier cosa que encontrara Will.

—¿Qué crees que estoy buscando?

Christopher sacudió la cabeza.

Will recorrió la caseta como si nunca la hubiera visto. Se mantuvo atento, por si Christopher hacía algún movimiento repentino. Tenía una actitud pasiva, pero eso podía cambiar de un momento a otro. Lo que más le llamó la atención de la caseta fue que todo volvía a estar en su sitio. A primera hora de la mañana, había revuelto los cajones sin ningún cuidado, buscando algo para atar a Dave. Las herramientas ocupaban otra vez su sitio, silueteado en el panel. Las redes colgaban a intervalos regulares en la pared del fondo. La luz del día que entraba en la caseta le permitió ver con claridad la cerradura del cuarto del fondo. Y el candado desgastado.

—Escucha —dijo Christopher—, aquí no pueden entrar los huéspedes. Vamos fuera.

Will se volvió hacia él.

—Tenéis algunas variedades de madera muy interesantes almacenadas junto a la casa.

Christopher tragó saliva audiblemente. Había empezado a sudar. Will confió en que no se repitiera la escena con Marti. Quería acabar con aquello cuanto antes. Decidió arriesgarse.

Dijo:

—Anoche, cuando fuimos todos a cenar, te quedaste fuera con Mercy.

Christopher permaneció impasible, pero dijo:

—¿Y qué?

Will calculó que el riesgo había valido la pena.

—¿De qué hablasteis?

Christopher no contestó. Fijó los ojos en el suelo.

Will repitió la pregunta.

—¿De qué hablaste con Mercy?

Christopher sacudió la cabeza, pero dijo:

—De la venta, claro. Seguro que papá y Pizca te lo han contado.

Will asintió, aunque aún no había hablado con los padres.

—¿Qué más crees que me han contado?

—No es ningún secreto. Mercy intentaba impedir la venta. Esperaba que yo la apoyara, pero estoy cansado. No quiero seguir con esto.

—Eso es lo que le dijiste a Marti, ¿no? —Tenía grabada en la memoria la conversación que los dos hombres habían mantenido en el sendero—. Dijiste que nunca te había interesado. Y que no funcionaría sin Mercy. Que la necesitabais.

Christopher pareció por fin sorprendido.

—¿Eso te lo ha dicho Marti?

Will observó su cara. Su sorpresa parecía sincera, pero Will había aprendido por las malas a no fiarse de un posible psicópata.

—En realidad no necesitas el dinero de la venta, ¿verdad?

Christopher se pasó la lengua por los labios.

—¿Qué quieres decir?

—Tienes bastante dinero, ¿no?

—No sé qué estás insinuando.

—Tienes un par de cientos de miles de dólares invertidos en el mercado monetario. Has liquidado tus préstamos estudiantiles. Y Marti, igual. ¿Cómo es posible?

Christopher volvió a fijar los ojos en el suelo.

—Los dos hemos invertido bien.

—Pero no tenéis ninguna cuenta de inversión o de corretaje a vuestro nombre. No sois titulares de ninguna empresa. Tu único trabajo es ser guía de pesca en el negocio de tu familia. Así que ¿de dónde procede ese dinero?

—De criptomonedas.

—¿Eso es lo que encontraré si consulto tus declaraciones fiscales?

Christopher carraspeó.

—Encontrarás los pagos del fideicomiso familiar. De mi participación en los beneficios.

Will supuso que encontraría pruebas de blanqueo de dinero. Seguramente ahí era donde entraba Mercy.

—Dave también forma parte del fideicomiso familiar, ¿verdad? ¿Dónde está su dinero?

—Yo no controlo lo que recibe cada cual.

—¿Quién lo controla?

Christopher volvió a carraspear.

—Mercy no recibía su parte del reparto de beneficios —añadió Will—. No tenía cuenta bancaria. Tampoco tenía tarjetas de crédito ni carné de conducir. No tenía nada. ¿Por qué?

Christopher sacudió la cabeza.

—No tengo ni idea.

—¿Qué hay aquí detrás? —Will golpeó el tabique. Las redes chocaron contra la madera—. ¿Qué voy a encontrar cuando rompa esta puerta?

—No la rompas. Por favor. —Christopher siguió con los ojos fijos en el suelo—. Tengo la llave en el bolsillo.

Will no sabía si de verdad se había dado por vencido o si era un truco. Apoyó la mano en la culata del revólver procurando que Christopher lo viera.

—Vacíate los bolsillos en el banco.

Christopher empezó por el chaleco de pesca y siguió por los pantalones cortos. Los utensilios que fue dejando en el banco eran de la misma marca y los mismos colores que los que habían encontrado en los bolsillos de Marti. Incluso llevaba un tubo de bálsamo labial Carmex. Solo faltaba un bote de colirio Eads Clear.

Lo último que puso encima del banco fue un llavero. Contenía cuatro llaves, lo que era extraño teniendo en cuenta que las puertas de las cabañas no tenían cerradura. Will reconoció la llave de contacto de un Ford y una llave tubular que probablemente abría una caja fuerte. Las dos llaves restantes eran pequeñas, de candado, con cabeza de plástico negro. Una tenía un punto amarillo. La otra, uno verde.

Will mantuvo la mano en el revólver mientras se apartaba de la pared.

—Abre.

Christopher mantuvo la cabeza agachada. Will procuró no perder de vista sus manos, porque tenía claro que a través de sus expresiones faciales no podría adivinar sus intenciones. Christopher seleccionó la llave del punto amarillo, la metió en el candado, descorrió el cerrojo y abrió la puerta.

Lo primero que notó Will fue el olor a humo estancado. Luego vio los trozos de papel de aluminio donde habían probado a quemar distintas mezclas de madera. Había barriles de roble. Tanques de cobre. Tubos y tuberías en espiral. No llenaban con licor barato botellas caras. Lo fabricaban.

—Hay dos llaves —dijo Will—. ¿Dónde está el otro alambique?

Christopher no levantó la vista del suelo.

Will iba a tener que apretarle las tuercas otra vez. Nada asustaba más a un hombre que sentir el frío roce del metal de unas esposas en las muñecas. Will no tenía esposas, pero sabía dónde guardaba Christopher las bridas. Se agachó para abrir el cajón.

Esa mañana, se había sentido culpable por dejar las bridas sueltas. En algún momento desde entonces, alguien las había vuelto a atar. Dio por sentado que era la misma persona que había dejado seis botes vacíos de colirio Eads Clear en el cajón.

18

Faith estaba deseando darse otra ducha. Y no solo porque estaba sudando a chorros. Keisha la había mirado con tal cara de repugnancia que se había sentido como la encarnación de todos los policías corruptos del mundo.

Por eso no quería que su hijo entrara en el FBI, el GBI o cualquier otro cuerpo policial. Ya nadie confiaba en la policía. Algunos, por razones de peso. Otros, porque veían ejemplos constantes de corrupción policial. Ya no se trataba de que hubiera alguna que otra manzana podrida en el cesto. La corrupción afectaba a departamentos enteros. Si hubiera tenido que volver a elegir, Faith se habría hecho bombera. Nadie se enfadaba con los que rescataban a gatos de los árboles.

Sacudió la cabeza mientras recorría la mitad inferior del Sendero del Lazo. Ya estaba bien de lamentarse por cosas que no podía cambiar. Ahora mismo, tenía que encargarse de dos asesinatos y un sospechoso. Will quería que se ocupara de interrogar a Christopher. Su compañero daba por descontado que Christopher compartía las convicciones *incel* de Marti, por lo que lo sacaría de quicio que lo interrogara una mujer. Faith estaba de acuerdo con la estrategia. Christopher parecía demasiado tranquilo. Tenía que encontrar la manera de asustarlo. Por suerte, él le había dado munición de sobra.

En el estado de Georgia, el simple hecho de estar en posesión de un alambique que produjera cualquier cosa que no fuera agua, aceites esenciales, vinagre y cosas similares era constitutivo de delito. Si a eso se añadía la distribución, el transporte y la venta de alcohol, Christopher se enfrentaba a una larga condena en una prisión estatal. Pero ese no era el único problema que tenía. Se suponía que el Gobierno federal tenía que llevarse una parte de los beneficios de cada gota de alcohol que se vendía en el país.

O sea que, si Christopher no acababa pasando el resto de su vida en prisión por los dos asesinatos, cumpliría condena por evasión fiscal.

—Hola. —Sara estaba esperando al pie de las escaleras—. Will y Kevin siguen en el lago. Christopher va a llevarlos al muelle para enseñarles el otro alambique.

Faith sonrió. Will estaba arrastrando a Christopher de acá para allá como a un perro de una correa para que se sintiera completamente indefenso cuando llegara ella.

—Tiene un sentido de la oportunidad perfecto. Dave ha llegado justo antes de que yo me fuera, así que ya saben todos que él no mató a Mercy.

Sara frunció el ceño.

—¿Cómo ha venido?

—En una *motocross* —contestó Faith—. Debe de tener el culo y los huevos hechos polvo.

—Seguro que pilló algo de fentanilo en cuanto salió del hospital —comentó Sara—. He llamado a Nadine para contarle lo de Marti. Lo malo es que la noticia de las muertes ha hecho que den prioridad al arreglo de la carretera, así que no vamos a estar aislados aquí mucho más tiempo.

—Pues yo tengo noticias todavía peores. Los teléfonos e internet han vuelto a funcionar, así que este sitio ya no es nuestro trocito de Cabot Cove.

Sara pareció preocupada.

—Jon está escondido en la cabaña de al lado. Debería decirle que Dave está aquí. Seguramente estará buscando una excusa para volver a casa.

—No sé, piensa en lo que le espera allí. —A Faith se le ocurrió una idea mejor. Dio una palmada a su bolso—. De todos modos, no puede conectarse a internet desde la cabaña nueve. ¿Te enseño el mapa? A lo mejor puedes aclararme algunas cosas mientras espero a que Will me dé luz verde para interrogar a Christopher.

—Claro. —Sara le indicó que la siguiera escalera arriba.

Faith tuvo que recolocarse la ropa primero. Había tomado prestados unos pantalones de yoga de Sara. De largo le sobraban unos treinta centímetros y de ancho le faltaban dos. Había tenido que doblar la cinturilla tres veces para que el tiro no le llegara a las rodillas y luego se había enrollado las perneras, como bocas fruncidas, alrededor de los gemelos. Con esas pintas, no iba a ligarse a nadie.

Alguien había limpiado la casa desde que ella había ido a ducharse. Seguramente había sido Sara. O quizá Penny, porque Faith notó un olor a naranjas y, aunque Sara era muy limpia, no lo era hasta ese extremo.

—¿Qué tienes? —preguntó Sara.

—Rotuladores de colores y ganas de venganza. —Faith se sentó en el sofá y buscó el mapa en el bolso. Lo puso sobre la mesa—. He recorrido la finca con el teléfono para ver dónde había wifi. Las líneas amarillas señalan las zonas donde hay cobertura. Mercy tenía que estar dentro de alguna de ellas cuando llamó a Dave.

Sara asintió.

—O sea, en las cabañas de la uno a la cinco, más la siete y la ocho, más la casa principal y el comedor.

—El relé del comedor cubre la terraza panorámica y la mitad del Sendero de Christopez, que es donde murió Marti. Por el otro lado, la señal abarca parte de los terrenos de debajo de la terraza del comedor. No quería alejarme demasiado de la civilización sin que alguien supiera que estaba ahí abajo. Además, había mogollón de pájaros.

—Es interesante que los dos cuerpos estuvieran en el agua —comentó Sara.

—A Christopher le encanta el agua. ¿Sabías que hay una cosa que se llama FishTok?

—Mi padre lo sigue.

—Pues Christopher también. Le chiflan las truchas arcoíris. Vamos a empezar por aquí. —Faith señaló la zona donde se había hallado el cuerpo de Mercy—. El Sendero de la Viuda Perdida comunica las cabañas individuales y el comedor. Es el camino que seguisteis con Nadine para llegar al lugar donde murió Mercy. Will acabó tomando el mismo sendero cuando corría hacia el lugar de donde procedían los dos primeros gritos. ¿Me sigues?

Sara asintió:

—Como ves, el sendero serpentea un poco por el barranco, por eso se tarda unos diez o quince minutos en bajar, pero hay un camino más rápido para llegar del comedor a las cabañas individuales que no figura en el mapa. Alejandro me habló de él. Lo llaman el Sendero de las Cuerdas. Encontré las cuerdas. Básicamente, es una caída controlada por la ladera del barranco. Si Mercy iba huyendo para salvar la vida, seguramente tomó esa ruta. Alejandro calcula que se tarda unos cinco minutos en bajar. Voy a necesitar que Will me ayude a cronometrarlo. Así tendremos una referencia para contrastarla con cualquier historia que nos cuente Christopher.

—Entonces, eso significa que el primer grito, el aullido, venía del comedor, y los dos últimos gritos de las cabañas individuales. —Sara miró el mapa—. Tiene sentido, pero anoche, en el momento, solo noté que dos gritos procedían de esta zona, en general. Aquí el sonido viaja de manera extraña, por las elevaciones. El lago está en una caldera.

Faith revisó sus notas.

—¿Estabas en el complejo con Jon cuando oíste el segundo grito, el de socorro?

—Sí. Hablamos un momento y luego oí el grito de socorro. Hubo una pausa y luego otro grito: «Por favor». Jon volvió corriendo a la casa. Yo me fui a buscar a Will.

—Volvió a la casa —repitió Faith—. Entonces, cuando viste a Jon por primera vez, ¿estaba saliendo de la casa?

—Al principio no lo reconocí porque estaba muy oscuro. Estaba bajando las escaleras con una mochila. Cayó de rodillas y vomitó.

—¿De qué hablasteis?

—Le pedí que nos sentáramos en el porche a hablar. Me dijo que me fuera a la mierda.

—O sea, como un adolescente borracho. Pero lo tenías delante cuando oíste los dos gritos, así que podemos borrarlo de la lista de sospechosos.

Sara pareció sorprendida.

—¿Es que estaba en la lista?

Faith se encogió de hombros, pero, en lo que a ella respectaba, todos los varones que había allá arriba, menos Golfo, figuraban en la lista de sospechosos.

—Amanda me dijo que quería que Jon prestara declaración —dijo Sara—. Podría ayudar con la cronología. Después de la discusión en la cena, seguro que, como mínimo, Mercy fue a ver cómo estaba.

—Puede que no —dijo Faith—. Quizá optó por darle tiempo.

—De cualquier manera, no creo que sea de mucha ayuda. Seguramente estaba tan borracho que no se acordará de nada. —Sara señaló el plano—. Puedo ayudarte a localizar dónde estaban presuntamente los demás. Sydney y Max, los inversores, estaban en la cabaña uno. Marti estaba en la dos. Keisha y Drew, en la tres. Gordon y Paul, en la cinco. Monica y Frank, en la siete. Todas están dentro de la zona donde hay wifi, así que Mercy pudo llamar a Dave desde cualquiera de esas cabañas. Según Paul, estaba en el camino a las diez y media.

—Paul Ponticello parece el amigo de Peppa Pig. —Faith pasó las páginas, buscando la cronología—. Lo que sea que ocurrió debió comenzar a las once y diez, ¿vale? Mercy llamó a Dave cinco veces en el espacio de doce minutos. No haces eso a no ser que estés histérica, asustada, enfadada, o las tres cosas a la vez. Mercy dejó el mensaje de voz a las once y veintiocho, así que sabemos que a esa hora estaba hablando con el asesino. Dijo: «Dave está a punto de llegar. Le he contado lo que ha pasado».

—¿Y qué fue lo que pasó?

—Eso es lo que tengo que averiguar. Pero supongamos que Christopher es el asesino. Mata a Mercy, se carga a Marti, incrimina a Drew y de paso neutraliza a Keisha. Así de sencillo.

—Es complicado —dijo Will.

Faith se volvió. Will estaba de pie en la puerta, con la mano vendada sobre el corazón. Faith sabía que no hablaba irónicamente. La mayoría de los crímenes eran muy sencillos. Solo los villanos de cómic se fiaban de que las fichas de dominó cayeran en el orden correcto para eliminar a sus objetivos.

—Dave está en la casa —le dijo—. Ha subido en moto.

Will no respondió. Sara había vuelto con un vaso de agua. Le tendió dos pastillas. Él abrió la boca. Ella se las puso en la lengua y le dio el vaso. Will se bebió el agua. Le devolvió el vaso. Sara entró en la cocina. Faith dobló el mapa y fingió que todo aquello era de lo más normal. Preguntó:

—¿Sabes si los forenses han podido salvar el cuaderno de Mercy?

Le había hecho la pregunta a Sara, pero Sara estaba mirando a Will. Lo que era raro, porque las pruebas forenses eran su especialidad. Will negó con la cabeza.

—Todavía no sabemos nada del cuaderno.

—Vale. —Faith siguió fingiendo que aquello no era raro—. ¿Qué hay del embarazo? Sé que la autopsia preliminar no aclaró si había habido agresión sexual, pero ¿pensamos que Christopher podría ser el padre?

Sara pareció horrorizada, pero siguió sin decir nada.

Faith volvió a intentarlo:

—Sé que al final obtendremos el ADN del feto, pero Mercy se enrollaba con otros hombres. Al abogado de Christopher le resultaría fácil argumentar que alguno de sus ligues se enteró del embarazo, se puso celoso y mató a Mercy a puñaladas.

Will volvió a sacudir la cabeza, pero no para responder.

—Sara, ¿puedes volver a hablar con Jon? Tú te llevas bien con él. Seguramente ha visto muchas cosas aquí arriba. La gente tiende a olvidar que hay niños cerca.

—¿Estás seguro? —preguntó Sara.

—Sí —contestó él—. Tú también formas parte de este equipo.

Ella asintió.

—De acuerdo.

Él también asintió.

—De acuerdo.

Faith los vio mirarse fijamente, de esa manera secreta que excluía al resto de la gente. Era, una vez más, la amiga graciosilla de su comedia romántica. Y se merecía un premio por no haber mirado en la maleta de Sara cuando había tenido ocasión.

Le preguntó a Will:

—¿Listo?

—Listo.

Él se apartó para que Faith bajara las escaleras primero. Lo cual era muy amable, pero también peligroso porque Faith no podría aterrizar encima de nadie si se caía. Se quitó otro mosquito del brazo de un manotazo. El sol era como un rayo láser que le taladraba la retina. Estaba deseando irse de aquel sitio.

Will parecía más relajado que de costumbre mientras bajaban por el sendero. Se había metido la mano izquierda en el bolsillo. La derecha seguía llevándola apoyada en el pecho.

Como no se le ocurría ningún modo de plantear el tema con sutileza, Faith le preguntó:

—Háblame de ti y de Dave cuando erais niños.

Él la miró. Estaba claro que necesitaba una explicación.

—Dave se escapó del hogar infantil —dijo ella—. No sé qué cosas hacía en Atlanta, pero seguramente le hizo lo mismo a Christopher aquí.

Will gruñó, pero contestó:

—Se inventaba apodos estúpidos. Te robaba cosas. Te echaba la culpa de lo que hacía. Te escupía en la comida. Buscaba la manera de meterte en líos.

—Qué majo. —Seguía sin ocurrírsele cómo plantear el asunto con tacto—. ¿Abusaba sexualmente de alguien?

—Tenía relaciones sexuales, desde luego, pero eso es normal. Los menores que sufren abusos sexuales tienden a enfocarse en el sexo como modo de conectar con los demás. Y el sexo sienta bien, así que no quieren prescindir de él.

—¿Eran chicos, chicas, las dos cosas?

—Chicas.

Faith comprendió por cómo apretaba Will la mandíbula que Dave había estado enrollado con su exmujer, lo que no era nada raro.

—Que abusen de ti de niño no significa que tú vayas a abusar de niños cuando seas mayor. Si no, la mitad de la población serían pederastas.

—Tienes razón, pero vamos a aislar a Dave de esa estadística. Tenía trece años cuando llegó al albergue, pero le rebajaron la edad a once. Tener trece años y que todo el mundo te trate como si tuvieras once te infantiliza. Dave debía de sentirse frustrado, enfadado, castrado y confuso. Pero al mismo tiempo estaba seduciendo a Mercy. Tuvieron relaciones al menos desde que ella tenía quince años y él veinte. ¿Dónde estaba Christopher cuando Dave violaba a su hermanita?

—¿Lo dices porque no la protegió de él?

—Lo digo porque Christopher también tenía miedo de Dave.

—Ese sería un buen motivo, si Christopher hubiera asesinado a Dave.

—A lo mejor, cuando volvamos al complejo, tiene una bomba atada al pecho y tienes que desactivarla antes de que la haga estallar.

Will la miró extrañado.

—Venga ya, Perro Peligroso. Te has metido en un edificio en llamas y casi te caes rodando por una cascada.

—Te agradecería mucho que no lo describas así en tu informe.

La llevó por otro camino empinado. Faith fue la primera en ver el lago. Su superficie centelleaba al sol como una bola de discoteca infernal. Se hizo pantalla con la mano para protegerse los ojos de su luz cegadora. Kevin estaba junto a la caseta. Habían puesto una canoa en el suelo. Christopher estaba sentado en el centro. Tenía las muñecas atadas con una brida a la barra que atravesaba el centro de la embarcación.

—Sara me ha dicho que esa barra se llama travesaño —dijo Will—. Y el borde superior, borda.

Faith se acordó de cuando Will conoció a Sara y buscaba las excusas más absurdas para decir su nombre.

—Hola. —Kevin se les acercó al trote—. No ha dicho ni pío.

—¿Ha pedido un abogado? —preguntó Faith.

—No. Lo grabé en vídeo cuando le leí sus derechos. El tipo miró a la cámara y dijo que no necesitaba un abogado.

—Bien hecho, Kev —dijo Faith.

—El agente multisusos sigue cumpliendo. —Se sacó un llavero del bolsillo—. Os avisaré si encuentro la caja fuerte.

Will lo observó mientras se alejaba. Le preguntó a Faith:

—¿Kevin está enfadado contigo porque lo llamaste «agente multiusos»?

—Ni idea. —Kevin estaba enfadado con ella por haber pasado de él después de que se enrollaran, dos años antes—. Necesito que hagas lo de acechar y dar miedo mientras hablo con Christopher, ¿vale?

Will asintió.

Faith observó a Christopher mientras se acercaba a la canoa. Lo habían sentado de espaldas al lago, de frente al alambique ilegal del fondo de la caseta. Físicamente, era del montón. Ni musculoso ni regordete. Una ligera barriga se le marcaba en la camiseta azul. Tenía el pelo oscuro, un poco más largo por detrás, como Marti.

Pasó junto a él y respiró hondo al mirar el lago. Los mosquitos se arremolinaban cerca del muelle flotante. Los pájaros volaban en círculos. Dejó escapar un suspiro de fingida satisfacción.

—Dios mío, esto es precioso. No me imagino lo que debe ser tener la naturaleza por oficina.

Christopher no dijo nada.

—Debería pedirle a su abogado que se informe sobre la Prisión Estatal de la Zona Costera —añadió Faith—. Está en Savannah. Si el viento sopla en la dirección correcta, de vez en cuando se siente el olor del mar entre el tufo a aguas fecales.

Christopher siguió sin responder.

Faith rodeó la canoa. Will se había apoyado en la puerta abierta de la caseta, en actitud intimidatoria. Faith le hizo un gesto con la cabeza antes de volverse hacia Christopher. El sospechoso estaba sentado en uno de los dos bancos de la canoa. Estaba encorvado porque tenía las manos sujetas a la barra central con una brida. El otro banco era más estrecho y estaba en el extremo trasero de la canoa.

Faith lo señaló y preguntó:

—¿Eso es la proa o estribor?

Él la miró como si fuera idiota.

—Estribor es el lado derecho. La proa es la parte de delante. Usted está en la popa.

—La popa, eso es —dijo Faith con sorna. Se metió en la canoa. La fibra de vidrio chirrió al hundirse en la orilla pedregosa.

—Pare —dijo Christopher—. Va a dañar el casco.

—Casco… —Faith se sentó, haciendo que se redoblaran los chirridos—. Le aseguro que no conviene que me meta en el agua. No distingo un travesero de una barda.

—Se dice «travesaño» y «borda».

—Ay, perdón, me he equivocado. —Faith fingió que nunca la había corregido un hombre. Recogió un trozo de cuerda que estaba atado a una arandela metálica—. ¿Cómo se llama esto?

—Cuerda.

—Cuerda —repitió ella—. Me siento como un marinero.

Christopher soltó un suspiro de fastidio. Giró la cabeza. Miró al suelo.

—¿Le han dado de comer? ¿Tiene hambre? —Faith abrió su bolso y sacó uno de los Snickers de Will—. ¿Le gusta el chocolate?

Aquello le hizo reaccionar.

Faith abrió el envoltorio de la chocolatina. Le lanzó una mirada de disculpa al ponérsela en la mano levantada. A él no pareció importarle. Dejó caer el envoltorio al fondo de la canoa. Sostuvo la chocolatina entre las manos, en horizontal, en lugar de hacia arriba. Luego se inclinó y empezó a mordisquearla como si fuera una mazorca de maíz.

Faith le dejó disfrutar mientras intentaba dar con una forma mejor de abordar el interrogatorio. No podía haber muchas más partes de una canoa en las que pudiera equivocarse. Normalmente, Will se servía de su silencio melancólico para sonsacar la verdad a los sospechosos, pero eso te servía cuando medías casi dos metros y dabas miedo de manera natural. El talento particular de Faith era hacer que los hombres se sintieran terriblemente incómodos cada vez que abría la boca. Esperó a que Christopher diera un buen mordisco a la chocolatina para hacer su primera pregunta.

—Christopher, ¿te follabas a tu hermana?

Se atragantó tanto que hizo temblar la canoa.

—¿Está loca?

—Mercy estaba embarazada. ¿Eres el padre?

—Pe-pero ¿qué dice? —tartamudeó él—. ¿Cómo puede preguntarme algo así?

—Es una pregunta obvia. Mercy estaba embarazada. Y tú eres el único hombre que hay aquí, aparte de tu padre y Jon.

—Dave. —Christopher se limpió la boca en el hombro—. Dave anda por aquí constantemente.

—¿Me estás diciendo que Mercy se tiraba a su exmarido el maltratador?

—Sí, eso es exactamente lo que le estoy diciendo. Estuvo con él ayer antes de la reunión familiar. Se revolcaron por el suelo como animales.

—¿Dónde?

—En la cabaña cuatro.

—¿A qué hora fue la reunión familiar?

—A mediodía. —Sacudió la cabeza, horrorizado todavía por la idea del incesto—. Dios, no puedo creer que me haya preguntado eso.

—¿Dave intentó follar contigo alguna vez?

Esta vez la conmoción no fue tan grande, pero aun así pareció asqueado.

—No, claro que no. Era mi hermano.

—¿Se follaba a su hermana pero no podía follarse a su hermano?

—¿Qué?

—Me acabas de decir que Dave se follaba a su hermana.

—¿Puede dejar de decir esa palabra? Es muy poco femenino.

Faith se rio. Si Amanda no era capaz avergonzarla, aquel tipo no tenía ninguna posibilidad de hacerlo.

—Vale, colega. Tu hermana ha sido brutalmente violada y asesinada y a ti te molesta que yo diga «follar».

—¿Qué tiene eso que ver con el contrabando de alcohol? —preguntó él bruscamente—. Me habéis pillado con las manos en la masa.

—Joder, ya lo creo.

Christopher resopló como si estuviera tratando de controlar su mal genio. Miró a Will.

—Oiga, ¿podemos terminar con esto? Asumo toda la responsabilidad. Fue idea mía. Yo construí los dos alambiques. Estaba a cargo de todo.

—Eh, listillo. —Faith chasqueó los dedos—. No hables con él. Habla conmigo.

Las mejillas de Christopher enrojecieron de ira.

Faith no cejó.

—Ya sabemos que Marti estaba metido hasta las trancas en tu operación de venta ilegal de alcohol. Hasta tiene un tatuaje en la espalda que lo demuestra.

A Christopher se le dilataron las aletas de la nariz, pero cedió al instante.

—Vale, estoy dispuesto a delatar a Marti. ¿Es eso lo que quieren?

Faith abrió los brazos de par en par.

—Dímelo tú.

—Marti y yo somos entendidos, ¿vale? Nos encanta el *whisky*, el escocés, el *bourbon*... Empezamos a fabricar pequeños lotes para consumo propio. Solo un poco cada vez. Experimentábamos con sabores y variedades de maderas raras para realzar el sabor.

—¿Y después?

—Papá tuvo el accidente de bici. Mercy empezó a hacer cambios en el albergue. Arregló los baños. Servía cócteles. Empezó a entrar más dinero. Dinero a montones. Sobre todo por el alcohol. Marti propuso que prescindiéramos de intermediarios y usáramos nuestro licor. Al principio, Mercy no sabía que rellenábamos las botellas con nuestro material, pero luego se dio cuenta. No le importaba. Lo único que quería era demostrarle a papá que podía obtener beneficios.

—No era solo el albergue —dijo Faith—. Marti también vendía licor a clubes de estriptis de Atlanta.

Christopher pareció sorprendido. Por fin se había dado cuenta de que Faith sabía mucho más de lo que aparentaba.

—¿Lo sabían tus padres? —preguntó ella.

—Claro que no.

—Pero Drew y Keisha, sí.

—Yo… —Sacudió la cabeza—. No lo sabía. ¿Qué han dicho?

—No eres tú quien hace las preguntas —le dijo Faith—. Volvamos a Mercy. ¿Qué opinaba de que no compartieras las ganancias con ella?

—Eso no es verdad. Mercy es mi hermana. Creé un fideicomiso para Jon. Metía el dinero en su cuenta. Podrá retirarlo cuando cumpla veintiún años.

—¿Por qué no le dabas el dinero directamente a Mercy?

—Porque Dave es un avaricioso y se apropiaría de él. Mercy no puede…, no podía… decirle que no a Dave. Él se lo sacaba todo. No había nada que no fuera capaz de quitarle. ¿Y ahora me dice que estaba embarazada? Habría tenido que aguantarle el resto de su vida. —De pronto pareció triste—. Y supongo que así fue, ¿no? Murió sin haber podido librarse de él.

Faith le dio unos segundos para que se repusiera.

—¿Sabía Mercy lo del fideicomiso de Jon?

—No, ni siquiera se lo he dicho a Marti. —Se inclinó hacia delante, tensando la brida—. No me está escuchando, señora. Le estoy diciendo cómo funciona esto. Mercy se lo habría dicho a Dave en algún momento y Dave habría exprimido a Jon hasta dejarlo sin nada. Solo hay dos cosas que le importen: el dinero y Mercy. En ese orden. Es capaz de hacer cualquier cosa para controlar lo uno y lo otro.

Faith volvió a la carga.

—Explícame cómo funcionaba. ¿Cómo lavabais el dinero?

Christopher se echó hacia atrás. Se miró las manos.

—A través del albergue. A Mercy se le da muy bien la contabilidad. Abrió una cuenta *online*, hacía las nóminas. Se aseguraba de que pagáramos impuestos por todo. Toda la documentación está en la caja fuerte de la oficina.

—Has dicho que a Mercy se le daba bien la contabilidad, pero no tenía ni un centavo a su nombre.

—Por decisión propia —dijo Christopher—. Yo le daba lo que quería, pero ella sabía que, si tenía dinero en el banco, o una tarjeta de crédito o débito, Dave acabaría enterándose. Dependía de mí para todo en la vida.

Faith experimentó una aplastante sensación de claustrofobia al pensar en lo indefensa que había estado Mercy.

—De eso fue de lo que hablamos antes de la cena. —Christopher volvió a mirar a Will—. Mercy me presionó para que rechazara la oferta de los inversores. Me dijo que ella no tenía nada que perder. Le contesté que yo podía quitarle el resto de su vida. Y a lo mejor lo hice. Quizá debería haber vaciado mis cuentas y habérselo dado todo a ella. Así podría haber dejado a Dave antes de que fuera demasiado tarde, ¿no?

Le había hecho la pregunta a Faith, pero ella no podía responderle. Solo conocía las estadísticas y eran sobrecogedoras. De media, una mujer maltratada dejaba a su maltratador después de siete intentos, si él no la mataba primero.

Le preguntó a Christopher:

—¿Qué hay de Marti?

—Ya se lo he dicho, él no sabe lo del fideicomiso de Jon. Le tiene más miedo que yo a Dave.

—No, me refería a por qué lo has matado.

Esta vez no reaccionó. Solo la miró con pasmo.

—¿Qué?

—Marti está muerto, Christopher. Pero tú ya lo sabías. Fuiste tú quien le puso el colirio en la botella de agua.

Christopher la miró, luego miró a Will y de nuevo a Faith.

—Está mintiendo.

—Enseguida te llevo a verlo —dijo Faith—. Hemos tenido que guardar el cadáver en el arcón congelador, detrás de la cocina. Está allí metido como un costillar.

Christopher la miraba fijamente, como si esperara que se echara a reír, que dijera que era todo una broma. Al ver que no lo hacía, tragó aire. Bajó la cabeza y se echó a llorar. Parecía más afectado por la muerte de Marti que por la muerte de su hermana.

Faith le dio un momento para que llorara. Había hecho de matona. Ahora le tocaba hacer de madre. Se inclinó hacia delante y le frotó la espalda para tranquilizarlo.

—¿Por qué mataste a Marti?

—No. —Christopher negó con la cabeza—. Yo no lo he matado.

—Querías dejar el negocio del licor y él intentaba obligarte a seguir.

—No. —Christopher seguía sacudiendo la cabeza—. No. No. No.

—Le dijiste que el negocio no funcionaría sin Mercy.

Temblaba tanto que Faith lo notaba en el casco de la canoa.

—Christopher, estás a punto de decirme la verdad. —Siguió frotándole la espalda—. Vamos, hombre. Te sentirás mejor cuando te desahogues.

—Ella lo odiaba —susurró.

—¿Mercy odiaba a Marti? —Faith le dio unas palmadas en el hombro, pero mantuvo el tono maternal—. Venga, Christopher. Ponte derecho y cuéntame lo que pasó.

Él se enderezó lentamente. Faith vio cómo se desmoronaba. Era como si todas las emociones que había reprimido se hubieran desatado de pronto.

—Marti avergonzó a Mercy delante de todo el mundo. Yo quería… quería defenderla. Quería darle a Marti un escarmiento.

—¿Un escarmiento?

—Para que la dejara en paz. No lo entiendo. ¿Cómo es que ha muerto? Puse la misma cantidad que otras veces.

A Faith rara vez la sorprendía lo que decían los sospechosos, pero aquello la pilló a contrapié.

—¿Le habías puesto colirio en la botella otras veces?

—Sí, es lo que le estoy diciendo. Soy destilador. Tengo mucho cuidado con las medidas. Puse la misma cantidad en el agua que las otras veces.

—¿Las otras veces? ¿Cuántas veces lo has envenenado?

—No lo envenenaba. Solo se le revolvía el estómago y le daba cagalera. Nada más. Cuando le decía alguna grosería a Mercy, yo le echaba unas gotas en el agua para darle un escarmiento. —Parecía sinceramente desconcertado—. ¿Cómo ha muerto? Tiene que haber sido de otra cosa. ¿Por qué me miente? ¿Puede hacer esto?

Faith había oído la teoría de Sara en la escena del crimen. Marti no había muerto por el colirio. Había muerto porque se había caído al agua y se había ahogado.

Se vio obligada a preguntar:

—Christopher, ¿Marti mató a tu hermana?

—No.

Notó certeza en su voz. Esperaba que dijera algo absurdo, como que Marti estaba enamorado de Mercy, ¿cómo iba a matarla? Pero no lo hizo.

—Lo dejé fuera de combate.

—¿Qué?

—Siempre nos tomamos una copa antes de irnos a la cama. Le puse un poco de Xanax en la bebida para asegurarme de que no hacía ninguna tontería. Estuvo leyendo en su iPad y luego se quedó dormido. —Christopher se encogió de hombros—. La ventana del dormitorio de la cabaña dos se ve desde la ventana de la escalera trasera que da a la cocina. Eché un vistazo antes de irme a dormir. Marti no salió de casa.

Faith se quedó momentáneamente sin palabras.

—Yo quería a mi hermana —prosiguió Christopher—. Pero Marti era mi mejor amigo. No podía evitar que también quisiera a Mercy. Pero yo lo mantenía a raya. Defendí a Mercy de la única forma que sabía.

De nuevo, Faith casi se quedó sin palabras.

—¿Sabía Marti que le estabas drogando? .

—Eso no importa. —Christopher se encogió de hombros, como si sus múltiples delitos no tuvieran importancia—. Mercy me trataba bien. ¿Sabe usted lo que se siente cuando nadie más en el mundo te trata bien? Sé que soy raro, pero a Mercy no le importaba. Cuidaba de mí. Se interponía entre papá y yo una y otra vez. ¿Sabe cuántas veces lo vi maltratarla? No me refiero a pegarle. La azotaba con una cuerda. Le daba patadas en la tripa. Le rompía huesos. No la dejaba ir al hospital. Y luego lo de su cara… La cicatriz en la cara, eso también fue culpa de papá. Dejó que Mercy cargara con esa culpa desde lo de…

Faith vio el miedo reflejado en sus ojos antes de que volviera a agachar la cabeza. Había hablado de más, quizá no por accidente. Christopher quería que ella le sonsacara la verdad. Lo que no entendía era que ninguno de los dos saldría de aquella canoa hasta que lo consiguiera.

—Penny Danvers me ha dicho que tu hermana se hizo la cicatriz de la cara en un accidente de coche en la Curva del Diablo. Mercy tenía diecisiete años. Su mejor amiga se mató en el accidente.

Christopher no respondió.

—¿Por qué has dicho que es culpa de tu padre que Mercy tuviera esa cicatriz? —insistió ella.

Él sacudió la cabeza.

—¿Qué responsabilidad tuvo tu padre en eso?

Faith esperó, pero él siguió sin responder.

—¿Con qué culpa dejó que cargara Mercy?

De nuevo, él no contestó.

—Christopher. —Faith se inclinó hacia delante, casi invadiendo su espacio personal—. Me has dicho que intentabas proteger a Mercy lo mejor que podías y te creo. De verdad. Pero no entiendo por qué proteges a tu padre ahora. A Mercy la han asesinado brutalmente. La dejaron desangrarse en las tierras de tu familia. ¿No puedes darle un poco de paz a su alma?

Se quedó callado unos segundos más. Luego tomó aire rápidamente y dijo con esfuerzo:

—Fue él.

—¿Quién?

—Papá. —Christopher miró hacia arriba antes de volver a bajar la vista—. Fue él quien mató a Gabbie.

Faith percibió la tensión de Will detrás de ella. Tuvo que respirar hondo antes de hablar.

—¿Cómo…?

—Gabbie era preciosa. Y amable. Y dulce. Yo estaba enamorado de ella. —Christopher miraba a Faith a los ojos. Su voz sonaba estridente—. La gente se reía de mí porque no tenía ninguna posibilidad, pero yo la quería muchísimo. Un amor puro. Nada que pudiera mancillarse. Por eso entendía lo que sentía Marti por mi hermana. Él no podía evitarlo.

Faith procuró mantener un tono de voz neutro.

—¿Qué pasó con Gabbie?

—Papá, eso pasó. —Su tono estridente había desaparecido. Su voz volvía a sonar apagada—. No podía soportar que Gabbie revoloteara por el mundo como una bella mariposa. Estaba siempre tan contenta… Tenía esa ligereza dentro… Tonteaba con los huéspedes. Se reía de sus bromas absurdas. Quería mucho a Mercy. De verdad. Y Mercy a ella. Todo el mundo quería a Gabbie. Todos la deseaban. Por eso papá la violó.

Faith sintió que la boca se le llenaba de arena por la naturalidad con que Christopher había enunciado algo que era casi indescriptible.

—¿Cuándo ocurrió eso?

—La noche del supuesto accidente.

Faith guardó silencio. No tenía que presionarle más. Christopher estaba por fin listo para contar la verdad.

—Yo estaba fuera, recogiendo lombrices —dijo—. Papá violó a Gabbie en mi cama. La dejó allí para que yo la encontrara. Papá me dijo que no iba a dejar que nadie tuviera lo que él no había tenido primero.

Faith intentó tragarse la arena de la boca.

—No solo la violó. Le destrozó la cara a puñetazos. Toda su belleza, su perfección, perdidas. —Christopher tomó aire otra vez—. Fui a buscar a Mercy, pero estaba desmayada en el suelo de su habitación, con una aguja clavada en el brazo. Tenía tantos dolores en el cuerpo… Necesitaba escapar. Gabbie y ella iban a marcharse juntas al final del verano, pero…

Faith no necesitó que acabara la frase. Conocía sus planes por Penny Danvers. Gabbie y Mercy iban a mudarse a Atlanta y a alquilar un apartamento juntas y a servir mesas y a ganar mucho dinero y a vivir a lo grande, como solo pueden hacerlo los adolescentes.

Y entonces Gabbie murió y la vida de Mercy cambió para siempre.

Christopher dijo:

—Papá me obligó a… me obligó a llevar a Mercy al coche. La tiró en el asiento de atrás como si fuera una bolsa de basura. Luego pusimos a Gabbie delante. Ni siquiera se movía. Supongo que por el *shock*, o puede que de tantos golpes en la cabeza, no lo sé. Puede que ya estuviera muerta. Me alegré de que no supiera lo que estaba pasando.

Había empezado a llorar. Faith oyó cómo le silbaba la nariz mientras intentaba controlar la respiración. Recordó otro detalle que le había contado Penny: Christopher, le había dicho, estaba tan inconsolable después de la muerte de Gabbie que se había pasado semanas metido en la cama.

—Papá me dijo que volviera a entrar en casa y yo obedecí. Vi alejarse el coche por la ventana de mi habitación. Me quedé dormido con la cabeza apoyada en el brazo. —Volvió a tragar aire—. Tres horas después, oí cerrarse la puerta de un coche. Había llegado el *sheriff* Hartshorne. Mi madre entró en mi cuarto. Lloraba tanto que casi no podía hablar. Bajamos todos a la cocina. Papá también estaba allí. El *sheriff* nos dijo que Gabbie había muerto y que Mercy estaba en el hospital.

—¿Qué dijo tu padre?

Soltó una risa amarga.

—Dijo: «Maldita sea, sabía que Mercy acabaría matando a alguien».

Faith comprendió por su tono que pretendía dar por terminado su relato, pero ella no iba a dejar que se detuviera ahí.

—¿Pizca no oyó nada esa noche?

—No, papá le había dado Xanax. Nada podría haberla despertado. —Se inclinó para limpiarse la nariz con el brazo—. Mi madre solo sabía que Mercy se había drogado y que había acabado estrellando el coche y matando a Gabbie. Nunca pedimos detalles. No queríamos saber nada.

Faith conocía la versión oficial por Penny. Mercy iba al volante cuando el coche bajó por la cuesta, sinuosa como una montaña rusa, que llevaba a la Curva del Diablo. Los sanitarios contaron en el pueblo que se rio como una hiena en la ambulancia. Mercy insistía en que estaban aparcados delante del albergue, lo que era lógico, porque estaba en su habitación cuando se durmió con una aguja clavada en el brazo. No recordaba que la hubieran llevado al coche.

Faith dedujo que Cecil McAlpine había puesto el coche en punto muerto confiando en que la fuerza de la gravedad le librara de su hija y de la joven a la que había golpeado y violado.

Le dijo a Christopher:

—El coche cayó seis metros por un barranco. Mercy salió despedida por el parabrisas. Así es como se destrozó la cara. Gabbie tenía la cabeza aplastada, pero eso ocurrió antes del accidente. El *sheriff* Hartshorne, buen amigo de tu padre, dijo que tenía los pies apoyados en el salpicadero en el momento del choque. El juez de primera instancia dijo que tenía el cráneo pulverizado. Tuvieron que usar registros dentales para identificarla en la autopsia. Era como si le hubieran golpeado la cabeza con un mazo.

A Christopher le temblaban los labios. No podía mirar a Faith a los ojos, pero ella sabía que había mucha gente a la que no podía mirar a los ojos.

—¿Cuál era el nombre completo de Gabbie? —preguntó.

—Gabriella —susurró él—. Gabriella Maria Ponticello.

19

El cerebro de Will vibraba lleno de recriminaciones dirigidas contra sí mismo. Había tenido delante a Paul todo el tiempo. Tendría que haberlo presionado para que explicara por qué se había registrado con un nombre falso. Tendría que haber indagado más a fondo en su pasado. Delilah le había contado lo de Gabbie menos de una hora después de morir Mercy. Will tenía la sensación angustiosa de saber perfectamente lo que decía el tatuaje que Paul tenía en el pecho. No llevabas una palabra permanentemente impresa sobre el corazón si esa palabra no era importante para ti.

Will había visto aquella palabra y no había sido capaz de leerla.

Faith había necesitado menos de un minuto para confirmar el parentesco de Paul y Gabbie consultando el móvil. Había encontrado una esquela en el archivo del *Atlanta Journal-Constitution*. A Gabriella Maria Ponticello le habían sobrevivido sus padres, Carlos y Sylvia, y su hermano pequeño, Paul.

—Kevin —dijo Faith—, ve por el otro lado. Quiero que lleves a Gordon a la cabaña cuatro. Escucha lo que te cuente. Luego lo compararemos con lo que nos diga Paul.

Kevin pareció sorprendido, pero hizo un saludo militar.

—Sí, señora.

Will sintió que empezaban a dolerle los dientes de tanto apretar la mandíbula. Faith iba a dejar que Kevin se encargara de interrogar a

Gordon porque sentía la necesidad de hacerle de niñera a él. Pero no podía reprochárselo. La había cagado a lo grande.

La puerta de la casa principal se abrió. Delilah salió primero. Bajó las escaleras casi saltando. Pizca empujaba la silla de Cecil. Salieron al porche, con Dave detrás. Encendió un cigarrillo y echó una bocanada de humo mientras los seguía hasta la rampa de la parte trasera de la casa.

Faith tiró de la manga a Will y lo llevó hacia el bosque. Estaban esperando a que se despejara el recinto. Christopher estaba en la caseta de los botes, esposado a una rueda de paletas. Sara estaba con Jon. El cóctel había empezado hacía cinco minutos. Monica y Frank habían sido los primeros en llegar. Luego, Drew y Keisha. El resto de la familia estaba bajando, de modo que solo quedaban Gordon y Paul. Las luces de la cabaña cinco estaban encendidas, pero los hombres no habían salido aún. ¿Y por qué iban a salir? Gracias a Will, Paul estaba seguro de que se había salido con la suya.

Will no pudo soportarlo más. Le dijo a Faith:

—La he cagado. Lo siento.

—Dime por qué la has cagado.

—Paul tiene un tatuaje en el pecho. Sé que pone Gabbie. Lo vi, pero no me dio tiempo a leerlo. Se lo tapó con una toalla.

Faith se quedó en silencio un segundo más de la cuenta.

—Eso no lo sabes.

—Lo sé. Y tú también. Y Amanda va a saberlo también. Y Sara… —De pronto sentía el estómago lleno de gasoil—. Keisha me dijo que Paul y Gordon llegaron tarde a desayunar. Fue entonces cuando Paul escondió el mango del cuchillo en la cisterna. Los asusté a ella y a Drew para nada. Les daba terror que les disparara. Y Marti seguramente seguiría vivo. Christopher tenía que hacer de guía a los huéspedes esta mañana. Marti se habría quedado en la cama, durmiendo.

—Error —dijo Faith—. Las actividades se cancelaron por la muerte de Mercy.

Will sacudió la cabeza. Nada de eso importaba.

—Penny me contó lo del accidente de coche —dijo Faith—. Yo podría haberlo investigado hace horas. Sabía el apellido de Gabbie. Podría haberlo cotejado con los otros apellidos, incluido el de Paul. Así es como encontré la esquela.

Will sabía que se estaba agarrando a un clavo ardiendo.

—Tenemos que sacarle una confesión a Paul. No puedo dejar que se libre porque yo haya cometido un error.

—No va a librarse —dijo Faith—. Mírame.

Will no podía mirarla.

—Christopher va a cumplir condena. Su testimonio va a servirnos para imputar a Cecil por el asesinato de Gabbie. Vamos a detener a Paul por matar a Mercy. Sabe Dios cuántos clubes de estriptis de Atlanta le compraban alcohol a Marti. Casi matan a Monica con esa porquería. Nada de eso sería posible si tú no estuvieras aquí. ¿Crees que Bizcocho habría investigado el asesinato de Mercy? Eres el único motivo por el que Paul va a acabar en prisión. Igual que Christopher. Y Cecil.

—Faith, sé que intentas que me sienta mejor, pero cada palabra que sale de tu boca me suena a compasión.

La puerta de la cabaña cinco se abrió. Gordon salió primero, seguido de Paul. Iban riéndose de algo porque no tenían ni idea de que las puertas del infierno estaban a punto de abrirse para ellos.

—Vamos —dijo Will.

Cruzó corriendo el recinto. Kevin apareció por el otro lado y agarró a Gordon del brazo.

—¿Perdona? —dijo Gordon, pero Kevin ya lo estaba apartando.

—¡Eh! —Paul intentó ir tras él. Will le puso una mano en el pecho con firmeza.

Paul miró hacia abajo. Esta vez no hizo ningún comentario seductor. Su boca dibujó una línea recta.

—Vale. Veo que vamos a tener que hablar.

—Vamos dentro —dijo Faith.

Will se mantuvo pegado a él por si intentaba escapar. Kevin llevó a Gordon a la cabaña cuatro. Las luces se encendieron. Se cerró la puerta, no sin que antes Gordon mirara a Paul con fijeza. Will vio que Faith también lo había notado.

Gordon y Paul eran cómplices.

El salón olía como un bar de mala muerte. Había botellas de alcohol medio vacías y vasos volcados. El cubo de la basura estaba lleno de bolsas de patatas fritas y envoltorios de caramelos. Will notó un tufo a marihuana. Vio un cenicero junto a la silla. Estaba lleno de colillas de porro, demasiadas para contarlas a simple vista.

—Parece que habéis montado una buena fiesta —comentó Faith—. ¿Celebrabais algo en particular?

Paul enarcó una ceja.

—¿Te molesta que no te hayamos invitado?

—Muchísimo. —Faith señaló el sofá—. Siéntate.

Paul se sentó con un resoplido. Se echó hacia atrás, con los brazos cruzados.

—¿De qué va esto?

—Tú eres quien ha dicho que íbamos a tener que hablar —contestó Faith—. ¿De qué tenemos que hablar?

Paul miró a Will.

—Viste el tatuaje.

Will se sintió como si le clavaran una lanza de metal en el pecho.

—Llevo todo el día observándoos ir de acá para allá —dijo Paul—. ¿Fue Mercy? ¿Se lo contó a alguien antes de morir?

—¿Qué es lo que tenía que contar?

Will vio que Paul se desabrochaba la camisa y retiraba la tela para enseñarles el pecho. El tatuaje estaba adornado con corazones rojos y flores multicolores. Desde aquella distancia, Will solo pudo distinguir la G, probablemente porque ya conocía el nombre.

Faith se inclinó hacia delante.

—Qué ingenioso. En realidad no se ve el nombre a no ser que sepas lo que estás buscando. ¿Te importa?

Paul se encogió de hombros mientras Faith sacaba su iPhone. Hizo varias fotos y luego se echó hacia atrás en el sillón con un suspiro.

—¿Soy sospechoso o testigo? —preguntó él.

—Entiendo que estés confuso —dijo Faith—. Porque actúas como si no fueras ninguna de las dos cosas.

—El privilegio del hombre blanco, ¿no? —Paul alcanzó una botella de licor—. Necesito un trago.

—Yo que tú no lo haría —dijo Faith—. No es Old Rip.

—Aun así, es alcohol. —Paul bebió un largo trago directamente de la botella—. ¿Qué estáis buscando?

Faith miró a Will como si esperara que tomara el mando. Supuso que su silencio duraría más que el de ella, pero esta vez no fue así.

—¿Hola? —dijo Paul—. El testigo-sospechoso al habla. ¿Hay alguien en casa?

Will sintió que se ponía colorado. No podía seguir cagándola. Le preguntó a Paul:

—¿Mercy vio tu tatuaje?

—Dejé que lo viera, si te refieres a eso.

—¿Cuándo?

—No sé, una hora o así después de llegar. Me duché y estaba en el dormitorio, a punto de vestirme. Miré por la ventana. Vi que Mercy venía hacia aquí y pensé «¿Por qué no?». —Hizo rodar la botella entre sus manos—. Volví a ponerme la toalla alrededor de la cintura y esperé.

—¿Por qué querías que viera el tatuaje? —preguntó Will.

—Quería que supiera quién soy.

—¿Sabía Mercy que Gabbie tenía un hermano?

—Imagino que sí. Solo tuvieron relación unos meses, en verano, pero enseguida se hicieron muy amigas. En las cartas que mandaba a casa Gabbie solo hablaba de Mercy y de lo bien que se lo pasaban juntas. Parecía como... —Paul se detuvo, buscando las palabras adecuadas—. ¿Sabéis lo que pasa cuando eres joven y conoces a alguien y congenias con esa persona al instante, y es como si dos imanes se quedaran pegados? No entiendes cómo podías vivir antes de conocer a esa persona y no quieres pasar el resto de tu vida sin ella.

—¿Eran pareja? —preguntó Will.

—No, solo eran dos amigas preciosas y perfectas. Y luego todo se estropeó.

—Te registraste en el albergue con un nombre falso. Habría sido el momento de decirle a Mercy que eras el hermano de Gabbie.

—No quería que su familia se enterara.

—¿Por qué?

—Porque… —Paul tomó otro trago—. Dios, esto está asqueroso. ¿Qué demonios es?

—Alcohol ilegal. —Faith se acercó y le quitó la botella de las manos. La dejó en el suelo. Esperó a que Will continuara.

Él puso el piloto automático y preguntó:

—¿Por qué?

—¿Por qué no quería que se enterasen los McAlpine? —Paul suspiró mientras se lo pensaba—. Quería que quedara entre Mercy y yo, ¿vale? Ni siquiera estaba seguro de querer hacerlo, pero la vi y…

Se encogió de hombros en lugar de acabar la frase.

Will escuchó el silencio de la habitación. Se miró las manos. Hasta su mano herida intentaba cerrarse en un puño. Le dolía el hueso de la mandíbula de tanto rechinar los dientes. Su cuerpo estaba familiarizado con aquella ira. La había sentido en el colegio, cuando el profesor le reñía por no terminar la frase de la pizarra. La había sentido en el hogar infantil cuando Dave se burlaba de él porque leía mal. Había aprendido un truco: separar su mente de la situación, desenchufarla de su cuerpo como si fuera el cable de una lámpara.

Pero ya no estaba sentado al fondo de un aula. Ya no estaba en el hogar infantil. Estaba interrogando a un sospechoso de asesinato. Su compañera contaba con él. Y lo que era más importante, Jon contaba con él. Will había sentido el último latido del corazón de Mercy. Le había prometido en silencio que llevaría a su asesino ante la justicia. Que su hijo tendría la tranquilidad de ver castigado por su crimen al hombre que le había arrebatado a su madre.

Apartó la mesa baja del sofá y se sentó justo delante de Paul.

—Ayer por la tarde discutiste con Gordon en el sendero.

Paul pareció sorprendido. Ignoraba que Sara los había oído por casualidad.

—Le dijiste a Gordon que no te importaba lo que pensara. Que era lo correcto.

—Yo no hablo así.

—Entonces Gordon dijo: «¿Desde cuándo te importa a ti lo correcto?».

—¿Hay cámaras? ¿Hay micrófonos por aquí? —preguntó Paul.

—¿Sabes lo que le dijiste a Gordon?

Paul se encogió de hombros.

—Sorpréndeme.

—Gordon preguntó desde cuándo te importaba hacer lo correcto y tú le respondiste: «Desde que he visto cómo vive, joder».

Paul asintió.

—Vale, eso suena más a mí.

—Gordon te dijo que tenías que olvidarte del asunto. Pero no te olvidaste, ¿verdad?

Paul se puso a juguetear con el dobladillo de su camiseta, frunciéndolo en pliegues apretados.

—¿Qué más dije?

—Dímelo tú.

—Probablemente dije «Vamos a discutirlo mientras nos bebemos un barril de Jim Beam» o algo por el estilo.

—Me dijiste que anoche viste a Mercy en el sendero sobre las diez y media.

—Y la vi.

—Dijiste que estaba haciendo la ronda.

—Así es.

—¿Hablaste con ella?

Paul empezó a deshacer los pliegues.

—Sí.

—¿Qué le dijiste?

—No me vas a creer. Gordon me advirtió que no me acercara a

ti. Dijo que no eras más que un zopenco con placa que quería detener a alguien con cualquier excusa.

—En tu caso no es con cualquier excusa. ¿Qué le dijiste a Mercy anoche en el sendero, Paul? Ella estaba trabajando, haciendo la ronda, y tú saliste de la cabaña sobre las diez y media y hablaste con ella.

—Exacto.

—¿Qué le dijiste?

—Que… —Dejó escapar otro largo suspiro—. Que la perdonaba.

Will vio que empezaba otra vez a hacer pliegues con la camiseta.

—La perdoné —dijo Paul—. Pasé muchos años culpando a Mercy. Eso me reconcomía por dentro, ¿sabes? Gabbie era mi hermana mayor. Yo solo tenía quince años cuando pasó. Me robaron tanto de su vida, de la vida de ambos… Nunca llegué a conocerla de verdad.

—¿Por eso mataste a Mercy?

—Yo no la maté. Para matar a alguien tienes que odiarlo.

—¿No odiabas a la responsable de la muerte de tu hermana?

—La odié muchos años. Y luego descubrí la verdad. —Paul miró a Will—. Mercy no conducía el coche.

Will lo observó, pero no reveló nada.

—¿Cómo sabes que no conducía ella?

—De la misma manera que sé que Cecil McAlpine la violó.

Will sintió que todo el oxígeno desaparecía de la habitación como si una llamarada lo consumiera de pronto. Miró a Faith. Parecía tan sorprendida como él.

—También sé que Cecil y Christopher metieron a Gabbie en el coche con Mercy —prosiguió Paul—. Ojalá Gabbie ya estuviera muerta. No quiero pensar que se despertó así, que vio que el coche iba derecho hacia esa curva de la carretera sabiendo que no podía hacer nada por detenerlo.

Will volvió a mirar a Faith. Su compañera se había sentado en el borde de la silla.

—También tenía la pelvis aplastada —añadió Paul—. Mi madre

me contó ese pequeño detalle el año pasado. La pobre mujer estaba en su lecho de muerte. Cáncer de páncreas, más demencia, más infección urinaria. Estaba atiborrada de morfina. Su cerebro, su hermoso cerebro, la mantenía atrapada en el verano que murió Gabbie. La ayudaba a hacer las maletas para irse a las montañas, se aseguraba de que llevaba ropa adecuada, le decía adiós con la mano cuando mi padre se la llevaba en el coche. Luego contestaba al teléfono. Se enteraba del accidente de coche. De que Gabbie había muerto.

Se inclinó y recogió la botella del suelo. Bebió un largo trago antes de continuar.

—Estaba yo solo con mi madre cuando murió. Mi padre falleció de un ataque al corazón hace dos años. —Abrazó la botella contra el pecho—. La demencia no tiene patrones. Su mente recordaba los detalles más extraños, los recuerdos iban y venían. De pronto decía que Gabbie se había olvidado de meter en la maleta su osito de peluche. Que a lo mejor podíamos mandárselo por correo. O que esperaba que los McAlpine le dieran bien de comer. ¿Verdad que eran buena gente? Había hablado con el padre por teléfono cuando Gabbie solicitó las prácticas. Se llamaba Cecil, pero todos lo llamaban «papá». Fue él quien llamó para decirnos que Gabbie había muerto.

Hizo amago de beber, pero cambió de idea. Le pasó la botella a Will.

—Esa llamada de Cecil se le quedó grabada a fuego. «Papá» le dio todos los detalles del accidente. Mi madre pensó que solo intentaba ayudarla con esa honestidad brutal, pero no se trataba de eso. Estaba reviviendo la violencia. ¿Os imagináis qué clase de psicópata hay que ser para violar y asesinar a la hija de una mujer y luego llamarla y contárselo todo con detalle?

Will había conocido a psicópatas de ese tipo, pero no se había dado cuenta de que Cecil McAlpine era uno de ellos, hasta ahora.

—Aquella llamada obsesionó a mi madre hasta el momento de su muerte. Solo le quedaban unas horas de vida y no hablaba de otra cosa. No de los momentos felices, como los recitales de violín de Gabbie o las carreras de atletismo o cuando yo sorprendí a todo el mundo ingresando en la Facultad de Medicina, sino de aquella llamada de Cecil McAlpine contándole los detalles escabrosos de la muerte de Gabbie. Y yo tuve que escuchar cada palabra, porque aquellos eran los últimos momentos que compartía con mi madre.

Miró por la ventana. Sus ojos brillaron a la luz.

—¿Cómo descubriste que Cecil había matado a tu hermana? —preguntó Faith.

—Tuve que revisar los papeles de mi madre después de su muerte. Y también los de mi padre. Ella nunca se había molestado en ordenarlos. Encontré una carpeta al fondo del archivador de mi padre. Contenía todo lo relacionado con el accidente. Aunque no era mucho. Un atestado policial de cuatro páginas. Y un informe de autopsia de doce. Soy cirujano plástico. He operado a víctimas de accidentes de tráfico. He testificado como perito en causas penales y civiles. Y nunca he visto un caso cuyo sumario no ocupara cajas y cajas. Y ni siquiera hablo de muertes. Gabbie murió. Mercy estuvo a punto de morir. ¿Dieciséis páginas, nada más? ¿En serio?

Will también había leído muchos informes de autopsias. Paul tenía razón.

—¿Hicieron análisis toxicológicos?

—No eres solo una cara bonita, a fin de cuentas. —La sonrisa de Paul tenía un matiz de tristeza—. Eso fue lo que de verdad me llamó la atención. Los análisis demostraban que Gabbie había consumido marihuana y que tenía una alta concentración de alprazolam en sangre.

—Xanax —dijo Will. Los McAlpine sentían predilección por esa droga.

—Gabbie fumaba, pero le gustaba estar despierta. Tomaba estimulantes: Adderall, éxtasis, a veces coca, si alguien tenía. No era adicta. Simplemente, le gustaba la fiesta. Por eso, en parte, mi padre la obligó a hacer las prácticas en el albergue. Fue él quien encontró el anuncio. Pensó que el aire fresco, el trabajo duro y el ejercicio la llevarían por el buen camino.

—Mercy no fue imputada por el accidente —dijo Will—. ¿A tus padres no les pareció extraño?

—Mi padre creía fervientemente en la verdad, la justicia y el estilo de vida americano. Si un policía decía que no había nada sospechoso, entonces es que no había nada sospechoso.

Faith se aclaró la garganta.

—¿Qué policía?

—Jeremiah Hartshorne, el primero. El segundo es el que ocupa el puesto ahora, como es lógico.

—¿Hablaste con él?

—No, contraté a un detective privado. Hizo llamadas, visitó a gente. La mitad de los vecinos del pueblo se negó a hablar con él. La otra mitad se enfurecía cada vez que mencionaba el nombre de Mercy. Era una puta, una yonqui, una asesina, una mala madre, una escoria, una bruja, estaba poseída por Satanás. Todos la culpaban de la muerte de Gabbie, pero en realidad no se trataba de Gabbie. Sencillamente, odiaban a Mercy.

—¿Cómo averiguaste lo que pasó de verdad? —preguntó Will.

—Un informante se puso en contacto con nosotros. Fue todo muy de película. —La sonrisa de Paul se volvió amarga—. Me costó diez mil dólares, pero mereció la pena oír por fin la verdad. Evidentemente, no podía hacer nada al respecto. El cabrón se calló en cuanto tuvo el dinero. No quiso testificar. Se negó a que grabáramos su declaración. Hicimos averiguaciones sobre él. Es un mierda, un pobre diablo. Dudo que su testimonio sirviera ni para multar a Jeffrey Dahmer por no cruzar la calle por un paso de cebra.

Aunque ya sabía la respuesta, Will tuvo que preguntar:

—¿Quién era el informante?

—Dave McAlpine —contestó Paul—. Lo detuvisteis por el asesinato de Mercy, pero por lo que sea lo habéis soltado. Sabéis que no era solo su exmarido, ¿verdad? También era su hermano adoptivo.

Will se frotó la mandíbula. No había nada que Dave tocara que no se convirtiera en mierda.

—¿Qué le dijiste a Mercy anoche, en el camino?

Paul dejó escapar un largo suspiro.

—Primero tendría que contarte algo más sobre las cartas de Gabbie. Escribía al menos una vez por semana. Quería mucho a Mercy. Iban a alquilar un apartamento en Atlanta y… Ya sabes lo tonto que es uno cuando tiene diecisiete años. Te pones a hacer cuentas y resulta que puedes vivir de macarrones con queso por diez centavos a la semana. Gabbie estaba muy contenta por haber encontrado una amiga. Lo pasó mal en el colegio. Tocaba el violín. Estaba en la banda. Se burlaron de ella durante años. No pudo disfrutar por fin de la vida hasta que creció y se volvió una belleza. Mercy fue la primera amiga que encontró en esa nueva fase de su vida. Era especial. Era perfecto.

—¿Qué más? —preguntó Will.

—Gabbie también escribía sobre Cecil. Tenía la impresión de que maltrataba a Mercy. De que abusaba de ella físicamente y puede que algo más. Desconozco los detalles porque ella no contó nada más. Dudo que supiera cómo expresarlo, en realidad. Gabbie no creció con miedo. Eso fue antes de que internet nos robara la inocencia. Entonces no había veinte mil millones de pódcast sobre chicas guapas violadas y asesinadas.

Will notaba la tristeza en su voz. Estaba claro que Paul había querido mucho a su hermana. Aun así, no había respondido a su primera pregunta.

—¿Qué le dijiste a Mercy en el camino?

—Le pregunté si sabía quién era yo. Me contestó que sí. Y le dije que la perdonaba.

Will esperó, pero Paul no dijo nada más.

Faith preguntó:

—¿Y?

—Yo tenía un largo discurso preparado, iba a decirle que sabía que había querido mucho a Gabbie, que eran grandes amigas, que ella no había tenido la culpa, que había sido su padre desde el principio, que no tenía por qué sentirse culpable… Todas esas cosas. Pero Mercy no me dio oportunidad de decir nada. —Paul compuso una sonrisa—. Me escupió. Literalmente. Simplemente gargajeó y escupió algo asqueroso.

—¿Eso es todo? —insistió Faith—. ¿No dijo ni una palabra?

—Sí, me dijo que me fuera a la mierda. Luego se fue hacia la casa. Estuve mirándola hasta que entró y cerró de un portazo.

—¿Y luego qué? —preguntó Faith.

—Y luego… nada. Me quedé pasmado, evidentemente. Después de eso no iba a ir detrás de ella. Había dejado muy claro lo que sentía. Así que volví a entrar y me senté exactamente donde estoy ahora. Gordon lo había oído todo. Estábamos los dos sin habla, si os soy sincero. Yo no esperaba un momento catártico, pero pensaba que por lo menos podríamos iniciar un diálogo que quizá nos ayudara a los dos a cerrar esa herida hasta cierto punto.

La tristeza había abandonado su voz. Ahora parecía perplejo.

—Vale, necesito que rebobinemos un poco. —Era evidente que Faith compartía el escepticismo de Will—. ¿Mercy te escupió y no hiciste nada?

—¿Qué iba a hacer? No estaba enfadado con ella. Me daba lástima. Mira cómo vivía aquí arriba. En el pueblo todos la despreciaban. Estaba atrapada en esta montaña con su padre, que la incriminó para que la culparan de haber matado a su mejor amiga. Toda la familia la trataba como si fuera culpable. Su vida quedó destrozada por culpa de ese hombre. Pensadlo. Su propio padre le destrozó la vida, y vivía con él, trabajaba con él, comía con él, cuidaba de él. Y encima, su exmarido, o hermano o como quieras llamarlo, me sacó diez mil dólares por contarme la verdad, ¿y nunca se la contó a ella? Es triste de cojones.

—¿Cómo supo Dave la verdad? —preguntó Will.

—Eso no lo sé. —Se encogió de hombros—. Ofrecedle otros diez mil. Seguro que aceptará.

Will hablaría más tarde con Dave.

—No pareciste inmutarte esta mañana cuando os comuniqué que Mercy había muerto apuñalada.

—Estaba muy borracho y muy colocado. Gordon me metió en la ducha para que me despejara. Por eso no estaba en mi mejor momento cuando me viste. El agua estaba helada.

—¿Por qué estás tan seguro de que Mercy no sabía que su padre era responsable de la muerte de Gabbie? —preguntó Faith.

—El marido-hermano me contó que ella no tenía ni idea. Y encima se puso chulito. Presumió de ello, se puso arrogante, como si dijera «ja, ja, yo sé algo que ella no sabe, mira qué listo soy».

Eso parecía muy propio de Dave.

—Supe que era verdad la primera vez que hablé con Mercy —añadió Paul—. Intenté sonsacarla, ¿vale?, a ver si sabía lo que había hecho su padre. Le hablé del dinero que daba este sitio, de lo bonito que es. Pensé que tal vez estaba metida en el ajo, o que encubría a su padre.

—¿Y? —preguntó Faith.

—Le pregunté por la cicatriz de la cara y trató de tapársela con las manos. —Paul meneó la cabeza. Aquel recuerdo pareció despertar alguna emoción—. Pareció muy avergonzada. No solo la vergüenza normal, sino esa vergüenza que es como si te arrancaran el alma del cuerpo de un puñetazo.

Will conocía ese tipo de vergüenza. El hecho de que Dave se la hubiera inoculado a la fuerza a Mercy, que se hubiera servido de ella para castigar a la madre de su hijo, era de una crueldad desalmada.

—Por eso Gordon y yo discutimos en el camino. Yo sabía que tenía que decirle la verdad a Mercy. Y lo intenté, pero ella dejó muy claro que no le interesaba. Gordon tenía razón. Ya he perdido a mi hermana y a mis padres. No es cosa mía intentar arreglar la vida de esta familia de mierda. Eso ya es irreparable.

Faith puso las manos en las rodillas.

—¿Recuerdas algo más sobre Mercy anoche? ¿O sobre la familia? ¿Viste algo?

—Puede que haya escuchado demasiados pódcast, pero siempre es lo que crees que no importa lo que de verdad acaba importando. Así que... —Se encogió de hombros—. Cuando Mercy entró en la casa y cerró de un portazo, yo seguía completamente pasmado. Me quedé allí un rato, atónito. Y juro por Dios que vi a alguien en el porche.

—¿A quién? —preguntó Faith.

—Probablemente me equivoque, porque estaba oscuro, ¿vale? Pero os juro que parecía Cecil.

—¿Por qué ibas a estar equivocado?

—Porque después de que se cerrara a puerta, se levantó y entró andando.

20

Sara procuró acomodar su paso a las largas y lánguidas zancadas de Jon mientras iban por el Sendero del Lazo hacia el comedor. Había retrasado su partida porque no estaba dispuesta a llevar a un chico de dieciséis años a un cóctel. Parecía una tontería, teniendo en cuenta que Jon estaba drogado cuando llamó a la puerta de la cabaña nueve. Había conseguido que la dejara entrar sobornándolo con bolsas de patatas fritas y dos Snickers que sin duda Will echaría en falta.

Jon había encajado en silencio la noticia de que su padre era inocente. Saltaba a la vista que estaba abrumado por los acontecimientos de las últimas veinticuatro horas. Había dejado de intentar esconder sus lágrimas. Se había limitado a mirar a Sara con incredulidad, con las manos y la barbilla temblorosas, mientras ella le informaba de la situación: Dave era inocente y tenían otro sospechoso, pero no podía decirle nada más.

Ella se había ofrecido a llevarlo con sus abuelos, pero Faith tenía razón: el chico no tenía prisa por volver a casa. Sara le había hecho compañía lo mejor que había podido. Habían hablado de árboles y rutas de senderismo, de cualquier cosa menos del asesinato de su madre. Sara se daba cuenta por cómo hablaba él —por la falta de titubeos y muletillas que jalonaban las frases de la mayoría de los adolescentes— de que se había criado principalmente en compañía de adultos. El hecho de que todos esos adultos llevaran el apellido McAlpine era muy mala suerte.

Jon dio una patada a una piedra del camino, arañando la tierra con el pie. Estaba visiblemente angustiado. Sabía mejor que Sara que estaban cerca del comedor. Seguramente pensaba que su aparición, después de haber estado fuera tantas horas, causaría cierto revuelo. La última vez que había estado dentro del edificio, estaba borracho como una cuba y le había gritado a su madre que la odiaba.

—¿Seguro que quieres hacer esto? —le preguntó Sara—. No va a ser muy íntimo. Muchos de los huéspedes también estarán presentes.

Él asintió con un gesto y el pelo le cayó sobre los ojos.

—¿Estará allí él?

Sara sabía que se refería a Dave.

—Es probable, pero puedo ser yo quien le diga a tu familia que has vuelto. Tú puedes esperarlos en casa.

Dio otra patada a una piedra y sacudió la cabeza.

Sara supuso que iban a seguir adelante en silencio, pero Jon carraspeó y la miró antes de volver a fijar los ojos en el suelo.

—¿Cómo es tu familia? —preguntó.

Sara meditó su respuesta.

—Tengo una hermana más pequeña que tiene una hija. Está estudiando para ser matrona. Mi hermana, no mi sobrina.

Jon esbozó una sonrisa.

—Mi padre es fontanero —añadió ella—. Mi madre lleva la contabilidad y el día a día del negocio. Está muy metida en causas sociales y en las actividades de su parroquia, cosa que no para de recordarme.

—¿Cómo es tu padre?

—Pues… —Sara era consciente de que Jon tenía una relación complicada con su padre, y no quería avergonzar a Dave comparándolo con el suyo—. Le encantan los chistes de padre.

Jon la miró de reojo.

—¿Como cuáles?

Sara pensó en la tarjeta que su padre le había metido en la maleta.

—Como sabía que iba a pasar esta semana en una especie de granja, me dio un dólar, por si había una fiesta campestre.

—¿Una fiesta campestre?

—Sí. Porque la entrada cuesta un dólar.

Jon resopló.

—Quería asegurarse de que no le montaba un pollo por no poder entrar —agregó ella.

Jon soltó una carcajada.

—Qué malo.

A Sara le parecía maravilloso. Jon había tenido mala suerte, pero a ella, en cambio, le había tocado la lotería.

—Recuerda lo que te dije de Will. Quiere hablarte de tu madre. Tiene algunas cosas que contarte.

El chico asintió. Volvió a fijar los ojos en el suelo. Sara pensó en el joven al que había conocido la víspera. Parecía tan seguro de sí mismo cuando bajó los escalones de entrada de la casa familiar… Al menos, hasta que Will lo puso en su sitio. Ahora parecía nervioso y acobardado.

Como pediatra, Sara había visto las dualidades de los niños. Los varones, en particular, ansiaban saber cómo ser hombres. Por desgracia, a menudo sus modelos a seguir eran individuos poco recomendables. Jon tenía a Cecil, a Christopher, a Dave y a Marti. Evidentemente, podía haberle tocado en suerte algo peor que un *incel* rarito al que su mejor amigo envenenaba con regularidad, pero también podía haber tenido mucha mejor suerte.

—Sara…

Faith la estaba esperando en la terraza panorámica. Estaba sola. Las luces del comedor estaban encendidas. Sara oyó el ruido de los cubiertos y el murmullo de las conversaciones. Todos llevaban horas aislados allí arriba, viendo cómo llamaban uno por uno a los huéspedes para interrogarlos. Seguramente el personal de cocina les había contado lo del cadáver del congelador. Christopher no estaba por ninguna parte. Y luego había aparecido Dave, como si estallara una bomba atómica, y Gordon y Paul no habían bajado a tomar una copa. Sara supuso que el comedor sería un hervidero de rumores.

—¿Quieres esperar a que entre? —le preguntó a Jon.

—No. No pasa nada. —Jon enderezó los hombros al cruzar la

puerta. Se estaba poniendo su armadura. Su frágil valentía hizo que a Sara se le encogiera el corazón.

—Sara —repitió Faith—, por aquí.

Sara la siguió por el Sendero de la Cantina. Antes, Faith la había puesto al corriente de las revelaciones de Christopher, mientras Kevin y Will lo encerraban en la caseta de los botes. Ahora le tocó a Sara informarla de sus novedades.

—Ha llamado Nadine. El arroyo ha retrocedido. Han echado dos toneladas de grava en el camino. Estará aquí en menos de una hora. Dentro de poco los huéspedes sabrán que ya pueden irse. Ya están hablando entre sí. Lo que le dices a uno, es como si se lo dijeras a todos.

—Háblame de la autopsia —dijo Faith.

Sara no se sentía capaz de resumirle todo el informe en ese momento.

—¿Te refieres al embarazo o...?

—¿Qué muestras recogiste para el laboratorio?

—Esperma de la vagina. Orina y sangre. Tomé muestras de los muslos, la boca, la garganta y la nariz, buscando saliva, sudor o ADN de contacto. Recogí algunas fibras. Rojas, en su mayoría, pero también algunas negras, que no coincidían con la ropa que llevaba Mercy. Había algunos pelos con el folículo intacto. Tomé muestras de raspado de las uñas. Realicé un...

—Vale, con eso basta. Gracias.

Faith se quedó extrañamente callada. Era evidente que estaba barajando ideas. Sara supuso que no tardaría en enterarse de lo que pasaba, y así fue, en efecto, en cuanto doblaron la última curva del camino y vio a Will.

Él estaba observando el mapa que había marcado Faith. Sara se dio cuenta por su expresión de cansancio que algo se había torcido durante el interrogatorio de Paul.

—¿No era él? —preguntó.

—No —contestó Will—. Paul ya sabía que fue Cecil quien mató a su hermana. El relato de Gordon coincide casi punto por punto con el suyo. No ha sido él.

Antes de que Sara pudiera recuperarse de la sorpresa, Faith preguntó:

—Como médica, ¿qué has notado en Cecil?

Sara sacudió la cabeza. La pregunta la había pillado desprevenida.

—Sé más concreta.

—¿Puede levantarse de la silla de ruedas?

Sara volvió a sacudir la cabeza, intentando aclararse.

—Desconozco el alcance de sus lesiones, pero dos tercios de los usuarios de dispositivos de movilidad conservan algún grado de deambulación.

—¿Y eso qué significa? —preguntó Faith.

—Que no están paralizados por completo. Pueden caminar distancias cortas, pero usan la silla porque tienen dolores crónicos, lesiones, agotamiento o porque les resulta más fácil. —Sara repasó mentalmente su breve interacción con Cecil durante el cóctel—. Puede usar el brazo derecho. Anoche nos estrechó la mano, ¿recuerdas?

—Con fuerza, además —repuso Will.

—Sí, tienes razón, pero sin hacerle un examen completo no puedo concluir nada basándome en ese único dato. —Sara se quedó pensando, pero no se le ocurrió la manera de ayudarlos—. No puedo deciros si es capaz de andar, sin ver su historia y hablar con sus médicos. Y aun así, la fuerza de voluntad es asombrosa. Fijaos en cuánto tiempo se mantuvo viva Mercy después de recibir tantas puñaladas. La ciencia nunca lo explica todo. A veces, los cuerpos hacen cosas que no tienen sentido.

—¿Podría tener una erección? —preguntó Faith.

Sara se quedó atónita al comprender lo que aquello significaba. Habían centrado sus sospechas en Cecil.

—Dadme más información.

—Tú estuviste en la casa —dijo Will—. ¿Viste dónde dormía Cecil?

—Han reconvertido en dormitorio una de las salas de estar de la planta baja —recordó Sara—. Tiene una cama normal, no una de hospital, pero... Puede que esto no signifique nada, pero creo que lo lógico sería que hubiera una cómoda al lado de la cama. El aseo de la planta baja es demasiado estrecho para una silla. Y la bañera no tenía asiento adaptado. Cecil estaba en calzoncillos cuando lo vi en el porche esta mañana. No llevaba bolsa de recogida de orina. No había ningún catéter en el baño. También vi varios artículos de tocador de caballero en un estante, encima del váter. Aunque el baño estuviera adaptado, no podría alcanzarlos desde la silla de ruedas.

—Me comentaste que era raro que no hubiera una furgoneta adaptada para silla de ruedas en el aparcamiento —dijo Faith.

—No dije que fuera raro. Dije que probablemente había gente que lo ayudaba a subir y bajar de la camioneta. Pizca es demasiado pequeña para hacerlo sola. Puede que pida ayuda a Jon o a Christopher. O a Dave, quizá.

—Espera —dijo Will—. Cuando toqué la campana, Cecil fue el primero en salir. Luego vi a Pizca, pero no la vi empujando la silla. Cecil salió y luego apareció Pizca. Christopher no apareció hasta después. Tampoco estaba Jon. Delilah aún estaba arriba cuando volví de la cabaña de Gordon y Paul. Tú misma lo has dicho. Es imposible que Pizca pueda levantar a Cecil ella sola. No mide ni metro y medio y debe de pesar cuarenta y cinco kilos, como mucho, sin ropa. Así que, ¿cómo llegó Cecil a la silla?

—Levantándose y andando —dijo Faith.

Sara no quería seguir hablando de esa posibilidad.

—¿Qué te ha dicho Paul para que estéis pensando en eso?

—Vio a Mercy a las diez y media, pero ella no subió por el sendero. Entró en la casa. Además, Paul vio a Cecil levantarse en el porche y entrar detrás de ella, por su propio pie.

Sara no supo qué decir.

—La primera llamada de Mercy a Dave fue a las 10:47 —dijo Faith—. Dave no contestó. Mercy debió de quedarse dándole vueltas al asunto. Luego fue a hablar con su padre. Puede que a Cecil le entrara el pánico porque pensó que Mercy volvería a hablar con Paul y descubriría la verdad sobre la muerte de Gabbie. ¿Qué le hizo Cecil a Mercy en esos diez minutos?

Sara se llevó la mano a la garganta. Había oído contar las cosas de las que era capaz Cecil McAlpine.

463

—Lo que sea que pasara con Cecil dejó trastornada a Mercy. Llamó a Dave a las 10:47, a las 11:10, a las 11:12, a las 11:14, a las 11:19 y a las 11:22. Sabemos que estaba en algún punto dentro de la zona donde hay wifi cuando hizo esas llamadas.

Will levantó el mapa para que Sara lo viera.

—Probablemente estaba todavía dentro de la casa cuando empezó a hacer las llamadas. Preparó la mochila, guardó algo de ropa y el cuaderno. Bajó corriendo al comedor. Y mientras tanto siguió intentando ponerse en contacto con Dave.

—Hay una caja fuerte en el despacho, al fondo de la cocina —dijo Faith—. Kevin la abrió con la llave de Christopher. Estaba vacía.

—Recordad lo que decía Mercy en su mensaje: «Dave está a punto de llegar».

—Estaba hablando con Cecil —afirmó Faith.

Sara miró el mapa, fijándose en la distancia entre la casa y el comedor, y el comedor y las cabañas individuales.

—Cecil podría llegar hasta el comedor, pero no hasta las cabañas individuales. No podría bajar por el Sendero de las Cuerdas, y por el de la Viuda habría tardado demasiado. Eso por no hablar de la fuerza que habría necesitado para apuñalar a Mercy tantas veces.

—Por eso mandó a otra persona para que se ocupara de ella —dijo Will.

Sara tardó un momento en comprender lo que querían decir. Miró a Will. Ahora entendía que estuviera tan demacrado.

—¿Creéis que Cecil tenía un cómplice?

—Dave —dijo Will.

Sara sintió que todo encajaba.

—Mercy intentaba impedir la venta. Si ella moría, Dave controlaría el voto de Jon. Tiene motivos económicos.

—Y no solo eso —dijo Will—. Ya había ayudado a Cecil a encubrir un asesinato antes.

Faith retomó el hilo del relato.

—Dave sabía que Cecil fingió el accidente de coche. Se lo dijo a Paul el año pasado a cambio de una suma de dinero. Mira...

Sara la vio deslizar el dedo por la pantalla del teléfono para abrir un mapa del condado.

—La Curva del Diablo está cerca de la cantera, a las afueras del pueblo, a unos cuarenta y cinco minutos en coche del albergue. Christopher dijo que pasaron tres horas entre el momento en que Cecil se marchó con Gabbie y Mercy en el coche y el momento en que el *sheriff* vino a notificarles el accidente. Es imposible que Cecil volviera a casa andando en tres horas. Hay toda una montaña entre las dos ubicaciones. Alguien tuvo que traerlo en coche.

—Dave —dijo Sara.

—Hace catorce años, Dave ayudó a Cecil a encubrir el asesinato de Gabbie —dijo Faith—. Y anoche lo ayudó a matar a Mercy para encubrirlo otra vez.

Sara estaba convencida de que así era.

—¿Qué pensáis hacer? ¿Cuál es el plan?

—Quiero que encuentres la manera de sacar a Jon de aquí —dijo Will—. Voy a provocar a Dave.

—¿A provocar a Dave? —A Sara no le gustó como sonaba aquello—. ¿Cómo?

—Danos un minuto —le pidió Will a Faith.

Sara sintió que se le erizaban todos los pelos de la nuca cuando Faith se alejó por el sendero.

—Necesitas que Dave delate a Cecil —dijo.

—Sí.

—Y vas a provocarlo para que se vaya de la lengua.

—Sí.

—Y seguramente intentará hacerte daño.

—Sí.

—Y es probable que tenga otra navaja.

—Sí.

—Y Kevin y Faith van a dejar que suceda.

—Sí.

Sara le miró la mano derecha, que aún tenía apoyada en el pecho. La venda estaba deshilachada y casi negra de suciedad y sudor y sabía

Dios de qué más. Dejó que sus ojos siguieran bajando. Él no llevaba el revólver que le había dado Amanda. Tenía la mano izquierda bajada. Vio la alianza de boda en su dedo.

La primera vez que Will le había pedido matrimonio no se lo había pedido, en realidad. Ella no respondió a la pregunta porque él no la formuló. Pero eso no debería haberla sorprendido. Era un hombre extraordinariamente torpe, proclive a mascullar y a los largos silencios. Prefería la compañía de los perros a la de la mayoría de la personas. Le gustaba arreglar cosas y prefería no hablar de cómo se habían roto.

Pero también escuchaba a Sara. Respetaba su opinión, la valoraba. La hacía sentirse segura. Se parecía mucho a su padre. Por eso, en buena medida, Sara estaba tan profunda e irrevocablemente enamorada de él. Will siempre se levantaba, listo para actuar, cuando los demás se quedaban sentados.

—Dale una paliza —dijo.

—De acuerdo.

Sara se sentía temblorosa cuando echó a andar hacia el comedor. Daba vueltas al anillo de casada en el dedo. Pensó en Jon, porque era la única persona a la que quería proteger. Las últimas veinticuatro horas habían sido terriblemente traumáticas para el chico. Se había emborrachado. Había discutido con su madre. Había vomitado en el jardín, delante de una desconocida. Estaba rodeado de extraños cuando se enteró de que su madre había sido asesinada. Luego habían detenido a su padre y lo habían puesto en libertad y ahora Will estaba a punto de provocar a Dave para que revelara que había asesinado a la madre de su hijo.

Sara tenía que sacarlo de allí antes de que eso ocurriera.

Faith estaba esperándola otra vez en la terraza panorámica. Kevin estaba con ella. Dijo:

—He hecho marcharse al personal de cocina. Van a estar en la cabaña cuatro hasta que esto se calme. ¿Qué hay de los huéspedes?

—Vamos a improvisar —dijo Will—. Queremos que Dave monte un espectáculo. Conviene que tenga público.

Sara lo miró.

—¿Y si no consigo que Jon se vaya?

—Entonces oirá lo que tenga que oír.

Sara respiró hondo. Aquella era una píldora difícil de tragar. Asintió con la cabeza.

—De acuerdo.

—Vigila a Pizca —le advirtió Faith—. Recuerda lo que te dije sobre que se comportaba como la exnovia psicópata de Dave. Puede ser impredecible.

Sara estaba preparada para eso. Ya nada de lo que ocurriera en aquel lugar podía sorprenderla.

—Vamos allá —dijo.

Kevin abrió la puerta.

Sara entró primero en el comedor. La escena le resultó familiar. Dos mesas, solo una de ellas puesta para la cena. Ya habían servido la comida. Los platos de postre estaban rebañados. Las copas de vino, medio vacías. En lugar de agruparse, las parejas se habían dispersado. Cada cual había elegido su bando. Frank y Monica estaban con Drew y Keisha. Gordon y Paul estaban sentados con Delilah. La silla de Cecil ocupaba la cabecera de la mesa. Pizca estaba a su izquierda, con Dave a su lado. Jon estaba a la derecha de Cecil, justo enfrente de su abuela.

Sara sintió todas las miradas fijas en ella cuando se sentó junto a Jon. Estar tan cerca de su padre había socavado el valor del joven. Tenía las manos juntas sobre el regazo y manchas de sudor en la camiseta. Aunque tenía la cabeza agachada, Sara percibió el odio incandescente que le dirigía a Dave a través de la mesa.

—Jon. —Le tocó el brazo—. ¿Puedo hablar contigo fuera?

—Ni hablar —dijo Dave—. Ya me habéis apartado bastante tiempo de mi hijo.

—Esa es la pura verdad —añadió Pizca—. Os quiero a todos fuera de aquí en cuanto abran la carretera.

—¡Silencio! —ordenó Cecil. Tenía el tenedor agarrado con la mano derecha. Pinchó un trozo de tarta. Masticó ruidosamente en medio del silencio.

Jon mantuvo la cabeza agachada. Su angustia era tan palpable como su ira. Sara quería abrazarlo y llevárselo de allí, pero no podía obstaculizar la investigación. Will y Faith ya habían ocupado sus puestos. Kevin bloqueaba la entrada. Faith estaba en el extremo opuesto de la mesa. Will se había colocado cerca de Dave, junto a la puerta de la cocina. Formaban un triángulo perfecto.

—¿Y bien? —preguntó Cecil ásperamente—. ¿De qué va esto?

—¿Dónde está mi hijo? —dijo Pizca.

—Christopher está detenido por fabricar, distribuir y vender alcohol ilegal —les informó Faith.

Se hizo un breve silencio que rompió la risa de Dave.

—Joder —dijo—. Así se hace, Christopez.

—Eso. —Paul levantó su copa—. Por Christopez.

Monica intentó unirse al brindis, pero Frank le sujetó la mano. Sara miró a Pizca. Tenía la mirada fija en Dave.

La actitud de él había cambiado. Sabía que aquella no iba a ser una conversación amistosa. Tamborileó con los dedos sobre la mesa mientras miraba primero a Kevin, luego a Faith y por último a Will.

—Hola, Basurero. ¿Qué tal tu mano?

—Mejor que tus huevos —replicó Will.

Jon se rio por lo bajo.

—Jon —le dijo Sara en voz baja—, ¿por qué no nos vamos?

—Ni se te ocurra levantarte de la silla, hijo —dijo Dave.

Jon se quedó paralizado al oír su orden. Pizca chasqueó la lengua. Sara miró los cubiertos. Dos tipos de tenedores, un cuchillo, una cuchara. Cualquiera de ellos podía servir de arma. Sabía que Will había hecho los mismos cálculos. No vigilaba la cara de Dave, sino sus manos. Sara miró también las manos de Pizca. Las tenía cruzadas sobre la mesa.

—Bueno —dijo Dave—, ¿qué es lo que pasa, Basurero?

—Ha llamado la jueza de primera instancia —respondió Faith—. Han encontrado algunas pruebas al hacerle la autopsia a Mercy.

—¿Este le parece un lugar apropiado para hablar de esos asuntos? —resopló Pizca.

—Opino que esta es una noche estupenda para que todos nos enteremos de la verdad —comentó Paul.

Sara vio que Faith le mandaba callar con una mirada.

—O no. —Paul dejó su vaso en la mesa.

—La forense tomó muestras de las uñas de Mercy —continuó Faith—. Encontró restos de piel, lo que significa que Mercy arañó a su agresor. Vamos a necesitar muestras de ADN de todos los presentes.

Dave se rio.

—Pues les deseo buena suerte, señora. Para eso necesitan una orden judicial.

—El juez Framingham la está firmando en estos momentos. —Faith habló con tal autoridad que Sara casi la creyó—. Conoces al juez, ¿verdad, Dave? Estaba de guardia un par de veces cuando te condenaron por conducir bebido, ¿no? Fue quien te retiró el carné de conducir.

Dave pasó el dedo por el tenedor que tenía junto al plato.

—¿Solo vais a tomar muestras de ADN de los que estamos aquí?

—Así es —dijo Faith—. De todos.

—No pueden hacer eso —repuso Drew—. No hay razón para sospechar...

—¡No necesitan mi puto ADN! —gritó Cecil—. ¡Soy su padre!

Aquel estallido de rabia hizo estremecerse a Sara. Pensó de inmediato en Gabbie y luego en Mercy.

—Señor McAlpine —dijo Faith con calma—, hay una cosa llamada ADN de contacto. Cualquiera que haya estado en contacto físico con Mercy, ya sea Pizca o Delilah o usted o Jon o incluso alguno de los huéspedes, dejó algún rastro de material genético en su cuerpo. Necesitamos el perfil genético de todos para aislar el del asesino. Ya hemos tomados muestras al personal de cocina y a Penny. La verdad es que no es para tanto.

Delilah sorprendió a todos hablando primero.

—De acuerdo —dijo—. Yo agarré de la mano a Mercy. Fue antes de la cena, pero contad conmigo. ¿Cómo se hace? ¿Con la saliva? ¿Con un hisopo?

—¡Joder, no! —Keisha dio un palmada en la mesa—. No voy a seguir guardando el secreto. Esto es una mierda.

—¿Qué secreto? —preguntó Delilah.

—Mercy estaba embarazada de doce semanas —contestó Faith.

Pizca ahogó una exclamación de sorpresa. Sus ojos se clavaron en Dave. Sara también lo miró. Estaba claro que la noticia le había sorprendido.

—Sabemos que Mercy tuvo relaciones sexuales con algunos huéspedes —añadió Faith.

Se oyeron murmullos al final de la mesa, pero Sara solo alcanzó a ver que Pizca le ponía una mano en el brazo a Dave, intentando calmarlo. Él tenía la mandíbula tensa. No paraba de apretar y aflojar los puños.

—¿Qué dices tú de mi mujer? —preguntó.

Will decidió intervenir.

—Mercy no era tu mujer.

Dave apretó el puño con fuerza. Hizo caso omiso de Will y concentró toda su rabia en Faith.

—¿Qué puta mentira acabas de soltar por esa bocaza?

—Y no eran solo huéspedes —agregó Will—. Mercy se follaba a Alejandro con regularidad.

Dave se levantó tan bruscamente que volcó la silla. Tenía la mirada fija en Will.

—Cállate la puta boca.

Sara se tensó, como todos en la mesa. Los dos hombres estaban frente a frente, listos para despedazarse.

—Dave. —Pizca le tiró de la parte de atrás de la camisa—. Siéntate, tesoro. Si tuvieran una orden, nos la habrían enseñado.

La boca de Dave se torció en una sonrisa vulgar.

—Tienes razón. Enséñame el papel, Basurero.

—¿Crees que no puedo conseguir tu ADN? —preguntó Will—. Si tiras una colilla o una botella de Coca-Cola o rozas el asiento del váter con el culo, yo estaré ahí para recoger las pruebas. No puedes evitarlo. Dejas tu hedor en todo lo que tocas.

—Yo no fumo —terció Frank, siempre conciliador—. Pero no

hace falta que me sigas a todas partes. Estaré encantado de proporcionaros una muestra de saliva o un frotis.

—Claro, ¿por qué no? —dijo Gordon—. Contad conmigo.

—¿Podemos elegir el tipo de muestra? —preguntó Paul.

Sara vio que Jon escondía la cara entre las manos. Dejó escapar un gemido al apartarse de la mesa. Cruzó corriendo la habitación y estuvo a punto de chocar con Kevin. La puerta se cerró de golpe tras él. El ruido resonó en medio el silencio. Sara no sabía qué hacer, si ir tras él o quedarse.

—Mi niño precioso —murmuró Pizca.

Dave miró a su madre. Pizca seguía inclinada sobre la mesa, hacia la silla vacía de Jon. Se enderezó despacio. Juntó las manos. Dave echó una mirada a la puerta por la que Jon acababa de escapar. Había algo de desvalido en su expresión. Empezó a temblarle el labio de abajo. Se le saltaron las lágrimas. Y luego, de pronto, desaparecieron.

Su actitud cambió tan bruscamente que Sara pensó que acababa de presenciar un truco de magia. Un momento antes parecía totalmente destrozado. Al instante siguiente, estaba furioso. Dio una patada a la silla volcada. La madera se astilló al chocar contra la pared.

—¿Quieres mi ADN, Basurero? —gritó.

—Sí, lo quiero.

—Pues tómalo de la barriga que le hice a Mercy. Nadie más la tocaba. Ese puto niño es mío.

—Ahí está —dijo Will—. El padre del año.

—Pues sí, lo soy.

—Eres un mierda. Jon solo podía contar con Mercy. Ella cuidaba de él, lo mantenía. Le daba comida, techo y cariño, y tú le has quitado todo eso.

—¡Todas esas cosas se las dábamos los dos! —respondió Dave a gritos—. ¡Mercy y yo! Siempre fuimos ella y yo.

—Desde que tenías once años, ¿no?

—Que te den. —Dio un paso hacia Will en actitud amenazadora—. No tienes ni idea de nuestra relación. Mercy me quería desde que era una cría.

—¿Como una hermana pequeña?

—Hijo de puta —masculló Dave—. Sabes perfectamente lo que había entre nosotros. Ella me quería a mí. Yo era el único hombre que le importaba. El único que se la follaba.

—De lo que no hay duda es de que le jodiste la vida.

—Dilo otra vez. Dímelo otra vez a la cara, imbécil de mierda. ¿Quieres que te lo escriba? ¿Quieres que te lo deletree, Basurero? Mercy me quería. El único que le importaba era yo.

—¿Entonces por qué no dijo nada de ti? Mercy todavía estaba viva cuando la encontré, Dave. Habló conmigo. Y no mencionó tu nombre.

—Mentira.

—Le pedí que me dijera quién la había apuñalado. Se lo supliqué. ¿Sabes lo que me dijo?

—Seguro que no te dijo que había sido yo.

—No, no me dijo eso. Sabía que iba a morir y solo pensaba en Jon.

—En nuestro Jon. —Se golpeó el pecho con el puño—. Nuestro hijo. Nuestro.

—Quería que Jon se alejara de ti. Eso fue lo primero que me dijo. Que Jon no podía quedarse aquí. Que se marchara. Quería que se alejara de ti, Dave.

—Eso no es verdad.

—Discutieron en la cena —continuó Will—. Jon estaba enfadado con Mercy por bloquear la venta. Dijo que quería vivir con su abuela y contigo. ¿Quién le metió esa idea en la cabeza, Dave? ¿El mismo gilipollas que le dijo que me llamara Basurero?

Dave empezó a sacudir la cabeza.

—Eres un embustero.

—Mercy quería que le dijera a Jon que lo perdonaba. No quería que se sintiera culpable por la pelea. Esas fueron las últimas palabras que salieron de su boca. No habló de ti, Dave. En ningún momento. Apenas podía hablar. Se estaba desangrando. Todavía tenía el cuchillo dentro del pecho. Yo oía su respiración entrecortada por los orificios de sus pulmones. Y con sus últimas fuerzas, literalmente con su último aliento, me miró a los ojos y lo dijo tres veces seguidas. Tres. Dijo «dile que está perdonado». «Perdonado». «Perdonado»...

Se le quebró la voz. Miró a Dave con una expresión horrorizada.

—¿Qué? —preguntó Dave—. ¿Qué es lo que dijo?

Sara no entendía lo que estaba pasando. Observó cómo subía y bajaba el pecho de Will cuando respiró hondo y soltó el aire lentamente. Su mirada seguía fija en Dave. Algo sucedía entre ellos. Puede que fuera una vivencia compartida. Los dos eran niños sin padre. Jon se habría criado también sin la presencia de su padre. Y ahora su madre había muerto. Ambos sabían por experiencia lo que era estar verdaderamente solo.

Will le dijo a Dave:

—Las últimas palabras de Mercy fueron: «Dile a Jon que está perdonado».

Dave no dijo nada. Se quedó mirando a Will con la cabeza echada hacia atrás y la boca cerrada. Hizo un leve gesto de asentimiento con la cabeza, inclinando apenas la barbilla. Entonces se repitió el truco de magia, esta vez a la inversa. Dave se desinfló como un globo. Se le hundieron los hombros. Sus puños se relajaron. Dejó caer las manos. Lo único que no cambió fue su expresión afligida.

—¿Mercy dijo eso? —preguntó.

—Sí.

—¿Dijo eso exactamente?

—Sí.

—De acuerdo. —Dave asintió una vez, como si acabara de tomar una decisión—. Vale, fui yo. Yo la maté.

Pizca ahogó un grito.

—Davey, no.

Dave tomó una servilleta de papel de la mesa y se secó los ojos.

—Fui yo.

—Davey —dijo Pizca—, cállate. Buscaremos un abogado.

—No pasa nada, mamá. Yo apuñalé a Mercy. Fui yo quien la mató. —Señaló la puerta—. Vete. No hace falta que oigas los detalles.

Sara no podía apartar los ojos de Will. El dolor que veía en sus ojos la estaba matando. Lo había visto en el lago con Mercy. Sabía lo que había supuesto su muerte para él. Will se miró la mano herida. Había vuelto a apoyarla sobre el pecho. Sara deseaba acudir a su lado, pero sabía que no podía hacerlo. Solo podía quedarse sentada, impotente, mientras la sala empezaba a vaciarse. Primero salieron los huéspedes. Después, Pizca se levantó y empujó la silla de Cecil. Se marcharon todos.

Por fin, Will miró a Sara. Sacudió la cabeza. Le dijo a Faith:

—Encárgate tú.

Sara sintió su mano en el hombro cuando él pasó a su lado. Le apretó el hombro pidiéndole que se quedara allí. Necesitaba estar solo. Sara tenía que respetar su deseo.

Faith actuó con rapidez. Sacó su Glock. Kevin se acercó. Ella le dijo a Dave:

—A ver ese cuchillo. Despacio.

Dave sacó la navaja que llevaba en la bota. La puso sobre la mesa. Dijo:

—Sabía que Mercy se acostaba con otros. Sabía que estaba embarazada. No sabía lo del contrabando, pero sabía que ganaba dinero y que me lo ocultaba. Discutimos.

—¿Dónde discutisteis?

—En la cocina. —Dave sacó su cartera y su teléfono—. Vacié la caja fuerte. Por eso no encontrasteis nada.

—¿Qué había dentro? —preguntó ella.

—Dinero. Y los libros de contabilidad de Mercy.

—¿Qué hay del cuchillo?

—¿Qué pasa con él? —Dave dejó su cartera sobre la mesa—. Mango rojo. Sobresale un trozo de metal de la parte rota.

—¿De dónde lo sacaste?

—Mercy lo guardaba en el cajón de su mesa. Lo usaba para abrir sobres.

—¿Cómo terminó Mercy en las cabañas individuales?

—La perseguí por el Sendero de las Cuerdas. La apuñalé y la dejé allí, creyendo que estaba muerta. Prendí fuego a la cabaña para borrar las huellas.

—No la encontraron en la cabaña.

—Cambié de idea. Quería que Jon pudiera enterrar su cuerpo. La arrastré hasta el agua. Pensé que eso borraría las pruebas. No sabía que todavía estaba viva. Si no, la habría ahogado. —Se encogió de hombros—. Luego me escondí en el campamento. Pesqué algo, me hice la cena.

—¿La violaste?

Dave vaciló, pero solo un instante.

—Sí.

—¿Qué hiciste con el mango del cuchillo?

—Me colé en la cabaña tres después de que el Basurero tocara la campana. La del váter que arreglé antes de que llegaran los huéspedes. —Volvió a encogerse de hombros—. Pensé que culparían a Drew. Pero me habéis pillado, supongo.

Sara vio que levantaba las manos y ofrecía las muñecas para que Faith lo esposara.

—Todavía no —dijo Faith—. Háblame de Cecil.

Dave se encogió de hombros una vez más.

—¿Qué quieres saber?

21

Will corrió por el bosque. Había vuelto a salirse del sendero, atravesando el Lazo. Las ramas bajas le arañaban la cara. Levantó el brazo para protegerse los ojos. Se acordó de la noche anterior, del aturdimiento que había sentido al intentar descubrir el origen de los gritos. Aún no tenía clara su procedencia. Lo habían desorientado, llevándolo en dos direcciones distintas. Había olido el humo de la cabaña incendiada. Se había metido dentro buscando a Mercy. Había corrido a la orilla para rescatarla. Se había clavado el cuchillo en la mano al intentar salvarla. Y entonces había oído exactamente lo que quería oír.

«Perdonado...». «Perdonado...».

Subió las escaleras del porche procurando no hacer ruido. La puerta estaba entreabierta. Entró con cuidado. Había oscurecido y la luna se ocultaba detrás de unas nubes que presagiaban otra tormenta. Will vio una figura en el dormitorio. Habían revuelto los cajones. Las maletas estaban abiertas en el suelo.

Dave se había dado cuenta un momento antes que él. Una chispa de comprensión había descolocado al Chacal. Conocía a Mercy desde que era una niña. Era su hermano. Su marido. Su maltratador.

También era astuto, inteligente y manipulador.

La confesión que le brindaría a Faith sería impecable. Y también falsa. Seguramente había captado suficientes detalles en las últimas doce horas como para responder a todas las preguntas de Faith. Will había despertado a todo el mundo al tocar la campana. Bizcocho sabía que habían encontrado a Mercy en el lago. Delilah se había quedado velando su cuerpo junto a la cabaña quemada. Keisha había visto el mango del cuchillo roto. Dave sabía probablemente dónde se guardaba el cuchillo antes de que se usara como arma. El personal de cocina había visto a Kevin abrir la caja fuerte vacía. No era difícil adivinar lo que guardaba dentro Mercy. Dave sabía dónde había wifi, dónde se podía hacer una llamada o no.

«Perdonado...». «Perdonado...».

De rodillas en el lago, Will le había rogado a Mercy que aguantara por Jon. Ella le había tosido sangre en la cara. Lo había agarrado de la camisa, había tirado de él, lo había mirado a los ojos y le había dicho sus últimas palabras. Pero su último deseo no había sido para Jon. Había sido para Will.

«Dile que está perdonado».

Tú, un agente de policía, dile a mi hijo que está perdonado por haberme asesinado.

Will oyó abrirse una cremallera. Y luego otra. Jon estaba registrando frenéticamente la mochila de Sara. Buscaba el vapeador que le había dado a Sara a cambio de un soborno. En el comedor, Will le había revelado inadvertidamente que podía analizarse el metal en busca de muestras de ADN, y el ADN lo vincularía con el asesinato de Mercy.

Esperó a que encontrara la bolsa transparente en el bolsillo delantero de la mochila.

Entonces encendió la luz.

Jon se quedó con la boca abierta.

—Yo... Yo... estaba —tartamudeó—. Ne-necesitaba... calmar los nervios.

—¿Y tu otro vapeador? ¿El que llevas en el bolsillo trasero?

Jon lo sacó y se quedó parado.

—Está roto.

—Déjame verlo. Quizá pueda arreglarlo.

Los ojos de Jon recorrieron furtivamente la habitación: las

ventanas, la puerta. Empezó a volverse hacia el baño porque tenía dieciséis años y aún pensaba como un niño.

—No lo hagas —le dijo Will—. Siéntate en la cama.

Se sentó en la esquina del colchón, con los pies apoyados en la alfombra por si tenía oportunidad de huir. Agarraba la bolsa de plástico como si su vida dependiera de ello. Y así era, en efecto.

El cómplice de Cecil no era Dave.

Era Jon.

Sara había estado a punto de pillarlo justo después del asesinato. Jon llevaba una mochila, estaba listo para marcharse. También estaba escondido en la oscuridad. Sara lo había llamado intuyendo que era él. Dio por sentado que estaba vomitando porque había bebido. Ignoraba que acababa de matar a su madre.

Que el Chacal se hubiera dado cuenta antes que Will resultaba sorprendente. Que hubiera intentado sacrificarse por su hijo era lo único bueno que había hecho en su vida.

Will le quitó de las manos la bolsa, la dejó sobre la mesa y se sentó en la silla. Dijo:

—Cuéntame qué pasó.

Jon tragó saliva.

—Sara me dijo que te tenía delante cuando tu madre gritó pidiendo socorro —añadió Will—. Mercy no murió inmediatamente. Perdió el conocimiento. Luego se despertó. Debía de estar sufriendo mucho, desorientada, aterrorizada. Por eso gritó pidiendo socorro. Por eso gritó «por favor».

Jon guardó silencio, pero empezó a tirarse de la cutícula del pulgar. Will vio que sus ojos se movían de un lado a otro, tratando desesperadamente de encontrar una salida.

—¿Qué le hiciste a tu madre? —preguntó Will.

La cutícula empezó a sangrar.

—Sara me dijo que llevabas una mochila de color oscuro —dijo Will—. ¿Qué había dentro? ¿Tu ropa manchada de sangre? ¿El mango del cuchillo? ¿El dinero de la caja fuerte?

Jon presionó la uña, haciendo que sangrara aún más.

—Después de oír que Mercy pedía socorro, entraste corriendo en la casa. —Will hizo una pausa—. ¿Qué te hizo entrar, Jon? ¿Había alguien esperándote?

El chico sacudió la cabeza, pero Will sabía que el dormitorio de Cecil estaba en la planta baja.

—Tenías el pelo mojado cuando te vi. ¿Quién te dijo que te ducharas? ¿Quién te dijo que te cambiaras de ropa?

Jon se había manchado de sangre el pulgar y el dorso de la mano. Por fin rompió su silencio.

—Seguía volviendo con él.

Will le dejó hablar.

—Solo le importaba Dave —continuó Jon—. Le rogué que lo dejara. Que estuviéramos nosotros dos solos. Pero siempre volvía con él. Yo no… no tenía a nadie.

Will estaba atento a su tono tanto como a sus palabras. Parecía desvalido. Will sabía lo angustioso que era ser un niño y sentirse a merced de los caprichos de un adulto irresponsable.

—Daba igual lo que hiciera Dave. Golpearla, estrangularla, darle patadas… Siempre lo perdonaba. Siempre lo elegía antes que a mí.

Will se inclinó hacia él.

—Sé que ahora te cuesta entenderlo, pero la relación de Mercy con Dave no tenía nada que ver contigo. El maltrato es complicado. Pasara lo que pasase, ella te quería con todo su corazón.

Jon sacudió la cabeza.

—Yo era un yunque que llevaba al cuello.

Will estaba seguro de que esa descripción no se le había ocurrido a él solo.

—¿Quién te dijo eso?

—Todo el mundo, toda mi vida. —Jon lo miró con aire desafiante—. Vosotros mismos lo dijisteis. Mercy se acostaba con los huéspedes, se tiraba a Alejandro, había vuelto a quedarse embarazada. Hablad con la gente del pueblo. Os dirán exactamente lo mismo. Era una mala persona. Mató a una chica. Se prostituía. Bebía y se drogaba. Dejó que otra criara a su hijo. Dejaba que su exmarido le diera palizas. No era más que una puta y una estúpida.

—Es más fácil si la llamas así, ¿no?

—¿Más fácil el qué?

—Haberla apuñalado tantas veces.

Jon no lo negó, pero tampoco apartó la mirada.

—Tu madre te quería —dijo Will—. Os vi juntos cuando llegamos. A Mercy prácticamente se le iluminaba la cara cuando te veía. Se enfrentó a tu tía Delilah para recuperar tu custodia. Dejó las drogas y el alcohol. Dio un vuelco a su vida. Por ti.

—Quería ganar —dijo Jon—. Eso es lo que de verdad le importaba. Quería vencer a Delilah. Yo era el trofeo. En cuanto me tuvo, me dio de lado y no volvió a pensar en mí.

—Eso no es verdad.

—Sí que lo es. Una vez, Dave me rompió el brazo. Estuve ingresado en el hospital. ¿Lo sabías?

Will deseó que le hubiera sorprendido más.

—¿Qué pasó?

—Mamá me dijo que tenía que perdonarlo. Dijo que él se sentía muy culpable, que había prometido que no volvería a tocarme, pero al final fue Pizca quien me protegió. Le dijo a Dave que, si volvía a hacerme daño, no podría volver aquí. Y lo dijo en serio. Por eso me dejó en paz. Eso hizo Pizca por mí. Defenderme. Y sigue haciéndolo.

Will no le preguntó por qué su abuela nunca había utilizado esa misma amenaza para defender a su hija.

—Ella me salvó —prosiguió Jon—. Si no hubiera tenido a Pizca, no sé qué habría sido de mí. Seguramente Dave ya me habría matado.

—Jon...

—¿No ves lo que me empujó a hacer mi madre? —preguntó con voz crispada—. Yo habría desaparecido aquí. No habría sido nada. Pizca es la única mujer que me ha querido. A mi madre no le importé una mierda hasta que vio que me había perdido.

Will tuvo que poner en la balanza su deseo de conseguir una confesión y la salud mental de Jon. No podía hacer pedazos a aquel chico. Jon probablemente pasaría el resto de su vida en prisión, pero en algún momento tendría que afrontar lo que había hecho. Merecía conocer las últimas palabras de su madre.

—Jon, Mercy todavía estaba viva cuando la encontré. Pudo hablar conmigo.

Su reacción no fue la que esperaba. Se quedó boquiabierto. Palideció. Permaneció inmóvil. Incluso dejó de respirar.

Parecía absolutamente aterrorizado.

—¿Qué…? —El pánico le impedía hablar—. ¿Qué te…?

Will rememoró los últimos segundos de la conversación. Jon se había mostrado impasible cuando lo había acusado de asesinato. ¿Qué le había hecho reaccionar de pronto? ¿De qué tenía miedo?

—Lo que vio… —Había empezado a jadear otra vez, casi estaba hiperventilando—. No fue… Nosotros no…

Will se echó lentamente hacia atrás en la silla.

«¿No ves lo que me empujó a hacer mi madre?».

—Yo no quería… —Jon tragó saliva—. Ella tenía que desaparecer, ¿vale? Si nos hubiera dejado en paz para que pudiéramos…

«A mi madre no le importé una mierda hasta que vio que me había perdido».

—Por favor, yo no…, por favor…

El cuerpo de Will empezó a asimilar la verdad antes que su cerebro. Notó la piel caliente. Sintió un zumbido fuerte y penetrante en los oídos. Lo ocurrido en el comedor desfiló por su mente como un carrusel de pesadilla. Vio la cara congestionada de Dave cuando Jon salió corriendo por la puerta. Su lento cambio de comportamiento. El gesto de comprensión. La capitulación repentina. No había sido la marcha de Jon lo que había desencadenado su confesión. Había sido escuchar el suave susurro de Pizca…

«Mi niño precioso».

Faith había bromeado con que Pizca se comportaba como la exnovia psicópata de Dave. Pero no era ninguna broma. Dave tenía trece años cuando se escapó del hogar infantil. Pizca había rebajado su edad a once. Lo había infantilizado, le había hecho sentirse enfadado, frustrado, castrado y confuso. No todos los niños que sufrían abusos sexuales se convertían en pederastas al hacerse mayores, pero los pederastas estaban siempre al acecho de nuevas víctimas.

—Jon. —Will tuvo que hacer un esfuerzo por pronunciar su nombre—. Mercy llamó a Dave porque vio algo, ¿verdad?

Jon se tapó la cara con la mano. No estaba llorando. Intentaba esconderse. La vergüenza le estaba sacando el alma del cuerpo a puñetazos.

—Jon, ¿qué vio tu madre?

No contestó.

—Dímelo —dijo Will.

El chico empezó a sacudir la cabeza.

—Jon, ¿qué vio Mercy?

—¡Ya sabes lo que vio! —gritó Jon—. ¡No me hagas decirlo!

Will sintió que mil cuchillas de afeitar le cortaban el pecho. Qué idiota había sido, oyendo solo lo que quería oír...

Mercy no le había dicho que Jon tenía que alejarse de aquí.

Le había dicho que tenía que alejarse de ella...

TREINTA Y SIETE MINUTOS
ANTES DEL ASESINATO

Mercy miró afuera por la estrecha ventana del vestíbulo. La luna brillaba tanto que era como si un foco iluminara el complejo. Paul Ponticello estaría probablemente despellejándola con su novio en la cabaña cinco. Y tenía derecho a hacerlo. Su famoso mal genio había salido a relucir, rugiendo como un león, y ahora se arrepentía amargamente de ello. La verdad era que se había quedado atónita cuando Paul le había ofrecido su perdón.

Mercy merecía muchas cosas por haber matado a Gabbie, pero el perdón no era una de ellas.

Se llevó los dedos a los ojos. La cabeza la estaba matando. Se alegraba de que Dave no hubiera atendido el teléfono cuando lo había llamado para contarle lo sucedido. Le encantaban las historias de peleas y discusiones, pero hablar con él la habría alterado aún más.

Su cuerpo ya estaba al límite. Se sentía hinchada y asquerosa. Seguramente estaba a punto de venirle la regla. Había dejado de usar la *app* del móvil para controlar cuándo le tocaba. Había leído historias horribles en internet sobre policías que se hacían con tus datos y consultaban los registros de tu tarjeta de crédito para ver cuándo había sido la última vez que habías comprado tampones. Solo le faltaba eso, que revisaran los registros bancarios de Pez. Tenía que volver a hablar con Dave para que se pusiera condones. Esta vez iba en serio. Por más que se enfadara, no valía la pena poner en riesgo a su hermano.

A su hermano y al de Dave, técnicamente.

Volvió a cerrar los ojos. Todo lo malo que le había sucedido ese día se le vino encima de repente. Además, el pulgar le dolía horrores. Otro error estúpido que había cometido, soltar el vaso cuando Jon se había puesto a gritarle. Los puntos se le habían empapado al limpiar la cocina. Notaba la garganta magullada y en carne viva, de cuando Dave la había agarrado del cuello. Lo más fuerte que podía tomarse era un paracetamol.

Y lo que era peor aún, ¿en qué coño estaba pensando, poniéndose a hablar con aquella médica? La amabilidad de Sara la había hecho olvidarse de que su marido era policía. Will Trent ya estaba resentido con Dave. Lo último que necesitaba era que un agente del GBI se pusiera a husmear en la finca. Menos mal que se avecinaba una tormenta. Mercy dudaba de que los recién casados necesitaran más excusas para no salir de su cabaña el resto de la semana.

Pensó en el idiota de Marti saliendo de la caseta del material esa mañana, con el papel de aluminio humeante en la mano. Se estaba volviendo descuidado. Destilaba demasiado alcohol y con demasiadas prisas como para mantener el nivel de calidad. Era hora de cerrar el chiringuito. Pez llevaba meses diciendo que quería dejarlo. Y no solo lo del alcohol de contrabando. Quería salir de aquella prisión claustrofóbica que varias generaciones de la familia McAlpine habían construido no por orgullo, sino por rencor.

Pero lo más sorprendente era que ella también quería marcharse.

Las amenazas que había vertido en la reunión familiar eran absurdas, a fin de cuentas. Nunca le enseñaría a nadie los diarios de su infancia en los que contaba con detalle los abusos de papá. Nadie se enteraría nunca de que su padre había tomado el control de la finca atacando a su propia hermana con un hacha. Los crímenes de Pizca prescribirían. Las cartas que le había escrito a Jon, en las que relataba los malos tratos de Dave, nunca verían la luz. Pez podría librarse del contrabando y llevar una vida solitaria junto al río.

Mercy iba a romper el ciclo. Jon se merecía algo mejor que estar atado a aquella tierra maldita. Votaría a favor de venderles la finca a

los inversores. Se quedaría con cien mil dólares para ella y el resto lo
metería en un fideicomiso para Jon. Delilah podía ser la albacea. A ver
si Dave se atrevía a roer ese hueso. Ella alquilaría un pisito en el pueblo para que Jon pudiera terminar el instituto y luego lo mandaría a
una buena universidad. No sabía cuánto dinero necesitaría para vivir
por su cuenta, pero la última vez había encontrado trabajo. Seguro que
volvería a encontrarlo. Tenía las espaldas fuertes. Era trabajadora. Tenía experiencia. Saldría adelante.

Y, si fracasaba, siempre podía volver a vivir con Dave.

—¿Quién está ahí? —bramó papá.

Mercy contuvo la respiración. Su padre estaba en el porche cuando le había dicho a Paul que se fuera a la mierda. Le había exigido que
le contara con detalle qué había pasado, pero ella se había negado.
Ahora lo oía removerse en la cama. Pronto saldría tambaleándose al
vestíbulo, arrastrando las piernas como Jacob Marley arrastraba sus ca-
denas. Mercy subió por la escalera sin hacer ruido antes de que pudiera alcanzarla.

Las luces estaban apagadas, pero la luz de la luna entraba por las
ventanas de ambos lados del pasillo. Se mantuvo pegada al lado derecho. Había entrado y salido de la casa a hurtadillas tantas veces que se
sabía de memoria qué tablas del suelo crujían. Miró hacia el cuarto de
baño, al final del pasillo. Jon había dejado la toalla en el suelo. Oyó a
Pez roncar como una locomotora detrás de la puerta cerrada de su habitación. La puerta de Pizca estaba entornada, pero Mercy habría preferido meter la cara en un avispero antes que asomarse.

La puerta de Jon estaba cerrada. Una suave luz salía por la rendija de abajo.

Mercy sintió que la angustia volvía a embargarla. De todas las peleas que había tenido con su hijo, la de la cena no había sido la peor,
pero sí la más pública. Había perdido la cuenta de las veces que Jon le
había gritado a pleno pulmón que la odiaba. Normalmente necesitaba un día o dos para calmarse. No era como Dave, que podía darte un
puñetazo en la cara y al momento siguiente ponerse a hacer pucheros
porque te enfadabas con él.

Nunca se había engañado a sí misma diciéndose que era una buena madre, bien lo sabía Dios. Era muchísimo mejor que Pizca, pero eso era poner el listón tan bajo que resultaba patético. Ella era una madre corriente. Quería a su hijo. Daría su vida por él. Las puertas del paraíso no se le abrirían de par en par, después del daño que había hecho y de haber arrebatado una vida tan hermosa, pero quizá la pureza de su amor por Jon le garantizara un buen sitio en el purgatorio.

Tenía que contarle a Jon lo de la venta. No podía enfadarse con ella por darle lo que quería. Quizá pudieran irse juntos de vacaciones a alguna parte. Podían veranear en Alaska o en Hawái o en uno de los muchos lugares de los que él le hablaba cuando era un niño parlanchín lleno de grandes sueños.

El dinero podía hacer que algunos de esos sueños se hicieran realidad.

Se paró delante de la puerta de Jon. Oyó el tintineo de una caja de música. Frunció las cejas. Su hijo escuchaba a Bruno Mars y Miley Cyrus, no *Brilla, brilla, estrellita*. Tocó ligeramente a la puerta. No quería volver a pillar a Jon con un bote de crema. Esperó, atenta al sonido de sus pasos en el suelo, pero solo oyó el tintineo de unas varillas metálicas rozando un cilindro giratorio.

Algo le dijo que no volviera a llamar. Giró el picaporte. Abrió la puerta.

El accidente de coche en el que había muerto Gabbie siempre había sido un hueco en blanco en su mente. Se quedó dormida en su cuarto y se despertó en una ambulancia. Eran los dos únicos detalles que recordaba. Pero, a veces, su cuerpo tenía un recuerdo. Un destello de terror que le quemaba los nervios. Un miedo gélido que le helaba la sangre en las venas. Un martillo que le hacía añicos el corazón.

Así se sintió en ese instante, al encontrar a su madre en la cama con su hijo.

Era una escena casta. Estaban ambos vestidos. Jon estaba tumbado en los brazos de Pizca. Ella le besaba la cabeza. Sonaba la caja de música. La mantita de bebé de Jon le envolvía los hombros. Pizca le metía los dedos en el pelo, sus piernas se entrelazaban con las de él, su mano reposaba sobre la pechera de su camiseta mientras le acariciaba el vientre con los dedos. Podría haber pasado por algo normal si no fuera porque Jon era casi un adulto y ella era su abuela.

La cara que puso Pizca despejó cualquier atisbo de duda. Su expresión de culpabilidad lo reveló todo de golpe. Se apresuró a levantarse, ciñéndose la bata, y dijo:

—Mercy, puedo explicártelo.

A Mercy se le doblaron las rodillas mientras iba dando tumbos hacia el baño. Vomitó en el váter. El agua y el vómito le salpicaron la cara. Se abrazó a la taza. Volvió a vomitar.

—Mercy —susurró Pizca. Estaba en medio de la puerta. Apretaba contra su pecho la mantita de Jon—. Vamos a hablar. No es lo que estás pensando.

Mercy no necesitaba hablar de nada. De pronto lo recordaba todo. Cómo había tratado su madre a Jon, cómo había tratado a Dave. Las miradas empalagosas. Los toqueteos constantes. Los mimos continuos, las carantoñas.

—Mamá… —Jon estaba en el pasillo. Le temblaba todo el cuerpo. Llevaba puesto el pijama, el que le hacía ponerse Pizca, con muñecos de dibujos animados en los pantalones—. Mamá, por favor…

Mercy se tragó el vómito que tenía en la boca.

—Recoge tus cosas.

—Mamá, yo…

—Vuelve a tu habitación. Cámbiate de ropa. —Le hizo dar media vuelta a la fuerza y lo condujo a su cuarto—. Mete tus cosas en una bolsa. Toma lo que necesites porque no vamos a volver.

—Mamá…

—¡No! —Le apuntó con el dedo a la cara—. ¿Me oyes, Jonathan? ¡Recoge tu puta ropa y ve al comedor dentro de cinco minutos o echo esta puta casa abajo!

Mercy corrió a su habitación. Desenchufó su teléfono del cargador. Llamó a Dave. Ese hijo de puta… Sabía desde el principio lo que era Pizca.

—¡Mercy! —gritó Cecil—. ¿Qué coño pasa ahí arriba?

Ella escuchó hasta el cuarto pitido de la línea. Colgó antes de que saltara el buzón de voz. Recorrió su habitación con la mirada. Necesitaba sus botas. Iban a bajar de la montaña esa misma noche. No volverían nunca a aquel maldito lugar.

—¡Mercy! —gritó papá—. ¡Sé que puedes oírme!

Encontró su mochila morada en el suelo. Empezó a meter ropa. No prestó atención a lo que guardaba, le daba igual. Volvió a llamar a Dave.

—Contesta, contesta —masculló. Un pitido. Dos. Tres, cuatro—. ¡Joder!

Estaba a punto de salir cuando se acordó de su cuaderno. Sus cartas a Jon. Se arrodilló delante de la cama. Metió la mano bajo el colchón. De repente, se quedó sin aire en los pulmones. La infancia de Jon pasó como una exhalación por cada molécula de su cuerpo. Su niño. Aquel joven tierno y sensible. Se llevó el cuaderno al corazón, lo abrazó como si abrazara a su bebé. Quería volver atrás, leer cada palabra de cada carta, ver lo que se había perdido.

Ahogó un sollozo. Dave no era el único monstruo que había allí. Ella había pasado por alto los indicios. Todo había sucedido dentro de aquella casa, al fondo del pasillo, mientras ella dormía.

Metió el cuaderno en la mochila. El nailon estaba tan tenso que le costó cerrar la cremallera. Se levantó.

Pizca estaba en medio de la puerta.

—¡Mercy! —volvió a gritar papá.

Agarró a su madre por los brazos y la zarandeó con violencia.

—Hija de la gran puta. Si vuelvo a verte cerca de mi hijo, te juro que te mato. ¿Me oyes?

La empujó contra la pared. Volvió a marcar el número de Dave mientras entraba en la habitación de Jon. Su hijo estaba sentado en la cama.

—Levántate. Vamos. Recoge tus cosas. Lo digo en serio, Jon. Soy tu madre y vas a hacer lo que yo te diga.

Él se levantó. Miró a su alrededor, aturdido.

Mercy cortó la llamada. Se acercó al armario. Empezó a sacar ropa. Camisetas. Calzoncillos. Pantalones cortos. Botas de montaña. No salió de la habitación hasta que Jon empezó a hacer la maleta. Su madre seguía en el pasillo. Mercy oyó crujir las tablas del suelo. Pez estaba parado al otro lado de su puerta cerrada.

—¡Quédate ahí! —le advirtió Mercy. No podía dejar que viera aquello—. Vuelve a la cama, Pez. Ya hablaremos por la mañana.

Esperó a que él obedeciera. Luego, se dirigió a la escalera de atrás. Notaba que los mocos y las lágrimas le corrían por la cara. Papá la esperaba abajo, abrazado a la barandilla para sostenerse en pie.

Mercy lo señaló con el dedo.

—Ojalá te pudras en el infierno.

—¡Zorra! —Él intentó agarrarla del brazo, pero solo consiguió asir los cordones de sus botas de montaña. Mercy se las tiró a la cara y salió corriendo por la puerta. Bajó a toda prisa por la rampa. Volvió a llamar a Dave. Contó los pitidos.

¡Joder!

Le fallaron las piernas al llegar al Sendero de la Cantina. Cayó al suelo y apoyó la frente en la grava. Seguía viendo imágenes de Pizca. No con Jon —pensar en eso le resultaba insoportable—, sino con Dave. La forma en que su madre le pedía un beso en la mejilla cada vez que lo veía. La forma en que Dave le lavaba el pelo en el lavabo y le dejaba elegir su ropa. Esos rituales no habían comenzado con el cáncer. Dave le llevaba a Pizca el café por la mañana, le masajeaba los pies y escuchaba sus cotilleos, le pintaba las uñas y le ponía la cabeza en el regazo mientras ella acariciaba su pelo. Pizca había empezado a adiestrarlo en cuanto papá lo llevó a la casa. Él estaba tan agradecido, tan necesitado de cariño…

Mercy se puso en cuclillas. Fijó los ojos en la oscuridad, con la mirada perdida.

¿Y si Dave no sabía lo de Jon? ¿Y si tenía tan poca idea como ella? Dave había sufrido abusos sexuales a manos de su profesor de educación física. No había conocido a su madre. Había vivido siempre rodeado de personas traumatizadas. No sabía lo que era la normalidad. Solo sabía sobrevivir.

Volvió a marcar su teléfono. Esperó a que la línea sonara cuatro veces y luego colgó. Dave estaría seguramente en un bar. O con una mujer. O clavándose una aguja en el brazo. O se habría tragado un puñado de pastillas de Xanax con una botella de ron. Cualquier cosa con tal de embotar los recuerdos. Cualquier cosa con tal de escapar.

Ella no iba a permitir que su hijo acabara igual.

Se levantó. Bajó por el Sendero de la Cantina y cruzó la terraza panorámica. Tenía que abrir la caja fuerte. Solo había cinco mil dólares en efectivo, pero los tomaría y se marcharía a pie con Jon. Más tarde, cuando tuviera un momento para recuperar el aliento, pensaría qué hacer a continuación.

Sintió un alivio minúsculo al ver que la luz de la cocina ya estaba encendida. Jon había bajado por el sendero de atrás. Trató de dominarse mientras rodeaba el edificio y procuró borrar la angustia de su cara al abrir la puerta.

—Mierda. —Drew estaba junto al carrito del bar. Tenía en la mano una botella de licor. Uncle Nearest. Mercy anheló sentir el suave sabor del *whisky* quemándole la garganta.

Dejó la mochila junto a la puerta. No tenía tiempo para aquello.

—Me has pillado. Es falso. El alambique grande está en la caseta del material; el pequeño, en la caseta de los botes. Díselo a papá. O a la policía. A mí me da igual.

Drew volvió a dejar la botella en el carrito.

—No vamos a decírselo a nadie.

—¿En serio? —preguntó ella—. Te vi hablando con Pizca después de la cena. Le dijiste que queríais hablar con ella de un asunto. Pensé que ibais a quejaros de las putas manchas de agua de los vasos. ¿Qué pasa? ¿Keisha y tú queréis una parte del pastel?

—Mercy. —Drew parecía decepcionado—. Nos encanta esto. Solo queremos que paréis. Es peligroso. Podríais acabar matando a alguien.

—Si fuera así de fácil, le haría tragar todas las botellas a la hija de puta de mi madre.

Era evidente que Drew no sabía qué hacer. Se había quedado paralizado.

—Vete y ya está. —Mercy le abrió la puerta.

Drew meneó la cabeza al pasar a su lado. Mercy salió detrás de él a la terraza para ver si Jon estaba allí. Oyó ruido de hojas detrás de la cocina. Le dio un vuelco el corazón. Jon estaba bajando por el Sendero de Christopez.

Solo que no era Jon a quien encontró junto al congelador de fuera.

—Marti —dijo con desprecio—. ¿Qué coño quieres?

—Estaba preocupado. —Puso esa mirada estúpida y servil que le revolvía el estómago—. Estaba durmiendo y he oído gritar a Cecil y luego te he visto cruzar corriendo la explanada.

—¿Te estaba gritando a ti? —preguntó Mercy—. ¿No? Pues entonces vuelve por donde has venido y no te metas donde no te llaman.

—Madre mía, solo intentaba ser amable. ¿Por qué eres siempre tan antipática?

—Lo sabes perfectamente, pervertido.

—Vaya. —Marti levantó las manos como si ella fuera un animal rabioso—. Calmaos, *milady*. No hay por qué ponerse desagradable.

—¿Y si me voy a la cabaña diez? Ese tipo, el que ha venido con la pelirroja, es policía. ¿Quieres que vaya a buscarlo, Marti? ¿Quieres que le cuente lo de tus chanchullos en Atlanta?

Él bajó las manos.

—Eres una puta.

—Pues felicidades. Por fin te has acercado a una. —Mercy entró en la cocina y cerró de un portazo. Miró el reloj de la pared. No tenía ni idea de a qué hora había salido de casa. Le había dicho a Jon que estuviera allí en cinco minutos, pero le parecía que había pasado una hora.

Salió al comedor por si su hijo estaba allí, pero no había nadie. Entonces se le paró el corazón. La terraza panorámica. El barranco era una trampa mortal. ¿Y si Jon no se sentía capaz de enfrentarse a ella? ¿Y si había decidido quitarse la vida?

Corrió afuera. Se agarró a la barandilla. Miró el tajo de quince metros que cortaba la montaña como el filo de un hacha.

Las nubes tapaban la luz de la luna. Las sombras danzaban por el barranco. Aguzó el oído por si oía gemidos, llanto, el sonido de una respiración agitada. Sabía lo que se sentía cuando llegabas al límite de tus fuerzas, cuando el dolor te superaba, cuando tu cuerpo estaba agotado, cuando lo único que ansiabas era el abrazo de la oscuridad.

Oyó risas.

Se apartó de la barandilla. Había dos mujeres en el Sendero del Solterón. Reconoció la larga melena blanca de Delilah. Ni siquiera se había dado cuenta de que aquella vieja bruja no estaba en la casa. Estiró el cuello para ver con quién iba de la mano.

Era Sydney, la inversora que no paraba de hablar de caballos.

—Madre mía —murmuró. Esa noche se le aparecían todos sus fantasmas a la vez.

Volvió corriendo adentro. Cruzó el comedor vacío, entró en la cocina. Miró hacia el cuarto de baño, hacia su despacho. Pez había empotrado una caja fuerte en la pared cuando empezaron con el negocio del contrabando. Había un calendario colgado encima de la puerta. Corrió a la oficina y revolvió los cajones de la mesa buscando la llave. Encontró una mochila vieja de Pez acumulando polvo en un rincón. Cada cosa que sacaba de la caja fuerte la acercaba a la libertad, y no solo a ella, también a Jon.

Cinco mil dólares en billetes de veinte. El libro de contabilidad de la destilería clandestina. Las nóminas. Los dos libros de contabilidad del albergue. El diario que escribía cuando tenía doce años. Lo metió todo en la mochila marrón de Pez. Cerró la cremallera. Intentó trazar un plan: dónde podía esconder a Jon, cómo podía ayudarlo, cuánto le duraría el dinero, dónde podía encontrar trabajo, cuánto costaba un psiquiatra infantil, a quién podía recurrir, si a la policía o a un trabajador social, si encontraría a alguien en quien Jon confiara lo suficiente como para hablar de lo ocurrido, cómo expresaría ella con palabras lo que había visto...

Eran demasiadas preguntas para su cerebro. Tenía que ir paso a paso, hora a hora. La caminata era peligrosa de noche. Guardó una caja de cerillas en el bolsillo delantero de la mochila. Sacó el cuchillo de mango rojo del cajón de la mesa. Lo usaba para abrir sobres, pero la hoja seguía estando muy afilada. Lo necesitaba, por si se topaban con algún animal en el camino. Se lo guardó en el bolsillo de atrás. La hoja atravesó la costura, formando una especie de funda. Sabía lo que tenía que llevar para una caminata por el monte. Algo con lo que defenderse, agua y alimento. Volvió a la cocina. Dejó la mochila junto a la suya, al lado de la puerta cerrada. Llenó dos botellas de agua. Había una mezcla de frutos secos en la nevera. Necesitaría llevar de sobra para Jon.

Levantó la vista.

¿Qué estaba haciendo?

La cocina seguía vacía. Volvió al comedor. Seguía sin haber nadie. Se le encogió el corazón al volver a la cocina. El pánico había remitido. La realidad la arrolló como un tren en marcha.

Jon no iba a venir.

Pizca lo había convencido para que no se fuera. No debería haberlo dejado solo, pero estaba en *shock,* asqueada y asustada y, como de costumbre, se había dejado llevar por sus emociones en vez de analizar la cruda realidad. Le había fallado a su hijo, igual que le había fallado mil veces antes. Tendría que volver a la casa y arrancar a Jon de las garras de Pizca. Pero no podría hacerlo sola.

Tuvo que poner el teléfono en la encimera porque le sudaban tanto las manos que no podía sujetarlo. Llamó a Dave una última vez. Su desesperación aumentaba con cada pitido. Esta vez él tampoco contestó. Tenía que dejarle un mensaje, sacarse de dentro el asco que le estaba corroyendo el alma. Pensó en lo que le diría, en cómo iba a contarle lo que había visto, pero cuando sonó el cuarto pitido y oyó su saludo, las palabras salieron de su boca a borbotones, llenas de angustia.

—¡Dave! —gritó—. ¡Dave! Dios mío, ¿dónde estás? Por favor, por favor, llámame. No puedo creer… Ay, Dios, no puedo… Por favor, llámame. Por favor. Te necesito. Ya sé que nunca he podido contar contigo, pero ahora te necesito de verdad. Necesito que me ayudes, cariño. Por favor, lla-llámame...

Levantó la vista. Su madre estaba en la cocina. Tenía a Jon agarrado de la mano. Mercy sintió que un puño le golpeaba la garganta. Jon tenía los ojos fijos en el suelo. No se atrevía a mirarla. Pizca lo había destrozado, igual que a todos los demás.

Luchó por recuperar el habla.

—¿Qué haces aquí?

Pizca alargó la mano hacia el teléfono.

—¡No! —le advirtió Mercy—. Dave está a punto de llegar. Le he contado lo que ha pasado. Está de camino.

Pizca ya había tocado la pantalla para cortar la llamada.

—No, no va a venir.

—Me ha dicho que...

—No te ha dicho nada. Está durmiendo en los barracones. Allí no tiene cobertura.

Mercy se llevó la mano a la boca. Miró a Jon, pero su hijo no la miró. Empezaron a temblarle los dedos. No podía respirar. Estaba asustada. ¿Por qué estaba tan asustada?

—J-Jon... —tartamudeó—. Cariño, mírame. No pasa nada. Voy a sacarte de aquí.

Pizca se puso delante de él, pero Mercy siguió viendo la cara angustiada de su hijo. Las lágrimas se acumulaban en el cuello de su camiseta.

—Cariño —dijo—, ven aquí, ¿vale? Ven conmigo.

—No quiere hablar contigo —dijo Pizca—. No sé qué crees que has visto, pero te estás poniendo histérica.

—¡Sé lo que he visto, joder!

—Esa boca —le espetó Pizca—. Tenemos que hablar de esto como adultos. Vamos a casa.

—Nunca volveré a pisar esa puta casa —siseó Mercy—. ¡Maldito monstruo! Eres el diablo en persona.

—Basta ya —ordenó Pizca—. ¿Por qué lo pones todo tan difícil?

—He visto...

—¿Qué has visto?

Las imágenes desfilaron por el cerebro de Mercy: las piernas entrelazadas, una mano sobre la camiseta de Jon, unos labios besando su coronilla.

—Sé perfectamente lo que he visto, madre.

Jon se estremeció al oír su tono cortante. Seguía sin poder mirarla. A Mercy se le partió el corazón. Sabía lo que se sentía al tener que agachar la cabeza de pura vergüenza. Llevaba tanto tiempo haciéndolo que ya casi no podía levantar la vista.

—Jon —dijo—, no es culpa tuya, cielo. Tú no has hecho nada malo. Vamos a buscar ayuda, ¿de acuerdo? Todo se va a solucionar.

—¿Ayuda de quién? —preguntó Pizca—. ¿Quién te va a creer?

Mercy escuchó resonar el eco de aquella pregunta a lo largo de los años de su vida. Cuando su padre le desollaba la espalda azotándola con una soga. Cuando Pizca le clavó una cuchara de madera con tanta fuerza que la sangre le corrió por los brazos. Cuando Dave le apretaba la llama de un cigarrillo contra el pecho hasta que el olor de su propia carne quemada la hacía vomitar.

Había un motivo por el que nunca se lo contaba a nadie.

¿Quién iba a creerle?

—Eso me parecía. —Pizca tenía una expresión triunfal. Estiró la mano y entrelazó sus dedos con los de Jon.

Él levantó por fin la vista. Tenía los ojos enrojecidos. Le temblaban los labios.

Mercy vio horrorizada que se llevaba la mano de Pizca a la boca y la besaba con ternura.

Gritó como un animal.

Todo el dolor acumulado a lo largo de su vida brotó de pronto en un aullido inarticulado. ¿Cómo había permitido que esto ocurriera? ¿Cómo había perdido a su hijo? No podía dejar que se quedase. No podía permitir que Pizca lo devorara.

Antes de que se diera cuenta de lo que hacía, tenía el cuchillo en la mano. Apartó a Pizca de Jon, la empujó contra la encimera y le acercó la punta del cuchillo a los ojos.

—Zorra, ¿ya no te acuerdas de lo que te dije esta mañana? Voy a mandarte a una prisión federal. No por follarte a mi hijo, sino por falsear las cuentas.

Ver cómo se disolvía la expresión de arrogancia de Pizca fue lo más dulce que había experimentado en su vida.

—Encontré los libros de contabilidad al fondo del armario. ¿Papá sabe lo de tu fondo para sobornos? —Mercy comprendió por su expresión de asombro que su padre no tenía ni idea—. No solo tienes que preocuparte por él. Llevas años defraudando a Hacienda. ¿Crees que puedes salirte con la tuya? El Gobierno persigue hasta a los presidentes, cuanto más a una vieja pederasta como tú. Sobre todo, cuando les entregue las pruebas.

—Tú... —Pizca tragó saliva—. Tú no...

—Claro que voy a hacerlo, ya lo creo que sí.

Mercy no tenía nada más que decir, guardó de nuevo el cuchillo en el bolsillo, se giró para agarrar las dos mochilas y se las colgó del hombro. Se volvió para decirle a Jon que se pusiera en marcha, pero él se había inclinado para que Pizca le susurrara algo al oído.

La bilis volvió a inundarle la boca. El tiempo de las amenazas había terminado. Empujó a su madre con tanta fuerza que la tiró al suelo. Luego agarró a Jon por la muñeca y tiró de él hacia la puerta.

Jon no intentó zafarse. No trató de frenarla. Dejó que ella le tirara de la muñeca como si fuera un timón, llevándoselo de allí. Mercy oía su respiración agitada, sus pasos pesados. No tenía ningún plan, salvo marcharse a algún lugar adonde Pizca no pudiera seguirlos.

Encontró fácilmente la roca que marcaba el Sendero de las Cuerdas. Hizo que Jon fuera delante para no perderlo de vista. Bajaron rápidamente, ayudándose con las cuerdas, pasando de una a otra, deslizándose por el suelo la mayor parte del tiempo hasta sortear el barranco. Por fin volvieron a pisar tierra firme. Mercy volvió a agarrar a Jon de la muñeca para guiarlo. Aceleró el paso, empezó a correr. Jon trotaba tras ella. Mercy iba a conseguirlo. Iba a conseguirlo de verdad.

—Mamá… —susurró Jon.

—Ahora no.

Atravesaron el bosque. Las ramas golpeaban su cuerpo, pero a ella no le importaba. No iba a detenerse. Siguió corriendo, sirviéndose de la brillante luz de la luna para orientarse. Esa noche se refugiarían en las cabañas individuales. Dave iría por la mañana a trabajar. O quizá llevara a Jon a verlo esa misma noche. Podían seguir la orilla, tomar una canoa e ir remando hasta allí. Si Dave estaba durmiendo en los barracones, tendría cañas de pescar, combustible, mantas, comida, refugio. Dave sabía sobrevivir. Podía hablar con Jon, protegerlo. Ella podía bajar al pueblo a buscar un abogado. No iba a renunciar al albergue. No sería ella quien se fuera el domingo, eso seguro. Les daría a sus padres hasta el día siguiente a mediodía para recoger sus cosas y largarse. Pez podía optar por quedarse o por irse, pero, de cualquier manera, Jon y ella serían los últimos McAlpine que quedaran en pie.

—Mamá —insistió Jon—, ¿qué vas a hacer?

Mercy no contestó. Veía como la luz de la luna se reflejaba en el lago, al final del sendero. El último trecho estaba escalonado en terrazas delimitadas con traviesas de ferrocarril. Estaban a pocos metros de las cabañas individuales.

—Mamá —dijo Jon como si hubiera despertado de un trance. Por fin se estaba resistiendo, intentaba desasirse de ella—. Mamá, por favor.

Mercy lo agarró más fuerte, tiró de él con tanto ímpetu que sintió tensarse los músculos de su espalda. Cuando llegaron al claro, iba jadeando por el esfuerzo de arrastrarlo tras ella.

Dejó las dos mochilas en el suelo. Había colillas por todas partes. Dave no se había preparado para la tormenta. Todo estaba donde lo había dejado tirado. Caballetes y herramientas, una garrafa de gasolina sin tapón, un generador volcado. El desorden de la obra le recordó cómo era Dave en realidad. No cuidaba de las cosas, y mucho menos de las personas. Ni siquiera se molestaba en recoger lo que ensuciaba. Mercy no podía confiar en él.

Una vez más, estaba sola.

—Mamá —dijo Jon—. Por favor, para ya, ¿vale? Déjame volver.

Mercy lo miró. Había dejado de llorar, pero ella oía el silbido de su nariz congestionada.

—Te-tengo que volver. Ella me ha dicho que podía volver.

—No, cariño.

Le puso la mano en el pecho. El corazón le latía tan fuerte que lo sintió a través de sus costillas. No pudo contener el sollozo que escapó de su boca. De golpe tomó conciencia de la magnitud de lo que acababa de ocurrir. Las cosas terribles que su madre le había hecho a su hijo. La podredumbre que se había apoderado de su familia.

—Cariño, mírame —dijo—. No vas a volver nunca. Está decidido.

—Yo no...

Tomó su cara entre las manos.

—Jon, escúchame. Vamos a buscar ayuda, ¿de acuerdo?

—No. —Él le apartó las manos. Dio un paso atrás, luego otro—. Pizca solo me tiene a mí. Me necesita.

—¡Yo te necesito! —gritó Mercy con voz ronca—. Eres mi hijo. Necesito que seas mi hijo.

Jon empezó a sacudir la cabeza.

—¿Cuántas veces te he pedido que le dejaras? ¿Cuántas veces hemos hecho las maletas y al día siguiente te lo estabas follando otra vez?

Mercy no podía rebatir la verdad.

—Tienes razón. Te he fallado, pero ahora voy a compensártelo.

—No necesito que hagas nada —dijo Jon—. Pizca es quien me ha protegido. Ella es quien me ha mantenido a salvo.

—¿A salvo de qué? Ella es quien te ha hecho daño.

—Tú sabes lo que me hizo Dave. Solo tenía cinco años. Me rompió el brazo y me dijiste que tenía que perdonarlo.

—¿Qué? —Le temblaba todo el cuerpo. No era eso lo que había pasado—. Te caíste de un árbol. Yo estaba allí. Dave intentó agarrarte.

—Ella me advirtió que dirías eso. Pizca me defendió de él. Tú me dijiste que tenía que perdonarlo, que le dejara hacer lo que quisiera para que no volviera a enfadarse.

Mercy se llevó las manos a la boca. Pizca le había llenado la cabeza de horribles mentiras.

—Jon... —Dijo lo primero que se le ocurrió—: Vamos a la cabaña diez.

—¿Qué?

—La pareja de la cabaña diez. —Por fin veía una salida. La solución había estado ahí desde el principio—. Will Trent trabaja en la Oficina de Investigación de Georgia. No permitirá que Bizcocho barra esto debajo de la alfombra. Su mujer es doctora. Puedes quedarte con ella mientras yo le cuento lo que ha pasado.

—¿Te refieres al Basurero? —Jon alzó la voz, alarmado—. No puedes...

—Claro que puedo, y voy a hacerlo. —Mercy nunca había estado tan segura de nada en toda su vida. Sara le había dicho que confiaba en Will, que era un buen hombre. Él arreglaría aquello. Los salvaría a ambos—. Eso es lo que vamos a hacer. Vamos.

Recogió las mochilas.

—Que te den.

La frialdad de la voz de Jon la hizo pararse en seco. Lo miró. Su hijo tenía una expresión tan dura que su cara parecía labrada en una sola pieza de mármol.

—Lo único que te importa es ganar. Ahora solo me quieres porque sabes que no puedes tenerme.

Mercy se dio cuenta de que debía tener mucho cuidado. Había visto a Jon enfadado otras veces, pero nunca así. La rabia volvía sus ojos casi negros.

—¿Eso es lo que te ha dicho Pizca?

—¡Es lo que he visto yo, joder! —Escupió saliva—. Eres patética. No quieres protegerme. Vas a ir corriendo a ver a ese policía solo porque no puedes aceptar que haya encontrado a alguien que me hace feliz. Que se preocupa por mí. Que solo me quiere a mí.

Su forma de hablar se parecía tanto a la de Dave que Mercy casi se quedó sin respiración. Ese pozo sin fondo, esas arenas movedizas infinitas. Su propio hijo había estado corriendo a su lado todo el tiempo sin que ella se diera cuenta.

—Lo siento —dijo—. Debería haberlo visto. Debería haberme dado cuenta.

—Vete a la mierda. No necesito que me pidas perdón. ¡Joder! —Jon levantó las manos—. Esto es justo lo que ella me advirtió. ¿Qué coño tengo que hacer para que pares?

—Cariño… —Intentó agarrarlo otra vez, pero él le apartó las manos de un manotazo.

—Ni se te ocurra tocarme —le advirtió—. Ella es la única mujer que puede tocarme.

Mercy levantó las manos dócilmente. Nunca le había tenido miedo a Jon, pero ahora se lo tenía.

—Respira hondo, ¿vale? Cálmate.

—Eres tú o ella —dijo él—. Es lo que me ha dicho. Tengo que decidir. Tú o ella.

—Cielo, ella no te quiere. Te está manipulando.

—No. —Empezó a sacudir la cabeza—. Cállate. Necesito pensar.

—Es una depredadora. Esto es lo que les hace a los chicos. Se mete en sus cabezas y los hace polvo…

—Cállate.

—Es un monstruo. ¿Por qué crees que tu padre está tan jodido? No es solo por lo que le pasó en Atlanta.

—¡Que te calles!

—Escúchame —suplicó Mercy—. Tú no eres especial para ella. Lo que está haciendo contigo es exactamente lo mismo que le hizo a Dave.

Jon se abalanzó sobre ella antes de que se diera cuenta de lo que ocurría. La agarró del cuello.

—Cállate de una puta vez.

Mercy jadeó, intentando respirar. Lo agarró de las muñecas, trató de apartar sus manos. Pero era demasiado fuerte. Le clavó las uñas en el pecho, intentó darle patadas. Sintió que empezaban a temblarle los párpados. Jon era mucho más fuerte que Dave. Estaba apretando muy fuerte.

—Zorra patética. —Su voz sonaba extrañamente tranquila. Había aprendido de su padre que no había que hacer ruido—. No soy yo el que va a irse esta noche. Eres tú.

Mercy se sintió mareada. Se le nubló la vista. La iba a matar. Se llevó la mano al bolsillo de atrás y agarró el mango rojo del cuchillo.

El tiempo se ralentizó. Mercy enumeró en silencio los movimientos que debía hacer. Sacar el cuchillo. Cortarle en el antebrazo. ¿Había arterias allí? ¿Músculo? No podía hacerle más daño del que ya le habían hecho, un daño irreparable. Le enseñaría el cuchillo. Bastaría con que lo amenazara. Así pararía.

Pero no fue así.

Jon le quitó el cuchillo. Blandió la hoja por encima de su cabeza, listo para clavársela en el pecho. Mercy se agachó y se arrastró de rodillas por el suelo. Sintió moverse el aire cuando la hoja pasó a escasos centímetros de su cabeza. Comprendió que pronto llegaría otra estocada. Agarró su mochila y la levantó como un escudo. La hoja resbaló en el grueso material ignífugo. No le dio tiempo a Jon para recuperarse. Le golpeó en la cabeza con la mochila, haciéndole caer de espaldas.

El instinto se apoderó de ella. Apretando la mochila contra su pecho, echó a correr. Dejó atrás la primera cabaña y la segunda. Jon iba pisándole los talones, casi la había alcanzado. Subió corriendo las escaleras de la última cabaña. Le cerró la puerta en la cara. Luchó por echar el cerrojo. Le oyó golpear con el puño la madera maciza.

Respiró entrecortadamente, con el pecho agitado, mientras lo oía pasearse por el porche. Sentía latir el corazón dentro de la garganta. Se apoyó de espaldas en la puerta, cerró los ojos y aguzó el oído, atenta a los pasos de su hijo. Solo oyó silencio. Notó que una brisa le secaba el sudor de la cara. Todas las ventanas estaban tapiadas, menos una. La luna iluminaba de azul las vetas de las paredes toscamente labradas, el suelo, sus zapatos, sus manos.

Levantó la vista.

Dave no había mentido sobre la podredumbre de la cabaña tres. La pared trasera del dormitorio estaba completamente arrancada. Jon se había colado entre los montantes. Tenía el cuchillo en la mano.

Mercy palpó a ciegas detrás de sí. Descorrió el cerrojo. Giró el picaporte. Abrió la puerta de golpe. Se giró y sintió como si un mazo le diera entre los hombros cuando Jon le clavó el cuchillo hasta la empuñadura.

El golpe la dejó sin respiración. Se quedó mirando el lago con la boca abierta de horror.

Entonces, Jon sacó el cuchillo y volvió a clavárselo. Una vez y otra. Y otra.

Mercy intentó alejarse del porche, cayó por las escaleras y aterrizó de costado.

El cuchillo le atravesó el brazo. El pecho. La pierna. Jon se puso a horcajadas sobre ella y le hundió la hoja en el pecho y el vientre. Ella trató de apartarlo, de zafarse, pero nada lo detuvo. Seguía balanceándose adelante y atrás, clavándole el cuchillo en la espalda, lo sacaba y volvía a clavarlo. Mercy sentía el crujido de los huesos, el estallido de los órganos, su cuerpo se llenó de pis, mierda y bilis hasta que Jon dejó de apuñalarla y empezó a golpearla con los puños porque la hoja se había roto dentro de su pecho.

De repente se detuvo.

Mercy lo oyó jadear como si hubiera terminado un maratón. Estaba agotado. Apenas se tenía en pie. Se alejó de ella, tambaleándose. Mercy intentó respirar. Tenía la cara contra el suelo. Se puso de lado despacio. Le dolía todo el cuerpo. Se había caído por las escaleras. Aún tenía los pies en el porche. Su cabeza descansaba en el suelo.

Jon había vuelto.

Oyó un chapoteo, pero no eran las olas batiendo en la orilla. Jon subió las escaleras con la garrafa de gasolina. Mercy lo oyó verter el combustible dentro de la cabaña. Iba a quemar las pruebas. Iba a quemarla a ella. Dejó caer la garrafa vacía a sus pies.

Volvió a bajar las escaleras. Mercy no levantó la vista. Vio que le chorreaba sangre por los dedos. Se quedó mirando los zapatos que

Pizca le había comprado a Jon en el pueblo. Sintió que él la miraba. No con tristeza ni con lástima, sino con una especie de desapego que ella había visto en su hermano, en su padre, en su marido, en su madre, en ella misma. Su hijo era un McAlpine de pura cepa.

Lo demostró al encender una cerilla y arrojarla dentro de la cabaña.

El silbido del fuego fue acompañado de una ráfaga de aire caliente que rozó la piel de Mercy. Observó los zapatos manchados de sangre de Jon mientras su hijo se alejaba arrastrando los pies. Iba a volver a la casa. Con Pizca. Mercy tomó aire despacio, con un silbido. Sus párpados empezaron a agitarse. Sintió cómo se le acumulaba la sangre en la garganta. Tuvo la sensación de que flotaba. De que su alma abandonaba su cuerpo. No sintió la calma esperada, la sensación de desprenderse de todo. Solo una fría oscuridad que avanzaba desde los márgenes, como se congelaba el lago en invierno.

Luego apareció Gabbie.

Volaban las dos por el aire, pero no eran ángeles en el cielo. Habían salido despedidas del coche en la Curva del Diablo. Mercy se volvió para mirar la cara de su amiga, pero solo quedaba una pulpa sanguinolenta. Un ojo colgaba de su cuenca. Una erupción de dientes y huesos astillados a través de la piel. Luego, un calor intenso y abrasador que amenazaba con engullirla.

—¡Socorro! —gritó—. ¡Por favor!

Abrió los ojos. Tosió. Gotas de sangre salpicaron el suelo. Seguía tumbada de lado, tendida aún sobre las escaleras del porche. El aire estaba cargado de humo. El calor del fuego era tan intenso que sintió cómo le secaba la sangre en la piel. Se obligó a girar la cabeza para ver lo que se avecinaba. Las llamas se extendían por el porche. Pronto llegarían a los peldaños y encontrarían su cuerpo.

Se preparó para sentir ese dolor mientras se tumbaba bocabajo. Se apartó de los escalones apoyándose en los codos. El cuchillo roto que llevaba en el pecho raspaba la tierra como la pata de cabra de una motocicleta. Se impulsó hacia delante, espoleada por la amenaza del fuego. Sus pies se arrastraban, inertes, tras ella. Se le habían desabrochado los pantalones. El roce de la tierra, que se incrustaba en la tela, se los bajó hasta los tobillos. Pronto estuvo agotada. Volvió a nublársele la vista. Intentó no desmayarse. Delilah había dicho que los McAlpine eran duros de pelar. Ella no viviría para ver el amanecer sobre las montañas, pero podía llegar al maldito lago.

Incluso esos últimos momentos, cómo no, fueron una lucha. Se desmayaba una y otra vez, se despertaba, se impulsaba adelante y volvía a desmayarse. Le temblaban los brazos cuando sintió el agua en la cara. Invirtió sus últimas fuerzas en tumbarse de espaldas. Quería morir mirando la luna llena. Era un círculo perfecto, como un agujero en la oscuridad. Escuchó los latidos de su corazón, que bombeaba sangre lentamente fuera de su cuerpo. Oyó el suave murmullo del agua alrededor de sus oídos.

Sabía que estaba a punto de morir, que no había nada que pudiera impedirlo. No vio su vida pasar ante sus ojos.

Vio la vida de Jon.

Jugando en el patio de Delilah con sus juguetitos de madera. Acurrucado al fondo de la habitación cuando Mercy fue a verlo, en su primera visita autorizada por el juez. Se vio a sí misma arrancándolo de los brazos de Delilah delante del juzgado. Lo vio sentado en su regazo mientras Pez los llevaba en coche a la montaña. Escondiéndose con ella cuando a Dave le daba uno de sus arrebatos. Trayéndole libros sobre Alaska, Montana y Hawái para que pudieran escaparse. Viéndola hacer las maletas una y otra vez y volver a deshacerlas porque Dave le había escrito un poema o le había mandado flores. Vio a su hijo dejado al cuidado de Pizca mientras ella se escabullía para encontrarse con Dave en alguna cabaña. Lo vio abandonado a merced de Pizca porque ella tenía que ir al hospital por un hueso roto, por un corte que no cicatrizaba o porque se le habían soltado los puntos de una herida.

Vio a su hijo empujado constantemente en brazos de la madre de Mercy, de su abuela, que lo violaba.

—Mercy…

Oyó su nombre como un susurro dentro de su cráneo. Sintió que le giraban la cabeza, vio el mundo como si mirara a través del extremo equivocado de un telescopio. Apareció una cara. El hombre de la cabaña diez. El policía que estaba casado con la pelirroja.

—Mercy McAlpine —dijo, y su voz se apagó como una sirena al alejarse calle abajo. Seguía zarandeándola, la obligaba a no rendirse—. Necesito que me mires.

—J-Jon… —dijo Mercy tosiendo. Tenía que hacerlo. Aún no era demasiado tarde—. Dile… dile que ti-iene que… que tiene que alejarse de-de ella…

La cara de Will iba y venía. Lo veía y al segundo siguiente dejaba de verlo.

Luego él gritó:

—¡Sara! ¡Trae a Jon! Deprisa.

—N-no… —Mercy sintió un temblor en los huesos. El dolor era insoportable, pero no podía rendirse ahora. Tenía una última oportunidad para hacer bien las cosas—. J-Jon no puede… n-no puede… quedarse… Que se aleje de… de…

Will habló, pero ella no entendió lo que decía. Solo sabía que no podía dejar las cosas así con Jon. Tenía que aguantar.

—L-lo quiero… lo quiero… muchísimo…

Sintió que su corazón se ralentizaba. Respiraba entrecortadamente. Luchaba contra la tentación de abandonarse. Sería tan fácil… Necesitaba que Jon supiera que era amado. Que aquello no era culpa suya. Que no tenía que llevar esa carga. Que podía salir de las arenas movedizas.

—Lo s-siento… —Debería habérselo dicho a Jon. Debería habérselo dicho a la cara. Ahora solo podía pedirle a aquel hombre que le transmitiera sus últimas palabras—. Dile que está… per-perdonado… perdonado.

Will la zarandeó con tanta fuerza que sintió que el alma le volvía al cuerpo. Se inclinaba sobre ella, con la cara pegada a la suya. El policía. El detective. El hombre bueno. Lo agarró de la camisa y tiró de él, lo miró a los ojos con tanta intensidad que prácticamente vio su alma.

Tuvo que tomar aire antes de repetir:

—Di-dile que está p-perdonado.

Él asintió con la cabeza.

—De acuerdo…

Era cuanto Mercy necesitaba oír. Soltó su camisa. Echó la cabeza hacia atrás, en medio del agua. Miró la luna, hermosa, perfecta. Sintió que las olas tiraban de su cuerpo. Lavaban sus pecados. Se llevaban su vida. Por fin llegó la calma y, con ella, una poderosa sensación de paz.

Por primera vez en su vida, se sintió a salvo.

UN MES DESPUÉS DEL ASESINATO

Will estaba sentado junto a Amanda en el sofá del despacho de su jefa. Ella tenía el portátil abierto sobre la mesa baja. Estaban viendo la confesión grabada de Jon. El chico vestía un mono marrón. No iba esposado porque estaba ingresado en un centro psiquiátrico para menores, no en una cárcel para adultos. Delilah había contratado a un afamado abogado penalista de Atlanta. Jon permanecería internado, aunque quizá no el resto de su vida.

En el vídeo decía:

—Me cegué. No recuerdo lo que pasó después. Solo sabía que ella volvería con él. Siempre volvía con él. Siempre me dejaba.

—¿Te dejaba con quién? —La voz de Faith sonaba débil. Estaba fuera de cuadro—. ¿Con quién te dejaba?

Jon sacudía la cabeza. Seguía sin implicar a su abuela, aunque estuviera muerta. Pizca se había bebido un frasco de morfina antes de que pudieran detenerla. La autopsia había revelado que padecía un cáncer terminal. No solo había burlado a la justicia. Se había librado de una muerte larga y dolorosa.

—Volvamos a esa noche —dijo Faith—. Después de dejar la nota diciendo que te marchabas, ¿adónde fuiste?

—Me quedé en el prado de los caballos y a la mañana siguiente me fui a la cabaña nueve porque sabía que estaba vacía.

—¿Y el mango del cuchillo?

—Sabía que Dave… —Jon dejó que su voz se apagara—. Sabía

507

que Dave había arreglado el váter, así que pensé que sería una prueba contra él. Porque ya lo habían detenido por matarla. Iba a ir a la cárcel de todos modos. Sé que Mercy decía que no era verdad, pero me rompió el brazo. Eso es maltrato infantil.

—Vale. —Faith no se dejó distraer, aunque ambos habían visto el informe del hospital sobre la fractura del brazo. Jon se había caído de un árbol—. Cuando detuvieron a Dave, tú ya te habías escapado de casa. ¿Quién te contó lo que había pasado?

Jon empezó a negar con la cabeza.

—Tuve que tomar una decisión.

—Jon...

—Tenía que defenderme. Nadie más cuidaba de mí. A nadie más le importaba.

—Volvamos a...

—¿Quién va a protegerme ahora? —preguntó—. No tengo a nadie. A nadie.

Will apartó la mirada de la pantalla cuando el chico empezó a llorar. Pensó en la última conversación que había tenido con él. Estaban sentados en el dormitorio de la cabaña diez. Will le había dicho que las situaciones de maltrato eran complicadas, pero en ese momento le parecían sencillas de cojones.

Era tan sencillo como no hacer daño a los niños.

—Vale, ya nos hacemos una idea —dijo Amanda.

Cerró el portátil. Apretó la mano de Will unos segundos. Luego se levantó del sofá y se acercó a su escritorio.

—Cuéntame qué novedades hay respecto al contrabando de alcohol —dijo.

Will se levantó, aliviado porque el tiempo de las emociones hubiera terminado.

—Tenemos el libro de Mercy, que detalla los pagos. En las hojas de cálculo del ordenador de Marti figuran todos los clubes a los que les vendía alcohol. Nos estamos coordinando con la ATF y el IRS-CI.

—Bien. —Amanda se sentó detrás del escritorio. Tomó su teléfono—. ¿Y?

—Christopher está dispuesto a declararse culpable de homicidio imprudente por el envenenamiento de Marti. Le caerán quince años si testifica contra su padre por el asesinato de Gabriella Ponticello. Además, tenemos el otro juego de libros, el del albergue, para imputar a Cecil por fraude fiscal. Dice que no sabía nada, pero tiene el dinero en su cuenta bancaria.

Amanda tecleó en su teléfono.

—¿Qué más?

—Tenemos la declaración jurada tanto de Paul Ponticello como de su detective privado sobre lo que les contó Dave. Pero son noticias de segunda mano. Tenemos que encontrar a Dave para cerrar el caso.

—¿Tenemos? —Amanda levantó la vista—. Tú no estás llevando esa parte de la investigación.

—Lo sé, pero...

Amanda lo fulminó con la mirada.

—Dave desapareció al día siguiente de que su madre se suicidara. No ha intentado ponerse en contacto con Jon. Su teléfono ha desaparecido del mapa. No ha vuelto a su caravana. No estaba en el campamento. La oficina regional del norte de Georgia ha emitido orden de busca y captura. Estoy segura de que acabará apareciendo.

Will se frotó la mandíbula.

—Ha sufrido mucho, Amanda. La única familia que ha conocido acaba de desintegrarse.

—Su hijo sigue vivo —le recordó ella—. Y no olvides lo que le hizo a su mujer. No me refiero solo al maltrato físico y verbal. Dave sabía desde hacía años que Mercy no era responsable de la muerte de Gabbie y se lo ocultó como medio para controlarla.

Will no podía rebatir ese argumento, pero había muchos otros.

—Amanda...

—Wilbur, Dave McAlpine no se va a convertir de repente en una buena persona. Nunca será el padre que Jon necesita. No hay un solo argumento, ni un sabio consejo, ni un escarmiento, ni una cantidad de cariño que pueda hacerlo cambiar. Vive como vive porque él ha querido. Sabe perfectamente lo que es. Y lo asume. No va a cambiar porque no quiere cambiar.

Will volvió a frotarse la mandíbula.

—Mucha gente habría dicho lo mismo de mí cuando era un niño.

—Pero ya no eres un niño. Eres un adulto. —Dejó el teléfono sobre la mesa—. Sé mejor que nadie por lo que has tenido que pasar para llegar hasta aquí. Te has ganado tu felicidad. Tienes derecho a disfrutarla. No voy a permitir que la tires por la borda por un empeño absurdo en salvar a todo el mundo. Y menos aún a personas que no quieren que las salven. No puedes servir a dos amos. Si Superman no se casó con Lois, fue por algo.

—Se casaron en 1996, en *Superman, el álbum de boda*.

Ella tomó el móvil y se puso a teclear de nuevo.

Will esperó a que respondiera. Entonces se acordó de lo bien que se le daba a su jefa zanjar una conversación.

Se metió las manos en los bolsillos mientras bajaba las escaleras. Jon cargaba con una mochila enorme, pero él no podía ayudarlo: siempre se le había dado mejor mudarse que deshacer el equipaje. Fue a abrir la puerta de salida con la mano lesionada. La herida del cuchillo se había enconado. Sara no decía en broma lo de la infección. Un mes después, seguía tomando pastillas del tamaño aproximado de una bala de punta hueca.

Las luces de su planta estaban apagadas. Técnicamente ya había terminado su turno, aunque había notado que Amanda no lo regañaba por quedarse hasta tarde. Su jefa se equivocaba en lo que le había dicho, y no solo porque él se pareciera, evidentemente, mucho más a Batman que a Superman.

Era posible cambiar. Él había cumplido los dieciocho años en un centro de acogida, los diecinueve en una celda y los veinte en la universidad. El niño al que solían castigar en el colegio porque no entendía el enunciado de los deberes se había graduado en Derecho Penal. La única diferencia entre Will y Dave era que a él alguien le había dado una oportunidad.

—Hola —dijo Faith desde su despacho.

Will asomó la cabeza. Su compañera estaba usando un rodillo para quitarse los pelos de gato de los pantalones. Había llevado los gatos de los McAlpine a Atlanta para dejarlos en un refugio. Luego Emma los había visto y uno se había escapado del transportín, había matado a un pájaro, y ahora Faith tenía dos gatos, uno llamado Hercule y otro Agatha.

—Un niño de la guardería que es idiota le ha enseñado TikTok a Emma —comentó—. Está todo el rato intentando robarme el teléfono.

—Tenía que pasar tarde o temprano.

—Pensaba que tendría más tiempo. —Faith lanzó el rodillo dentro de su bolso—. Y además tengo al FBI llamando a mi puerta porque quieren darle prioridad a la solicitud de Jeremy. ¿Por qué va todo tan rápido? Hasta las cenas congeladas están en su punto en cuanto las saco del microondas.

Will sintió que le sonaban las tripas.

—He visto el interrogatorio de Jon. Hiciste un buen trabajo.

—Bueno… —Faith se colgó el bolso del hombro—. Terminé de leer las cartas que le escribió Mercy. Joder, se me rompió el corazón. Podría habérselas escrito yo a Jeremy. O a Emma. Mercy solo intentaba ser una buena madre. Ojalá llegue un momento en que Jon pueda leerlas.

—Llegará —afirmó Will, sobre todo porque deseaba que así fuera—. ¿Qué hay del diario de Mercy?

—Contiene exactamente lo que cabría esperar de una niña de doce años enamorada de su hermano adoptivo y aterrorizada por un padre maltratador.

—¿Alguna novedad de Christopher?

—Sigue diciendo que no tenía ni idea de lo que pasaba. A él Pizca nunca lo tocó de esa manera. Supongo que no era su tipo. —Faith se encogió de hombros, pero no por desdén, sino porque aquello era demasiado—. Mercy vio lo que pasaba con Dave, ¿sabes? En parte aparece en su diario, pero sobre todo en las cartas. Pizca le acariciaba el pelo a Dave o Mercy entraba en una habitación y Dave tenía la cabeza apoyada en su regazo. O le estaba frotando los pies o masajeándole los hombros. Era raro. O sea, la propia Mercy lo dice, que era raro, aunque en realidad nunca entendió del todo lo que pasaba.

—Los abusadores no solo preparan a sus víctimas. Desacreditan todo el entorno de la víctima para que, si dices algo, el enfermo seas tú.

—Hablando de enfermos, tendrías que leer los mensajes que se mandaban Pizca y Jon.

—Los he leído —dijo Will. Había sentido tales náuseas que se había saltado el almuerzo.

—Pizca odiaba a los bebés —comentó Faith—. ¿Recuerdas que Delilah te dijo que ni siquiera tomaba en brazos a sus hijos? Los dejaba revolcarse en los pañales sucios. Y entonces llega Dave y es justo su tipo. O ella le rebaja la edad para que sea su tipo. ¿Crees que Dave sabía desde el principio que estaba abusando de Jon?

—Creo que se dio cuenta en el comedor y que hizo lo que pudo por salvar a su hijo.

—Voy a optar por creerte, porque la alternativa es que confesó para salvar a Pizca.

Will no quería contemplar esa posibilidad. Ya había otras cosas que le quitaban el sueño.

—Siento no haber visto a tiempo el tatuaje de Paul.

—Cállate —dijo Faith—. Yo soy la tonta que se empeñaba en decir que Pizca era la exnovia psicópata de Dave, como si no fuera verdad.

Will sabía que tenían que olvidarse de aquello.

—Intenta no cagarla así la próxima vez.

—Lo intentaré. —Faith empezó a sonreír—. ¿Cómo conseguí meterme en un misterio de Agatha Christie con un toque de V. C. Andrews?

Él hizo una mueca.

—¿Es demasiado pronto para bromear?

Will le copió la jugada a Amanda y se fue por el pasillo hacia su despacho. Cruzó la puerta y sintió una especie de ligereza en el pecho al encontrar a Sara sentada en el sofá. Se había quitado un zapato y se estaba frotando el dedo meñique del pie.

A él le encantaba cómo se le iluminaba la cara cuando le veía.

—Hola —dijo Sara.

—Hola.

—Me he golpeado el dedo con la silla. —Volvió a ponerse el zapato—. ¿Has visto el interrogatorio?

—Sí. —Will se sentó a su lado—. ¿Qué tal la comida con Delilah?

—Creo que le viene bien tener a alguien con quien hablar. Está haciendo todo lo que puede por Jon. Ahora mismo es difícil, porque él no quiere aceptar ayuda de nadie. Cada vez que lo visita, se queda mirando el suelo una hora, luego ella se va y vuelve al día siguiente y él vuelve a mirar el suelo.

—Sabe que ella está ahí —dijo Will—. ¿Crees que serviría de algo que Dave fuera a visitarlo?

—Eso se lo dejo a los expertos. Jon tiene muchos traumas que asimilar. Y Dave también. Tiene que ayudarse a sí mismo antes de poder ayudar a su hijo.

—Amanda dice que no quiere solucionar sus traumas porque no conoce otra cosa.

—Probablemente tenga razón, pero yo no daría por perdido a Jon. Con Delilah puede contar a largo plazo. Lo quiere de verdad. Creo que eso cambia mucho las cosas en estas situaciones. La esperanza es contagiosa.

—¿Esa es tu opinión como médico?

—Mi opinión como médico es que mi marido y yo deberíamos salir del trabajo e irnos a comer *pizza,* a ver unos cuantos episodios de *Buffy* y a echar un buen polvo, aunque yo tenga el meñique destrozado.

Will se rio.

—Tengo que enviar este informe. Luego nos vemos en casa.

Sara le dio un buen beso antes de marcharse.

Will se sentó a su mesa. Tocó el teclado para que se encendiera la pantalla. Estaba a punto de ponerse los auriculares cuando sonó el teléfono fijo.

Pulsó el botón del altavoz.

—Will Trent.

—Trent —dijo una voz de hombre—. Soy el *sheriff* Sonny Richter, del condado de Charlton.

Era la primera vez que Will recibía una llamada del condado más meridional de Georgia.

—Sí, dígame, ¿en qué puedo ayudarle?

—Hemos parado a un tipo porque tenía una luz trasera rota. Llevaba un ladrillo de heroína pegado debajo del asiento. Hay una orden de detención contra él, de su oficina regional del norte de Georgia, pero el tipo me ha dicho que lo llamara a usted. Dice que tiene información que ofrecerle a cambio de una reducción de pena.

Will adivinó lo que venía a continuación antes de que el hombre terminara de hablar.

—Se llama Dave McAlpine —dijo el *sheriff*—. ¿Quiere venir aquí o aviso a la oficina regional?

Will hizo girar su alianza de bodas en el dedo. Aquella fina pieza metálica abarcaba muchas cosas. Todavía no sabía qué hacer con la sensación de ligereza que sentía dentro del pecho cada vez que estaba con Sara. Nunca había experimentado una felicidad tan prolongada. Llevaban un mes casados y la euforia que había sentido durante la boda seguía sin remitir. En todo caso, aumentaba de intensidad cada día que pasaba. Sara le sonreía, o se reía de una de sus bromas absurdas, y era como si su corazón se convirtiera en mariposa.

Amanda se equivocaba, de nuevo.

Sí que había cierta cantidad de amor capaz de cambiar a un hombre.

—Avise a la oficina regional —le dijo al *sheriff*—. Yo no puedo hacer nada por él.

AGRADECIMIENTOS

Gracias en primer lugar, como siempre, a Kate Elton y Victoria Sanders, que han estado ahí prácticamente desde el principio. Quiero dar las gracias también a mi colega Bernadette Baker-Baughman, a Diane Dickensheid y al equipo de VSA. Gracias a Hilary Zaitz Michael y a la gente de WME. Y hablando de eso, muchas gracias a Liz Heldens por hacer el seguimiento de aquella cena en Atlanta y conseguir que se obrara la magia, y por presentarme a Dan Thomsen. Sois los mejores.

En William Morrow, gracias en especial a Emily Krump, Liate Stehlik, Heidi Richter-Ginger, Jessica Cozzi, Kelly Dasta, Jen Hart, Kaitlin Harri, Chantal Restivo-Alessi y Julianna Wojcik. En Harper-Collins Internacional, muchas gracias a Jan-Joris Keijzer, Miranda Mettes y, por último, pero no por ello menos importante, a la maravillosa e infatigable Liz Dawson.

David Harper lleva mucho tiempo prestándome (y prestándole a Sara) asesoramiento médico gratuito. Le estoy eternamente agradecida por su paciencia y amabilidad, sobre todo cuando me meto en un pozo de Google y me tienen que sacar tirando del hueso de la risa. El incomparable Ramón Rodríguez fue muy amable al sugerirme algunos platos que serviría un chef puertorriqueño y Dona Robertson respondió a unas cuantas preguntas sobre el GBI. Evidentemente, cualquier error es mío.

Por último, gracias a mi padre por seguir ahí, y a DA, mi corazón. Dame siempre por segura, igual que yo a ti.